해석의
에움길

현대의 지성 171

해석의 에움길
폴 리쾨르의 해석학과 문학

제1판 제1쇄 2019년 6월 10일

지은이 김한식
펴낸이 이광호
주간 이근혜
편집 최대연 김현주
펴낸곳 ㈜문학과지성사
등록번호 제1993-000098호
주소 04034 서울 마포구 잔다리로7길 18(서교동 377-20)
전화 02)338-7224
팩스 02)323-4180(편집) 02)338-7221(영업)
전자우편 moonji@moonji.com
홈페이지 www.moonji.com

© 김한식, 2019. Printed in Seoul, Korea
ISBN 978-89-320-3537-6 93800

이 도서의 국립중앙도서관 출판예정도서목록(CIP)은 서지정보유통지원시스템 홈페이지(http://seoji.nl.go.kr)와
국가자료공동목록시스템(http://www.nl.go.kr/kolisnet)에서 이용하실 수 있습니다.(CIP제어번호: CIP2019019466)

이 저서는 2014년 정부(교육부)의 재원으로 한국연구재단의 지원을 받아 수행된 연구임
(NRF-2014S1A6A4025970)

해석의 에움길

폴 리쾨르의
해석학과
문학

김한식 지음

문학과지성사

현대의 지성 171

삶의 근원적 긍정에 뿌리내린 코기토,
텍스트의 에움길을 거친 자기 이해

「호메로스의 흉상을 만지는 아리스토텔레스」라는 렘브란트의 그림이 있다. 알렉산드로스 대왕에게 하사받았다는 황금 띠에 한 손을 얹은 철학자가 다른 한 손으로 맹인 음유시인의 머리를 만지는 장면을 두고 혹자는 말한다. 육신의 빛을 지니는 대신 영혼의 어둠에 갇힌 아리스토텔레스와 달리 호메로스는 육신의 어둠 대신 영혼의 빛을 얻었다고. 과연 그럴까? 철학자는 시인의 창조적 상상력과 취기에서 영감을 얻고, 문학은 철학적 사변에 기대어 비틀거리는 몸을 가누면서 비로소 사유의 대지에 뿌리내릴 수 있지 않을까? 문학 연구자들이 프랑스 철학자 폴 리쾨르에게 관심을 갖게 된 것은 무엇보다 그가 상징, 은유, 이야기라는 전통적으로 문학 이론에서 다루던 주제들을 통해 철학적 성찰을 펼쳤기 때문이다. 실제로 상징해석학의 관점에서 악惡의 문제에 접근하면서 바빌로니아 신화, 아담 신화, 그리스 신화, 오르페우스 신화를 분석한 것을 시작으로, 리쾨르의 철학적 성찰에는 소포클레스, 버지니아 울프, 로베르트 무질, 토마스 만, 보들레르, 프루스트까지, 거의 언제나 문학이 동반자로 등장한다.

문학에 대한 리쾨르의 관심은 기호와 상징, 그리고 텍스트의 해석이라는 에움길을 거쳐 자기 이해에 이르는 해석학적 방법론과 이어진다. 특히 『시간과 이야기』를 중심으로 펼쳐지는 이야기 해석학의 방법론은 문학 행위 전반을 포괄하는 해석학적 패러다임을 제시하면서 문학에 관한 모든 담론이 안고 있는 물음들을 다룬다. 문학 텍스트의 구조적 특징은 무엇인지, 문학작품의 의미를 이해한다는 것은 무엇이며 그것은 저자의 의도와 어떤 관계를 갖는지, 독서 행위와 관련하여 작품과 독자 사이에는 어떤 일이 일어나며 또한 그 일이 우리의 삶과 어떤 연관을 맺는지 묻는 것이다. 리쾨르의 철학적 해석학이 문학 연구와 생산적인 대화를 나눌 수 있는 것은 바로 그러한 공통된 물음들을 안고 있기 때문이다.

해석학은 '앎,' 즉 '의미 이해'에 관한 학문이다. 이해한다는 것은 무엇이며 그 대상과 조건은 어떤 것인지, 올바른 이해는 어떻게 이루어지며 이해는 실천적 영역과 어떤 관계에 있는지 등을 따져 묻는 것이다. 리쾨르에 따르면 문학 텍스트는 언어의 창조성, 즉 다양한 의미 생성을 보여주는 '의미론적 혁신'을 통해 현실을 다시 기술함으로써 우리가 현실을 새롭게 이해하고 살아갈 수 있는 길을 열어준다. 요컨대 우리는 문학 텍스트의 허구적 경험이라는 에움길을 통해 진리와 주체 물음에 더 가까이 다가갈 수 있다는 것이다. 보편철학으로서 리쾨르의 해석학은 이처럼 선험적 주체에 토대를 둔 칸트의 인식론이나 하이데거의 직접 이해의 존재론을 넘어 기호의 체득이라는 에움길을 거친 자기 이해, 그리고 이를 통한 존재론적 전환, 실천적 전환을 추구한다. 자기 이해의 목적은 자기가 누구인가를 아는 데서 그치지 않고 자기가 무엇을 할 수 있는지를 아는 것, '할 수 있는 인간'으로서의 자기를 받아들이고 행동으로 옮기는 것이다. 삶의 의미론적 혁신 또한 그와 같은 삶에 대한 근원적 긍정이라는 토대 위에서 가능하다. 따라서 리쾨르의 해석학에서는 '문학이란 무엇인가'라는 물음보다는 '문학을 어떻게 읽을 것인가'라는 물음이 더 중요하다. 리쾨르가 즐겨 인용하는 프루스트의 말대로, 문학 작품은 "콩브레의 안경사가 손님에게 내미는 것과 같은 일종의 돋보기 안경알"이며, 그 덕분에 우리는 스스로를 읽는 법을 배우게 되는 것이다. 그리고 그러한 자기 이해를 통해 우리는 삶을 더 잘 버틸 수 있게 또는 더 잘 즐길 수 있게 된다.

『의지의 철학』부터 말년의 『기억, 역사, 망각』에 이르기까지 리쾨르의 주요 저서들은 의지와 악, 상징과 은유, 시간과 이야기, 역사와 진리, 텍스트와 행동, 주체와 정체성, 기억과 역사, 사랑과 정의 등 다양한 주제를 다룬다. 그의 저술 활동은 죽음을 앞둔 마지막 순간까지 5~6년 간격으로 이어졌는데, 특히 이전 책에서 남겨진 문제들을 다음 책에서 이어 발전시키는 방식을 통해 하나의 흐름을 만들어낸다. 그러면서 무엇보다 인간이 삶의 주체로서 '좋은 삶'을 살아갈 능력, 즉 '할 수 있는 인간'의 가능성에 대한 탐구를 이어간다. 그렇지만 각각의 저서는 주어진 주제를 독자적 체계로 심화시키고 있기 때문에, 리쾨르의 지적 여정을 연대순으로 따라가지 않고 개별 저술에 따로 다가가도 무리는 없다.

예컨대 은유와 은유적 진리 물음에 관심이 있다면 『살아 있는 은유』를, 이야기가 시간이라는 철학적 주제와 어떻게 접목되는지를 알고 싶다면 『시간과 이야기』를, 정체성과 윤리의 문제가 궁금하다면 『남처럼 자기 자신』을 읽어볼 수 있다. 또한 정신분석에 대해서는 『해석에 대하여』를, 정의 문제에 대해서는『정의로운 것』과『사랑과 정의』를, 성서 해석학과 관련해서는『성경을 생각함』과『성서 해석학』을 읽을 수 있다. 해석학 일반과 리쾨르 해석학의 쟁점들은『해석의 갈등』과『텍스트에서 행동으로』를 통해 접근할 수 있고,『돌이켜보며: 지적 자서전』『비판과 확신』처럼 리쾨르의 사유가 어떤 맥락에서 형성되었는가를 이해하게 해주는 일종의 지적 자서전들도 있다. 말년의 대작『기억, 역사, 망각』과『인정의 여정』은 리쾨르 철학이 궁극적으로 어떤 지점에 이르는지 보여주며, 리쾨르의 저서들 가운데 중요한 텍스트들을 골라 주제별로 편집한『선집』은 그의 사유의 고갱이들을 파악하는 데 유용하다.

대학원에서 처음 문학 연구방법론을 배우면서 바르트와 주네트, 토도로프, 그레마스 등으로 대표되는 프랑스 구조주의를 접했다. '문학의 문학성'을 찾아내기 위한 정교한 구조 분석은 매력적이었지만 과연 그러한 분석을 통해 무엇을 하려는지는 감을 잡기 어려웠다. 해결되지 않은 물음들을 안고 프랑스 유학을 떠났고, 지도교수였던 모니크 고슬랭 선생님의 강의에서『시간과 이야기』를 처음 접했다. 뜻이 있는 곳에 길이 있다고, 리쾨르를 만나면서 문학공부의 쓸모에 대한 목마름을 어느 정도 달랠 수 있었다.『시간과 이야기』번역을 시작한 뒤 마지막 3권 번역이 출간된 때가 공부를 마치고 귀국한 지 10년째 되던 해였다. 지금까지 국내에서『시간과 이야기』외에도『해석의 갈등』『해석에 대하여』『텍스트에서 행동으로』등 리쾨르의 저서들이 번역되었고(『살아 있는 은유』와『기억, 역사, 망각』같은 주요 저서들은 아직 번역의 과제로 남아 있다), 프랑수아 도스가 쓴 리쾨르의 전기『폴 리쾨르: 삶의 의미들』도 번역되었다. 국내 연구자들의 저술은 개별 작품에 대한 해설서이거나 철학적 해석학의 관점에서 주체 물음에 접근하는, 혹은 신학 또는 정치철학의 관점에서 악이나 사랑, 정의 문제를 다룬 책이 대부분이다. 리쾨르의 지적 여정과 사유의 전체적 윤곽을 그려 보이는 해설서, 무엇보다 문학 연구자의 관점에서 그의 해석학에 접근한 해설서를 찾기 어렵다는 아쉬움이 이 책을 쓰게 된 가장 큰 동기이다.

책의 내용은 크게 세 갈래로 나뉜다. 1부 「현대 해석학과 폴 리쾨르의 텍스트 해석학」에서는 리쾨르의 삶과 지적 여정을 개관하고 서구 해석학 전통에서 리쾨르가 어떤 위치를 차지하는지 보여주고자 했다. 이를 위해 해석학이란 무엇이고 어떤 과제를 안고 있으며 역사적으로 어떻게 변천해왔는지를 살펴보고, 리쾨르가 다른 철학자들과 어떤 영향 관계를 맺고 있는지, 무엇보다 리쾨르가 설정한 문제의식은 동시대의 지적 흐름과 어떤 관련을 맺고 있는지 정리해보았다. 2부 「문학 텍스트의 해석학을 위하여」에서는 언어와 상징, 은유와 이야기, 삼중의 미메시스, 이야기 정체성 등의 개념을 중심으로 리쾨르의 해석학이 문학 텍스트에 어떻게 접근하고 구체적으로 어떤 분석 방법을 제시하는지, 그리고 그 과정에서 텍스트 해석을 통한 자기 이해라는 해석학적 과제가 어떻게 이루어지는지 조망해보았다. 마지막 3부 「해석학과 문학 연구」에서는 이른바 '이론의 위기' 속에서 다양한 현대 문학 이론들을 리쾨르의 텍스트 해석학에 접목시킬 수 있는 가능성을 가늠해보았다. 저자-텍스트-독자의 축을 따라 이루어지는 문학적 의사소통을 전형상화-형상화-재형상화로 이어지는 삼중의 미메시스에 적용하면서 저자의 의도는 텍스트의 의미와 어떤 관련이 있는지, 텍스트 세계는 우리가 몸담고 있는 현실 세계와 어떤 관계가 있는지, 텍스트 속에서 독자는 어떤 위치를 차지하는지 등의 물음에 대한 답을 찾아보았다. 또한 리쾨르의 지적 여정에서 가장 중요한 대화 상대였다고 말할 수 있을 구조주의와 정신분석을 중심으로 문학 텍스트 해석을 둘러싼 쟁점을 정리했다.

　책을 쓴다는 구체적인 목표를 가지고 리쾨르의 글들을 다시 읽으며 그와 '대화'하는 동안, 전에는 보지 못했던 것들이 새로이 보이기도 했다. 독자들 역시 나의 해석보다는 리쾨르의 목소리를 직접 듣는 것이 좋을 것 같아 중요한 대목들은 원전을 많이 인용하려고 애썼다. 무릇 공부는 넓게 배워서 간추려 취하고(博學而約取) 깊이 쌓아서 적게 드러낸다(厚積而薄發)고 했는데 공부가 부족한 탓에 난삽하게 말만 많이 늘어놓은 것이 아닌지 두렵다. 또한 『시간과 이야기』를 번역한 지 15년이라는 시간이 흐른 탓에 전과 다르게 보이는 것들도 있었다. 예를 들어 『시간과 이야기』 번역본에서 '서술적 정체성'이라고 옮긴 'identité narrative'를 이번에는 '이야기 정체성'으로, '서술적 형상화'는 '서사적 형상화' 등으로 바꾸었고(그 밖의 경우에는 문맥에 따라 '서술'과 '서사'를 혼용했다), 역사의 허구화와 관련하여 '재현성représentance'은 '대리(성)' 또는 '대변'으로, 아우구스티누스의 시간 개념과 관련하여 '정신의 긴장과 이완'은 '정신의 집중과 분산'으로 바꾸었다. 리쾨르의 저서 제목 가운데서도 'Soi-même comme un autre'의 경우는 프랑스어 'comme'에 담긴 '~로서'의 의미와 '~처럼'의 의미 사이에서 오랫동안 고민하다가 '남처럼 자기 자신'이라는 번역을 택했다.

　해석학이란 숨어 있는 원래의 뜻을 찾는 것이 아니라 자기의 소식을 전하는 것이라고 한다. 해석학의 어원이 되는 신들의 전령 헤르메스는 그 어떤 전할 소식이 있어서 다니는 것이 아니라 두루 돌아다니면서 자신의 소식을 전할 따름이라는 것이다. 리쾨르 해석학의 지형도를 그려보고자 한 이 책은 결국 그동안 내가 리쾨르의 책을 읽고 이해한 바, 그 소식을 전하는 것에 지나지 않을 터이다. 그나마 내가 좀더 높이서 멀리 볼 수 있었다면 그것은 내가 "거인의 어깨 위에 올라탄 난쟁이"이기 때문이다.

지난겨울 한 달 동안 히말라야 트래킹을 다녀왔다. 다시 만나는 히말라야의 산들은 여전히 거칠고 황량했으며 몸 또한 힘들었다. 하지만 같은 책이라도 읽을 때마다 다르게 다가오듯, 몸이 가는 곳마다 풍경은 매번 새롭고 경이로웠다. 그럼에도 "내가 이 세상 도처에서 쉴 곳을 찾아보았으되, 마침내 찾아낸, 책이 있는 구석방보다 더 나은 곳은 없더라"는 토마스 아 켐피스의 말처럼, 돌아올 곳이 있기에 떠날 수도 있을 것이다. 문학의 언저리를 서성거리며 몇십 년을 보낸 나는 리쾨르의 책 제목대로 아마 앞으로도 "죽기 전까지 살아서vivant jusqu'à la mort" 여전히 그 주변을 맴돌고 있을 것이다. 시나 소설을 좋아해서 즐겨 읽긴 했지만 감히 써볼 엄두는 내지 못했고 문학비평의 현장에도 발을 들여놓지 못했다. 그래서일까 문학에 관한 이론들에 특히 흥미를 느꼈고 문학이란 무엇인가, 문학은 나의 삶에 어떤 의미인가 같은 물음을 항상 지니고 공부해왔다. 이 점에서 리쾨르와의 만남은 나에게는 행운이자 거의 운명처럼 느껴진다. 물론 리쾨르의 철학이 아닌 다른 길을 찾을 수도 있었겠지만, 나의 길에서 만나게 된 한곳을 깊이 파고들다 보면 어떤 근본적인 것, 다른 사람들은 각자 다른 길을 통해 도달한 그런 근본적인 것과 만나게 되리라 믿었다. 진리는 넓은 곳이 아니라 깊은 곳에 있으리라. 공부란 결국 자기수양이다. 한 걸음 한 걸음 앞으로 나아갈 뿐이다. 그렇게 가다 보면 꽃이 봄비에 젖고 물고기가 헤엄치듯 공부가 몸에 익어 자연스럽게 배어 나오지 않을까 싶다.

　리쾨르의 『기억, 역사, 망각』 표지에는 울름의 위브링겐 수도원에 있는 바로크 조각상 사진이 실려 있다. 날개 달린 크로노스가 왼손에 커다란 책을 들고 있고 오른손으로는 그 책장을 찢으려 한다. 그 뒤에서 역사의 뮤즈가 오른손에 역사의 도구들, 즉 책과 잉크병과 펜을 들고 왼손으로 크로노스를 제지하고 있다. 그리고 그 사진 아래 "날개 달린 시간에 의한 찢김과 역사의 글쓰기와 글을 쓰는 펜 사이에서"라는 리쾨르의 친필 메모가 적혀 있다. 또한 리쾨르는 그 책의 제사題詞로 죽음과 기억에 대한 장켈레비치의 말을 인용한다. "있었던 사람이 이제부터는 더 이상 있지 않았던 사람이 될 수는 없다. 신비롭고도 매우 모호한 이런 사실은 이제부터 영원을 위한 그의 노잣돈이다." 이 책이 나의 노잣돈이 될 수 있을지는 알 수 없으나, 적어도 내가 이 세상에 잠시 몸을 담았다는 미미한 흔적이라도 되었으면 하는 바람이다. 『시간과 이야기』를 번역한 인연으로 문학과지성사에서 다시 이 책을 내게 되었다. 그때부터 지금까지 늘 격려와 함께 이끌어주신 오생근 선생님께 깊은 감사를 드린다. 그리고 첫 독자가 되어 한 줄 한 줄 읽어준 아내 윤진에게, 미흡한 원고지를 붙들고 씨름하며 이 책을 책다운 책으로 만들어준 문학과지성사 편집부 최대연 선생님에게 고마운 마음을 전한다.

2019년 5월
김한식

차례

2부 문학 텍스트의 해석학을 위하여

3부 해석학과 문학 연구

리쾨르의 저서 약어 표기

CC   *La critique et la conviction* (『비판과 확신』)

CI   *Le Conflit des interprétations: Essai d'herméneutique* (『해석의 갈등: 해석학 시론』)

DI   *De l'Interprétation: Essai sur Freud* (『해석에 대하여: 프로이트에 관한 시론』)

HV   *Histoire et Vérité* (『역사와 진리』)

IT   *Interpretation Theory* (『해석 이론』)

IU   *L'idéologie et l'utopie* (『이데올로기와 유토피아』)

L1   *Lectures 1: Autour du politique* (『독서 1: 정치를 중심으로』)

L2   *Lectures 2: La contrée des philosophes* (『독서 2: 철학자들의 고장』)

L3   *Lectures 3: Aux frontières de la philosophie* (『독서 3: 철학의 경계에서』)

MHO   *La Mémoire, l'histoire, l'oubli* (『기억, 역사, 망각』)

MV   *La Métaphore vive* (『살아 있는 은유』)

PR   *Parcours de la reconnaissance* (『인정의 여정』)

PV1   *Philosophie de la volonté I: Le volontaire et l'involontaire* (『의지의 철학 I: 의지적인 것과 비의지적인 것』)

PV2   *Philosophie de la volonté II: Finitude et culpabilité* (『의지의 철학 II: 유한성과 허물』)

RF   *Réflexion faite: Autobiographie intellectuelle* (『돌이켜보며: 지적 자서전』)

SM   *Soi-même comme un autre* (『남처럼 자기 자신』)

ST   *Sur la traduction* (『번역에 관하여』)

TA   *Du texte à l'action: Essais d'herméneutique II* (『텍스트에서 행동으로: 해석학 시론 2』

『시간1』   *Temps et récit I: L'intrigue et le récit historique* (『시간과 이야기 1: 줄거리와 역사 이야기』)

『시간2』   *Temps et récit II: La configuration dans le récit de fiction* (『시간과 이야기 2: 허구 이야기에서의 형상화』)

『시간3』   *Temps et récit III: Le temps raconté* (『시간과 이야기 3: 이야기된 시간』)

Paul Ricoeur

현대 해석학과
폴 리쾨르의 텍스트
해석학

1장
폴 리쾨르의 삶과 지적 여정

> 뜻을 찾으려는 이 처절한 싸움에서 그 무엇도, 그
> 누구도 상처를 입지 않고 나올 수는 없다. '수줍은' 희
> 망은 애도 행위의 사막을 건너야만 한다. (*CI*, p. 176)

1. 폴 리쾨르, 그는 누구인가[1]

1) 유년기에서 포로수용소 시절까지(1913~45년)

리쾨르는 1913년 프랑스 발랑스에서 태어났다. 어머니는 그를 낳은
지 6개월 만에 세상을 떠났고 발랑스 고등학교 영어교사이던 아버지는
제1차 세계대전에 참전하여 1915년 전사했다. 1918년 종전이 된 뒤에도
돌아오지 않던 아버지의 유해는 1932년에 전장에서 발견된다. 그렇게

---

1) 리쾨르가 자신의 삶과 저작들에 대해 자전적 회고 형식으로 저술한 『돌이켜보며: 지적 자서
전』, 그리고 프랑수아 아주비와 마르크 드 로네와의 대담을 엮은 『비판과 확신』은 리쾨르의
삶과 철학을 이해하는 데 도움을 준다. 프랑수아 도스의 『폴 리쾨르: 삶의 의미들』은 리쾨르
의 삶과 지적 여정을 연대기적 순서에 따라 상세하게 기술하면서 개인적 일화들뿐 아니라 시
대적 배경까지 설명함으로써 리쾨르 철학의 전체적인 윤곽을 그린다. 그 외에도 올리비에 몽
쟁의 『폴 리쾨르』, 장 그롱댕의 『폴 리쾨르』 등도 당대의 지적 배경과 관련하여 리쾨르의 사
상을 조명한 책들이다. '리쾨르 재단' 누리집(http://www.fondsricoeur.fr)에 프랑수아 도스
와 올리비에 아벨이 작성한 리쾨르의 전기 역시 신뢰할 만한 자료이다.

'보훈대상 전쟁고아'가 된 리쾨르는 누나 알리스와 함께 독실한 개신교 신자였던 조부모와 평생 독신이던 고모 밑에서 성장하게 된다. 너무 어릴 때 부모를 여읜 비극적 체험은 그의 삶과 성격에 깊은 영향을 미쳤는데, 이와 관련하여 리쾨르는 『비판과 확신』에서 이렇게 회고하고 있다. "나의 유년기에서 가장 결정적인 사실은 전쟁고아, 다시 말해서 1차 대전 희생자의 아들이었다는 사실이다. 〔……〕 사람들은 끊임없이 이런 말을 되풀이했다. '네 아버지가 널 보았더라면!' 나는 부재하는 이의 시선, 게다가 영웅의 시선을 만족시켜야만 했다"(CC, p. 12). 그리고 열 살 무렵 그는 1차 대전이 식민지 쟁탈을 위한 열강들의 명분 없는 전쟁이며 베르사유 조약 역시 불평등조약이었음을, 아버지의 죽음은 결국 "헛된 죽음"(RF, p. 19)이었음을 알게 된다. 유년기부터 그의 정체성에 큰 영향을 미쳤던 이러한 '기억'과 '역사' 사이의 갈등은 "사회적 불의에 대한 생생한 느낌"(RF, p. 19)으로 발전하게 된다.

1929년 리쾨르는 브르타뉴 지방의 렌 고등학교에 입학한다. 자신의 삶에서 "가장 중요했던 시절"이라고 회고한 학창 시절 동안 리쾨르는 "개학이 되기도 전에 선생님들이 추천한 책들을 모두 읽을 정도로 배움에 열중했다"(RF, p. 14). 이 시기에 고대 그리스 문학을 접하고 고전에 대한 감각을 키웠으며, 라블레, 몽테뉴, 파스칼, 스탕달, 플로베르, 톨스토이를 읽고, 도스토옙스키에 심취한다. 또한 프랑스에서 처음으로 프로이트를 소개한 사람들 가운데 하나인 철학교사 롤랑 달비에즈에게서 기존의 믿음과 선입견에 도전하는 철학적 자세와, 신앙과 철학의 긴장 사이에서 균형을 유지하는 법을 배운다. "어떤 문제가 당신을 어지럽히고 고뇌하게 만들고 두렵게 할지라도 그 장애물을 에둘러 가려 하지 말고, 정면으로 다가갈 것"(RF, p. 13). 이후 리쾨르는 렌 대학에서 철학을 공부했고, 1934년에 「라슐리에와 라그노에게서 신神의 문제에 적용된 반성적 방법론」이라는 논문으로 석사학위를 취득한다. 1935년에는 철학교수 자격시험에 통과하고, 같은 해 어릴 적 친구이던 시몬 레자와 결혼한다. 한편, 그는 자신을 키워주었던 조부모에 이어 당시 스무 살이던 누나를 결핵으로 잃는 아픔을 겪기도 했다.

30년대에 리쾨르는 파리 라탱 지구에서 열린 가브리엘 마르셀의 '금요모임'에 정기적으로 참석하면서 삶에 대한 근원적 긍정, 즉 인간의 선함에 대한 믿음과 동시에 이와 표리를 이루는 세상의 악과 모순 사이의 긴장이 제기하는 문제에 관심을 갖게 되고, 후설의 현상학에도 입문한다. 그는 기독교 사회주의 운동의 여름 캠프에도 참가하면서 청년 사회주의 운동에 적극적으로 참여하고, 에마뉘엘 무니에가 1932년에 창간한 잡지 『에스프리Esprit』의 독자가 된다. '인격'을 상징으로 내세워 개인과 집단 사이의 중재를 모색하며, 타자와의 관계를 통해 자아가 형성된다는 무니에의 인격주의[2]는 마르셀, 야스퍼스와 함께 그에게 깊은 영향을 끼친다. 또한 그는 카를 바르트를 통해 '상처 입은 코기토cogito'를 치유할 수 있는 가능성, 그리고 기독교와 사회주의가 양립할 수 있는 가능성에 대한 전망을 얻게 된다. 1935년 6월 리쾨르는 첫 논문을 기독교

---

2) 무니에가 말하는 인격은 개인과 구별된다. 자본주의 세계에서 개인은 합리적이며 자신의 법적인 권리를 요구하는 비인격적인 주체인 반면 인격은 살아 있는 통일체이며, 공동체 내에서 각각의 인격 '나'는 '우리'를 지향한다. "중요한 것은 나를 남에게 열고 자기에 대한 마음 씀에서 개방성으로, 탐욕에서 베풂으로 나아가게 하는 '근원적 행위들'이 갖는 존재론적 함의를 되찾는 것이다"(HV, p. 182). 하지만 리쾨르는 후에 무니에가 추구하는 인격과 공동체 개념이 더불어-살기를 실현하기 위한 필요조건은 될 수 있지만 윤리적 목표의 충분조건이 되지는 못한다는 한계를 지적한다. 사적이고 깨지기 쉬운 상호 인격적 관계를 지속적이고 집단적인 제도적 관계로 확장하지 않는다면, 몇몇 개인이나 특정한 공동체라는 친근하고 제한적인 범주를 뛰어넘어서 '얼굴 없는' 사람인 각자, 즉 멀리 떨어져 있어 우리와 아무런 관계가 없는 사람인 제삼자의 고통이라는 문제를 해결할 수 없기 때문이다.

사회주의 계열의 잡지 『신천지Terre nouvelle』 제2호에 발표한다. 1938년에는 마르크스에 대한 연구 결과인 「마르크스의 필연성」이라는 논문을 『존재Etre』지에 발표한다. 한편, 1937년에는 『신천지』에 프랑코 정권을 비난하는 글을 기고하기도 했는데, 실제로 리쾨르는 프랑코가 살아 있는 한 결코 스페인에 가지 않겠다는 맹세를 지키다가 노년에 이르러서야 피레네 산맥을 넘었다고 한다.

1937년부터 1939년까지 리쾨르는 브르타뉴 지방 로리앙의 고등학교 철학교사로 재직하고, 후설과 하이데거를 읽기 위해 독일어를 공부한다. 이후 제2차 세계대전에 참전했다가 1940년 5월 자신의 아버지가 전사했던 마른 계곡의 전투에서 독일군에 잡혀 전쟁이 끝날 때까지 폴란드 포메라니아 지방의 포로수용소에 억류된다. 그는 수용소에서 만난 지식인 동료들(로제 이코르, 자크 데비에즈, 폴-앙드레 르소르, 장 슈발리에, 페르낭 랑그랑, 다니엘 로베르, 미켈 뒤프렌)과 같이 야스퍼스를 읽고 토론하는 과정에서 서로를 인정하면서 각자의 한계를 넘어서는 특유의 방법론을 익히게 된다. 독일군 포로로 잡힌 상태에서 독일철학에 심취했다는 것은 아이러니라고 할 텐데, 이 시기에 리쾨르는 후설의 『이념 I』을 읽으면서 원문 여백에 프랑스어로 번역한다. 이 번역본은 1950년에야 빛을 보게 된다.

2) 철학적 여정: 샹봉, 스트라스부르, 소르본, 낭테르 시절(1945~70년)

1945년 종전과 더불어 석방된 리쾨르는 1948년까지 프랑스 중남부의 마시프 상트랄 산악 지역의 샹봉-쉬르-리뇽[3]이라는 조그만 마을의 고등학교에서 철학을 가르치면서 수용소 시절에 시작한 '의지의 철학'에 관한 학위 논문을 준비한다. 같은 시기에 국립과학연구소CNRS의 연구원으로 임명되면서 레비나스, 메를로-퐁티, 사르트르를 읽고 독일 현상학과 헤겔의 정치철학에 관한 연구를 심화시킨다. 실존주의가 위세를 떨치던 이 시기에 리쾨르 또한 실존주의의 세례를 받지만, 하이데거의 영향을 받은 사르트르와는 달리 마르셀, 야스퍼스, 키르케고르 등의 철학에 더 많은 영향을 받는다. 무엇보다 삶에 대한 긍정의 힘은 부정적인 힘이 강할수록 더 강해진다는 근원적 긍정의 사유는 말년에 이르기까지 그대로 이어진다. 1947년 리쾨르는 뒤프렌과 공동으로 쓴 첫 저서 『카를 야스퍼스와 실존철학』을 발표하는데(리쾨르는 후에 『비판과 확신』을 이미 고인이 된 뒤프렌에게 헌정한다), 서문은 야스퍼스가 직접 썼다. 같은 해 그는 개신교 교육자 연합의 회장으로 선출되고, 국가 교육 제도에 관심을 갖고 프랑스에서의 정교 분리 개념을 새롭게 하려는 목적으로 『신앙-교육Foi-Education』이라는 계간지를 창간한다. 또한 개신교 신문 『개혁Réforme』에 알제리 전쟁의 부당성을 주장하는 논설을 기고하는 등 사회참여 활동도 활발히 이어간다.

1948년에 리쾨르는 헤겔의 『정신현상학』을 프랑스어로 옮긴 장 이폴리트의 뒤를 이어 스트라스부르 대학에 철학교수로 부임하고, 악의 문제와 그리스 비극, 플라톤과 아리스토텔레스를 가르치면서 8년 동안 아내와 다섯 자녀와 함께 생애에서 가장 평온한 때를 보낸다. 이 시기에 스피노자와 칸트에 대한 체계적인 공부를 통해 학문적으로도 큰 성취를 이루고, 『에스프리』지에도 활발히 기고한다. 그리고 박사학위 논문

---

3) 주민들이 대부분 퀘이커 신자이던 이 마을은 전쟁 기간 동안 나치 수용소로 끌려가던 유대인 어린아이들을 구출해준 것이 나중에 알려진다. 리쾨르는 이 마을의 공동체적 분위기에 매료되었으며, 나중에 이들의 주선으로 미국에서 초빙 강연을 하게 된다.

『의지의 철학 I: 의지적인 것과 비의지적인 것』을 완성하여 가브리엘 마르셀에게 헌정한다(주 논문은 의지의 철학에 관한 것이었고, 후설의 『이념 I』의 번역 및 그에 대한 소개가 부록으로 달려 있다). 또한 리쾨르는 레비나스, 메를로-퐁티와 함께 후설을 소개하는 일에 주력하는데, 특히 후설의 현상학을 행동 영역에 적용하여 악과 의지의 문제를 다룬 『의지의 철학 I』은 메를로-퐁티가 지각의 영역에서 이룩한 현상학적 연구에 버금가는 성과를 이룬다.

　리쾨르는 1955년 논문집 『역사와 진리』를 출간하고, 1956년에 장 이폴리트의 추천으로 레몽 아롱, 블라디미르 장켈레비치, 장 발, 조르주 캉길렘, 가스통 바슐라르 등이 포진한 소르본 대학 철학과에 부임한다. 자크 데리다의 경우 1965년 고등사범학교에 교수로 가기 전 소르본에서 조교로 근무했는데, 이때 리쾨르의 현상학 강의에 참석하면서 연구와 강의를 돕기도 했다. 리쾨르는 당시 소련의 헝가리 침공, 프랑스의 알제리 전쟁 등 정치적으로 민감한 사안에 대해서 「정치적 역설」 「에릭 베유의 정치철학」 등을 기고함으로써 적극적으로 발언하고, 1957년 3월 12일에는 그를 포함한 지식인 365명이 알제리 전쟁에 반대하는 공개서한을 대통령에게 보내기도 한다. 또한 무니에의 뒤를 이어 『에스프리』를 이끌던 장-마리 도므나크 등의 제안으로 1957년에 리쾨르는 가족을 이끌고 '하얀 담장'[4]에 정착한다. 같은 해 그는 사회기독교 운동의 의장으로 선출되었고, 1970년까지 재임하면서 기독교인의 시민윤리, 사회적 불평등, 도시, 근대성 등의 문제에 대한 논쟁을 통해 기독교 좌

---

4) 무니에는 1939년 자신의 인격주의 이념에 동조하는 동료들과 함께 파리 근교의 샤트네-말라브리에 집을 짓고 일종의 공동체 생활을 했는데, '하얀 담장'이라 불렸던 이곳은 1950년 무니에가 죽은 후 침체된 상태였다.

파 운동에 많은 영향을 미친다.

리쾨르의 철학적 여정은 1960년 『의지의 철학 II: 유한성과 허물』의 출간과 함께 현상학에 해석학을 접목하는 이른바 '해석학적 전회'를 맞게 된다. 알튀세르, 라캉, 바르트, 푸코, 레비-스트로스, 부르디외 등 구조주의가 프랑스 지식인 사회를 휩쓸던 1960년대 초부터 리쾨르는 이들과 논쟁을 벌이면서 해석학과 구조주의의 접점을 모색하는 한편, 소르본의 후설 연구센터의 책임을 맡아 현상학 연구를 이어간다. 그리고 1966년부터 프랑수아 발과 함께 기획한 쇠이유 철학총서의 하나로 가다머의 『진리와 방법』을 출간하고, 가다머 해석학의 주요 주제들을 받아들인 비판적 해석학을 정립한다. 또한 프로이트의 정신분석에 관한 세미나에 참석하면서 해석학을 현상학에 접목시키는 본격적인 시도로서 프로이트론을 준비한다.[5] 하지만 1965년에 『해석에 대하여: 프로이트에 관한 시론』이 출간되자 라캉 진영에서 격렬한 공격이 제기된다. 그 핵심은 라캉의 연구와 세미나에서 받은 영향을 언급하지 않은 채 그대로 훔쳐서 프로이트에 관한 책을 썼다는 것이다. 이에 맞서 리쾨르는 자신이 이미 1960년 본발 강연에서 프로이트에 대한 견해의 핵심을 발표했으며, 라캉도 당시에 참석하여 같이 토론하면서 자신과의 차이를 인정했고, 단지 라캉의 요청에 의해 그 토론문은 나중에 발간된 책자에서 빠졌다고 반박한다. 또한 라캉의 세미나에 참석하기 이전에 자신은 이미 소르본 대학에서 『해석에 대하여』의 핵심 주제를 강의 형태로

---

5) 라캉은 자신의 세미나에 리쾨르를 정기적으로 초청함으로써 자신의 해석에 대한 "철학적 보증"을 기대했으나 리쾨르는 이를 의무적으로 참석했던 "고역이자 낙담"으로 회고한다. *CC*, pp. 109~10 참조.

발표하고 있었으며, 『의지의 철학 II』의 「악의 상징」[6]에서 상징의 언어적 측면에 주목한 뒤 이제 무의식의 언어적 측면으로 옮겨 간 것이라고 반론을 제기한다. 하지만 『해석에 대하여』를 둘러싼 라캉 진영의 학문적 테러리즘에 큰 상처를 받은 리쾨르는 이후 1986년까지 정신분석에 관한 글을 쓰지 않게 되며, 『해석에 대하여』를 문고판으로 내는 것에도 한동안 반대했다고 한다.[7]

1964년 리쾨르는 경직된 중앙집권적 교육을 고집하는 소르본과 다른 새로운 학문의 장을 마련하기 위해 파리 교외의 낭테르 대학으로 자리를 옮기고, 조교였던 리오타르도 이때 따라간다. 그는 수용소 시절의 동료였던 뒤프렌, 당시에는 잘 알려져 있지 않았던 레비나스, 그리고 뒤메리를 초빙하여 낭테르를 종교 및 철학 연구의 중심지로 만들고자 한다. 1968년 학생운동이 대학가를 휩쓸던 시기에 알랭 투렌, 앙리 르페브르 등과 더불어 리쾨르는 시위를 주도한 다니엘 콘-벤디트의 퇴학 처분에 반대했고, 『르몽드_Le Monde_』지에 자신의 의견을 피력하는 글을 기고하면서 대화를 통해 문제를 해결하려 한다. 1969년에는 계속되는 학생 소요 사태를 진정시킬 적임자로 리쾨르가 학장으로 선출되지만, 캠퍼스는 이미 대화와 토론 자체가 불가능한 상황이었다. 학장실은 수시로 과격 학생들에 의해 점거되었고, 리쾨르는 학생들로부터 "늙은 광대"라는 조롱을 받고 심지어 머리에 쓰레기통을 뒤집어쓰는 수난을 겪기도 한다(언론에 보도되기도 했던 이 유명한 쓰레기통 사건을 주도했던 학

---

6) 『의지의 철학 II』는 1부 「나약한 인간」과 2부 「악의 상징」으로 구성되어 있는데, 국내에서는 2부만이 따로 번역되어 출간되었다(폴 리쾨르, 『악의 상징』, 양명수 옮김, 문학과지성사, 1999).

7) F. Dosse, _Paul Ricoeur: Les sens d'une vie_, La Découverte, 1997, p. 305 참조.

생은 후에 교수가 되어 리쾨르를 찾아와 사과하고 용서를 구했다고 한다). 낭테르 대학의 긴장이 고조되자 경찰의 폭력적 개입을 우려한 리쾨르는 학장으로서 중재를 위해 노력하지만, 강경진압 방침을 고수하던 내무장관 레몽 마르슬랭이 대학 당국에 사전 통보 없이 캠퍼스에 경찰을 투입하고, 그 과정에서 200여 명의 부상자가 발생한다. 한편으로 정치에 이용당했다는 쓰라린 느낌과 더불어 정치권의 냉소주의에 상처받고, 다른 한편으로 극단적이고 과격한 이데올로기에 사로잡힌 학생과 지식인 들에게 좌절한 리쾨르는 결국 1970년에 학장직을 사임한다. 한해 전인 1969년에 장 이폴리트의 뒤를 잇는 콜레주 드 프랑스의 교수 선출에서 푸코에게 자리를 빼앗긴 마음의 상처도 영향을 끼쳤을 것이다.

3) 지적 망명과 귀환(1970~2005년)

낭테르 사태 이후 리쾨르는 후설 문헌연구소가 있는 벨기에의 루뱅 대학에서 강의하고, 파리의 후설 문헌연구소 세미나에도 참여한다. 또한 1970년에 폴 틸리히의 뒤를 이어 시카고 대학 디비니티 스쿨의 존 뉴빈 석좌교수가 되어, 1992년까지 미국과 프랑스를 오가며 강의와 연구를 이어간다. 리쾨르는 그전에도 예일 대학과 시카고 대학 등에서 강연을 하거나 초빙교수로 머문 적이 있었는데, 그의 사상은 개신교 전통이 강한 미국에서 상대적으로 큰 환영을 받았고 그러한 상황이 '지적 망명지'로 미국을 선택하는 계기가 되었다. 예를 들어 1965년에 출간된 『해석에 대하여』는 프랑스에서의 길고 부당한 침묵과 달리 미국에서는 데니스 새비지의 번역으로 『프로이트와 철학』이라는 제목을 달고 1970년 출간되어 초판만 2만 부가 팔리는 성공을 거두었다. 리쾨르는 엘리아데와 함께 시카고 대학에서 강의를 진행하기도 하고, 장 발의 후임으로 『형이상학과 도덕*Revue de métaphysique et de morale*』지의 책임을 맡아 세계적인 학술지로 키우는 데도 기여한다(프랑수아 아주비, 마르크 드 로네 등 젊은 철학자들이 여기에 가세한다). 무엇보다 이 시기에 리쾨르는 영미 계통의 분석철학을 접하면서 구조주의의 한계에 대한 철학적 해결책을 모색하는 등 풍성한 지적 활동을 펼쳤고, 1975년에 『살아 있는 은유』, 1983년에서 1985년까지 『시간과 이야기』 전 3권을 출간한다. 리쾨르의 해석학적 성찰은 구조주의가 쇠퇴하고 윤리학에 대한 요구가 커져가던 시대적 상황과 맞물려 미국과 프랑스의 지성계에 큰 반향을 불러일으킨다. 아우구스티누스와 아리스토텔레스에서 출발하여 칸트와 후설을 거쳐 하이데거에 이르는 리쾨르의 시간론에는 60년대 프랑스에서의 하이데거 수용이라는 문제가 들어 있고, 이야기론에는 구조주의가 인문과학의 새로운 방법론으로 등장하여 각광을 받게 되는 60년대 초반의 지적 분위기에 대한 나름의 응답이 들어 있다고 말할 수 있다.

리쾨르는 헤겔 학술상(슈튜트가르트), 야스퍼스 학술상(하이델베르크) 등을 수상하고, 『시간과 이야기』 1권이 출판된 1983년에는 파리 국립철학학교에서 초청 강연회가 개최된다. 그렇게 리쾨르는 미국으로의 '지적 망명'을 거쳐 프랑스 지성계의 전면에 화려하게 복귀한다. 1986년 『텍스트에서 행동으로』가 출판되었을 때 『르몽드』지는 1면에 미셸 콩타와 리쾨르의 인터뷰를 실어 이 책을 유럽 지성계의 위기를 극복하게 해줄 길잡이로 소개하기도 했다. 그러나 1986년은 아들 올리비에 리쾨르가 초청 강연을 위해 프라하로 떠나는 아버지를 공항에서 배웅한 후 자살한 해이기도 하다. 그 비극적 사건은 리쾨르에게 악과 고통에 대한 더욱 깊은 성찰의 계기가 된다. 1988년 장 그레슈와 리처드 커니의 주도로 스리지 라 살에서 '해석학적 이성의 변모'라는 주제로 개최된 학술대회는 리쾨르 사상의 주요 개념들을 다룬다. 그리고 1990년에 출간된 『남처럼 자기 자신』은 데카르트 이후 유럽 지성계의 주된 주제인 인간의 행위에 대한 모든 견해를 포괄하려는 노력을 담고 있다는 찬사를 받았고(이 책이 자살한 아들 올리비에에게 바치는 「행동의 비극성」이라는 글을 수록하고 있다는 것은 의미심장하다), 그의 철학적 성찰은 인간의 행위와 정체성 문제에 대한 여러 논쟁과 토론을 불러오게 된다.

90년대 이후 프랑스 지성계에서 리쾨르가 이처럼 큰 관심을 얻게 된 것은 사회적으로 논란을 일으킨 문제들을 둘러싼 철학적 대답이 절실했던 까닭도 있을 것이다. 예컨대 불법 체류자 문제, 에이즈 혈액 오염 사건, 이슬람 여성들의 베일 착용을 둘러싼 논쟁 등에서 리쾨르는 흑백 논리가 아니라 '회색과 회색 사이의 선택'의 문제로 보고 아리스토텔레스의 목적론적 윤리와 칸트의 도덕 명령, 즉 선한 것과 합법적인 것 사이에서 올바른 해결책을 제시하려고 노력했다. 또한 그렇게 얻은 답들을 행동으로 실천하는 일에도 관심을 기울였다. 사회당 로카르 정부의 사회정책에 대한 자문과 강연을 하기도 했고, 정치와 철학, 인문과학 전반에 관한 성찰을 담은 『강의』 전 3권도 출간했다. 90년대에 리쾨르는 자신의 지적 여정을 회고한 『돌이켜보며: 지적 자서전』(1995)을 출간한 이후, 『이데올로기와 유토피아』(1997), 『현상학 학파』(1998), 『성서 해석학』(1999), 『기억, 역사, 망각』(2000) 등 역사와 이데올로기, 윤리, 정의, 성서 해석학, 악의 수수께끼에 관한 저서들을 잇달아 발표하면서 지칠 줄 모르는 학문적 열정을 이어간다. 특히 『기억, 역사, 망각』의 저술 배경과 관련하여 리쾨르는 이렇게 고백한 바 있다. "수많은 기념들이 주는 영향, 그리고 기억과 망각의 남용에 대해서는 말할 것도 없겠지만 여기서는 지나친 기억이, 다른 곳에서는 지나친 망각이 불러일으키는 불안스런 광경에 심란하지 않을 수 없다. 올바른 기억의 정치학이라는 생각은 이 점에서 내가 시민으로서 밝힐 수 있는 주제들 가운데 하나이다."[8] 이러한 관점에서 리쾨르는 아우슈비츠 같은 과거의 역사적 사건들을 어떻게 기록할 것인가, 희생자들의 기억으로 역사를 짓누르는 것이 언제나 좋은 것인가 등의 물음에 대한 답을 찾아간다.

1997년 아내 시몬이 세상을 떠나고, 2005년에는 리쾨르 자신도 92세의 나이로 '하얀 담장'에서 죽음을 맞이한다. 리쾨르는 임종 전날 저녁까지 가족들과 이야기를 나누다가 잠이 든 것으로 알려졌고, 유언에 따라 장례식은 가까운 친지들만 참석한 가운데 조촐하게 치러졌다. 리쾨르는 생전에 이렇게 말한 적이 있다. "나는 죽음 이후가 아니라 삶을 궁극적으로 긍정하는 행위인 '죽기mourir'를 기획한다. 삶의 종말에 대한 나의 경험은 죽는 행위를 삶의 행위로 만들겠다는 이 가장 깊은 맹세를 양식으로 삼는다."[9] 이 말에는 죽음을 죽을 수밖에 없는 존재의 관점에서 바라볼 것이 아니라 삶의 관점에서 보아야 한다는 믿음이 담겨 있다. 하이데거는 '죽음을-향한-존재'의 결단을 말하지만, 리쾨르는 죽음을 향한 결단보다는 삶의 종말에 이르기까지 자기를 포기하지 않고 버텨내는 존재의 의미에 더 무게를 둔다. 나의 죽음, 그리고 죽음 이후의 세계를 표상할 수 없다는 불가능성은 때로 죽음을 모든 것의 종말로 간주하고 현세의 삶 자체에만 의미를 두거나 아니면 내가 몸담고 있는 세계와 나의 존재 자체를 부정하는 사유로 이끌기도 하지만, 철학자

---

8) 리쾨르 재단 누리집(http://www.fondsricoeur.fr/fr/pages/biographie.html).
9) F. Dosse, *Paul Ricoeur*, p. 614.

로서 리쾨르의 소망은 소박한 종말론적 표상에 기대지 않으면서도 자신의 죽음 이후를 내다보는 것이다. "나는 내가 살아 있는 한 내일 죽을 존재로 나 자신을 취급해서는 안 된다"(*CC*, p. 237). 스스로가 아닌 그 누구도 말할 수 없는 삶의 종말에 대한 경험 앞에서 과연 그의 기획이 이루어졌는지, 자신의 맹세를 지킬 수 있었는지 우리는 모른다. 그렇지만 살아 있는 한 죽기 전까지 이론적 지식과 실천적 지혜를 잇고자 한 그의 지적 여정은, 죽음을 앞둔 리쾨르가 쓰고 그의 사후에 출간된 책의 제목이기도 한 "죽기 전까지 살아 있는"[10]이라는 짧은 말에 함축되어 있다.

2. 리쾨르의 지적 여정: '할 수 있는 인간'을 위하여

폴란드의 포로수용소, 샹봉, 스트라스부르, 소르본, '하얀 담장' 공동체, 낭테르, 시카고 등 리쾨르가 머물렀던 여러 장소, 그리고 마르셀을 중심으로 한 '금요모임,' 『신천지』와 『에스프리』 『형이상학과 도덕』지, 소르본의 후설 연구센터 등 그가 몸담았던 여러 그룹은 다양한 길을 넘나든 리쾨르의 지적 여정을 보여준다. 실제로 리쾨르의 철학을 처음 접할 때 느끼는 가장 큰 어려움은 체계나 일관성이 쉽게 드러나지 않는다는 점이다. 아리스토텔레스, 아우구스티누스부터 칸트와 헤겔을 거쳐 야스퍼스, 후설, 하이데거, 레비나스, 프로이트에 이르기까지 수많은 사상이 들어 있고, 거기에 프랑스의 구조주의 철학뿐 아니라 프랑

---

10) P. Ricoeur, *Vivant jusqu'à la mort suivi de Fragments*, Seuil, 2007.

스에는 잘 알려지지 않았던 영미권의 철학까지 더해지면 그의 학문적 정체성의 윤곽을 그리는 일은 더 어려워진다. 이를 빗대 어떤 이들은 리쾨르의 철학이 독창적인 개념이나 체계적인 사유가 없는 "백과전서식 야망"[11]이라고 하거나 절충주의 혹은 유행을 따라가는 철학이라고 비판하기도 하고, 심지어 철학의 자율성이라는 가면 아래 신학의 얼굴을 감추고 있다고 주장하기도 한다. 또 어떤 이들은 그의 철학에는 니체나 하이데거, 푸코, 데리다 같은 철학자들에게서 느낄 수 있는 해체의 카타르시스, 사르트르나 알튀세르에게서 볼 수 있는 현실 변혁의 의지나 열정이 없다고 비판하기도 한다. 혹은 부정신학도 기독교 무신론도 아닌 그의 철학적 불가지론에 실망하는 사람들도 있다. 하지만 반성철학, 현상학, 해석학, 정신분석학, 신학, 문학, 역사를 비롯해 인문과학 전반을 아우르는 리쾨르 철학의 가장 큰 매력은 다양한 타자와 치열하게 대화하는 폭넓은 사유, 그리고 그러한 대화를 통해 앎을 행동으로 이끄는 실천적 지혜의 길을 모색한다는 점이다.

처음 후설의 『이념 I』을 프랑스어로 번역하고 1950년 『의지의 철학』을 출간했을 때만 해도 리쾨르는 후설의 제자로 소개되었으며, 데카르트의 코기토를 시원으로 하는 반성철학의 전통을 잇는 철학자로 여겨졌다. 하지만 이른바 '코기토의 자율성'이라는 문제와 관련하여 리쾨르의 입장은 애초부터 상당히 회의적이었다. 여기에는 야스퍼스, 카를 바르트 등의 영향이 컸다. 데카르트의 코기토, 칸트의 선험적 주체, 후설의 선험적 직관에 의한 세계 이해는 생각하는 주체를 지나치게 과대평

---

11) P. Colin, "Herméneutique et philosophie réflexive," J. Greisch & R. Kearney(eds.), *Paul Ricoeur: Les métamorphoses de la raison herméneutique*, Cerf, 1991, p. 17.

가한 것이며, 의지나 욕망 또는 육체라는 불투명한 경험 영역, 다시 말해서 온전한 의미에서의 실존을 통한 세계 이해를 거쳐야 주체의 모습을 제대로 볼 수 있다는 것이 리쾨르의 생각이었다. 그렇게 해서 리쾨르는 순수 의식이라는 환상에 맞서 니체, 마르크스, 프로이트라는 "의혹의 거장들"(DI, p. 41)과의 대화를 통해 코기토의 가능성과 한계를 점검하고자 했다.

1990년 출간된 『남처럼 자기 자신』에 이르기까지 반성철학에 기반을 둔 그의 입장은 본질적으로는 거의 변화가 없지만, 데카르트의 코기토에서 비롯된 관념철학의 자신만만한 주체와는 점차 멀어짐과 동시에 상처 입고 모욕당한 주체를 치유하기 위해 새로운 주체 개념을 제시해야 한다는 과제를 안게 된다. 장 그롱댕이 리쾨르의 철학을 "프랑스 반성철학 전통과 인격주의, 실존주의에 뿌리를 내리고 인간의 가능성들을 맞이하는 철학"[12]이라고 평하는 것도 그런 맥락이다. 여기서 말하는 반성철학이란 '인간이란 무엇인가,' 한마디로 '나는 누구인가'에 대한 물음을 제기하고 그 답을 찾아가는 사유이다. 내가 누구인지 모른다면 나의 가능성이 무엇인지도 알 수 없을 것이다. 실제로 리쾨르의 첫 번째 저서라 할 수 있는 『의지의 철학』에서부터 말년의 저작에 이르기까지 그의 철학을 관통하는 주제는 '할 수 있는 인간homme capable,' 즉 주체로서의 인간의 가능성이었다. 여기서 인간의 가능성이란 자기 삶의 주체로서 '좋은 삶'을 살아갈 수 있는 능력을 말한다. 비록 현재는 자신의 가능성을 온전히 펼치지 못함으로써 고통받을 수 있지만, 인간은 자신의 삶에 대한 성찰과 행동을 통해 자신의 삶을 바꿀 수 있는 능력을

---

12) J. Grondin, *Paul Ricoeur*, PUF, coll. "Que sais-je?," 2013, p. 6.

가지고 있다. 그러한 '존재 노력'(코나투스conatus)은 인간을 다른 존재들과 구분 짓는 가장 큰 특징이며, 따라서 그에게는 인간에 관해 말하고 있는 것은 무엇이든 대화 상대가 될 수 있다. 리쾨르의 철학이 종교현상학, 정신분석학, 언어학, 인지과학, 분석철학 등 다양한 학문 분야와 폭넓은 대화를 펼치는 것도 바로 그런 앎의 형태들에 대한 해석과 비판을 통해 '할 수 있는 인간'의 가능성을 더욱 깊이 있게 탐구할 수 있다고 보기 때문이다.

1) 갈등과 대화의 철학

리쾨르의 사유 방식은 서로 각을 이루고 있는 사유들 사이의 긴장을 부각시키고 모순되는 것들을 극단에 이르기까지 충돌시킴으로써 그 유효성과 한계를 드러낸 뒤에 화해의 가능성을 모색한다는 점에서 대화를 통한 일종의 산파술에 가깝다. 이 점에서 리쾨르가 '타원의 두 초점'이라는 표현을 즐겨 쓰는 것은 의미심장하다. 예를 들어 철학과 종교는 그 영역이 서로 구분되지만 리쾨르는 이 둘을 하나의 타원 안에 자리잡은 두 초점, 즉 '비판'과 '확신'(리쾨르의 책 제목이기도 하다)이라는 두 개의 초점으로 설정하고 대화와 중재를 시도한다. 중요한 것은 두 초점 사이에서 유지되는 거리와 긴장이다. 바로 그러한 긴장 속에 화해의 가능성이 자리 잡는다. 그렇게 해서 리쾨르는 한편으로 자신의 철학을 잠재적 신학으로 간주하려는 철학자들(알튀세르, 라캉, 하버마스 등이 이에 속한다), 다른 한편으로 성서교리를 철학으로 변형시킨다고 생각하는 신학자들의 공격에 반박한다.

심지어 대화에 대한 그의 열정은 인문과학만이 아니라 자연과학에까지 이어진다. 육체-정신에 관해 근본적으로 다른 견해를 가진 신경생물학자 장-피에르 샹죄와의 대담을 엮은 『자연과 규칙』이라는 책을 보면, 두 입장의 차이를 점차 파고들어 결국에는 서로가 한계를 인정하고 받아들이게끔 하는 리쾨르의 대화 능력이 잘 드러난다.[13] 다름과 차이를 배제하거나 무조건 수용하는 것이 아니라 그 경계를 탐사하면서 충돌 지점을 찾아내서 깊이 파고드는 것이 바로 리쾨르 특유의 대화의 감각이며,[14] 그것은 일종의 '화쟁和諍'의 방법론이라고 말할 수 있다.[15] 이러한 대화는 통시적 관점에서는 이전 대화에서 남겨진 문제들을 이어받아 발전시킨다. 즉, 한 대화에서 남은 문제를 해결하기 위해 다음 대화를 시작하고, 또 남은 문제를 그다음 대화에서 풀어가는 방식이다. "각각의 저서는 이전 저서에서 남겨진 부분에서, 해결되지 않은 물음에서 비롯된다"[16]라는 말대로, '할 수 있는 인간'이라는 리쾨르의 주제는 "나

---

13) P. Ricoeur & J.-P. Changeux, *La nature et la règle: Ce qui nous fait penser*, Odile Jacob, 1998.

14) "혹자는 보편성과 대화에 대한 리쾨르의 추구란 결코 화해할 수 없는 것들을 중용이라는 수단을 통해 억지로 화해시키려는 단순한 통합주의에 불과하다고 폄훼한다. 그러나 리쾨르의 여정을 주의 깊게 살펴보면 이러한 관점이 얼마나 피상적이며 또한 본질에서 벗어나는 것인가를 알 수 있다. 그의 사상은 결코 논쟁적이거나 과장된 것이 아니다. 그러나 그것은 평화로워 보이는 겉모습과는 달리 극단의 사상이며 또한 갈등의 사상이다. 장애물에 대한 반격과 반박, 그리고 전략이라는 개념은 그의 철학의 주요한 특징들 가운데 하나이다. 그는 갈등 상황에 있는 여러 입장들을 논리적 모순의 지평에 부딪힐 때까지 극단적인 지점으로 몰아넣는다. 바로 이러한 부딪힘이 생각을 불러일으킨다"(F. Dosse, *Paul Ricoeur*, p. 11).

15) 야스퍼스가 사용한 표현으로 프랑스어로 직역하면 '다정한 싸움combat amoureux'을 뜻한다. 서로 다른 이론을 인정하고 더 높은 차원에서 통합을 시도하려 한 원효의 화쟁론과 유사하다고 볼 수 있다.

16) "De la volonté à l'acte – un entretien de Paul Ricoeur avec Carlos Oliveira," Ch. Bouchindhomme & R. Rochlitz(eds.), *"Temps et récit" de Paul Ricoeur en débat*, Cerf, 1990, p. 18.

머지에서 나머지로de résidu en résidu"[17] 넘어가는 저서들을 통해 서서히, 때로 독자들이 흐름을 따라가기 힘들 때도 있지만, 계속 이어진다.

가장 먼저, 『의지의 철학 I: 의지적인 것과 비의지적인 것』(1950)에서 리쾨르는 인간이 어떻게 악을 원할 수 있는가, 자기기만이란 무엇인가, 비의지적 행동의 의미는 어떤 것인가 등의 물음을 제기하고, 인간의 인식과 존재는 유한하지만 무한과 영원을 꿈꾸고, 그러한 불균형이 악을 만들고 인간을 악에 노출되게 한다고 말한다. 결국 악의 수수께끼는 비의지적인 것에 있고, 악의 궁극적 불가지성이라는 문제가 남는다. 이어진 『의지의 철학 II: 유한성과 허물』(1960)에서 리쾨르는 악의 시작과 종말을 이야기하는 주요 신화들에 관한 해석을 통해 악에 대한 다양한 세계관을 대조하고 그 현상학적 본질을 탐구한다. 해석학을 현상학에 접목시키는 이러한 작업을 통해 악은 상징이나 신화로밖에는 이야기할 수 없으며, 그 본질은 유혹에 굴복하는 것, 즉 예속의지라고 규정한다. 여기서 남은 문제는 죄의식의 문제인데, 리쾨르가 당시에는 프랑스에 그리 알려지지 않았던 프로이트의 정신분석과 상징의 해석학에 관심을 갖게 된 것은 그 때문이다.

여기서 『의지의 철학 I』(1950)과 『의지의 철학 II』(1960) 사이에 『역사와 진리』(1955)가 있다는 사실도 간과할 수 없다. 물론 역사 문제는 『시간과 이야기』와 말년의 저작 『기억, 역사, 망각』에서 본격적으로 다루어지지만, 『역사와 진리』에서 이미 그 사유의 씨앗을 볼 수 있다. 무엇보다도 2차 대전 당시의 포로수용소 경험을 통해 리쾨르는 역사란 비의지적인 것이 구체적으로 발현되는 장소이며, 우리의 모든 행동이 연출

---

17) *Magazine littéraire*, no. 390, sept. 2000(numéro spécial "Paul Ricoeur"), p. 21.

되는 무대라고 생각하게 된다. 여기서 그는 칸트에 의거해 헤겔의 관념론적이고 목적론적인 역사를 비판한다. 즉 우리의 행동에 한계가 부여되어 있듯이 역사에 대한 우리의 지식 또한 한계가 있다는 것이다. 리쾨르가 "헤겔 이후의 칸트 양식"(『시간3』, p. 415)을 강조하는 것도 그러한 맥락이다. 『역사와 진리』는 두 가지 서로 다른, 하지만 서로 밀접한 관련이 있는 물음을 다루고 있다. i) 우선 역사 기술과 역사 지식의 인식론이 교차하는 지점에 위치하는 '방법론적인' 물음으로서 역사에서의 객관성과 역사가의 주관성의 몫에 관한 물음이 있다. ii) 그러한 물음에 좀더 '윤리적인' 물음, 즉 불의에 대항해서 싸워야 할 필요성에 대한 물음이 뒤따른다. 자신의 존재를 실현하기 위해 마음을 쓰는 인간의 의지가 역사적 진리와 어떻게 공존할 수 있는가? 이런 물음들을 던지게 된 배경에는 리쾨르의 기독교적 신념과 장 나베르의 반성철학, 에마뉘엘 무니에의 인격주의의 영향도 있다. 그리고 이런 물음들은 『의지의 철학 II』에서 다루게 되는 악의 수수께끼 문제와 결부되면서 역사에서의 악이라는 문제로 이어진다.

『의지의 철학 I』『의지의 철학 II』를 거쳐 리쾨르는 우리가 악을 상징화해서 생각할 수 있을 뿐 순수한 개념으로 환원시킬 수 없으며 인간 현실은 끝없이 해독해야 할 상징으로 이루어져 있다는 결론에 이르고, 그러한 사유를 바탕으로 『해석에 대하여: 프로이트에 관한 시론』(1965)을 쓴다. 리쾨르는 프로이트의 작업을 충동의 에너지론에서 의미의 해석으로, 그리고 에로스/타나토스의 세계관이라는 세 단계로 구분하고, 정신분석을 해석학의 영역으로 끌어들인다. 이때의 해석학은 "종교를 탈신화화하는 해석학과 종교의 상징 속에서 부름의 가능성을 찾으려는 해석학 사이"(*DI*, p. 335)의 갈등으로 이루어진다. 그렇게 해서 남게 되는 다양한 해석들의 갈등 문제를 리쾨르는『해석의 갈등: 해석학 시론』(1969)에서 다루고, 신화적 상징의 해석과 정신분석에 따른 욕망의 의미론을 거쳐 제기되는 겹뜻, 즉 이중의미의 문제를 통해 언어철학과 문학의 영역으로 나아간다. 겹뜻의 문제는 우주 상징과 꿈 상징, 문학 상징이 철학언어나 과학언어의 단일 의미에 어떻게 잉여 의미를 부여하고 의미를 새롭게 할 수 있는가라는 '의미론적 혁신'의 문제로 이어진다.『해석의 갈등』이 남긴 이러한 의미론적 혁신 문제에 대한 논쟁의 결실은『살아 있는 은유』(1975)에서 이루어진다. 리쾨르는 은유를 단지 해석 이론의 한 갈래로 보는 데 그치지 않고 철학적 차원에서 접근한다. 수사학적 전통이 본래의 의미에서 은유적 의미로의 이행(전의)에 분석을 집중하는 것과 달리, 은유가 삶을 되찾기 위해서는, 다시 말해서 현실과 접합되기 위해서는 이러한 전통으로부터 은유를 떼어내야만 한다는 것이 리쾨르의 생각이다. 은유적 발화의 기능 작용을 분석하는 의미론적 분석은 그 인식론적 기능을 이해하는 데 필수적이며, 그리하여 의미론적 분석은 시적 상상력 이론에 다가간다. 은유는 '발견'이 인식론 차원에서 수행하는 것과 동일한 기능을 언어 층위에서 수행하는 것이다. 즉 '살아 있는' 은유는 새로운 현실의 발견이자 현실과의 새로운 만남이며, 그렇게 '은유적 진리'라는 존재론적 탐사의 층위에 접근한다.

　이어진『시간과 이야기』3부작(1983, 1984, 1985)에서 리쾨르는 이야기와 시간적 경험의 순환성이라는 가설 아래 은유의 의미론적 혁신 현상을 이야기라는 담론 형태에 적용한다. 살아 있는 은유의 핵심적 현상을 구성하는 의미론적 혁신에 상응하는 것은 모든 이야기 형태에 공통된 '줄거리' 개념이다. 이야기는 어떤 사건들을 이야기하는 것이며, 사건들이 하나의 줄거리로 엮여 이야기가 되는 것이다. 은유와 마찬가지로 이야기에 대해서도 의미론적 혁신을 말할 수 있으며, 이는 줄거리가 갖는 대상지시 기능과 진리 주장의 문제로 이어진다. 줄거리는 혼란스런 시간 경험에 질서를 부여하며, 살아 있는 이야기는 인간으로 하여금 역사적 시간을 가로질러 시적 상상의 세계에 머물 수 있게 함으로써 숨겨져 있던 삶의 가능성을 열어준다. 『시간과 이야기』에서 그것은 '삼중의 미메시스' 개념으로 나타난다. 삼중의 미메시스 개념은 이야기의 '상류와 하류'라는 시간적 형상화의 서로 다른 층위를 아우르는 개념으로서, 이야기는 이런 과정을 통해 일상적인 경험 세계를 뒤흔들며 새로운 경험을 만들어낸다. 리쾨르가 해석학적 순환이 아니라 아치 개념을 말하는 것은 이처럼 형상화 차원을 넘어 재형상화 차원에서, 즉 인식론적이고 존재론적인 차원에서 이야기의 의미론적 혁신이 이루어지기 때문이다.

『시간과 이야기』가 남긴 문제는 은유와 이야기를 통한 의미론적 혁신이 실천적 차원과 맺고 있는 관계에 대한 것이다. 리쾨르는 이를 『텍스트에서 행동으로: 해석학 시론 2』(1986)와 『남처럼 자기 자신』(1990)에서 다루게 된다. 우선 『텍스트에서 행동으로』에서는 반성철학과 현상학에 접목된 해석학적 입장에서 담론의 은유적 기능과 서사적 기능을 설명하고, 텍스트 해석학에서 행동의 해석학으로 나아가는 과정에서 제기되는 이론적 문제들을 검토한다. 그리고 '할 수 있는 인간'의 존재론과 관련하여 실천적 차원에서 은유와 이야기의 의미론적 혁신이 제기하는 문제는 『남처럼 자기 자신』에서 자기성과 동일성의 변증법을 기반으로 하는 이야기 정체성이라는 개념을 중심으로 다룬다. '자기soi'는 불변의 동일성이 아니며, 그렇기에 변화 속에서 만들어지는 정체성이 문제시된다. 삶이란 매 순간 봉착하는 실존적 선택을 통해 자기 이야기를 만들어가는 것이다. 물론 소설의 이야기와는 달리 자기 삶의 이야기의 결말은 알 수 없지만, 결말을 염두에 두고 미래를 향해 자기를 투사하는 것이다. 이처럼 지나간 과거의 삶을 재구성하면서 미래를 예견하고 현재를 살아가는 '삶'은 이야기의 방식을 닮았기에 '이야기 정체성'이라고 부른다.

리쾨르가 세상을 떠나기 5년 전에 출간된 『기억, 역사, 망각』(2000)은 그렇게 해서 시간의 문제를 다시 다룬다. 어떤 것에 대한 기억을 갖는다는 것은 무엇인가? 왜 기억하려 하는가? 망각이 없다면 기억에 의한 통합도 없다. 또한 기억의 남용에 맞서야 하는 것 역시 기억의 의무이다. 기억은 결국 죄의식, 책임의 문제로 돌아가고 해석학은 존재론에서 윤리학으로, 정의와 권력의 문제로 넘어간다. 남을 판단하고 비난하고 처벌하고 그래서 고통받게 만드는 것은 악의 문제와 더불어 행위의 주체라는 문제를 제기한다. 개인의 과오도 있고 정치적 과오도 있으며 도덕적 과오도 있지만, 그 바탕에는 종교적 과오가 있다. 칸트의 근본악에 맞서 리쾨르는 근본선을 내세운다. 리쾨르는 선이 악보다 뿌리 깊다고 확신하며, 그래서 인간이 인간의 행위보다 더 가치가 있다고 말한다. 리쾨르는 온전한 인간을 향한 의지, 존재 노력을 중시한다. 또한 가해자/피해자의 도식에 따라 법적, 도덕적 책임을 묻는 것을 넘어서서 타자에 대한 존중이라는 측면에서 용서할 필요도 있다고 말한다. 『기억, 역사, 망각』의 에필로그에서 그가 '어려운 용서'를 말하는 것은 그 때문이다.

그렇다면 『기억, 역사, 망각』에서 남겨진 문제는 무엇인가? 리쾨르가 펼쳤던 다양한 대화의 끝에 이르러 우리는 변증법적 종합이라고 말할 만한 어떤 것에 이르렀는가? 물론 변증법적 사유에 따른 지양은 어떤 종합을 지향하긴 하지만, 리쾨르의 경우 그것은 헤겔의 절대정신 같은 종합이 아니라 가능성을 남겨두는 종합, 언제나 미완의 상태에 있는 종합에 머문다. 이는 리쾨르가 인간과 역사를 바라보는 입장과도 일맥상통한다. 인간의 삶과 역사에 종말이란 없으며, 인간의 사유 또한 그에 상응하는 한계를 지니고 있다고 생각하기 때문이다. 이와 관련하여 『기억, 역사, 망각』의 마지막 장에 나오는 수수께끼 같은 구절은 상당히 시사적이다. "역사 아래 기억과 망각이 있고, 기억과 망각 아래 삶이 있다. 하지만 삶을 쓴다는 것은 또 다른 역사(이야기)이다. 미완성"(*MHO*, p. 656).[18] 모든 인간의 존재 노력이 그렇듯 자신의 삶은 물론 자신이 쓴 모든 책 또한 미완으로 끝날 수밖에 없음을 말하려 한 것일까? 인간은 존재하려는 노력이고 노력할 수밖에 없지만, 리쾨르는 여기서 더 나아가 그런 노력이 뜻하는 바는 무엇이며, 그 가능성은 어떻게 열리는지를 묻고 있다. 과연 넘어설 수 없는 인간의 유한성에도 불구하고, 인간 조건이 필연적으로 내포할 수밖에 없는 악과 비극에도 불구하고, 인간은 무엇을 희망할 수 있는가? 리쾨르가 동시대의 영향력 있는 다른 철학자들과 뚜렷하게 다른 점은 바로 이러한 미완에 대한, 유한성에 대한 의식이라 할 수 있다. 그러한 의식이야말로 인간이 자신의 가능성과 행동의 주도권을 행사할 수 있는 능력의 바탕이 되는 것이다. 진정한 완성을 향해 나아가는 길에 그 어떤 것도 완전히 부정적일 수는 없으며, 반대로 완성으로 이끄는 결정적인 그 어떤 것도 있을 수 없다.

---

18) 리쾨르는 클레망과의 대담에서 이 텍스트가 자신의 묘비명으로 쓰이길 바란다고 말한 적이 있다. P. Ricoeur & B. Clément, "Faire intrigue, faire question: Sur la littérature et la philosophie," M. Revault d'Allonnes & F. Azouvi(eds.), *Ricoeur 2*, *Cahiers de L'Herne*, 2004, p. 39.

2) 인정의 여정

리쾨르가 세상을 떠나기 전 해인 2004년에 출간된 『인정의 여정』은 그의 지적 여정의 결실이자 앞선 『기억, 역사, 망각』에서 제기된 물음의 응답이라고 할 수 있다. 『기억, 역사, 망각』의 마지막에서 그가 말한 것처럼, 기억은 일종의 마음 씀이며, 그 점에서 기억을 해방하는 것은 '무심함' 속에서 기억의 짐을 덜고 그저 존재한다는 기쁨을 누리는 것이다. 그런 기쁨은 인간 존재의 유한성과 미완성을 받아들일 때 나온다. 주체의 오만함을 버리고 타자를 받아들일 때 우리는 우리 자신을 알아보게 되고 인정하게 되는 것이다. '인정reconnaissance'으로 가는 길은 그렇게 열린다. 리쾨르는 인정이라는 낱말이 갖는 의미를 다양한 층위에서 탐색하고 각각의 용법에서 유효성과 한계를 검토함으로써 '인정의 철학'의 가능성을 모색한다. 프랑스어에서 'reconnaissance'라는 단어는 크게 세 가지 뜻을 갖는다. 첫번째는 어떤 대상을 알아보고 '식별'한다는 뜻이며, 두번째는 자기나 남이 가진 능력을 '인정'한다는 뜻이고, 세번째는 타자와의 관계 속에서 서로를 인정하며 '감사'한다는 뜻이다. 인정의 여정이란 이 세 가지 뜻을 포괄하는, 즉 동일화로서의 알아봄에서 자기 자신에 대한 알아봄을 거쳐 서로를 알아봄에 이르기까지의 여정을 말한다. 예를 들어 남에게 무엇을 준다는 것은 남이 그것을 받아들인다는 것을 전제로 한다. 여기서는 주는 사람과 받는 사람 사이에 비대칭적인 관계가 성립한다. 하지만 다른 사람이란 주는 사람인 동시에 받는 사람이고, 받는 사람인 동시에 되돌려주는 사람이다. 받아들이는 행위는 감사의 행위이며 타자와의 이런 상호 관계 속에서 우정과 사랑이 이루어진다. 이런 개념을 통해 리쾨르는 타자를 절대적 존재로 보는 레비나스, 지옥이라고 보는 사르트르와는 달리 사랑과 우정을 나눌 수 있는 존재, '주는 동시에 받는 존재'로 보면서 타자 이론의 새로운 전망을 제시한다.

그런데 알아봄은 언제나 '알아보지 못함méconnaissance'의 위험에 노출되어 있다. 우리는 우리의 행위를 통해 존재하는데, 타자와의 상호 관계에서 그것은 자주 비대칭적인 상황에 놓이는 것이다. 나는 알아보는데 상대는 알아보지 못할 수 있고, 내가 능동적으로 행동하면 상대는 수동적으로 당하게 된다. 리쾨르는 이러한 비대칭을 상호성mutualité 속에 통합함으로써 넘어서려 한다.[19] 다른 한편 인정(알아봄)은 투쟁이다. 헤겔식의 인정투쟁에 따르면 주인은 자신의 요구를 채우기 위해 노예를 필요로 하며 그에 의존하게 되고 궁극적으로는 두 의식 사이에 차이가 없어진다. 인정투쟁이 스토아주의로 넘어가는 것은 그 때문이다. 문제는 그러한 금욕적 단계의 무차별 속에서 현실이 용해되어버린다는 것이다. 그래서 스토아주의는 회의주의로 넘어가지만, 회의주의에서 말하는 정신의 자유는 유한한 현실 앞에서는 무력할 수밖에 없는 순전히 관념적인 형상이기 때문에 자기의식은 결코 채워질 수 없는 요구로 말미암아 분열된 의식, '불행한 의식'이라는 막다른 골목에 이르게 된다. 리쾨르는 인정투쟁이 갖는 이러한 한계에 주목하여 주체들 사이의 투쟁이 반드시 공격적일 필요는 없다고 말한다. 상호인정이 태어나는 투쟁일 수도 있다는 것이다.

---

19) 리쾨르는 서로 간의 인정이 사회적 행위자들의 합의라는 상호성의 논리가 교환하는 행위자들 사이의 개인적 관계, 즉 주고받는 행위 그 자체에 있음을 강조하기 위해 프랑스어에서 비슷하게 상호성을 뜻하는 'réciprocité'와 'mutualité'를 구분한다. *PR*, p. 360 참조.

리쾨르는 그러한 상호인정의 가능성을 마르셀 모스의 '선물don' 개념에서 찾는다. 원시사회를 대상으로 한 모스의 연구는 상호성의 논리에 따른 선물 교환이 사회관계의 복합적인 망을 형성하는 데 기여하는 것을 보여주었다. 왜 선물은 교환되어야 하는가에 대한 물음에서 모스는 선물이 공동체 내에서의 화합과 소통을 보장하기 위한 어떤 주술적 힘의 순환을 상징한다고 말한다. 하지만 리쾨르는 이 대답이 불충분하다고 보고 선물의 비-주술적인 의미를 찾는다. 그것이 바로 "서로 간의 인정reconnaissance mutuelle"(PR, p. 359)이라는 것이다. 네가 주면 나는 받고, 나에게 준다는 것은 네가 나를 인정한다는 것이며, 그렇다면 감사의 뜻으로 나도 너에게 되돌려준다. 그 점에서 인정한다는 것은 자기 자신의 일부를 주는 것이다. 대가를 기대하지 않고 준다는 행위 그 자체에 의미를 부여하는 나와 타자 사이의 비대칭은 선물 교환을 통한 서로 간의 인정에서 해소될 수 있다. "인정을 위한 투쟁은 어쩌면 끝나지 않을 것이다. 하지만 주로 축제 같은 행사에서 선물 교환을 통해 실제로 이루어지는 인정 경험은 인정받고자 하는 동기가 적어도 환상이나 헛된 것이 아니라는 확신을 부여할 것이다. 인정투쟁을 권력에 대한 갈망과 구분함과 아울러 폭력의 유혹에 빠지지 않게끔 하는 것은 바로 그러한 동기이다"(PR, p. 378).

리쾨르 철학은 이처럼 '할 수 있는 인간'을 나침반으로 삼아 대체 불가능한 개인적 인격의 내면성을 존중하면서도 더불어 살아가는 공동체를 향해 열린 철학을 지향한다. '나약한 인간'에서 '할 수 있는 인간'으로 나아가면서 죄의식은 공감과 용서로 극복 가능한 것이 되고, 할 수 있다는 능력을 통해 인간은 과학적 인식 대상이 아닌 인격적 주체가 되는 것이다. 물론 그러한 생각이 환상이라는 의혹도 있을 수 있으나, 그러한 의혹은 좀더 신뢰할 만한 입증attestation을 통해 반증하거나 극복할 수 있다. 내가 입증할 수 있고 부인할 수 없는 사실은 나의 몸과 로고스를 가지고 말할 수 있고 행동할 수 있다는 것이다. 그런데 말과 행동은 그 자체가 상징성을 지니고 있으며, 따라서 해석과 반성의 대상이 된다. 말과 행동의 재귀성이 존재의 반성성과 연결되는 것이다. 반성을 통해 자기에게로 되돌아온다는 것은 상징적 매개의 해석을 거쳐 에둘러 온다는 것이며, 이를 통해 세계와 타자에게로 열려 있는 자기임을 확인하게 된다. 나는 인간들의 공동체와 자연 속에서 살아 움직이는 존재이며, 존재하려는 노력이자 욕망이고 코나투스인 것이다. 이것이 바로 인간의 욕망을 인정하며 극복하려는 리쾨르의 겸허한 이성의 철학이 "행동의 철학, 보다 정의로운 사회, 그리고 집단의 행복을 창조할 수 있는 공동체를 향해 언제나 펼쳐져 있는 희망의 철학"[20]에 이르는 여정이다.

---

20) F. Dosse, *Paul Ricoeur*, p. 11.

2장
해석학의 전통과 현대 해석학의 과제

> 해석자는 낯선 것을 적절한 것으로, 즉 자기 것으
> 로 만들고자 한다. 따라서 그가 타자 이해를 거쳐 추
> 구하는 것은 바로 자기 자신에 대한 이해의 확장이
> 다. 그러므로 모든 해석학은, 명시적이든 암묵적이든,
> 결국 타자 이해라는 에움길을 거친 자기 이해다. (*CI*,
> p. 20)

서구의 해석학 전통에서 볼 때 리쾨르는 어떤 위치를 차지하고 있고 다른 해석학자들과 어떤 영향 관계를 맺고 있는가? 그가 설정하고 있는 해석학의 과제는 동시대의 지적 흐름과 어떤 관련을 맺고 있는가? 이와 같은 질문에 답하기 위해서는 우선 해석학이란 어떤 학문이며 역사적으로 어떤 변천을 겪어왔는지에 대한 검토가 필요할 것이다. 고대의 성서 주석이나 중세 해석학에서 해석학은 의미 해석에 관한 엄격한 규칙을 내포하는 방법론을 뜻했고, 이후 슐라이어마허와 딜타이의 낭만주의 해석학에 이르면 이해는 저자의 의도를 찾아내는 작업이 된다. 그리고 하이데거와 가다머를 거쳐 현대 해석학은 인간을 해석을 필요로 하는 유한한 존재, 이해할 수 있고 해석들로 이루어진 세계에서 살고 있는 존재로 간주한다. 그렇게 해서 해석학은 이해에 관한 보편철학의 지위를 획득하게 된다. 현대 해석학의 가장 중요한 과제는 그와 같은 존재이해, 즉 나는 누구인가라는 물음에 대한 답을 모색하는 것이다.

이 장에서 우리는 고전적 의미의 해석학에서 낭만주의 해석학을 거쳐 현대의 존재론적 해석학에 이르는 역사를 개괄해볼 것이다.[21] 그리고 이를 바탕으로 현대 해석학을 대표하는 인물이자 리쾨르의 사상에 가장 큰 영향을 끼친 슐라이어마허와 딜타이의 낭만주의 해석학, 하이데거의 존재론적 해석학, 가다머의 언어 이해의 해석학을 좀더 상세하게 검토한 뒤, 그러한 해석학 전통 속에 리쾨르 해석학을 자리매김해볼 것이다.

1. 해석학의 기원과 역사

17세기 신학자 요한 콘라트 단하우어가 성서 해석의 방법이라는 뜻으로 처음 사용한 해석학이라는 용어는 그리스어 'hermeneuein'에서 비롯했다. 이 단어는 표현과 해석이라는 두 가지 과정을 동시에 가리키는데, 전자의 경우 생각을 언어로 옮기는 것이고 후자의 경우는 언어에서 생각으로 거슬러 올라가는 것이다. 오늘날 해석이란 후자의 경우를 가리키지만 그리스인들은 생각을 언어로 옮기는 표현 과정 자체도 이미 해석이라고 본 것이다. 나아가 어떤 것을 가리키는 발화 자체를 '헤르메네이아hermeneia'라 부르기도 하는데, 아리스토텔레스의 『오르가논』 2권의 제목 「페리 헤르메네이아스Peri hermeneias」(해석에 대하여)에서의 해석이 그에 해당한다. 리쾨르는 이 용법에 주목하여 헤르메네이아란 단순히 말의 뜻을 해석하는 것이 아니라 현실을 해석한다는 의미를 지

---

21) *TA*, pp. 75~100 ; J. Grondin, *L'herméneutique*, PUF, coll. "Que sais-je?", 2006 참조.

니고 있다고 말한다. 즉 말하는 행위는 현실을 그대로 말로 옮기는 것이 아니라, 무엇을 뜻하는 표현을 통해 현실을 잡으려는 것이기 때문에 거기에 해석의 차원이 들어간다는 것이다. 해석에 대한 그리스인들의 이러한 생각은 수사학과 해석학이 깊은 관련을 맺고 있음을 보여주는 것이기도 하다. 즉 속말을 겉말로 표현하는 과정이 수사학이라면 겉말에서 속말로 거슬러 올라가는 과정이 해석학인 것이다. 말의 의미를 이해하기 위해서는 생각이나 느낌 등 말해지지 않은 어떤 것을 말하려 한다는 사실을 전제로 해야 한다.

이후 고대의 성서 주석이나 중세 해석학에서는 성서나 고전문헌의 텍스트가 모호하거나 문맥상의 충돌이 있을 때 이를 해결하기 위한 규칙이나 규범을 제시함으로써 정합적인 해석의 틀을 제공하는 것이 과제가 된다.[22] 예컨대 아우구스티누스에 따르면 성서 해석에서는 네 가지 의미('영원한 진리' '이야기된 사실' '일어날 사건' '해야 할 행동 규칙')를 구분해야 하고, 해석 규칙들의 기본이 되는 원칙은 모든 앎은 어떤 사태 res나 기호와 관련이 있으며, 기호에 앞서 사태가 있다는 것이다. 사태는 그 자체로서 목적을 갖는 것과 어떤 목적을 위해 사용하는 것의 두 유형으로 나뉜다. 그중에서 영원한 사태만이 진정한 즐거움을 주며, 그에 대한 앎은 '지고의 선summum bonum'이다. 그렇게 해서 성서 해석의 제1원칙은 바로 사랑이라는 원리에 따라 텍스트를 해석하는 것이며, 변하는 모든 것에서 변하지 않는 것을 찾아내는 것이 된다. 이런 본질적인

---

22) 서양에서 역사적으로 주석exégèse은 크게 세 가지 범주의 텍스트에 적용되어왔는데, 유대교와 기독교의 성서 텍스트, 고대 그리스와 로마 시대의 문학 텍스트, 그리고 판례와 법 적용을 기록한 법률 텍스트가 그것이다. 주석이 "어떤 텍스트에 대한 개별적 해석"이라고 한다면, 해석학은 "주석의 규칙들에 대한 학문"으로 정의할 수 있다. *DI*, p. 33 참조.

사태에 따라 텍스트라는 기호를 해석해야 하는데, 성서에 나오는 수많은 비유와 전의의 뜻을 이해하기 위해서는 문법과 수사학적 지식이 필요하다. 이런 해석학 전통은 중세 해석학에서 개신교 성향의 해석학 이론가들을 거쳐 슐라이어마허에까지 이어진다.

19세기 슐라이어마허와 딜타이의 낭만주의 해석학에 이르러 해석이란 외부적인 기호-텍스트를 통해 개인의 내면적 삶을 이해하는 것이 된다. 딜타이가 던진 해석학의 새로운 과제는, 해석학이 이해의 규칙과 방법을 다루는 것이라면 이를 다른 모든 인문과학의 방법론으로 정립할 수 있지 않을까라는 물음이다. 이제 해석학은 인문과학의 진리 주장과 과학적 위상에 관한 방법론적 성찰이 되는 것이다. 그리고 20세기 들어 해석학은 이해의 과학적 방법론을 내세운 딜타이의 해석학에 대한 비판에서 출발하여 해석에 관한 보편철학의 형태를 띠게 된다. 그에 따르면 (물론 딜타이에게서도 어느 정도 볼 수 있지만) 이해와 해석은 단지 인문과학의 방법론에 속하는 것일 뿐만 아니라 인간의 삶 자체를 구성하는 근본적인 과정으로 이해된다. 이 모든 경우에 의미 개념은 이해와 결부된 인식론적 문제로 제기되며, 이해와 해석은 이제 세계를 향한 우리 존재의 본질적인 특성으로 나타난다. 해석학의 과제는 글로 쓰인 텍스트의 해석에 국한되는 것이 아니라 이해 가능성의 규칙 또는 조건에 관한 성찰을 통해 인간의 실존 그 자체를 규명하는 것이 되며,[23] 이에 따라 해석학은 좀더 현상학적이고 해체적인 철학적 소명을 갖게 된다.

해석의 의미가 이렇게 확장된 데에는 니체와 하이데거의 역할이 크

---

23) Ch. Bouchindhomme, "Limites et présupposés de l'herméneutique de Paul Ricoeur," Ch. Bouchindhomme & R. Rochlitz(eds.), *"Temps et récit" de Paul Ricoeur en débat*, p. 165.

다. 니체는 사실은 없고 오로지 해석들만이 있을 뿐이라는 명제 아래 "진리와 오류의 문제 전체를 힘에의 의지의 표현에 종속"(DI, p. 34)시킴으로써 상대주의적인 관점에서 해석학을 내세웠다. 이어 하이데거는 고전적이고 방법론적인 해석학과의 단절을 내세우면서 실존 이해라는 존재론적 해석학 개념을 제시한다. 하이데거는 존재자란 무엇인가, 존재자의 존재는 이해하는 데 있지 않은가라는 물음을 통해 세계-내-존재로서의 현존재를 밝히고자 하는 이해의 존재론을 내세운다. 인간은 자기가 몸담고 있는 세계를 이해하면서 자기를 이해하고, 세계 속에 있는 존재로서 세계와 관계를 맺으면서 자기를 내던지는 존재라는 것이다.

오늘날 가장 널리 받아들여지고 있는, 하지만 가장 제한된 의미의 해석학은, 세계에 관한 우리의 경험이 갖는 역사적이고 언어적인 성격에 주목함으로써 철학적 해석학을 정립한 하이데거 이후의 해석학이다. 사실 존재 물음을 우선한 하이데거의 해석학은 텍스트 해석의 기술 또는 인문과학의 진리와 방법론에 초점을 둔 고전적 해석학의 입장에서 보면 이단적이라 할 수 있다. 하이데거는 해석학을 그처럼 존재론으로 바꿈으로써 해석학과 실존주의를 연결시켰으나, 그렇게 존재론적 측면만을 강조하다 보면 슐라이어마허와 딜타이가 제시한 인식론적이고 비판적인 방향을 상실하게 된다. 불트만, 가다머, 리쾨르 등은 현상학적이고 실존주의적인 하이데거 해석학을 받아들이면서도 고전해석학의 문제, 즉 텍스트 해석의 문제와 인문과학의 진리와 방법론 문제를 해결하려 한다. 다시 말해서 이들은 하이데거가 개척한 실존 이해라는 지름길을 따라가는 것이 아니라 다른 인문과학들과의 대화를 통한 에움길을 택함으로써 역설적으로 슐라이어마허와 딜타이의 해석학과 만난다. 하지만 이들은 이해의 방법론으로서의 해석학이 아니라 인간 이해의 언어적이고 역사적인 측면에 관심을 기울임으로써 인간을 좀더 잘 이해하고자 하는 보편철학으로서의 해석학을 지향한다는 점에서 낭만주의 해석학과는 근본적인 차이를 보인다.

다른 한편 데리다, 바티모, 로티 등으로 대표되는 포스트모던 해석학은 존재론적 해석학에 대한 반론 또는 비판으로 볼 수 있다. 그들은 현실을 언어가 어떤 도식에 따라 나름대로 형상화하는 것이라고 본다. 현실 그 자체가 우리의 해석에 따라 구성되는 것이기에 해석에 부합하는 현실이라는 진리 개념도 무효화된다. 즉 진리-합치 개념은 소거되고, 언어 외적인 모든 대상지시도 지워지며, 따라서 모든 해석이 가능해지는 것이다. 물론 해석의 다양성이라는 포스트모던 해석학의 관점은 매력적이지만, 진리 개념의 해체는 보편적 해석학에 치명적인 결과를 가져온다. 다양한 해석이 있을 수 있다 하더라도 모든 해석이 다 가능한 것은 아닌데, 포스트모던 해석학에 따르면 어떤 이론이 다른 이론보다 더 현실에 부합한다고 말할 수 없기 때문이다.

2. 이해의 일반 이론: 슐라이어마허와 딜타이

모든 말이 말해지기 이전의 어떤 생각에 기대고 있다면 해석학의 과제는 수사학의 과정을 반대로 거슬러 올라가 언어 표현에서 말하려는 뜻, 즉 저자가 말하려는 생각을 찾아내는 일이 될 것이다. '근대 해석학의 아버지'라고 불리는 프리드리히 슐라이어마허(1768~1834)는 해석의 일반 규칙을 설정하기 위해 두 가지 해석, 즉 표현의 문장 구조를 분석하는 문법적 해석과 표현에서 어떤 개인의 의도나 마음을 읽어내는 심리적 해석을 구분할 것을 제안한다. 모든 사람이 동일한 사물에 대해 동일하게 생각하고 표현하지 않기 때문에 해석의 문제는 불가피하다는 것이다. 슐라이어마허의 독창성은 이처럼 표현을 이해하기 위해서는 인간의 내면세계를 알아야 하고, 이를 알 수 있는 방법은 오로지 표현을 통해서라는 전제 아래 해석을 어떤 '기술'(테크네)로 보았다는 점이다. 그러므로 올바른 이해를 위해서는 '더 많은 방법'을 동원하여 표현의 요소들을 재구성함으로써 문체와 같은 저자 특유의 기술을 찾아내고 저자가 말하고자 하는 바를 이해할 수 있어야 한다. 여기서 해석학의 과제는 저자의 창작 과정을 가능한 한 완벽하게 재생함으로써, "저자가 자기 자신을 이해하는 것만큼이나, 나아가 저자보다 저자를 더 잘 이해하는 것"(*TA*, p. 79)이 된다.

저자의 뜻(창조적 주관성)을 이해한다는 이러한 발생론적이고 심리주의적인 접근법은 19세기 독일 낭만주의 관념론의 특징이라 할 수 있다. 이 점에서 슐라이어마허는 텍스트 해석이라는 고전적 전통에 충실하면서도, 글로 쓰인 텍스트만이 아니라 일상의 이해를 포함한 낯선 모든 현상을 이해하려는 보편해석학의 길을 열게 된다. "잘못된 이해가 있는 곳에 해석이 있다"라는 명제로 요약할 수 있는 슐라이어마허의 보편해석학은 나중에 '해석학적 순환'이라고 부르게 될 부분과 전체의 순환, 즉 부분으로 전체를 이해하고 전체로 부분을 이해하는 순환의 문제를 제기한다. 예컨대 문장은 문맥 속에서, 문맥은 작품 속에서, 작품은 작가의 삶 속에서, 작가의 삶은 그 역사적 상황 속에서, 역사적 상황은 전체 역사 속에서 이해되어야 하며, 따라서 작품을 이해하려면 그 시대의 정신을 알아야 한다는 것이다. 문제는 그러한 순환을 어느 정도까지 확장하는가인데, 슐라이어마허는 이런 순환의 무한성에 주관적이면서도 객관적인 제약을 가해야 한다고 생각한다. 즉 객관적인 측면에서는 작품이 속한 문학 장르와 관련하여, 주관적으로는 작가의 삶과 관련하여 이해해야 한다는 것이다.

슐라이어마허의 해석학이 여전히 상당 부분 문헌학의 영향권 내에 머물러 있었다면 빌헬름 딜타이(1833~1911)의 해석학은 과학적인 의미에서의 방법론을 지향한다. 19세기 후반 칸트의 영향으로 철학은 추상적이고 관념적인 전통 형이상학을 벗어나 올바른 인식을 위한 엄밀한 과학적 방법론으로 바뀐다. 그렇다면 역사나 문헌학 같은 주관성이 개입할 수밖에 없는 학문 분야에서 해석의 보편적 유효성은 이론적으로 어떻게 정립 가능한가? 딜타이는 이런 물음에서 출발하여 역사이성 비판을 기획한다. 그리고 해석학의 본질적 기능은 정신과학의 논리적이고 인식론적이며 방법론적인 토대를 정립하는 것이라고 본다. 이를 위해 그는 역사가 드로이젠에게서 설명Erklären과 이해Verstehen의 구분을 빌려온다. 그에 따르면 자연과학은 가설과 보편적인 법칙에 따라 현상을 설명하려고 하는 데 반해, 정신과학은 인간 정신의 활동이 밖으로 드러난 표현들에 입각해서 역사적 개별성을 이해하려 한다. 그런데 전통적으로 자연과학은 수학과 귀납적 논리의 영역에, 정신과학은 심리적 주관성의 영역에 속한다. 따라서 정신의 과학이 존재할 수 있는가를 묻는다는 것은 개인의 심리를 객관적이고 과학적으로 아는 게 가능한가를 묻는 것이다. 딜타이는 밖으로 드러난 표현의 해석을 통해 그것이 가능하다고 본다. 물질적 표현은 개인의 내면세계가 바깥으로 드러난 것이기에 객관화할 수 있는 자료가 된다는 것이다. 이리하여 딜타이는 설명과 이해의 이분법에 근거하여 자연과학에서 빌려와 실증주의 역사학으로 확장된 텍스트 이해 모델을 '설명'이라 부르고, 이해의 파생 형태로서 정신과학 특유의 텍스트 이해 모델을 '해석'이라 부른다. 여기서 이해란 표현을 통해 어떤 타자-주체가 의미하려는 것을 인지하는 것이며, 해석이란 특히 글로 쓰인 증언이나 문헌 등의 텍스트를 통해 고정된 삶의 표현을 이해하는 것을 뜻한다. 따라서 해석은 이해의 어떤 특수한 방식이며, 글쓰기를 통해 보존된 인간의 증언이 담고 있는 의미를 이해하는 것이다.

이리하여 해석학은 '정신과학의 진리 주장과 과학적 위상에 관한 방법론적 성찰'이 된다. 정신과학이 자연과학의 엄격한 방법론에 맞서 과학으로서의 위상을 정립하기 위해서는 이해에 관한 일반 이론, 즉 해석학을 정립해야 한다는 것이다. 여기서 딜타이는 이해의 일반 해석학을 지향한 슐라이어마허와 만난다. 이해해야 할 내면은 저자의 체험Erlebnis에 상응하지만 거기에는 직접적으로 다가갈 수 없고 외부적인 표현을 통해서만 가능하다. 이해의 과정은 저자의 표현에서 출발하여 저자의 체험을 재생하는 것이다.[24] "딜타이의 입장에서는 글쓰기를 통해 고정된 문서들과 관계하는 해석은 이해라고 하는 훨씬 더 방대한 영역의 한 부분에 지나지 않는다. 이해란 하나의 정신적 삶에서 낯선 다른 정신적 삶으로 가는 것이다. 그렇게 해서 해석학 문제는 심리학 쪽으로 끌려가게 되었다"(*CI*, p. 9). 밖에서 안으로, 표현에서 저자의 뜻으로 간다는 점에서 해석학은 수사학과 반대 방향으로 거슬러 올라간다. 따라서 체험, 표현, 이해라는 세 요소가 정신과학을 구성하는 핵심 요소가 된다. 정신과학의 방법론에 대한 딜타이의 성찰은 이후 해석학의 역사에 지대

---

24) 여기서 역사성의 모순과 관련된 역사 이해의 문제가 나온다. "역사적인 한 존재는 어떻게 역사적으로 역사를 이해할 수 있는가," 나아가서 "삶이 자기를 표현하면서 어떻게 자기를 대상화할 수 있는가" 등의 물음이 그것이다. *CI*, p. 9 참조.

한 영향을 미쳤다.

3. 해석학의 존재론적 전회: 하이데거

고전해석학과 마르틴 하이데거(1889~1976) 사이의 단절은 뚜렷하다. 『존재와 시간』은 "오늘날 존재에 대한 물음은 망각 속에 빠지고 말았다"[25]라는 말로 시작한다. 대상에 대한 모든 앎과 대상의 관계는 존재에 대한 어떤 이해에 기초하고 있기 때문에 근본적이며, 나아가 존재 물음은 실존 그 자체에 있어서 시급한 문제이기에 망각에 빠진 존재 물음을 일깨워야 한다는 것이다. 따라서 철학은 인식론이 아니라 존재 물음을 다루는 존재론이 되어야 하며, 해석학은 이제 실존으로 하여금 그 존재의 본질적 구조, 하이데거에 따르면 '실존론적' 구조를 일깨워야 한다는 과제를 안게 된다. 그것은 비본래적 실존에 맞서 자기 존재를 기획투사할 수 있는 열린 공간으로서의 본래적 실존을 되찾아야 한다는 명령으로 주어진다. 이는 새로운 윤리나 도덕을 제안하는 것이라기보다는, 현존재로 하여금 자기에게서 멀리 떨어진 다른 곳이 아니라, 거기 있는 그대로 마음을 쓰며 살아가는 존재임을 깨닫게 하는 것이다. 실존이 '마음 씀'을 통해 이해하는 존재라면, 실존 자체가 해석학적 의미를 갖게 된다. 즉 자기 자신의 실존과 관련하여 근본적인 불안 속에 닻을 내리고 있는 존재에게 모든 이해는 자신의 미래를 예견하는 기획투사의 구조를 갖게 된다. 이런 기획투사는 의식에서 비롯되는 것이 아니라 실

---

25) M. Heidegger, *Être et temps*, F. Vezin(trans.), Gallimard, 1986, p. 25.

존 자체의 구조, 즉 '세계-내-존재'로서 세계와의 관계 맺음에서 비롯된다. 따라서 이해한다는 것은 이제 더 이상 어떤 앎이나 텍스트의 해석이 아니라 자기를 이해하며 내던지고 결단을 내리는 능력, 힘, 가능성이다. "존재 일반에 대해 물으려면, 무엇보다 모든 존재의 '거기'인 그러한 존재, '현존재Dasein,' 즉 존재를 이해하는 양태로 존재하는 그러한 존재에 관해 물어야만 한다. 그러므로 이해한다는 것은 더 이상 앎의 양태가 아니라 존재의 양태, 이해하며 존재하는 그러한 존재자의 양태이다"(CI, p. 11).

　여기서 이해의 순환 문제가 제기된다. 19세기 해석학, 특히 딜타이의 해석학은 정신과학의 객관성이라는 명목 아래 모든 주관성을 배제한 이해의 백지상태를 전제로 과학적 방법론을 내세웠다. 해석자의 선입견과 주관성을 배제해야만 객관적 이해가 가능하다고 본 것이다. 이러한 객관성의 이상에 비추어 보면 하이데거의 이해 개념은 악순환으로 보일 수밖에 없다. 현존재는 대상/주체의 이분법에 근거한 주체가 아니라 존재 속의 존재, 즉 존재에 대한 전前이해를 가지고 존재를 이해하는 존재이며, 존재 문제가 떠오르고 드러나는 장소이기 때문이다. 다시 말해서 실존은 자기 자신에게 마음을 쓰면서 어떤 목적과 개념에 따라 자신을 이해하기 때문에 객관적이고 중립적인 이해란 없다. 문제는 해석자의 전이해라는 악순환에서 어떻게 빠져나오는가 하는 것이다. 하이데거는 자의적인 선입견에서 벗어나 본래적 실존 자체의 구조를 이해함으로써, 즉 현존재의 존재 구조를 밝힘으로써 해석학적 순환의 문제를 해결할 수 있다고 본다. 중요한 것은 순환에서 벗어나는 것이 아니라 적절한 방식으로 순환 속에 들어가는 것이다. 그에 따르면 『존재와 시간』의 모든 기획은 이리하여 존재와 실존을 지배하는 이해의 해석학적 전제에 대한 물음을 해명하는 데 있다. 즉 딜타이의 이해가 표현(기호)의 해석을 통한 타자와의 의사소통적 이해에서 출발한다면, 하이데거의 이해는 세계에 대한 이해에 토대를 둔다. 존재는 '세계-내-존재'이며, 타자는 물론 나 자신도 사물과 마찬가지로 미지의 것이다. 사물과 '함께 있는' 존재인 동시에 세계 '안에 있는' 존재로 해석되는 것이다. 상황을 이해하고 해석함으로써 존재 가능성을 포착한다는 해석학적 순환의 고리는 이 세계에 거주하기 위한 조건이다. 하이데거가 말하는 이해는 이처럼 자신을 앞으로 던지는 것이며, 이미 던져진 존재를 통해 던지는 것이다.[26]

『존재와 시간』이 존재 물음을 망각한 비본래적 실존의 문제를 다루었다면, 후기 하이데거는 존재를 합리성이라는 관점에서 다룸으로써 존재 망각을 가져온 서구의 형이상학 전통, 즉 '현전의 형이상학' 비판에 힘을 기울인다. 그에 따르면 형이상학은 존재의 기원에 자리 잡은 신비, 이유 없이 솟아오르는 존재를 지워버렸다. 그것이 기술문명을 낳고

---

26) 신학자 루돌프 불트만은 하이데거의 실존론적 해석이 인간 실존을 중립적으로 기술할 수 있다고 보고 이를 성서 해석에 적용한다. 그에 따르면 해석자의 "이해는 항상 텍스트의 '것,' 텍스트가 내거는 것을 향하지, 저자의 심리를 향하고 있지 않다. 해석자는 자신이 물음을 던지는 의미의 '아우라' 속에 살지 않는다면 텍스트가 말하는 것에 다가갈 수 없다"(R. Bultmann, "Le problème de l'herméneutique"(1950), *Foi et compréhension*, t. 1, Seuil, 1970, p. 603). 이를 통해 불트만이 비판하는 것은 지나치게 감성화된 이해 개념, 즉 텍스트의 뜻이란 저자의 독특한 개성이며 이를 이해해야 한다는 낭만주의 해석학이다. 불트만에게 이해란 그보다는 대화-참여를 통해 '실존의 가능성'을 붙잡는 것이다. 여기서 해석자의 전이해는 제거되어야 할 부정적인 것이 아니라 텍스트의 물음에 답하게 함으로써 오히려 의식 수준으로 고양되어야 할 긍정적인 것으로 간주된다. 해석자는 물음을 통해 자신의 전이해를 의식함과 동시에 이를 수정할 수 있고 그것이 바로 해석 작업이라는 것이다. 불트만의 장점은 하이데거의 실존론적 해석학을 고전적인 텍스트 해석학에 적용시킴으로써 해석의 (악)순환 문제를 해결하려 했다는 점이다. 불트만은 '참여적 이해,' 즉 이해란 삶에 토대를 둔 이해에 뿌리내리고 있음을 밝힘으로써 가다머의 '적용,' 리쾨르의 '세계의 열림'으로서의 이해 개념, '대화'로서의 이해 개념을 선취한다. 하이데거의 토양 위에 고전해석학의 물음을 던질 수 있는 토대를 마련한 것이다.

존재는 이제 도구적인 여건에 지나지 않게 되었다. 하이데거는 이런 형이상학을 극복하고 존재의 열림에 시선을 돌리는 사유의 길을 개척하려 한다. 후기 하이데거의 특징이라 할 수 있는 '존재의 집'으로서의 언어에 대한 성찰이 여기서 나온다. 여기서 하이데거가 말하는 언어는 의사 전달의 도구가 아니라 존재를 드러내는 언어이다. 언어를 통하지 않고는 존재를 이해할 수 없으며, 특히 시적 언어는 존재 의미를 우리에게 열어 보여준다는 것이다. 하이데거 이후의 해석학이 언어에 관심을 기울이게 된 것도 그 덕분이다. 말은 세계-내-존재의 이해 가능한 구조를 '의미하는' 분절이라는 하이데거의 언어관은 후기에 가면 "이해한다는 것은 듣는 것이다"라는 명제로 나타난다. 듣는다는 행위는 타자와 세계로 자신을 여는 행위로서, 존재의 말에 귀 기울이거나 침묵하는 행위로 이어진다.[27] 하이데거의 아포리아aporia는 존재론 이후의 인식론 문제를 설명하기 곤란하다는 점인데, 가다머는 『진리와 방법』에서 바로 그런 아포리아를 철학적 주제로 삼는다.

4. 진리와 방법: 가다머

한스-게오르크 가다머(1900~2002)는 하이데거의 실존의 해석학을 출발점으로 삼아 인문과학의 방법론이라는 딜타이의 문제를 재검토하면서 언어의 보편해석학으로 나아간다. 하이데거에 따르면 전이해(선판단 또는 기대)를 배제한 객관적 이해는 없으며, 전이해는 마음 씀이라는

---

27) *TA*, pp. 93~94 참조.

유한한 실존의 본래성에서 비롯되는 것으로 이해를 구성하는 근본 요소로 간주된다. 가다머는 이런 해석학적 순환에 좀더 긍정적인 가치를 부여하여 이를 인문과학의 진리라는 문제 틀에 적용한다. 즉 하이데거에서 출발하여 딜타이의 물음과 만나지만, 대상과 관찰자 사이의 거리를 상정하는 방법론적 이해는 인문과학의 진리 물음에는 적합하지 않다는 것이다. 딜타이는 자연과학의 객관적 방법론이라는 개념에 쉽게 굴복하여 주관성의 혐의가 있는 모든 것을 배제하고 방법론 개념에 매달렸지만, 자연과학의 방법론 또한 실재와 비교하여 엄밀하게 객관적이라고 말할 수는 없다. 인문과학은 자연과학에서처럼 객관화할 수 있고 측정 가능한 결과들을 만들어내지 않는다. 인문과학은 오히려 교양 Bildung, 즉 판단력을 기르는 데 기여하는 인문주의 전통에서 진리를 찾아야 한다. 교양은 '상식'을 만들어내며, 상식이란 대다수의 사람들이 옳다고 받아들일 수 있는 것이다. 그것은 개인을 넘어선 다른 지평들을 열어줌으로써 자연과학의 보편성과는 다른 차원에서 개인을 보편적인 지위로 승격시킨다. 따라서 인문과학의 진리에 대한 성찰은 해석학에 속하며, 그것이 반드시 방법론일 필요는 없다.『진리와 방법』이라는 가다머의 저서 제목 자체에 이미 이러한 양자택일이 숨어 있다. "우리가 방법론적 태도를 취하면 탐구 대상이 되는 실재의 존재론적 밀도를 상실하게 되고, 진리의 태도를 취하면 인문과학의 객관성을 포기해야 한다"(TA, p. 101).

『진리와 방법』1부(「진리 물음의 발굴: 예술 경험」)에서 가다머는 방법론적 과학과는 다른 앎의 모델을 예술 경험에서 찾는다. 그에 따르면 예술작품은 단지 미적 향유의 대상일 뿐만 아니라 진리와의 만남이 이루어지는 장소이다. 그런데 자연과학은 지식과 진리에 대한 독점욕 때문에 예술에서 진리를 배제하게 되었다는 것이다. 예술의 진리 문제를 성찰하기 위해 가다머는 유명한 '놀이jeu' 개념을 제시한다. 우선 놀이에서 진리란 개인의 주관적 신념의 문제가 아니라 놀이 규칙의 문제이며, 예술작품을 이해한다는 것은 그 놀이 규칙 속으로 끌려들어 가도록 자신을 내버려두고 그 놀이를 통해 유용성에서 벗어난 어떤 앎을 만나는 것이다. 놀이를 통한 앎의 모델 자체가 중요한 것은 그것이 주관성과 객관성을 동시에 내포하고 있기 때문이다. 놀이의 주체는 놀이하는 사람이 아니라 놀이 그 자체이다. 놀이는 놀이하는 사람의 의식과는 무관하게 객관적으로 존재한다. "놀이하는 사람들은 놀이의 주체가 아니다. 하지만 놀이하는 사람을 통해 놀이 그 자체는 드러나게 된다."[28]

놀이하는 사람의 의식보다 우위에 있는 놀이와의 이런 만남을 통해 해석자의 주관성, 주체는 바뀌게 된다. 놀이로서의 작품은 나를 사로잡고 놀이 속에서 나를 잊어버리게 함으로써 역설적으로 본질적인 그 무엇(진리)을 발견하게 한다. 예술작품을 통한 진리와의 만남은 자기와의 만남이기도 하다. 예술작품은 독특한 방식으로 나를 부르고 나는 거기에 참여하면서 진리를 만나는 것이다. 각자의 지평에 따라 예술작품의 해석이 다양한 것도 그 때문이다. 진리 경험은 내가 하는 것이지만 작품과의 만남-사건에서 비롯되기에 주관적이면서도 객관적이다. 작품이 만남을 기다리며 담고 있는 것이 바로 '넘쳐나는 존재'이며 나는 그에 답함으로써 현실을 다시 그려보고 나 자신의 삶을 돌이켜본다. 가다머는 이 모델을 인문과학에 적용하여, 인문과학의 진리는 '방법'보다는 우리를 사로잡고 우리가 현실을 발견하게 하는 '사건'에 속한다고 말한다.[29]

---

28) H.-G. Gadamer, *Vérité et méthode*, Seuil, 1996, p. 120.

『진리와 방법』 2부(「정신과학에서 진리 물음을 이해로 확장하기」)에서 가다머는 우리가 어떻게 진리-사건을 이해하는가라는 물음을 던지면서 해석학적 이해의 문제를 다룬다. 전통 해석학이 객관적 이해를 위해 전이해를 배제한 반면, 가다머는 해석자의 전이해 없이는 해석도 없다는 점에서 이를 이해의 조건으로 본다. 하지만 선판단이 올바른 이해의 조건이라고까지 말할 수는 없으며, 마치 오류 수정을 통해 진리로 나아가듯, 자신의 기존 관념의 자의성에 맞서 사태 그 자체를 향해 시선을 돌림으로써 선판단을 끊임없이 조정해야만 올바른 이해에 이를 수 있다.[30] 가다머가 전통과 언어에 빚지지 않은 진리는 없다고 주장하는 것은 그러한 맥락이다. 이해는 어떤 기대에 따라 이루어지는 것이다. 그 기대는 과거와 현재에서 물려받은 것, 언제나 거리를 둘 수는 없는 어떤 것에 따라 무언가를 향하고 있으며, 이해 또한 그에 따라 이루어진다. 따라서 그 어떤 선판단 없는 이해의 진리는 없으며, 객관적인 진리에 대한 이상은 이해의 노력을 구성하는 역사성에 대한 몰이해에서 비롯된다.

예컨대 19세기 역사가들이 말하는 역사의식은 실제로 일어났던 과거 자체에 대한 객관적 해석과, 역사 작업으로 인해 새로운 의미를 부여받게 된 과거를 구분함으로써 과거에 대한 올바른 이해가 가능하다고 보았는데, 가다머는 그러한 사유 자체가 객관성의 이상에 사로잡힌 실증주의 역사 작업의 산물이라고 말한다. 역사는 나에 앞서 있고 나의 성

---

29) 그리하여 가다머는 처음에 '진리와 방법'이 아니라 '이해와 사건'이라는 제목을 생각했다고 한다. 사건-진리 개념에 객관성이라는 명목으로 방법론을 제시한다는 것은 예술의 진리 경험에 대한 오독이라고 생각했던 것이다.
30) 같은 책, pp. 287~88.

찰을 앞지르고 있다는 점에서 과거에 대한 객관적 이해는 불가능하다는 것이다. 중요한 것은 역사 작업에서 거리를 두고 객관화하는 것이 아니라 모든 이해가 역사 작업 속에 들어가 있다는 사실을 의식하는 것이다. 물론 자기 고유의 해석학적 상황을 밝히기 위해 자기의식이 처한 역사 작업을 해명하는 것에는 한계가 있다. 우리가 역사 작업을 의식하는 것 너머로 역사 작업은 계속해서 우리의 의식을 결정하기 때문이다. 가다머가 제시한 해석학적 과제는 그처럼 역사 작업의 본질적 한계를 인식함으로써 타자성과 새로운 경험에 자신을 연다는 의식에 이르는 것이다.[31]

이제 이해는 과정이나 방법에 따른 주체의 어떤 활동이라기보다는 역사 작업에 속하는 어떤 '일어남advenir'이다. 이해한다는 것은 주관적

---

31) 전통과 역사 작업 개념에 기초한 가다머의 해석학은 이후 많은 논쟁을 불러일으켰는데, 하버마스와의 논쟁이 대표적이다. 1960년 『진리와 방법』이 출판되자 여러 비판이 제기되었고, 이에 가다머는 1965년에 출판된 제2판의 서문에서 그에 대한 답변을 싣는다. 그리고 하버마스는 1967년에 출간된 『사회과학의 논리』, 그리고 다음 해에 출간된 『인식과 관심』에서 선입견(선판단), 권위, 전통, 영향사적 의식 등 가다머의 핵심 개념에 대해 반론을 제기한다. 리쾨르는 이들의 논쟁을 전통 문제를 중심으로 한 해석학과 이데올로기 비판 사이의 갈등으로 파악한다. 그에 따르면 해석학은 전통에 대한 신뢰와 그에 토대를 둔 역사 작업을 강조하는 반면, 이데올로기 이론은 의혹의 시선을 던지면서 전통에 내재된 폭력이 의사소통을 체계적으로 왜곡할 수 있다고 주장한다. 그런데 이데올로기 비판은 보편철학으로서의 해석학이 갖는 한계를 드러낼 수 있다는 점에서, 해석학은 해방에 대한 관심이라는 이데올로기 비판의 한계를 드러낸다는 점에서, 이데올로기와 해석학은 서로 보완적인 관계를 맺을 수 있다. 그럼에도 불구하고 가다머와 하버마스의 논쟁은 전승된 텍스트에 대한 재해석과 뒤틀린 이데올로기적 의사소통 형태에 대한 비판이라는 서로 다른 두 가지 논점, 즉 긍정적인 의미에서의 선판단과 의사소통의 왜곡이라는 이데올로기적 현상을 같이 놓고 다루었기 때문에 생산적인 결과에 이르지 못했다는 것이 리쾨르의 판단이다. 이런 관점에서 리쾨르는 『텍스트에서 행동으로』에 수록된 「해석학과 이데올로기 비판」이라는 제목의 논문에서 서로 대립되어 보이는 두 이론이 서로 비판적인 입장에서 보완적인 관계를 맺을 수 있다는 전제 아래, 해석학에 대한 비판적 반성과 이데올로기 비판에 대한 해석학적 반성을 시도한다. 가다머와 하버마스의 논쟁에 대한 더 자세한 내용은 TA, pp. 333~77 참조.

인 의식의 활동이라기보다는 "과거와 현재가 끊임없이 매개되는 전통이라는 사건 속으로 끼어들어 가는 것"[32]이다. 과거와 현재의 끊임없는 매개라는 이러한 개념에서 지평 융합 개념이 태어난다. 즉 서로 다른 곳에서 시공간적 거리를 두고 있는 두 개의 다른 의식 사이의 의사소통은 지평 융합을 통해 이루어진다는 것이다. 타자 이해 또한 마찬가지인데, 타자는 또 다른 자아도 낯선 객체도 아닌 제한적이나마 열린 지평을 가지고 우리에게 말을 건네는 존재이다. 여기서는 헤겔식의 유일하고 총체적인 앎은 존재하지 않고 제한된, 그러나 서로 다른 열린 지평들 사이의 융합을 통한 앎이 성립한다. 지평 융합은 자기 고유의 것(동일자)과 낯선 것(타자), 가까운 것과 먼 것 사이의 긴장을 내포하며, 차이의 유희를 가능케 한다. 과거를 이해한다는 것은 현재의 지평과 선판단에서 빠져나와 과거의 지평으로 옮겨 가는 것이 아니라, 과거 지평과 현재 지평이 융합되어 있는 현재의 언어로 과거를 번역하는 것이다. 결국 이해란 어떤 의미를 현재에 적용하는 것에 다름 아니다. 과거와 현재의 이러한 융합은 또한 주체와 대상의 융합이기도 하다. 가다머가 말하는 진리 개념은 이러한 지평 융합을 통해 하이데거의 존재론적 진리 개념과 만나는 반면, 해석의 객관성을 위해 현재의 개입을 배제하고 원 저자의 뜻을 찾으려 한 슐라이어마허와 딜타이의 낭만주의 해석학과 갈라선다.

『진리와 방법』의 마지막 3부(「언어를 통한 해석학의 존재론적 전환」)는 그렇게 해서 언어에 관한 성찰로 이어진다. 두 가지 명제가 있다. 첫째, 이해는 언제나 언어적 과정이다. 둘째, 이해의 대상 또한 언어적이다. 우선 첫번째 명제에 따르면 언어로 옮길 수 없는 이해는 이해가 아

---

32) H.-G. Gadamer, *Vérité et méthode*, p. 312.

니다. 이해될 수 있는 존재는 언어이며, 따라서 언어 이해와 존재 이해의 문제는 같은 맥락에 놓인다. 이해란 의미의 부름을 받아 이를 자기의 언어로 옮기는 것이다. 여기서 이해 과정과 그 언어화 과정이 합쳐진다. "모든 이해는 해석이며, 모든 해석은 해석자의 언어로 머물면서도 대상을 말이 되게끔 하려는 언어 상황 속에서 펼쳐진다. [……] 해석은 대화와 마찬가지로 물음과 대답의 변증법 속에서 완결되는 순환이다."[33] 이해란 그에 앞서는 사유, 언어 없이 전개되는 자율적인 사유를 단지 언어로 옮기는 것이 아니라, 사유 자체가 이미 언어를 찾아가는 과정이라는 것이다. 하지만 이해의 언어는 어떤 특정 언어나 공동체의 지평과 전망에 국한되지 않는다. 여기서 부각되는 것은 우리 이해의 언어적 성격이 끌어들이는 전망의 한계가 아니라, 반대로 그것이 내포하는 열림이다.

세계를 이해하는 것은 세계를 언어로 이해하는 것이다. "언어는 세계 속에 자리 잡고 있는 인간이 지닌 여러 능력들 가운데 하나에 그치지 않는다. 사람들이 '하나의 세계'를 가지고 있다는 사실은 바로 언어를 토대로, 그리고 언어 속에서 드러난다."[34] 언어는 이렇게 해서 사물들의 존재가 이해되도록 하는 '존재의 빛'이 된다. "만물을 그 자체로 분명하고 알아볼 수 있게끔 부각시키는 빛은, 말의 빛이다. 따라서 아름다운 것의 드러남과 이해 가능한 것을 통해 밝혀주는 것 사이에 존재하는 밀접한 관계의 토대는 바로 빛의 형이상학이다."[35] 해석학의 임무는 바로 이러한 관계를 밝히는 것이다. 언어가 없는 곳에는 그 어떤 사물도

33) 같은 책, p. 411.
34) 같은 책, p. 295.
35) 같은 책, p. 509.

없다. 물론 우리의 경험을 완벽하게 언어로 옮길 수는 없지만 그런 언어의 한계는 우리 이해의 한계이기도 하다. 언어의 한계에 대한 비판 또한 언어로 이루어진다는 사실에서 언어의 보편성은 이성의 보편성과 짝을 이룬다. 이성 또한 언어로 이해되며, 언어 없이는 생각할 수 없다. 이처럼 언어의 대화적 합리성과 보편성을 말할 수 있는 것은 언어 자체가 존재의 빛이기 때문이다.

　여기서 이해는 언어로 실현될 뿐 아니라 이해의 대상 또한 언어적이라는 두번째 명제가 나온다. 텍스트 이해의 경우도 마찬가지인데, 텍스트를 이해한다는 것이 '텍스트의 것chose,' 즉 텍스트 세계를 이해하는 것이라면 그것은 언어의 산물로서의 세계를 이해하는 것이다. 언어라는 공통된 기반이 없다면 이해도 해석도 없기 때문에 우리는 텍스트의 언어를 우리 자신의 언어로, 우리가 가지고 있는 개념들을 통해 이해하고 해석하려 한다. "이해하는 것은 이미 해석하는 것이다. 이해란 텍스트의 사유가 자리 잡고 있는 해석학적 지평을 구성하기 때문이다. 하지만 텍스트가 실제로 겨냥하고 있는 내용을 표현하려면, 우리는 그것을 우리 언어로 옮겨야 한다."[36] 텍스트는 말로 하는 대화 또는 기념물과 같은 과거의 유산처럼 직접성을 갖고 있지는 않지만, 그 의미론적 자율성으로 인해 해석을 필요로 한다는 점에서 더 풍부한 의미를 담고 있다. 여기서 텍스트가 담고 있는 것은 결코 지나간 시간의 파편으로서의 기록이 아니다. 그것은 반대로 기억의 연속성이다. "글로 쓰인 형태로 전승되는 모든 것은 현재와 동시대적이다."[37] 텍스트 속에는 역사를 전승

---

36) 같은 책, p. 418.
37) 같은 책, p. 412.

하려는 의지, 기억 속에서 영속하려는 의지가 담겨 있으며, 바로 그 덕분에 전통은 우리가 지금 몸담고 있는 세계의 한 부분이 된다. 그래서 모든 문학은 현재의 문학이며, 모든 독서는 현재와 과거와의 대화인 것이다. "독서를 통해 이해한다는 것은 과거의 어떤 것을 되풀이하는 것이 아니라 현재의 의미에 참여하는 것이다."[38] 물론 내포된 저자나 잠재적 독자의 존재를 무시할 수는 없지만 그것이 텍스트의 의미 영역을 한정할 수는 없다. 의미의 여백을 채우는 것은 궁극적으로 독자의 몫이기 때문이다. 텍스트의 의미는 그처럼 텍스트와 독자의 대화 또는 놀이, 텍스트의 지평과 독자의 지평의 융합에서 태어난다. 독자는 언어를 통해 텍스트를 이해하고 해석하며, 텍스트의 언어는 독자에게 영향을 미친다.

언어의 사건적 특성도 거기서 비롯된다.[39] 언어는 문법이나 어휘를 익히는 것이 아니라 해석을 통해 자기 것으로 만드는 것이며, 우리가 언어를 말하는 것이라기보다는 언어가 우리에게 말을 건네는 것이기 때문에 사건이 된다. "진정한 해석학적 사건은 과거에 말해졌던 것이 말로 다가오는 데에 있다."[40] 마찬가지로 글로 된 텍스트를 이해하는 것도 하나의

---

38) 같은 책, p. 414.
39) 가다머는 비언어적인 것 또는 언어로 표현되기 이전의 내적 사유 또한 '이해'라는 측면에서는 언어적인 사건으로 본다. "모든 이해는 언어 문제이며, 언어적 요소의 매개를 거쳐 성공하거나 실패한다는 주장은 굳이 증명할 필요가 없다. 이른바 해석학의 대상은 이해와 오해를 포함한 모든 이해 현상들인데, 이런 현상들은 언어가 무엇을 드러냄을 보여준다. 하지만 내가 이어서 논의하고 싶은 주장은 좀더 근본적인 것이다. 그에 따르면 사람들 사이의 이해 과정만이 아니라 이해하는 과정 그 자체가, 심지어 언어를 벗어난 것이나 글의 행간에서 침묵하고 있는 목소리에 귀를 기울일 때도 그러한 과정은 플라톤이 사유의 본질로 규정한, 영혼과 그 자신과의 내적 대화 영역에 속하는 언어적 사건이다"(H.-G. Gadamer, *Langage et vérité*, J.-C. Gens(trans.), Gallimard, 1995, p. 146).
40) H.-G. Gadamer, *Vérité et méthode*, p. 489.

사건이 된다. "텍스트를 이해한다는 것은 언제나 그것을 자기 자신에게 적용한다는 것이며, 비록 다르게 이해해야만 할지라도 그 텍스트는 여전히 같은 텍스트로, 매번 우리에게 다른 방식으로 나타나는 텍스트로 남아 있다는 것을 아는 것이다."[41] 텍스트와의 대화를 통해 일어나는 사건은 텍스트가 열어 보여주는 세계-지평과의 대화이자 만남이다. 사물의 지평은 하나를 보기 위해서는 다른 하나를 배제해야 하는 지평, 또 그러한 지평의 연속인 반면 후설이 말하는 세계의 언어적 지평은 다른 지평 속에 들어감으로써 자신의 지평이 확장되는 그러한 지평이다. 세계 경험은 언어적 특성 덕분에 아무리 다양한 경험이라도 받아들일 수 있는 것이며, 그것이 바로 해석학의 언어적 성격이다.

가다머가 말하는 진리, 인문과학에서 말하는 진리란 이처럼 우리와 무관한 객관적 실체에 대한 지식이 아니라 우리의 실존과 관계된 세계, 다시 말해 언어를 통해 이루어지는 세계를 향한 우리의 행동이자 경험이고 앎이다. 언어가 세계를 창조한다는 것은 반성을 통해서 우리가 몸담고 있는 세계를 향한 우리의 행동을 이끄는 데 기여하기 때문이다. 언어 속에 현전하는 것은 세계 그 자체이며, 세계에 대한 언어적 경험은 존재의 입장에서 그 어떤 상대성도 뛰어넘는다는 점에서 절대적이다. 여기서 가다머는 "지구는 돈다. 그래도 우리에게는 해가 진다"라는 진술을 예로 든다. 과학적으로 보자면 지구가 돈다는 것이 진리이지만, 지는 해의 노을과 석양도 우리에게는 현실이고 진실이다. 우리 눈에는 지는 것으로 보이기 때문이다. 다시 말해서 '해가 진다'라는 언어적 표현의 의미는 즉자 존재로서의 지구-태양, 태양 주위를 도는 지구라는

---

41) 같은 책, p. 420.

객관적 의미를 넘어서서 세계-내-존재로서의 우리 실존의 근본 경험을 나타내고, 이를 통해 우리의 행동과 경험에 방향을 제시한다는 의미를 지니고 있다. 해가 지고 또 하루가 가기에 인생의 덧없음을 느끼기도 하지만, 동시에 하루의 새로운 경험을 기억 속에 담고 어둠이 깊어지기 전에 집으로 돌아가는 것이다.

이처럼 언어가 존재를 세계에서 나오게 한다는 가다머의 해석학적 주장에는 주체가 자신의 언어와 세계관, 범주에 따라 현실을 구성하고 의미를 부여한다는 데카르트 이후의 근대 인식론(칸트, 훔볼트, 카시러)에 대한 비판이 들어 있다. 그것은 명목론적이고 도구적인 언어 개념에 대한 비판이자 코기토에 대한 비판, 더 근본적으로는 플라톤 이래 현전의 형이상학에 토대를 둔 서양의 언어관에 대한 비판, 하이데거가 말하는 존재 망각에 상응하는 '언어 망각'에 대한 비판이다. 가다머 이후의 해석학은 이렇게 해서 인문과학의 방법론에 대한 성찰이라는 지평을 벗어나 우리의 세계 경험과 세계 자체의 언어적 특성에 대한 보편적이고 철학적인 성찰로 나아간다.

5. 신뢰의 해석학과 의혹의 해석학 사이에서

20세기 후반 프랑스 지성계는 실존주의와 실존철학을 비롯하여 주체를 내세우는 모든 철학에 대해 격렬한 거부감을 보이며 비판한다. 그러한 거부감의 원인으로 한편으로는 프랑스에서의 하이데거 수용을 들수 있다. 50년대에는 실존주의 차원에서 『존재와 시간』을 받아들였다면, 60년대에는 그러한 해석에서 벗어나 후기 하이데거의 언어적 전회에 주목하면서 이른바 자유주의적 인간주의에 토대를 둔 기존의 반성철학, 현상학, 해석학은 거센 도전에 직면하게 된다. 다른 한편으로 구조주의의 등장을 들 수 있는데, 레비-스트로스는 『슬픈 열대』(1955)와 『야생의 사고』(1962) 등을 통해 "불안에 싸인 주체의 의미 추구"(*RF*, p. 32)로부터 결별을 선언하면서 언어학 모델에 방법론적 토대를 둔 구조주의 인류학을 제시한다. 소쉬르의 구조주의, 특히 랑그Langue/파롤Parole의 구분을 받아들인 새로운 비평은 문학 텍스트의 언어 구조와 "말하는 주체에 부여된 주관적 의도"(*RF*, p. 33)를 분리시켜 '저자의 죽음'과 '텍스트의 탄생'을 선언한다. 알튀세르의 구조주의는 마르크스를 재해석하면서 과학으로서의 마르크스주의를 이론적이고 실천적인 인간주의와 분리시킨다. 정신분석 또한 라캉을 중심으로 프로이트의 정신분석에서 생물학적 삶과 관련된 '경제학적' 설명을 배제하고 '상징적 거세' '상상계/상징계/실재계' 등의 개념을 도입하면서 무의식의 언어적 구조에 초점을 맞춘다. 리쾨르는 사르트르, 메를로-퐁티, 가브리엘 마르셀, 에마뉘엘 무니에 등의 실존주의 진영과 주체를 배제하는 구조주의적 흐름의 대립을 '해석의 갈등'이라는 틀로 설명한다.

해석의 갈등에 관한 본격적인 이론은 프로이트에 대한 연구를 계기로 펼쳐진다. 리쾨르는 60년대 초반 소르본 대학에서 강의를 할 때 죄의식의 문제와 관련하여 프로이트에 대한 정밀한 독해를 시도하면서 프로이트의 상징 해석이 자신이 「악의 상징」에서 행한 해석과는 정반대 방향에 놓여 있음을 알게 된다. 즉 자신의 해석학이 상징의 넘쳐나는 의미에 주목하고 반성을 통해 그 의미를 풀어주고 풍요롭게 함으로써 '확장하는 해석'이라면, 프로이트의 정신분석은 상징의 의미를 무의식적 욕망에서 찾는다는 점에서 '환원하는 해석'이라는 것이다. 그에 따르면 프로이트는 포이어바흐, 마르크스, 니체로 이어지는 의혹의 해석학 전통에 위치하고, 그 반대편에 장 나베르의 반성철학, 후설과 메를로-퐁티로 이어지는 현상학, 딜타이에서 가다머로 이어지는 해석학 전통이 자리 잡는다. 이러한 대립은 그롱댕의 표현을 빌리면 '신뢰의 해석학'과 '의혹의 해석학'의 대립으로 규정할 수 있다.[42]

우선 신뢰의 해석학은 성서 주석과 의식의 해석학에서 그렇듯 텍스트에 주어진 의미에 대한 신뢰를 토대로 목적론적 관점에서 표현 뒤에 감추어진 의미와 체험을 확장시킴으로써 더 깊은 진리가 드러나는 의미 차원으로 다가가는 것이다. 반면 의혹의 해석학에 따르면 주어진 의미는 의식을 그르칠 수 있기 때문에 의혹을 제기해야 하며, 진리처럼 보이는 것은 실수나 거짓 또는 왜곡된 것이므로 비판적으로 재구성해야 한다. 이런 대립의 이면에는 데카르트적 이성, 즉 코기토에 바탕을 둔 서양의 철학 전통에 대한 거부가 자리 잡고 있다. 모더니즘에서 출발한 서양의 현대철학은 이른바 마르크스, 니체, 프로이트라는 '의혹의 거장들'의 탈신비적 해석으로 인해 그 근본에서부터 흔들리게 된다. 리쾨르는 이들이 제기한 의혹이 현상학을 비롯하여 의식에 토대를 둔 현대철학 전반의 기획에 결정적인 위기를 초래했다고 본다. 현상학에서는 의식이 모든 뜻(의미)의 바탕이고 근원이라고 보는 데 반해 이들은 "의식의 거짓, 거짓으로서의 의식의 문제"(*CI*, p. 101)를 제기함으로써 의식에 의혹의 시선을 던진다. 그리고 근대 관념론이 내세운 '주체란 무엇인가'라는 물음 대신에 의식 너머에 숨어 있는 관심이나 동기를 찾고자 하는 주체의 고고학 또는 계보학을 지향한다. 나아가 이들의 작업을 계승한 이

---

42) J. Grondin, *L'herméneutique*, p. 81 참조.

데올로기 비판, 정신분석, (후기)구조주의는 이런 관점에서 텍스트에 대한 고고학적 해석(해체) 작업을 수행한다.

여기서 리쾨르는 목적론적 관점에서 의식에 주어지는 의미를 확장시키고 자기 것으로 만들어 나아갈 방향을 설정한다는 신뢰의 해석학과, 의미의 직접 경험에서 거리를 두고 비판적 관점에서 해방이라는 목표로 이끌어가는 의혹의 해석학 사이의 갈등과 긴장을 부각시키면서 이 둘을 같이 생각할 필요가 있다는 입장을 취한다. 신뢰의 해석학이 빠질 수 있는 소박한 의식의 환상을 깨기 위해서는 자연과학의 모델을 빌려와 이해가 아니라 의식 현상의 설명에 초점을 맞추는 의혹의 해석학의 도움을 받아야 한다는 것이다. 이러한 해체를 통해 의식은 자기 자신을 더 잘 이해하게 된다는 수확을 얻는다. 설명과 이해는 각기 자연과학과 인문과학에 적용되는 방법론이라기보다는 서로를 보완하는 두 가지 유형의 해석 방식이며, 따라서 둘 사이의 대립보다는 교차에 주목함으로써 객관화와 의미 구성을 화해시킬 수 있다. 여기서 설명과 이해의 변증법에 토대를 둔 텍스트 해석, 그리고 텍스트 이해를 통한 자기 이해라는 리쾨르 고유의 해석학이 나온다. 즉, 직접적으로 의식에 드러나는 의미의 명증성을 일단 의심하고, 설명을 통해 그 의미에 거리를 둠으로써 의미를 확장시킬 수 있다. 그렇게 의식의 환상을 무너뜨리고 나서 드러난 의미를 자기 것으로 삼음으로써 해석의 악순환에서 빠져나올 수 있다는 것이다.

해석학의 역사, 해석학과 구조주의, 해석학과 정신분석 등에 관한 논문들을 엮은 『해석의 갈등』에서 리쾨르는 해석들에 관한 해석학, 즉 메타해석학의 가능성을 모색하는데, 여기서 그가 해석학의 '먼 길'과 '가까운 길'을 구분한 것도 이런 맥락에서 볼 수 있다. 가까운 길에는 존재자란 무엇인가, 존재자의 존재는 이해하는 데 있지 않은가라는 물음을 통해 세계-내-존재로서의 현존재를 밝히고자 하는 하이데거의 '이해의 존재론'이 있다. 그에 따르면 우리는 존재자로서 이해하는 존재이며, 이해는 우리의 존재 방식이자 과제이다. 물론 그러한 이해는 앎이나 객관적 지식이 아니기에 별다른 이해 방법이 필요하지 않다. 하이데거가 해석학의 문제를 '이해하면서 존재하는' 현존재 분석으로 바로 끌고 들어가는 것은 그 때문이다. "이해란 현존재의 기투企投의 한 측면이며 존재를 향한 개방의 한 양상이다. 진리 물음은 더 이상 방법의 문제가 아니라 존재의 드러남의 문제가 된다. 존재자의 실존은 존재 이해에 있기 때문이다"(*CI*, p. 13).

리쾨르는 이러한 직접 이해의 존재론은 받아들이면서도 그것이 이해에 대한 해석학의 전통적인 인식론적 물음을 너무 성급하게 존재론적 물음으로 대체했다고 비판한다. 존재론이 존재 이해에 관한 이론이라면 해석의 순환 문제를 피할 수 없으며, 해석학이 궁극적으로는 존재론으로 간다 하더라도 방법론 문제, 즉 의미론과 반성이라는 해석의 인식론을 거쳐야 해석학이 제기하는 여러 문제들을 해결할 수 있다는 것이다. "실존의 문제를 새롭게 정립할 수 있으려면, 모든 해석학 분야에 공통된 해석 개념에 대한 의미론적 해명을 바탕으로 하고 그것을 출발점으로 삼아야 한다. 그러한 의미론의 중심 주제를 이루는 것은 복합적이거나 다의적인 의미, 혹은 나아가서 상징적이라고 말할 수 있는 의미의 의미작용들이다"(*CI*, p. 15). 리쾨르가 가다머의 언어철학을 받아들이면서 현존재 분석이라는 가까운 길 대신에 언어 분석에서 시작하는 먼 길을 제시하는 것은 그 때문이다. 이해한다는 것은 이제 언어, 텍스트라는 매개를 거쳐 이해하는 것이 된다. 리쾨르 해석학이 말하는 먼 길이란 바로 이처럼 언어 이해를 통한 존재 이해라는 방법론적이고 인식론적인 선택이다. 하지만 그렇다고 이해의 존재론을 포기하는 것은 아니며, 의미론이라는 에움길을 거쳐 존재론으로 되돌아오게 된다.

기호를 해석하면서 자기를 해석하는 주체는 더 이상 코기토가 아니다. 존재자로서 그가 자기 삶을 해석하면서 발견하게 되는 것은, 자기가 스스로를 정립하고 자신을 파악하기 전에 이미 존재 안에 정립되어 있다는 점이다. 그러므로 해석학이 발견하게 될 것은 처음부터 끝까지 '해석되며-존재하는' 존재 방식이다. 반성으로서 반성 그 자체를 사라지게 하는 반성만이 이해의 존재론적 근원에 이를 수 있다. 그것은 언제나 언어 안에서 그리고 반성의 운동을 통해서 일어난다. 그 길이 우리가 따라가야 할 가파른 길이다. (*CI*, p. 15)

의미론 차원의 접근은 기호들을 이해하면서 자기를 이해하기에 반성 차원의 접근과 연결된다. 물론 여기서 말하는 자기, 즉 기호를 해석하면서 자기를 해석하는 주체는 데카르트의 관념론적인 코기토가 아니라 존재론 차원에 놓여 있는 코기토이다. 의심하는 코기토 이전에 실존하는 '나,' 욕망하고 행동하는 '나'가 있는 것이다. "주체가 의식으로, 그리고 의지로 자기를 정립하기 이전에 주체는 충동 층위에서 이미 존재 속에 놓여 있다. 의식이나 의지보다 충동이 앞선다는 것은 존재 차원이 반성보다 앞선다는 것, 즉 '나는 존재한다'가 '나는 생각한다'보다 우위에 있다는 것을 의미한다"(*CI*, p. 240). 절대적으로 투명하게 자기를 정립한다는 코기토는 나라는 존재의 확실성은 보장하지만, '나는 누구인가'라는 물음에는 대답하지 못하는 '거짓 코기토'이며, 따라서 데카르트의 명제는 추상적이고 공허한 진리에 지나지 않는다. 리쾨르에 따르면 그런 코기토는 기호와 상징, 그리고 텍스트에 대한 해석을 거쳐 자기 삶에 대한 반성을 통해서만 '나는 누구인가'라는 물음에 답할 수 있는 주체가 될 수 있다. 그 결과 해석학을 존재론으로 바꾼 하이데거와는 달리 리쾨르에게 존재론은 그곳에 이를 수 있다고 장담할 수는 없는 '약속된 땅'으로 머물러 있게 된다. "언어와 반성에서부터 출발하는 철학의 입장에서 존재론은 약속된 땅이다. 하지만 말하고 반성하는 주체는 모세가 그랬듯이 그 땅을 죽기 전에 얼핏 볼 수만 있을 따름이다"(*CI*, p. 28).

리쾨르는 기호 해석이라는 먼 길과 관련하여 가다머가 말하는 '진리와 방법'을 언급한다. 리쾨르와 가다머의 가장 큰 차이는 아마도 진리와 방법 사이의 관계일 것이다. 가다머에게서 이해란 어떤 방법을 통해 객관적 의미를 찾아내는 것이 아니라 의미에 이끌려 들어가 머무는 것이다. 즉 의미와 해석자가 하나로 융합되는 것이 이해의 사건이자 진리이며, 해석학은 이를 밝히는 작업이라는 것이다. 리쾨르는 이런 융합에 의혹을 제기하고 정신분석과 구조주의가 제시하는 객관적 방법을 통해 더 나은 이해에 도달할 수 있으며 자기 자신을 더 잘 이해할 수 있다고 말한다. 리쾨르는 "우리는 스스로를 알 수 없으며, 언제나 비판적 에움길에 가치를 두고 타인이라는 에움길을 거쳐야 한다"(*CC*, p. 56)라고 말한다. 따라서 이해는 어떤 이데올로기를 감추고 있을 수 있다는 하버마스의 '거리 두기의 해석학'과 이해는 전통에 의해 전승된 의미에 영향을 받는다는 가다머의 '귀속의 해석학' 사이에서 하나를 택해야만 하는 것은 아니며, 이 둘을 서로 보완적인 관계로 받아들임으로써 더 나은 이해에 이를 수 있다. 환상에서 벗어난 의식이 자기를 더욱 잘 이해할 수 있기 때문이다. "더 많이 설명하는 것이 더 잘 이해하는 것"(『시간

2』, p. 74)이라는 명제로 요약할 수 있는 설명과 이해의 변증법은 바로 이런 해석의 갈등을 중재하기 위한 리쾨르 나름의 해석학적 방법론이라 할 수 있다. 이제 해석학은 "텍스트 해석과 관련된 이해 작업에 대한 이론"(*TA*, p. 75)으로 정의되며, "해석한다는 것은 (시간적, 지리적, 문화적, 정신적으로) 멀리 있는 것을 가까이 두는 것이다"(*TA*, p. 51). 이해의 존재론은 하이데거의 말처럼 해석학의 출발점이 아니라 해석학이 먼 길을 거쳐 이르게 될 약속의 땅이다. 그리고 리쾨르가 자기 이해의 해석학과 '할 수 있는 인간'을 이야기함으로써 그 약속의 땅은 멀리서 모습을 드러내기 시작할 것이다.

3장
의지의 철학에서 의지의 시학으로: 리쾨르의 텍스트 해석학

> 텍스트 해석은 이제부터 자기를 더 잘 이해하거나, 자기를 달리 이해하거나, 심지어 자기를 이해하기 시작하는 주체의 자기 해석 속에서 완성된다. (*TA*, p. 152)

『기억, 역사, 망각』의 출간 직후 프랑수아 에왈드와 가진 대담에서 리쾨르는 이렇게 말한다. "나는 내 철학이라고 할 수 있는 것, 책에서 책으로 펼쳐 간다고 할 수 있는 그런 철학을 가지고 있지 않다. [……] 사람은 자기의 동시대인을 택하지 못한다. 자기 앞으로 계속 걸어 나가기 위해 좌충우돌 타협하면서 일련의 철학적 풍경들을 가로질러 자기의 길을 만들어가는 것이다. 시계視界 항해를 하면서도 항로를 유지해야 하는 것이다."[43] 실제 리쾨르는 칸트와 헤겔을 거쳐 야스퍼스, 후설, 하이데거, 가다머, 레비나스, 프로이트, 그리고 구조주의와 탈구조주의 철학만이 아니라 프랑스에서는 잘 알려지지 않았던 영미권의 역사철학과 분석철학에 이르기까지 다양한 철학적 풍경들을 가로질러 가면서 그 이론들이 지니는 유효성과 한계를 검토하고, 이른바 '화쟁'을 통해

---

43) *Magazine littéraire*, no. 390, sept. 2000(numéro spécial "Paul Ricoeur"), pp. 20~22.

궁극적으로 대립되는 접근법들의 갈등과 긴장의 화해를 모색한다.

예컨대 객관적인 역사 인식의 가능성과 관련하여 딜타이와 가다머를 당혹스럽게 만들었던 아포리아는 과연 어딘가에 속해 있으면서도 비판적 거리를 둘 수 있는가 하는 물음이었다. 거리를 취하는 방법을 택하면 존재론적 진리에서 멀어지고, 존재론적 진리를 택하면 인문과학의 객관성을 포기해야 한다는 아포리아 앞에서 리쾨르는 언어의 의미 물음을 주체 물음과 연결시켜 텍스트 이해를 통한 자기 이해를 주장하고 이를 실존 문제와 연결함으로써 해결책을 찾으려 한다. 그것이 상징언어를 통한 이해, 불완전하지만 풍성한 이해의 가능성이다. 인간은 자신의 기억과 상상력에서 비롯된, 즉 문화에서 비롯된 기호의 해석이라는 에움길을 통해서만 자기를 이해할 수 있다고 본 것이다. 하이데거가 해석학을 존재론화함으로써 해석학과 존재 물음을 연결시키지만 그로 인해 딜타이 해석학이 가진 인식론적이고 비판적인 방향을 버린 것과 달리, 리쾨르는 장 나베르를 통해서 경험의 '대상적objectal' 측면으로 에둘러 반성하는 방법을, 딜타이와 불트만에게서는 말뜻을 통해 삶의 뜻을 해석하는 길을 받아들인다. 리쾨르의 해석학은 자기 이해를 위해서는 기호와 상징, 그리고 텍스트 이해를 통한 에움길을 거쳐야 한다는, 객관화의 길을 거치는 방법론적 해석학이다. 그리고 존재론에서 실천적 지혜로 나아가는 행동의 철학이다.

1. 세 가지 철학 전통: 반성철학, 현상학, 해석학

리쾨르의 이런 해석학적 사유의 근원에는 어떤 철학 전통이 자리 잡

고 있는가? 물론 한 사상가의 사유의 근원이 어디에 있는지, 어떤 사상
들에 영향을 받았는지 분명하게 말하기는 쉽지 않다. 스스로 밝히지 않
는 경우가 많고, 밝힌다 해도 일종의 지적 무의식 때문에 제대로 자각
하지 못할 수 있다. 하지만 리쾨르의 경우『텍스트에서 행동으로』에서
자신의 철학이 반성철학과 현상학, 해석학적 전통이 합류하는 지점에
놓여 있다고 명시적으로 밝힌 바 있다. "내가 준거로 삼고 있는 철학 전
통은 세 가지로 특징지을 수 있을 것이다. 그것은 반성철학의 계보를 잇
고, 후설 현상학의 영향권에 놓여 있고, 후설 현상학의 해석학적 변이
형을 구성하는 것이다"(TA, p. 25). 여기서 주목할 만한 것은, 후설이 현
상학을 개척하고 하이데거가 이를 존재론으로 바꾸면서 그러한 지적 전
통이 사르트르와 메를로-퐁티, 레비나스 등 프랑스 철학자들에게 지대
한 영향을 미친 것은 잘 알려져 있으나, 그에 비해 리쾨르가 가장 먼저
언급한 반성철학의 전통은 상대적으로 알려지지 않았다는 사실이다.
앞에서 보았듯이 석사학위 논문「라슐리에와 라그노에게서 신의 문제
에 적용된 반성적 방법론」부터 반성철학은 리쾨르의 철학적 여정 전체
를 관류한다.

넓은 의미의 반성철학은 데카르트의 코기토에서 칸트를 거쳐 이어지
는 전통으로, 한마디로 투명한 자기의식을 전제로 하는 철학이다. 그
것은 의식의 절대적 투명성, 자기와 자기 자신과의 완전한 일치를 가정
함으로써 다른 어떤 실증적 지식보다 자기의식을 의심할 수 없는 지식
으로 삼는다. 반면 좁은 의미의 반성철학 전통은 19세기 프랑스의 피
에르 멘 드 비랑(1766~1824), 펠릭스 라베송(1813~1900), 쥘 라슐리에
(1832~1918)를 거쳐 장 나베르(1881~1960)에 이르는 것으로서 콩디야
크나 디드로와 같은 18세기 계몽주의 철학자들이 주장했던 유물론적

또는 자연주의적 인간관과 세계관에 맞서 인간의 사유 능력, 특히 자아 ego의 자기반성 능력을 중시하는 철학 전통을 말한다. 인간은 해부학적으로 이해할 수 있는 존재가 아니라 자기반성을 통해서만 이해할 수 있으며, 그것이 바로 인간을 다른 존재들과 구분하게 해주는 특징이라는 것이다. 이러한 전통은 철학적 사유의 출발점을 코기토로 삼고 있다는 점에서 데카르트와 칸트를 이어받는다고 말할 수 있지만, 자아가 자기 스스로에게 물음을 던짐으로써 자기 스스로를 밝히는 것을 목적으로 삼는다는 점에서 코기토를 진리 발견의 근본 토대로 삼는 데카르트적 전통과 그대로 일치하지는 않는다. 리쾨르는 『해석의 갈등』에 수록된 「주체 물음: 기호론의 도전」이라는 글에서 데카르트의 코기토와 반성철학의 관계를 다음과 같이 설명한다. "무엇보다도 데카르트의 코기토는 반성철학의 전통을 이루고 있는 일련의 봉우리들 가운데 하나일 뿐이다. 비록 가장 높은 봉우리이긴 하지만 말이다"(*CI*, p. 233).[44]

리쾨르가 말하는 반성은 자기 자신과의 단순한 대화가 아니라 상징의 매개를 거친 반성 또는 하이데거가 말하듯이 우리 내부에서 우리를 부르는 목소리, 소리 없는 '부름'에 가깝다. 반성철학의 입장에서 데카르트 코기토에 대한 비판의 핵심은 이처럼 반성과 직관의 차이, 즉 의식을 투명하게 주어진 것이 아니라 풀어야 할 어떤 과제로 본다는 점에 있

---

44) "이러한 일련의 전통에서 코기토를 뜻하는 각각의 표현들은 앞선 표현을 재해석하고 있다. 그래서 소크라테스의 코기토('너의 영혼을 보살펴라')도 있고, 아우구스티누스의 코기토('외부의' 사물과 '고귀한' 진리가 굴절되는 곳에 있는 '내면의' 인간)도 있으며, 물론 데카르트의 코기토도 있고, 칸트의 코기토('나는 생각한다'에는 나의 모든 표상들이 수반될 수 있어야 한다)도 있다고 말할 수 있다. 피히테의 '자아'가 현대 반성철학을 대표하는 증인임은 두말할 나위도 없다. 장 나베르가 인정했듯이, 칸트와 피히테를 통해 데카르트를 재해석하지 않은 현대의 반성철학은 없다. 후설이 현상학에 접목시키고자 했던 '자아론égologie'도 이런 시도들 가운데 하나이다"(*CI*, p. 233).

다. "반성이란 '나는 생각한다'의 에고를 그 대상과 작업, 그리고 궁극적으로 그 행위 속에서 다시 붙잡으려는 노력이다"(*DI*, p. 51). 그리고 칸트에서 피히테를 거쳐 나베르로 가면서 반성은 해석이라는 우회로를 거쳐 "존재하려는 노력을 다시 우리 것으로 만드는 것"(*DI*, pp. 52~53)이 됨과 아울러 스피노자의 코나투스와 다시 만난다. 존재하려는 노력은 결코 충족될 수 없는 욕망이지만, 단순한 결핍이 아니라 노력하는 유일무이한 어떤 존재를 긍정하는 것이다.

리쾨르가 이처럼 데카르트 전통이 아니라 좁은 의미의 반성철학 전통에 스스로를 위치시키는 것은 20세기 후반의 지적 상황, 특히 마르크스, 니체, 프로이트로 대표되는 '의혹의 거장들'의 탈신비적 해석으로 인해 근본에서부터 흔들리게 된 주체 문제와 관련이 깊어 보인다. 이들은 데카르트 이후 근대 관념론이 내세운 주체란 무엇인가라는 물음 대신에, 의식 너머에 숨어 있는 관심이나 동기를 찾는 주체의 고고학을 지향한다. 이들의 공통점은 자아의식의 환상을 비판했다는 점이다. 데카르트는 사물들이 나타난 그대로가 아니라는 점을 의심하면서도 그 자신에게 드러나는 그대로의 의식을 의심하지는 않았다. "의식 안에서는 의미와 의미에 대한 의식이 일치"(*DI*, p. 41)하며, 그래서 의식의 확실성으로 사물에 대한 의심을 해소할 수 있다고 생각한 것이다. 하지만 마르크스, 니체, 프로이트 이후로는 의식 자체가 의심스러운 것이 되고 만다. 우리가 의식이라고 알고 있는 것이 허위의식이고, 힘에의 의지이며, 무의식일 수도 있다는 말이다. 의혹의 거장들은 의식 비판을 위해 해석을 사용한다. 이제 "이해는 해석이다. 의미를 찾는 것은 의미에 대한 의식을 그대로 읽으면 되는 것이 아니라 그 표현을 해독해야 하는 것이다"(*CI*, p. 149). 의미에 대한 직접 의식 대신 표현-암호를 해석-해독하는 간접적인 길을 통해 인간과 세계를 이해할 수 있다고 보는 것이다. 그래서 마르크스는 역사를 소유 관계에 따른 계급투쟁으로 해석하고, 니체는 가치 체계를 힘을 향한 의지로 해석하며, 프로이트는 인간의 정신을 이드와 자아, 초자아의 변증법적 갈등으로 해석한다. 이들의 관심은 의식을 파괴하는 것이 아니라 자유롭게 해방시키고 확장하는 것이다. "마르크스가 원한 것은 필연성의 인식을 통해 실천을 해방하는 것이었다. 그러나 그러한 해방은 허위의식의 신비화에 당당하게 대응하는 의식화와 불가분의 관계에 있다. 니체가 원한 것은 사람의 능력을 키우고 그 힘을 회복하는 것이었다. 그러나 힘에의 의지가 무엇을 뜻하는지는 초인과 영원회귀, 그리고 디오니소스의 암호를 거쳐야 알 수 있으며, 그러한 암호가 없다면 힘은 어설픈 폭력에 지나지 않는다. 프로이트가 원한 것은 피분석자가 낯설었던 의미를 자기 것으로 삼으면서 자기의 의식 영역을 확장하고 더 잘 살고 더 자유로워지며 가능하다면 조금 더 행복해지는 것이다"(*CI*, p. 151).

의혹의 시대를 거치면서 현대철학은 이성과 탈이성, 존재와 비존재의 대립 사이에서 다양한 모색을 하게 된다. 대표적인 경우가 데리다, 푸코, 들뢰즈, 리오타르 등을 통해 널리 알려진 탈근대주의 철학이다. 이들은 모더니즘이 내세운 인간의 주체성과 합리성을 해체하고 탈역사를 주장함으로써 새로운 인간해방을 모색한다. 그 반대편에는 상호 행위, 즉 의사소통을 새로운 합리성의 규범으로 설정함으로써 현대의 합리성을 복원해야 한다고 주장하는 하버마스가 있다. 그는 상호 행위-의사소통의 합리성이야말로 기술적 이성에 치우친 현대의 획일적 합리성의 폐해를 치유할 수 있는 윤리적 실천의 핵심이라고 본다. 이런 지적 상황에서 리쾨르는 반성철학의 오랜 전통에 스스로를 위치시키면서도 데카르트적인 투명한 코기토, 자신만만한 코기토가 아니라 '상처 입은 코기토' 개념을 내세움으로써 주체 개념을 되살리려 한다. 리쾨르가 말하는 상처 입은 코기토는 "자기 스스로를 정립하지만 자기를 제대로 소유하지 못하는 코기토, 현재 의식의 불충분함, 환영, 그리고 허위의 고백을 통해서만 그 근원적 진리를 이해하는 코기토"(*DI*, p. 425)를 뜻한다. 이러한 주체 개념을 제시하게 된 데는, 주체는 주인이 아니라 오히려 주체보다 더 큰 언어의 사도 혹은 청취자라는 카를 바르트의 지적 영향도 있다. 리쾨르의 기획은 의혹의 해석학에 의해 모욕당하고 상처 입은 코기토가 사유의 근본적인 토대가 될 수는 없지만 다른 한편으로 코기토가 없이는 자기 자신과 자기의 가능성에 대한 올바른 이해도 없음을 밝힘으로써 기존의 반성철학 전통을 받아들이면서 넘어서려는 것이며, 그것은 현상학과 해석학의 도움을 받아 이루어진다.

후설 또한 모든 선험적 인식을 의심스럽다고 보고 자기내재적인 것만이 확실하다고 가정한다는 점에서 반성철학의 전통에 서 있다. 하지만 후설은 의식의 근본적 토대를 코기토가 아니라 직접적인 직관적 경험-순수의식에서 찾는다는 점에서 전통적인 반성철학과는 구분된다. '에포케epoché'를 통해 물자체는 괄호 안에 들어가고 감각의 제국은 해방되어 직관이 지배하는 현상학적 경험 영역이 구성되는 것이다. 하지만 리쾨르는 초월론적 주관에서 출발하여 의식의 과학과 명증성을 정립하려는 관념론적인 노력이나 에포케 같은 환원적 방법론에 대해서는 언제나 일정한 거리를 둔다. 그가 현상학에서 가장 중요하게 생각하는 것은 크게 두 가지라고 할 수 있다. 하나는 의식이 체험한 것에 대한 현상학적 환원이 아니라 '사태 속으로' 들어가서 있는 그대로 비환원적인 방식으로 기술하는 것이며, 다른 하나는 어떤 것에 대한 의식이 자기의식보다 우선한다는 지향성 개념이다.[45] 그에 따르면 에고는 자기에게 초점을 맞추고 있는 것이 아니라 항상 어떤 것에 대한 의식이며 의미를 겨냥하는 의식이다. "어떤 것을 지향하는 행위는 지향된 의미 — 후설이 '노에마Noema'라고 부르는 — 의 통일성을 거쳐서만 이루어진다"(TA, p. 26). 현상학을 통해 에고는 "자기 스스로를 벗어나 무엇을 향하고 있는 의식, 반성을 통해 대자 존재가 되기 이전에 의미를 향해 있는 의식"(RF, p. 58)임이 드러나는 것이다. 현상학은 이처럼 의미 물음을 통해 해석학과 만난다. 근본적인 것은 '의미의 이해 가능성'과 '자기의 반성적 능력' 사이의 관계이다. 텍스트를 이해한다는 것은 나의 의식에 앞서 텍스트의 의미를 향한 의식에 우선권을 둔다는 것이며, 이를 통해 의식에 현상된 텍스트의 의미를 이해하는 것이다.

리쾨르는 해석학에 접목된 현상학의 세 가지 명제를 다음과 같이 정리한다.[46] i) 의미작용은 현상학적 기술의 가장 포괄적인 범주이다. ii) 주체는 의미작용을 담고 있는 존재이다. iii) 현상학적 환원은 의미작용을 위한 어떤 존재의 탄생을 가능하게 하는 철학적 행위로서 자신의 타자로부터 자기에게로 되돌아오는 것이다. 의미 경험에 주의를 기울이는 이런 현상학적 방법은 후설에게서 비롯되며, 『존재와 시간』에서 관념론을 벗어나 해석학적 현상학을 시도했던 하이데거의 영향도 있을 것이다. 앞에서도 말한 것처럼 하이데거에 따르면 이해는 존재론적 의미작용을 갖는다. 이해란 세계 속에 던져진 존재가 존재의 부름에 응답하는 것이며, 존재는 자기만이 가지고 있는 가능성을 투사하면서 세계 속으

---

45) J. Grondin, *Paul Ricoeur*, p. 24.
46) *CI*, pp. 242~57 참조.

로 들어간다. 현상학적인 주체/객체의 인식론적 관계는 이제 그보다 더 근원적인 존재론적 관계에 속하게 된다. 후설은 현상학적 환원을 통해 의미 문제를 실존 문제와 분리시켰으나, 하이데거는 의미 문제를 존재론적 문제와 결부시킴으로써 해석학을 통해 현상학을 전복시킨다. 즉 주체는 투명한 자기의식이 아니라 세계-내-존재라는 존재론적 지평 속에서 의미를 이해할 수밖에 없게 된 것이다. 앞에서 말했듯이, 리쾨르는 여기서 존재자의 실존이 존재 이해에 있다는 존재론은 받아들이지만, 하이데거의 그러한 직접 이해의 존재론이 인식론적 물음을 너무 성급하게 존재론적 물음으로 대체했다고 비판하면서 가까운 길 대신 기호와 상징, 그리고 텍스트의 해석을 거치는 자기 이해라는 먼 길을 제시한다. 그리고 새로운 존재론적 이해의 인식론적 결과를 다음과 같이 요약한다. "기호, 상징, 텍스트에 의해 매개되지 않는 자기 이해는 없다. 자기 이해는 궁극적으로 이 매개항들에 적용된 해석과 일치한다"(TA, p. 29). 실제로 텍스트의 매개를 거친 자기 이해, 타자의 타자성이라는 매개를 거쳐 에둘러 돌아가는 코기토로서의 자기라는 명제는 다른 해석학 전통과 리쾨르의 해석학을 구별하게 하는 중요한 주제가 된다.[47]

이와 같은 리쾨르의 해석학적 전회에 대해서는 나중에 다시 자세히 언급하겠지만, 현상학에 대한 하이데거의 비판이 리쾨르의 해석학적 전회에 얼마나 결정적인 영향을 미쳤는지는 쉽게 단언하기 힘들다. 흥미로운 것은, 리쾨르가 하이데거에 대해서 언제나 일정한 거리를 두면

---

47) 리쾨르는 카를로스 올리베이라와의 대담에서 자신의 해석학의 첫번째 과제는 '주체' 물음이며, 기호와 상징, 텍스트의 매개를 거친 주체의 자기 이해라고 밝힌 바 있다. "De la volonté à l'acte - un entretien de Paul Ricoeur avec Carlos Oliveira," Ch. Bouchindhomme & R. Rochlitz(eds.), *"Temps et récit" de Paul Ricoeur en débat*, p. 21.

서도 스스로 현상학에 대한 하이데거와 가다머의 해석학적 비판을 일정 부분 받아들였다고 밝히고 있고, 앞에서 인용한 것처럼 '해석학적 변이형'을 자신의 사유가 뿌리내리고 있는 세번째 철학 전통으로 인정하고 있다는 점이다.[48] 일단 리쾨르가 해석학과 해석학의 과제에 대해 가진 생각은 『의지의 철학 II』를 발표하면서 거치게 되는 첫번째 해석학적 전회 이후로도 계속 변한다는 사실을 지적할 수 있다. 리쾨르 자신의 회고에 따르면, 악의 상징과 신화를 해석하면서 악의 현상과 악한 의지를 설명하고자 했던 첫번째 해석학적 전회에서 이미 데카르트의 코기토와 후설 현상학과의 단절은 드러난다. 즉 에고는 자기에 대한 반성적 귀환, 투명한 코기토를 통해서는 자기 자신을 이해할 수 없다는 명제를 정립하게 된 것이다.[49]

해석학에 대한 이런 생각은 이후 더욱 발전되어 상징언어, 특히 은유와 이야기라는 문학 담론 영역으로 확장된다. 물론 여기서도 해석학의 근본 전제, 즉 주체는 반성만으로는 자기를 이해할 수 없으며 우리의

---

48) *RF*, p. 56. 리쾨르는 현상학의 '해석학적 전회'라는 하이데거의 생각에는 동조한다. 하지만 하이데거와는 달리 현상과 에고 그 자체에 직접 접근할 수는 없다고 본다. 그가 보기에 "해석학이 부순 것은 현상학이 아니라 그 해석들 가운데 하나, 즉 후설의 '관념론적' 해석이다"(*TA*, p. 95). 즉, i) 근본 토대에 축을 둔 과학성이라는 후설의 이념, ii) 현상에 다가가기 위한 길로서 직관의 우위성, iii) 주체의 자기 자신에 대한 내재성이 우위를 갖는다는 데카르트와 후설의 생각, iv) 궁극적 원칙으로서의 주체의 위상, v) 후설 현상학에서 지나치게 이론적인 자기반성 개념이 그것이다. 반면 가다머는 해석학의 현상학적 전회를 통해 방법론의 부담을 덜고 이해의 현상으로 되돌아가는 현상학적 해석학을 내세운다. 리쾨르는 하이데거의 이해의 존재론과 가다머의 언어철학을 받아들이면서도 주체가 자기를 인식하는 것은 단지 인식론적 문제에 그치는 것이 아니라 자기 자신에 대한 책임을 포함하는 윤리적 차원을 함축하고 있다는 방향으로 자신의 해석학을 펼쳐 나간다. *RF*, pp. 83~115 참조.

49) "의심을 이어가고 코기토를 통해 반성하는 '나'는 의심하는 그 모든 내용과 관련하여 의심 자체가 그런 만큼이나 형이상학적이고 과장된 것이다. 사실 그 '나'는 아무도 아니다"(*SM*, p. 16). "의심하면서 닻을 내리지 못한 나"(*SM*, p. 16)가 나 스스로를 알기 위해서는, 특히 악의 경험을 설명하기 위해서는 상징의 해석이라는 에움길을 거쳐야 한다.

"실존 노력과 존재 욕망을 증언하는 작품들"(*CI*, p. 21)의 해석을 통해서만 이해할 수 있다는 전제는 변함이 없다. "주체는 자기 자신을 직접적으로 아는 것이 아니라 위대한 문화들이 기억과 상상 속에 맡겨놓은 기호들을 통해 자기를 알게 된다. 코기토의 이런 불투명성은 원칙적으로 나쁜 의지의 경험만이 아니라 주체의 지향적 삶 전체와 관련을 맺고 있다"(*RF*, p. 30). 그처럼 기호와 상징, 텍스트라는 매개를 거친 자기 이해를 통해 상처 입은 코기토를 치유하는 것이 리쾨르 해석학의 과제라고 한다면, 처음에는 겹뜻을 지닌 상징과 신화가 그러한 매개 역할을 담당했고, 정신분석과 구조주의의 도전을 거치면서 언어적 전회를 이룬 후에는 은유와 이야기가 그러한 매개 역할을 담당하게 된다. 즉 직접적 반성에서 에움길을 통한 반성으로 나아가면서 그러한 매개들이 좀더 늘어나고 복잡해지고, 그 결과 자기 이해를 위해서는 "기호론의 객관적이고 체계적인 관점"(*RF*, p. 39)을 거치지 않을 수 없게 된다.

은유와 이야기에 대한 연구를 계속하던 60~80년대, 리쾨르는 종종 여러 대담에서 자신이 두 개의 전선에서 싸우고 있다고 고백한다. "한편으로 나는 직접 이해의 비합리주의를 거부한다. 하지만 마찬가지로 기호 체계의 구조 분석을 텍스트에까지 넓히려는 설명의 합리주의도 거부한다."[50] 그리고 후기로 갈수록 리쾨르는 해석의 갈등보다는 "자기 이해의 제약조건"(*RF*, p. 40)에 대한 물음에 관심을 집중하게 된다. 그리하여 『살아 있는 은유』와 『시간과 이야기』, 그리고 『남처럼 자기 자신』에 이르러 자기 이해의 해석학은 온전한 모습을 갖추게 되며, 말년의 『기억, 역사, 망각』과 『인정의 여정』 등에서 자기 이해의 해석학은 실천적

---

50) *Esprit*, août-septembre, 1986(O. Mongin, *Paul Ricoeur*, Seuil, 1994, p. 140에서 재인용).

윤리의 영역으로 확장되고, 의지의 시학은 '할 수 있는 인간'의 존재론으로 구체화된다. 자기 이해의 목적은 자기의 가능성을 발견하고 이를 행동으로 실천함으로써 자기 전환을 이루는 데 있다고 보는 것이다. 코기토는 관념론을 벗어나 존재론적 윤리 차원으로 확장되며, 반성적이고 현상학적이며 해석학적인 리쾨르의 철학 전체는 바로 이처럼 해석을 통한 자기 이해, 그리고 이를 통한 존재 가능성의 추구를 과제로 삼게된다.

2. 의지의 현상학: 『의지의 철학 I』

『의지의 철학』은 원래 세 권으로 구상되었다. 수용소 시절에 집필을 시작한 1권은 1948년에 원고가 마무리되어 1950년 "의지적인 것과 비의지적인 것"이라는 제목으로 출간되었다. 거기서 리쾨르는 "과오가 인간의 이해하는 능력을 심각하게 훼손하고 초월성은 주관성의 근원을 감추고 있다"(*PV1*, p. 19)는 것은 사실이지만, 의지의 현상학을 위해 악의 경험과 초월성의 문제는 잠시 뒤로 미룰 수밖에 없다고 말한다. 이후 악의 경험, 즉 잘못을 범할 수 있는 가능성과 악의 상징 문제를 다룬 2권이 1960년에 "유한성과 허물"이라는 제목으로 출간된다(「나약한 인간」과 「악의 상징」으로 구성되어 있다). 그리고 마지막 3권에서 초월성 문제를 다룰 예정이었으나 실제로 출간되지는 않았다.[51] 『의지의 철학 I』

---

51) 리쾨르가 3권을 따로 쓰지 않았던 이유를 그롱댕은 1960년 리쾨르의 해석학적 전회와 관련이 깊다고 보고 『해석에 대하여』(1965)와 『해석의 갈등』(1969)이 그 증거라고 말한다. 하지만 1969년 콜레주 드 프랑스에 제출한 지원서(리쾨르 재단에 소장된 1970년 강의계획서

의 서두에서 리쾨르는 자신의 주제가 "인간의 구조 또는 근본적 가능성들"(PV1, p. 20)을 드러내는 것이라고 명시한다. 앞에서도 보았듯이 의지와 가능성은 인간이 있는 그대로의 존재에서 벗어나 자기를 초월할 수 있는 능력이라는 점에서 리쾨르의 철학 전체를 꿰뚫는 말이다. 후설과 메를로-퐁티처럼 철학과 현상학이 인간의 인식과 지각 능력에 대한 이론에만 치우친다면 인간의 존재 노력과 감정, 정열처럼 객관화하기 힘들지만 인간이 가진 가장 중요한 가능성들을 간과하게 된다는 것이다.[52] 리쾨르가 코나투스로서의 인간 존재, 즉 가능성을 지니고 노력하는 존재로서의 인간을 강조하는 것은 그 때문이다.

이렇게 해서 리쾨르는 의지라는 '사태 속으로' 들어간다. 그런데 그것

문건 참조)에 리쾨르가 자신이 가르치고자 하는 것이 의지의 시학의 연장선에 있으며 그것이 또한 자신이 저술할 책들의 실마리라고 밝히고 있다는 점에서 의지의 초월성에 대한 관심을 포기했다고 말할 수는 없을 것이다. 또한 리쾨르는 자신의 지적 자서전에서 은유, 이야기, 상상력, 역사와 문학, 그리고 성서 주석에 관한 저술 등 철학과 문학, 역사, 신학 사이의 경계에 있는 이후의 저술들에 "초월성의 시학"(RF, p. 26)이라는 이름을 붙이고 있다는 점에도 주목할 필요가 있다. 그롱댕 또한 이런 맥락에서 의지의 시학이 "리쾨르의 사유를 이끌어가는 별"이라고 표현한다(J. Grondin, L'herméneutique, p. 28). 한편 아말리크는 리쾨르 철학의 토대를 상상력에서 찾으면서 쓰이지 않은 『의지의 철학』 3권의 밑그림이 이미 앞선 책에서 그려지고 있음을 발생론적 방법으로 분석한다. J.-L. Amalric, Paul Ricoeur, l'imagination vive: Une genèse de la philosophie ricoeurienne de l'imagination, Hermann, 2013 참조.

52) 『비판과 확신』에서 리쾨르는 메를로-퐁티가 『지각의 현상학』에서 관념론적이고 토대론적인 가설을 포기하고 몸의 현상학을 구축했듯이 의지를 비롯한 정서적 영역에 대한 현상학을 구축하려고 했다고 술회한 바 있다. "메를로-퐁티가 지각에 대한 현상학적 분석의 영역과 그 작동 구조를 완벽하게 밝혔기 때문에, 나에게는 — 적어도 당시에는 그렇게 생각했다 — 본격적으로 문이 열린 실천의 영역밖에 남지 않았다고 생각했다. 내가 악의 문제, 사악한 의지의 문제 — 신학 용어로는 '죄'라고 부르는 문제 — 에 접했을 때 하고자 했던 연구도 그 분야였고, 나중에 그 연구를 발전시키게 된다. 현상학의 영역에서 사람들은 그때까지 지향성의 표상적 측면만을 다루었고, 모든 실천적 영역, 정서적 영역, 다시 말해 감정과 고통의 영역 — 비록 내가 '정서'에 대한 사르트르의 저서를 상당히 높이 평가하긴 하지만 — 은 제대로 연구되지 않고 있는 것 같았다"(CC, p. 46).

은 철학에서는 거의 다룬 적이 없는 영역이며 다룬다 해도 칸트와 같은 순수한 이론적 이성의 영역에 머물러 있었기에, 방법론의 문제가 제기될 수밖에 없다. 「의지의 현상학의 방법과 과제」라는 논문[53]에서 리쾨르는 의지의 근본 구조와 가능성을 우선 현상학적 기술과 해석학적 이해의 대상으로 제시한다. 인간의 의지는 항상 잘못을 범하기 쉬우며 정열에 휩쓸려가기도 하고 때로는 어떤 초월성의 부름을 받기도 한다. 의지의 현상을 철학적으로 기술한다는 것은 있는 그대로의 인간이 겪을 수 있는 경험을 그림 그리듯이 구체적으로 묘사하는 것이 아니다. 그러한 기술은 오히려 현상학이 밝히려고 하는 근본 구조와 가능성을 뒤엉키게 할 수 있다. 리쾨르가 밝히려 하는 것은 인간 의지의 경험적 현실을 추상화함으로써 의지의 본질을 드러내는 것이며, 후설 이후 의식, 지각, 논리 등의 주제에 적용된 현상학 방법론을 의지에 적용하고 현상학적 환원을 통해 그 현상의 불변 요소들을 기술하는 것이다. 여기서 의지적인 것과 비의지적인 것의 대립이라는 근본 구조가 나온다. 의지는 주인이 아니며, 의지적인 것 속에는 언제나 비의지적인 것, 즉 육체의 영역에 속하는 감정이나 욕망, 욕구 등이 깃들어 있다. 비의지적인 것이 없는 의지란 없으며, 그것이 바로 인간의 실존 조건이다. 무의식적 기억이나 욕망만이 아니라 습관이나 선입견, 희로애락의 감정 같은 것들도 비의지적인 것에 속한다. 후설보다는 멘 드 비랑이나 나베르와 같은 반성철학, 그리고 마르셀, 야스퍼스, 하이데거, 사르트르 등의 실존주의를 떠올리게 하는 이런 주제들에 대한 분석의 목표는 "실존 자체를

---

53) P. Ricoeur, "Méthode et tâche d'une phénoménologie de la volonté," *A l'école de la phénoménologie*, Vrin, 1986, pp. 59~86.

개념을 통해 밝히는 것"(*PV1*, p. 36)이다. 엄밀한 현상학적 방법은 감정에 휩쓸리거나 이론적 이성에 빠지지 않고 의지 현상을 해명할 수 있게 해준다는 것이다. 베르그송류의 비합리주의나 인간을 순수 정신으로만 이해하려는 관념론적 입장과 거리를 두려는 리쾨르의 관점은 여기서도 잘 드러난다.

의지의 '근본 존재론'을 구축하려는 이러한 시도는 『존재와 시간』에서 하이데거의 현존재 분석론을 떠올리게 한다. 하지만 하이데거와 사르트르가 죽음과 불안 같은 인간 본성의 부정적 측면에만 주목한 것과 달리—물론 그런 부정성을 부인할 수는 없지만—리쾨르는 인간이 자신과 화해할 수 있는 가능성, '할 수 있는 인간'의 가능성에 초점을 맞추고 이를 해명하려 한다. 인간은 불안과 죽음에도 불구하고 삶을 향유하고자 하며, 계획을 세우고 미래를 구상하면서 현재의 주도권을 지니고 행동하는 존재이기 때문이다. 자기반성에 따른 환멸에도 불구하고 삶을 소박하게 바라볼 때, 인간은 자신의 육체와 세계에 대해 가지고 있던 모호한 의식에서 벗어나 근원적인 관계를 명증한 이성의 차원에서 되찾을 수 있다는 것이다. 리쾨르가 새로운 "소박함naïveté"(*PV1*, p. 106)의 가능성이라고 부르는 이러한 "근원적 긍정affirmation originaire"[54]을 통해

---

54) '근원적 긍정'이라는 개념은 장 나베르가 『윤리학을 위한 요소들』에서 처음 제시한 개념이다[J. Nabert, *Éléments pour une éthique*, PUF, 1943. 재출간 본(Aubier, 1962)에는 리쾨르가 서문을 썼다]. 의무에 대한 복종이라는 도덕성을 벗어나 존재론적 성격을 띤 삶에 대한 근원적 긍정이야말로 리쾨르의 저서 전체를 관류하는 신념이라고 여러 연구자들은 지적한다. 인간은 실존의 구조로 말미암아 자기 자신, 세계, 타자와의 관계에서 성공하더라도 본질적인 불만족 상태에 있으며, 오히려 과오나 실패, 고독과 같은 부정적 체험을 통해 자기 자신에 대한 더욱 깊은 이해에 이를 수 있다고 보는 것이다. 여기서 코기토는 극복할 수 없는 부정성과 절망에 이르지 않게 하는 긍정성의 이중적인 관계 속에 놓여 있다. '근원적 긍정' 개념은 존재 구속인 동시에 존재 초월적인 실존의 구조가 실존적 요청으로서의 윤리학으로 인도한다는 것을 함축하고 있다. P. Ricoeur, "Préface à *Éléments pour une éthique*,"

인간에게는 자기 자신과 화해할 길이 열린다. 회복되어야 할 것은 삶에 대한 신뢰와 그 가능성 같은 것, 하이데거나 사르트르의 철학에서 보듯이 죽을 수밖에 없는 존재의 불안만을 지나치게 강조하는 반성으로 인해 추방되지 않을 어떤 것이다. "불안에 대한 성찰은 이제 더 이상 진정성에 대한 비판에 그치지 않는다. 불안은, 전적인 위협을 가로질러, 성찰을 불러일으키고 성찰을 통해 자신의 오만에 한계를 설정하는 긍정의 능력을 되살린다"(*HV*, p. 21). 리쾨르는 죽음이라는 생각이 우리의 모든 관심을 다 삼켜서는 안 된다고 말한다. 죽음이란 실제적인 경험이라기보다는 내 바깥에 있는 어떤 낯선 침입자, 앞으로 내가 겪게 될 돌발적이지만 피할 수 없는 사고 같은 것으로, 내가 존재한다는 강렬한 느낌에는 실제로 영향을 미치지 못하는 추상적 관념이기 때문이다.[55]

『의지의 철학 I: 의지적인 것과 비의지적인 것』에서 삶에 대한 근원적 긍정의 철학은 의지적 행위를 구성하는 세 가지 계기, 즉 세 개의 핵심 동사(결정하다, 행동하다, 동의하다)를 중심으로 펼쳐진다. '나는 원한다Je veux'라고 말할 때 그것은 첫째, 내가 선택하고 결정을 내렸으며, 둘째, 나의 몸을 움직여 현실 속에서 행동을 실현하는 것이며, 셋째, 내가 그에 동의한다는 것을 뜻한다. 내가 어떤 행동을 하기로 결정할 때 그러한 선택의 동기는 우선 내가 처한 상황을 이해한 후에 발생한다

L2, pp. 225~36; J. Grondin, *L'herméneutique*, p. 35; J.-L. Amalric, *Paul Ricoeur, l'imagination vive*, p. 38.

55) "죽음에 대한 이러한 생각은 결코 전적으로 채택되고 받아들여진 적이 없는 다소 차가운 관념으로 남아 있다. 왜냐하면 죽음은 삶이 그런 것처럼 —또한 고통과 늙음과 우발적 사건이 그렇듯이— 내가 아니다. 죽음은 언제나 낯선 것으로 남아 있다"(*PV1*, p. 577). 여기서 우리는 죽음에 대한 리쾨르의 사유가 『존재와 시간』의 하이데거, 『존재와 무』의 사르트르와는 다른 입장에 서 있음을 알 수 있다.

는 점에서 기계적인 원인과는 구분된다. 따라서 선택은 미리 주어져 있는 것일 뿐만 아니라 선택한다는 사실 자체가 역으로 나의 의지에 제약을 가하는 상황을 만들어낸다. 선택은 또한 문화나 교육 등에 의해 나의 의식의 다른 층위에서 만들어진 가치들을 받아들이는 것이다. 따라서 인간의 자유는 "무엇에 의존하는 독립성, 받아들이는 주도권"(*PV1*, p. 603)으로 나타난다. 나는 언제나 불확실한 전망 속에서 망설이며 선택할 수밖에 없고, 그러한 망설임이야말로 스스로를 찾아가는 선택의 경험이다. 이어서 행동한다는 것은 나의 결정을 구체적으로 세계 속에서 실현하는 의지의 힘을 가리키는 동시에 나의 의지에 장애가 되는 힘과 맞선다는 뜻이다. 의지는 세계와 역사와 인간의 불완전성이라는 비의지적인 것과 함께 나아갈 수밖에 없다. 역설적으로 이런 비의지적인 것 덕분에 나의 행동의 가능성이 열린다. 마지막으로, 결정한다는 것은 동기에 의존하는 의지 행위이며, 행동한다는 것은 존재하는 힘들을 뒤흔들면서 세계 속으로 들어가는 행위이고, 동의한다는 것은 행동의 필요성을 승낙하는 것이다. 여기서 리쾨르는 사르트르식의 관점, 즉 "자유에 처해진" 존재로서의 인간은 실존적 기투를 통해 자신이 처한 제약을 뛰어넘을 수 있고 '아니다'라고 말할 역량이 있다고 강조하는 관점에 비판을 제기한다. 실존 자체가 그런 비의지적인 것의 제약 속에 놓여 있으며, 그런 실존 조건과의 화해 가능성, 즉 삶의 의미 또한 거기에 담겨 있다는 것이다. 가능성이란 부정에도 불구하고 희미한 긍정을 찾아가는 것이다. 근원적 긍정의 철학은 부정을 과대평가하기보다는 긍정을 사유한다. 부정적인 인간 조건에 동의한다는 데는 일종의 '운명애 amor-fati'적 요소가 있다. 결핍을 안다는 것은 자유를 위한 전제라 할 수 있다.

얼핏 단순해 보이는 이런 의지적 행위를 통해 인간 본성에 관한 매우 중요한 존재론, 반성철학의 첫째 과제인 "코기토에 대한 총체적인 경험"(*PV1*, p. 25)을 발견할 수 있다. 여기서 리쾨르의 의도는 명확하다. 즉 코기토와 의지를 관찰 가능한 사실로 환원시키려는 자연과학적 방법론에 맞서, 에고의 지향성에 따른 행위가 이를 수행하는 주체에게 어떤 의미를 가지고 있음을 논증하려는 것이다. "오로지 1인칭의 코기토만이 어떤 계획이나 내가 해야 할 행동의 의미를 이해할 수 있다"(*PV1*, p. 24). 경험적 사실이나 대상에 대한 실증주의적 분석만으로는 인간의 자유의지나 존재 노력을 이해하거나 규명할 수 없다.[56] 의지의 철학이란 이처럼 "자연과학적 태도에 맞서 1인칭으로 파악된 코기토"(*PV1*, p. 26)를 되찾는 작업이다. 욕망이나 행동의 동기를 정신물리학으로 설명할 수는 없으며, 설혹 설명할 수 있다 하더라도 우리가 내면에서 느끼는 삶의 의미 물음에는 답할 수 없다. 물론 1인칭 코기토만이 의미를 이해할 수 있다는 주장이 코기토가 자기 의지의 주인이라는 뜻은 아니다. 오히려 실존은 겪고 행동하는 것이라는, 즉 몸의 경험에서 볼 수 있듯이 인간은 비의지적인 것들을 몸으로 겪음과 동시에 몸을 통해 행동한다는 뜻으로 이해해야 한다. 비의지적인 것은 의지의 한계이며, 그러한 한계 경험을 통해 인간의 가능성의 조건이 드러난다.

리쾨르는 『의지의 철학 I』을 이끌어가는 이념을 이렇게 표현한다. "비의지적인 것과 의지적인 것의 상호성, 심리적 이원성을 넘어서서 주관

---

56) 인지과학자 샹죄와의 논쟁에서 리쾨르가 내세운 논거도 바로 이것이다. 이 점에서 리쾨르의 철학은 경험을 정신분석에서의 충동이나 뇌과학에서 말하는 뉴런으로 환원시키려는 경향에 맞서 의미를 이해하고 실현하려는 의미의 철학이라고 말할 수 있다. 이에 대해서는 P. Ricoeur & J.-P. Changeux, *La Nautre et la règle* 참조.

성을 통해 의지적인 것과 비의지적인 것의 공통 척도를 찾아야 할 필요성, 끝으로 역설에 대한 화해의 우선성"(*PV1*, p. 427). 좀더 풀어서 설명하자면 다음과 같다. i) 비의지적인 것은 항상 의지적인 것에 앞서 주어지며, 비의지적인 것이 없다면 의지도 없다. ii) 육체는 수동적이고 의지는 자율적인 코기토의 활동이라는 이원론을 넘어, 육체는 끊임없이 나에게 호소하고 나의 의지는 종종 육체에서 비롯된다는 사실을 받아들여야 한다. 육체로 구현되지 않는 영혼은 없으며, 주체가 된다는 것은 비의지적인 것과 의지적인 것의 결합을 받아들이는 것이다. iii) 자기의 유한성을 받아들임으로써, 즉 비의지적인 것과 의지적인 것의 긴장을 불가피한 제약이 아니라 존재 조건으로 받아들이고 동의함으로써 화해의 가능성이 생긴다. 세계는 언제나 나에 앞서 존재하고 있으며 나의 존재를 문제 삼는 신랄한 물음을 던지면서 행동을 통한 답을 요구한다. "나를 몸으로 자리 잡게 하고 만들어내는 이 세계, 이 세계를 나는 바꾸고, 선택을 통해 나는 내 안의, 그리고 내 바깥의 존재를 열어젖힌다"(*PV1*, p. 602). 여기서 리쾨르는 이중의 코페르니쿠스적 전환을 이룬다. 한편으로 대상 세계의 초점을 코기토에 맞춤으로써 비의지적인 것을 의지적인 것과, 결핍을 동의와 화해시킨다. 다른 한편으로는 이를 바탕으로 "주관성이 가리키고 있는 중심을 초월성으로 이동"(*PV1*, p. 589)시킴으로써, 주관성의 근원을 감추고 있는 초월성을 드러내려 한다.

3. 현상학의 해석학적 전회: 『의지의 철학 II』

『의지의 철학 I』에서 비의지적인 것, 즉 몸과 욕망 등에 대한 현상학적 환원을 통해 에고의 본질적 구조라 할 수 있는 의지적인 것과 비의지적인 것의 변증법을 밝혀냈다면, 「나약한 인간」과 「악의 상징」으로 이루어진 『의지의 철학 II: 유한성과 허물』에서는 악의 문제와 관련하여 비의지적인 것의 경험적인 양상을 기술한다. 방법론 측면에서는 「나약한 인간」이 현상학적 분석이라는 직접 이해의 '가까운 길'이 지닌 한계를 보여준다면, 「악의 상징」은 상징과 신화라는 매개를 거쳐 가는 '먼 길'을 통해 그 한계를 넘어설 가능성을 제시한다. 리쾨르가 상징이나 신화에서 이미 지나간 과거가 아니라 인간의 가능성을 읽어내는 방법, 즉 상징을 종교언어의 근본 구조로 이해하는 방법은 엘리아데의 종교현상학에 빚진 바 크다. 그러나 엘리아데는 '성'과 '속'의 구분을 중시하면서 상징이나 신화의 본질을 '성스러운 것의 드러남'(에피파니)으로 보는 데 반해 리쾨르는 상징의 다양한 유형 분석에서 실존론적 해석으로 나아간다는 점에서 차이가 있다. 중요한 것은 악이 어떻게 이 세상에 들어왔는가가 아니라 상징이나 신화를 통해 자기를 이해하고 그렇게 해서 삶의 지혜를 얻는 것이기 때문이다.

1) 악의 수수께끼, 나약한 인간

리쾨르는 '나약한 인간homme faillible' 개념과 함께 의지가 어떻게 잘못을 범할 수 있는가 하는 물음을 던지면서 의지의 본질론에서 경험론으로 넘어간다. 부조리한 잘못과 이해할 수 없는 악의 문제는 리쾨르를 평생 동안 따라다녔다. 완전한 신의 작품인 선한 창조에서 도대체 어떻게 악이 나올 수 있는가? 그 자체로서의 과오와 악이 존재하는가? 아우구스티누스가 제기했던 이러한 물음들은 일반적으로 사회적 관습이나 교회, 성서의 율법에 비추어 도덕적인 문제를 해결하려는 결의론casuistique에 속하지만, 리쾨르는 그런 결의론에서 벗어나 악에 대한 현상학적 분석을 통해 잘못의 본질을 비합리적인 것의 침입, 부조리, 우리 본성 한가운데 있는 불투명성이라고 보고, 자유의지가 어떤 유혹에 굴복하여 스스로를 포기하는 것, 즉 일종의 예속의지로 악을 정의한다. "내가 원하는 선을 행하지 않고 내가 원하지 않는 악을 행하는"(*PV2*, p. 24) 나에게는 그러한 부조리한 잘못으로부터 벗어나 자유를 되찾는 것이 실존의 과제가 될 것이다. 인간은 유한한 존재로 던져졌지만 스스로 죽을 수밖에 없는 존재임을 알고 있고 그래서 영원과 무한을 꿈꾼다. 그것이 실존의 초월성인데, 그렇다면 역으로 인간의 유한성은 무한성을 제한적으로 나타내는 지표라고 할 수 있다. "인간은 무제한적 합리성, 총체성, 지복至福에 운명 지워지지 않은 것과 마찬가지로 죽음에 내맡겨지고 욕망에 떠다닌다는 관점에만 머물러 있는 것도 아니다"(*PV2*, p. 23). 여기에는 하이데거와 사르트르의 비극적 인간관에 맞서 실존에 대한 또 다른 해석의 가능성을 찾아내려는 리쾨르의 노력이 들어 있다.

『의지의 철학 II』는 악의 수수께끼에 다가가기 위해 두 가지 전제를 설정한다. 하나는 악이란 인간의 유한성, 나약함에서 비롯되는 가능성이며, 다른 하나는 악의 경험을 이야기하는 상징이나 신화의 해석을 통해서만 그 수수께끼를 풀 수 있다는 것이다. 인간은 파스칼이 말한 것처럼 유한과 무한에 동시에 관여하고 있으며 그래서 잘못도 범할 수 있다. 의지적인 것과 비의지적인 것의 변증법이 그렇듯 유한과 무한 사이의 변증법, 그 불균형이 악과 잘못의 가능성을 만들어낸다. 물론 유한한 존재로서의 인간은 세계에 대해 제한된 지평을 가질 수밖에 없지만 인간은 바로 그 제약을 스스로 인식함으로써 넘어설 수 있다. 리쾨르는 여기서 주체의 제한된 관점이라는 의미에서의 단순한 관점과 의미 또는 무無관점이라고 부르는 것, 즉 인간의 무한성이라는 계기를 구성하는 '진리 지향'을 구분한다. 유한함을 안다는 것은 유한함을 벗어난 세계, 제한된 지평 너머의 세계가 있음을 전제한다. 다시 말해서 나의 관점이 어떤 사물에 '대한' 관점이라는 것을 인식함으로써 그 사물이 모든 관점 너머에 있다는 것을 알 수 있으며, 그 어떤 제한된 관점으로는 완전히 규명할 수 없는 사물 자체의 가능한 의미, 나의 제한된 상황에 국한되지 않는 의미가 열리고 동시에 진리와 무한에 참여하는 것이다. 그 의미는 주체의 제한된 관점을 넘어서 있다는 점에서 초월적이며, 모든 관점에 적용된다는 점에서 보편적이다. "이러한 넘어섬은 의미하려는 의도이다. 그러한 넘어섬을 통해 나는 그 어디에서도 그 누구에게서도 지각되지 않을 의미, 초-관점도 아니고 관점이라고 할 수도 없는, 모든 관점에 내재한 보편성 속에서의 반전이라고 할 수 있는 의미를 맞이하러 나아간다"(*PV2*, p. 44).

그렇다면 이것은 잘못을 범할 수 있는 가능성이라는 주제와 어떤 관련을 맺는가? 리쾨르는 인간의 욕망이 쾌락과 행복 사이에서 긴장을 이루고 있다는 점에서 그 접점을 찾는다. 쾌락은 우리의 감각을 만족시키지만 행복에 대한 갈망을 충족시키지는 못한다. 리쾨르는 칸트를 좇아 행복이란 총체성을 겨냥하고 있다고 말한다. 행복은 쾌락이라는 제한된 관점으로 환원될 수 없으며, 어떤 지평으로 나타나는 총체적 의미에 대한 희망이다. 인간의 욕망 속에는 단순한 쾌락을 넘어서는 총체성과 무한성에 대한 열망이 내포되어 있으며, 그것이 또한 인간의 본성이기도 하다. 이처럼 쾌락과 행복 사이에는 제한된 관점과 무한한 의미 사이의 변증법에 비할 만한 변증법이 작동하고 있다. 관점은 그것을 넘어서는 진리 지향을 통해서만 관점으로 식별되는 것과 마찬가지로, 쾌락을 단순하다고 느끼게 되는 것은 행복에 대한 갈망이 있기 때문이다. 쾌락 원칙은 행복 원칙에 따라 소리 없이 작동된다는 점에서 내재적 한계를 가진다. 쾌락과 행복, 유한성과 무한성이라는 이원론에 토대를 둔 변증법적 긴장은 앞서 살펴본 『의지의 철학 I』의 주제인 인간 의지의 근본 구조와 가능성에 대한 성찰에 토대를 두고 있다.

여기서 리쾨르는 데카르트의 심신이원론을 거부하고 인간에 대한 일원론과 이원론의 대립을 감싸면서 넘어서는 철학적 인류학을 구상했던 멘 드 비랑의 성찰을 잇는다. 멘 드 비랑의 경구대로, "인간은 살아가려는 노력에서는 단순하지만 인간성에서는 복잡하다Homo simplex in vitalitate, duplex in humanitate."[57] 즉, 살아가려고 하는 유기체라는 생물학적 관점에서는 단순한 존재이지만, 무한과 유한에 동시에 참여하고 있다는 정신적 측면에서 볼 때는 복잡하고 이중적이다. 무한과 유한 사이의 긴장에서, 그 불균형에서 잘못을 범할 수 있는 가능성이 생긴다. 인간은 자기 나름의 방식으로 유한성과 무한성의 종합을 실현해야 하기 때문이다. 방황하고 헤매는 인간은 제자리를 찾지 못하고 있는 인간, 목표를 상실한 인간이며 거기서 바로 악의 가능성이 생겨난다. 잘못과 악에 관한 진정한 수수께끼는 잘못을 저지를 수 있는 상태에서 어떻게 잘

---

57) Maine de Biran, *Mémoire sur la décomposition de la pensée*, 1802(*RF*, p. 24에서 재인용).

못을 저지른 상태로 떨어질 수 있는가 하는 것이다. 그처럼 가능성으로
만 존재하던 악이 어떻게 실재하는 악이 될 수 있는가를 이해하기 위해
서는 『의지의 철학 II』의 후반부를 구성하는 「악의 상징」으로 넘어가야
한다.

2) 악의 상징과 신화

「나약한 인간」에 제시된 악의 본질 구조에 대한 해명만으로는 악이
무엇인지 온전히 이해할 수 없다. 악은 우발적이고 설명할 수 없는 사건
으로서 나의 의지와 행동, 사유를 넘어서기 때문이다. 리쾨르가 상징이
나 신화, 즉 악을 이야기하는 문화적 기호들에 관심을 기울이는 것은
이 때문이다. 특히 「악의 상징」은 리쾨르의 해석학적 전회, 즉 해석학
을 현상학에 접목시키는 변화를 보여주는 중요한 계기가 된다. 현상학
이 "존재자에 관한 물음 전체는 그 존재자의 의미에 관한 물음"(*RF*, p.
58)이라고 본다면, 의미 물음을 보편적인 전제로 삼는 해석학은 근본적
으로 현상학을 전제하지 않을 수 없다. 모든 (존재) 경험은 언어로 말해
질 수 있으며, 그래서 언어의 의미를 따져 물음으로써 존재 의미를 묻
는 작업은 현상학적이면서 해석학적이다. 리쾨르가 현상학의 해석학적
전제와 해석학의 현상학적 전제를 동시에 강조하는 것은 그 때문이다.[58]

---

58) 리쾨르는 『텍스트에서 행동으로』의 「해석학적 현상학을 위하여」에서 해석학의 현상학적
   전제와 현상학의 해석학적 전제를 제시한다. 우선 해석학의 현상학적 전제는 i) 어떤 존재자
   에 걸려 있는 모든 물음은 그 존재자의 '의미'에 관한 물음인데, 이 의미는 불투명하고 은폐
   되어 있기에 해석학적 노력에 의해 밝혀져야 한다. 그렇다고 그것이 의미를 지배하는 선험적
   주관성을 함축하는 것은 아니다. 반대로 현상학은 의미가 자기의식에 앞선다는 점을 받아
   들여야 한다. ii) 해석학은 텍스트의 일반 이론으로서 모든 경험의 언어적 조건을 탐사한다.

이리하여 리쾨르는 데카르트와 후설의 코기토가 갖는 "직접성, 투명성, 자명성"(*RF*, p. 30)을 비판하면서, 상징이라는 에움길을 거치는 것이 더 나은 자기 이해를 가져올 수 있다는 인식에 이른다.

리쾨르에 따르면 악에 대한 직접적인 의식과 표현은 불가능하며 인류의 위대한 문명이 낳은 상징들의 해석을 통해서만 간접적으로 드러난다. 신화나 상징은 현실과는 무관한 원시적 세계관의 반영이나 공상이 아니라 인간의 실존 가능성과 연관된 다양한 의미를 담고 있으며 그래서 해석을 통해 밝혀내야 하는 문화적 산물이다. 여기서 해석은 "이중 의미(겹뜻)를 가진 표현으로 이해되는 상징들의 해독"(*RF*, p. 31), "겉에 드러난 의미 속에 숨겨진 의미를 풀어내고, 문자 의미 속에 함축된 의미 층위들을 펼치는 것"(*CI*, p. 16)으로 정의된다. 리쾨르가 신화들을 유형론으로 구분하고 각각의 신화에서 악의 의식이 어떻게 드러나는가를 분석하면서[59] "상징은 생각을 불러일으킨다"(*PV2*, p. 479)라는 명제를

"경험은 말해질 수 있으며, 말해지기를 요구한다. 경험을 언어로 옮기는 것은 다른 것으로 바꾸는 것이 아니라 유기적으로 연결하고 발전시킴으로써 경험 자체가 되게 한다"(*TA*, p. 56). iii) 해석학은 언어적 질서에서 파생된 성격을 지니고 있으며, 언어질서는 자율적인 것이 아니라 세계 경험을 가리킨다. 하지만 이런 경험은 의미를 객관화하는 해석 작업을 거쳐 주어진다.

현상학의 해석학적 전제란 i) 현상학의 방법을 이해, 주해, 설명, 해석으로 받아들이는 것이다. ii) 의미와 표상의 문제와 관련하여 프레게는 이 둘을 분리하여 전자는 논리 영역에, 후자는 심리 영역에 위치시킨다. 하지만 후설의 현상학은 이 둘을 연결하여 표상은 의미를 갖는다고 말한다. iii) 후설의 현상학은 직관과 해명의 동시성에 근거를 둔다. "현상학 전체는 명증성을 통한 해명이며, 해명의 명증성이다. 명증성은 해명되며, 해명은 명증성을 펼친다. 그것이 현상학적 경험이다. 현상학이 해석학으로 실행되지 않을 수 없는 것은 그 때문이다"(*TA*, p. 72). 그처럼 후설의 현상학이 갖는 관념성이 해석학에 의한 비판을 거칠 때 둘은 상보적인 관계를 맺는다. *TA*, pp. 55~73 참조.

59) 장 그롱댕은 「악의 상징」이 기존의 신화 분석과는 다른 구조주의적 관점을 받아들이고 있다는 점에서 리쾨르의 해석학에 '실증적 해석학'이라는 이름을 붙인다. "L'herméneutique positive de Paul Ricoeur: Du temps au récit," Ch. Bouchindhomme & R. Rochlitz(eds.),

제시하는 것은 바로 그런 맥락에서다.

「악의 상징」에서 리쾨르는 우선 두 가지 유형의 상징을 구분한다. 하나는 악의 '일차 상징'으로서, 이는 다시 흠souillure, 죄péché, 허물 culpabilité의 상징으로 나뉜다. 다른 하나는 악의 시작과 종말에 관한 신화들이다. 신화는 과학적 이성이나 철학적 추론만으로는 이해하기 힘든 악의 문제들을 이야기의 허구적 경험을 통해 이해하게 해준다. 리쾨르에 따르면 악의 상징과 신화는 인간과 '성스러운 것'[60] 사이의 관계를 드러내며, 이를 "상상력과 공감을 통해 반복"(PV2, p. 182)하게 함으로써 시대를 초월하여 인간의 실존 조건에 대한 성찰을 불러일으키고 삶의 지혜를 얻게 한다.

우선 상징 차원에서 악은 근원적으로 어떤 '흠,' 정화의식을 통해 제거되어야 할 오염으로 나타난다. 현대의 과학적 사고로 보자면 원시적 관념이라 할 수 있지만, 리쾨르는 그 안에서 어떤 합리적 요소를 본다. 더러워짐으로 인해 고통을 받는 것은 죄를 지었기 때문이며, 그러한 흠은 깨끗하게 씻어냄으로써 극복될 수 있다는 논리가 그것이다. 여기서 올바른 삶, 깨끗한 삶이라는 도덕의식의 근원을 찾아볼 수 있다. 이러한 원시종교의 악 관념은 좀더 발전된 종교에서는 죄로 나타난다. '죄'는 절대자와의 인격적 관계가 손상된 것, "깨진 계약"(PV2, p. 238)으로 체험된다. 죄 체험을 통해 인간은 자신의 행위에 대해 반성적으로 물음을 던지고 속죄의식을 통해 극복하고자 한다. "속죄를 말한다는 것은

"Temps et récit" de Paul Ricoeur en débat, pp. 121~37 참조.

60) 리쾨르는 '성스러운 것'의 의미를 자세히 규정하지는 않으나, 루돌프 오토가 말하는 '신성한 두려움,' 판데르 레이우가 말하는 '강한 것,' 엘리아데가 말하는 '근본적 시간' 등의 개념을 포괄한다고 보는 듯하다. DI, pp. 37~38 참조.

신이 용서할 수 있다는 뜻이며, 신과 우리의 관계가 죄로 인해 단절되었음을 뜻하지 않는다"(PV2, p. 254)는 점에서 속죄에도 합리적 요소가 있다. 마지막으로 '허물'은 잘못이 나에게 있다는 주관적 계기를 내포하며, 이는 근대적 주체의 형성과 더불어 악의 이해가 좀더 진전된 양상으로 나타난다. "악은 내가 나의 자유를 잘못 사용한 것이며, 나의 가치가 내적으로 감소된 것으로 느껴진다. 악이 아무리 근본적이라 해도 선보다 더 근원적일 수는 없다"(PV2, p. 306).

악의 시작과 종말에 관한 신화들, 즉 이차 상징들은 바로 이런 악의 상징적 경험을 이야기로 풀어낸다. 이야기는 각기 어떤 시간관과 세계관을 담고 있으며, 거꾸로 그런 신화의 이야기를 통해 우리는 악의 경험을 시간적 차원에서 이해할 수 있게 된다. 악이 인간의 유한성이나 필연성에서 비롯된 것이 아니라면 이야기 속의 사건처럼 불시에 일어나고 다가오는 것이 아닌가? 선하게 만들어진 인간이 어떻게 악의 유혹에 넘어가는 일이 벌어지는가? 선하게 창조된 인간이 악에 물들 수 있다는 역설은 그 자체가 극적이고 불가사의한 사건이기에 논리적인 추론이 아니라 이야기를 통해서만 이해될 수 있는 것이 아닌가? 이런 물음과 가설에서 출발하여 리쾨르는 「악의 상징」에서 서양의 지적이고 문화적인 전통의 근원이라 할 수 있는 기독교 신화와 그리스 신화, 그리고 그와 친족 관계에 있는 바빌로니아 신화 등을 중심으로 네 가지 신화 유형론을 제시한다.[61]

i) '창조의 드라마와 제의적 세계관'의 신화에서 악의 기원은 최초의 혼돈에 있으며 조물주는 창조를 통해 질서를 부여함으로써 악을 물리

---

61) PV2, pp. 323~440 참조.

친다. 혼돈에서 질서가 생겨나고, 제의는 조물주의 승리를 기념하는 것이다. 바빌로니아 신화로 대표되는 이런 유형의 신화에서 악의 기원은 인간이 아니다. 태초의 혼돈이라는 자연 속에 이미 악이 내재해 있고 인간의 악은 이를 반복할 따름이다. 악은 인간적인 것을 넘어서는, 깊이를 헤아릴 수 없는 기원을 가진다.

ii) '고약한 신과 비극적 실존의 세계관'의 신화는 잘못을 범할 수밖에 없는 비극적 실존과 이를 벌하는 신이라는 그리스적 세계관을 담고 있다. 여기서는 인간의 맹목적인 과오, 그리고 신과 어깨를 겨루려는 오만함에서 악이 생겨난다고 본다. 신은 이런 인간에게 질투를 느끼고 벌한다는 것인데, 피할 수 있었던 잘못이라는 점에서 자기 한계를 인정하고 겸손함을 배워야 한다는 윤리적 교훈을 담고 있다. "신의 질투가 지나침을 벌하고, 지나침에 대한 두려움이 겸손이라는 윤리적 응답을 이끌어낸다"(*PV2*, p. 360).

iii) '아담 신화와 종말론적 역사관의 신화'에는 위의 첫번째와 두번째 신화가 섞여 있다. 인간은 타락이라는 비합리적 사건으로 인해 창조주와의 원초적이고 순수한 관계를 잃어버렸으며, 그것이 악이다. 잃어버린 순수함이라는 신화는 죄가 우리의 근원적 본질이 아니라고 이야기한다. 죄인이 되기 전에 이미 선하게 창조된 존재가 있다. 인간은 뱀의 유혹에 빠짐으로써 타락하게 되었으나 그렇다고 책임이 없지는 않다. 나약했기에 유혹에 빠졌다는 것이다. 따라서 아담 신화에 나오는 인간의 수동성은 인간의 나약함과 자기기만을 증언하는 것으로 해석해야 한다. 하지만 신약성서는 역설적으로 인간의 나약함에서 비롯된 원죄가 아무리 깊을지라도 용서와 구원은 언제나 가능하다는 것을 보여준다.

iv) 악한 육체 속에 영혼이 유배되었기 때문에 악이 생겼다고 보는

'유배된 영혼의 신화'는 인간을 영혼과 육체로 나눈다는 점에서 앞의 세 가지 신화 유형과 다르다. 이 신화는 신적인 영혼이 어떻게 인간의 것이 되었으며, 추한 육체가 어떻게 영혼에 붙었는지를 이야기한다. 여기서 육체는 감옥이라는 벌의 성격을 지니고 있으며, 속죄 도구로서 유배 장소가 된다. 태어나는 것은 죽음에서 생명으로 올라오는 것이고, 죽는다는 것은 생명에서 죽음으로 내려가는 것이다. 따라서 육체는 우리가 죽음이라고 부르는 또 다른 삶을 위한 속죄의 장소이며, 하데스(저승)는 이 세상에서 지은 악을 속죄하는 곳이다. 육체의 형벌과 지옥의 형벌은 그렇게 서로 내밀한 연관을 맺는다. 오르페우스 신화로 대표되는 이런 유형의 신화들은 플라톤의 이데아론과 관계가 있으며, 앎(그노시스 gnosis)을 통해서 영혼은 정화되고 구원받을 수 있다는 생각을 담고 있다. 육체는 욕망이고 정열이며, 영혼은 이성이고 로고스이기 때문에 앎이란 유배된 영혼이 자기를 찾아가는 구원의 길이라고 보는 것이다.

리쾨르는 이런 네 가지 유형의 신화를 해석한 뒤, 아담 신화가 악의 기원보다는 그 종말론적 구원의 가능성을 이야기한다는 점에서 가장 우월하다고 본다. 즉, 숙명적인 원죄가 아니라 용서받을 수 있는 가능성을 믿기 때문에 역설적으로 인간은 자유롭다는 것이다. 그렇다면 아담 신화는 인간의 타락에 관한 이야기가 아니라 지혜의 이야기로 볼 수 있을 것이다. 이런 식으로 해석하게 되면 아담 신화에 나머지 세 신화가 통합될 수 있다. 우선 비극적 세계관의 신화에 따르면 인간은 비극적 실존 조건으로 인해 죄를 범할 수밖에 없으며, 혼돈 신화는 그러한 실존 조건을 악의 근원적 계기로 보고 창조를 통해 혼돈에 질서를 부여하는 조물주의 존재를 상정한다. 유배된 영혼의 신화에서 죄는 신성한 영혼이라는 근원적 본성에서 분리되어 악한 육체에 유배된 것으로 형상화되며 이는 애초에는 인간이 선했으며 그래서 종말론적 구원이 가능하다는 것을 전제한다.

이처럼 「악의 상징」에서 리쾨르는 악의 시원과 종말을 이야기하는 주요 신화들에 관한 해석학적 작업을 통해 악의 상징이 드러내는 본질적 개념을 예속의지로 파악한다. 여러 형태의 악의 경험(더럽혀졌다, 헤매고 있다, 떨어졌다 등)에 대해 사변적 측면에서 접근함으로써 악의 문제를 흠, 죄, 허물이라는 세 가지 일차 상징의 계기로 압축하고 이를 이차 상징, 즉 타락의 신화를 통해 궁극적인 의미를 알아내려 하는 것이다. 흠의 상징은 죄의 상징을 설명하고 허물의 상징은 양자를 함축한다. 예속의지-노예의식은 허물의 현상학적 본질이다. 거기서 악은 무가 아니라 정화, 해방, 제거되어야 할 무엇이며, 외부로부터 인간을 유혹하는 것이고, 존재자라는 조건에 놓인 현실을 오염시키는 것이다. 그 결과 악의 본질은 선의 대칭물이 아니라 다만 인간 속에 들어 있는 순수함과 아름다움이 빛바래고 희미해지고 추해진 것이다. 인간은 근본적으로 선한 의지를 갖고 있으나 유혹에 빠질 수밖에 없는 존재이기도 하다. 하지만 악이 아무리 뿌리 깊다 해도 선만큼 근원적이지는 않다. 악과 고통에도 불구하고 인간은 무엇을 지향하는 삶, 의미 있는 삶과 진리라는 대상을 향한 지향성을 지니고 있다. 여기서 상징언어는 특유의 다의성을 통해 직접 이해의 존재론으로는 접근 불가능한 인간 현실의 다양한 차원을 드러낸다. 상징과 신화에 대한 리쾨르의 이런 해석은 더 이상 신화론이 아니라 신화에 대한 철학적 성찰에 속한다. 하지만 신화에서 이런 철학적 성찰을 끌어내는 것이 과연 정당한가? 여기서 해석학의 문제로 들어가지 않을 수 없다.

3) 상징해석학의 과제

「악의 상징」은 리쾨르에게는 일종의 '해석학적 연습'이다. 실제로 『의지의 철학 I』에서 한 번도 등장하지 않던 해석학이라는 용어가 『의지의 철학 II』에서는 전면에 등장한다. 이러한 해석학적 전회는 바로 '악'이라는 문제가 가지고 있는 아포리아, 즉 악은 논리적으로 설명할 수 없고 합리적으로 이해할 수 없는 어떤 것이라는 아포리아에서 비롯된 선택이다. 『의지의 철학 I』에서처럼 직관 또는 내적 성찰에 근거한 현상학적이고 심리학적인 분석만으로는 악의 본질적 문제에 다가갈 수 없으며, 악을 형상화한 상징과 신화의 해석이라는 에움길, "간접적인 반성"(*RF*, p. 34)을 거쳐야만 한다는 것이다. 그렇다면 「악의 상징」에서 리쾨르가 받아들인 해석학의 과제는 무엇인가? 해석학이라는 용어가 처음 나오는 『의지의 철학 II』의 서론에서 해석학적 전회와 관련하여 매우 주목할 만한 언급을 볼 수 있다.

악의 상징성에 앞서 잘못을 범할 수 있음이라는 개념을 해명하는 것으로 이 책의 방향은 잡았지만, 동시에 우리는 악의 상징성을 철학 담론 속에 끼워 넣어야 하는 어려움에 놓이게 되었다. 1부 끝에서 악의 가능성 또는 잘못을 범할 수 있음이라는 관념에 이르게 되는 철학 담론은 악의 상징성에서 새로운 동력과 주목할 만한 풍요로움을 얻게 된다. 하지만 이는 해석학, 즉 상징 세계에 적용되는 해독 규칙들의 도움을 받는다는 방법론적 혁명을 대가로 한다. 그런데 이 해석학은 잘못을 범할 수 있음이라는 개념까지 우리를 이끌었던 반성철학과 같은 성격이 아니다. 악의 상징을 새로운 유형의 철학 담론으로 옮기는 전환 규칙은 2부 마지막

장에서 '상징은 생각을 불러일으킨다'라는 제목으로 살펴볼 것이다. 그 부분이 이 책의 전환점이다. (*PV2*, p. 12)

악의 상징이라는 문제는 전통적으로 종교학이나 종교현상학 영역에서 주로 다루어왔다. 그렇다면 철학은 여기서 그 경계를 넘어서는 것이 아닌가? 여기서 '해독 규칙'이라는 뜻에서의 해석학이 악의 상징성을 철학 담론에 끌어들이는 데 따른 어려움을 해결할 출구로 제시된다. 물론 해석학을 해석 규칙과 연관시킴으로써 딜타이가 말하는 해석학, 즉 글쓰기를 통해 고정된 담론의 이해라는 해석학 전통을 따르는 것처럼 보일 수도 있다. 하지만 리쾨르가 해석학에서 얻고자 하는 것은 악의 상징론을 새로운 철학적 담론 유형으로 옮기는 '전환 규칙'이라는 점에서 해석의 객관성을 보장하는 딜타이의 해석 규칙과는 다르다. 그러한 규칙이 요구되는 것은 악의 상징론이 반성철학의 영역을 벗어나기 때문이다. 「악의 상징」 1부에서는 철학적 논증을 통해 잘못을 범할 수 있음이라는 개념을 이끌어냈지만, 2부에서는 종교적 믿음에 속하는 상징 이미지(더러움, 타락, 방황 등)를 철학적 개념으로 바꾸어서 해명해야 했다. 그렇다면 상징 담론에서 철학 담론으로 넘어갈 수 있게 하는 규칙은 어떤 것인가?[62]

「악의 상징」의 결론에 해당하는 「상징은 생각을 불러일으킨다」에서 리쾨르는 상징에 대한 올바른 철학적 이해 가능성을 모색하면서, 다

---

62) 그롱댕에 따르면 리쾨르도 그러한 규칙을 명확하게 밝히고 있진 않으며, 그래서 철학에 속하는 순수한 반성과 종교 담론에 속하는 죄의 고백 사이의 충돌에서 "어떻게 계속할 것인가"(*PV2*, p. 479)라는 물음을 던진다고 지적한다. J. Grondin, *Paul Ricoeur*, p. 61. 나중에 보겠지만 『시간과 이야기』에서 말하는 '삼중의 미메시스' 이론과 '텍스트'의 매개를 거친 '자기 이해의 해석학'이 그러한 해석학 규칙에 해당된다고 말할 수 있을 것이다.

음의 두 가지 주장을 배제한다. 우선 철학이 스스로를 부정하지 않으려면 합리성을 포기하고 자기고백이 되어서는 안 된다는 주장인데, 리쾨르는 라슐리에의 명제를 빌려 이를 거부한다. "철학은 모든 것을, 심지어는 종교마저 포함해야 한다. 실제로 철학은 길 위에서 멈출 수 없다. 철학은 애초부터 일관성을 서약했다. 그 약속을 끝까지 지켜야 한다"(PV2, p. 479). 또한 상징이 "벗겨내기만 하면 이미지의 옷을 케케묵은 것으로 만들어버릴 은폐된 가르침"(PV2, p. 480)을 담고 있다는 교조적인 주장 또한 배제한다.

막다른 선택을 강요하는 이 두 가지 주장 사이에서 리쾨르는 해석학이라는 제3의 길을 탐사한다. 그것은 "의미를 창조하는 해석, 충동에 충실한 동시에 상징이 주는 의미에도 충실한 해석, 그리고 이해라는 철학자의 맹세에 충실한 해석"(PV2, p. 480)의 길이다. 리쾨르가 말하는 제3의 길은 텍스트의 올바른 해석 규칙이라는 전통적 해석학의 문제가 아니라, 「악의 상징」의 결론에 붙인 "상징은 생각을 불러일으킨다"라는 제목이 가리키듯 고백과 이성, 종교와 철학 사이의 충돌에서 발생하는 문제를 해결하려는 길이다. 그렇다면 상징은 무엇에 대한 생각을 불러일으키며 이를 어떻게 이해할 것인가?

신화는 신화일 뿐, 실제 일어난 역사 이야기가 아니다. 그렇다면 종교적인 영역에 속하는 상징, 문학적 허구에 속하는 신화를 어떻게 철학 담론에 통합할 것이며, 상징과 신화가 탈신화화되고 탈신비화된 현대에 어떻게 그 의미를 철학적으로 해명할 것인가? 리쾨르는 여기서 신화가 근대성modernité이 처한 상황에 어떤 성찰의 계기를 제공한다는 점에서 그 의미를 찾을 수 있다고 말한다. 즉 상징과 신화에 대한 해석학적 이해를 통해 현재 인간이 처해 있는 역사적 상황, 즉 신성한 것과의 근원적 관계를 상실한 근대성이라는 상황을 새로운 시각에서 이해할 수 있다는 것이다. "상징 철학의 역사적 계기는 망각과 회복의 계기이다. 망각은 성스러운 것의 드러남hiérophanie의 망각이자 성스러운 것의 기호의 망각이며, 성스러운 것에 속해 있는 인간 자신의 실추이다"(PV2, p. 480). 그에 따르면 근대성은 기술문명의 놀라운 발전을 성취했지만 언어를 기술적인 단일 의미로 환원시킴으로써 성스러운 어떤 것을 말할 수 있는 언어의 힘과 풍요로움을 잊어버렸고 잃어버렸다.[63] 따라서 해석학의 과제는 상징언어에 대한 성찰을 통해 언어의 힘을 다시 충전시키고, 탈신비화를 내세우는 "비판의 사막"(PV2, p. 481)을 가로질러 인간으로 하여금 존재의 충만한 의미를 되찾게 하는 것이다.

상징은 겹뜻을 가진 말이기에 해석되기를 원하며, 비록 그 말이 일관성이 없다 해도 언어이기에 일관된 어떤 의미로 해석될 수 있다. "해석학 없이는 상징언어는 그 어디에도 존재할 수 없다. 인간이 꿈을 꾸고 몽상에 잠기는 바로 거기서 또 다른 인간이 일어나 해석한다"(PV2, p. 481). 해석학은 비판적 합리성을 통해 상징언어가 건네는 말에 귀를 기울인다. 그리고 해석학이 비판적이고 역사적인 이성에 근거해서 그 말

---

63) 주목할 만한 것은 리쾨르가 '근대성'이라는 개념에 대해 상당히 부정적인 태도를 보인다는 점이다. 리쾨르는 한 대담에서 이렇게 토론한다. "내 책에 익숙해진 독자라면 내가 근대성이라는 낱말을 사용하는 일이 매우 드물다는 것을 알아차렸을 것이다. 나는 동시대contemporain라는 말을 사용하지, 근대라는 말을 고대인과 비교하여 대문자 M을 사용하여 어떤 범주로 만들지 않는다. 근대가 무엇인지조차 나는 잘 모르겠다"[A. Wiercinski(ed.), *Between Suspicion and Sympathy: Paul Ricoeur's Unstable Equilibrium*, Toronto: The Hermeneutic Press, 2003, p. 690]. 나중에 코젤렉에 대한 리쾨르의 해석을 다루면서 근대성 개념을 다시 살펴보겠지만, 일단 지적하자면 리쾨르에게서 그 개념은 막스 베버의 '탈신성화,' 즉 성스러운 것에 속해 있는 존재로서의 인간 그 자체의 상실이라는 뜻만이 아니라 신성한 것과의 근원적 관계를 상실한 '탈인간화'의 뜻도 포함하고 있다.

을 일관성 있는 담론으로 재구성할 때 종교적인 고백은 합리적인 철학 담론의 영역으로 들어오게 된다. 여기서 우리는 나중에 설명과 이해의 변증법으로 발전하게 될 리쾨르의 해석학적 사유의 실마리를 볼 수 있다. 신화-설명의 해체는 신화-상징의 '복원'을 위해 필요한 길이라는 것이다. 다시 말해, 좀더 탈신화화하고 좀더 많이 비판하면 더욱 잘 이해하고 자기 것으로 더 잘 만들 수 있다. "어쨌든 비판의 후예인 우리들은, 비판을 통해 비판을 넘어서고자 한다. 환원적인 비판이 아니라 복원적인 비판을 통해서"(*PV2*, p. 482).[64]

해석학은 신화를 비판적으로 의식함으로써 탈신화화하는 동시에 상징 해석을 통해 살아 있는 철학을 만들고자 한다. 상징이 건네는 말에 비판적으로 귀 기울임으로써 근원적인 믿음을 잃어버린 현대인들에게 앞서 말한 소박함, 즉 성스러운 것과의 관계를 되찾을 수 있다는 희망을 보여주려는 것이다. 그 길은 비판을 통해 상징이 담고 있는 의미를 이해할 수 있는 것으로 해석함으로써 열린다. 상징을 이해한다는 것은 그처럼 상징의 의미에 대해 물음을 던짐으로써 성스러운 것과의 관계를 회복할 길을 찾아가는 것이며, 그래서 상징과 해석자는 서로 살아 있는 관계를 맺게 된다. 상징이 말하고 있는 것과의 살아 있는 관계를 유지하지 못한다면 상징을 이해할 수 없다. 해석학은 이 점에서 상징에 대한 믿음의 근대적 양상이며, 근대성이 처한 막다른 골목에서 외치는

---

64) 리쾨르는 나중에 '복원restauration'이라는 낱말을 사용한 것에 대해서는 아쉬움을 토로한다. 마르셀의 영향 때문이기도 하지만 복원이라는 낱말은 이미 있는 어떤 것, 감추어진 어떤 것을 되찾는다는 뜻이 있기 때문에 현전성의 형이상학에 대한 비판을 피하기 힘들었을 것이고 오해의 여지도 있었을 것이다. 어쨌든 「악의 상징」에서 '상징은 생각을 불러일으킨다'라는 주제는 프로이트의 환원적 해석에 맞서기 위한 것이며, 복원이라는 말도 그런 맥락에서 나온 것이다. *RF*, p. 35 참조.

비탄의 표현이자 그에 대한 치유책이다. 성스러운 것과의 잃어버린 관계를 복원해야 한다는 벅찬 과제를 맡게 되었기 때문이다.[65] "근대성의 산물인 해석학은 성스러운 것의 망각으로서의 그러한 근대성이 스스로를 극복하는 방식들 가운데 하나이다"(*PV2*, p. 483).[66]

그렇다면 앞에서 말한 악의 상징을 새로운 유형의 철학 담론으로 옮기는 전환 규칙의 문제는 어떻게 되는가? 근대 이후 성스러운 존재는 직접적인 믿음이라는 형태로 나에게 말하는 것이 아니라 해석학을 통해 비판을 거친 이후에 나에게 말을 건다. 여기서 철학은 상징 해석을 통해 생기를 되찾고 사유는 다시 힘을 얻는다. 하지만 근대성의 상처를 치유한다는 해석학의 과제는 자칫 기독교 옹호를 위한 변론으로 이해될 수도 있으며, 해석학적 순환을 넘어서려는 지나친 야심으로 간주될 수도 있다. 과연 철학적 해석학은 "믿기 위해서는 이해해야 하고, 이해하기 위해서는 믿어야 한다"(*PV2*, p. 482)라는 믿음과 이해의 순환을 어떻게 넘어설 수 있는가? 리쾨르는 순환을 '내기'로 만듦으로써 가능하다고 본다. "상징적 사유가 가리키는 바를 따라간다면, 나는 인간을, 그리고 인간 존재와 다른 모든 존재자의 존재 사이의 관계를 더 잘 이해할 수 있으리라고 내기를 건다"(*PV2*, p. 486). 거기에는 우리가 아무리 무

---

65) 리쾨르는 지적 자서전 『돌이켜보며』에서 자신이 초기에는 해석학을 "겹뜻을 가진 표현으로 이해되는 상징들의 해독"(*RF*, p. 31)으로 이해했다고 회고하는데, 그롱댕은 거기서는 '근대성' 문제를 언급하지 않는다는 점을 지적한다. J. Grondin, *Paul Ricoeur*, p. 70, n. 1. 아마도 이는 해석학에 대한 리쾨르의 생각이 후기에 가면 '자기 이해'의 해석학으로 자리를 잡기 때문일 것이다.

66) 리쾨르가 보기에 셸링, 슐라이어마허, 딜타이 등을 비롯하여 렌하르트, 판데르 레이우, 엘리아데, 융, 불트만 등은 서로 영역이 다르기는 하지만 근대성으로 인해 잃어버린 소박함을 되찾으려 한다는 점에서는 일치한다. 여기에는 하이데거의 현존재 분석론에 대한 비판이 들어 있다고 볼 수 있다. 이들 가운데 리쾨르는 특히 불트만의 영향을 많이 받았으며, 「악의 상징」에서도 가장 많이 언급하고 있고 그에 관한 논문도 따로 쓴 적이 있다. *PV2*, p. 482 참조.

심하더라도 상징이 우리에게 무슨 말을 건네고 있으며 그 의미를 창조적으로 해석한다면 철학 담론에 통합할 수 있다는 확신이 자리 잡고 있다. 즉 상징 해석을 통해 반성적 사유를 질적으로 변환시킴으로써 인간 현실의 근본 존재론을 정립할 수 있는데, 상징은 우리 존재가 애초에는 성스러운 것과의 관계에 있었음을 말해준다는 것이다.

성스러운 것과의 소통을 통해 관계 회복을 시도하는 해석학적 전회는 이처럼 상징이 생각을 불러일으킨다는 명제와 더불어 새로운 전환점에 놓이게 된다. 하지만 상징해석학에 따른 실존 개념과 실존 구조의 해명이라는 기획은 하이데거의 현존재 분석론에 버금가는 치환 규칙의 정립에까지 이르지는 못한다. 아마도 미완의 의지의 시학에서 의지의 존재론을 구상했을 수도 있으나 이후 프로이트와의 대화를 통해 새로운 국면에 들어섰기 때문일 것이다. 리쾨르는 『해석에 대하여』에서는 더 이상 자신의 복원적 해석학과 프로이트의 환원적 해석학을 대립시키지 않는다. 그보다는 환원적 해석과 의미를 복원하는 해석은 서로 상보적인 관계에 놓이게 되고, 리쾨르는 해석학적 아치를 통해 의혹과 신뢰 사이의 갈등을 중재하는 방향으로 나아간다. 그렇다면 철학과 종교 사이의 경계를 넘나들려는 야심을 포기한 것인가? 잃어버린 소박함을 되찾는다는 것은 또 다른 현전성의 형이상학이 아닌가? 그럼에도 불구하고 우리는 리쾨르의 저서 깊숙한 곳에서 비판을 넘어 성스러운 것과의 관계 회복에 대한 어떤 소망을 엿볼 수 있는데, 이는 상징에 대한 프로이트식의 환원적 해석이나 구조주의 언어관에 대한 비판과 맥이 닿아 있다. 또한 이를 계기로 리쾨르는 해석학의 과제를 언어의 의미와 대상 지시 측면에서 풀어가는 방향으로 설정하게 된다. 어쨌든 해석학적 전회를 거친 뒤로 리쾨르는 더 이상 해석학의 과제를 근대성 비판에 따른 성스러운 것과의 관계 회복에 두지 않게 되지만, 인간의 가능성과 의미 추구와 관련하여 그 울림은 언제나 그의 텍스트 깊은 곳에 스며들어 있다.

4. 주체의 고고학과 목적론의 변증법: 『해석에 대하여』

「악의 상징」이 남긴 문제는 상징해석학과 반성철학이 맺고 있는 관계를 더욱 깊이 성찰하는 것이었으며, 리쾨르는 이 과정에서 프로이트를 통해 새로운 해법을 모색하게 된다. 다시 말하면, 의지에 대한 현상학적 분석에 집중했던 『의지의 철학 I』 이후 악은 논리적으로 설명할 수 없고 합리적으로 이해할 수 없는 어떤 것을 가지고 있기에 직관에 근거한 현상학적이고 심리학적인 분석만으로는 악의 본질적 문제에 다가갈 수 없다는 결론에 이르게 된다. 그것이 『의지의 철학 II』의 해석학적 전회이다. 해석학을 현상학에 접목시키는 변화와 함께, 악을 직접적으로 의식하거나 표현하기는 불가능하며 인류의 위대한 문명이 낳은 상징들의 해석을 통해서만 에둘러 다가갈 수 있다는 생각에 이른 것이다. 또한 『의지의 철학 I』에서 말하는 '비의지적인 것'에 상응하는 무의식에 대한 고찰이 현상학, 나아가 의식철학 일반이 안고 있는 한계에 대한 해결책을 줄 수 있다고 생각하게 된다.[67] 의식철학에서는 투명한 주체를 전제하는 데 반해, 프로이트의 정신분석은 인간의 어두운 본성을 다루기 때문에

---

67) 리쾨르는 『비판과 확신』에서 정신분석학과의 논쟁은 자기 자신을 분석할 기회가 되었으며, 아울러 죄의식 문제에서 '고통'의 문제로 방향을 돌리는 계기가 되었다고 말한다. *CC*, p. 51 참조.

현상학과는 다른 방향에서 악의 문제에 접근하는 방식으로 삼을 수 있다고 생각한 것이다. 리쾨르는 그러한 전회를 거쳐 데카르트와 후설의 코기토가 갖는 투명성을 비판하면서 기호, 상징, 텍스트와 같은 매개를 거쳐서만 자기를 이해할 수 있다는 인식에 이르게 된다. 리쾨르는 의식이 의미의 절대적 근원이 아니라는 프로이트의 발견은 코페르니쿠스와 다윈에 이어 오만한 에고의 기를 꺾고 겸손함을 가르쳐준 혁명적인 변화이며, 나아가 이는 코기토가 더 나은 자기 이해를 위해 거쳐가지 않을 수 없는 에움길이라고 강조한다.

『해석에 대하여: 프로이트에 관한 시론』의 서문에서 리쾨르는 책의 목적을 다음과 같이 밝힌다.

나의 문제는 프로이트 담론의 일관성에 대한 것이다. 이는 우선 인식론적 문제이다. 정신분석에서 해석한다는 것은 무엇이며, 인간의 기호에 대한 해석이 욕망의 뿌리에 이르고자 하는 경제학적 설명과 어떻게 유기적으로 연결되는가? 그다음에는 반성철학의 문제이다. 이러한 해석에서 비롯되는 새로운 자기 이해는 무엇이며, 어떤 자기가 스스로를 이해하기에 이르는가? 변증법적 문제도 있다. 프로이트의 문화 해석은 다른 모든 해석을 배제하는가? 만일 그렇지 않다면, 지성이 광신을 버리느라 절충론에 빠지지 않고 다른 해석들과 조화를 이룰 수 있는 사유의 규칙은 어떤 것일까? (*DI*, p. 8)

책은 크게 세 개의 '서書'로 구성된다. 제1서 「문제설정: 프로이트의 상황」은 언어, 상징, 해석의 문제, 신뢰의 해석학과 의혹의 해석학 사이의 해석의 갈등, 해석학적 방법론과 반성철학의 관계 등을 다룬다. 제2

서 「분석론: 프로이트 읽기」는 꿈의 해석에서 문화해석학에 이르는 프로이트 저서 전체에 대해 세밀한 분석을 전개한다. 제2서는 다시 1부와 2부로 나뉘는데, 1부에서는 인식론의 관점에서 정신분석의 발화 및 담론의 한계, 즉 정신분석에는 힘의 담론과 의미의 담론이 섞여 있다는 점을 밝혀내며 정신분석의 입지를 탐색한다. 그리고 2부에서는 성스러움 및 종교현상학과 관련하여 탈신화화의 기획으로서의 정신분석, 즉 마르크스와 니체에 이은 의혹의 해석학으로서의 정신분석을 다룬다. 마지막 제3서 「변증법: 프로이트에 대한 철학적 해석」에서는 정신분석의 인식론적 위상을 검토하고 이를 주체의 고고학이라 명명한 뒤, 목적론과의 변증법적 관계 아래 추상적 반성에서 구체적 반성으로 나아가면서 상징해석학을 통해 해석의 갈등을 중재할 수 있는 가능성을 모색한다.

이처럼 리쾨르의 프로이트 해석은 프로이트에 대한 설명이나 주석이 아니라 철학적 해석학의 입장에서 정신분석에 비판적으로 접근한다. 하지만 해석에 접근하는 길 자체가 다양하고 때로는 서로 상반되기 때문에 철학적 해석학 또한 보편적인 규준이나 해석 규칙을 가지고 있는 것은 아니다. 여기서 해석의 갈등은 의미 복원으로서의 철학적 해석과 가면을 벗겨내는 탈신비화로서의 정신분석적 해석 사이의 갈등으로 나타난다. 그런데 리쾨르는 「악의 상징」 당시의 해석학적 관점, 즉 상징 이해를 통한 의미 묵상의 해석학이라는 관점을 유지하면서도 『해석에 대하여』에서는 그 어조가 좀더 신중해진다. 신뢰의 해석학을 의혹의 해석학과 정면으로 대립시킬 수는 없으며, 의혹의 해석학은 의식의 우상과 환상, 특히 의식의 자율성과 자기정립이라는 자기도취적 환상으로부터 주체를 해방시킴으로써 반성철학의 과제를 수행하는 데 도움을 줄 수 있기 때문이다.

해석학에 접목된 반성철학의 과제는 이제 "에고 코기토의 에고를 에고의 대상들, 에고의 작품들, 그리고 궁극적으로 에고의 행위들을 비추는 거울 속에서 다시 포착하려는 노력"(DI, p. 51)으로 주어지게 된다. 여기서 해석학은 욕망과 언어의 관계에 주목하면서 과제 해결의 실마리를 찾게 된다. 그에 따르면 욕망은 말로 성취되지만 말로는 다할 수 없다는 점에서 정신분석의 언어는 겹뜻을 지닌 말, 즉 상징언어일 수밖에 없다. 상징은 "해석을 요구하는 이중의미를 지닌 언어적 표현"이며, 해석은 "상징을 해독하는 것을 목표로 하는 이해 작업"이고, 해석학은 "해석을 주도하는 규칙들, 다시 말해서 어떤 하나의 텍스트나 텍스트로 간주될 수 있는 기호들 전체에 대한 해석을 주도하는 규칙들에 대한 이론"(DI, p. 18)으로 정의된다. 여기서 우리는 해석학의 대상이 기호와 상징에서 텍스트 차원으로 확장되는 것을 볼 수 있다. 기호나 상징의 해석학만으로는 대상지시나 말하는 주체의 문제, 역사적 현실과 인간 경험의 다양한 층위, 즉 존재론적, 인식론적, 윤리적 층위들에 접근하는 데 한계가 있기 때문이다.[68]

정신분석에서의 욕망과 상징언어와 관련하여 무엇보다 우리의 관심을 끄는 것은 담론 차원에서의 특징이다. 리쾨르는 프로이트의 담론이 두 종류의 어휘가 뒤섞여 구성되어 있기 때문에 인식론적으로는 취약한 담론이라고 본다. 즉 한편에는 억압이나 충동 같은 에너지와 관련된 어휘들이 있으며, 다른 한편에는 압축이나 전위 같은 의미와 해석에 속

---

68) 이후 『살아 있는 은유』(1975)와 『시간과 이야기』 3부작(1983~85), 『텍스트에서 행동으로』(1986)에 이르는 '언어적 전회'를 거치고 난 뒤 리쾨르의 텍스트 해석학은 온전한 면모를 드러낸다.

하는 어휘들이 있다. "프로이트의 저작들은 혼합되어 있을 뿐만 아니라 심지어 모호한 담론으로 나타난다. 그것은 때로는 에너지론에 속하는 힘의 갈등들로 말해지고, 때로는 해석학에 속하는 의미들의 관계로 말해진다"(*DI*, p. 75). 하지만 리쾨르는 이런 담론의 뒤섞임을 프로이트의 약점으로 보지 않고 오히려 '무의식의 언어'라는 점에 주목하여 욕망과 언어를 유기적으로 연결하는 데 적합하다고 본다. 즉 프로이트의 정신분석 담론에서 가장 주목할 만한 것은 힘과 언어의 관계이며, 이론으로서의 정신분석학이 갖는 기능은 "해석 작업을 욕망의 영역 안에 위치시키는 것"(*DI*, p. 366), 즉 '욕망의 의미론'을 구성하는 것이라고 말한다.

프로이트에게서 힘의 언어는 의미의 언어에 의해 극복될 수 있는 것이 아니며, 욕망은 소멸될 수 없는 불멸의 것, 즉 언어나 문화에 선행하는 어떤 것으로 나타난다. 하지만 경제학적 관점이 의미 해석으로부터 완전히 자유롭다면 욕망 또한 이해할 수 없을 것이다. 그래서 힘과 의미의 연결은 필요하며, 프로이트의 담론은 혼합된 성격을 띨 수밖에 없다. 그 결과 충동은 심리적 실재로, 생물학적인 것과 심리적인 것 사이의 경계에서 한계 개념으로 나타난다. 그렇다면 욕망의 의미론이 제기하는 문제, 즉 쾌락 원칙과 현실 원칙의 역동적 관계는 어떻게 정립 가능한가? 리쾨르는 힘의 담론에 속하는 '설명'과 의미의 담론에 속하는 '해석' 사이의 관계로 그 문제를 풀 수 있다고 본다. 즉 투자, 전위, 대체, 투사, 투입 등의 경제적 개념은 사변적 가설에 속하는 설명이며, 증상 및 환상, 충동의 표상, 정동 등의 개념은 드러난 의미와 숨겨진 의미 사이의 관계를 해명하는 해석에 속한다고 보는 것이다.

리쾨르는 이처럼 서로 대립하는 두 가지 해석, 즉 상징을 충동의 토대로 환원시키는 해석과 언어 차원에서 상징적 의미를 규명하는 해석을 서로 연관시키면서 추상적 반성에서 구체적 반성으로 나아가는데, 그 결과는 주체의 고고학과 목적론의 변증법으로 나타난다. 정신분석은 인간의 자유의지에 대한 비판과 의혹을 통해 주체의 위기를 보여주지만 욕망의 의미론을 통해 진짜 코기토를 향해 가는 반성이라는 점에서 고고학적 모험이다.[69] 하지만 목적론 없는 고고학은 없다. 목적을 가진 주체만이 기원을 갖는다는 것이 반성철학의 입장이기 때문이다. 리쾨르가 프로이트의 분석을 헤겔의 정신현상학에 접목시키는 이유이다. "헤겔이 삶과 욕망의 암묵적인 고고학에 정신의 명시적 목적론을 연결시킨 것처럼 프로이트는 '의식하게 되기'의 주제화되지 않은 목적론에 무의식의 주제화된 고고학을 연결시킨다"(*DI*, p. 446). 그처럼 리쾨르는 일종의 변증법적 특징이라는 도식을 빌려 프로이트의 정신분석에서 거꾸로 된 헤겔의 이미지를 발견한다. 여기서 정신분석의 상징은 고고학과 목적론이 혼합된 것으로 나타나며, 상징 해석은 반성을 통해 고고학과 목적론의 변증법적 종합을 가능하게 한다. "반성은 고고학 안에 있으며 고고학은 목적론 안에 있다. 반성, 목적론, 고고학은 서로가 서로를 지나간다"(*DI*, p. 477).

5. 은유의 의미론과 존재론: 『살아 있는 은유』

악에 대한 직접 의식과 표현은 불가능하고 상징들의 해석을 통해서

---

[69] "현상학이 존재의 데카르트적 회의를 수정한 것이라면, 정신분석학은 자유의지에 대한 스피노자적 비판을 수정한 것이다. 정신분석학은 의식의 뚜렷한 자유의지가 심층적인 동기를 인식하지 못하는 한, 그것을 부인함으로써 시작된다"(*DI*, pp. 380~81).

만 드러난다는 해석학적 전회 이후, 『해석에 대하여』에서 리쾨르는 코기토의 투명성 대신 상징언어의 에움길을 통한 자기 이해라는 해석학의 과제를 설정한다. 상징은 일차적이거나 문자적인 의미의 도움으로 우의적인 의미를 표현함으로써 또 다른 현실에 다가가게 한다. 앞에서 본 것처럼 리쾨르에게서 상징의 의미 구조가 궁극적으로 말하려는 현실은 신성한 어떤 것이며, '에피파니'로서의 상징은 의혹의 시련을 겪은 후에도 언어에 남아 있는 힘, 즉 존재를 향한 언어의 열림이자 폭발로 간주된다. 리쾨르의 상징론은 이런 맥락에서 단순히 겹뜻을 지닌 표현이라는 정의에서 벗어나서 상징을 통해 서로가 서로를 식별하고 인정하는 기호라는 심층적 의미를 획득한다.[70] 하지만 상징의 경우, 생각을 불러일으키기는 하지만 드러난 의미와 감춰진 의미 사이의 구조적 연관이 뚜렷하지 않기에 해석은 맥락에 의존할 수밖에 없다는 문제가 생긴다. 반면 은유와 이야기는 문학 텍스트의 의미론적 혁신 현상을 구조 차원과 대상지시 차원에서 동시에 해명할 수 있다는 점에서 설명과 이해의 변증법을 효과적으로 적용할 수 있는 특별한 대상이 된다.

　『살아 있는 은유』는 8장으로 이루어져 있으며, 각각의 장은 따로 읽어도 무방한 독립된 연구라고 할 수 있지만(실제 각각의 장에는 '연구étude'라는 이름이 붙어 있다), 전체적으로는 고전수사학에서 출발하여 기호론과 의미론을 거쳐 최종적으로는 해석학에 도달하는 여정을 그

---

70) O. Abel & J. Porée, *Le vocabulaire de Paul Ricoeur*, Ellipses, 2007, p. 77. 상징의 어원이 둘로 쪼개어진 물체의 한 조각으로 서로 다시 결합되어 하나가 될 때에 의미를 갖는다는 것을 생각한다면, 상징과 식별/인정(앞에서 보았듯이 프랑스어의 'reconnaissance'는 이 두 가지 뜻을 동시에 갖고 있다)의 방정식은 특별한 의미를 지니고 있다고 말할 수 있다. 리쾨르가 마지막 저서라 할 수 있는 『인정의 여정』에서 "의례의 선물don cérémonial"(*PR*, pp. 337~55)을 분석하면서 이를 언급하는 것도 우연이 아니다.

리고 있다. 그 핵심은 '의미론적 혁신' 개념인데,[71] 리쾨르에 따르면 은유에서 언어가 새로운 의미를 만들어내는 과정은 생산적 상상력의 도식성에 따라 주어에 걸맞지 않은 술어를 부여하는 '부적절한 주술 관계prédication impertinente'를 통해 이루어진다. 여기서 일차 의미는 소멸되지 않고 이차 의미와 긴장을 이루면서 지양되며, 그 점에서 은유의 의미론적 혁신은 무제한적인 창조가 아니라 어떤 규칙에 따라 이루어지는 '규제된' 창조라 할 수 있다.

의미론적 혁신에 관한 물음과 더불어 은유에서 가장 중요한 또 다른 물음은 언어 바깥을 향한 "존재론적 격정"(MV, p. 321), 즉 "은유적 발화의 대상지시적 역량"(RF, p. 40)에 관한 물음이다. 의미와 대상지시 사이의 구분은 은유적 발화의 경우에도 여전히 유효한가? 은유는 어떻게 일상적인 언어 행위가 감추고 있는 현실 세계의 양상과 차원을 발견하게 할 수 있는가? 이렇게 해서 리쾨르는 대상지시 차원에서 "은유란 현실을 다시 묘사하는 어떤 허구들이 지닌 힘을 담론이 해방하는 수사학적 과정"(MV, p. 11)이라고 정의하고, 7장 「은유와 대상지시」에서는 존재론 차원에서 은유의 발견적 기능에 주목하여 '은유적 진리'라는 과감한 표현을 사용한다. "은유적 해석은 문자적 의미의 폐허 위에서 새

---

71) 그 사이에 놓인 4장과 5장은 논의를 지연시키는 것처럼 보일 수도 있다. 하지만 하나의 전체로 간주된 발화 층위에서 은유가 어떻게 낱말에 초점을 맞추는지를 보여줌으로써 낱말의 의미론을 문장의 의미론에 통합시킨다는 점에서 앞선 논의를 보완하고 있다고 말할 수 있다. 4장 「은유와 낱말의 의미론」에서는 소쉬르 언어학에 토대를 둔 은유론, 특히 스테판 울만을 중심으로 구조주의 은유 이론을 다룬다. 그리고 5장 「은유와 새로운 수사학」에서는 "새로운 수사학"이라는 이름으로 음운론과 어휘론 영역에서 성과를 거둔 구조 분석 방법을 확장하여 이를 담론의 문양에도 적용한 프랑스 구조주의 은유론을 검토한다. 여기서 '일탈' '수사학의 영도' '일탈의 감소' 등의 개념 분석을 통해 낱말 차원의 은유 이론이 갖는 한계 또한 검토한다.

로운 의미론적 적합성을 솟아오르게 함으로써 또한 새로운 대상지시적 목표를 생기게 하는데, 이는 발화의 문자적 해석에 상응하는 대상지시를 폐기한 덕분이다"(*MV*, p. 289).

리쾨르는 은유의 인식론적 역량과 존재론적 역량을 연결하기 위해 은유적 발화의 '처럼 보다voir comme'는 시적 언어를 통해 드러나는 언어 외적 영역의 '처럼 이다être comme'에 상응한다는 명제를 제시한다. 그에 따르면, i) 시적 언어는 일상언어나 과학언어로는 다가갈 수 없는 현실의 어떤 측면을 드러낸다. 여기서 은유를 규정하는 유추의 원리는 언어 내적인 구조의 특징이 아니라 언어와 세계의 관계의 특징이다. ii) 은유적 대상지시는 심층적인 경험을 밝혀준다는 점에서 "상징의 의미론적 골격"(*RF*, p. 47)이다. iii) 모든 은유적 행위의 핵심에 있는 '처럼 보다'는 서로 닮지 않은 것에서 닮은 것을 보는 것이며, 이는 "비어 있는 개념과 맹목적인 인상을 연결하는 도식의 역할을 수행한다"(*MV*, p. 270).[72] 같음과 다름의 놀이, 닮음의 유희에 내포된 동일성과 차이 사이의 긴장은 두 개념의 논리적 거리에도 불구하고 상상력을 통해 가까움을 식별하게 함으로써 새로운 의미가 떠오르게 한다. 상상력이란 단지 이미지를 그려보는 것이 아니라 비트겐슈타인의 표현을 빌리면 닮지 않은 것을 마치 닮은 것처럼 봄으로써 의미론적 양상을 띠게 된다. 시적 언어는 일상언어의 규칙에서 벗어난 가장 자유로운 언어이기에 오히려 사물의 비밀에 가장 가까이 다가갈 수 있으며, 그렇게 해서 일상언어로는 다가갈 수 없는 현실의 어떤 측면을 다시 기술할 수 있게 한다.

---

72) 리쾨르의 은유 이론에 관해서는 이어지는 2부 2장 「상징과 은유」에서 다시 자세히 다룰 것이다.

'살아 있는 은유'는 그처럼 재기술을 통해 현실을 마치 ~인 것처럼 봄으로써 현실의 가능태를 발견하게 함과 아울러 마치 ~처럼 존재하는 방식으로 가능태를 현실태로 만든다. 그렇다면 살아 있는 은유는 살아 있는 경험을 말한다고 할 수 있을 것이다. "행동에 의미를 부여한다는 것은 사태를 일어나지 않을 수 없었던 것으로, 즉 종결된 것으로 보는 것이다. 하지만 그것은 또한 움직임이나 휴식을 생산하는 모든 것에 결부된다는 의미에서의 힘, 즉 가능태를 의미하는 것이 아닐까? 그렇다면 시인이란 가능태를 현실태로, 현실태를 가능태로 알아보는 사람이라고 할 수 있지 않을까?"(*MV*, pp. 391~92). '처럼 보다'는 존재의 다른 측면을 본다는 것이며 이 점에서 존재의 의미를 새롭게 한다. 리쾨르는 이를 한마디로 "'살아 있는' 표현이란 '살아 있는' 존재를 말하는 것"(*MV*, p. 61)이라고 규정한다.

6. 시간, 이야기, 역사: 『시간과 이야기』

3권으로 이루어진 『시간과 이야기』에서 리쾨르는 『살아 있는 은유』에서 다룬 의미론적 혁신 현상을 이야기와 시간적 경험의 순환성이라는 가설 아래 이야기라는 담론 형태에 적용한다.[73] 각 권의 부제는 1권이 '줄거리와 역사 이야기,' 2권이 '허구 이야기에서의 형상화,' 3권이 '이야기된 시간'이다. 『시간과 이야기』는 전체 4부로 이루어져 있는데, 1권

---

73) 『시간과 이야기』에서 다루고 있는 시간론과 이야기 해석학에 관해서는 2부에서 다시 자세히 살펴볼 것이다. 2부 3장 「시간과 이야기」와 4장 「이야기, 미메시스」 참조.

이 1부 「이야기와 시간성 사이의 순환」과 2부 「역사와 이야기」에 해당되고, 2권이 3부 「허구 이야기에서의 시간의 형상화」, 3권이 4부 「이야기된 시간」이다. 과연 시간과 이야기는 어떤 관계이며, 이 둘을 같이 묶음으로써 무엇을 얻을 수 있는가? 리쾨르는 문제 틀을 설정하기 위해 시간에 관한 철학적 논쟁을 두 가지 대립적인 입장으로 구분하는 데서 시작한다. 하나는 아우구스티누스 이래로 체험된 시간, 정신의 시간, 현상학적 시간이라 말할 수 있는 주관적 시간이다. 정신의 시간이라는 아우구스티누스의 입장은 후설의 시간현상학, 그리고 이를 극복하려는 하이데거의 현상학으로 발전한다. 다른 한편으로 우주적 시간, 객관적 시간이 있다. 아리스토텔레스가 '운동의 수'라고 정의한 우주적 시간은 칸트 이후 현대물리학을 구성하는 객관적 시간이라는 개념과 연결된다. 리쾨르는 서로 상반되는 이 두 가지 입장 각각의 유효성과 한계를 검토하면서 구조주의와 현상학, 분석철학의 관점을 종합하는 이야기론을 통해 서사성의 시학이 시간성의 아포리아에 어떤 해결책을 가져올 수 있는지를 탐구한다.

1부 「이야기와 시간성 사이의 순환」에서 리쾨르는 아우구스티누스의 『고백록』 11서에 나오는 '정신의 집중과 분산' 개념과 아리스토텔레스의 『시학』의 핵심 개념인 비극의 뮈토스 이론을 교차시키면서 이러한 물음에 대한 해법을 찾는다. 아우구스티누스는 시간을 외부에 존재하는 대상이 아니라 정신의 체험이라고 본다. 시간 체험은 우선 '정신의 분산distentio animi'으로 나타난다. 즉 과거는 지나간 것으로, 현재는 지나가고 있는 것으로, 미래는 아직 오지 않은 것으로 체험된다. 그처럼 분산된 시간 체험의 불협화음 때문에 과거와 현재와 미래가 존재한다. 하지만 그러한 불협화음에 화음을 부여하려는 '정신의 집중intentio animi'이 또 다른 시간 체험을 만들어낸다. 현재를 중심으로 과거와 현재, 미래의 균열을 통합하려는 의지가 정신의 집중으로 나타나는 것이다. 이러한 시간론은 아리스토텔레스의 『시학』과 만나면서 새로운 국면으로 접어든다. 이야기의 본질은 미메시스, 즉 '행동의 재현mimesis praxeos'이다. 이야기가 행동을 재현한다는 것은 현실을 그대로 옮겨놓는 게 아니라 일어난 일들 가운데 취사선택하여 배치하는 줄거리 구성(뮈토스)이라는 허구적 작업에 따라 재구성된다는 것을 말한다. 여기서 리쾨르는 아우구스티누스의 시간 구조와 아리스토텔레스의 뮈토스가 시간성의 측면에서 주목할 만한 대조를 이루고 있다는 사실을 발견한다. 아우구스티누스의 시간 체험이 정신의 집중과 분산, 즉 균열된 시간을 극복함으로써 불협화음에 화음을 부여하려는 인간 정신의 활동을 가리킨다면, 아리스토텔레스가 말하는 뮈토스란 이리저리 흩어진 사건들을 하나의 일관된 행동의 시간적 단위로 묶는 것이다. 경험된 시간의 균열은 이야기하는 행위를 통해 일관성을 유지하며 통합된다. 살아 있는 시간성은 화음을 이루는 불협화음이며, 이야기는 불협화음을 내포한 화음이다.

2부「역사와 이야기」는 줄거리 개념을 역사학에 확장시킴으로써 생기는 문제들을 다룬다. 역사Histoire는 이야기histoire이다. 우리는 이야기로 된 역사를 통해 과거를 객관적으로 이해할 수 있는가? 과학으로서의 역사 문제가 여기서 비롯된다. 역사를 과학적으로 설명하려는 사람들은 역사의 법칙을 찾고자 한다. 반면에 역사 이해가 이야기를 이해하는 능력과 직접적인 관계가 있다고 보는 사람들은 줄거리로 꾸며진 이야기를 통해 역사를 이해하려 한다. 리쾨르는 여기서 특유의 변증법적 종합, 설명과 이해의 변증법을 지향한다. 그에 따르면 역사와 이야기는 서로를 배제하지 않으며, 오히려 이야기를 통해 역사를 더 잘 이해할 수 있다. 역사에서 말하는 법칙 또한 이야기를 이해하는 능력에 토대를 두고 있으며, 장기지속의 역사에서 볼 수 있듯이 사건 중심의 역사에서 멀어진다고 이야기와 단절되는 것은 아니다. 리쾨르는 역사적 시간성 또한 이질적인 사건들 사이의 불협화음을 극복하려는 의지를 반영하고 있다는 점에서 줄거리 구성에 의해 형상화된 시간을 토대로 한다는 것을 보여주면서, 역사에서의 '준-줄거리 구성' '준-작중인물,' 그리고 구성된 시간에 관해 이야기한다.

3부 「허구 이야기에서의 시간의 형상화」에서 리쾨르는 구조주의와의 대화를 통해 줄거리를 구성하는 형상화 원칙으로 설정된 서사 모델을 허구 이야기에 적용시킬 때 발생하는 문제들을 다룬다. 리쾨르가 서두에서 언급하고 있듯이 이 3부를 이루는 네 개의 장은 하나의 과정, 즉 "아리스토텔레스적인 전통에서 물려받은 줄거리 구성의 개념을 확대하고 심화시키며 다듬고 밖으로 열어줌으로써, 아우구스티누스의 전통에서 물려받은 시간성의 개념을 다양화시키는"(『시간2』, p. 18) 과정을 이룬다는 점을 주목할 만하다. 이렇게 해서 1장 「줄거리의 변모」에서는 아리스토텔레스의 뮈토스 개념을 어떻게 현대소설에까지 적용시킬 수 있는지를 살펴봄으로써 줄거리 개념을 확대하고, 2장 「서사성의 기호학적 제약」에서는 전통성에 근거한 서사적 이해력과 서사기호학에서 내세우는 기호학적 합리성을 대치시킴으로써 줄거리 개념을 심화시킨다. 3장 「시간과의 유희」에서는 서사적 형상화의 방법을 면밀하게 검토함으로써 줄거리 구성 개념과 밀접한 관계가 있는 서사적 시간 개념을 다듬는다. 마지막 4장 「시간의 허구적 경험」에서는 실제 소설 분석을 통해 허구에서 이야기된 시간을 따라가면서 체험된 시간이 어떻게 허구의 시간에 의해 형상화되는지 보여준다.

4부 「이야기된 시간」은 두 개의 장으로 이루어진다. 우선 1장 「시간성의 모순」은 시간에 관한 철학적 논쟁에서 대립되는 두 입장, 즉 현상학적 시간과 객관적 시간의 이원론적 대립에 기초한 접근들은 시간의 아포리아를 해결하는 데 실패할 수밖에 없음을 보여주며, 그 둘을 불완전하게나마 매개하는 이야기의 시간, 즉 역사적 시간이라는 제3의 시간과 그 상상의 변주인 허구적 시간을 통하지 않고는 아포리아에 대한 해결책을 찾을 수 없다고 주장한다. 2장 「이야기의 시학: 역사, 허구, 시간」에서는 그처럼 시간성의 아포리아에 서사성의 시학이 어떤 해결책을 가져올 수 있는지를 탐구하는데, 그 실마리는 역사와 허구를 서로 상보적인 관계로 이해하는 데 있다. 여기서 '역사의 허구화' '허구의 역사화' '역사와 허구의 교차'라는 개념이 등장한다. 역사와 허구는 다른 방식으로, 그러나 서로가 서로에게 기대는 방식으로 인간의 행동과 경험을 이야기한다. 그렇다면 그 둘이 교차하는 지점에서 시간의 뜻, 삶의 뜻을 찾아야 할 것이며 그것이 바로 리쾨르가 말하는 '인간의 시간'이다.

그렇다면 과연 인간의 시간이란 무엇이며, 이야기의 시학이 시간성의 아포리아에 응답한다는 해결책은 궁극적으로 리쾨르의 자기 이해의 해석학에 어떤 결과를 가져오는가? 여기서 리쾨르의 해석학적 현상학의 전제, 즉 자기 이해는 기호와 상징, 텍스트에 의해 매개된다는 전제를 다시 한 번 상기할 필요가 있다. 의혹과 거리 두기의 해석학에서 나오는 자기는, 투명하게 자기를 이해할 수 있다는 이상을 포기한 '부서진 코기토'일 수밖에 없다. 「악의 상징」에서 말하는 악의 경험과 마찬가지로, 시간도 직관을 통해서는 인식할 수 없으며, 텍스트의 매개를 통해서만 이해할 수 있다는 것이 리쾨르의 해석학적 입장이다. 인류 역사를 통해 전승된 위대한 텍스트들, 철학과 문학, 종교 등의 분야에서 우리의 경험을 이야기하는 텍스트들을 통하지 않고서는 시간 속의 존재인 우리 자신을 이해할 수 없다는 것이다. 이야기란 경험을 이야기하는 것이고, 경험은 본질적으로 시간적이다. 우리는 경험을 이야기하면서 과거에 질서를 부여하고 미래의 방향을 설정한다. 또한 시간 속에서 일어나는 모든 것은 이야기될 수 있다는 점에서, 이야기는 시간 경험을 이해하기에 가장 적합한 텍스트 유형으로 간주된다.

시간과 이야기의 이러한 해석학적 순환 관계는 『시간과 이야기』를 이끌어가는 실마리가 된다. 하지만 모든 시간 경험을 이야기로 풀어낼 수는 없다. 리쾨르는 그 모든 것에도 불구하고 서사성의 시학이 대꾸할 수 없는 시간성의 모순이 있음을 암시한다. 즉 헤겔이 말하는 것과 같은 세계를 주도하는 절대이성, 모든 줄거리를 포괄하는 줄거리란 불가능하며, "역사의식의 자기 이해를 구성하고 있는 철학적 행위의 유한성"(『시간3』, p. 396)을 고백함으로써 그런 총체화의 유혹에 저항해야 한다고 말한다. 헤겔이 시도했던 역사의 관념적 고찰 그 자체가 유한성이라는 조건에서 비롯된 해석학적 작업이라고 보기 때문이다. 여기에는 하이데거의 존재론에 대한 비판이 들어 있다. 리쾨르는 하이데거의 '죽음을 향한 존재' 개념을 비판하면서, 인간은 자기 자신에 대해 완벽하게 이해할 수 없다는 비극적 성격과 그럼에도 불구하고 이런 아포리아에 맞서 '할 수 있는 인간'으로서 주도권을 쥘 수 있다는 양면적 특성을 지닌다고 말한다.

리쾨르는 그 두 측면을 교차시키면서 가다머의 역사 작업 의식, 특히 '과거에 의해 영향받는 존재' 개념을 강조한다. 역사의식의 해석학은 우리가 우리 자신에 대해 갖고 있는 이해가 우리를 구성하고 있으며 우리가 받아들인 이야기에서 비롯된다는 생각에서 출발한다. 역사라는 용어는 "이야기된 스토리뿐만 아니라 인간이 만들고 겪는 역사"(『시간3』, p. 11)도 포괄한다. 역사의 전체화 문제는 그렇게 해서 '역사를 만든다'는 의식과 '역사에 속한다'는 이중적 의미의 역사의식과 관련된다. 우리는 역사의 능동적 주체이면서 그만큼 또 피동적 주체이며, 역사를 물려받은 상황 속에서만 역사를 만들어나갈 수 있는 존재이다. 가다머와 마찬가지로 리쾨르는 이러한 측면이 우리의 언어적 조건에서 기인한다고 본다. 언어는 우리의 존재와 사유에 앞서 있으며, 우리가 경험하는 세계는 언어적 전통 속에서 표현되는 세계이기 때문에 "거리 두기, 전승된 내용에 대한 자유로움은 일차적인 태도가 될 수 없다"(『시간3』, p. 430)는 것이다. 하지만 리쾨르는 가다머와 달리 역사의식의 해석학에도 방법론적 거리 두기를 적용한다. 우리가 전통의 계승자라 하더라도 역사에서 물려받은 정체성은 고정되거나 닫혀 있지 않으며, 우리가 어떤 답을 하느냐에 따라 바뀔 수 있다. 리쾨르는 그렇게 해서 물음에 답할 수 있는 능력과 주도권을 쥘 수 있는 능력을 강조한다. "우리가 과거를 향해 물음을 던져야만, 과거는 우리에게 물음을 던진다. 우리가 과거에 답을 해야만, 과거는 우리에게 답한다"(『시간3』, p. 428).

과거와 현재, 미래 사이의 역동적이고 변증법적인 관계는 이러한 관점에서 생겨난다. 우리의 시간 경험은 하이데거의 용어를 빌리면 세 가지 탈자태, 즉 과거, 현재, 미래로 구성되는데, 과거는 전통이라는 이름으로 과거에 의해 영향받는 존재의 시간 경험을 나타낸다. 미래는 기대 지평으로 나타나며 그 또한 과거에 열려 있다. 현재는 그에 영향을 미치는 과거의 경험 공간과 현재를 앞으로 이끄는 미래의 기대 지평으로 겹쳐져 있으며, 우리는 그러한 무거운 현재 속에서 가능한 주도권 영역을 발견해야만 한다는 과제를 안고 있다. "전통성이 경험 공간의 과거 차원을 구성한다면, 그러한 공간이 모이고, 앞서 암시한 것처럼 확장되고 축소될 수 있는 것은 바로 현재 속에서이다"(『시간3』, pp. 441~42). 우리가 고통을 겪고 행동하는 현재는 우리가 '행동 주도력'을 갖고 흐름을 변화시킬 수 있는 순간, 어떤 것을 시도할 수 있는 순간이기에 성가신 것이기도 하다. 하지만 자기의 시간 경험에 대한 이야기를 통해 '나는 존재한다'는 '나는 할 수 있다'로 바뀔 수 있다. 여기서 리쾨르의 해석학은 '나는 누구인가'라는 반성철학적이고 형이상학적인 물음에서 '나는 무엇을 할 수 있는가'라는 윤리적 물음으로 넘어간다.

7. 이야기 정체성과 의지의 시학: 『남처럼 자기 자신』

『시간과 이야기』의 끝부분에서 리쾨르는 역사와 허구의 상호 침투는 그 교차 과정 특유의 불연속적인 특성을 뛰어넘는 변증법적 종합을 '이야기 정체성'에서 발견한다고 말한다. "역사와 허구의 통합에서 생겨나는 허약한 새싹은, 우리가 '이야기 정체성'이라고 부를 수 있는 특수한 정체성을 개인이나 공동체에 '부여'하는 것이다"(『시간3』, p. 471). 이렇게 『시간과 이야기』가 남긴 문제, 즉 이야기 정체성의 문제를 리쾨르는 『남처럼 자기 자신』에서 본격적으로 다룬다. 전체 10장(『살아 있는 은유』와 마찬가지로 각각의 장에는 '연구étude'라는 이름이 붙어 있다)으로 이루어진 『남처럼 자기 자신』에 일관성을 부여하는 것은 '누구qui'의 문제이다. 1장과 2장은 각기 언어철학의 의미론과 화용론이라는 관점에서 '누가 말하는가'를 다루고 특히 '인칭personne'이 그 핵심 주제이다. 3장과 4장은 '누가 행동하는가'의 문제로 행동과 행동 의미론의 문제를, 5장과 6장은 '누가 이야기되는가'의 물음으로 이야기 정체성 문제를, 7장에서 10장까지는 '책임 전가의 도덕적 주체는 누구인가'라는 물음으로 이야기 정체성 개념을 중심으로 윤리적 주체의 문제를 다룬다.

　리쾨르에 따르면 정체성에 대한 논의가 혼란을 불러일으키는 원인들 가운데 하나는 동일성(idem; même; same)으로서의 정체성과 자기성(ipse; soi; self)으로서의 정체성을 구분하지 않기 때문이다. 유일하며 시간적 영속성을 갖는 물리적 실체로 정체성을 환원시키는 접근법은 동일성을 전제로 한다. 하지만 나는 살아가면서 끊임없이 변하고 다른 사람들과의 관계도 변하므로, 나의 정체성이 나의 물리적 존재와 같다고 말할 수는 없다. 그래서 리쾨르는 정체성의 또 다른 측면, 즉 약속을 지킬 수 있기에 동일하다고 할 수 있는 정체성을 덧붙인다. 약속한다는 것은, 나는 나의 약속을 존중하기로 결심하고 약속에 따른 나의 행동에 책임이 있음을 인정한다는 뜻이다. 리쾨르는 이를 동일성이라는 물리적 정체성과는 다른 자기성이라고 이름 붙인다. 동일 정체성이란 시간이 지나도 변하지 않는 수적이거나 양적인 동일성이며, 자기 정체성은 겪을 수 있는 모든 물리적 변화에도 불구하고 유지되는 항상성을 보여준다. 다시 말하면, 동일 정체성이 타자와의 '비교'를 통한 정체성이라면, 자기 정체성은 타자와의 '관계'를 통해 형성되는 정체성이다. 그리고 전자가 '무엇quoi'이라는 사물화된 주체에 대한 물음이라면, 후자는 '누구qui'라는 행동 주체에 대한 물음이다.[74)]

---

74) 『남처럼 자기 자신』에 제시된 자기성, 자기 해석학에 관해서는 2부 5장 「이야기와 자기 해

리쾨르의 이러한 정체성 개념은 하이데거가 제기한 '현존재는 누구인가'라는 물음과 한나 아렌트가 제기한 '누가 이 행동의 주체인가'라는 물음의 답이 될 수 있다. 한마디로 리쾨르는 인간 주체의 위상을 주제로 다룬다. 주어져 있고 조작할 수 있는 사물로서의 익명적 존재, 무의식적 욕망에 사로잡힌 '자아moi,' 비인칭적인 행동이나 사건에 귀속된 동작주로서의 주체는 사물로 환원된 동일성으로서의 정체성에 지나지 않기 때문에 진정한 의미에서의 정체성이 될 수 없다. '누가'라는 질문에 답한다는 것은 자기와 항상 동일한 어떤 본질로 인간을 정의하는 것이 아니라, 한 생애의 역사를 이야기하는 것이다. 선하다거나 정의롭다거나 하는 도덕적인 판단의 대상이 되는 것은 이야기를 통해 드러나는 바로 이러한 자기성으로서의 정체성이다. 여기에서도 텍스트에 의한 매개는 여전히 유효하다. 즉 시간을 직접적이고 총체적으로 이해할 수 없는 것과 마찬가지로 '나는 누구인가'라는 물음에서 행동 주체로서의 자기도 직접적이고 총체적으로 이해할 수는 없지만, 행동으로 이루어진 사건들이 얽혀 만들어지는 이야기를 통해 행동 주체를 그려볼 수는 있다. 그 점에서 이야기 정체성은 인격적 정체성의 형상, 은유라고 할 수 있다. "이야기된 스토리는 행동의 '누구'를 말해준다. '누구'의 정체성은 따라서 이야기 정체성인 것이다"(『시간3』, p. 471).

이처럼 이야기를 자기 것으로 만듦으로써 자기를 만들어간다는 이야기 정체성 개념은 윤리 문제를 포함하지 않을 수 없다. '나는 누구인가'라는 물음은 '나는 무엇을 해야 하는가'로 이어지는 것이다. 리쾨르가 말하는 '작은 윤리학'은 "정의로운 제도 아래 다른 사람과 더불어 다른

석학」에서 심화하여 다룰 것이다.

사람을 위해 선한 삶을 살고자 하는 목표"(*SM*, p. 202)라는 명제로 주어진다. 리쾨르는 윤리와 도덕을 아리스토텔레스적인 목적론과 칸트적인 의무론이라는 관점에서 구분하면서 변증법적인 관계로 파악한다. 좋은 삶이라는 목적론적 관점에서 윤리는 도덕에 우선하며, 도덕의 보편적 규범은 윤리적 목표 아래서만 의미를 갖는다. '다른 사람과 더불어 다른 사람을 위해'라는 선한 삶을 목표로 하기에 윤리는 다른 사람, 특히 고통받는 타인에 대한 배려를 전제한다. 그리고 정의로운 제도라는 문제는 평등 개념을 끌어들인다.

이러한 정체성과 윤리 물음은 자연스럽게 존재론 문제로 이어진다. 우리가 누구이며, 무엇을 해야 하는가는 우리가 어떤 존재인지에 달려 있기 때문이다. 리쾨르는 존재 일반의 의미를 묻기보다는 자기의 존재 방식이란 어떤 것이며 자기란 어떤 종류의 존재자인지를 묻는다. 이러한 물음에서 출발하여 이야기 정체성과 윤리적 목표로 정의된 인간의 근본적 가능성들에 대한 존재론을 펼치는 것이다. 가능성이라는 개념은 아리스토텔레스의 가능태dunamis와 현실태energeia 구분에서 가능태에 상응한다고 말할 수 있으며, 동일성에 해당하는 실체로서의 존재와는 다른 자기성의 존재 양식으로 이해할 수 있다. 리쾨르는 하이데거의 현존재 분석론에 따른 개념들을 비판적으로 검토한다. 그러면서 동일성/자기성의 구분을 '실체로서의 존재/행위-힘으로서의 존재' 또는 '손안에 있는 존재/현존재(세계-내-존재)'의 구분에 상응하면서도 그 두 가지 존재 양태들을 변증법적으로 화해시키면서 존재의 다양한 의미를 드러낼 수 있는 유효한 개념적 도구로 제시한다.

행동하고 고통받는 자기의 현상학과 자기성이 드러나는 심층 사이를 중개하기 위해 리쾨르가 자신의 존재론적 성찰에 스피노자의 코나투스 개념을 끌어들이는 것은 상처 입은 코기토를 살리려는 노력이라고 말할 수 있다. 행동을 통해 드러나는 자기, 세계를 향해 열린 존재로서의 자기, '행동하는 본질'로서의 자기는 근대의 자신만만한 주체도, 포스트모던의 흐릿한 유령도 아니다. 그것은 해석의 에움길을 거쳐 자기를 이해할 수 있다는 겸손함의 교훈을 얻은 코기토이며, 자신의 자기성이 근본적으로 타자성의 영향을 받고 있다는 것을 알게 된 코기토이다. 리쾨르에 따르면 코나투스의 존재론을 구성하는 타자성은 세 가지 양상으로 나타난다. 첫번째는 자기 육체의 타자성, 특히 고통받는 자기 육체의 타자성이다. 자기 육체는 자기의 것이지만 동시에 자기 뜻대로 할 수 있는 것이 아니다. 두번째는 타자에 의해 영향받는 존재의 타자성이다. 여기서 우리는 90년대 리쾨르와 활발한 대화를 펼쳤던 레비나스의 영향을 볼 수 있다. 레비나스는 타자의 윤리적 명령이라는 근본적 타자성, 타자의 절대성을 내세우는 반면, 리쾨르는 타자를 받아들이고 구분하는 능력이 있어야만 타자에 대해 책임 있는 응답의 가능성이 열린다고 주장함으로써 주체와 타자 사이의 역동적이고 상호적인 관계를 강조한다.[75] 따라서 타자에 대해 책임을 진다는 것은 윤리적 주체로서의 나의 자기성을 입증하는 것이다. 세번째는 나의 의식의 타자성으로서, 나는 '작은 윤리학'의 목표를 가지고 있으며 그러한 소망에 따라 나 자신을 존중해야 한다는 의식의 부름이 있다. 근원적이며 초월적이라 할 수 있는 이런 부름을 레비나스는 '타자의 얼굴'에서 찾는데, 리쾨르는 이를 자기성의 일부, 즉 자기성을 구성하는 타자성이라고 본다. "부름은 물

---

75) *SM*, p. 198; P. Ricoeur, *Autrement: Lecture d'Autrement qu'être ou au-delà de l'essence d'Emmanuel Lévinas*, PUF, 1997 참조.

론 나와 다른 것에서 오는 것은 아니다. 부름은 나에게서 오지만 나를 넘어선 것에서 온다."[76] 나의 내면에서 나를 부르는 타자는 어떤 타자인가? 도덕적 허위의식인가, 양심인가, 신인가? 코나투스 개념에 근거한 리쾨르의 존재론은 어쩌면 "철학 담론이 멈추는"(SM, p. 409) 이 지점에 위치할 것이다.

『남처럼 자기 자신』은 이처럼 그 주제나 존재론, 자아의 윤리 등 여러 가지 측면에서 초기 『의지의 철학』을 연상시킨다. 해석의 갈등을 거쳐 마침내 의지의 시학으로 되돌아온 것일까?[77] 할 수 있는 인간의 존재론과 더불어 만년의 리쾨르는 자신의 오랜 확신, 우리는 역사의 수동적인 계승자인 동시에 역사를 주도적으로 이끌어갈 역량도 가지고 있으며, 반성을 통해 자기 삶의 이야기를 만들어나갈 수 있다는 확신과 다시 만난다.

8. 사회적 상상에 관하여: 『이데올로기와 유토피아』

『남처럼 자기 자신』으로 자신의 철학적 기획의 지평이었던 의지의 철학에 나름의 결론을 맺은 뒤 리쾨르는 두 권의 지적 자서전(『돌이켜

---

76) F. Dastur, "Paul Ricoeur: Le soi et l'autre. L'altérité la plus intime: la conscience," J. Greisch(ed.), *Paul Ricoeur: L'herméneutique à l'école de la phénoménologie*, Beauchesne, 1995, p. 68.

77) 장-뤼크 마리옹은 이렇게 말한다. "주관성에 대한 이의 제기는 균열을 낳는다. 리쾨르는 골치 아픈 일을 떠맡는다. 그에게는 20년 걸린 일이다. 그리고 그는 『시간과 이야기』와 함께 그 자신으로 되돌아와 주관성의 철학을 다시 만들기 시작한다"(J.-L. Marion, *Dieu sans l'être*, Fayard, 1982: F. Dosse, *Paul Ricoeur*, p. 662에서 재인용).

보며』『비판과 확신』)을 펴내고, 또한 사회 이론과 정치 이론에 대한 연구와 강의를 진행하면서 발표했던 글들을 묶은 『이데올로기와 유토피아』를 출간한다.[78] 여기서 리쾨르는 "사회적 상상은 사회적 현실을 구성한다"(*IU*, p. 19)라는 명제 아래 이데올로기와 유토피아라는 사회적 상상의 두 유형을 중심으로 마르크스를 비롯하여 알튀세르, 만하임, 베버, 하버마스 등을 깊이 있게 다룬다. 특히 별개로 취급되던 이데올로기와 유토피아를 변증법적인 관계로 파악한 만하임의 이론을 비판적으로 수용하면서 이데올로기와 유토피아를 '사회적 상상'의 차원에서 연결시킨다.

만하임에 따르면 이데올로기는 그 자체의 진위 구분보다는 사유의 '존재 구속성'과 관련된 개념으로, "어떤 한 시대나 혹은 구체적으로 역사적 내지 사회적 규정을 받는 집단"이 안고 있는 "총체적 의식 구조의 특성과 성향을 드러내는 것"으로 정의된다.[79] 만하임이 말하는 사유의 존재 구속성이란, 주체는 데카르트적 코기토의 명증성으로 세계를 객관적으로 투명하게 사유할 수 없고 역사적이고 사회적인 지평의 제약 아래 세계를 인식한다는 것을 뜻한다. 따라서 이데올로기는 현실을 해석하는 틀을 제공하는 동시에 다른 해석을 배제함으로써 언제나 현실을 왜곡하거나 은폐할 위험을 안고 있다. 물론 이데올로기가 부정적이기

---

78) 『이데올로기와 유토피아』는 1986년 미국에서 먼저 『이데올로기와 유토피아 강의*Lectures on Ideology and Utopia*』라는 제목으로 출간되었고, 프랑스에서는 1997년에 미리암 르보 달롱과 조엘 로망의 번역으로 『이데올로기와 유토피아』라는 제목으로 출간되었다. 그에 앞서 1986년에 출간된 『텍스트에서 행동으로』는 3부로 구성되었는데, 1부는 「해석학과 현상학을 위하여」, 2부는 「텍스트의 해석학에서 행동의 해석학으로」이고, 마지막 3부가 「이데올로기, 유토피아, 정치」이다.

79) 카를 만하임, 『이데올로기와 유토피아』, 임석진 옮김, 김영사, 2012, p. 162.

만 한 것은 아니다. 사유의 존재 구속성으로서의 이데올로기가 없다면 인식의 지평도 없고 따라서 현실을 이해할 수도 없을 터이기 때문이다. 반면 유토피아적 의식은 당대의 이데올로기가 은폐하고 억압하는 현실을 폭로하고 그에 저항하는 것, 스스로를 에워싸고 있는 존재와 일치하지 않는 상태에 있는 것으로 규정된다. 이러한 유토피아적 의식은 실천적 차원에서 "기존의 존재 질서를 부분적으로나 혹은 전적으로 파괴해 버리는 현실 초월적 방향"[80]을 설정함으로써 역사의 전환을 가져오고자 한다. 이처럼 이데올로기는 과거에 얽매여 변화를 인정하지 않는 반면, 유토피아는 변화만을 추구하며 미래로 달아난다는 점에서 차이가 있으나, 둘 다 현실과 불일치하는 방식으로 현실을 긍정하거나 부정함으로써 현실에 참여한다는 점에서 공통적인 특성을 갖는다.

리쾨르는 만하임의 이론을 비판적으로 받아들이면서 이데올로기와 유토피아 개념을 서로 변증법적인 관계에 있는 사회적, 문화적 상상력의 두 가지 유형으로 제시한다. 그에 따르면 나의 시간 경험이 타인의 시간 경험과 짝을 이루어 연결되면서 역사적 경험 공간이 형성된다. 동시대인, 선조와 후손 들은 침전과 혁신의 변증법 속에서 이해된 전통의 전승을 통해 단절되거나 연결된다. 타자는 '또 다른 나'라는 유추, 혹은 다른 것에서 같은 것을 보는 은유적 상상력이 나를 타자와 연결하는 선험적 원칙이며, 그렇게 해서 나는 다른 사람들과 역사적으로 연결된다. 전통의 침전과 혁신, 그리고 나의 지평이라는 한계를 안고 세계에 열려 있다는 점에서 그 상상력은 제한적일 수밖에 없다. 따라서 이데올로기와 유토피아 같은 "상상의 실천태pratiques imaginatives"(*TA*, p. 228)를 통

---

80) 같은 책, p. 403.

해서만 다가갈 수 있다고 리쾨르는 주장한다. 역설적인 것은 상상력이 허구적 현실을 만들어냄으로써 현실을 합리화하거나 왜곡할 수도 있지만, 반대로 왜곡된 현실을 드러냄으로써 현실에 대한 비판적 기능을 수행할 수도 있다는 사실이다. 거짓이면서 진실이라는 것이 바로 사회적 상상의 역설이다.

리쾨르에 따르면 이데올로기와 유토피아는 공통적으로 두 가지 특징을 드러낸다. 첫째로 이들은 "긍정적인 측면과 부정적인 측면, 건설적 기능과 파괴적 기능, 구성적 차원과 병리학적 차원"(IU, p. 17)을 갖는 애매한 현상이다. 둘째로 그 두 가지 측면 가운데 병리학적이고 부정적인 측면이 먼저 나타난다. 다시 말해서 이데올로기는 계급의식처럼 어떤 개인이나 집단이 자신의 상황을 왜곡하거나 은폐하지만 스스로는 알아차리지 못하는 것으로 받아들여지며, 유토피아 개념은 어떤 새로운 사회를 건설하기 위해 필요한 과정에 대해서는 전혀 신경을 쓰지 않는 사회적 몽상, "사회를 향한 일종의 정신분열적 태도"(IU, p. 18)로 간주된다. 여기서 이데올로기와 유토피아의 상반된 두 측면 사이의 긴장과 변증법, 그 사회적이고 문화적인 상상력의 구조적 특징에 주목할 필요가 있다. 상상력은 한편으로는 현실의 질서를 반영함으로써 그 질서를 보장하는 기능을 가질 수도 있지만, 다른 한편으로는 그 질서를 교란시킴으로써 단절의 기능을 가질 수도 있다. 다시 말해, "이데올로기는 현실의 그 무엇을 보장하거나 지키는 것으로, 유토피아는 반대로 그것을 뒤흔드는 것으로 기능한다"(IU, p. 350).

여기서 리쾨르의 기획은 이데올로기를 '물리적 현실의 왜곡된 이미지'[81]로 본 마르크스의 이데올로기 개념을 부정하기보다는 그 긍정적 측면을 검토하는 것이다.[82] 리쾨르는 사회적 현실 자체가 상징적으로 구조화되어 있다는 가설에서 출발한다. 그러한 상징 구조가 아니라면 현실은 날것 그대로의 무의미에 지나지 않을 것이며, 일어나는 모든 사건은 이해할 수 없는 신비에 지나지 않을 것이다. 우리는 현실을 어떤 상징 구조로 받아들이기 때문에 현실을 관념으로 이해할 수도 있고 왜곡된 환상으로 착각할 수도 있는 것이다. 그렇다면 이데올로기는 현실을 왜곡하는 그릇된 관념이나 표현이라는 부정적 측면만이 아니라 현실의 상징체계로서 인간의 행동, 사회적 실천을 가능하게 하는 근본 구조라는 긍정적 측면도 갖게 된다.

리쾨르는 또한 상징 기능의 근원적 측면에 대해 사유한 클리퍼드 기어츠를 빌려 상징은 왜곡에 앞서 현실을 이해하는 방식이라고 본다.[83] 현실을 어떤 상징체계로 받아들인다는 것은 어떤 특정한 패턴이나 형

---

81) 『헤겔 법철학 비판』, 『1844년 수고』, 『독일 이데올로기』에서 마르크스는 이데올로기를 망막에 맺힌 전도된 상이라는 물리학 또는 생리학에서 빌려온 비유적인 뜻으로 사용한다. '반전으로서의 비틀림(왜곡)'이라는 이데올로기의 패러다임 또는 모델은 거기서 비롯된다. 이데올로기는 물리적인 현실의 왜곡된 이미지이며, 그런 이미지를 생산하는 것이 그 기능이라는 것이다. 마르크스의 이런 이데올로기 개념은 종교를 현실의 전도된 반영이라고 보는 포이어바흐 모델을 따르고 있다. 그에 따르면 현실에서는 인간이 주체이고 종교는 인간의 속성을 투영한 것인데, 기독교는 신을 주체로 보고 인간을 신의 형상에 따라 빚은 존재로 봄으로써 주부와 술부를 전도시키고 있다는 것이다. *IU*, p. 21 참조.

82) 초기 마르크스는 현실과 이데올로기를 대립시킴으로써 이데올로기를 현실에 대한 그릇된 인식, 허위의식으로 규정함으로써 그 부정적 의미를 부각시켰다. 그에 따르면 우리가 삶을 영위하기 위해 벌이는 투쟁, 실천적 차원에서의 사회적 현실을 이데올로기로 이해하게 되면 왜곡이 생길 수밖에 없으며, 관념론이 역전시킨 실천/이데올로기를 다시 역전시켜야 한다는 것이다. 그런데 후기 마르크스는 『자본』에서 현실/이데올로기 대신 과학/이데올로기를 대립시킨다. 즉 종교나 독일 관념론만이 아니라 사회적 현실에 대한 과거의 이론 전체를 과학 이전의 것으로 돌리고 자신의 철학 체계를 과학적 사회주의로 자리매김한다. 또한 이데올로기가 유토피아 개념을 감싸면서 생-시몽, 푸리에, 프루동 등의 사회주의적 유토피아는 과학이 아닌 이데올로기로 간주된다. "유토피아는 비과학적이고 전과학적이며 심지어 반과학적이라는 점에서 이데올로기이다"(*IU*, p. 23).

83) 클리퍼드 기어츠, 「문화체계로서의 이데올로기」, 문옥표 옮김, 『문화의 해석』, 까치, 2009, pp. 231~76.

식, 틀과 배경, 그물망으로 인식한다는 것이다. 우리는 경험을 그러한 형식과 틀에 따라 유기적으로 연결하여 의미를 파악하며, 우리의 사회적 위치와 역할은 사회의 틀 속에서 어떤 자리를 차지하고 있는가에 따라 결정된다. 문화적으로 구조화된 그러한 체계가 없다면 사회 내에서의 의사소통이나 의미 이해는 불가능할 것이다. 리쾨르는 기어츠와 더불어 다음과 같은 가설을 제시한다. "인간이 있는 곳에서 상징적이지 않은 존재 양태, 나아가서 상징적이지 않은 행동 양태는 없다. 행동은 사회적이거나 심리학적인 과정을 조직화하기 위한 틀과 배경을 제공하는 문화적 형태들에 의해 규제된다. 이는 확실하지는 않지만 발생론적 코드가 유기체적 과정을 위한 배경을 제공하는 것과 같은 방식이다"(*IU*, p. 31). 사회적 현실 자체가 이데올로기적 차원을 갖지 않는다면 이데올로기가 현실을 왜곡하거나 은폐하는 일도 있을 수 없다. 즉 사람들의 사회적 삶의 구조가 상징적이기 때문에 그 구조가 왜곡될 수도 있으며, 만일 그 구조가 애초에 상징적인 것이 아니라면 왜곡되지도 않을 것이다. 그 점에서 왜곡의 가능성은 이데올로기의 그러한 기능에 의해 열린 하나의 가능성이라고 말할 수 있다.

그렇다면 왜곡으로서의 이데올로기 개념과 사회를 통합적으로 이해하게 하는 이데올로기 개념을 어떻게 연결할 것인가? 리쾨르는 베버가 제시한 공동체 내에서의 권위 개념을 매개로 삼는다. 이데올로기는 지배/피지배 계층과 지배를 위한 '정당화'가 요구되는 정치 영역에서 가장 강력한 영향력을 발휘하기 때문이다. 지배 계층은 자신의 권력과 권위를 단순히 폭력(힘)에 의해 강제하기보다는 정당화해서 동의를 구하는 방식을 원한다. "이데올로기는 정당성 요구와 믿음 사이의 통합을 확보하려 하지만, 이는 있는 그대로의 권위 체계를 정당화함으로써 이루어진다"(*IU*, p. 34). 여기서 베버가 말하는 이데올로기의 세번째 기능, 즉 통합과 왜곡을 중재하는 '정당화' 기능이 나온다. 자신의 정당성에 대한 믿음을 확보해줄 수 있는 이데올로기를 필요로 하지 않는 정치 체계는 없다. 정당화한다는 것은 권력이 요구하는 정당성에 대한 주장과 그에 대한 피지배 계층의 믿음 사이에 발생하는 긴장을 완화시키는 것이다. 그런데 그러한 시민들의 믿음과 권력의 권위 주장 사이에는 언제나 비틀림이 있다. 그것이 바로 베버가 말하는 권력의 잉여가치이다. 생산 수단을 공유하는 사회주의 체계에서도 권력의 잉여가치는 발생할 수밖에 없다. 지배자는 날 믿으라고 강요하지만 피지배자는 그 말을 액면 그대로 믿지 못한다. 잉여가치는 피지배자가 갖는 믿음보다 더 많은 정당성을 요구하는 권력 구조에서 발생한다. 이데올로기는 이제 권위와 지배 사이의 긴장을 줄이려 한다는 점에서 통합에서 타락과 왜곡으로 나아간다.

이제 이데올로기와 유토피아를 어떻게 연결시킬 것인가? 리쾨르는 '어디에도 없는 곳'이라는 유토피아의 문자적 의미에서 그 둘을 연결시킬 실마리를 찾는다. 즉 현실에는 존재하지 않는 장소에서 현실을 돌이켜본다는 반성적 성격을 유토피아의 가장 근본적인 기능으로 간주하는 것이다. 유토피아의 상상력을 통해 "가능태의 영역이 존재하는 현실 너머로 활짝 열리고 근본적으로 다르게 살 수 있는 방식들을 그려볼 수 있게 된다"(*IU*, p. 36). 새로운 전망, 현실에 대한 또 다른 대안이 바로 유토피아의 근본적 기능인 것이다. 우리는 유토피아적 상상력을 통해 현실에 존재하지 않는 다른 가족, 사회, 종교를 꿈꾼다. '어디에도 없는 곳'을 상상한다는 것은 현실에 대한 시각을 잠정적으로 유예시킴으로써 또 다른 현실을 상상하게 하는 전복적인 기능을 한다. 이데올로기의 통합 기능 또한 유토피아의 전복 기능이 없다면 가능하지 않을 것이다. 유토피아의 역설은 그처럼 중심을 벗어나 그 어디도 아닌 곳에 닻을 내리는 상상력의 기능에 있다. 유토피아적 상상력이 이데올로기의 병리적 현상에 대한 처방이 될 수 있는 것도 그 덕분이다. 다른 곳을 상상할 능력이 없다면 맹목적이고 협소한 이데올로기의 시야 속에 갇힐 수밖에 없기 때문이다. 여기서도 권위, 지배의 정당성 문제는 유토피아의 긍정적 측면과 부정적 측면을 매개하는 고리가 된다. 이데올로기는 자신의 권위 체계를 정당화하려는 반면에, 유토피아는 권력의 신뢰성을 문제 삼음으로써 정당성에 이의를 제기한다. 권위에 대한 주장이 정당성에 대한 믿음을 넘어서면 이데올로기는 현실을 왜곡하거나 은폐하는 기능으로 변질되고, 그 반대의 경우 유토피아는 어디에도 없는 곳으로의 '도피'가 된다. 전부 아니면 무를 주장하는 유토피아의 이런 병리적 상황에서는 사회적 현실의 '지금 여기'와 유토피아의 '다른 곳'을 잇는 다리가 없다. 그렇게 경험 공간과 기대 지평 사이의 긴장을 상실한 유토피아는 과거의 잃어버린 낙원에 대한 향수로 퇴행하고 만다.

9. 역사 인식의 해석학: 『기억, 역사, 망각』

『이데올로기와 유토피아』 이후 리쾨르는 여러 지면을 통해 발표되었던 글들을 묶어 세 권의 『독서』를 출간하고(1권은 "정치를 중심으로," 2권은 "철학자들의 고장," 마지막 3권은 "철학의 경계에서"라는 제목을 달고 있다), 이후 또 다른 대표작 『기억, 역사, 망각』을 완성한다. 역사 문제는 이미 『해석의 갈등』 『시간과 이야기』에서도 비중 있게 다루어졌지만, 『기억, 역사, 망각』에서는 앞서 출간된 『역사와 진리』[84]의 문제의식을 이어서, 기억과 역사 기술이라는 주제를 진리 차원에서 접근하고 윤리 차원에서 비판적으로 검토하는 작업을 본격적으로 수행한다. 이 책의 저술 배경과 관련하여 리쾨르는 이렇게 고백한 바 있다. "수많은 기념들과 기억, 그리고 망각의 남용에 따른 영향은 접어두고라도, 여기서는 지나친 기억이, 저기서는 지나친 망각이 빚어내는 불안스런 풍경에 나는 당혹스러움을 느끼지 않을 수 없었다. 올바른 기억의 정치학이라는 생각은 이 점에서 내가 시민으로서 밝힐 수 있는 주제들 가운데 하나이다."[85] 이런 문제의식에서 출발하여 리쾨르는 기억과 역사는 과거를 어떻게 재현하는가, 역사는 아우슈비츠 같은 사건들을 어떻게 기록해야 하는가, 또한 희생자들의 기억은 어느 정도까지 신뢰할 수 있는가 등의 물음을 제기한다.

글쓰기는 기억과 망각을 동시에 불러일으킨다는 점에서 플라톤이 『파이드로스』에서 말한 '파르마콘pharmakon'처럼 약이자 독이다. 하지만 역사를 기술한다는 것은 사료와 흔적을 토대로 과거를 재현하려 한다는 점에서 살아 있는 기억과는 다르다. 때로 기억의 폭력은 역사를 짓눌러 행동의 주도권을 마비시킬 수 있으며, 과거의 상처에 대한 지나친 집착은 화해를 어렵게 만들 수도 있다. 여기서 리쾨르는 역사의 모태로서의 기억을 옹호하는 동시에 기억의 올바른 사용과 오남용의 경계를 설정하면서 기억과 역사, 그리고 망각 사이의 역동적인 관계를 탐구한

---

84) 『의지의 철학 I』과 『의지의 철학 II』 사이인 1955년에 발간되었고, 『기억, 역사, 망각』(2000)
  온 다음 해인 2001년에 문고판(Points Essais)으로 재출간되었다.
85) *MHO*, "Avertissement," p. I.

다.[86]

『기억, 역사, 망각』은 기억의 현상학, 역사 지식의 인식론, 역사적 조
건의 해석학을 다루는 3부로 구성된다. 여기서는 리쾨르 철학의 토대를
이루는 현상학, 인식론, 해석학의 세 학문 분야에서 기억과 역사, 망각
이라는 주제로 시간성과 실존의 문제에 접근하고, 궁극적으로는 "자기
자신의 또 다른 명칭인 할 수 있는 인간의 인류학"(*MHO*, p. 510)을 펼쳐
나간다. 리쾨르가 주목하는 것은 기억할 수 있는 능력과 부재의 현전이
라는 기억의 아포리아이다. 과거는 주로 이미지로 기억되며 이는 시간
성의 문제에 속한다. 기억은 '과거의 것'이기에 '시간의 것'이다. 이 점에
서 기억은 상상과 다르다. 기억은 현전하는 대상 없이 시간과 더불어 기
억하는 것이다. 여기서 기억된 대상(원본)과 기억하는 대상(이미지) 사
이의 거리는 기억의 신뢰도 문제를 제기한다.

물론 프루스트의 『잃어버린 시간을 찾아서』에서처럼 원본과 이미지
가 일치하는 '비의지적 기억'의 기적도 있다. 불현듯 다가오는 추억은 망
각을 밝혀주는 빛이며, 추억과 이미지는 '식별'을 통해 최초의 경험과
만나는 것이다. 하지만 어쨌든 기억이란 과거를 가리키며, 지나간 어떤
것, 내 안에 흔적을 남긴 어떤 것을 가리킨다. 기억은 그러한 흔적에 의
해 촉발된다. 물론 모든 것을 다 기억할 수는 없으며, 기억해야 할 것도
있고 기억하지 말아야 할 것도 있다. 반면에 역사 기술에서 과거의 재
현은 과거가 흔적 속에 존재하는 경우에만 가능하다. 흔적은 지금은 없

---

86) 리쾨르는 제사題詞로 죽음과 기억에 대한 장켈레비치의 말을 인용한다. "있었던 사람이 더
이상 있지 않았던 사람이 될 수는 없다. 신비롭고도 매우 모호한 이런 사실은 이제부터 영
원을 위한 그의 노잣돈이다"(V. Jankélévitch, *L'irréversible et la nostalgie*, Flammarion,
1983, p. 275).

는 존재의 기원이다. 그래서 없지만 의미한다는 역설이 나온다. "역사가의 재현은 부재하는 것의 현재 이미지이다. 하지만 부재하는 것 자체는 사라짐과 과거 존재로 이중화된다. 과거의 것은 사라졌지만 그것이 존재하지 않았다고 할 수는 없다"(*MHO*, p. 367). 문제는 하나의 흔적에서 서로 다른 과거의 재현, 과거에 대한 서로 다른 해석이 이루어진다는 것이다. 기억과는 달리 역사에서는 직접 살아보지 않았기에, 흔적만 남아 있기에 식별이 불가능하다. 어쨌든 흔적(사료)은 역사에서 과거를 재현하기 위한 조건이며, 역사를 기술한다는 것은 그러한 흔적을 통해 설명하고 이해하며 재현하는 것이다. 여기서 기억의 성실성과 역사의 진리 주장이 맞서고, 부재의 현전이라는 기억의 아포리아와 과거의 식별 불가능성이라는 역사의 아포리아가 서로 교차한다.

기억의 대상('무엇') 문제 다음에는 기억의 주체('누구') 문제가 떠오른다. 무엇을 기억하느냐라는 노에마의 문제는 누가 기억하느냐라는 노에시스의 문제와 겹치게 된다. 기억이란 언제나 나의 기억은 아니며 가까운 사람이나 다른 사람들의 것일 수도 있다. 역사가는 개인이지만 익명의 집단에 대해 글을 쓴다. 집단적 기억은 공적 영역에서 주체로서의 시민의 기억을 문제 삼는다. 기억 의무와 미래가 개입하는 것이다.[87] 기억 의무는 기억을 통해 자기와는 다른 것을 올바르게 평가해야 하는 의

---

87) 리쾨르는 개인으로서의 주체만이 아니라 공적 주체로서의 시민의 역할도 동등하게 강조하는데, 『시간과 이야기』를 주제로 한 대담에서 자신의 철학에 대해 다음과 같이 밝히고 있다. "나의 철학은, 거칠게 말해서 철학적 인간학으로 전개되어왔다. 여기서 존재 물음은 자신을 말하는 주체로, 행동의 능동적이고 수동적인 행위자로서, 시민으로서 책임을 지고 행동하는 도덕적이고 정치적인 주체로서 지칭할 수 있는 그러한 존재의 존재 방식의 물음으로 귀결된다"(Ch. Bouchindhomme, "Limites et présupposés de l'herméneutique de Paul Ricoeur," p. 211). 이어 그는 존재 물음은 어떤 '보증'을 찾는 것이 아니라 텍스트를 통한 자기 이해를 거쳐 '입증attestation'하는 것이라고 덧붙인다.

무이며, 이는 과거에 대해 지고 있는 '빚'이다. 특히 희생자에 대한 기억이 그렇다. 이처럼 기억 의무도 있지만 기억의 남용도 있다. 기억에는 세 종류가 있다. 이념에 의해 조작된 기억, 저항에 의해 가로막힌 기억, 강요된 기억이 그것이다. 기억은 기억의 남용에 맞서야 하며, 그것이 기억의 의무이다. 기억의 상실이 없다면 기억에 의한 통합도 없다. 기억은 그래서 죄의식, 책임의 문제로 돌아가고 해석학은 존재론에서 윤리학으로, 정의와 권력의 문제로 넘어간다. 정의의 문제는 역사의 문제와 맞물려 있다. 역사는 기억을 대상들 가운데 하나로 취급하려 하며, 기억은 흔적을 자기 것으로 만들려고 한다. 역사는 그처럼 기억과 헤게모니 다툼을 벌인다. 리쾨르가 "행복한 기억"을 위한 올바른 기억의 용법을 말하는 것은 그 때문이다. "그 책에 특별히 주제로 다루지는 않았던 어떤 집요한 생각, 텍스트 아래 넘쳐흐르는 공식과 같은 생각이 있다면, 그것은 행복한 기억이라는 생각이다. 기억은 내가 설명하지 않아도 불행과 관련이 있을 때는 올바르게 된다. 행복한 기억, 그것은 망각과 관련이 있다."[88]

일반적으로 망각은 부정적인 의미로 받아들여진다는 점에서 행복한 기억을 위해서는 망각이 필요하다는 주장은 다소 놀랍게 보일 수도 있다. 그렇다면 망각의 주제는 자기 이해의 해석학과 어떤 관련이 있는가? 우선 칸트적인 의미에서의 비판적 해석학에 따르면 헤겔식으로 역사를 총체적으로 사유하는 것은 불가능하다. 역사는 사회 속에서 인간의 행동 전체를 대상지시로 삼고 있으며, 역사의 진리 주장은 과거

---

88) P. Ricoeur & B. Clément, "Faire intrigue, faire question," M. Revault d'Allonnes & F. Azouvi(eds.), *Ricoeur 2*, p. 40.

를 기억하고 재현함으로써 과거의 표상에 대해 "넘쳐나는 존재surcroît d'être"(*MHO*, p. 369)를 제공하는 데 있다. 역사가는 있었던 그대로의 과거의 삶을 제시하려 하지만 그것은 이미 없기 때문에 역사 기술을 통해 과거를 망각에서 끌어내고 대변한다. "있었던 것은 더 이상 없는 것을 거쳐 겨냥하는 궁극적 지시대상을 구성한다"(*MHO*, p. 367). 이 점에서 역사 기술은 있었던 그대로의 과거를 매장하는 의식이라 말할 수 있다.

무덤은 하나의 행위, 묻는 행위이다. 그 몸짓은 한 순간, 즉 매장하는 순간에 국한되지 않는다. 무덤은 남아 있다. 매장하는 몸짓이 남아 있기 때문이다. 그 여정은 잃어버린 대상의 물리적 부재를 내적인 현전으로 변형시키는 애도의 여정이기도 하다. 물질적 장소로서의 무덤은 이처럼 애도의 지속적 표시, 매장하는 몸짓을 기억하도록 도와주는 비망록이 된다. 역사 기술이 글쓰기로 변형시키는 것은 바로 그처럼 매장하는 몸짓이다. (*MHO*, p. 476)

역사는 죽은 이들의 역사이며, 역사가는 글쓰기를 통해 죽은 이들에게 자리를 부여함으로써 살아 있는 이들의 자리를 마련한다. 역사 기술은 이미 사라지고 없는 이들에게 몸을 부여함으로써 그들에 대한 애도를 표현함과 동시에 그들에게 지고 있는 빚을 갚는 행위라고 말할 수 있다.

우리는 시간 속에서 살아가는 역사적 존재이기에 과거를 역사의 기억 속에서 재현할 수 있다. 그것이 실존론적 전제이다. 따라서 역사적 조건은 감옥이자 가능성이다. "우리는 역사적이기 때문에 역사를 만들고 역사에 관해 이야기한다"(*MHO*, p. 374). 시간성은 현존재의 특성일 뿐만 아니라 현존재와 존재의 관계를 표시한다. 행위와 가능성으로서의 존재가 우리의 역사적 조건이다. 하이데거는 '죽음을 향한 존재'의 시간성을 강조하면서 죽음에 맞선 결단이라는 개념을 통해 미래에 우선권을 둔 시간성과 역사를 결부시킨다. 다시 말해서 죽음에 맞선 결단을 통해 자신을 완성할 수 있다고 본다는 점에서 죽음을 일종의 끝맺음으로 본다. 반면에 리쾨르는 '죽음에 맞선 존재'로서 죽음 앞에서의 또 다른 가능성을 모색한다. 자유로운 인간은 죽음에 대해서는 전혀 생각지 않으며, 그의 지혜는 죽음이 아니라 삶을 사색하는 것에 있다는 스피노자의 격언이 그 하나의 가능성이 될 것이다. 죽음을 향한 존재의 불안과 고뇌는 삶 자체의 기쁨을 가리는 것은 아닌가라고 되묻는 것은 그 때문이다.[89]

이런 맥락에서 리쾨르는 행복한 기억과 망각을 이야기한다. 리쾨르는 '심층적 망각'을 크게 두 가지 형상으로 나누어, 흔적의 소멸에 의한 망각과 저장된 망각으로 구분한다. 전자는 부정적 의미의 망각으로 치매나 사료의 훼손에서 보듯이 어떤 것이 사라졌다는, 흔적의 소멸을 뜻한다. 반면에 저장된 망각은 기억의 가능성의 조건 그 자체로서, 모든 것을 기억해야 한다는 부담에서 벗어난, 하지만 언젠가는 떠올릴 수 있다는 역설적이고 긍정적인 의미를 갖는 망각이다. 기억을 떠올릴 수는 있지만 망각을 떠올리는 것은 힘들기 때문이다. 하지만 망각이 있기에 기억이 있다. 없는 것을 있게 한다는 기억의 아포리아는 그러한 망각에서

---

89) "언제나 곧 죽을 수도 있다는 위협을 뒷받침하는 불안은 살아서 움직이는 기쁨을 가리고 있는 것이 아닌가? [⋯⋯] 죽음을 위해서가 아니라 무언가를 할 때까지 살아 있으리라는, 내가 감당하는 서약을 통해 유발되는 환희는 죽음에 맞선 하이데거식의 결단이 갖는 실존적이며 편파적이고 부분적일 수밖에 없는 측면을 대조적으로 부각시키지 않겠는가?"(*MHO*, pp. 465~66).

해결책을 찾는다. 더 이상 없는 것보다는 있었던 것에 우위를 부여하는 망각, 그 덕분에 기억과 식별이 가능하다. 예컨대 프루스트의 비의지적 기억에서처럼 과거의 한 조각이 망각에서 떨어져 나올 때의 행복감은 망각 덕분에 행복한 기억이 가능하다는 것을 보여준다. "우리는 모든 것을 잊도록 저주받은 존재인가? 하지만 또 다른 면에서 우리는 떨어져 나온 과거의 조각이 되돌아오는 것을 작은 행복으로 기뻐한다. 우리는 평생 이 두 가지를 계속하며 살아간다 — 물론 뇌가 허락하는 한 말이다"(*MHO*, p. 542). 여기서 망각은 우리의 기억을 넘어선 토대로 나타난다.

그리고 망각이 있기에 용서도 있다. 『기억, 역사, 망각』의 에필로그에 "어려운 용서le pardon difficile"라는 제목이 붙은 것은 의미심장하다. 용서는 어렵지만 나를 과거와 연결하면서 과거로부터 풀려나게 해준다. 올바른 기억은 희생자를 추모함으로써 불행을 잊지 않는 기억이지만, 행복한 기억은 살고자 하는 욕망에 뿌리박은 선함에서 비롯된 망각의 실행에서 나온다. 그 점에서 용서란 과거와 화해한 기억이다. 용서한 기억은 행복한 기억이며, 물질적 흔적에만 매달리는 역사는 불행한 역사이다. 기억은 역사를 키우고 역사는 기억을 풍요롭게 하며 잘못을 고쳐준다. 역사와 기억은 그처럼 서로 묶여 있으면서도 풀려 있다.

Paul Ricoeur

2부

문학 텍스트의
해석학을
위하여

1장
해석학과 언어

> 기호, 상징, 텍스트에 의해 매개되지 않는 자기 이
> 해는 없다. 자기 이해는 궁극적으로 이 매개항들에
> 적용된 해석과 일치한다. 〔……〕 바로 거기서 모든 인
> 간 경험이 근원적으로 언어적인 조건에 놓여 있다는
> 사실이 확인된다. 지각도 말해지고, 욕망도 말해진
> 다. (*TA*, p. 29)

1. 로고스, 언어의 존재론

사람은 언어를 통해 자신의 생각과 느낌을 표현하고 다른 사람과 소
통하며, 사물을 지칭하고 세계를 묘사하고 삶을 이야기한다. "언어가
전부라고 말할 수는 없다 하더라도 인간 체험의 모든 것은 언어로 다가
갈 수 있다는 전제 아래서만 의미의 영역으로 들어온다."[1] 언어가 없다
면 생각 그 자체는 형상 없는 질료이며 혼돈의 소용돌이에 지나지 않을
것이다. 언어는 이 무정형의 질료와 혼돈에 형태를 부여한다. 인간의 인
식과 체험은 언어를 통해서 비로소 형태를 갖게 되며 전달할 수 있는 어
떤 것이 된다. 뱅베니스트의 말대로, "언어적 형태는 생각을 전달할 수
있는 조건일 뿐만 아니라 무엇보다 생각을 실현하는 조건이다. 우리는

---

1) P. Ricoeur, "Approche de la personne," *Esprit*, mars-avril, 1990, p. 120.

말이라는 틀에 이미 맞추어져 있는 생각만을 알 수 있다."[2] 현대 해석학
역시 세계에 관한 우리의 경험이 갖는 언어적 성격에 주목한다. "언어가
인간의 내면에 대한 전체적이고 철저하며 객관적으로 이해 가능한 유일
한 표현"(DI, p. 523)이라고 보기 때문이다. 따라서 해석학이 언어에 대
해 어떠한 입장을 취하는가는 인식론이나 존재론 차원에서 다른 모든
문제에 앞서 답해야 할 과제가 된다.

　하이데거는 즉자 존재로서의 존재자, '눈앞에 있고 손으로 붙잡을 수
있는 존재'를 존재로 착각한 것이 근대 형이상학의 역사이며 근대과학
은 이를 계승한다고 보았다. 그래서 그는 그러한 즉자 존재가 아니라 세
계-내-존재로서의 실존, 즉 행위와 사유의 주체로서의 언어적 존재, 언
어를 통해 이해하는 존재를 다루는 이해의 존재론을 내세운다.

　언어와 더불어 경험을 한다는 것은, 우리가 언어의 말 걸어옴에 (관여
해) 들어가고 그것에 스스로 순응함으로써, 우리로 하여금 언어의 말 걸
어옴에 의해 고유하게 관계하게 한다는 것을 뜻한다. 인간이 자신의 터-
있음Da-sein의 본래적 체류를 언어 안에 가지고 있다는 것이 참(진실)이
라고 한다면, 그가 이런 것을 알고 있든 모르고 있든 이와는 무관하게,
우리가 언어와 더불어 하는 그 경험은 우리를 우리의 터-있음의 가장 내
밀한 얼개 구조 속에서 살며시 건드리게 될 것이다. 그렇게 된다면 언어
를 말하는 우리는 이러한 경험들에 의해서 갑자기 혹은 서서히 변화될

---

2) E. Benveniste, *Problèmes de linguistique générale I*, Gallimard, 1966, p. 64. 이와 관
　련하여 더 자세한 것은 『일반 언어학의 문제』 2권 말미에 수록된 뱅베니스트와 리쾨르의
　대담을 참조하라. 여기서 담론 차원에서 언어의 대상지시는 '세계로 옮겨 싣기reverser à
　l'univers'라는 개념으로 표현된다. E. Benveniste, *Problèmes de linguistique générale II*,
　Gallimard, 1974, pp. 236~38; *RF*, pp. 39~41 참조.

수 있을 것이다."[3]

존재 물음을 그처럼 언어의 문제로 옮겨놓으면서 "언어는 존재의 집"이라는 하이데거의 유명한 명제가 나온다. 하이데거는 언어가 사물을 사물로서 존재하게 한다는 것을 의미하는 가장 오랜 낱말이 '로고스'라고 말한다.[4] "이렇게 본다면, 로고스라는 하나의 단어는 말함Sagen을 의미하는 단어임과 동시에 존재Sein를 의미하는 단어, 즉 현존하고 있는 것의 현존을 의미하는 단어이다. 말과 존재, 언어와 사물은 베일에 싸인 채 거의 고찰되지 않고 근본적으로 끝까지는 사색될 수 없는 방식 가운데 서로가 서로에게 속하고 있다."[5] 예컨대 이름을 붙이는 것은 존재자를 존재 속에 자리 잡게 하는 것이자 가두는 것이라는 점에서 존재의 열림을 드러내는 동시에 언어의 한계를 보여준다. 여기서 주목할 만한 것은 은폐는 나타남의 한 양상이라는 역설이다. 언어를 통해 존재는 드러나는 동시에 가려질 수밖에 없다. 언어의 존재론적 전환과 더불어 진리의 의미도 바뀐다. 즉 여태까지 진리란 일치, 상응 등의 관계로

---

3) 마르틴 하이데거, 「언어의 본질」, 신상희 옮김, 『언어로의 도상에서』, 나남, 2012, pp. 210~11.

4) 그리스어에서 로고스logos는 말과 말이 떠맡고 있는 모든 기능을 뜻하는 넓은 뜻을 가진 용어이다. 그 기능은 일상언어나 과학언어처럼 세속적ratio일 수도 있고 예언이나 신탁처럼 신성한 것verbum일 수도 있다. 헤라클레이토스에게 로고스는 단지 말하는 행위를 뜻했으나 플라톤에 이르러 만물을 지배하는 이성이라는 뜻을 가지게 된다. 아리스토텔레스는 자연의 목적인을 조직하는 실체 또는 개념이라는 뜻으로 사용했으며, 신플라톤학파는 로고스에 자연을 구성하는 기능을 부여했다. 헬레니즘 말기에 이르러 종교적인 전통과 신비주의 영향으로 천체의 법칙, 창조주의 숨결 같은 뜻이 덧붙여진다. 기독교 전통에서 로고스는 「창세기」에서부터 '하느님의 말씀,' 성령, 세계를 움직이는 신적인 지성이라는 뜻으로 쓰인다. 그러한 개념이 라틴어의 말씀Verbum이라는 모습으로 나타나 교부철학과 중세 신학으로 이어진다 ("Logos," in *Encyclopédie Universalis*, 1995 참조).

5) 마르틴 하이데거, 『예술작품의 근원』, 오병남·민형원 옮김, 예전사, 1996, pp. 130~31.

이해되었으나, 이제는 해석을 통해서 감추어진 것이 드러나는 것(알레
테이아_alètheia)이 된다. 존재, 즉 '있음'은 과학에서 사용하는 개념언어나
분석철학에서 말하는 논리언어 또는 일상언어로는 이해할 수 없다. 존
재 자체가 그러한 영역을 벗어나기 때문이다. 따라서 과학자나 철학자
의 언어보다는 시인이나 예술가가 사용하는 언어가 존재를 좀더 충실하
게 표현할 수 있다는 것이 하이데거의 주장이다. 존재 의미를 찾아가는
모든 사유는 시를 짓는 것이며, 모든 시는 존재 의미를 사유하는 것이
다.[6]

한편 가다머는 언어의 기원, 낱말과 사물의 관계에 대한 논의를 다룬
플라톤의 『크라틸루스』를 실마리로 삼아, 서구 사상사에서 언어라는
개념이 어떻게 전개되어왔는가를 비판적으로 검토하고 언어 이해에 토
대를 둔 해석학을 펼친다. 가다머에 따르면 낱말은 어떤 사물을 가리킨
다는 점에서 순전한 기호가 아니며, 다른 낱말들과의 변별적 자질을 통
해 의미작용을 수행한다는 점에서 사물의 이미지도 아니다. "낱말은 단
지 기호만은 아니다. 이해하긴 어렵지만 낱말은 그 또한 거의 복제의 성
질을 띤 어떤 것이기도 하다."[7] 낱말은 사물을 제시 또는 재현함으로써
사물과 사유를 매개한다. 하지만 낱말이 사물을 제시하는 방식은 시각
적이거나 청각적으로 제시하는 방식과 다르다. 낱말은 '처럼 존재'하는
방식으로 존재가 '있다'는 사실을 드러낸다. 예컨대 '달'이라고 할 때, 달
이라는 낱말은 사물로서의 달이나 달의 이미지와는 전혀 관계없이 달
의 존재를 가리킨다. 이처럼 사물에 대해 말한다는 것은 사물이 이것이

---

6) 마르틴 하이데거, 「언어에 이르는 길」, 『언어로의 도상에서』, p. 380 참조.
7) H.-G. Gadamer, *Vérité et méthode*, p. 440.

고 저것이 아니라는 규정을 내포한다는 점에서 헤겔의 변증법에서 말하는 부정적인 어떤 것을 내포한다. 무엇에 관해 말할 수 있는 것은 바로 그처럼 존재 속에 비존재가 현전하고 있기 때문이다. 사물을 이러한 존재자로 본다면 이제 그것은 발화의 대상이 아니라 발화 속에서 사물이 그 표현을 찾은 것이라 말할 수 있다.

가다머는 말과 사물 사이의 이런 존재론적 거리, '처럼 존재'함으로써 존재와 진리를 드러낸다는 말의 특성을 로고스에 관한 성찰과 연결시키면서, 언어의 보편적 가치에 입각해 자신의 해석학을 구축한다. 그에 따르면 언어는 의사소통을 위한 단순한 도구가 아니라 인간으로 하여금 세계 속에 존재할 수 있게 하는 유일한 통로이다. 언어란 (해석을 통해 실현되는) 이해 자체가 이루어지는 보편적 매개인 것이다. 이해와 해석이 이처럼 언어적 특성을 갖고 있기에 타자와 관계를 맺을 수 있는 가능성, 즉 세계 속에 머물 수 있는 가능성 역시 언어를 통해 생겨난다. "세계를 향한 모든 통로는 언어에 의해 매개된다."[8] 세계는 언어로서만 존재하며 언어 또한 세계가 존재하는 한에서만 존재한다. 경험은 세계를 경험하는 것이며, 언어를 통해 드러나는 세계는 언어로 이해된 세계이다. 언어란 나와 세계의 만남이 이루어지는 중심이라는 점에서 "언어관은 세계관"[9]이며, "언어란 자아와 세계가 융합하는 중심일 뿐만 아니라 그들이 서로 근원적인 연대를 통해 나타나는 중심이다."[10]

---

8) H.-G. Gadamer, *L'Art de comprendre, Écrits II: Herméneutique et champ de l'expérience humaine*, Aubier, 1991, p. 205.

9) H.-G. Gadamer, *Vérité et méthode*, p. 466.

10) 같은 책, p. 500.

2. 기호론과 의미론의 대립을 넘어

리쾨르는 하이데거의 이해의 존재론과 가다머의 언어철학을 받아들이면서 언어의 의미 물음을 주체 물음과 연결시켜 텍스트 이해를 통한 자기 이해로 나아간다. 언어에 대한 하이데거의 생각은 랑그의 객관성에 토대를 둔 구조주의 언어학과는 애초에 대립되는 것으로서, 의미론을 거치지 않고 곧바로 존재론으로 나아간다. 그와 달리 리쾨르는 언어의 존재론을 기호론에서 의미론을 거쳐 이르게 되는 지평으로 삼는다. 언어를 자율적이고 독립적인 기호 체계로 보는 기호론과, 언어는 현실에 열려 있다고 보는 의미론 사이의 길고 힘든 대화를 거쳐 언어의 존재론에 이르는 것이다. 사실 구조주의 언어학에서 의미는 '기호의 제국'에 복속되고 감각적인 것, 즉 기호에서 파생되는 의미효과로 간주된다. 하지만 기호론과 의미론이 반드시 대립하지는 않는다고 리쾨르는 생각한다. 기호가 차이의 체계로 이루어진다 하더라도 그 기호가 세상을 가리킨다는 점에서는 의미론 문제를 벗어나지 못하기 때문이다. 마찬가지로 기호론을 거치지 않으면 의미론의 문턱을 넘을 수 없다. 리쾨르가 구조주의의 유효성을 인정하면서 그 한계를 넘어설 수 있는 가능성을 의미론에서 찾는 것은 그 때문이다.

언어는 결코 그 자체를 위해 있는 것, 자족적이고 폐쇄된 체계가 아니라 "어떤 경험, 자기에 앞서 존재하며 말해지기를 요구하는 세계에서 살고 존재하는 방식을 언어로 옮기고자 한다"(*TA*, p. 34). 언어에 앞서 말해지기를 기다리는 존재가 있으며, 그래서 언어는 자기 자신과 동시에 자신의 타자, 즉 말이 아닌 현실 그 자체를 가리킴으로써 대상지시를 끌어들인다.[11] 문장의 술어로서, 이어서 그 지향하는 바로서 기술된 의미 개념은 대상지시에 의해 언어 행위 밖으로 이동하면서 기호 개념에서 결정적으로 벗어나게 된다. 다시 말해 기호가 기호 바깥의 초월적 대상지시에서 벗어날 수 없다는 점에서 랑그의 언어학도 존재론에 맞닿아 있으며, 궁극적으로 기호론은 의미론을 위해 존재한다고 말할 수 있게 된다. "언어의 모든 용법이 기호와 사물 사이의 괴리에 근거하고 있는 것이 사실이라면, 이는 말해지기를 요구하는 사물들을 위해서도 쓰일 수 있다는 가능성, 그래서 모든 형태의 경험에서 솟구치는 말의 요구에 점점 더 따름으로써 최초의 괴리를 보상할 수도 있다는 가능성을 포함한다."[12]

1) 기호론의 도전

구조주의 언어학은 언어를 자율적이고 독립적인 기호 체계로 보고 그 체계를 구성하는 요소들 사이의 관계에 주목한다. 언어학적 기호는 하나의 사물과 하나의 이름을 결합시키는 것이 아니라 청각영상(시니피앙signifiant)과 개념(시니피에signifié)을 자의적으로 결합시키는 것이라는

---

11) 리쾨르가 기호론과 의미론을 중재하는 과정에서 영미 분석철학, 특히 프레게와 초기 러셀의 작업에서 대상지시의 문제가 결정적인 역할을 한다. 영미 분석철학은 크게 논리경험주의와 일상언어 철학으로 나눌 수 있다. 둘 다 의미가 불투명한 형이상학적 발화를 명료하게 하기 위해 언어를 투명하게 해야 한다는 점에서는 일치하나, 전자는 언어의 오용을 제거하기 위해 인공언어를 만들어내는 방향으로(카르납), 후자는 일상언어에서의 오용을 바로잡기 위해 일상언어의 모델을 만드는 방향으로(비트겐슈타인, 오스틴) 나아간다는 점에서 구별된다. "의미는 용법이다"라는 비트겐슈타인의 명제는 오스틴과 존 설의 말-행위speech-act 이론으로 발전되고, 뱅베니스트의 담론언어학으로 이어진다. *TA*, pp. 183~211 참조.

12) P. Ricoeur, "Mimèsis, référence et refiguration dans Temps et récit," *Etudes phénoménologiques*, vol. 6, no. 11, 1990, p. 40.

생각은 소쉬르 언어학의 출발점이다. 현실과의 대상지시 관계를 배제하고 시니피앙과 시니피에를 자의성의 관계로 이해함으로써 체계와 역사의 관계는 역전된다. "역사주의에서 이해한다는 것은 발생, 선행하는 형태, 기원, 발전 방향을 찾는 것이다. 그러나 구조주의와 더불어 이해란 배열이고 무엇보다 이해할 수 있는 요소들을 주어진 어떤 상태 속에 체계적으로 조직화하는 것이다"(*CI*, p. 35). 이러한 역전을 바탕으로 소쉬르는 개인의 언어 사용이 가능하도록 만드는 사회 약속으로서의 랑그와 말하는 주체의 구체적인 행위로서의 파롤을 구분한다.

리쾨르는『해석의 갈등』에 수록된 논문「구조와 해석학」에서 랑그/파롤이라는 소쉬르의 핵심적 구분에서 파생되어 언어학이 아닌 다른 영역으로 일반화된 구조주의의 세 가지 규칙을 제시한다.

i) 첫번째는 체계에 관한 것이다. 랑그는 말하는 주체와 무관한 기호들의 체계이며, 시니피앙과 시니피에는 소리와 의미의 차이라는 개념에 의해 랑그의 기호 체계를 이룬다. 하나의 소리와 의미가 만나는 관계는 자의적이다.

ii) 체계로부터 공시태와 통시태에 관련된 두번째 규칙이 나온다. 공시적 계열이란 체계를 구성하는 요소들의 관계를 가리키며, 통시적 계열은 체계 안에서 일어나는 사건들로 이루어진다. 공시태를 이루는 차이의 체계는 계기繼起의 축과 구분되는 동시성(공존)의 축에서 나타나고, 여기서 공시 언어학이 나온다. 반면 통시태는 앞뒤 체계들의 상태를 비교하는 데서 나오며, 공시태에 기댈 수밖에 없다. 따라서 일반적인 생각과 달리 구조주의에서 공시태와 통시태의 관계는 전적으로 대립적이지는 않다. "통시는 공시에 대립하는 것이 아니라 공시에 종속된다는 것이 중요하다. 해석학적 이해에서 문제가 되는 것은 바로 이러한 종속이다. 통시는 공시와 관련되어서만 의미를 가지며, 그 역은 아니다"(*CI*, p. 36).

iii) 세번째 원칙은 랑그/파롤의 구분이 무의식적인 차원, 즉 비반성적이고 비역사적인 차원을 가리킨다는 것이다. 여기서 무의식은 프로이트의 무의식이 아니라 칸트의 범주적 무의식, 즉 생각하는 주체와 관련 없는 범주적 체계에 가깝다. 구조주의 철학이 반성철학이나 관념론 또는 현상학에 반대되는 길을 가는 것은 그 때문이다. 이 세번째 원칙은 관찰자와 체계 사이에 비역사적 관계를 설정한다는 점에서 중요하다. 체계는 관찰자와는 무관하게 객관적이며, 그래서 레비-스트로스는 구조인류학이 철학이 아니라 과학이라고 단언하는 것이다.

구조주의의 이러한 규칙들이 인문과학의 방법론에 새로운 지평을 제시한 것은 부인할 수 없지만, 그 한계 또한 무시할 수 없다. 리쾨르는 『해석의 갈등』에 수록된 또 다른 논문 「구조, 낱말, 사건」에서 구조주의가 표명하는 앎의 형태는 "이미 구성되어 멈추고 닫힌, 말하자면 죽은 자료"(*CI*, p. 80)를 위한 것이며, 따라서 구조주의 언어학의 방법론을 다른 영역에 무차별하게 적용하는 것은 언어 본래의 기능을 보지 못하는 것이라고 비판한다. 구조주의 언어학은 언어를 자율적 대상으로 구성함으로써 과학으로서의 언어학의 가능성을 보여주었지만 언어와 현실, 말하는 주체와의 관계에서는 잃은 게 많다는 것이다. 리쾨르는 구조주의 모델이 배제한 것을 세 가지로 제시한다.

i) 랑그는 우선 말하는 행위를 배제한다. 말하는 행위는 특정 상황에서의 발화자와 수화자라는 개별적인 발화 주체들에 의해 실행된다는 점에서, 또한 랑그를 구성하는 요소들을 자유롭게 결합하여 매번 새로운 발화를 생산한다는 점에서 배제된다.

ii) 랑그는 또한 역사를 배제한다. 랑그는 어떤 체계에서 다른 체계로 이행하는 변화뿐만 아니라 그러한 변화를 통해 형성되는 역사와 문화도 배제한다.

iii) 말하는 의도 역시 배제된다. 말은 관념적인 의미와 실제의 대상지시를 넘어 말하는 의도를 담고 있는데, 랑그는 이 또한 체계를 벗어나는 것이기에 배제한다.

여기서 리쾨르는 기호 체계 안에 갇힌 채로 언어 체험을 다루는 구조주의의 한계를 아는 것이 언어를 알기 위한 필수 조건이며, 따라서 세계 안에서의 언어 이해를 위해서는 그 한계를 끝까지 파고들어 구조주의 모델이 배제한 것을 다시 찾아야 한다고 말한다. 특히 문학언어는 언어의 기능이 말할 수 없는 그 무엇에 대해 무언가를 말함에 있음을, 그래서 존재의 신비와 관련이 있음을 보여주기에 더더욱 그렇다. 야콥슨이 말하는 언어의 시적 기능만으로는 문학언어의 존재론적 의미를 건질수 없다는 것이다. 요컨대 말한다는 것은 무엇을 가리키는 것인 동시에 무언가를 말함으로써 기호에서 세계를 향한 초월의 행위이다. 따라서 소쉬르가 분리시켰던 랑그와 파롤을 다시 만나게 할 필요가 있다. 그것은 언어를 기호들의 닫힌 체계를 넘어 말하는 행위로 보는 것이다. 그리고 말해진 것이 사라짐으로써 말은 현실의 어떤 것을 가리키게 된다. "말하는 우리에게 언어는 대상이 아니라 매개체이다. 언어를 거쳐, 언어를 수단으로 삼아 우리는 우리를 표현하고 사물을 표현한다. 말한다는 것은 말하는 사람이 누군가에게 무엇에 대해 무언가를 말하기 위해 폐쇄된 기호 세계를 넘어서는 행위이다. 말한다는 것은, 언어가 기호이기를 넘어서서 그것이 가리키는 것과 마주 보고 있는 것을 향해 스스로를 넘어서는 행위이다. 언어는 사라지기를 원한다. 대상으로서는 죽기를 바라는 것이다"(*CI*, p. 85).

2) 담론, 말하는 행위로서의 언어

랑그의 과학에 맞서 파롤의 현상학을 세우는 한편으로 랑그의 과학이 극복해낸 심리주의나 정신주의에 다시 빠지지 않기 위해서는, 즉 "랑그와 파롤의 이항대립을 정말로 생각하려면, 랑그 안에서 파롤의 행위를 생산할 수 있어야 한다"(*CI*, p. 86). 그러기 위해서는 랑그 차원이 아닌 파롤 차원으로 옮겨 가서 언어를 말하는 행위로 보아야 한다. "우리가 하는 말에서 말함이 떠오르는 것은 언어의 신비라고 할 수 있다. 말함이란 바로 내가 언어의 열림, 또는 언어의 '입 벌림aperture'이라 부르는 것이다"(*CI*, p. 97). 리쾨르는 랑그와 파롤의 이항대립을 넘어서서 말하는 행위로서의 언어의 힘을 되찾을 수 있는 가능성을 뱅베니스트가 말하는 기호론과 의미론의 구분, 그리고 담론discours 개념에서 찾는다. 그에 따르면 살아 있는 언어의 일차적 의미 단위는 어휘론적 기호가 아니라 주부와 술부로 이루어진 문장이다. 언어는 담론 실현 행위, 즉 "랑그가 발화자에 의해 파롤로 실현되는, 불연속적이고 매번 유일한 행위"[13]의 산물이다. 말한다는 것(담화)은 음성학적이고 어휘론적인, 또한 통사론적이고 문체론적인 규칙에 따라 누가 누구에게 무엇에 관해 무엇을 말하는 것이다.

이처럼 주부와 술부로 이루어진 문장-담론을 대상으로 함으로써 말하는 행위로서의 언어, 즉 말하는 주체만이 아니라 듣는 주체의 문

---

13) E. Benveniste, *Problèmes de linguistique générale I*, p. 251.

제, 그리고 의미와 대상지시 구분을 도입하여 언어 외적 상황을 끌어들일 수 있다. "문장은 완전한 단위로서, 의미와 대상지시를 동시에 지닌다. 의미를 지니는 것은 그것이 의미작용에 대한 정보를 지니기 때문이고, 대상지시를 가지는 것은 그것이 주어진 어떤 상황을 참조하기 때문이다. 의사소통을 하는 사람들은 상황에 대한 어떤 지시를 공통적으로 지니는데, 이것이 없으면 의사소통은 진행될 수 없다. 그 의미는 이해하지만 대상지시를 모르기 때문이다."[14] 이렇게 담론은 기호를 구성하는 요소들끼리의 관계를 다루는 기호론을 벗어나 의미론으로 향한다. 여기서 의미론은 "일반적으로 뜻하는 것을 가리킬 뿐 아니라, 무언가를 말한다는 것, 기호를 사물과 연결시키는 것"(CI, p. 86)을 말한다. 이와 관련하여 리쾨르는 구조와 사건의 대립을 중심으로 담론의 특징을 다섯 가지로 설명한다.

i) 담론의 존재 양태는 행위로서의 '사건'의 성질을 띠고 있다. 잠재적인 것인 체계가 무시간적이라면, 담론은 현재의 사건이며 지나가면서 사라지는 행위다.

ii) 담론은 일련의 '선택'으로 구성되어 있어 어떤 의미작용은 채택되고 다른 것은 배제된다(체계에서 그러한 선택에 상응하는 특징을 지닌 항목은 제약이다).

iii) 그러한 선택들은 새로운 결합, 즉 '혁신'을 낳는다(기호의 목록이 유한하고 닫혀 있다면, 말해지지 않은 문장은 잠재적인 것으로 무한하다).

iv) 언어는 담론 실현 행위를 통해 '대상지시'를 갖게 된다. 기호는 기호 아닌 어떤 것을 향해 열려 있고, 무엇에 관해 무언가를 말하는 사건

---

14) 같은 책, p. 130.

을 통해 기호는 관념적 의미를 초월하여 현실을 향해 나아간다. 프레게가 제시한 대로 '무언가를 말함'은 관념상의 의미이고, '무엇에 관해 말함'은 의미가 대상지시로 나아가는 움직임을 가리킨다. 리쾨르에 따르면 그러한 초월은 낱말 차원이 아닌 문장 차원에서 이루어진다.

v) 앞에서 말한 네 가지 — 사건, 선택, 혁신, 대상지시 — 는 또한 담론의 주체를 가리키는 고유의 방식을 내포한다. 누가 누구에게 말하는 것은 의사소통 행위의 핵심이며, 그러한 특징 때문에 말하는 행위는 체계의 익명성과 대립된다. 체계는 누군가 실행하지 않는 한, 누군가 다른 누구에게 말하지 않는 한 잠재적인 것에 머문다. "말하는 행위의 주관성은 곧바로 발화 행위의 상호-주관성이다"(CI, p. 88).

요약하자면 기호론과 의미론의 갈등은 이처럼 체계적인 것과 역사적인 것의 이항대립을 강화시켜 사건에 속하는 것과 잠재적인 것, 선택과 제약, 혁신과 체제, 대상지시와 폐쇄성, 발화와 익명성의 대립으로 나타난다. 여기서 리쾨르는 구조와 사건을 종합할 수 있는 새로운 길을 개척하고자 한다. 이미 구조를 갖춘 '목록' 대신 구조를 만드는 '활동'의 역동성을 내세우는 것이다. 언어 현상은 구조도 아니고 사건도 아니며, "담론을 통해 구조와 사건이 끊임없이 변화되는 것"(CI, p. 89)이기 때문이다. 이처럼 담론 차원에서 기호론과 의미론의 화해를 시도하면서 리쾨르는 촘스키의 언어학에서 초기 구조주의를 벗어나려는 시도를 발견한다. 생성문법으로 대변되는 촘스키의 언어학은 문장을 만들어내는 능력에 관심을 둔다. 그에 따르면 언어는 무한한 언어 능력을 토대로 실현된 수행문장으로 나타나며, 수행문장에 대해서는 구조적 설명이 가능하다. 말이란 만들어진 것이 아니라 만드는 행위이며, 언어는 구조가 아니라 구조화structuration의 산물이다. 그렇다면 기호론 또한 기호를

'세계로 옮겨 싣는' 길 위에 있을 수밖에 없다. "기호는 단지 사물에 빠져 있는 것, 사물에는 없는 것, 사물과는 다른 것이 아니다. 기호는 무언가를 표현하고 붙잡고 파악하며, 결국은 보여주고 보게 하기 위해서 갖다 대고자 하려는 것이다"(CI, p. 91).

구조와 사건의 이분법을 넘어서려는 이러한 노력은 낱말 차원의 의미론적인 관점에서도 이루어질 수 있다. 낱말은 문장 이전에는 사전에 수록된 어휘, 즉 체계 안의 차이에 지나지 않는다. 하지만 누가 누구에게 무엇에 관해 무언가를 말할 때 낱말은 사전 밖으로 튀어나온다. 말하는 행위, 즉 담론으로 실현되는 사건이 일어나는 것이다. "낱말은 말의 위치에 있는 기호다. 낱말은 말이라는 사건이 일어날 때마다 기호론과 의미론이 분절되는 지점이다"(CI, p. 93). 그처럼 낱말은 한편으로 차이의 체계로 존재한다는 점에서 구조에 속하지만, 다른 한편으로 행위와 사건에 관여함으로써 의미론적 잠재성에서 벗어나 의미론적 현실성을 갖게 된다. 낱말이 체계와 행위, 구조와 사건을 매개한다는 것은 그런 뜻이다.

그런데 바로 여기서 상황이 역전된다. 낱말은 문장보다 못하지만, 사건인 문장이 사라진 다음에도 살아 있기 때문에 문장 이상이다. 문장을 통해 새로운 용법을 갖게 된 낱말은 새로운 가치를 부여받고 체계에 어떤 역사를 제공한다. 어떤 표현이 무엇을 뜻하면서 동시에 다른 것을 뜻할 수 있는 것, 즉 다중의미를 갖게 되는 것 또한 공시적 구조가 아니라 통시적 사건의 문제가 된다. 다중의미는 낱말의 의미가 통시적으로 축적되는 역사적 과정에서 생겨나며, 그런 과정이 공시태 측면에서는 다중의미의 체계로 간주되는 것이다. 이처럼 구조와 사건이 교차하는 과정에서 의미의 '팽창' 요인과 '제한' 요인이 경합한다. 즉 통시적 축적 과정을 통해 새로운 의미를 갖게 되지만 그 과정이 공시적 체계로 투사되면 의미는 어느 정도 정해진다는 것이다. 그것이 언어의 법칙이다. "낱말은 하나 이상의 뜻을 가진다. 그러나 무한한 뜻을 가지는 것은 아니다"(*CI*, p. 94). '체계에 의해 규제된 다중의미'는, 역사가 체계 상태로 뛰어든 것이기에 공시적이면서 통시적인 양상, 리쾨르가 '범시적 panchronique'이라고 부르는 양상으로 나타난다. 구조 안에서 의미의 여러 차원이 동시에 실현되는 이러한 상황을 리쾨르는 "언어가 축제를 벌인다"(*CI*, p. 95)라고 표현한다. 이처럼 낱말은 그 자체가 랑그와 파롤, 공시태와 통시태, 체계와 과정이 교차되는 곳이기에, 구조와 전통을 아우르는 새로운 인식 모델을 만들어내는 효과를 가질 수 있다. "담론 실현 행위를 통해 체계에서 사건으로 올라가면서, 낱말은 말하는 행위에 구조를 가져다준다. 사건에서 체계로 되돌아가면서 낱말은 체계에 우발성과 불균형을 가져다준다. 우발성과 불균형이 없다면 낱말은 변화할 수도, 지속될 수도 없을 것이다. 간단히 말해 낱말은 시간 밖에 있는 구조에 전통을 선사한다"(*CI*, p. 95).

3. 말, 뜻, 삶: 텍스트 해석학

리쾨르는 언어의 의미 물음을 주체 물음과 연결시켜 텍스트 이해를 통한 자기 이해를 내걸고 이를 실존의 문제와 연결한다. "실존 이해나 존재 이해는 무엇보다 그리고 언제나 모두 언어 안에서 표현된다"(*CI*, p. 15). 하지만 인간의 언어는 한계가 있을 수밖에 없으므로 모호하고 불투명한 존재를 명료하게 말할 수는 없다. 또한 우리는 존재하는 모든 것을 말하고 싶어 하고, 존재의 모호함은 모호한 언어로 말할 수밖에 없다는 역설도 생긴다. 이 점에서 무엇보다도 문학언어는 특권적인 지위를 누린다. 문학언어는 직설적으로 하는 말이 아니라 에둘러서 하는 말이기 때문에 그 뜻을 찾아야 한다. 뜻이 하나로 정해져 있다면 구태여 찾을 필요가 없다. 뜻이 넘치는 곳에 해석이 있고, 해석이 필요한 것은 뜻이 넘치기 때문이다. 여기서 다중의미를 본질적 특성으로 하는 상징언어를 통한 이해, 불완전하지만 풍성한 이해의 가능성이 생긴다. 상징언어는 자신이 표상하는 대상을 감추면서 말해지지 않은 무언가를 드러낸다. 그것은 언어의 부재가 아니라, 언어 속의 부재이며 의미의 부재가 아니라 의미 속의 부재이다.

문제는 구조 차원에서 드러난 의미와 감춰진 의미 사이의 연관이 뚜렷하지 않고 그래서 해석이 맥락에 의존할 수밖에 없다는 점이다. 또한 의미 차원에서는 대상지시와 말하는 주체의 문제, 역사적 현실과 인간 경험의 다양한 층위(존재론적, 인식론적, 윤리적 층위)를 다 담아내기에는 한계가 있다. 리쾨르가 은유와 이야기로 연구를 진행하면서 텍스트 개념을 내세우게 되는 것은 바로 상징해석학이 갖는 그러한 한계 때문이다. 상징에 비해 시나 소설과 같은 문학 텍스트는 의미론적 혁신 현상을 구조 차원에서 해명할 수 있게끔 할 뿐만 아니라, "기호를 통한 에움길"(*RF*, p. 40)을 거쳐 자기 이해에 이른다는 해석학의 목표를 달성하는 데 좀더 효과적인 수단이 될 수 있다고 보는 것이다. 하지만 그렇다고 이전의 개념들이 폐기되는 것은 아니다. 오히려 기호와 상징은 텍스트 차원으로 확장되어 통합된다고 말할 수 있다. 여기서 해석학의 과제는 상징 해석에서와 마찬가지로 다양한 해석의 갈등을 보여주고 중재하며, 텍스트의 풍성한 의미를 거둬들이는 데 있다. 이처럼 새로운 존재론적 이해의 인식론적 결과를 요약하는 리쾨르의 말을 다시 한 번 인용하자면, "기호, 상징, 텍스트에 의해 매개되지 않는 자기 이해는 없다. 자기 이해는 궁극적으로 이 매개항들에 적용된 해석과 일치한다"(TA, p. 29).

1) 텍스트란 무엇인가

리쾨르는 텍스트를 "글쓰기에 의해 고정된 모든 종류의 담론"(TA, p. 137)으로 정의한다. 구조주의 언어학에서의 체계 또는 약호에 대응하는 개념으로, 기호가 랑그의 기본 단위라면 담론의 기본 단위는 문장이다. 앞에서 본 것처럼 "누가 누구에게 무엇에 관해 무언가를 말하는 것"으로 정의되는 담론은 그러한 정의로 말미암아 문장 차원에서 말하는 주체와 듣는 주체 그리고 대상지시를 끌어들일 수 있게 된다. 구조주의 언어학이 '체계'로서의 언어 이론을 지지한다면 담론언어학은 '사건'으로서의 언어 이론을 지지한다. 리쾨르는 담론의 특성을 랑그와 비교하여 다음 네 가지로 요약한다. 첫째, 랑그의 체계가 잠재적이고 시간과 무관한 것과 달리 담론은 항상 시간적으로 그리고 현재에 실현된다. 둘째, 랑그는 주체를 요구하지 않는 데 반해, 담론은 발화자를 가리킨다. 셋째, 랑그의 기호는 동일 체계 안의 다른 기호를 가리키고 세계를 필요로 하지 않지만, 담론은 항상 세계를 지시한다. 넷째, 랑그가 제공하는 약호는 의사소통을 위한 조건일 뿐이고, 모든 메시지는 담론 속에서 교환된다. 결국 담론만이 세계를 갖고, 담론만이 말을 건네는 대화 상대방을 갖는다.

이를 좀더 상세히 살펴보자면, 담론이 '지금 여기서' 실현되는 사건이라는 첫번째 특성은 말하기와 글쓰기에서 다른 결과로 나타난다. 즉 일상의 말하기에서는 사건이 사라지는 데 반해, 글쓰기는 이를 글로 묶어둠으로써 사건의 약점을 구출한다. 여기서 글쓰기가 묶어두는 것은 말하는 행동이라기보다는 말해진 것의 의미 그 자체이다. 말하는 주체와 관련된 두번째 특성과 관련하여, 일반적으로 말하기 담론에서는 말하는 주체의 주관적 의도와 담론의 의미가 서로 중첩되는 것과 달리 글쓰기 담론에서는 글쓴이의 의도와 텍스트의 의미가 서로 분리된다. 그로 인해 텍스트의 삶은 저자의 삶에서 벗어난다. "이제는 저자가 말하려고 했던 것보다 텍스트가 말하는 것이 더 중요하고, 모든 해석은 저자의 심리에 묶인 계류장치를 끊어버린 의미 영역 안에서 그 절차를 펼친다"(TA, p. 187). 세번째로 담론이 세계를 지시한다고 할 때, 말하기 담론에서 그것은 대화자들이 공통으로 처한 '상황'이며, 대화는 그러한 상황을 직접 혹은 간접적으로 가리킬 수 있다. 그런데 글쓰기에 의해 고정된 담론, 즉 텍스트는 그러한 실물 지시의 한계에서 해방된다. 마지막으로, 말하기에서는 대화 상대방이 정해져 있지만 글쓰기에서는 글을 읽는 누구나가 대화 상대방이 된다는 점에서 글 자체가 수신자를 만들어낸다고 할 수 있다. 글쓰기 담론이 겨냥하는 수신자는 눈에 보이는 청중이 아니라 미지의 독자, 눈에 보이지 않는 독자이다.

이처럼 텍스트는 글쓰기가 말하기를 대체하면서 태어난다. 이는 언어와 관련된 주체들(발신자와 수신자)뿐만 아니라 언어와 세계 사이에서 큰 변화가 일어남을 뜻한다. 우선 기호나 상징과 달리 텍스트는 글로 쓰인 담론을 대상으로 한다는 점에서 외연은 좁아지지만, 그 반대 급부로 저자의 의도, 독자가 속한 세계, 텍스트가 태어난 시대 상황으로부터 '의미론적 자율성'을 획득한다. 말 대신 글을 쓴다는 것은 말을 단순히 고정시키는 것 이상이다. 글은 읽기를 전제하며, 글쓰기-읽기는 말하기-대답하기의 상황과는 전혀 다르다. 대화에서는 그 자리에서 서로 묻고 대답할 수 있으나 저자와 독자 사이에서는 그러한 주고받기가 없다. 글을 쓸 때는 독자가 자리에 없고, 글을 읽을 때는 작가가 자리에 없기 때문이다. 그러므로 저자를 떠난 텍스트는 입양을 기다리는 일종의 고아와 같고, "책을 읽는다는 것은 그 저자가 이미 죽은 것으로 간주하고 책은 유작遺作으로 간주하는 것과 같다"(*TA*, p. 139). 텍스트의 이러한 의미론적 자율성에서 비롯되는 가장 중요한 특성은 실제 세계에 대한 텍스트의 대상지시는 유예되지만 그로 인해 텍스트는 다른 텍스트와 관계를 맺으면서 어떤 텍스트 세계를 보여준다는 점이다. 여기서 리쾨르가 말하는 세계는 "텍스트에 의해 열리는 대상지시들의 전체"(*TA*, p. 188), 다시 말해 "기술적이든 시적이든, 내가 읽고 해석하고 사랑했던 모든 종류의 텍스트들을 통해 열려진 대상지시의 총체"(『시간1』, p. 176)로 정의된다. 특히 일차 대상지시를 유예함으로써 이차 대상지시를 들어서게 하는 문학 텍스트의 경우는 비-직시直示적 대상지시의 대표적 경우이다. 문학 텍스트가 열어서 보여주는 세계는 "대화에서처럼 직접 보여주는 대상지시의 주변 세계가 아니라, 우리가 읽고 이해하며 좋아했던 그 모든 텍스트들의 비-직시적 대상지시를 통해 투사된 세계"(*TA*, p. 189)이며, 문학 텍스트를 이해한다는 것은 우리 자신이 놓여 있는 상황을 해명함으로써 주변 세계를 하나의 세계로 만드는 것이다.

이와 같은 텍스트의 의미론적 자율성을 받아들인다면 텍스트에 대한 두 가지 방식의 읽기가 가능해진다. 하나는 텍스트를 세계도 없고 저자도 없는 것으로 다루면서 그 내적 관계들과 구조로 설명하는 것이다. 다른 하나는 텍스트를 말로 완성하고 살아 있는 의사소통으로 복원시키는 것, 즉 텍스트를 해석하는 것이다. 이 두 가지 가능성이 모두 읽기에 속한다. 해석학은 따라서 이중의 작업을 포함한다. 첫째는 텍스트의 내재적 구조를 설명하는 작업이고, 둘째는 이러한 작업을 토대로 구조를 텍스트 밖의 세계로 투사하는 이해 작업이다. 설명은 이해를 깊고 풍성하게 하며, 때로는 이해를 바꾸고 새로운 이해를 가져오기도 한다. 따라서 이해한다는 것은 설명을 통해 재구성하는 것이며, 더 많이 설명할수록 더 잘 이해할 수 있게 될 것이다. 이러한 설명과 이해의 변증법을 통해 딜타이의 유산이라고 할 수 있는 설명과 이해의 "파괴적 이분법"(*TA*, p. 367)을 벗어날 수 있는 길이 열린다. 해석학은 이제 구조로 주어져 있는 것을 담론으로 옮겨놓는 것을 과제로 삼고, 구조적 설명의 매개를 거쳐서 성립된다. "그러한 객관화의 길을 되도록 멀리까지, 구조 분석이 텍스트의 심층의미를 드러내는 지점까지, 텍스트가 말하고 있는 '것'에 따라 텍스트를 이해한다고 주장할 때까지 나아가야 한다. 텍스트의 '것'은 텍스트의 소박한 읽기가 드러내는 것이 아니라, 텍스트의 형식적인 배열이 매개하는 것이다. 만일 그렇다면 진리와 방법은 양자택일이 아니라 변증법적 과정이 된다"(*TA*, p. 368).

2) 텍스트 해석과 자기 이해

텍스트를 이해한다는 것은 텍스트가 말하고자 하는 것, 텍스트가 던지는 물음을 이해하는 것이며, 이를 위해서는 일단 자기로부터 한발 물러서서 텍스트가 하는 말에 귀를 기울여야 한다. 텍스트가 던지는 물음에 나름대로 답을 찾고, 텍스트가 건네는 말을 이어가면서 텍스트를 이해하게 된다는 점에서, 텍스트를 자기 것으로 만든다는 것은 자기가 주체가 되어 만드는 것이 아니라 텍스트 앞에서 텍스트에 이끌려 들어가는 것이고 그래서 한편으로는 자기를 빼앗기는 것이 된다. "이해는 자기 것으로 만드는 것인 만큼 자기를 빼앗기는 것이기도 하다"(*TA*, p. 117). 그러한 해석 과정에서 반성이 들어가고 반성을 통해 자기를 이해하면서 해석은 완성된다. 텍스트의 이해가 자기 이해에서 완성된다는 것은, 리쾨르가 '구체적 반성'이라고 부르는 반성철학의 한 특징이다. 이 점에서 해석학과 반성철학은 서로 상관관계를 맺고 있다. 텍스트의 의미론적 자율성, 즉 "소외시키는 거리 두기"(*TA*, p. 111)에 근거한 객관적 설명은 그러한 자기 이해의 과정에 통합됨으로써 텍스트의 의미를 풍요롭게 하는 데 기여한다. 거리 두기는 가다머의 해석학에서는 일종의 존재론적 타락으로 간주되지만 리쾨르의 해석학에서는 "텍스트를 향한 존재의 적극적인 구성요소"(*TA*, p. 366)로 간주된다. 거리 두기에서 텍스트의 의미를 자기 것으로 만들 수 있는 해석의 여지가 생긴다고 보기 때문이다.

그리고 독자는 독서 행위를 통해 자기가 몸담고 있는 실제 세계에서 벗어나 텍스트가 열어 보여주는 세계로 들어간다. 독서라는 해석 행위, 또 다른 담론 행위를 통해서 텍스트 세계는 해방되고 언어 바깥의 현실을 향해 텍스트는 열리게 되는 것이다. 텍스트의 내재적 초월성은 따라서 이중적이다. 한편으로 세계를 향한 초월성이 있고, 다른 한편으로 타자-독자를 향한 초월성이 있다. 리쾨르가 해석을 텍스트 세계와 독자 세계와의 만남이라고 하는 것은 바로 그런 의미이다. 텍스트의 대상지시를 어떤 세계의 투사라고 해석한다는 것은 언어의 본질적 기능이 우리의 세계 경험을 표현하는 데 있다고 보는 것이며, 이 점에서 리쾨르는 훔볼트나 카시러와 만난다. 하지만 우리가 텍스트에서 이해하는 것이

다른 사람이 아니라 세계-내-존재의 새로운 기획투사라고 본다는 점에서는 하이데거에 다가간다. "요컨대 우리가 우선 어떤 담론에서 이해하는 것은 다른 사람이 아니라 하나의 기획투사, 즉 어떤 새로운 세계-내-존재의 윤곽이다. 오직 글쓰기만이 그 저자만이 아니라 대화 상황의 협소함에서 해방되어, 어떤 세계를 투사한다는 담론의 최종 목표를 보여준다"(*TA*, p. 189).

또한 텍스트의 자율성 덕분에, 이해한다는 것은 시간을 거슬러 과거의 것을 이해하는 게 아니라 말해진 것을 통해 지금 현재 그 뜻을 이해하는 것이 된다. 지금 텍스트가 말하고 있는 것, 독자가 자기 것으로 만드는 것은 저자의 의도나 독자의 뜻과는 별개로 텍스트가 제안하는 세계를 자기 것으로 만드는 것이다.

궁극적으로 내가 나의 것으로 만드는 것은 세계에 대한 어떤 제안이다. 그런데 이 세계는 숨겨진 의도처럼 텍스트 뒤에 있는 게 아니라, 작품이 펼쳐 보이고, 드러내고, 보여주는 것으로서 텍스트 앞에 있는 것이다. 그러므로 이제 이해한다는 것은 곧 텍스트 앞에서 자기 자신을 이해하는 것이다. 자신의 제한된 이해 능력을 텍스트에 강요하는 것이 아니라, 텍스트에 자기를 맡기고 텍스트로부터 더 폭넓은 자기, 텍스트가 제안하는 세계에 가장 알맞은 방식으로 응답하는 실존적 제안이라고 할 수 있을 자기를 받아들이는 것이다. 그때 이해는 주체가 열쇠를 쥐고 구성하는 것과는 정반대의 것이다. 이 점에서 자기는 텍스트의 '것'에 의해 형성된다고 말하는 것이 더 옳을 것이다. (*TA*, pp. 116~17)

요약하자면, 내가 텍스트를 이해한다는 것은 텍스트를 통해 결국 나를 이해하는 것이 된다. 저자의 의도나 독자의 주관성보다는 텍스트가 독자에게 미치는 행위가 앞서기 때문이다. 다시 말해 독자의 주관성 또한 저자의 주관성과 마찬가지로 텍스트가 지닌 의미의 주인이 아니다. 텍스트의 의미론적 자율성은 저자에게나 독자에게나 동등하다. 텍스트를 매개로 한 기호론과 의미론의 연결, 보다 정확히는 말하는 주체와 텍스트 세계를 끌어들임으로써 기호론을 받아들이면서 의미론으로 나아간다는 리쾨르의 텍스트 해석학은 이 지점에서 구체적인 모습을 드러낸다. "텍스트는 오로지 의미만을, 다시 말해서 내적 관계들, 구조만을 가지고 있었을 따름이다. 그런데 텍스트는 의미작용, 다시 말해서 읽는 주체 고유의 담론에 어떤 실행 효과를 갖는다. 텍스트는 의미로 인해 기호론적 차원에 속했으나 의미작용으로 인해 이제 의미론적 차원을 갖게 된다"(*TA*, p. 153).

구조 분석과 해석학은 서로 대립하는 것이 아니라 상호보완적인 관계에 놓이게 된다. 텍스트의 매개를 거친 자기 이해라는 발상은 데카르트와 피히테, 그리고 후설이 말하는 '투명한 자기의식'이라는 관념에서 벗어나게 한다. 텍스트 이해를 거친 자기 이해란, 하이데거의 용어를 빌리면, 텍스트 세계에서 자신의 고유하고도 본래적인 존재 가능성을 찾아내고 선택하는 것을 뜻한다. 물론 허구적인 작중인물과의 동일시나 감정이입에서 볼 수 있듯이 해석의 악순환에 빠질 수도 있다. 그러나 책을 읽으면서 일상의 나와는 다른 자기 모습을 찾으려 한다면, 일상의 내가 바라보는 것과는 달리 바라보려 한다면 나의 존재 가능성은 확장되고 '자기 자신을 남처럼' 볼 수 있는 거리를 확보하게 된다. 리쾨르는 그렇게 발견한 자기를 "독서의 산물oeuvre이자 텍스트의 선물don"(*TA*, p. 31)이라고 말한다. 반성철학, 현상학, 그리고 기호, 상징, 텍스트의 매개를 거쳐 가는 리쾨르의 해석학은 직관에 의한 투명한 자기 인식의 꿈을 포기하고 이처럼 길고도 먼 우회로를 통해 자기 이해, 세계 이해에 이르고자 한다.

4. 번역, 언어적 환대

텍스트의 매개를 거쳐 자기 이해에 이른다는 리쾨르의 해석학적 사유는 번역론으로 확장된다. 물론 리쾨르의 철학적 여정에 비추어 볼 때 번역이라는 주제는 다소 의외로 느껴질 수 있고, 실제로 리쾨르는 말년에 출간된 『번역에 관하여』[15] 외에는 구체적으로 번역에 관해 언급한 적이 없다. 하지만 번역에 대한 사유는 본질적으로 언어에 관한 성찰을 토대로 하고 있으며, 무엇보다 번역은 단순한 언어적 이해가 아니라 텍스트의 의미 이해를 더 중시한다는 점에서 해석학과 밀접하게 관련될 수밖에 없다. 해석한다는 것은 "텍스트의 의도를 '지금 여기서' 우리의 것으로 만드는 것"(TA, p. 155)이라는 리쾨르의 말은 번역에도 그대로 적용된다. 가다머 또한 "번역은 이미 해석"[16]이라고 말한다. 그에 따르면 "텍스트의 언어와 해석자의 언어의 차이, 또는 번역자와 원전을 갈라 놓는 심연은 결코 부차적인 문제가 아니다. 반대로, 언어 표현의 문제는 사실상 이미 이해 자체와 관련된 문제라고 해야 한다. 모든 이해는 해석

---

15) 『번역에 관하여』(Bayard, 2004)에는 세 편의 논문이 실려 있다. 「번역의 도전과 행복」은 1997년 독일역사연구소에서 개최된 프랑스-독일 번역상 시상식에서의 강연 원고이며, 「번역의 패러다임」은 1998년 파리 개신교 신학대학의 개강 연설문이다. 그리고 「'이행': 번역 불가능한 것을 번역하기」는 미발표 원고이다.

16) H.-G. Gadamer, *Vérité et méthode*, p. 406.

이고, 모든 해석은 대상으로 하여금 말로 다가오게 하려는 동시에 해석자의 고유한 언어인 그러한 언어 한가운데서 이루어진다."[17)

여기서 흔히 번역의 불가능성이 거론되는 것은 한 언어를 다른 언어로 옮기는 기술적인 문제 때문만이 아니라 자연언어 자체가 가지고 있는 특성과도 직결되어 있음에 주목할 필요가 있다. 특히 문학 번역은 수학적 논리에 근거한 과학언어나 인공언어와는 달리 다중의미 또는 상징성을 갖는 자연언어를 대상으로 하고 있기에, 번역가는 우선 원전 텍스트의 의미를 이해하고 이를 다시 자국어 텍스트로 옮겨야 한다는 점에서 해석의 문제를 피해갈 수 없다. 해석에서 중요한 것은 해석자 개인의 지평이며, 해석자가 궁극적으로 추구하는 것은 텍스트가 말하고 있는 것을 자기 것으로 만드는 일이다. 하지만 텍스트의 의미를 존중하면서 자기 것으로 만드는 것은 번역의 경우 큰 딜레마가 아닐 수 없다. '번역 주체'-해석자를 지나치게 강조한다면 오만한 코기토의 번역이 될 것이고, 그렇다고 낯선 타자의 언어에 대한 존중만을 강조하다 보면 번역의 존재 이유가 사라지고 말 것이기 때문이다. 그 점에서 가다머가 말하는 '지평 융합,' 즉 텍스트의 지평과 해석자의 지평의 만남이라는 개념은 지나친 낙관일 수도 있을 것이다.

리쾨르는 『번역에 관하여』에서 번역을 둘러싼 문제들을 번역 이론들이 어떻게 다루고 있는지 검토하고, 궁극적으로는 번역철학이라는 관점에서 주체 문제에 접근한다. 리쾨르는 우선 번역이 갖는 두 가지 의미를 구분한다. 그에 따르면 엄밀한 의미에서의 번역 행위는 언어적 메시지를 한 언어에서 다른 언어로 옮기는 것을 뜻하고, 넓은 의미로는 "같

---

17) 같은 책, p. 411.

은 언어 공동체 내에서 의미하는 것 전체에 대한 해석"(*ST*, p. 21)을 뜻한다. 앙투안 베르만이 『낯섦의 시련』에서 말하는 번역은 전자를 가리키며, 조지 스타이너가 『바벨 이후』에서 말하는 번역은 후자를 가리킨다. 번역의 딜레마와 관련하여, 우선 다양한 언어가 존재한다는 것은 언어들 사이의 근본적 이질성을 전제로 한다는 점에서 번역은 불가능하다는 입장이 있다. 바벨 신화에서 보듯이 다양한 언어들 사이의 근본적 이질성, 지리적 측면에서의 분산과 의사소통 측면에서의 혼란 때문에 번역은 불가능하다는 것이다. 반면에 번역이 실제로 이루어지고 있다는 것은 언어들 사이의 공통분모(바벨 이전의 순수언어 또는 원초적 언어)가 있기 때문이며 그래서 번역은 가능하다는 입장이 있다. 리쾨르는 엄밀한 의미에서의 번역을 다루는 베르만의 입장에서 논의를 시작해서 이해한다는 것은 번역하는 것이라는 스타이너의 입장으로 나아가는 방식을 취한다. 즉, 고유의 것과 낯선 것의 관계에 관해 먼저 이야기한 후, 한 언어를 다른 언어로 옮기는 번역이 촉발하는 어려움과 모순에 대해 설명하고 이를 해결할 수 있는 방안을 찾아가는 것이다.

번역 불가능성과 번역 가능성에 대한 논지 역시 같은 맥락에서 전개된다. 그에 따르면 "번역 불가능성이라는 결론에 이를 수밖에 없는 현장의 상대주의와, 번역이라는 사실을 증명 가능한 보편적 구조 위에 세우는 데 실패하는 연구실의 형식주의가 벌이는 싸움"(*ST*, p. 33)에서 선택을 강요받는 번역가는 원전에 담긴 낯선 것을 그대로 옮기고자 하는 욕망과 이를 모국어로 옮김으로써 자신의 것으로 만들고자 하는 욕망을 섬겨야 하는 역설적인 상황에 놓인다. 그것은 프란츠 로젠츠바이크의 말대로 다른 언어로 작품을 쓴 저자, 그리고 번역자와 같은 언어를 사용하며 작품을 자기 것으로 만들려는 독자라는 두 주인을 섬기면서 충실성과 배반 사이에 놓이는 역설적 상황이다. 이러한 이분법은 실제로 번역 이론에서 원문에의 충실성과 가독성 혹은 문자적 번역과 의미론적 번역의 이분법에서부터 무냉이 말하는 '반투명 채색유리'와 '투명유리'의 구분[18]에 이르기까지 끊임없는 논쟁의 대상이 되어왔다.

이처럼 주인과 하인의 은유에 의한 이분법에는 늘 따라붙는 등가 개념이 자리 잡고 있다. 번역은 언제나 원문과 '동등한' 의미를 담고 있는 말을 찾아서 옮겨야 한다는 것이다. 좋은 번역, 충실한 번역이란 결국 "출발 텍스트와 도착 텍스트 사이 그 위에 어디엔가 쓰여 있는 동일한 의미"(*ST*, p. 60)인 것이다. 그런데 그것을 아는 것은 불가능하므로 결국 번역이란 딱 들어맞지는 않지만 동등한 의미를 지닌다고 추정되는 것, 리쾨르가 "합치하지는 않지만 동등한"(*ST*, p. 19) 혹은 "동등하다고 추정되는 것"(*ST*, p. 40)이라고 부르는 기준에 근거할 수밖에 없다. 그런데 '추정되는 의미의 등가성'이라는 말에는 의미를 '되돌려주고' '회복해야' 한다는 생각이 숨어 있다. 등가성은 존재하는 것이 아니라 추정되는 것이다. 그러한 추정이 무엇인지 밝혀야 한다. 여기서 우리는 앙리 메쇼니크와 더불어 번역 행위를 관장하는 기본 법칙으로서의 등가 원칙, 즉 원문과 다른 언어로 등가의 텍스트를 생산한다는 등가 원칙과 시대에 따라 혹은 이론가에 따라 변해왔던 등가 기준을 구분할 필요가 있다.[19] 그에 따르면 리쾨르가 말하는 "합치하지는 않지만 동등한 표현"이라는 개념은 의미론적 등가보다는 등가와 합치 사이의 간극을 강조한다. 원

---

18) 조르주 무냉, 『부정한 미녀들』, 선영아 옮김, 아카넷, 2015. 무냉이 '투명유리'라고 부르는 번역은 완벽한 의역을 말한다. 그 대립항은 "각 언어의 고유성에 대한 존중을 표방"하는 "반투명 채색유리"의 번역, 즉 "원작의 언어적, 시대적, 문명적 색채를 단 한 순간도 망각할 수 없는 번역"(p. 174)이다.

19) H. Meschonnic, *Poétique du traduire*, Verdier, 1999, p. 28 참조.

문과 번역문의 동일성을 판단할 수 있게 하는 제3의 텍스트는 존재하지 않기 때문에 원문의 의미와 동일한 의미를 갖는 번역은 있을 수 없으며 딱 들어맞지는 않지만 그에 상응하는 번역이 최선이라는 것이다. 그렇다면 모든 번역은 자신의 관점에 따라 재번역하는 것에 다름 아니며, 번역문을 비판할 수 있는 유일한 방법은 기존 번역보다 더 낫거나 다르다고 생각되는 또 하나의 추정된 번역을 제시하는 길뿐이다.

이러한 논의를 토대로 리쾨르는 언어들 자체의 근원적 이질성, 의미, 표현이라는 세 가지 차원에서 번역 불가능성에서 번역 가능성으로 넘어가는 번역의 새로운 패러다임을 제시한다.

i) 개별 언어들 간에 존재하는 근원적으로 이질적인 다양성과 차이는 문장 차원에서 세 가지 층위로 작동한다. 음성 및 조음 체계, 어휘 체계, 통사 체계가 그것이다. 그런데 개별 언어들은 그처럼 현실을 분할하는 방식만이 아니라 담화-텍스트 층위에서 현실을 재구성하는 방식, 즉 문화적 차원에서도 차이를 드러낸다. 번역되어야 하는 것은 낱말이나 문장이 아니라 담화로서의 텍스트이며, 그 텍스트는 또한 "서로 다른, 심지어 동일한 언어 내에서도 다양한 층위에서 충돌할 수 있는 세계관들이 표현되는 문화적 총체에 속한다"(*ST*, p. 55). 여기서 리쾨르는 번역가의 과제는 낱말에서 문장, 텍스트, 문화로 나아가는 것이 아니라 그 반대 방향으로 나아가야 한다고 주장한다. 즉 독서를 통해 번역하고자 하는 텍스트의 문화에 깊이 젖어든 다음 텍스트, 문장, 낱말순으로 내려가서 마지막에는 낱말 차원에서 어휘 목록을 작성하고 딱 들어맞지는 않지만 의미론적으로 그에 상응하는 낱말을 찾아내야 한다는 것이다.

ii) 앞에서 시작 지점의 번역 불가능성에 대해 이야기했다면, 그것을 종착점에서도 생각해보아야 한다. 번역이 실제로 이루어지고 있기 때문이다. 리쾨르는 번역의 원칙적인 불가능성과 번역이 존재한다는 현실 사이의 딜레마를 해결하고자 한 시도들을 언급한다. 예컨대 벤야민은 「번역가의 과제」에서 번역될 수 있다는 것은 어떤 작품의 본질적 특성이라고 말하며, "각 언어 상호 간의 상호작용을 통한 총체성에 의해서만 획득될 수 있는 언어 그 자체에 내재하는 의도," 즉 "순수한 언어"를 번역 행위가 도달해야 할 궁극적인 지평으로 본다. "번역가의 과제는 그가 번역하고 있는 언어에서, 그 언어를 통해 원문의 메아리가 울려 퍼질 수 있는 그런 의도를 찾아내는 데 있다. 〔……〕 만약 모든 사고가 추구하는 궁극적 진리를 아무런 긴장 없이 또 은밀하게 담고 있는 진리의 언어가 있다면, 이러한 언어야말로 진정한 언어인 것이다."[20]

등가 원칙에 따라 원문의 의미를 옮기는 것이 아니라 초월적인 어떤 것을 찾으려는 이런 입장에서 보자면 가독성과 충실성을 둘러싼 해묵은 번역 논쟁은 더 이상 의미가 없다. 리쾨르는 벤야민의 이런 입장을 원초적 언어에 대한 순수한 환상으로 본다. 반면 움베르토 에코는 시간을 거슬러 올라가 원초적 코드를 찾는 것이 아니라 선험적 코드에서 단일성을 추구한다. 한마디로 개별 언어의 불완전함을 제거하고 보편적으로 이해 가능한 인공언어를 구축하는 것이다. 하지만 담론-텍스트 차원에서 개별 언어들이 어떻게 보편 언어로부터 파생되는지를 설명할 수 없다는 점에서 선험적 코드라는 전제는 설득력을 상실한다. 그것은 역사적인 것으로 변모된 기원의 환상이다. 여기서 리쾨르는 완벽한 번역

---

20) 발터 벤야민, 「번역가의 과제」, 반성완 편역, 『발터 벤야민의 문예이론』, 민음사, 1983, p. 327.

의 꿈을 포기함으로써 두 주인을 섬겨야 하는 혼란을 완화시킬 수 있다고 말한다. 다시 '합치하지는 않지만 동등한 표현'으로 돌아가서, 그리고 마르셀 데티엔의 『비교 불가능한 것을 비교하기』를 빌려, 리쾨르는 이렇게 요약한다. "번역의 위대함, 번역의 위험: 원문에 대한 창조적 배반, 마찬가지로 창조적인 수용 언어를 통한 전유; 비교 가능한 것의 구성"(*ST*, p. 66).

iii) 마지막으로 번역 불가능성은 의미 차원이 아니라 표현 차원에서 나타난다. 의미라는 것은 낱말들의 살갗이라 할 수 있는 문자lettre와 일체를 이루고 있기 때문이다. 메쇼니크 같은 이론가들이 의미의 등가라는 보호막을 벗어나 모험을 떠나는 이유이다. 그것은 문자 없는 혹은 문자에 대항하는 의미에 반기를 들고, "음색, 맛, 리듬, 빈 공간, 말들 사이의 침묵, 운율과 각운이 문제가 되는 위험한 지역"(*ST*, p. 68)으로 떠나는 것이다. 이제 의미만을 번역하는 것이 아니라 의미와 소리의 통일성, 시니피에와 시니피앙의 통일성에 입각해서 의미와 일체를 이루는 표현을 어떻게 번역할지를 해결해야 한다.

하지만 이처럼 '등가/상응'의 문제만 놓고 보면 철학으로서의 번역 이론에 다가가기 힘들다. 번역이란 번역 주체가 텍스트를 받아들여 그 텍스트를 다른 언어로, 자기 언어로 생산해내는 작업이며, 번역을 읽는 독자는 이를 또다시 번역하는 것이라는 점에서 번역 주체의 문제를 고려하지 않을 수 없다. 여기서 우리는 번역에 관한 성찰이 번역 철학 또는 상징해석학에 이어지는 지점과 만나게 된다. 다시 말해서 매개를 거친 자기 이해를 통해 '할 수 있는 인간'의 잠재적 가능성을 실현한다는 해석학의 과제는 낯선 타자의 언어를 모국어로 옮기는 도전을 통해 모국어의 가능성을 확장시키고 실현한다는 번역의 과제와 일치하는 것이다.

그렇다면 충실성/배반이라는 딜레마를 넘어서서 번역이 행복한 도전이 되기 위해서는 어떻게 해야 할 것인가? 여기서 리쾨르는 베르만의 책 제목을 빌려 번역가의 작업을 한편으로 원작의 언어와 그 저자, 다른 한편으로 번역된 작품의 언어와 수용자 사이에서 번역가에게 주어지는 '시련'이라고 말한다. 리쾨르는 '시련'이라는 프랑스어 단어가 '시험' 또는 '수련'이라는 뜻도 가지고 있음을 지적한다. 그리고 그 시험의 과정을 프로이트의 용어로 설명한다. 우선 번역 작업은 이중으로 발생하는 저항, 즉 낯선 저자에게 수용 언어의 독자를 데려가는 길을 막는 모국어의 저항과 낯선 저자를 독자에게 데려가는 길을 막는 번역 불가능성의 저항을 극복하는 회상 작업[21]이다. "모든 문화는 본질적으로 번역을 필요로 하면서도 번역에 저항한다. 번역의 목표—쓰여진 글의 차원에서 타자와의 관계를 열기, 낯선 것의 매개를 통해 고유의 것을 풍요롭게 하기—는 모든 문화가 가지는 자민족 중심주의적 구조, 그리고 모든 사회로 하여금 다른 것과 섞이지 않은 단일한 전체이기를 원하게 만드는 나르시시즘과 정면으로 충돌한다."[22]

하지만 번역은 또한 완벽한 번역이라는 이상을 포기하고, 등가와 전적인 합치 사이의 간극을 메울 수 있다는 희망도 버리는 상실과 애도 작업[23]이기도 하다. 완벽한 번역이라는 이상은 서로 다른 언어의 이질

---

21) 프로이트의 '회상 작업'은 널리 알려진 용어는 아니다. 잠재적 꿈─무의식적 기억이 압축, 전위 등의 상징화 과정을 통해 저항을 극복하고 꿈-내용으로 실현되는 과정을 '꿈 작업'이라고 부른다는 점을 고려할 때, 번역 작업 또한 이중의 저항을 극복하고 원전의 언어를 '기억'하고 또 다른 언어로 '떠올린다'는 점에서 회상 작업이라는 용어를 사용한 것으로 보인다.

22) A. Berman, *L'épreuve de l'étranger*, Gallimard, 1984, p. 16.

23) '애도 작업'은 "애착의 대상을 잃어버린 결과로 생기는 심리 내부의 과정으로, 주체는 그 과

성을 넘어선 보편적인 언어를 꿈꾸는 것이며, 보편성을 꿈꾼다는 것은 낯선 언어에 대한 호기심은 물론 모국어에 대한 사랑마저도 지워버리는 것이다. 완벽한 번역이라는 이상은 번역의 욕망이자 그 행복의 원천이지만, 그러한 이상을 포기하는 용기를 통해 번역은 행복한 도전이 될 수 있다. "완벽한 번역이라는 꿈은 결국 번역이 하나의 획득, 상실 없는 획득이기를 바라는 것과 같다. 애도 작업을 통해 바로 이러한 상실 없는 획득을 단념하고, 그렇게 해서 자기 고유의 것과 낯선 것 사이에는 넘어설 수 없는 차이가 있음을 받아들여야 한다"(*ST*, p. 18).

여기서 리쾨르는 두 주인을 섬기려다가 두 주인을 모두 배신하는 위험을 무릅쓰고 독자를 저자에게 데려가는 것 혹은 저자를 독자에게 데려가는 것을 "언어적 환대hospitalité langagière"(*ST*, p. 19)라는 말로 표현한다. 언어적 환대를 통해 "타자의 언어에 머물렀던 즐거움을 낯선 이의 말을 손님으로 자신의 집에 맞아들이는 즐거움으로 갚게 되는"(*ST*, p. 20) 것이다. 우리는 이 개념이 주인/하인의 은유를 지탱하고 있는 충실성과 배반이라는 다분히 이데올로기적인 틀을 넘어서기 위한 시도라고 말할 수 있다. 번역의 도전과 행복은 주인/하인의 수직적 상하 관계가 아니라 주인/손님의 평등한 관계에서 생겨난다. 언어적 환대를 통해 번역은 낯선 것의 감춰진 얼굴을 드러내려는 오만과 모국어에 대한 자

정을 통해 점진적으로 그 대상으로부터 분리"되는 것으로 정의된다. 애도 작업이라는 표현은 프로이트의 「애도와 멜랑콜리」에서 처음 등장하는데, 슬픔과 우울증 등의 병리 현상과 연결되어 있다. 대상의 상실과 함께 자아는 상실한 대상과 운명을 함께하든지, 아니면 자아 리비도의 만족을 위해 대상과의 인연을 끊기로 결심하든지 둘 중 하나를 선택해야 한다. 고통스런 기억과 슬픔을 통해 상실한 대상과 점차 분리되어가는 과정이 바로 애도 작업이다. 그 점에서 애도 작업은 "죽은 자를 죽이는 것"이라고 말할 수 있다. J. Laplanche & J.-B. Pontalis, *Vocabulaire de la psychanalyse*, PUF, 1967, pp. 504~505.

만에서 벗어날 수 있고, 모국어의 낯섦을 발견함으로써 모국어를 더 잘 이해하는 선물을 얻게 된다. 여기서 우리는 번역에 관한 리쾨르의 성찰이 매개를 거친 자기 이해와 상호인정, 그리고 나를 버려야 자기를 얻을 수 있다는, 주체에 관한 그의 해석학적 사유와 밀접하게 맞닿아 있음을 확인하게 된다. 실제로『남처럼 자기 자신』이후 리쾨르는『기억, 역사, 망각』에서 기억과 상실, 애도 등 정신분석과 관련된 개념들에 관심을 기울이면서 주체와 타자 문제에 좀더 깊이 들어가게 된다. 그리고『번역에 관하여』와 같은 시기에 출간된『인정의 여정』에서는 의지의 철학에서 의지의 시학에 이르는 철학적 여정, 다시 말해서 상징적 매개의 해석을 거쳐 자기를 찾아가는 윤리적이고 정치적인 여정을 끝맺으면서 인간의 욕망을 인정하며 극복하려는 겸허한 이성의 철학을 다시 한 번 역설한다.

2장
상징과 은유

> 살아 있는 은유는 상상력의 도약을 개념 층위 속
> 에 집어넣는다는 점에서 살아 있다. 해석의 영혼은
> 바로 살아 움직이게 하는 원칙의 인도를 받아 더 많
> 이 생각하기 위한 투쟁이다. (*MV*, p. 384)

언어에 대한 리쾨르의 관심은 "언어 조작을 통한 새로운 의미의 생
산"(*RF*, p. 44)이 어떻게 가능한가에 초점을 맞추고 있다. 이와 관련하
여 리쾨르가 상징과 은유, 이야기에 관심을 갖는 이유는 그것이 다중의
미 혹은 리쾨르가 즐겨 사용하는 표현을 빌리자면 "넘치는 의미(초과
의미)"를 생산하기 때문이다. 그것이 문학언어가 일상언어나 과학언어
와 다른 점이기도 한데, 문제는 그처럼 다중의미를 지닌 문학언어가 인
식론 차원에서 의미작용에 어떻게 기여하며 우리의 삶과는 어떤 관계
를 맺는가 하는 점이다. 리쾨르는 『의지의 철학 II』의 「악의 상징」에서
악에 대한 직접 의식과 표현은 불가능하며 인류의 위대한 문명이 낳은
상징들의 해석을 통해서만 간접적으로 드러난다는 해석학적 전회를 거
쳤다. 더불어 『해석에 대하여』와 『해석의 갈등』에서는 코기토의 "직접
성, 투명성, 자명성"(*RF*, p. 30)을 비판하고 상징언어의 에움길을 통한
자기 이해라는 해석학의 과제를 설정한 바 있다. 그 과정에서 우주 상징

과 꿈 상징, 문학 상징이 철학언어나 과학언어의 단일 의미에 어떻게 잉여 의미를 부여하고 의미를 새롭게 할 수 있는가의 문제와 마주치게 된다. 그리고 『해석 이론』[24]과 『살아 있는 은유』에서 담론을 중심으로 하는 언어적 전회를 거치면서 리쾨르는 영미 화용론의 입장, 즉 낱말 차원이 아닌 주어와 술어의 관계에서 새로운 의미 생산의 근거를 찾는 입장을 바탕으로 아리스토텔레스의 『수사학』과 『시학』을 재해석하고, 은유를 유사성의 원칙에 따라 한 낱말에서 다른 낱말로의 의미 전이로 설명한 전통 수사학의 은유 이론을 넘어서게 된다. 이를 통해 문학언어의 다중의미 또는 모호성은 단지 정서적이고 장식적인 기능만을 담당하는 것이 아니라, 의미론적 혁신을 통해 현실에 대한 새로운 인식을 제공하고 나아가 우리의 삶과 존재를 변화시킬 수 있다는 점을 밝히려 한다.

그렇다면 왜 상징이 아니라 은유인가? 리쾨르는 이미 「악의 상징」과 『해석에 대하여』에서 상징의 의미 구조를 다룬 바 있지만, 이제 상징보다 은유를 대상으로 다중의미의 문제에 접근함으로써 전통적인 수사학이 해결하지 못했던 문제를 언어의 의미론 차원에서 해결하는 길을 찾게 된다. 상징으로는 다중의미의 문제를 해결하기 힘든 이유는, 우선 꿈 상징, 종교 상징, 문학 상징으로 구분한 예에서 보듯이 상징의 종류가 너무 많고 다양한 영역에 걸쳐 있어서 다중의미 구조에 대한 일반 이론을 정립하기 어렵기 때문이다. 또 다른 이유로는 상징 또한 다중의미를 갖지만 그 뜻은 언어적 차원과 비언어적 차원에 모두 걸쳐 있기 때

---

24) 『해석 이론』은 텍사스 크리스천 대학교 백주년 기념 강연에서 「담론과 초과 의미」라는 제목으로 발표한 원고를 수정 보완한 것으로, 전부 네 개의 장(1장 「담론으로서의 언어」, 2장 「말하기와 글쓰기」, 3장 「은유와 상징」, 4장 「설명과 이해」)으로 구성되어 있다. 일관된 주제는 언어적 차원에서 낱말의 다중의미나 문장의 모호성뿐만 아니라 문학언어의 다의성 문제를 담론 차원에서 설명과 이해의 변증법으로 해명하려는 것이다.

문에 따로 분리하기 힘들다는 점을 들 수 있다. 상징 의미는 예컨대 정신분석에서는 숨겨진 심리적 갈등, 문학에서는 세계관 혹은 욕망, 종교학에서는 성스러움의 현현 등 비언어적인 요소와 이어진다. 언어 차원에서 이루어지는 은유가 비언어적 차원에서 마주치는 어려움들도 있다. 여기서 리쾨르는 상징이 갖는 한계를 은유 이론으로 극복함과 동시에 은유 이론이 비언어적 차원에서 마주치는 어려움을 상징 이론을 통해 보완함으로써 은유와 상징 사이의 간격을 메우고 좀더 확장된 은유 이론으로 상징 이론을 감싸고자 한다.

1. 상징의 구조 의미론

상징을 뜻하는 그리스어 'sumbolon'의 어원은 'sum(함께)+ballein (던지다)'으로서 둘로 쪼개진, 그래서 서로 다시 결합되어 하나가 될 때 온전해지는 물체, 즉 부절符節을 가리킨다. 그리고 언어적 차원에서 상징은 겹뜻double sens의 기호, 즉 여러 가지 뜻을 가진 낱말로 정의된다. 리쾨르는 "어떤 언어 표현이 겹뜻 또는 다중의미 때문에 해석되어야 할 곳, 바로 거기에 상징이 있다"(DI, p. 26)라고 말한다. 예컨대 불은 열기, 정열, 빛, 정화, 소멸, 그리고 때로는 성령 등 다양한 의미를 갖기에 불의 상징에 대해 이야기할 수 있다. 여러 가지 뜻이 있는 곳에 해석이 있고, 그 여러 가지 뜻은 해석을 통해 드러난다. 맥락에서 따로 떨어져 있는 상징은 의미가 없거나 지나치게 많기 때문에 구조나 맥락에 따라 어느 정도 제한이 가해져야만 한다. 거꾸로 상징 해석을 위해서는 구조 차원에서의 상징 규정이 필요한데, 리쾨르는 이를 일차 의미와 이차 의미 사이의 관계로 설명한다. "직접적이고 일차적이며 문자적인 의미가 넘쳐흘러 간접적이고 이차적이며 비유적인 또 다른 의미를 가리키는 모든 의미작용 구조를 상징이라 부른다. 이때 이차 의미는 반드시 일차 의미를 거쳐야만 붙잡을 수 있다"(*CI*, p. 16). 겹뜻 표현의 경계를 정하고 일차 의미를 통해 이차 의미를 가려내는 것이 해석이며, 그러한 이차 의미를 가려내는 과정에서, 앞에서 이미 말한 대로, 상징은 생각을 불러일으킨다. "해석이란 생각하는 일인데, 그것은 겉에 드러난 의미에서 숨겨진 의미를 풀어내는 작업이고, 문자 의미 속에 함축된 의미 층위들을 펼치는 작업이다"(*CI*, p. 16). 그렇다면 상징의 의미에 어떻게 접근할 것인가? 상징이 의미가 넘치는 말이라면, 그러한 의미 구조에 대한 기호론적 접근과 의미론적 접근을 대조해보는 것이 일차적인 작업이 될 것이다. 즉 한편으로 기호론적 접근만으로는 상징의 존재론적 차원이 드러나지 않는다는 점을 보여주고, 다른 한편으로는 기호론을 거쳐야 상징 의미론이 풍요로워진다는 점을 보여주는 것이다. 리쾨르는 이를 낱말 수준의 어휘 의미론과 의미소 수준의 구조 의미론이라는 두 가지 층위에서 분석한다.

어휘 의미론에서는 겹뜻을 다중의미, 즉 하나 이상의 의미를 갖는 어휘의 문제로 다룬다. 앞에서 본 것처럼 소쉬르의 개념을 빌리자면 다중의미는 같은 체계 안에서 일차 의미와 이차 의미가 공존하는 공시 개념에 속하며, 랑그의 체계에서 그것은 통합 관계의 축과 연합 관계의 축, 즉 야콥슨이 말하는 연쇄(통사론)와 선택(의미론)의 관계에서 발생한다. 연쇄의 축은 인접성의 관계에, 선택의 축은 유사성의 관계에 바탕을 두는데, 수사학적으로는 이를 환유와 은유의 관계로 볼 수 있다. 그것이 바로 상징이 생기는 과정의 뿌리이다. 인간의 정신이 인접성과 유사성이라는 범주로 현상을 인식할 때 상징의 다중의미가 생기는 것이다. 이처럼 어휘 의미론에서는 다른 기호가 원래 기호를 대체하면서 다중의미가 생기는 것이기에 해석자의 역할을 수행하는 것은 다른 기호이거나 기호 체계 전체이다. "기호들은 의미상 서로 맞물려 있는 한에서 대체관계에 들어가고 은유적 사행이 가능해진다"(*CI*, p. 74). 여기서 맥락은 낱말의 뜻이 정해지도록 걸러내는 여과기 역할을 한다. 이제 뜻이 하나인지 여럿인지 결정하는 것은 낱말의 문제가 아니라 맥락의 몫이 된다. 그레마스의 동위체isotopie 개념은 상징언어의 다중의미 발생을 이처럼 맥락과 관련하여 설명한다. "맥락이 동시에 여러 개의 동위체를 허용하거나 보존하고 있다면 우리는 실제적으로 상징언어, 즉 어떤 것을 말하면서 다른 것을 말하는 언어와 관계를 맺게 될 것이다"(*CI*, p. 95).

그레마스에 따르면 구조 의미론에는 세 가지 공식이 있다. 첫째, 구조 의미론은 닫힌 언어 체계라는 공리에서 출발한다. 둘째, 분석을 위해서는 낱말(어휘소)을 보지 말고 그 아래에 있는 구조(의미소와 기호사각형)를 보아야 한다. 따라서 대상지시 관계는 사라지고 오로지 분리와 결합의 관계만 있을 따름이다. 셋째, 낱말은 담론의 심층 차원이 아니라 표층 차원에 속한다. 그 결과 겹뜻이나 상징 등 낱말의 의미론적 풍부함은 대상지시와는 무관하게 맥락에 따른 의미효과에 지나지 않게 된다. 그리고 낱말에 대한 분석, 즉 어휘소lexème에 대한 분석을 의소sème의 집합으로 환원시키는 연산언어의 틀로 옮겨놓으면, 한 낱말의 다양한 의미효과는 "핵심 의소와 맥락에 따라 변하는 여러 의소들의 결합에서 비롯된 의소 또는 의미소sémème의 파생물"(*CI*, p. 76)로 정의할 수 있게 된다. 그레마스가 제시한 예에 따르면, '개가 짖는다'라는 문장에서 '개'와 '짖는다'라는 낱말의 공통된 맥락 변수, 즉 동위소는 '동물'이다. 따라서 '개'가 지닌 다른 뜻이나 사람과 관계된 의미는 배제된다. "그러므로 맥락의 여과기 역할은 반복을 토대로 의소를 강화하는 데 있다"(CI, p. 77). 이를 통해 동일한 의미 층위에서 생기는 동위 담론이 무엇인지를 밝힐 수 있는데, 상징도 같은 방식으로 접근할 수 있다. 구조 의미론에 따르면, 맥락이 동위 의미소를 걸러내는 것이 아니라 서로 어긋나는 동위 의미값을 여러 개 만들어낼 때 다중의미가 생긴다. 예를 들어 '옆집 사람이 짖는다'라고 할 때 사람과 동물에 관련된 의미값을 뒤섞음으로써 다중의미가 발생하는 것이다. "상징의 가능성은 모든 낱말에 공통된 기능, 언어의 보편적 기능, 다시 말해서 어휘소가 맥락에 따른 변이들을 만들어낼 수 있는 능력에 뿌리박고 있다"(CI, p. 78).

리쾨르는 이처럼 텍스트 층위의 해석에서 낱말 층위의 어휘 의미론, 의미소 층위의 구조 의미론으로 내려오면서 과학적 엄밀성은 증가하지만 사물을 겨냥하는 대상지시 혹은 실존적 의미는 옅어진다고 말한다. 구조 의미론에서는 상징의 다중의미가 언어 바깥의 현실과 관련된 말(담론)의 차원이 아니라 언어 체계 내에서의 동위체들의 놀이에서 생긴다고 보기 때문이다. "구조 분석을 통해 추출된 의미작용 단위들은 아무것도 의미하지 않는다. 그것은 단지 결합의 가능성일 따름이다"(CI, p. 78). 리쾨르는 이 점을 철학과 과학의 차이로 본다. "우리가 사용하는 기호들의 다중의미 덕분에 존재의 모호성이 말해질 수 있다는 점이 상징성이 철학에 미치는 영향이다. 그러나 우리는 이제 그러한 다중의미에 대한 과학 —언어과학— 은 우리로 하여금 닫힌 기호 세계 속에 갇히게 한다는 것을 알고 있다"(CI, p. 74). 하지만 해석학의 의미론과 언어학의 의미론은 철학과 과학, 종합과 분석처럼 의미효과가 발생하는 수준이 서로 다르기 때문에 충돌하지는 않는다. 오히려 과학적인 분석은 보다 충만한 실존적 언어 이해를 향한 길을 열어줄 수도 있다는 것이 리쾨르의 생각이다.

그레마스는 언어의 신비는 없다고 하지만 리쾨르는 언어의 신비가 있다고 말한다. 철학이 상징에 관심을 갖는 이유는 그것이 겹뜻 구조를 통해 존재의 모호함을 드러내기 때문이며, 그것이 또한 상징의 존재 이유이다. 그리하여 상징성은 텍스트에서 무엇을 드러내는 수준에서 볼 때, 언어가 자기와는 다른 것을 향해 터져 나감을 나타낸다. "터져 나감은 말하는 것이며 말하는 것은 보여주는 것이다. 서로 경쟁하는 해석학들이 분열되는 지점은 겹뜻의 구조가 아니라 그 열림의 양상, 보여주는 것의 목적성이다"(CI, p. 68). 여기서 우리는 하이데거의 영향을 볼 수 있다. 시적 언어는 존재에 관하여 무언가를 말하며 존재의 모호함은 시적 언어의 다중의미를 통해서만 드러난다. 존재가 우선이고 말은 그다음이라는 사실은 말을 통해 결국은 존재에 다가가야 한다는 것을 뜻한다. 따라서 해석학은 겹뜻의 해석에 머물러선 안 되며 언어의 존재론으로 나아가야 한다. 그래야 관념론의 코기토에서 벗어나 객관주의의 함정에 빠지지 않으면서, '나'는 누구인가라는 물음에 답할 수 있다. 리쾨르는 존재 욕망과 기호, 상징의 관계를 다음과 같이 요약한다.

한편으로 기호들의 세계를 이해하는 것은 자기를 이해하는 방법이다. 상징 세계는 자기 설명으로 가는 길 가운데에 있다. 만일 기호가 방법이나 길이나 매개가 아니라면, 다시 말해 기호 덕분에 사람이 자기 자리를 잡고 자기를 내던지고 자기를 이해하는 것이 아니라면, 의미 문제는 사라지고 말 것이다. 다른 한편으로 거꾸로 존재 욕망과 상징의 그런 관계는 자기를 통해 자기를 이해하는 직관의 가까운 길은 폐쇄된다는 것을 뜻한다. 존재하려는 욕망을 내 것으로 삼는 일은 의식의 가까운 길로는 불가능하며, 기호를 해석하는 먼 길만이 열려 있다. 그것이 내 철학 작업의 가설이다. 그것을 나는 '구체적인 반성,' 다시 말해서 모든 기호 세계에 의해 매개된 코기토라 부른다. (*CI*, p. 260)

따라서 상징도 두 가지 방식으로 생각할 수 있다. 상징의 구조를 설명하는 구조 분석이 있고 그 뜻을 말하는 의미론이 있다. 그런데 구조 분석만으로는 존재를 드러내는 상징의 깊은 맛을 잃는다. 구조 분석은 상징이 말하는 그 무언가를 놓치기 때문에 허전하고, 그래서 의미론을 끌어들여야 한다. 중요한 것은 구조 분석을 거친 의미론이다. "구조적 형태에 의해 그처럼 매개된 의미론적 토대는 보다 간접적인, 그러나 보다 확실한 이해에 이를 수 있게 할 것이다"(*CI*, p. 41). 거꾸로 의미 전이에 대한 해석학적 이해 없이는 구조 분석도 불가능하다. 서로 다른 것을 닮았다고 보는 인식이 구조 분석에 우선한다는 점에서 구조적 상동성은 은유적 관계의 의미론 위에 세워진다. 하지만 상징은 특정 체계를 벗어나서는 상징이 될 수 없다는 점에서 구조 분석이 해석학적 이해의 밖에 있는 것은 아니다. 오히려 상징의 구조 분석은 막연한 상징 이해에서 해석학적 이해로, 매개를 거친 자기 이해에 이르기 위한 출발점이 된다. 여기서 해석학은 여러 유형의 해석들을 대조하고, 다양한 해석 방법들을 그에 상응하는 이론 구조와 결부시킴으로써 해석 체계들을 분석한 다음, 최종적으로는 각각의 해석들이 내세우는 주장의 유효성과 한계를 검토함으로써 갈등을 중재하고 새로운 자기 이해에 이르는 길을 찾아내는 것을 과제로 삼는다. 그것이 바로 해석학이 의미론이라는 좁은 문으로 접근하면서 가지게 되는 비판적 기능이며, 이를 토대로 리쾨르는 상징언어의 의미론에서 자기 이해의 해석학에 이르는 보편해석학으로 나아간다.

2. 은유의 의미론적 혁신

전통적인 수사학에서 은유는 낱말의 명명 과정에서 나타나는 '비유 trope'에 속한다. 아리스토텔레스는 『시학』에서 은유의 어원은 '장소를 옮긴다'(그리스어로는 metaphora, 라틴어로는 translatio)라는 뜻이며, 여기서 "은유란 부적절한 명사를 옮겨서 붙이는 것인데, 이는 유類에서 종種으로, 혹은 종에서 유로, 혹은 종에서 종으로, 혹은 유추 관계에 따라 이루어진다"(21장, 57b6-8)라고 정의한다.[25] 그리고 "은유에 능하다는 것은 유사성을 보는 것"(22장, 59a8)이며, 이는 은유의 토대가 '닮음의 지각'에 있음을 말한다.[26] 은유를 닮음의 관계에 근거한 낱말의 이동

---

25) 아리스토텔레스는 구체적인 예를 다음과 같이 들고 있다. "유에서 종으로 옮겨 간 예는, '여기 내 배가 서 있다'와 같은 표현인데, '정박하고 있다'는 '서 있다'의 한 방식이기 때문이다. 종에서 유로 옮겨 가는 예는 '정말로 오뒤세우스는 일만 가지 위업을 이루었다'와 같은 표현인데, '일만'이라는 것은 '수많은' 것이며, 여기서 그것은 '수많은' 대신에 쓰이고 있기 때문이다. 종에서 종으로의 예는 '청동검으로 생명을 퍼내고'와 '불멸의 청동검으로 베고'와 같은 표현인데, 여기서 '퍼내다'는 '베다'의 의미로, '베다'는 '퍼내다'의 의미로 사용되고 있으며, 둘 다 무언가를 '제거하는' 방식이기 때문이다. 첫번째 용어와 두번째 용어의 관계가 세번째 용어와 네번째 용어의 관계와 같을 때 유추가 존재한다. 그 경우 두번째 용어를 네번째 용어로, 네번째 용어를 두번째 용어로 대체할 수 있을 것이며, 때로는 대체된 용어가 관계 맺고 있는 용어를 덧붙이기도 한다. 예를 들어 잔과 디오니소스 신의 관계는 방패와 아레스 신의 관계와 같다고 할 수 있고, 따라서 잔을 '디오니소스 신의 방패'로 부르거나 방패를 '아레스 신의 잔'으로 부를 수 있을 것이다. 또는 노년기와 인생의 관계는 저녁과 하루의 관계와 같다고 할 때, 저녁을 '하루의 노년기'로 부르거나, 또는 엠페도클레스처럼 노년기를 '인생의 저녁'이나 '인생의 황혼기'라고 말할 수 있게 된다"(21장, 57b6 이하).
26) 아리스토텔레스는 『수사학』에서도 은유에 관한 정의를 그대로 옮긴다. Aristotle,

또는 비껴감으로 보는 아리스토텔레스의 정의는 이후 서구 수사학 전통에서 은유 이론의 토대가 되었다. 프랑스의 수사학 전통을 대표하는 퐁타니에의 『담론의 문양들』 또한 의미의 전이에 대한 분류에 치중하면서 은유를 낱말들의 의미 이동에 따른 일탈의 문양으로 간주한다는 점에서 서구 수사학 전통을 벗어나지 않는다.

리쾨르는 『살아 있는 은유』의 서문에서 아리스토텔레스 이후 전통적인 수사학에서 바라보던 은유를 이렇게 설명한다. "은유의 수사학은 낱말을 지시 단위로 간주하며, 그 결과 하나의 낱말 속에 나타나는 담론의 문양figure들 가운데 하나로 분류되고 닮음에 의한 비유로 정의되었다. 문양으로서의 은유는 낱말들의 의미 이동과 확장으로 구성되며, 그에 대한 설명은 대체 이론에 속한다"(*MV*, p. 77). 그처럼 닮음의 관계에 근거한 대체 이론에는 우리의 관념에 비해 낱말의 의미가 제한되어 있다는 전제와 더불어 청중을 즐겁게 함으로써 설득하기 위해서는 다양한 비유들을 사용할 필요가 있다는 인식이 들어 있다. 하지만 그러한 관점은 은유를 수사학적인 장식 기능에 한정하게 된다.

리쾨르는 은유의 기능이 낱말 차원에서의 비껴가는 명칭이 아니라 문장 차원에서 일어나는 현상임을 밝힘으로써 전통적인 수사학적 관점과 결별한다. 즉, 은유가 갖는 중요한 기능은 바로 현실을 다시 그려봄으로써 새롭게 발견하게 하는 시적 기능이라는 것이다. 그와 같은 은유의 '의미론적 혁신' 개념의 토대를 마련하기 위해 리쾨르는 우선 뱅베니

Rhétorique(3서, 11장 1411b24-25), Gallimard, "Tel," 1998, p. 235. 표현에 대한 아리스토텔레스의 이론에서 은유가 중요한 자리를 차지하는 것은 이처럼 '닮음의 지각'에 토대를 둠으로써 평범한 '문양'을 넘어서서 허구 활동 전반의 패러다임 자체를 구성하기 때문일 것이다.

스트가 제시한 기호론과 의미론의 구분을 바탕으로 낱말로서의 은유 이론과 발화로서의 은유 이론, 그리고 그에 상응하는 대체 이론과 긴장 이론을 대립시킨다.[27] 그리고 남은 문제, 즉 만들어진 은유가 어떻게 의미 창조에 관여하는지를 검토하면서 낱말 차원의 은유 이론의 한계를 문장 차원에서 '부적절한 주술 관계' 개념을 통해 극복할 수 있음을 규명한다. 즉, 닮음의 유희에 내포된 동일성과 차이 사이의 긴장이 두 개념들 사이의 논리적 거리에도 불구하고 가까움을 식별하게 함으로써 의미론적 혁신이 일어난다는 것이다.

이어 리쾨르는 은유에서의 대상지시 문제를 다룸으로써 의미론에서 해석학으로 넘어간다. 다시 말하면, 수사학 차원에서 낱말에 초점을 맞춘 담론의 문양으로서의 은유의 형태에서 의미론 차원에서 새로운 의미론적 적절성을 만들어내는 은유의 의미로, 이어서 해석학 차원에서 언어 바깥의 현실을 다시 그려내는 힘으로서의 은유적 발화의 대상지시 차원으로 넘어가는 것이다. 이 층위에서 의미와 대상지시(의미작용)는 구분되며, 의미론적 차원에서 이루어지는 은유의 겹뜻은 대상지시 차원에서 서로 변증법적 긴장을 이루는 "이중화된 대상지시"(MV, p. 11)로 나타난다. 은유적 대상지시의 이러한 특성을 설명하기 위해 리쾨르는 넬슨 굿맨이 『예술의 언어들』에서 제시한 '외연' 개념, 그리고 맥스 블랙이 『모델과 은유』에서 제시한 '허구에 의해 현실을 다시 그려냄' 등의 개념을 원용한다.[28] 그에 따르면 예술에서 은유의 기능 작용과 과학

---

27) 여기서 리쾨르는 뱅베니스트의 담론언어학과 영미 계통의 은유 이론, 즉 I. A. 리처즈의 『수사학의 철학』, 맥스 블랙의 『모델과 은유』, 먼로 비어즐리의 『미학』 등에 기대어 논의를 전개한다. 더 자세한 내용은 MV, pp. 87~128 참조.

28) 실제로 리쾨르는 『비판과 확신』에서 '부적절한 주술 관계'에 토대를 둔 자신의 은유 이론이 영미의 분석철학에 많은 빚을 지고 있으며, 자신에게 영향을 미친 독일 철학과 균형을 이

에서 모델의 기능 작용 사이에는 발견적 기능이라는 유사성이 있으며, 예술 또한 과학과 마찬가지로 현실을 다시 기술하고 이를 통해 현실을 새롭게 발견하게 한다는 점에서 자족적인 것이 아니라 대상지시 기능을 갖는다.[29] 야콥슨이 구체적 지시대상을 갖지 않는 시적 담론의 특성에 주목하여 이를 자기지시적 담론이라고 말한 것과 달리 리쾨르는 일차적 대상지시의 유예는 이차적 대상지시가 들어서기 위한 조건이며 그것을 시적 대상지시의 특징이라고 규정함으로써 은유적 담론과 현실을 연결시키려 한다.

여기서 우리는 은유를 포함한 문학 담론의 구조와 의미, 의미와 대상지시, 그리고 인식론과 존재론을 연결하는 핵심 고리라고 할 수 있는 '이다'와 '아니다' 사이의 변증법적 긴장을 만나게 된다. 은유적 대상지시에 내포된 철학은 실재와 진리의 문제를 끌어들이며, 리쾨르는 하이데거와 데리다의 텍스트를 중심으로 문학과 철학의 경계와 관련하여 '은유 논쟁'을 펼치게 된다.[30] 논쟁의 핵심은 문학 담론은 철학 담론과

<hr>

룰 수 있게 하는 지혜의 거대한 도서관을 분석철학에서 발견했다고 밝힌다. 이에 관해서는 *CC*, pp. 127~28 참조. 장 그라이슈는 리쾨르의 기존 입장을 고려할 때 이러한 해석학과 분석철학의 접목을 놀라운 것으로 평가한다. J. Greisch, *Paul Ricoeur: L'itinérance du sens*, Millon, 2001, p. 19 참조.

29) *MV*, pp. 288~310 참조.

30) 논쟁의 계기는 데리다가 1971년 『시학』지 5호에 게재한 논문 「백색 신화론La Mythologie blanche」이다(J. Derrida, "La Mythologie blanche: La métaphore dans le texte philosophique," *Marges de la philosophie*, Minuit, 1972 참조). 리쾨르는 1975년 『살아 있는 은유』의 마지막 8장 「은유적인 것과 형이상학적인 것」에서 데리다의 주장을 비판하고, 데리다는 3년 후인 1978년 6월 1일, 리쾨르도 참석한 주네브 대학의 학회에서 「은유의 물러남Le Retrait de la métaphore」이라는 논문을 발표함으로써 그 비판에 응답한다. 이 논쟁에서 리쾨르는 데리다의 해체 전략이 "어느 때나, 그리고 어느 경우에나 아포리아를 통해 형이상학 담론을 무너뜨리는 것"(*MV*, p. 365)이며, 형이상학을 철학과 동일시함으로써 철학 자체를 해체하게 되는 당혹스런 결과를 빚어낸다고 지적함으로써 데리다를 정면으로 비판한다. 이에 대해 데리다는 「백색 신화론」에 대한 리쾨르의 비판은 '해체 구성'에 대한 오해

어떻게 다르며, 또 그것은 진리 문제와 어떤 연관을 맺고 있는가이다. 리쾨르는 하이데거와 데리다에 맞서 철학 담론은 의미와 대상지시의 제안과 관련하여 독자성을 지니고 있다고 주장한다. 철학은 문학에서 직접 파생되는 것이 아니며, 형이상학적인 것과 은유적인 것의 공모의 산물인 '죽은' 은유라는 간접적인 길을 거쳐 나오는 것도 아니다. 은유에 암묵적으로 내포된 존재론을 개념화시켜 말하는 것은 문학 담론과는 다른 담론이며, 은유적 진리를 말하는 것은 철학적 진리를 말하는 것과도 다르다. 철학은 의미론 차원에서 존재의 모호성을 다룰 때도 이를 은유적으로 표현할 수는 없으며, 반면 문학은 자신의 경계 내에서 은유적 진리라는 유효성을 갖는다는 것이 리쾨르의 주장이다. "은유가 사물과 일상언어 세계와 관련하여 어떤 괴리를 나타낸다는 점에서 철학자의 은유도 물론 시인의 은유와 닮을 수도 있다. 하지만 철학자의 은유를 시인의 그것과 혼동하면 안 된다. [……] 생각한다는 것은 시를 짓는 것이 아니다"(*MV*, p. 395).

또는 몰이해에서 비롯된 것이며, 비판의 대상이 된 논증들도 핵심적인 게 아니라는 점에서 부당한 비판이라고 반론을 제기한다. 그 결과 「은유의 물러남」에서의 반론은 상당히 싱겁고 모호하다는 느낌을 주며, 데리다 자신도 "논쟁을 개시한다거나 끝낸다기보다는 '가능한' 논쟁의 논점을 재-정립한다"(J. Derrida, "Le Retrait de la métaphore," *Psyché: Inventions de l'autre*, Galilée, 1998, p. 69)는 입장을 표명하는 데 그친다. 만일 그렇다면 한편으로는 리쾨르가 데리다의 해체 구성을 제대로 이해하지 못했다는 측면에서, 다른 한편으로는 데리다가 그러한 오해를 바로잡고 제대로 된 논쟁을 펼치지 않았다는 점에서 이들의 논쟁은 실제로는 없었던 거나 마찬가지인 셈이 된다. 이들의 논쟁에 관해서는 장-뤼크 아말리크가 자세하게 정리했다. J.-L. Amalric, *Ricoeur, Derrida: L'enjeu de la métaphore*, PUF, 2006.

1) 은유, 낱말에서 담론으로

은유는 문자적 의미와 비유적 의미 사이의 복합적인 상호작용을 한 문장 속에 축약함으로써 문학작품 고유의 의미론적 특징을 보여준다. 문제는 그 두 가지 의미가 인식론 차원에서 어떤 위상을 갖는가이다. 논리실증주의 전통에서는 이를 인지적 의미와 정서적 의미로 구분하여 다루며, 이에 영향받은 문학비평은 외연적 의미와 내포적 의미로 구분하고 전자만이 의미론적 영역에 속하며 후자는 인식론적 가치를 결여한 정서적 환기에 지나지 않는다고 본다. 그러나 텍스트의 비유적 의미는 과연 인식론 차원에서 그 어떤 의미도 갖지 못할까? 여기서 은유는 하나의 시금석이 된다. 은유의 문자적 의미와 비유적 의미 사이의 관계를 언어의 의미론 차원에서 밝힐 수 있다면, 이를 확장하여 문학 텍스트의 의미론을 정립할 수 있기 때문이다. 그에 따라 문학 텍스트가 갖는 다중의미 또는 모호성은 의미론적 질서를 부정하는 것이 아니라 문자적 의미의 의미론적 질서를 밀어내고 새로운 의미론적 질서를 생산하는 것임이 드러날 것이다. 앞에서 말한 대로, 낱말 의미론에서 담론 차원의 문장 의미론으로 넘어가야 하는 것은 그 때문이다.

낱말 의미론의 은유 정의에는 각각의 낱말들이 서로 고립되어 있으며 그 의미는 특정 언어 공동체의 규범에 의해 고정된다는 전제가 담겨 있다. 하지만 우리가 가진 관념은 낱말의 수보다 많기 때문에 낱말의 의미론적 공백을 채울 필요가 있다. 또한 청중을 즐겁게 함으로써 관심을 끌고 설득하기 위해 닮음의 원리에 근거한 일탈, 다양한 비유들을 사용한다는 것에 주목해야 한다. "은유는 이런 수사학적 비유들 중 하나로, 여기서 닮음은 없어졌거나 부재하는 문자적 낱말을 비유적인 낱말로 대체할 수 있는 근거로 작용한다"(*IT*, p. 48). 리쾨르는 은유의 수사학적 전통이 내포한 전제들을 여섯 가지 명제로 요약한다.[31]

i) 은유는 일종의 비유로서, 명칭과 관련된 담론의 문양이다.

ii) 은유는 낱말의 문자적 의미로부터의 일탈을 통해 이름(명사)이 갖는 의미를 확장시킨다.

iii) 이런 일탈이 가능한 것은 닮음 때문이다.

iv) 닮음의 기능은 이전에 문자적 의미가 사용될 수 있었던 바로 그 자리를 낱말의 비유적 의미로 대체하는 것이다.

v) 그러므로 대체된 의미작용은 그 어떤 의미의 혁신도 가져오지 않는다. 은유는 번역할 수 있다. 비유적인 낱말이 대체한 문자적 의미를 다시 가져다 놓을 수도 있기 때문이다. 사실상 대체와 원상회복을 더하면 제로가 된다.

vi) 은유가 의미의 혁신을 가져오는 게 아니므로, 그것은 실재에 대해 그 어떤 새로운 정보도 제공해주지 않는다. 이런 이유로 은유는 담론의 정서적 기능들 가운데 하나로 간주될 수 있다.

이처럼 은유를 '닮음의 원리'에 근거한 낱말의 '이동'과 '대체,' 즉 '비껴가는 명칭'이나 '일탈 또는 괴리'로 보는 고전수사학의 전통은 은유를 단순한 장식으로 간주함으로써 은유가 지닌 의미론적 차원을 설명하지 못하는 한계를 갖게 된다. 그로 말미암아 고전수사학은 현대에 들어 I. A. 리처즈를 비롯한 영미 계통의 여러 은유 이론가들의 도전을 받게 된다. 여기서 리쾨르는 대체 이론이라는 수사학적 전제를 전복시켰다는 점에서 선구적으로 꼽히는 리처즈의 은유론이 담고 있는 명제들을 다

---

31) *IT*, p. 49 참조.

음과 같이 정리한다.[32]

i) 은유는 단순한 명칭 차원의 사건이나 낱말 차원에서의 대체 현상이 아니라, 문장이나 담론의 층위에서 생산되는 주술 관계와 관련된 현상이다. 그 점에서 은유는 낱말이 낱말을 대체하는 환유나 제유와도 다르다. "은유는 본질적으로 재현하고, 환유는 환원하고, 제유는 통합하며 그리고 아이러니는 부인否認한다(『시간3』, p. 295). 환유나 제유는 기호 차원에서 일어나고, 은유는 주부와 술부를 잇는 담론 차원에서 일어난다. 예컨대 보들레르의 시「조응Correspondances」에 나오는 "푸른 향기parfums verts"라는 은유에서, '향기'라는 주어에는 어울리지 않는 '푸르다'라는, 색을 의미하는 술어를 갖다 붙임으로써 은유가 만들어진다. '푸르다'의 문자적 의미는 밀려나고 비유적 의미가 들어섬으로써 화제어teneur('향기')와 매체어véhicule('푸르다') 사이에 긴장이 발생하고 그러한 긴장이 은유의 의미를 만들어내는 것이다. 이 점에서 "부적절한 명사를 옮겨 붙인 것"이라는 아리스토텔레스의 은유 정의도 이미 부적절한 주술 관계를 전제하고 있다고 하겠다. 요컨대, 은유는 낱말이 아니라 문장 차원에서 생산된다는 것이다. "은유는 은유적 발화에서 일어나는 두 개념들 사이의 긴장이 낳은 산물이다"(IT, p. 50).

ii) 두번째 명제는 첫번째 명제에 함축된 것으로, 은유가 낱말 차원에서의 괴리나 일탈이 아니라 문장 차원의 주술 관계에서 나타나는 긴장이라면, 그것은 문자적 해석과 비유적 해석 사이의 갈등이라고 말할 수 있다. "은유는 그 자체로 존재할 수 없고, 해석 속에서 해석을 통하여 존재하게 된다. 은유적인 해석은 의미상의 모순 때문에 스스로를 파괴

---

32) IT, pp. 49~53 참조.

하게 되는 문자적인 해석을 전제한다. 이런 자기-파괴 또는 변형의 과정이 낱말에 일종의 비틀림을, 문자적인 해석이 무의미해지는 곳에서 의미를 발견할 수 있게 되는 의미의 확장을 낳는다"(*IT*, p. 50). 담론 차원에서 발생하는 이런 의미론적 부적절성을 해석 차원에서 해결하지 못하면 은유의 뜻은 이해되지 못한다.

iii) 닮음이라는 은유의 원리는 이미지의 역할이 아니라 서로 어울리지 않는 두 개념들 사이의 긴장과 갈등 속에서 작동한다. 즉 닮음은 일상적인 어법에서는 아무 관계가 없는 두 개념을 갖다 붙임으로써 새로운 의미 관계를 발생시키는 것이다. 예컨대 보들레르가 「시계L'Horloge」에서 "시간은 탐욕스런 노름꾼"이라고 말할 때, 은유는 시간이라는 추상적 범주를, 노름꾼이라는 범주와 결합시킴으로써 시간을 '마치 노름꾼처럼' 보도록 이끈다. 이러한 은유를 통해 시간은 이전에는 갖지 못했던 어떤 특성을 갖게 된다. 즉 은유는 의미 차원에서는 "논리적 주어에 그와 걸맞지 않은 술어를 부여하는 것으로 이루어진 언어 작업"(*TA*, p. 19)이며, 대상지시 차원에서는 "이를 통해 현실을 다시 묘사하는 어떤 허구들이 지닌 힘을 담론이 해방하는 수사학적 과정"(*MV*, p. 11)으로 설명할 수 있다. 은유가 의미 차원과 대상지시 차원에서 현실과 맺는 이러한 이중의 긴장이 없다면 은유는 한낱 장식에 지나지 않을 것이다. '의미론적 혁신'은 그러한 긴장에서 발생하는 넘쳐나는 의미를 가리킨다. 하지만 주어와 술어 사이에서 닮음의 관계를 찾기가 힘든 경우에는 은유로서의 기능을 제대로 발휘하지 못하고, 은유의 의미 자체가 무의미로 떨어질 위험도 있다. 그 점에서 은유를 만드는 것은 아리스토텔레스가 말했듯이 닮음을 볼 줄 아는 눈을 갖는 것이며 칸트가 말한 생산적 상상력, 즉 감각 경험의 세계를 범주와 연결시켜 도식화함으로써 종합하는 능력을 구사하는 것이다. "이러한 도식성으로 말미암아 상상력은 동일성과 차이의 유희를 통해 비유적 의미가 떠오르게 하는 장소가된다"(*MV*, p. 253).

따라서 은유가 '살아 있다'는 것은 새로운 의미를 만들어낼 수 있다는 것이며, 살아 있는 은유를 푼다는 것은 부적절한 주술 관계에 담긴 의미론적 불협화음이 만들어내는 일종의 수수께끼를 해결하는 것과 마찬가지라고 할 수 있다. 물론 살아 있는 은유가 반복되면 죽은 은유가 되는 경향이 있으며 그 확장된 의미가 어휘 사전의 일부가 되기도 한다. 하지만 은유의 의미 혁신은 문장 차원의 해석에서 발생하기 때문에 살아 있는 은유가 사전에 실리는 법은 없다. 요컨대, 진정한 은유는 자신의 의미를 무한히 창조하기 때문에 번역되거나 소진될 수 없으며, 은유는 담론에 부가된 장식물이 아니라 실재에 대해 새로운 무엇을 말해준다는 점에서 인식론적 가치를 갖는다는 것이 리쾨르 은유 이론의 핵심이다. "은유는 언어의 창조적 힘을 보존하고 발전시킴으로써 허구에 의해 펼쳐지는 발견적 역량을 보존하고 발전시키는 담론 전략의 하나로 제시된다"(*MV*, p. 10). 여기서 주목할 만한 것은 리쾨르가 아리스토텔레스의 미메시스에 대한 재해석을 통해 이를 은유와 결부시키고 있다는 점이다. 그에 따르면 시를 짓는다는 것, 다시 말해서 은유를 만든다는 것은 현실을 재현(모방)하는 것이며, 반대로 현실을 재현하는 것이 바로 은유의 기능이다. 나중에 이야기론에서 자세히 설명하겠지만 여기서 현실을 재현한다는 것은 현실을 단순히 모방한다는 의미가 아니라 다른 시각에서 다시 그려보는 것을 의미한다. "미메시스는 시 짓기(포이에시스)이며, 포이에시스는 미메시스이다"(*MV*, p. 56). 미메시스는 현실을 진실임 직하게 재현하는 것이며, 진실임 직하기에 설득력을 갖는다. 하지만 은유는 그 자체로는 주어에 걸맞지 않은 술어를 할당함으로써 진실임 직하지 않은 담론 형태를 갖는다. 진실임 직하지 않은 말이 진실임 직한 의미를 갖게 되는 것은 독자의 해석이 들어가기 때문이다.

2) '처럼'의 존재론과 은유적 진리

리쾨르는 엄밀한 기호학적 분석이라는 명목으로 폐쇄된 기호 체계를 주장하는 구조주의 이데올로기에 맞서 은유를 그 자체로 이해될 수 있는 의미를 만들어내는 창조적 활동, 정신의 자율적 산물로 받아들이고 해석해야 한다고 말한다. 리쾨르는 구조주의에 대한 비판적 시각에서 은유를 긴장 이론으로 풀어나감으로써 은유를 비유라는 좁은 틀에서 해방시킨다. 그리고 은유적 진리라는 이름으로 은유적 발화가 대상지시 차원에서 보여주는 "존재론적 격정"을 복원시킴으로써 은유를 삶과 연결시키려 한다. 즉 "그 자체와는 다른 쪽을 향한 언어의 폭발," 언어의 '열림'이 은유의 존재론적 격정과 긴장을 촉발하고 거기서 진리가 솟아난다고 본 것이다. 여기서 긴장은 은유적 발화 행위의 서로 다른 세 층위, 즉 통사론과 의미론 그리고 대상지시 차원에서 발생한다.[33]

i) 우선 통사론 측면에서 은유적 발화의 긴장은 부적절한 주술 관계, 즉 주어에 걸맞지 않은 술어를 갖다 붙임으로써 발생한다. 이러한 규정에서 은유의 의미론적 혁신은 낱말이 아니라 담론 차원에서 이루어진다는 것을 알 수 있다. 여기에는 낱말의 의미론과 담론의 의미론은 서로 다르며, 낱말에서 담론으로 이행하는 것은 완전히 다른 차원으로의

---

33) MV, pp. 310~21 참조.

도약이라는 전제가 들어 있다. 앞에서도 말했지만 소쉬르의 기호학에서 뱅베니스트의 의미론으로 이행하는 것은 기호학적 일원론에서 기호학과 의미론의 이원론으로 넘어가는 것과 같다. 그러한 이원론은 근본적으로 언어가 단계적 층위로 이루어져 있음을, 기호라는 기호론적 단위(언어 단위)와 문장이라는 의미론적 단위(담론 단위)가 구분된다는 것을 전제한다. "단위가 바뀜으로써 기능 또한 바뀐다. 달리 말해서 구조에서 기능으로 넘어간다"(*CI*, p. 87). 즉 기호들 또는 기호의 구성요소들 사이의 내적 의존 관계와 관련된 구조에서 무엇에 관해 무엇을 말한다는 의미작용 기능으로 넘어가는 것이다.

그 점에서 구조주의의 기호학적 일원론과 고전수사학을 주도하는 대체 이론 사이에는 일종의 공모 관계가 있다. 소쉬르의 기호는 무엇보다 낱말이며, 이는 통합체적 축보다는 계열체적 축에 중심을 둔다. 반면에 리쾨르는 담론언어학과 영미의 철학적 의미론에 근거하여 의미론적-해석학적 입장에서 은유적 발화의 주술 관계에 내재한 긴장이 갖는 창조적 힘에 주목한다. 물론 대체 이론에 근거한 고전수사학적 입장이 완전히 그릇된 것은 아니며 사물과 관련된 명칭 차원에서는 나름대로 설득력이 있다는 것은 리쾨르도 인정한다. 하지만 주술 관계에 근거한 의미론적 정의는 계사 '이다'와 '아니다' 사이의 긴장을 통해 발화 차원에서 어떻게 새로운 의미가 발생하는지를 보여준다는 점에서 인식론적, 존재론적 차원에서 은유의 의미론적 혁신 현상을 설명하기에 훨씬 더 적합하다는 것이다. "은유의 '장소,' 그 가장 내밀하고 궁극적인 장소는 명사도 아니고 문장도 아니며, 나아가서 담론도 아니다. 그것은 동사 '이다 être'라는 계사이다"(*MV*, p. 11).

부적절한 주술 관계에서 비롯된 의미론적이고 논리적인 취약함은 의미론적 긴장을 낳고 거기서 역설적으로 새로운 의미론적 적절성이 솟아오른다. 예컨대 보들레르의 시 「조응」의 첫 부분에 나오는 "자연은 사원이다"에서 '자연'과 '사원'이라는, 서로 닮지 않은 것에서 닮은 것을 알아보는 유추의 원리가 긴장과 저항을 낳는다. 여기서 긴장은 낱말들 사이에 있는 것이 아니라 부적절한 주술 관계에서 비롯된다. "그처럼 닮음 그 자체는 의미론적 혁신에 의해 움직이는 술부의 활동 속에서 동일성과 차이 사이의 긴장으로 이해되어야 할 것이다"(*MV*, p. 10). 즉 "자연은 사원이다"에서 계사 '이다'는 '이다'라는 동일성과 '아니다'라는 차이를 모두 의미한다. "문자적인 '이다'는 논리적 모순에 의해 전복되고, '인 것 같다'와 등가인 은유적인 '이다'에 의해 극복된다"(*IT*, p. 68). 문장의 문자적 해석 층위에서는 공존할 수 없는 곳, 낱말의 저항이 있는 곳에서 긴장이 생기며 그러한 긴장이 은유의 의미론적 혁신을 만들어내고 은유는 '살아 있는' 것이 된다.

ii) 의미론 차원에서의 긴장은 문자적 해석과 은유적 해석 사이에서 발생한다. 주어에 부적절한 술어를 갖다 붙임으로써 구조 차원의 의미로는 안 통하던 말뜻은 삶의 현실과 관계된 의미작용 차원에서의 해석을 통해 새로운 의미를 갖게 되고 말뜻이 통하게 된다. "그 고유의 구조로 말미암아 문학작품은 현실을 그려내는 담론의 대상지시가 유예된다는 조건 아래서만 어떤 세계를 펼친다. 또는 달리 말하자면 문학작품 속에서 담론은 그 일차적 외연을 유예함으로써 이차적 외연으로서의 그 외연을 펼친다"(*MV*, p. 279). 중요한 것은 일차 의미가 밀려난다고 해서 사라지는 것은 아니며, 이 둘이 서로 긴장을 이룸으로써 은유의 힘이 생긴다는 사실이다.

은유의 특성은 그렇게 해서 '처럼 보다'라는 경험, 다시 말해서 은유적 발화의 비언어적 매개를 구성하는 경험을 불러일으킨다. 칸트의 도식과 유사한 '처럼 보다'는 언어적인 것과 비언어적인 것을 매개하고 밀접하게 연결시킨다. "'처럼 보다'는 시적 언어의 감각적 측면이다. 절반은 사유, 절반은 경험인 '처럼 보다'는 의미와 이미지를 함께 붙잡게 하는 직관적인 관계이다"(*MV*, p. 270). 은유는 넘쳐나는 의미를 통해 현실의 무엇을 발견하게 하며, 그것은 인식론 차원에서 모델 또는 도상이 갖는 힘에 상응한다. 과학언어에서 이론 모델이 현실에 부합하지 않는 해석을 해체하고 새로운 해석을 가능하게 하는 것과 마찬가지로, 문학언어에서 은유는 '처럼 보다'를 통해 언어로 하여금 일상적인 현실을 그려내는 기능에서 벗어나 현실을 새롭게 그려볼 힘을 갖게 하고 세계를 향한 존재의 지평을 확장시킨다. 살아 있는 은유는 이처럼 허구적 구성과 현실을 다시 그려내는 기능 사이의 밀접한 연관을 드러낸다.

iii) 일차적인 의미론적 적합성의 폐허 위에서 새로운 의미론적 적합성이 떠오름으로써 은유의 의미론적 혁신이 일어난다면, 대상지시 차원에서 일차적 대상지시와 이차적 대상지시 사이의 긴장에서 '은유적 진리'가 태어난다. 리쾨르가 말하는 '살아 있는 은유'란 '이다' 속에 '아니다'를 보존함으로써 일차적 대상지시와 이차적 대상지시 사이의 긴장이 살아 있는 은유이며,[34] 그러한 은유만이 현실을 다시 새로운 시각

---

34) 프랑스어 'être'는 자동사로서 '있다'라는 뜻과 주어와 속사를 잇는 계사로서 '이다'라는 뜻을 동시에 가진다. 기독교의 신처럼 '나는 스스로 있는 자Je suis celui qui suis'의 경우에도 그 존재를 '알기' 위해서는 계사로 연결되는 속사(정의롭다, 자비롭다 등)를 필요로 한다는 점에서 'être' 동사는 그 자체가 존재론적 역설을 내포한다. 예컨대 "'être comme'은 '이다est'와 '아니다n'est pas'를 의미한다"(*MV*, p. 388)라고 할 경우에 그것은 '인 듯하다'의 뜻으로 해석할 수 있다. 하지만 '처럼-보다voir-comme'와 조응하여 쓰이고 있다는 점을 감안한다면 '인 듯하다'보다는 다소 어색하긴 하지만 '처럼-이다être-comme'로 옮기는 것이 나을 것이다. '처럼-존재하다'는 존재론적 의미를 살릴 수 있기는 하지만 그 모호성을 잃어버릴

에서 그려볼 수 있게 하는 의미론적 혁신을 가져오고 그것이 또한 은유적 진리라는 개념으로 이어지는 것이다. 그에 따르면 '이다' 속에 포함된 '아니다'를 무시하는 것은 존재론적 소박함에 굴복하는 것이며, 반대로 '아니다'가 갖는 비판적 성격만을 강조하여 '마치 ~처럼'으로 환원시키면 반성적 판단의 차원만을 강조하는 해석의 오류를 범하게 된다. 그러므로 '이다'와 '아니다'를 변증법적 관계에서 파악하는 것이 은유적 진리를 제대로 평가하는 길이다. "(은유적으로) '이다'의 '존재론적 격정' 속에 (문자적으로) '아니다'의 비판적 예봉을 포함시키는 것 외에 은유적 진리를 달리 올바르게 평가할 방법은 없다는 것이 바로 역설이다"(*MV*, p. 321).

이러한 역설은 인식론과 존재론 차원에서 '~처럼 보다voir comme'는 '~처럼 이다être comme'라는 허구의 진리 문제로 이어진다. '처럼 보다'가 '처럼 이다'를 상관물로 갖지 않는다면 은유의 의미론적 혁신은 허구적 경험에 머물고 말 것이다. "달리 말해 언어학적 측면에서 은유의 살아 있는 특성, 즉 우리가 사용하는 낱말이 가진 최초의 다중의미를 증가시키는 그 힘과 모순되지 않는 존재론적 기능을 은유에 부여할 수 있어야 한다면, 존재 자체는 '처럼-이다'의 유형으로 은유화되어야 한다. 처럼-보다와 처럼-이다의 상응은 그러한 요구 조건을 충족시킨다"(『시간3』, pp. 300~301). 은유가 하나의 언어적 사건이라면 사건의 인식론

우려가 있기 때문이다. 예컨대 리쾨르의 책 제목이기도 한 "남처럼 자기 자신"에서 "Je suis comme un autre"라는 문장을 쓸 수 있다면 이를 자기 자신은 남이면서도 남이 아니고, 그래서 자기 자신을 남처럼 본다는 것이며, 존재론 차원에서 자기 자신은 남 같은 존재로 존재한다는 의미로, 자기 자신에 부여되는 속성에 타자성이 들어 있음을 뜻한다고 말할 수 있다. 어쨌든 리쾨르가 말하는 존재론은 "나는 누구인가Qui suis-je?"라는 물음에 대한 답이라는 점에서 '있다'보다는 '누구'에 속하는 계사로서의 '이다'로 보는 것이 타당할 것이다.

적 위상은 그 존재론적 위상과 분리될 수 없다. 여기서 '처럼 이다'는 이면서도 아니고 있으면서도 있지 않은 것이라는 점에서 나타나게 하지 않으면서 뜻하는 흔적과 유사하다. "처럼 이다는 이다와 아니다를 뜻한다. 그것은 이었고 이지 않았다. 대상지시의 의미론이라는 배경에서는 그러한 역설이 갖는 존재론적 역량을 알아차릴 수 없다. 존재가 무엇을 긍정하는 계사로, 아님을 통해 규정되는apophantique 존재로 나타날 수밖에 없는 것은 바로 그 때문이다"(MV, p. 388). '이다'의 의미는 그처럼 주어와의 관계에 있기도 하고 존재론 차원에 있기도 하다는 것이 바로 계사로서의 'être'의 역설이다.[35]

리쾨르가 은유의 '삶'에 매료된 것은 은유가 이처럼 세계를 축소해서 보여주는 일종의 모형으로서 해석학의 중심 문제인 세계, 즉 우리가 머물 수 있고 우리의 가능성을 펼칠 수 있는 세계를 열어 보이기 때문이다. 그러한 은유적 대상지시가 가리키는 세계는 일상언어의 세계나 과학언어의 세계가 아니라 후설이 '생활세계'라 부르는, 그리고 하이데거가 '세계를-향한-존재'라 부르는, 전前-술어적 경험의 세계이다. 마찬가지로 리쾨르가 말하는 '텍스트 세계' 또한 "가능한 존재 방식, 세계를-향한-존재의 가능한 상징 차원으로 주어지는"(MV, p. 288) 지향적 세계다. 시적 은유는 존재 일반의 단순한 열림이 아니라 존재에 다가가

---

35) 리쾨르는 이런 주장을 나중에도 부정하지는 않지만 『시간과 이야기』에서는 대상지시와 '처럼 존재하다' 사이를 매개하는 고리로 '재형상화' 차원에서의 '독서 행위'를 제시한다. 문학 텍스트 자체에는 저자가 부재한다. 문학적 진술이 무엇을 가리킨다면, 그것은 대화 상대자로서 작품을 읽는 독자의 독서 행위를 통해서만 가능하다. 주어에 걸맞지 않은 술어로 이루어진 발화의 의미론적 부적절성에서 새로운 의미론적 적절성을 찾아내는 일은 독자의 몫이다. 발화로서의 작품 그 자체는 그런 새로운 의미론적 혁신을 이룰 수 없다. 독서 행위를 통해 은유적 발화는 '처럼 보다'에서 '처럼 존재하다'의 차원으로 넘어가는 것이다.

는 어떤 양태이며, 그러한 양상은 반대로 어떤 특정 양상의 존재를 드러낸다. 은유적 발화의 해석을 통해 존재는 열리며, 그렇게 열리는 존재는 우리가 직접 붙잡을 수 있는 실체나 본질 같은 게 아니라 '처럼 존재'로서 간접적으로 주어지는 존재이다. 은유가 만들어내고 은유가 발견하는 존재는 '이면서도 아닌' 존재, '마치 ~와 같은' '처럼 존재하는' 역설적인 존재이다. 은유에 의해 드러나는 존재의 그런 비동일성('이 아니다')은 존재 자체를 구성하는 특징, 즉 존재의 근본적 모호성이 드러난 것으로 읽을 수 있다. 그리고 그러한 모호성 자체는 생성 중인 존재, 행동을 통해 자신의 잠재성을 실현하는 '현실태의 존재'의 특성이기도 하다.

요컨대 현실을 은유적으로 본다는 것은 현실을 어떤 고정된 실체나 불변의 것, 완결된 것이 아니라 생성 중인 것으로, 살아 움직이는 것으로, 행위 중인 것으로, 잠재성이 실현된 현실태로, 미완의 것으로 본다는 뜻이다. "인간을 행동하는 존재로, 모든 사태를 현실태로 제시한다는 것, 바로 그것이 은유적 담론의 존재론적 기능이라 할 수 있겠다. 은유적 담론에서 잠자고 있는 모든 실존적 잠재성은 피어난 것'으로,' 모든 잠재적 행동 역량은 실제적인 것'으로' 나타난다. '살아 있는' 표현이란 '살아 있는' 존재를 말하는 것이다"(*MV*, p. 61). 은유가 우리로 하여금 존재 노력을 다시 자기 것으로 만듦으로써 윤리적 기획에 참여할 수 있게 한다면 그것은 은유가 우리에게 현실태로서의 존재를 열어주며, 인간 행동에 대한 텍스트, 문화에 의해 전승된 텍스트를 해석함으로써 '자기를 이해하려는 자기'가 바로 행동하고 고통받는 자기이기 때문이다. 그리고 해석학적 관점에서 은유를 다룬다는 것은 이처럼 텍스트 이해를 통한 존재 가능성을 해명하는 것이며, 이는 해석학이 존재론적이고 윤리적인 과제를 안고 있음을 뜻한다.

3. 상징에서 은유로, 은유에서 상징으로

은유의 의미론적 혁신이라는 개념으로 상징의 언어적 측면을 보완하고, 상징의 비언어적 계기를 통해 은유의 언어 차원을 넘어서려는 리쾨르의 시도는 과연 어느 정도 성과를 거두었는가? 우선 부적절한 주술 관계를 통한 은유의 의미론적 혁신, 넘치는 의미의 생산은 상징의 의미론을 위한 모델로 기능할 수 있다. 하지만 그것은 문자적 의미와 비유적 의미라는 두 가지 해석의 대립이 아니라 문자적 의미를 지양 또는 유예한 상태에서 비유적 의미로 옮겨 간다는 점에서 변증법적인 운동이라고 할 수 있다. 이처럼 일차적 의미작용을 거쳐야 이차적 의미작용에 접근할 수 있다는 점에서 상징은 감추어진 의미를 담고 있는 알레고리와 구분된다. 알레고리는 일차적 의미작용에서 이차적 의미작용으로 접근하기 위한 징검다리일 뿐이며 일단 일차적 의미의 역할이 끝나면 버려도 되는 수사학적 절차에 불과하다. 이와 달리 상징은 직접적으로는 그 의미를 포착하는 것 자체가 불가능하거나 일차 의미와 이차 의미 사이의 갈등과 긴장을 통해서만 다가갈 수 있다.

다른 한편 은유를 특징짓는 닮음의 원리, 즉 서로 다른 범주 사이에 성립하는 닮음의 관계는 상징에서는 그리 명확하게 드러나지 않는다. 은유는 "서로 다른 개념들이 한데 모여 입체와 깊이의 외관을 제공해주는 입체경 같은 상상력"(*IT*, p. 56)을 필요로 하는 반면, 상징은 닮은 것을 이해하기보다는 어떤 사물을 다른 사물에 동화시키기 때문이다. 나아가 상징은 성스러운 것의 드러남이라는 정의에서 보듯이 사물들 사이의 경계만이 아니라 사물과 인간들 사이의 경계마저 흐릿하게 만듦으로써 우리를 매혹시키는 동시에 기만하기도 한다. 그에 비해 은유는 부적절한 주술 관계를 분간하는 의미론적 작업, 즉 분절의 원리에 토대를 두고 있기에 상징보다 명료하다. 언어를 넘어선 그 무엇이 있다는 것을 전제로 하는 상징은 개념적 언어로 다 다룰 수는 없지만, 반면에 은유 이론을 거친 상징은 실재를 넘치는 의미라는 개념으로 포착할 수 있는 가능성을 열어준다. "상징 이론은 은유 이론에 의해 칸트적인 의미의 도식성과 이웃하면서 개념적 종합에 이르게 된다"(*IT*, p. 57).

하지만 은유의 의미론적 혁신이라는 개념으로 포섭될 수 없는 상징의 비언어적 차원도 있다. 상징은 은유와 달리 우리의 원초적인 경험에 뿌리내리고 있기에 언어의 의미론을 넘어서는 불투명성을 갖고 있기 때문이다. 정신분석에서의 꿈 체험과 인간의 욕망, 문학에서 현실을 언어로 변환시키는 시적 체험, 종교에서 초자연적 힘의 체험 등이 그렇다. 이 점에서 상징은 언어로 다가가기 힘든 인간 경험(무의식, 상상력, 성스러움)에 묶여 있다고 말할 수 있으며, 그러한 언어 이전의 현실을 가리킨다는 점에서 은유가 갖지 못한 힘을 가지고 있다고 하겠다. 예컨대 정신분석에서 다루는 상징은 원초적 충동과 그 충동의 위임을 받은 정서적 표상 사이의 경계선, 즉 원초적 억압과 이차적 억압 사이의 경계선에 위치한다. 이차적 억압으로 인해 나타나는 상징은 원초적 충동이라는 기호의 기호이며, 이로 인해 정신분석의 언어는 충동의 동역학의 어휘와 텍스트 해석학의 어휘가 뒤섞인 혼합된 성격을 띤다. 『꿈의 해석』에서 다루고 있는 꿈은 원초적 충동이 치환, 응축, 해체 등의 '꿈 작업'을 거쳐 나타난 것이기에 변형되거나 손상되었다고 말할 수 있지만, 분석을 위해서는 언어적으로 재현된 텍스트로 제시될 수밖에 없는 것 역시 그 때문이다. 다시 말해서 이런 텍스트들은 심층적인 갈등의 흔적이나 언어적인 재현을 거부하는 상형문자 또는 수수께끼 같은 측면을 가진다. 리쾨르가 인식론 차원에서 정신분석 담론의 특징을 언어적 차원과 비언어적 차원의 개념들이 뒤섞인 상태라고 말하는 것은 그런 맥락이다. "즉 힘과 의미, 충동과 담론, 동역학과 의미론의 혼합이 이루어지는 곳"(*IT*, p. 59)에서 바로 정신분석학의 담론이 출현하는 것이다. 의미론적 계기와 비-의미론적 계기가 섞인 그런 특성으로 말미암아 상징은 은유로 곧바로 넘어갈 수 없다. "은유는 이미 정화된 로고스의 세계에서 발생한다. 반면 상징은 삶과 이성의 분리선에서 망설인다. 상징은 담론이 원초적으로 삶에 뿌리내리고 있음을 입증해준다. 그리고 상징은 힘과 형태가 일치하는 곳에서 태어난다"(*IT*, p. 59).

　종교 상징, 성스러움의 상징 또한 비-의미론적 질서에 뿌리내리고 있다. 루돌프 오토는 『성스러움의 의미』에서 성스러움의 드러남을 힘, 위력, 효력이라고 규정함으로써 신화를 언어적인 것으로 환원하려는 시도를 비판한다. 힘에 대해 말한다는 것은 힘 이전의 어떤 것, 의미론적 분절과는 다른 어떤 현실을 말하는 것이기 때문이다. 물론 엘리아데는 성스러운 것의 드러남(히에로파니)이라는 개념을 통해 성스러움의 개념이 광범위하긴 하지만 그 또한 어떤 형태나 구조를 갖고 있다는 점을 보여준다. 하지만 그렇다고 언어적으로 모두 분석이 가능하다는 것은 아니다. 성스러움은 나무나 돌 같은 비언어적 사물에서도 나타나기 때문이다. 성스러움의 경험은 언어 이전의 것이며, 그래서 세속의 시공간은 성스러운 시공간으로 변화될 수 있다. 그런 변화는 칸트가 말하는 경험의 미학적 수준에 속한다.

성스러움이 비언어적 차원에 속한다는 사실은 신화와 의례의 결합에서도 볼 수 있다. 자연계와 초월적 세계의 상응의 논리에 근거한 종교적 세계관은 성스러운 우주를 만들어내며 이 세계는 그런 초월적 힘들이 편재한 곳으로 간주된다. 따라서 "상징은 성스러운 우주 속에 묶여 있는 셈이다. [……] 은유는 담론의 자유로운 발명품인 반면, 상징은 우주에 묶여 있다"(*IT*, p. 61). 우주는 성스러운 그 무엇을 의미하며, 의미의 논리는 태초의 창조와 세계 사이의 상응의 법칙에 따른다. 신화는 바로 그러한 상응의 기원을 이야기로 풀어낸 것이며, 의례를 통해 인간은 기원으로 되돌아가 성스러운 우주에 참여한다. 신화와 의례는 성스러운 우주의 의미를 담론으로 드러내는 상징이며, 그러한 상징체계는 성스러움에 대한 어떤 해석이라고 할 수 있다. 하지만 해석이 없어도 성스러움은 존재한다. "자연의 성스러움은 상징적으로 말함으로써 자기 자신을 드러낸다. 드러냄은 말하기를 기반으로 한다. 하지만 그 반대는 아니다"(*IT*, p. 63). 요약하자면 상징은 언어화되기를 바라지만 완전히 언어화될 수 없는 힘을 가진 어떤 것이다. "우리의 환상에서 자주 출몰하는 충동의 힘, 시적 언어에 불을 붙이는 상상적 존재 양식의 힘, 그리고 그 모든 것을 포괄하는 힘"(*IT*, p. 63), 이 모든 힘은 언어를 통해 자신을 드러내지만 언어로 다가가기 힘든, 언어 이전의 힘들이다. 상징에서 언어는 "기껏해야 삶의 표면에서 부유하는 거품만을 붙잡을 뿐"(*IT*, p. 63)이다.

은유를 수수께끼로 보고 이를 푸는 과정이 의미론 차원에 속한다면, 은유가 현실을 가리키는 힘은 어디서 나오는가? 리쾨르는 이를 삶의 체험에 뿌리내린 은유의 그물망, 또는 '근원적 은유root metaphor'라는 개념으로 설명한다. 예컨대 히브리 전통에서 왕, 아버지, 남편, 주, 목자,

심판자, 반석, 요새, 대속자, 고난 받는 종 등의 은유들은 서로 연결되어 '신'이라는 근원적 은유를 가리킨다. 근원적 은유들은 모으기도 하지만 분산시키기도 하며, 그래서 다양한 해석도 나온다. 나아가 "은유들의 집합은 그물망을 구성하는 것을 넘어서서 근원적으로 서열에 따른 어떤 체제를 보여준다"(*IT*, p. 64). 개인 차원의 집요한 은유에서부터 공동체의 문화에 기반을 두는 은유까지 그 범위는 넓다. 이를 휠라이트는 '원형'이라 부르며, 엘리아데는 『종교형태론』에서 '상징적 패러다임'이라고 부른다.

인간의 어떤 근본적인 경험들, 세계-내-존재라는 인간의 존재 방식과 결부된 체험들, 예컨대 바슐라르의 물질적 상상력에 근거한 체험이나 행동의 시공간적인 방향성과 관계된 체험들은 원초적인 은유의 질서를 지배하는 상징체계를 만들어내는 것처럼 보인다. 프로이트식으로 해석하자면 이런 인간적이고 우주적인 상징체계는 리비도적인 영역과 은밀한 소통 관계에 있으며, 그것은 궁극적으로 "거인들의 싸움, 즉 에로스와 타나토스 사이의 싸움"(*IT*, p. 65)과 관련된다. 상징 경험은 은유의 의미론적 질서, 즉 조직적인 그물망과 서열에 따른 층위를 요구하며 우리는 은유의 언어적 차원을 통해서만 상징체계의 심층에 다가갈 수 있다. 모델로서의 이런 상징체계는 은유의 의미를 넘어서 대상지시 차원에서의 의미작용으로 나아가게 한다. 은유 또한 무엇에 관해 무엇을 말하는 담론이기 때문이다. "의미는 순수한 주술 관계이고, 대상지시는 실재에 관해 무언가를 말하고자 하는 의미의 자기주장, 간단히 말해서 의미의 진리값이다"(*IT*, p. 66).

은유가 말하고자 하는 그 무엇, 즉 은유의 대상지시 측면은 현실을 다시 그려봄으로써 현실의 새로운 측면을 발견하게 하는 기능 측면에서 접근할 수 있다. 그 점에서 은유는 현실의 모델이 된다. 은유는 일상적인 시각과 언어를 거부하면서 우회로를 통해 현상 너머의 실재를 포착하려 한다는 점에서 과학언어와 공통점을 갖는다. 예를 들어 맥스 블랙은 현실을 다시 그려낼 수 있는 모델의 힘을 설명하면서 이를 비례 모델, 유추 모델, 이론 모델의 세 종류로 구분한다. 이들 가운데 인식론적 관점에서 진정한 모델이라 할 수 있는 이론 모델은 "상상적 대상의 특성들이 실재의 특성들에 상응한다고 보고, 기술하기가 더 쉬운 상상적 대상을 복합적인 실재의 영역으로 파악"(IT, p. 67)함으로써 구성된다. 이론 모델을 통해 현실을 다시 그려낸다는 것은 허구를 통해 실재를 발견하는 것이다. 현실은 직접 인식할 수 있는 것이 아니라 현실과 모델 사이의 동형성에 근거한 '발견적 허구'라는 우회로를 거쳐야만 제대로 이해할 수 있다는 것이 바로 은유-모델 이론의 핵심이다. 은유의 그런 발견적 기능을 통해 현실에 대한 이해는 깊어지고, 세계의 도상은 늘어나고 텍스트 세계의 총량은 증가한다. 물론 모든 은유가 다 그런 것은 아니다. 하지만 존재의 심연에 다가가는 은유들, 근원적이기에 끈질긴 은유들은 은유의 그물망과 위계를 통해 자신을 조직함으로써 사물들이 무엇과 같은지를 우리에게 드러내준다.

요약하자면, 은유는 상징이 암묵적으로 내포하는 의미를 언어적 차원에서 부적절한 주술 관계를 통해 드러냄으로써 상징을 명료하게 하고, 상징은 단지 언어적 긴장에 불과한 은유를 삶에 뿌리내리게 한다는 점에서 이 둘은 서로 지양하면서 종합을 이룬다고 말할 수 있다. 이처럼 상징과 은유가 새로운 의미를 만들어낸다는 것은 말하지 않았던 것을 나타나게 한다는 점에서 하나의 '사건'이다. 의미 혁신을 통해 열린 세계(텍스트 세계)는 언어에 의해 창조된 세계이므로 주체의 뜻(후설의 지향성)으로부터도 자유롭다. 언어로 표현할 수 없는 세계를 상징이나 은유로 표현하는데, 언어로 다 드러나지 않는 세계는 내가 지배할 수 없는 세계이며 의미가 넘치는 세계이다. 그것은 말한 사람의 의도를 찾는 것도, 듣는 사람 마음대로 해석하는 것도 아니다. 즉, 주체가 해석을 하지만 주체는 상징과 은유의 넘치는 의미에 이끌려 해석하는 것이다. 리쾨르의 은유론은 그처럼 상징론을 넘어서면서 상징론으로써 은유론을 보완한다. 한편으로 은유는 상징이 갖고 있는 비언어적 의미를 언어로 풀어낼 수 있기 때문에 상징을 넘어선다고 말할 수 있지만, 다른 한편으로 은유는 상징이 가진 힘을 언어로 다 풀어낼 수 없기 때문에 상징에 미치지 못한다고 말할 수 있다. "은유는 상징의 언어적 표면이다. 그리고 인간 경험의 깊이 속에서 의미론적 표면과 전-의미론적 표면을 관계 지을 수 있는 은유의 힘은 바로 상징의 이차원적 구조에 빚을 지고 있다"(*IT*, p. 69).

3장
시간과 이야기

> 인간 경험에 공통된 특성은 시간적 특성이다. 그
> 특성은 모든 형태의 이야기하는 행위를 통해 드러나
> 고, 유기적으로 연결되고 명료해진다. (*TA*, p. 12).

1. 시간성의 아포리아와 이야기의 시학

리쾨르는 시간이라는 전통적인 철학적 주제를 이야기라는 담론 양식
과 묶는다. 사변적 차원에서는 풀기 힘든 시간의 아포리아에 대한 해결
책을 시간성과 서사성의 관계에서 찾을 수 있으며, 이야기를 자기 이해
에 이르게 하는 특별한 상징적 매개라고 보기 때문이다. 이야기는 실제
일어난 것이든(역사 이야기), 상상 속에서 일어난 것이든(허구 이야기)
인간의 경험을 이야기하는 것이며, 그러한 모든 경험은 시간 속에서 시
간과 더불어 전개된다. 그리고 시간 속에서 일어나는 모든 것은 이야기
될 수 있다. 역으로 시간은 이야기라는 매개를 거치지 않고서는 시간적
인 것으로 인식될 수 없다. 리쾨르는 『시간과 이야기』에서 이야기하는
행위와 시간 경험은 근본적으로 유사하고, "시간은 서사적 양태로 엮임
으로써 인간의 시간이 되며, 이야기는 그것이 시간적 실존의 조건이 될

때 그 충만한 의미에 이른다"(『시간1』, p. 125)는 가설을 세운다. 그리고 문제 틀을 설정하기 위해 시간에 관한 철학적 논쟁을 두 가지 대립되는 입장으로 구분한다.

하나는 아우구스티누스에서 후설의 시간현상학으로 이어지는 체험된 시간, 정신의 시간, 현상학적 시간이라 말할 수 있는 주관적 시간이다. 다른 하나는 아리스토텔레스가 '운동의 수'라고 정의한 우주론적 시간인데, 이는 칸트 이후 현대물리학을 구성하는 객관적 시간이라는 개념과 연결된다. 리쾨르는 서로 상반되는 이 두 가지 입장을 주관적 시간과 객관적 시간의 대립이라는 아포리아로 파악하면서 그러한 시간성의 아포리아에 이야기의 시학이 어떤 해결책을 제시할 수 있는가라는 물음의 답을 찾는다. 그리고 그 실마리를 아우구스티누스가 말하는 화음을 부여하려는 인간 정신의 시간 체험과 아리스토텔레스가 말하는 비극의 뮈토스 개념의 교차에서 찾는다. 요컨대, 리쾨르는 서사성의 시학이 "시간성의 아포리아에 대답하고 대응한다"(『시간1』, p. 182)는 전제 아래 이야기를 역사 이야기와 허구 이야기라는 두 개의 하위 범주로 나누고, 역사와 허구가 어우러져 시간의 아포리아에 제시하는 해결책을 찾아가는 동시에 이야기 해석에 관한 일반 이론을 정립하고자 한다.

1) 현상학적 시간과 우주론적 시간

아리스토텔레스에 따르면 시간은 '이전과 이후에 따른 운동의 수'로 정의된다. 즉 시간이란 태양을 중심으로 한 천체의 규칙적인 운동에서 헤아려진 수로서 어디서나 누구에게나 동일하다는 것이다. 천체의 운행이 변하지 않는 한, 지구에서의 1년은 12달 365일이며 밤과 낮, 사계절은 동일하게 반복된다. 시간을 구성하는 단위(년, 월, 일, 시……)는 무한히 나뉠 수 있는 순간들에 지나지 않으며, 과거와 미래는 현재를 기점으로 질적 차이가 없는 연속선상의 앞과 뒤일 따름이다. 우주론적 시간은 그처럼 인간이 각자 삶에서 겪는 질적 변화와는 무관하게, 하지만 다양한 사건들과 변화가 일어날 수 있는 텅 빈 무대처럼 누구에게나 동질적이고 균일하게 주어진다. 이러한 시간에 맞서 인간이 각자 체험하는 주관적이고 현상학적인 시간이 있다. 여기서 체험된 시간의 아포리아를 부각시키기 위해 리쾨르는 『고백록』에서 아우구스티누스가 제시한 물음을 따라간다. "그러면 시간이란 도대체 무엇입니까? 아무도 나에게 그 질문을 하지 않을 때에는 나는 알고 있습니다. 그러나 누군가 나에게 그것을 묻고 내가 그것을 설명하려 한다면 나는 더 이상 알 수 없습니다."[36]

아우구스티누스가 말하는 시간의 역설은 이렇다. 시간은 존재하지 않는다. 왜냐하면 과거는 이미 지나가 버렸고, 미래는 아직 오지 않았으며, 현재는 끊임없이 지나가 버리기 때문이다. 그러나 시간은 존재한다. 왜냐하면 우리는 시간을 측정하고 길거나 짧다고 비교할 수 있기 때문이다. 존재하지 않는 것을 측정하거나 비교할 수는 없다. 그렇다면 시간은 어디에 존재하는가? 아우구스티누스는 그렇게 해서 시간을 외부에 존재하는 대상이 아니라 정신의 체험이라고 본다. 시간 체험은 우선 '정신의 분산distentio animi'으로 나타난다. 과거는 지나간 것으로, 현재는 지나가고 있는 것으로, 미래는 아직 오지 않은 것으로 체험된다. 결국 체험된 시간은 과거와 현재와 미래로 분산된 균열의 체험이다. 균열

---

36) Saint Augustin, *Confessions*, Gallimard, 1993, 11서 14장.

은 무의미와 혼돈이기에, 그것을 극복하려는 인간의 의지가 있다. 현재를 중심으로 과거와 현재, 미래의 분산과 균열을 통합하려는 '정신의 집중intentio animi'이 또 다른 시간 체험을 만들어내는 것이다.

이제 시간은 '세 겹의 현재triple présent,' 즉 과거의 현재는 '기억'으로, 현재의 현재는 '직각直覺'으로, 미래의 현재는 '기다림'으로 나타난다.[37] 우리가 재는 것은 과거도 현재도 미래도 아니다. 이미 없고, 지금 지나가고 있으며, 아직 오지 않은 것을 잴 수는 없기 때문이다. 우리는 지나가고 있는 현재의 의식 상태에서 과거의 기억이나 미래의 기다림을 재는 것이다. 기억이나 기다림이 없다면 시간 체험도 있을 수 없다. 현재의 긴장은 지속이 되고 이를 통해 있을 것(미래)은 없어질 것(과거)으로 흘러들어 가는 것이다. 아우구스티누스가 언어 체험을 이야기하는 것도 그 때문이다. 노래를 하거나 시를 낭송하거나 이야기를 할 때 미래(기다림)가 현재(직각)를 거쳐 과거(기억)로 흘러들어 없어지는 것을 경험할 수 있다. 시간 경험은 오로지 말하는 현재의 긴장을 통해서만 존재한다. 하지만 정신의 집중을 통해서라 할지라도 정신의 분산을 완전히 극복할 수는 없다. 더구나 절대적인 영원성 앞에서 인간의 유한성을 체험한다는 것은 존재론적 결핍, 존재로부터의 분리 경험이다. 체험된 시간의 불협화음은 영원성의 화음에 짓눌리며, 그래서 파스칼이 말하는 "무한한 우주의 영원한 침묵" 아래 인간은 신음할 수밖에 없다.

그렇다면 아우구스티누스와 아리스토텔레스의 대립적인 시간 개념으로 인해 생겨나는 아포리아는 무엇인가? 앞에서 보았듯이 아우구스티누스는 시간을 정신의 집중과 분산의 변증법이라는 측면에서 이해한

---

37) 같은 책, 11서 20~26장 참조.

다. 그 한계는 시간의 측정 원리를 단지 정신의 분산에서 끌어내려 함으로써 우주론적 개념을 설명하지 못한다는 점이다. 하지만 아우구스티누스는 시간 자체가 창조된 사물과 함께 시작되었다고 고백한다.[38] 따라서 그 시간은 모든 피조물의 물리적 시간, 우주론적 시간이 될 수밖에 없다. 반면 아리스토텔레스는 시간 그 자체는 운동이 아니며, 순간들을 구분하고 간격을 헤아리기 위해서는 정신을 요구한다는 것을 잘 알고 있었다. 하지만 이전과 이후에 따른 운동의 수로 정의되는 아리스토텔레스의 시간 개념에는 정신과의 연루 관계가 나타나지 않는다는 점에서 그의 추론 또한 모순에 빠진다. 시간의 물리적 정의는 시간 파악의 심리적 조건들을 설명하지 못하는 것이다. 여기서 시간의 가장 큰 아포리아, 즉 우주론적 시간과 현상학적 시간의 이원성에서 비롯된 아포리아가 나온다. 리쾨르가 아우구스티누스와 아리스토텔레스를 대조함으로써 얻은 결론은 이렇다. "즉 시간의 문제를, 정신이든 운동이든 단 하나의 극단적 방법으로 공략한다는 것은 가능하지 않다는 것이다. 정신의 분산만으로는 시간의 연장을 만들어낼 수 없으며, 운동의 역동성만으로는 세 겹의 현재의 변증법을 만들어낼 수 없다"(『시간3』, p. 48).

후설과 칸트는 시간에 관한 대립되는 관점에서 비롯된 아포리아를 더욱 심화시키면서 두 관점이 역설적으로 서로에게 기대고 있음을 보여준다. 즉 내적 시간의식에 대한 후설의 현상학은 칸트가 말한 객관적 시간에 대한 대상지시를 배제할 수 없으며, 선험적 감성론에 따른 칸트의 객관적 시간 또한 시간의 현상학에 암묵적으로 기대지 않고서는 성

---

38) "그러므로 당신은 모든 시간의 창조자이십니다. 만일 당신이 천지를 창조하시기 이전에 시간이 있었다고 한다면, 그 시간조차도 당신이 만드신 것인데, 어째서 당신은 창조 이전에 아무 일도 하시지 않았다고 말할 수 있겠습니까"(같은 책, 11서 13장).

립될 수 없다는 것이다. 후설의 시간현상학은 직관을 통해 시간 그 자체를 나타나게 하려는 시도이며, 아우구스티누스의 시간론을 발전시켜 미래 지향과 과거 지향, 그리고 1차적 기억과 2차적 기억의 현상을 탐구한다. 그에 따르면 '지금'은 한 점에 국한된 순간으로 수축하는 것이 아니라 과거 지향과 미래 지향이 겹쳐진 '세로 방향의 지향성'을 내포한다. "'지금'은 그러한 지향성에 근거해서 그 자체인 동시에 '이제 막' 지나간 국면의 음ᵤ에 대한 과거 지향이고 곧 다가올 국면의 미래 지향이다"(『시간3』, p. 58). 다시 말하면 지금이란 매번 동일한 현재의 어떤 순간이 아니라 과거 지향과 미래 지향으로 두터워진 순간이며, 동일한 것이 시간이 지남에 따라 비슷한 것으로 나타나는, 그래서 동일자와 타자의 변증법이 작용하는 순간이다. 이어서 1차적 기억과 '회상'이라고 부르는 2차적 기억은 그것이 현재에 한 발을 담그고 있는가의 여부에 따라 구별된다. 1차적 기억은 계속해서 울리는 단순한 음의 예를, 2차적 기억은 최근에 콘서트에서 들었던 선율을 기억할 때의 예를 들 수 있다.

문제는 체험된 시간의 불연속성이 어떻게 연속성을 이루는가인데, 후설은 의식의 절대적 흐름의 통일성과 연속성이라는 개념으로 이를 해결한다. 즉 연속성이라는 토대 위에서만 불연속성을 생각할 수 있으며, 그것이 바로 시간이라는 것이다. 현상학의 용어를 사용하여 의식에 나타나는 대상을 내재적 대상, 지각의 대상을 현상, 실제 대상을 초월적 대상이라 한다면, 대상(1단계), 나타남(2단계), 인상(3단계)으로 이루어진 단계적 질서는 궁극적으로 절대적인 어떤 흐름을 가리킨다. 마찬가지로 시간 그 자체를 나타나게 하기 위해서는 객관적 시간(1단계), 시간 객체들이 지각되는 시간(2단계), 내재적 시간(3단계)이라는 세 단계를 고려해야 한다. 그렇게 해서 후설은 시간을 의식의 어떤 절대적

'흐름'에 의해 구성된 시간으로 간주한다. 그러나 후설의 시도는 칸트의 논제에 가로막힌다. 칸트에 따르면 시간은 있는 그대로 나타날 수 없으며 무엇이 나타나기 위한 조건으로 간주된다. 오로지 하나의 시간만이 있을 뿐이며, 모든 시간은 그 부분들에 지나지 않는다는 공리가 거기서 나온다. 하지만 시간은 단일한 것이라는 생각조차도 '시간적 지평'이라는 경험을 끌어들여야 한다는 점에서 사유 경험의 현상학에 기대지 않을 수 없다는 모순이 생긴다.

리쾨르는 이처럼 칸트의 논제를 빌려 후설의 시간론이 지닌 모순을 드러내는 동시에, 후설의 논제를 빌려 칸트의 시간론이 지닌 모순도 드러낸다. 시간에 관한 모든 주장은 시간을 전제하고 있다는 칸트의 논제를 빌려 후설을 반박하고, 시간적 지평이라는 경험에 의하지 않고는 시간을 논할 수 없다는 후설 현상학의 논제를 빌려 칸트를 반박하는 것이다. 이러한 상관관계는 앞에서 아우구스티누스와 아리스토텔레스를 대조한 것과 같은 맥락에서 정신의 시간과 세계의 시간의 양극성을 되풀이하는 것이다. 아우구스티누스와 후설의 연관 관계는 뚜렷하다. 미래 지향과 과거 지향의 현상학, 그리고 1차적 기억과 2차적 기억의 현상학은 세 겹의 현재와 정신의 집중과 분산의 변증법이 좀더 다듬어진 형태라고 할 수 있으며, 이를 통해 후설은 아우구스티누스의 분석에 내재한 몇몇 역설들에 대한 현상학적 해결책을 발견한다. 이를테면 아우구스티누스는 과거의 이미지를 정신 속에 고정된 '인상'으로 보는 반면, 후설은 그 이미지를 현재에 남아 있는 과거의 '흔적'으로 본다. 또한 칸트는 시간을 객관성의 선험적 조건으로 간주한다는 점에서 자연의 물리적 시간을 내세우는 아리스토텔레스에게로 돌아간다. 결과적으로 "시간은 그 주관적인 특성에도 불구하고 '어떤 자연의 시간'이며, 그 객관

성은 전체적으로 정신의 범주 체제에 의해 정의된다"(『시간3』, p. 119)고 보는 것이다.[39]

　하이데거의 해석학적 현상학에 따른 시간 개념은 시간에 관한 두 가지 관점, 즉 정신의 시간/세계의 시간, 현상학적 시간/우주론적 시간의 대립에서 비롯된 아포리아를 더욱 심화시킨다. 그에 따르면 시간성의 모순이 안고 있는 문제는 다음과 같다. 과거는 지나갔고 현재는 지나가고 있으며 미래는 아직 다가오지 않았는데, 우리는 과거를 기억하고 미래를 기다리며 현재에 주의를 기울인다. 존재하지 않는 과거가 어떻게 현재에 영향을 미치는가? 닫혀 있는 과거가 어떻게 열려 있는 미래에 영향을 미치는가? 지금과 순간은 어떻게 다른가? 시계와 시간은 어떤 관계에 있는가? 하나의 시간만이 있는가, 아니면 여러 시간이 있는가? 시간은 보이는 것인가, 보이지 않는 것인가? 하이데거는 이러한 시간성의 모순을 해결하기 위해 현존재라는 개념을 도입하여 정신/세계, 주관/객관의 대립을 해체한다. 정신의 시간과 우주론적 시간의 이원성, 그리고 현상학적 시간과 객관적 시간의 아포리아를 현존재의 분석론을 통해 극복하려는 것이다.

　『존재와 시간』에 따르면 존재 자체는 시간적이고 세계-내-존재이며, 세계-내-존재는 현존재의 근본 구성 틀이다. 따라서 시간은 정신이나

---

39) 리쾨르는 나아가 이렇게 말한다. "이렇게 접근시킴으로써 칸트와 후설의 관계는 홀연 새로운 국면에 놓이게 된다. 즉 후설이 말하는 시간의 직관성과 칸트가 말하는 시간의 비가시성 사이의 대립은 단지 형식적인 것만이 아니다. 그것은 아우구스티누스가 말하는 '정신의 분산'처럼, 과거와 미래를 분리하고 결합할 수 있는 '현재'를 요구하는 시간과, 최종적으로는 자연의 시간에 지나지 않기 때문에 '현재 속에 지표를 갖지 않는' 시간 사이의 질료적 대립인 것이다. 한 번 더 말하지만, 그 두 학설에서 하나는 다른 하나를 은폐한다는 조건에서만 자기의 영역을 찾게 된다"(『시간3』, p. 120).

세계 어느 한쪽에 속하는 것이 아니다. 그렇다면 하이데거가 말하는 존재란 무엇인가? 하이데거에게 존재는 사건이며 그 사건은 시간성의 근본 구조, 즉 있었고 있게 하며 다가오는 것 속에 자리 잡는다. 현존재, 내던져지고 기획투사하는 존재는 있었던 일, 있는 일, 다가올 일에 끊임없이 마음을 쓰며 살아간다. '마음 씀Souci'은 시간적이고, 시간은 마음 씀의 시간이다. 시간의 본래 구조를 그처럼 마음 씀의 구조에 결부시킴으로써 시간 문제는 인식론을 벗어나 존재론으로 옮겨 간다. 하이데거의 시간론의 특징을 리쾨르는 이렇게 요약한다.

우리는 하이데거에게 세 가지 경이적인 발견을 빚지고 있다. 첫번째 발견에 따르면 '전체성totalité'으로서의 시간 문제는, 해명해야 할 여지를 남겨두는 식이긴 하지만, '마음 씀Souci'의 근본 구조 속에 감싸여 있다. 두번째로, 시간의 세 차원—미래, 과거, 현재—의 통일성은 어떤 탈자태脫自態적ek-statique 통일성이며, 거기서 상호적 '외재화extériorisation'는 그 연루 관계 자체에서 비롯된다. 끝으로 그러한 탈자태적 통일성의 전개는 이번에는 층상層狀이라고 할 수 있는 시간 체제, 별개의 명칭을 요구하는 어떤 '계층화'된 시간화 층위를 드러내는데, '시간성temporalité' '역사성historialité' '시간 내부성intra-temporalité'이 그것이다. (『시간3』, p. 127)

우선 엄밀한 의미의 시간성은 죽음을-향한-존재에 의해 밝혀지는 시간성이며, 이를 근본적 시간성이라 말할 수 있다. 탄생과 죽음 사이에서 펼쳐진, 혹은 늘어난 현존재의 시간 간격을 고려함으로써 제시되는 역사성에서는, 역사 그리고 그 이전에 기억에 의해 특권을 부여받은 과거에의 대상지시가 어떤 식으로든 우세하다. 반복이라는 개념도 여기서 등장한다. 역사성 속에서 늘어난 현존재가 자신의 존재 가능성으로 되돌아가는 것은 아우구스티누스의 집중과 분산의 변증법과 정확히 일치한다. 눈앞에 있고 손안에 있는 사물들, 세계 속에서 우리 '곁에' 존재하는 사물들의 현재에 우리를 얽매이게 하는 근심걱정이 시간 내부성, 혹은 '시간-속에-있음'을 지배한다. 세 가지 시간화 층위 사이에는 그처럼 상관관계가 설정되며, 미래와 과거 그리고 현재라는 세 심급이 차례로 번갈아 우세하게 나타난다.

하이데거의 시간론은 역사성, 시간 내부성을 근본적 시간성에서 파생되었다고 본다는 점에서 독창적이다. 숙명적 시간성에서 공적 역사성으로, 이어서 세계적인 시간 내부성으로 파생되는 관계로 보는 것이다. 개인의 운명이라는 개념 또한 공동의 운명-공동역운이라는 개념으로 넘어간다. 이처럼 하이데거는 현상학에 해석학을 접목시키는 방식으로 시간 이해를 존재 이해와 연결하는데, 시간 차원에서의 현존재 분석이 마음 씀이라는 사태 자체, 그리고 지향성에 중점을 둔다는 점에서는 현상학적이다. 그러나 시간 그 자체를 의식의 절대적 흐름으로 나타나게 하려는 후설의 순수현상학과는 달리, 간접적으로 어떤 현상의 구조를 언어로 해명한다는 점에서, 즉 보이는 현상에서 보이지 않는 현상을 읽어낸다는 점에서는 해석학적이다. "시간의 가시성과 비가시성의 딜레마 너머로 해석학적 현상학의 길이 열린다. 거기서 본다는 것은 이해한다는 것에, 혹은 다른 표현을 빌리자면 무엇을 '발견하는 해석'에 길을 양보한다"(『시간3』, p. 125). 하이데거는 죽음을 향한 존재의 분석에서 근원성을, 양심에 대한 분석에서 본래적인 것을 추출하고 이를 결합시킴으로써 시간성에 다가간다. 즉 바다의 표면은 바다 깊은 곳에서 가장 멀리 떨어진 곳이듯, 일상적인 것은 본래적인 것에서 가장 멀리 떨어져 있으며 본래적인 것은 일상성 속에 감추어져 있다는 것이다. 가장 가까이 있는 것이 가장 멀리 있는 것이고, 해석은 거기서 출발한다.

하이데거의 해석학적 현상학은 이처럼 주체와 객체의 이원론적 대립을 극복했다는 점에서는 아우구스티누스와 아리스토텔레스, 그리고 후설과 칸트의 대립을 넘어섰다고 볼 수도 있다. 한편으로 세계의 시간은, 세계로서의 세계의 드러남과 동시에 발생한다는 점에서 그 어떤 객체보다 더 객관적이다. 그것은 하늘 속에서 모습을 드러내는 우주처럼 물리적인 존재자나 심리적인 존재자와 무관하게 존재한다. 다른 한편 그것은 마음 씀 속에 뿌리내림으로써 그 어떤 주체보다도 더 주관적이다. 정신의 시간은 바로 세계의 시간이며, 세계의 시간 역시 정신의 시간 없이는 생각할 수 없는 것이다.

여기서 리쾨르의 비판은 하이데거가 미래에 너무 무게중심을 두고 있는 것은 아닌가, 시간화의 세 가지 층위가 과연 파생 관계에 있는가 하는 데 모아진다. 또한 하이데거의 시간론은 공동역운 개념에서 볼 수 있듯이 공동체의 운명과 개인의 운명이 구조적으로 동일하다는 관념을 암시함으로써 투쟁, 군율에 대한 복종, 충성심 같은 공동 존재에 보다 특수하게 적용되는 공적 영역과 사적 영역을 뒤섞고 있다는 문제도 안고 있다. 결국은 하이데거도 정신의 시간과 세계의 시간의 대립을 해소하지 못했다는 것이다. 나중에 다시 보겠지만 리쾨르가 말하는 역사적 시간, 즉 현상학적 시간과 우주론적 시간을 매개하는 역사적 시간이라는 개념은 그렇게 태어난다. 역사적 시간은 달력에서 알 수 있듯이 현재와 과거, 미래라는 주관적이고 현상학적 시간에도 기대고 있지만 동질적인 순간으로 분할되는 우주론적 시간도 참조하고 있다. 리쾨르는 하이데거의 파생 개념을 매개 개념으로 대체함으로써 시간에 관한 두 관점의 대립에서 비롯된 아포리아를 해결하려고 한다.

2) 이야기, 불협화음에서 화음으로

그렇다면 이야기는 시간의 아포리아에 대해 어떤 해결책을 제시할 수 있는가? 다시 말해서 서사성의 시학은 시간성의 모순에 어떻게 대답하고 대응하는가? 아우구스티누스가 말하는 시간 체험은 여기서 하나의 실마리를 제공한다. 앞에서 보았듯이 아우구스티누스의 시간 체험이란 정신의 집중과 분산이며, 균열된 시간을 극복함으로써 시간의 불협화음에 화음을 부여하려는 인간 정신의 활동을 가리킨다. 그렇다면 '세 겹의 현재'라는 정신의 집중을 통해 분산된 시간 체험에 일관성을 부여하는 시간 체험과, 이야기를 따라가는 시간 체험 사이에 존재하는 어떤 내밀한 관계를 생각할 수 있지 않을까? 리쾨르는 여기서 아우구스티누스가 말하는 정신의 집중과 분산의 경험, 즉 불협화음에도 불구하고 화음을 찾으려는 시간 경험을 "화음을 이루는 불협화음discordance concordante"(『시간1』, p. 139)이라고 이름 붙이고, 그에 대한 이야기의 응답으로 아리스토텔레스의 『시학』을 끌어들인다. 『고백록』에 나타난 아우구스티누스의 시간에 대한 사유와 『시학』의 핵을 이루는 미메시스와 뮈토스 개념을 대응시키면서 시간의 아포리아에 대한 새로운 해결책을 모색하는 것이다.

그렇다면 이야기란 무엇인가? 아리스토텔레스에 따르면 이야기의 본질은 미메시스, 즉 '행동의 재현mimesis praxeos'이다. 이야기는 실제로 일어났거나(역사 이야기) 상상 속에서 일어난(허구 이야기) 행동을 이야기하는 것이다. 그런데 이야기가 행동을 재현한다는 것은 일어난 일을 그대로 옮겨놓는 것이 아니라 일어난 일들 가운데 어떤 것들을 취사선택하여 배치하는 줄거리 구성(뮈토스)이라는 작업에 따라 재구성하는 것을 말한다. 재구성이라는 점에서 일어난 그대로의 사실과는 다른 허구이며, 일어난 사실은 그런 허구화 작업을 통해 이야기 속의 사건으로 변모된다. 달리 말하자면 이야기한다는 것은 행동으로 이루어진 사건들을 어떤 형상화의 틀, 특히 시간의 축에 따라 배치하는 것이며, 이야기를 따라간다는 것은 어떤 방향으로 전개되는 사건들, 즉 일련의 흐름을 이루는 행동과 사고, 느낌 등을 이해하는 것이다. 독자는 나름대로의 예상과 기대를 가지고 이야기를 따라간다. 기대라는 목적론적 움직임을 통해서 결말을 향해 나아가고, 결말을 통해 이야기를 돌이켜봄으로써 우연성을 제거하고 결말을 받아들이게 된다. 결말은 예측 가능한 것이 아니라 받아들일 수 있는 것이어야 한다. 이야기를 따라가고 이해한다는 것은 그런 것이다.

여기서 리쾨르는 아우구스티누스의 시간 구조와 아리스토텔레스의 뮈토스가 시간성의 측면에서 주목할 만한 대조를 이루고 있다는 사실을 발견한다. 아우구스티누스의 시간 체험이 정신의 집중과 분산, 즉 균열된 시간을 극복함으로써 불협화음에 화음을 부여하려는 인간 정신의 활동을 가리킨다면, 아리스토텔레스가 말하는 줄거리 구성(뮈토스)이란 이리저리 흩어진 사건들을 하나의 일관된 행동의 시간적 단위로 묶는 것이다. 줄거리 구성이란 "상황, 목적과 수단, 자발성과 상호작용, 운명의 역전과 인간의 행동에서 비롯되는 원하지 않았던 모든 결과들로 이루어지는 다양한 것을 전체적이고 완전한 하나의 행동 안에 다시 통합하는 작업"(『시간1』, p. 9), 다시 말해서 "이질적인 것의 종합 synthèse de l'hétérogène"(『시간1』, p. 8)이며, 그래서 리쾨르는 줄거리에 '화음 모델'이라는 이름을 붙인다. "우선 사상事象들의 배열이라는 뮈토스의 정의는 바로 화음을 강조하고 있다. 그리고 이러한 화음은 완결성, 전체성, 그리고 적절한 범위라는 세 가지 특성에 의해 규정된다"(『시간 1』, p. 96). 여기서 완결성과 전체성은 아리스토텔레스가 『시학』에서 말한 대로 시작과 중간 그리고 끝을 가지는 것이다.[40] 어떤 사건으로 이야기를 시작할지 혹은 어떻게 결말을 맺을지는 전적으로 줄거리 구성에 달려 있으며, 행동의 윤곽과 경계, 즉 반전을 가능케 하는 범위도 줄거리 구성에 따라 결정된다. 실제로 줄거리 구성에서 가장 중요한 것은 취사선택된 사건들 사이의 개연성 또는 필연성이며, 그 사건들 사이에 벌어진 일들은 이야기 진행에 기여하지 않는다는 점에서 별 의미가 없다.

그런데 이야기의 화음을 위협하는 불협화음이 없는 것은 아니다. 리쾨르가 "내포된 불협화음"이라 부르는 대표적인 예는 급변이나 운명의 타격, 악함이라기보다는 무지와 오해로 말미암은 과오, 공포와 연민을 불러일으키는 뜻하지 않은 사건들이다. 그런데 줄거리 구성은 있음 직하지 않은 불협화음마저도 보편성의 질서에 따르게 함으로써 이해 가능한 것으로 만든다. "있음 직하지 않은 일들이 많이 일어나는 것 또한 있음 직한 일"(18장 56a25)이라는 아리스토텔레스의 말은 줄거리 구성 원칙에서 화음이 얼마나 중요한지를 역설적으로 보여준다. 이야기를 따라가는 시간 체험은 그처럼 일상의 시간 체험과는 다른 시간 체험이며 리쾨르는 이를 "화음을 이루는 불협화음"이라는 아우구스티누스의 시간 체험과 대응시켜 "불협화음을 내포한 화음concordance

---

40) Aristotle, *La Poétique*, textes, traduction, notes par R. Dupont-Roc & J. Lallot, Seuil, 1980, 7장 50b26 이하 참조. 〔한국어판: 아리스토텔레스, 『시학』, 로즐린 뒤퐁-록, 장 랄로 (서문 및 주해), 김한식 옮김, 펭귄클래식, 2010〕.

discordante"(『시간1』, p. 104)이라 부른다. 여기서 이야기가 갖는 시간적 통일성은 체험된 이질적인 사건들의 균열보다 우세한 것으로 드러난다. 바로 이러한 상관관계를 통해 이야기하는 행위와 시간 경험 사이에 근본적인 유사성이 설정된다. 체험된 시간은 줄거리 구성을 통해 형상화되며, 일어난 일들은 사건으로 변형되어 줄거리의 논리에 따라 배치되는 것이다. 이처럼 사실들을 취사선택하여 줄거리를 꾸민다는 점에서 모든 이야기는, 그것이 실제 일어난 것이든 상상 속의 것이든, 날것의 현실이 아니라는 점에서 허구이다. 여기서 말하는 허구는 지어낸 이야기가 아니라, 사건들을 체계적으로 배열하는 뮈토스와 같은 의미로 이해할 수 있다. 이질적인 것의 종합으로 정의되는 줄거리 구성을 통해 이야기는 현실을 재구성하며, 이는 현실을 있는 그대로가 아니라 은유적으로, 즉 상상력을 통해 '마치 ~처럼' 보는 것이다. 줄거리 구성이 가져오는 의미론적 혁신에 관한 리쾨르의 말을 옮기면 다음과 같다.

이야기의 의미론적 혁신은, 그 또한 종합적 작업인 줄거리의 창안으로 이루어진다. 즉 줄거리 덕분에 목적과 원인과 우연들은 전체적이고 완전한 어떤 행동이 갖는 시간적 통일성 아래 규합된다. 이야기를 은유에 접근시키는 것은 바로 이러한 '이질적인 것의 종합'이다. 그 두 가지 경우에 있어서, 새로운 것—아직 말해지지 않은 것, 알려지지 않은 것—이 언어 속에서 솟아난다. 그것은 한편으로는 '살아 있는' 은유, 즉 술어 기능의 새로운 적합성이며, 다른 한편으로는 '작위적인' 줄거리, 즉 우연적 사건들의 배열을 통한 새로운 적절함이다. (『시간1』, p. 8)

3) 시간, 이야기, 역사

앞에서 우리는 시간의 가장 큰 아포리아, 즉 현상학적 시간과 우주론적 시간의 대립을 이야기하면서 현상학적 시간은 암묵적으로 우주론적 시간에 기대고 있으며, 우주론적 시간 또한 현상학적 시간을 은밀하게 참조하고 있음을 보았다. 더불어 시간에 관한 두 관점의 대립에서 비롯된 아포리아에 이야기의 시학이 응답하는 것도 보았다. 리쾨르는 『시간과 이야기』 2부(「역사와 이야기」)에서 이야기를 큰 범주로 설정하고 하위 범주로 역사 이야기와 허구 이야기를 구분하면서 줄거리 개념을 역사 이야기에 확장시키고, 그로 인해 발생하는 문제들을 검토하면서 역사의 서사적 특성을 강조한다. 여기서 역사의 서사적 특성은 서사적 역사라는 특수한 역사 기술 형태와는 다른 것으로서, 역사 이해 및 역사 기술은 궁극적으로 서사적 성격을 갖는다는 것을 말한다. 이러한 관점에서 리쾨르는 "만일 역사가 '스토리를 따라가는 우리의 기본적인 능력'과 서사적 이해의 인식 작업과의 모든 관계를 끊는다면, [……] 역사는 역사적이기를 그칠 것"(『시간1』, p. 191)이라고 말한다. 마찬가지로 "역사 지식은 서사적 이해력에서 '간접적으로' 파생된다"(『시간1』, p. 194)는 주장은 하나의 사건이 역사적 사건이 되기 위해서는 그것이 홀로 일어나는 것이어서는 안 됨을 뜻한다. 사건이 일어나게 된 상황, 동기, 목적 등이 있을 것이고 또 사건 발생으로 인한 결과나 영향이 있을 것이다. 따라서 역사적 사건이란 이미 줄거리-이야기 개념을 내포하는 것이다.

리쾨르는 역사의 시사적 성격을 좀더 구체적으로 입증하기 위해 역사 기술 이론들과 이야기의 관계를 다룬다. 즉, 장기지속을 주장하는 역사 기술에서의 '사건의 쇠락'과 법칙론적 모델을 앞세운 영미권의 분석철학에서 '이해의 쇠락'이 주된 주제로 등장하는데, 역사와 이야기의 문제는 사건 중심의 역사를 어떻게 보는가 하는 문제, 또 설명과 이해의 문제와 직접 관련이 있기 때문이다. 법칙론적 모델의 지지자들은 이해를 공격하며, 장기지속을 주장하는 역사가들은 사건을 공격한다. 설명과 이해 사이에서 양자택일을 강요하는 듯한 프랑스의 아날학파와 신실증주의적 역사 인식론을 비판하기 위해 리쾨르는 딜타이, 리케르트, 짐멜, 막스 베버에서부터 레몽 아롱, 앙리 마루로 이어지는 역사비판철학의 논거들을 빌려온다. 하지만 줄거리 개념을 역사학에 확장시킴으로써 생기는 문제들도 있다. 관건은 과학으로서의 역사 문제, 즉 서사적 역사를 통해 과거를 객관적으로 이해할 수 있는가이다.

역사를 과학적으로 설명하려는 사람들은 역사에서의 설명이 여타 과학에서의 설명과 근본적으로 다르지 않다고 보며, 역사의 법칙을 찾고자 한다. 역사적 사건과 물리적 사건 사이에는 원칙적 차이가 없다는 가설을 세우고 법칙론적 모델을 제시함으로써 역사의 객관성을 추구하는 것이다. 그에 따르면 역사에서의 사건은 우연적인 것이 아니며 사건이 일어나기 위한 전제와 조건에 대한 가설이 검증된다면 예측에 따라 일어날 것이다. 하지만 역사학은 아직 충분히 발전된 과학이 아니며 흄의 원인 관념에 근거한 법칙론적 모델이 보편성과 법칙성을 동시에 갖기는 힘들다는 것도 사실이다.[41] 해결책은 모델을 약화시킴으로써 적용

---

41) 리쾨르는 카를 헴펠의 논문 「역사에서의 일반법칙의 기능」을 출발점으로 삼아 이를 비판한다. 우선 법칙론적 모델은 흄의 원인 관념에 기초하는데, 그에 따르면 "우선 법칙과 원인, 그리고 설명이라는 세 가지 개념은 서로 겹친다. 어떤 사건은 법칙으로 '감싸일' 때 설명되며, 그에 앞선 것들은 당연히 그 원인이라 불려진다. 그 관건이 되는 관념은 바로 규칙성의 관념인데, 다시 말해서 그것은 C라는 유형의 사건이 어떤 장소와 어떤 시간에 일어날 때마다, E

가능성을 확장시키는 것일 텐데, 설명과 해석을 연결시킨 찰스 프랭클의 논의가 그에 해당된다. "보다 포괄적인 해석이 받아들여질 수 있으려면 엄격한 세부적 설명에 바탕을 두어야 한다"(『시간1』, p. 242)는 것이다. 논의의 핵심은, 최종적 결과에 대한 가장 중요한 원인의 선택은 해석자의 가치 부여에 따라 다르기 때문에 동일한 사건이라도 서로 다른 해석이 나올 수 있다는 것이다. 하지만 동일한 사건에 대한 상반된 해석이 역사를 "서로 화해할 수 없는 관점들의 영원한 전장"(『시간1』, p. 244)으로 머물러 있게 하는 것은 아니며, 방법론적 다원성이 모든 해석의 정당성을 의미하는 것도 아닐 것이다.

여기서 리쾨르는 특유의 변증법적 종합, 즉 더 많이 설명하는 것이 더 잘 이해하는 것이라는 명제 아래 역사적 설명과 서사적 이해를 연결하려 한다. 요약하자면 첫째, 현대 프랑스 역사학에서는 과학주의에 치우쳐 역사와 이야기를 대립시킴으로써 학문으로서의 역사는 이야기를 배제해야 한다고 주장하지만, 역사적 설명과 서사적 이해 사이의 인식론적 단절을 주장한다고 해서 이야기와 역사의 관계가 단절되는 것은 아니며 반대로 역사의 서사적 특성을 인정한다고 해서 역사가 인문과학으로서의 자격을 상실하는 것도 아니다. 역사란 사건들을 연대순으로 나열하는 것이 아니며, 역사적 사건이라고 부르는 것 자체가 이미 어떤 줄거리 구성을 통해 취사선택된 것이기에 역사적 설명과 서사적 이해는 변증법적 관계에 놓일 수밖에 없다. 나아가 역사적 설명 그 자체가 이미 이야기 형식을 띤 담론 유형이며, 설명은 독자가 역사를 좀더 잘

라는 특수한 유형의 사건이 최초의 사건과 관계된 장소와 시간에 일어날 것이라는 관념이다(『시간1』, p. 231).

이해할 수 있도록 도와주는 기능을 할 따름이다.

둘째, 과학을 자처하는 역사학, 특히 법칙론적 모델의 지지자들은 자신들이 원용하는 사회학, 인구통계학, 언어학, 경제학 등과 같은 인접 과학이 서사적 이해에 근거한 역사적 의미작용을 토대로 삼고 있다는 사실을 간과하고 있다. 안정이나 변동 또는 해체와 같은 시간적 자질로 경험되는 모든 사회 현상이나 문화 현상은 서사적 이해의 영역에 들어간다. "구조는 안정, 변동, 해체와 같은 바로 그 시간적 자질을 통해 역사학의 영역에 진입하는 것이다"(『시간1』, p. 225). 그 점에서 역사에서 법칙을 추출한다는 것은 경험적 법칙과 추론 원칙을 혼동한 논리적 환상이며 개별 사건에 대한 설명을 일반화하는 오류라고 할 수 있다. 법칙론적 모델의 위기는 윌리엄 드레이의 『역사에서의 법칙과 설명』에서 잘 드러난다. 드레이는 법칙론적 모델에 맞서 인과론적 분석을 옹호하고, 동기에 의한 설명을 지지한다. 드레이의 설명은 행동과 행동 주체의 문제를 끌어들임으로써 아리스토텔레스가 말하는 이야기의 개연성의 논리와 만난다. 다만 드레이는 역사 이론을 이야기론과 연결시키지 못했을 따름이다.

이어 법칙론적 모델에 대한 더욱 강력한 비판으로 폰 라이트의 혼합 모델을 들 수 있다. 그것은 인과론적 모델과 목적론적 모델을 결합함으로써 인문과학과 역사학에서 가장 전형적인 설명 방식이라 할 수 있는 준-인과론적 설명을 제시한다. 예컨대 1914년 7월 사라예보에서 오스트리아 황태자가 암살당했기 '때문에' 제1차 세계대전이 일어났다는 주장은 두 개의 서로 다른 사건을 원인과 결과라는 논리적 관계로 설명한다. 하지만 암살이라는 행동이 1차 대전이라는 결과의 원인은 아니며, 오히려 결과 자체는 관련된 모든 행동의 흐름이 빚어낸 상황이라고 말할 수 있을 것이다. 준-인과론적 설명 개념은 그처럼 인과론적 설명과 행동 이론을 결합함으로써 이해와 설명의 아포리아를 해결하는 길을 열어준다. 그 점에서 준-인과론적 설명은 이질적인 것의 종합으로서의 줄거리 개념과 만나며, 여기서 서사적 이해는 역사적 설명에 앞서는 것으로 간주된다. "실제로 줄거리는 상황, 목적, 상호작용, 원하지 않던 결과 등을 어떤 이해 가능한 전체 속에 '포함'한다. 그러므로 줄거리와 준-인과론적 설명의 관계는, 앞서 말했던 명목적 체계 내에서 '행위-능력'의 보장과 행동 주체의 개입 관계, 그리고 의도성과 목적론적 설명과의 관계와 같다고 말할 수 있지 않겠는가?"(『시간1』, pp. 286~87).

마르크 블로흐, 뤼시앵 페브르, 페르낭 브로델 등 아날학파는 사건 중심의 역사, 그리고 신실증주의 역사 인식을 비판하면서 역사 기술의 대상은 개인이 아니라 총체적인 사회현실이라는 논지를 펼치며 경제학과 인구통계학, 사회학에서 사회적 시간의 개념을 빌려온다. 그에 따르면 사건은 단기지속이고 총체적인 사회현실은 사회적 시간의 축에 따른 장기지속이다. 장기지속은 또한 정치 체제와 정신 구조의 시간으로서, 장기지속의 역사는 사회사, 즉 집단과 심층적인 성향의 역사이다. 브로델은 이러한 역사의 시간을 '지리학적 시간'이라고 말한다. 여기서 리쾨르는 아날학파의 역사 기술을 이야기 모델과 양립시키기 위해 다른 각도로 사건 개념에 접근한다. "왜냐하면 사건에 있어 중요한 것은 폭발하듯이 짧고 강력한 것보다는 줄거리의 진전에 기여하는 것이기 때문이다"(『시간1』, p. 217). 장기지속의 역사에서도 시간과 변화는 존재하며 그것은 능동적이거나 수동적인 인간의 행동과 연결되어 있다. "장기지속이 여전히 지속이라는 점에서 그것은 여전히 역사적이다"(『시간1』, p. 223). 행동은 목적, 상황, 상호작용, 의도적 또는 비의도적 결과를 내포하며, 역사는 이러한 행동과 완전히 단절될 수 없다. 줄거리를 꾸민다는 것은 그러한 이질적 요소들을 이해할 수 있는 전체로 구성하는 것이며 이야기 특유의 통일성은 그 토대가 된다. 사건 중심의 역사에서 멀어진다고 역사의 서사적 특성이 사라지는 것은 아니며, 역사 과학도 궁극적으로는 이야기를 이해하는 능력에 뿌리박고 있다는 것이 리쾨르의 입장이다.

이러한 과정을 거쳐 리쾨르는 준-줄거리quasi-intrigue, 준-등장인물quasi-personnage, 구성된 시간이 역사적 설명과 서사적 이해를 매개한다고 말한다. 준-줄거리 구성은 이야기를 따라가는 능력과 마찬가지로 역사를 인과론적으로 설명하는 과정도 받아들인다. 준-등장인물(국가, 민족, 집단 등) 개념은 역사 이야기의 주체가 이야기에 등장하는 인물과는 다르지만 추상적인 단위는 아니라는 것을 보여준다. "집단적 유대의 기초가 되는 참여에 의한 소속은 준-줄거리만큼이나 다양하며 그 주인공인 준-인물을 낳는다. 역사가에게 있어서 모든 줄거리를 포괄하는 유일한 줄거리가 존재하지 않는 것과 마찬가지로, 역사 기술의 거대-주인공이 될 수 있는 유일한 역사적 인물도 존재하지 않는다"(『시간1』, p. 397). 그리고 역사적 시간은 줄거리 구성에 의해 형상화된 시간을 토대로 구성된다. 여기서 사건 개념은 역사가에 의해 구성된 시간과 이야기 고유의 시간성을 매개하는 중재자로 나타난다. 다시 말해서 사건이라는 용어의 일상적인 용법에 함축되어 있는 인식론적 가정들은 특이성, 우연, 일탈 등인데, 이러한 사건들은 줄거리 구성을 통해 이해할 수 있는 것이 되며, 반대로 줄거리 진행에 기여하지 못하는 것은 사건이 될 수 없음을 나타낸다.

그런데 줄거리를 구성하는 과정은 서사적 전통의 맹목적인 수용과 기존 패러다임에 대한 반항이라는 양 극단 사이에서 펼쳐진다는 점에서 사건들은 전통의 침전과 혁신이라는 줄거리의 운명을 따라간다. 또한 사건들은 '규제된 변형'이라는 줄거리 구성의 규칙을 지키기도 하고 파괴하기도 한다. "그러므로 설사 아이러니컬한 방식으로 되어 있을지라도, 사건들은 이야기된다는 사실로 말미암아 특이하면서'도' 전형적이며, 우연적이면서'도' 예기된 것이며, 패러다임을 벗어나면서'도' 그에 종속하는 것이다"(『시간1』, p. 405). 리쾨르는 아날학파의 장기지속 또한 궁극적으로 사건-줄거리 개념에서 파생되며, 그렇지 않다면 장기지속은 역사적 시간을 과거와 현재와 미래의 살아 있는 변증법에서 벗어나게 할 위험이 있다고 지적한다. "오랜 시간은 현재가 없는, 따라서 과거도 미래도 없는 시간일 수 있다. 그러나 그렇게 되면 그것은 더 이상 역사적 시간이 아니며, 장기지속은 다만 인간의 시간을 자연의 시간으로 이끌 따름이다"(『시간1』, p. 437).

그렇게 해서 리쾨르는 준-줄거리와 준-등장인물 개념에 상응하는 것으로, 짧은 시간을 넘어서 확장된 사건 개념으로서의 준-사건 개념을 제시한다. 장기지속의 역사에서도 불협화음은 존재하며 그러한 불협화음이 변화-사건을 만들고 사건들은 이야기를 통해 이해할 수 있는 사건이 되는 것이다. "사건이란 줄거리 전개에 기여할 뿐 아니라 또한 운명의 변화라는 극적 형식을 그 전개에 부여하는 것이다"(『시간1』, p. 439). 이처럼 줄거리 개념의 인식론적 구조는 이야기에 대한 단순한 오해와 편견을 수정한다. 이야기는 우연적 사건의 연대기적 차원과 전체적 형상화의 비연대기적 차원이 서로 겨루고 어우러지는 것이다. 그리고 역사를 이야기로 본다 하더라도, 이야기 행위 자체는 전체를 아우른다는 점에서 칸트가 말하는 반성적 판단의 성격을 띠고 있다. 이야기의 화자

(*bistor*: 그리스어로서 현자, 심판관의 뜻을 가진다)는 저자와 다르며, 독자 또한 나름의 시점과 서사적 거리를 두고 이야기를 받아들이는 것이다.

2. 역사와 허구의 교차, 그리고 인간의 시간

이야기의 시학은 시간의 현상학이 드러내는 아포리아들에 어떻게 대응하는가? 리쾨르는 이야기의 시학이 우선 우주론적 시간과 현상학적 시간, 즉 객관적 시간과 주관적 시간을 매개하는 '제3의 시간'을 만들어낸다고 말한다. 예컨대 사건 중심의 역사는 시작과 끝을 갖는 줄거리를 통해 이질적인 사건들 사이의 불협화음을 극복하려는 의지를 반영한다는 점에서 체험된 시간, 숙명적인 시간에 기대며, 법칙론적 역사는 영원한 법칙의 시간, 즉 시작도 끝도 없이 끊임없이 되풀이되는 우주론적 시간을 간접적으로 참조한다. 여기서 역사적 시간은 "달력, 세대들의 연속, 사료, 문서, 흔적 등 '체험된 시간을 우주적 시간 속에 다시 집어넣게'끔 하는 방식들"(『시간3』, p. 197)을 통해 체험된 시간과 우주론적 시간을 중개한다. 반면 허구 이야기의 시간은 그러한 역사적 시간의 제약에서 자유롭다는 점에서, 다시 말해서 체험된 시간을 우주론적 시간에 다시 집어넣도록 하는 물리적 흔적의 제약에서 벗어나 사건들을 자유롭게 다양한 양상으로 형상화할 수 있다는 특권을 누린다. 즉 시간의 현상학이 안고 있는 아포리아들에 대해 허구 이야기는 "현상학의 주된 테마들을 가지고 만들어내는 '상상의 변주variation imaginative'"(『시간3』, p. 197)로 대응한다.

이어서 이야기와 실재의 관계라는 대상지시 문제와 관련하여, 역사 이야기는 실제 일어났던 사실들을 줄거리 구성을 통해 재구성한다는 점에서 과거의 실재를 대리하고 대변représentance한다.[42] 반면 허구 이야기는 등장인물이나 사건들의 비실재성에도 불구하고 마치 과거에 그런 일이 일어났던 것처럼 재현représentation함으로써 현실을 변형시킨다는 점에서 현실과 은유적 관계를 맺는다. 여기서 리쾨르의 해석학이 구조주의 방법론을 받아들이면서도 현실을 향해 열린 텍스트를 주장한다는 점을 상기할 필요가 있다. 기실 체계의 폐쇄성을 전제로 하는 구조주의적 입장에서 보자면 역사 이야기와 허구 이야기는 구분하기 힘들다. 즉 줄거리 구성 측면에서는 차이가 없다는 것이다. 하지만 현실에 대한 대상지시 측면에서 역사 이야기는 있었던 것을, 허구 이야기는 있을 수도 있는 것을 가리킨다는 점에서 구분된다. 리쾨르가 이야기를 큰 장르로 설정하고 그 하위 범주로 역사 이야기와 허구 이야기를 구분하는 것은 이처럼 미메시스-대상지시의 차원에서 현실과의 해석학적 순환 관계를 중시하기 때문이다.

그렇다면 역사와 허구라는 이야기의 두 가지 양태가 어우러져 인간

---

42) 이와 관련하여 실제 일어난 '역사적 사실'과 줄거리 구성을 통해 재현된 '사건' 또한 구별할 필요가 있다. "사실은 사건이 아니다. 사건이란 증인의 의식에서 되살아난 것이며, 사실이란 이를 재현하고자 하는 발화의 내용이다. 이 점에서 이런저런 일이 일어났다는 사실이라고 항상 기록해야 한다"(MHO, p. 227). 진/위 판단은 사실 차원에서 성립하며 사건의 재현은 이해와 설명의 차원에 속한다. 즉 포퍼가 말하는 반증 가능성이 사건 차원에서는 성립하지 않는 것이다. 예컨대 아우슈비츠에서 가스실의 존재 여부는 사실 차원에서 확인 가능하지만 끔찍한 고문을 당했다는 증언을 사실 차원에서 확인하기는 쉽지 않다. 여기서 리쾨르는 역사 담론이 궁극적으로 가리키는 것은 사실이 아니라 사건이라고 말한다. 어떤 일이 일어났다고 말할 때 말해진 것이 사실 차원이라면 말하고 있는 무엇은 사건 차원이다. 그래서 역사 담론이 가리키는 것은 궁극적으로 사건들이 일어나는 세계, 그리고 그 세계의 의미이다. "역사에서 세계는, 있었던 그대로의 과거 사람들의 삶이다"(MHO, p. 228).

의 실천 영역에 불러일으키는 효과에 대한 일반 이론을 어떻게 정립할 것인가? 여기서 이야기의 두 가지 양태가 과거의 실재성이라는 대상지시 측면에서는 대립적이면서도 서로에게 빚지고 있음에 주목해야 한다. 우선 역사는 지금 남아 있는 과거의 흔적을 토대로 "지금은 없다고 할 수 있는 세계를 그려보는 것"이라는 점에서, 다시 말해서 역사는 있었던 그대로의 과거가 아니라 역사적 상상력을 통해 '마치 그렇게 일어난 듯이' 비유적으로 과거를 재현한다는 점에서 줄거리 구성이라는 허구의 방식을 빌려온다. 반면에 허구 이야기는 '마치 그것이 일어난 듯이' 이야기한다는 점에서 과거라는 역사의 시간성에 기대고 있다. 그렇다면 역사가 거의 허구적인 것과 마찬가지로 허구 또한 거의 역사적이라고 할 수 있을 것이다. "살아 움직이는 이야기를 통해 독자의 '눈앞에' 펼쳐지는 사건들의 준-현재가 그 직관성 덕분에 과거의 과거성이 갖는 도피적 특성, 대리성의 역설들이 보여주는 특성에 그 생동감을 더한다는 점에서, 역사는 거의 허구적이다. 이야기되는 비실재적 사건들이, 독자에게 말을 건네는 서사적 목소리로서는 지나간 일들이라는 점에서 허구 이야기는 거의 역사적이다. 바로 그렇게 해서 그 이야기들은 사건들과 닮게 되며, 허구는 역사와 닮게 된다"(『시간3』, p. 368).

역사는 직선적으로 진보하지도, 끊임없이 순환 반복되지도 않는다. 리쾨르는 과거를 죽어 있는 것으로 보는 실증주의 역사, 주체와 의미를 배제하는 계량적, 법칙적 역사를 수정하기 위해 역사의 허구화를 이야기하며, 현실과 역사에 뿌리내리지 않는 무책임한 상상력에 제동을 걸기 위해 허구의 역사화를 말한다. 역사의 허구화('마치 그렇게 일어난 듯이')와 허구의 역사화('마치 그것이 일어난 듯이')는 심층적으로 비슷하다. 역사의 허구화는 가능성을 향해 우리를 열어주며, 허구의 역사화는 우리를 현실로 이끈다. 현실이 갖는 풍부한 의미와 잠재성을 드러내기 위해서는 역사나 허구 어느 한쪽만으로는 불가능하다. 그 둘이 서로 교차하면서 가리키는 것이 현실이고 삶이다. 프랑스어로 이야기라는 낱말이 시간들의 흐름 전체 또는 실제 일어난 것Histoire과 그에 대한 이야기 histoire 둘 다를 가리킨다는 점은 매우 시사적이다. 우리는 역사적 존재이며, 이는 이야기하는 존재, 이야기를 통해 역사를 만들어가는 존재라는 뜻이다. "결론적으로 시간의 재형상화에서 역사와 허구의 '교차'는 최종적인 분석에서, 역사의 거의 허구적인 순간과 자리를 바꾸는 허구의 거의 역사적인 순간이라는 상호 맞물림에 근거를 두고 있다. 이러한 교차, 상호 맞물림, 자리 바꿈에서 바로 '인간의 시간'이라고 부름 직한 것이 나온다. 거기서 역사를 통한 과거의 대리성과 허구의 상상의 변주는 시간의 현상학의 아포리아를 배경으로 결합한다"(『시간3』, p. 371). 정신의 시간과 세계의 시간, 주관적이고 현상학적인 시간과 객관적이고 우주론적인 시간의 대립이라는 시간의 현상학이 만들어내는 아포리아는 이처럼 역사와 허구가 교차하는 대상지시에서 해결책을 얻는다.

그렇다면 인간의 시간이란 무엇이며 그러한 개념을 통해 리쾨르가 겨냥하는 것은 무엇인가? 인간의 시간이란 곧 『시간과 이야기』 4부의 제목이기도 한 '이야기된 시간'이며, 그것은 공적인 시간과 죽을 수밖에 없는 개인의 사적인 시간 사이에 있는 시간이다.

인간 조건의 애가哀歌는, 한탄과 체념 사이에서 음조를 고르면서, 머무는 시간과 흘러가는 우리의 대조된 모습을 끊임없이 노래해왔다. 〔……〕 인생의 짧음이 무한한 시간을 배경으로 떠오르지 않는다면 인생이 짧다고 말할 수 있겠는가? 이처럼 대조를 이루는 모습은 벗어나려는 이중의 움직임이 취할 수 있는 가장 감동적인 형태다. 그 이중의 움직임을 통해, 한편으로는 마음 씀의 시간이 세계의 무심한 시간의 매혹에서 빠져나오게 되고, 다른 한편으로는 천체와 달력의 시간이 직접적인 근심걱정이 주는 자극과 죽음에 대한 생각마저도 벗어나게 된다. 손안에 있는 것과 근심걱정의 관계를 잊음으로써, 그리고 죽음을 잊음으로써, 우리는 하늘을 바라보고, 달력과 시계를 만든다. 그리고 갑자기, 벽시계의 눈금들 가운데 어느 하나에서 슬픔이 가득한 '죽음의 기억memento mori'이 떠오르는 것이다. 망각은 또 다른 망각을 지운다. 그리고 죽음에 대한 불안은, 무한한 우주의 영원한 침묵에 짓눌려 다시 시작된다. 이처럼 우리는 두 가지 느낌을 오간다. 즉, 세계 속에 내던져졌다는 느낌이 바로 시간이 모습을 드러내는 하늘의 장관과 유사하다는 것을 발견하면서 느낄 수 있는 '위안,' 그리고 삶의 연약함과 그저 파괴하는 시간의 위력을 대비시킴으로써 끊임없이 생겨나는 '번민' 사이를 오가는 것이다. (『시간3』, pp. 189~90)

사적인 시간은 죽음의 시간, 죽음을-향한-존재의 실존적 시간이다. 죽음은 그 누구와도 나눌 수 없는 실존의 한계이자 그로 인해 개인은 시간을 '자기 자신'의 시간으로 만들지 않을 수 없게 된다. 다른 한편 공적인 시간은 물리적이거나 자연적인 의미에서의 공적 시간(시계의 시간)을 뜻하는 것이 아니라 개인의 죽음 이후에도 계속되는 역사의 시간을 의미한다. 인간의 시간 속에서 산다는 것은 결국 우리의 필멸성이라는 사적 시간과 역사라는 공적 시간 사이에서 사는 것이다. 죽을 수밖에 없는 존재로서의 인간은 죽음에 대한 불안과 미래에 대한 근심걱정에 시달리면서 살아가지만, 세대에 세대를 거듭하여 이어지는 인간의 역사에 무상함을 느끼기도 하고, 때로는 "무한한 우주의 영원한 침묵"에서 한순간 머물다 떠나가는 필멸의 존재라는 사실을 깨닫고 위안을 느끼며 살아간다. 절대적인 영원성 앞에서 인간의 유한성을 체험한다는 것은 존재론적 결핍, 존재로부터의 분리 경험이다. 그러한 시간의 한계 경험이 이야기를 낳고 이야기와 함께 또 다른 경험이 생긴다. 한 인간의 삶이 그렇고 인류의 역사가 그렇다. 역사란 산 자와 죽은 자의 이야기이며 그것이 바로 인간적 시간을 만들어낸다. 인간은 역사적이거나 허구적인 이야기를 통해 삶과 역사를 다시 그려보고 그래서 삶과 역사를 보는 눈을 바꾸게 된다. 이야기 덕분에 우리는 가지 않은 길의 초대를 받아 삶을 바꾸고 역사를 바꿀 수도 있는 것이다.

3. 이야기, '시간의 파수꾼'

시간과 이야기를 연결짓는 리쾨르의 전체 연구 방향을 설정하는 가설은 "시간성은 현상학이라는 직접적인 담론으로 말해질 수 있는 것이 아니라, 서사 행위의 간접적 담론의 매개를 필요로 한다"(『시간3』, p. 463)는 것이었다. 이야기란 경험을 이야기하는 것이고, 경험은 본질적으로 시간적이다. 우리는 경험을 이야기하면서 과거에 질서를 부여함과 아울러 미래의 방향을 설정한다. 또한 시간 속에서 일어나는 모든 것은 이야기될 수 있다는 점에서, 이야기는 시간 경험을 이해하기에 가장 적합한 텍스트 유형으로 간주된다. 나아가 이야기는 시간과의 유희를 통해 보이지 않은 시간에 형상을 부여하며, 시간은 이야기되지 않고는 생각할 수 없다는 점에서 리쾨르는 이야기를 "시간의 파수꾼"(『시간3』, p.

463)이라고 부른다. 하지만 리쾨르는 그 모든 것에도 불구하고 이야기
가 풀어낼 수 없는 시간성의 모순을 조심스럽게 암시한다. 그리하여 리
쾨르는『시간과 이야기』총 4부의 결론에서 시간성의 아포리아에 이야
기의 시학이 어디까지 대꾸할 수 있는지를 전체적으로 다시 살펴보면서
이야기의 내적 한계와 외적 한계를 검토한다.

시간성의 아포리아는 단계적 층위에 따라 세 가지로 요약된다. 우선
첫번째 아포리아는 현상학적 시간과 우주론적 시간의 대립, 즉 내가 체
험하는 시간과 세계의 시간이 일치하지 않는다는 아포리아이다. 우리
가 이미 보았듯이, 이야기의 시학이 나름 가장 만족스런 대답을 제공하
는 것은 바로 이 첫번째 아포리아이며, 리쾨르는 여기에『시간과 이야
기』의 큰 부분을 할애한다. 두번째는 시간의 총체성, 즉 시간은 공간처
럼 우리를 감싸고 있는 하나의 통일적인 총체인가, 아니면 여러 시간들
이 있는가라는 아포리아이다. 이것은 유한한 인간이 어떻게 무한한 우
주의 총체성과 통일성을 알 수 있는가라는 물음과 맞닿아 있다. 세번째
는 궁극적으로 시간을 가늠하거나 재현할 수 있는가라는 아포리아이
다. 여기서 리쾨르는 서양 문화의 원류인 그리스 신화와 히브리 신화로
돌아간다. 궁극적으로 시간은 현상학에 따른 심리적 설명과 우주론에
대한 객관적 설명을 넘어선다는 것이다.

1) 시간성의 첫번째 아포리아: 이야기 정체성

리쾨르는 아우구스티누스, 아리스토텔레스, 후설, 칸트, 하이데거의
시간론을 다시 검토하면서 시간에 관한 현상학적 관점과 우주론적 관
점이 모순되면서도 서로를 필요로 한다는 점을 밝힌다. 예를 들어 후설

의 경우, 개인적인 의식의 시간일 수밖에 없는 현상학적 시간에서 어떻게 현실 전체의 시간으로 추정되는 객관적 시간을 이끌어낼 수 있는지 알기 어렵다. 반면에 칸트가 말하는 시간은 각자의 경험적 자아를 포함한 자연의 구조이며, 모든 경험적 변화의 전제라는 점에서 우주론적 시간에 속한다. 하지만 정신이 어떻게 경험적 변화를 받아들이는지 설명할 수 없다는 점에서 주관적 시간에 기댈 수밖에 없다. 리쾨르는 현존재의 본래적 시간성과 통속적 시간성은 파생 관계에 있다는 하이데거의 주장에도 이의를 제기하며, 이야기의 시학을 매개로 삼아 시간의 아포리아에 대한 해결책을 찾을 수 있다고 본다. 이야기의 시간을 "사변을 통해 끊임없이 벌어져가는 현상학적 시간과 우주론적 시간의 틈새 위에 던져진 다리"(『시간3』, p. 467)와 같다고 보는 것이다. 여기서 역사와 허구의 교차라는 측면은 매우 중요하다. 삶이란 우리가 우리 자신에 대해 이야기하는 역사적이거나 허구적인 모든 스토리로 끊임없이 그려진다. 우리는 그러한 스토리를 다시 그려보며 우리 자신의 삶을 돌이켜보고 삶을 바꾸고 역사를 바꿀 수도 있는 것이다. 그처럼 역사 이야기와 허구 이야기가 교차하면서 인간의 시간이 태어나고 '이야기 정체성 identité narrative' 개념도 여기서 제시된다. 이야기 정체성이란 이야기를 받아들이고 만들어나감으로써 형성되는 정체성, 즉 서사적 정체성을 말하는데, 역사와 허구의 교차를 통해 그러한 특수한 정체성이 개인이나 공동체에 부여되는 것이다.[43]

한 개인 혹은 공동체의 정체성을 말한다는 것은 행동-프락시스의 주체에 대해 물음을 던지는 것이고, 그 물음에 답하는 것은 곧 행동 주체

---

43) 이야기 정체성에 관해서는 5장 「이야기와 자기 해석학」에서 다시 심화하여 다룰 것이다.

의 행동이 만들어낸 사건을 줄거리로 엮어 이야기하는 것이다. "이야기된 스토리는 행동의 '누구'를 말해준다. '누구'의 정체성은 따라서 이야기 정체성인 것이다"(『시간3』, p. 471). 다시 말하면, "주체는 자기가 자기 자신에 대해 자기 자신에게 이야기하는 스토리를 통해 자기 스스로를 인식하는 것이다"(『시간3』, p. 473). 리쾨르는 나중에 『남처럼 자기 자신』에서 이러한 이야기 정체성의 문제를 상세하게 개진한다. 이때 그는 동일자와 타자의 딜레마를 넘어서기 위하여 '자아moi' 대신 '자기soi'라는 개념을 제안한다. 리쾨르가 말하는 자기는 니체, 마르크스, 프로이트가 말하는 자아, 이기적이고 자기애적인 자아가 아니라 이야기를 통해 삶을 돌이켜보고 가르침을 받아 만들어나가는 자기이다. 이야기되기 이전의 주체는 욕망의 의미론과 결부된 주체, 아직 그려지지 않은 주체이지만, 이야기를 통해 이전의 이야기를 끊임없이 수정하고 해석함으로써 생겨나는 주체는 다시 그려본 주체라는 점에서 그러한 해석학적 순환은 건실한 순환이다. 여기서 이야기 정체성 개념은 텍스트 세계와 독자 세계의 연결, 즉 재형상화 문제와 결부되면서 해석학적 순환의 고리 속으로 들어온다. 자기 자신의 역사가 되는 이야기를 받아들이고 해석하면서 정체성이 형성된다는 것이다.

이야기 정체성은 또한 개인과 집단의 영역으로 나눌 수 있다. 정신분석에서 이야기의 역할, 유대민족과 성경처럼 민족사에서 이야기의 역할을 보면 알 수 있듯이, 개인의 이야기 정체성만이 아니라 공동체의 이야기 정체성도 있다. 정신분석에서는 분석가가 꿈 이야기 등에 일련의 수정을 가함으로써 삶의 역사를 구성한다면, 공동체의 역사는 선행하는 역사 기술과 설명을 수정함으로써 이루어진다. 이야기 정체성 개념은 그처럼 현상학적이면서 우주론적이기도 한 이야기의 시간을 재형상화하면서 역사와 허구가 교차되는 유희를 탁월하게 보여준다는 점에서 주목할 만한 개념이다. 물론 그것이 안정되고 균열 없는 정체성은 아니라는 점에서 한계도 있다. 하나의 사건이나 삶에 대해서도 서로 다를 뿐 아니라 상반되기도 하는 줄거리들을 엮어낼 수 있다는 점에서 불안정하며, 이야기의 불협화음을 내포한다는 점에서 균열을 가지고 있는 것이다. 여기서 역사적 구성요소는 연대기적 측면에서 이야기 정체성의 안정성을 이끌어내는 반면, 허구적 구성요소는 상상의 변주를 통해 이야기 정체성의 안정을 뒤흔든다.

또한 이야기 정체성은 실천적 주체의 자기성에 대한 물음을 완전히 규명하지는 못한다는 점에서 한계가 있다. 이야기는 낯선 세계 속에서 사는 연습을 하게 하는 사유 경험이라는 점에서 실천적이다. 하지만 그 실천은 의지보다는 상상력에 많이 기대고 있다. 독서를 통해 이제까지와는 다른 방식으로 행동하고 살아야겠다고 생각할 수 있지만, 그것은 실천적 영역에서의 결정을 통해서만 행동으로 바뀐다. 약속에 대한 분석에서 볼 수 있듯이 윤리적 책임감이 수반된 실천적 행위를 고려하지 않는 이야기 정체성은 진정한 자기성이라 할 수 없다. 이야기는 윤리적인 어떤 명제를 주장하며, 그 명제들 가운데서 선택을 하는 것은 행동의 주체이자 행동의 주도권을 가지고 있는 독자라는 점에서 이야기 정체성 개념은 실천적 차원에서 비서사적인 구성요소들과 결합되어야 한다.

2) 시간성의 두번째 아포리아: 총체성과 총체화

시간의 총체성과 관련된 아포리아는 집합적 단수로서의 시간le Temps

과 과거, 현재, 미래라는 세 가지 범주로 나누어진 시간 사이의 불협화음에서 생겨난다. 하나의 통일된 시간 흐름이 있다는 사유는 이미 플라톤과 아리스토텔레스에게서 찾아볼 수 있다. 예컨대 플라톤은 『티마이오스』에서 움직임으로 영원성을 모방하는 어떤 것으로서 시간을 정의하며, 아리스토텔레스는 하나의 총체적인 물리적 시간만이 있다고 주장한다. 아우구스티누스의 경우, 시간은 정신의 집중과 분산의 갈등이며 아포리아는 세 겹의 현재라는 구조에 집중되었다. 칸트와 후설, 하이데거는 시간의 통일성 자체에 문제를 제기한다. 칸트의 경우, 그것은 범주적인 형식의 통일성이라고 하며, 후설은 의식 그 자체의 통일성이라는 전제 아래 시간의 총체성은 그 '연속성의 필연적 결과'일 뿐이라는 결론을 내린다. 하이데거는 시간을 유한성의 특징으로 보고 현존재의 가장 내밀한 구조인 마음 씀과 불가분의 관계에 있는 과정이며, 그러한 근원적 시간, 즉 숙명적인 시간에서 역사적 시간, 우주론적 시간이 파생된다고 말한다.

　이런 주장들을 종합적으로 검토하면서 리쾨르는 절대적 지식의 영원한 현재를 통해 역사를 총체적으로 이해한다는 헤겔의 관념론을 포기하고 기대 지평과 전통성 그리고 현재의 힘이라는 역사의식의 세 가지 차원 사이의 '불완전한 매개'를 통해 시간의 총체성의 아포리아에 대응할 것을 제안한다. 단일하지만 끊임없이 해체되고 만들어지는 역사를 상정함으로써 시간의 아포리아는 사변적이고 독백적인 차원을 벗어나 실천적이고 대화적인 힘을 얻게 된다는 것이다. "역사를 하나로 생각한다는 것은 시간, 인류, 역사라는 세 가지 이념들의 등가성을 상정하는 것이다"(『시간3』, pp. 491~92). 리쾨르는 코젤렉의 '기대 지평'과 '경험 공간' 개념을 빌려, 단일한 하나의 역사와 인류라는 이념은 윤리적이고 정치적인 의무에 토대를 둔 기대 지평과 경험 공간이라는 메타-역사적 범주와 결합함으로써 창백한 초월성에서 벗어나게 된다고 말한다.[44] 자기 앞의 존재, 죽음을 향한 존재는 기대 지평 개념을 통해 내적 폐쇄성에서 벗어나 역사 공동체의 미래를 향해 열리게 되고, 내던져진 존재는 경험 공간을 통해 전통성, 역사에 의해 영향받는 존재가 되며 독백적 주체가 아닌 대화적 주체가 되는 것이다. 역사적 현재 또한 '행동 주도력' 개념을 통해 대화적 성격을 갖게 된다. 이처럼 이야기의 시학은 단일한 시간-역사라는 아포리아에 대응하여, 불협화음을 내포하지만 전체적으로는 화음을 이루는 역사, 인간의 행동 주도력을 통해 끊임없이 해체되고 만들어지는 역사라는 해결책을 제시한다.

하지만 그 해결책의 한계도 만만치 않다. 우선 동일한 하나의 사건 흐름에 대해서도 다양한 줄거리가 만들어질 수 있다. 또 그 줄거리들은 오로지 단편적인 시간성들만을 결합한다는 점에서 서사 장르로서의 이야기는 집합적 단수로서의 역사를 그리기에는 미흡하다고 할 수 있다. 역사 이야기와 허구 이야기를 교차시킴으로써 그들 사이의 부조화를 넘어설 수 있다 할지라도, 이는 앞서 이야기 정체성이라고 불렀던 것만을 만들어낼 따름이다. 그런데 이야기 정체성이란 "어떤 사람이나 등장인물의 정체성, 또 준-인물의 지위로 격상될 만한 가치가 있는 개개의

---

44) 라인하르트 코젤렉, 『지나간 미래』, 한철 옮김, 문학동네, 1996. 코젤렉은 "모든 역사는 행동하고 고통받는 인간의 경험과 기대를 통해 구성된다"(p. 390)는 테제 아래 현실적 역사의 가능성의 조건이 역사 인식을 구성한다고 보고 경험 공간과 기대 지평이라는 '메타-역사적 범주'로 이를 파악하려 한다. 즉 '경험'과 '기대'는 과거와 미래를 교차시키고 있기 때문에 불가역적인 역사적 시간을 다루기에 적합한 범주라고 보는 것이다. 하지만 기대는 경험에서 도출될 수 없고 미래는 경험할 수 없기 때문에 경험 공간과 기대 지평 사이에는 불일치가 발생하며, 여기에 역사적 시간 구조의 아포리아가 있다고 말한다.

집단적 실체들의 정체성"(『시간3』, p. 494)이며, "하나의 인류의 하나의 역사라는 이념에 버금갈 수 있는, 모든 줄거리들의 줄거리는 존재하지 않는다"(『시간3』, p. 494)는 점이 문제로 남게 된다. 따라서 이야기 정체성에서 역사의 통일성 관념으로, 이어서 이야기의 한계로 넘어가는 추론 과정에서 시간의 아포리아에 응답하는 이야기의 시학이라는 논제가 무력화되는 것이 아닌가라는 반론이 제기될 수 있다. 이에 대해 리쾨르는 이야기의 한계에 대한 검토가 역으로 이야기의 시학의 유효성을 드러낼 수 있으며, 이야기의 시학은 시간의 아포리아를 생산적인 것으로 만든다는 점에서 그 유효성을 부정할 수 없다고 말한다. 시간의 신비는 이야기를 짓누르는 금기가 아니며 오히려 그 때문에 이야기를 통해 더 많이 생각하고 다르게 말해야 한다는 것이다.

3) 가늠할 수 없는 시간의 아포리아와 이야기의 한계

마지막으로 리쾨르는 그 모든 노력에도 불구하고 시간에 대한 사색은 현상학과 우주론의 분기점을 넘어서지 못한다고 말한다. 하나의 총체적 시간을 인식한다는 것은 불가능할뿐더러 시간을 총체적으로 생각한다는 것 자체가 "'우리'의 사유가 '뜻의 주인이 되려는' 충동, 또는 좀 더 정확히 말하자면 오만"(『시간3』, p. 498)이 아닌가 하는 고백이다. 바로 그 지점에서 리쾨르는 칸트가 악의 기원에 부딪쳤을 때 사용한 '가늠할 수 없음'이라는 용어를 사용한다. 그렇게 해서 리쾨르는 시간에 관한 신화, 시간의 현상학이 극복하려고 했으나 한계에 부딪혔던 시원성과 신비성의 흔적으로 돌아간다.

서구의 사유는 그리스 전통과 히브리 전통에 뿌리를 내리고 있다. 시간과 관련하여 아리스토텔레스의 『물리학』은 순환하는 시간이라는 그리스적 사유의 목소리를, 아우구스티누스의 현상학은 영원성과 대립하는 소멸하는 시간이라는 히브리적 사유의 목소리를 들려준다. 시간 속에 있는 것들은 시간에 '감싸여' 있다는 아리스토텔레스의 주장 속에는 "허물어뜨리는 변화 ― 망각, 노쇠, 죽음 ― 와 단순히 지나가는 시간 사이에 은밀한 공모"(『시간3』, p. 500)가 있다는 깨달음이 들어 있다. 그러한 깨달음은 논리적인 추론이 아니라 철학 이야기, 즉 심리-학psycho-logie과 우주-론cosmo-logie의 구분을 넘어 신화의 철학적 재해석을 통해서만 언어로 표현될 수 있을 것이다. 예컨대 그리스 비극과 서사시, 그리고 신통계보학에서 시간의 신화적 형상은 오케아노스와 크로노스의 끊임없는 긴장을 통해 영속적이고 주기적인 시간과 불안정하고 파괴적인 시간이라는 두 가지 의미작용을 나타낸다. 시간의 신화적 형상들은 그처럼 가늠할 수 없는 시간과 다양한 형상을 띤 인간의 시간 경험 사이의 아포리아를 재현한다.

반면에 아우구스티누스에게서 볼 수 있는 히브리적 사유의 시원성은 시간과 영원성의 대조로 특징지을 수 있다. 아우구스티누스는 창조 이전의 시간이란 없다고 말하며 영원성을 찬양하고 유한한 존재의 슬픔을 탄식하지만, 영원성을 향한 희망을 버리지 않는다. 아우구스티누스가 말하는 영원성은 안정된 현재의 부동성이 아니라 이런 찬양과 탄식, 희망으로 부풀어 있는, 역사를 초월한 현재이다. 시원성과 신비성의 중간에서, 칸트는 변화는 시간 속에서 일어나지만 시간은 흐르지 않는다는 명제 아래 시간의 영속성이라는 관념을 제시하고, 후설은 시간의 흐름이라는 은유를 통해 시간을 구성하는 의식의 절대적 흐름을 말한다. 하이데거는 신비성에 가장 가까이 다가간 철학자로서 존재시성과 시간성의 구분을 통해 가늠할 수 없는 시간의 문제를 해결하려 한다.

이처럼 시간을 사유하는 철학은 그 어떤 경우에든 시간의 표상 불가능성이라는 한계에 부딪히게 되는데, 역설적인 것은 그런 한계가 또한 실험실로서의 이야기라는 새로운 가능성을 열어준다는 것이다. "시간의 측량 불가능성에 대한 그 응답의 비밀은 바로 서사성이 그 한계를 향해 끌려가는 방식에 있다"(『시간3』, p. 515). 우선 내적인 한계로는 역사 기술과 허구 이야기가 줄거리 구성이라는 모델을 넘어서는 경우, 즉 내적인 형상화 수단이 더 이상 시간을 재형상화할 수 없을 만큼 파열되는 포스트모던 시대의 '이야기의 죽음,' 이야기하는 기술이 고갈된 시대의 이야기를 지적할 수 있다. 다른 한편으로 시간을 말하려고 애쓰는 다른 종류의 담론들로 인해 이야기 장르가 넘쳐나는 것은 외적인 한계라 할 수 있다. 여기서 허구는 '상상의 변주'를 통해 시간의 현상학적 해석과 우주론적 해석을 매개할 뿐만 아니라, 특히 시간에 대한 이야기들은 시간과 그 타자인 영원성의 관계를 탐사하는 데 기여한다는 점에서 한계는 오히려 가능성이 될 수 있다. 『시간과 이야기』 2권에 주어진 시간에 관한 세 소설(버지니아 울프의 『댈러웨이 부인』, 토마스 만의 『마의 산』, 마르셀 프루스트의 『잃어버린 시간을 찾아서』)에 대한 분석에서 보듯이, 허구 이야기가 묘사하는 한계 경험은 시원성과 신비성을 형상화함으로써 가늠할 수 없는 시간, 영원성을 탐사하는 실험실이 된다.[45] 허

---

45) 문제는 허구에서 이야기된 시간, 체험된 시간의 상상적 변주를 따라가면서 체험된 시간(행위의 시간)이 어떻게 허구의 시간을 통해 형상화되며, 또 허구의 시간은 시간의 재형상화에 어떠한 잠재적 가능성을 제공할 수 있는가이다. 예컨대 영원성과 관련된 상상의 변주로 『댈러웨이 부인』에서 셉티머스의 비극적 선택, 『마의 산』에서 세 가지의 영원성 형상들(「영원의 수프」「발푸르기스의 밤」「눈」의 에피소드), 『되찾은 시간』의 이중의 영원성을 예로 들수 있을 것이다. 이에 관해서는 이 책의 3부 「해석학과 문학 연구」에서 다시 다룰 것이다.

구는 다양한 방식으로 이야기를 그 자체의 한계로 이끌어감으로써 영원성 경험들을 늘어나게 하며, 각각의 작품은 그 고유의 세계를 펼침으로써 시간을 형상화하는 동시에 시간의 타자-영원성을 받아들인다. 허구는 검열을 허용하지 않기 때문에 "무수히 많은 사유 경험들의 실험실 역할"(『시간3』, p. 517)을 하는 것이다.

하지만 이야기가 시간의 모든 것을 말할 수 있는 것은 아니며, 시간의 심오한 수수께끼는 이야기가 아닌 다른 방식으로 말할 수도 있다. 리쾨르는 여기서 이야기와 이야기 아닌 것이 뒤섞인 성서 담론의 복합성을 거론하면서 캐테 함부르거가 「서사문학과 극문학에 관하여」에서 말한 세 가지 시학적 요소, 즉 '서사, 극, 서정'의 구분을 빌려 이야기의 한계를 가늠하고 이를 보완할 수 있는 은유의 가능성을 제시한다(『시간2』, p. 136, 각주 8 참조). 그에 따르면 서사시는 서사 영역 전체를 포함하며, 극은 관객 앞에서 대화하는 인물에 의해 연극으로 꾸며지는 행동의 영역을, 그리고 서정시는 작가가 느낀 감정과 사상 들의 시적 표현을 포함한다. 따라서 플라톤 이래로 여전히 모방적이라고 불리는 서사시 장르, 그리고 극 장르만이 허구의 영역에 속한다. 여기서 함부르거는 서사시의 '완전한 과거'는 극의 '완전한 현재'와 대립된다는 점을 지적함과 아울러 소설은 서사시의 근대적 변종으로 간주한다. 서사와 극은 줄거리 구성을 통해 시간을 형상화하지만 독백과 대화, 비극의 합창단은 서정을 통해 무한한 우주의 영원성과 유한자의 슬픔에 관해 명상하고 탄식한다. "짧은 인생, 사랑과 죽음의 갈등, 우리의 탄식도 개의치 않는 우주의 광대함을 한탄하는 것은 더 이상 이야기의 기법에 속하지 않는다"(『시간3』, p. 520). 이야기를 통하지 않고 삶을 이야기할 수는 없으나 삶의 모든 경험을 이야기 속에 다 담을 수는 없다. 여기서 이야기는 서정적인 시와 노래로 넘어간다. "'사색하는 사유의 서정성'은 이야기하는 기법을 거치지 않고, 다른 방식으로, 곧바로 근본적인 것에 들어간다"(『시간3』, p. 521). 리쾨르는 이 지점에서 은유의 재묘사와 이야기의 재형상화를 연결하고 이들의 상보적 관계를 지적한다. "이렇게 해서 『살아 있는 은유』에 제시된 재묘사와 『시간과 이야기』에서 말한 재형상화는 역할을 바꿀 수 있고, 그때 서정적 담론에 의해 펼쳐지는 재묘사의 위력과 서사적 담론에 부여된 재현적 위력은 '예술가, 시간'의 보호 아래 서로 결합하는 것이다"(『시간3』, pp. 521~22).

4장
이야기, 미메시스

해석학의 임무란 하나의 작품이 삶과 행동, 그리
고 고통의 흐릿한 배경에서 벗어나 독자에게 주어지
며, 독자는 그것을 받아들여 자신의 행동을 변화시
키게 되는 그러한 작업들 전체를 재구성하는 것이다.
(『시간1』, p. 127)

1. 미메시스의 해석학

아리스토텔레스의 『시학』에서 가장 중요한 개념이라 할 수 있는 '미
메시스mimèsis'는 라틴어로는 'imitatio'로 번역되었고 그에 따라 영어와
프랑스어, 그리고 국내의 번역에서도 대부분 'imitation,' 즉 '모방'이라
는 낱말로 옮겨졌다. 그런데 모방이라는 말에는 모델이 되는 원본과의
거리나 차이, 때로는 가짜나 모조라는 뜻이 강하게 들어 있다는 점에
서 미메시스를 모방으로 옮기는 것이 적절한가에 대해서는 논란의 여지
가 있다. 문제는 그 개념이 단순히 예술 양식이나 제작 기술을 넘어, 닮
음과 유사성에 근거한 동일성의 철학적 전통과 얽혀 있다는 것이다. 이
런 관점에서 리쾨르는 뒤퐁-록과 랄로가 미메시스를 모방이 아닌 재현
으로 옮겨야 하는 논리적 근거를 제시한 아리스토텔레스의 『시학』 주
해를 받아들인다. "우리가 미메시스를 계속해서 모방이라고 번역한다

하더라도, 이미 존재하는 현실의 복사와는 정반대되는 것으로 이해해야 하며 창조적 모방이라는 말을 써야 한다"(『시간1』, p. 112). 여기서 우리는 존재론, 인식론, 미학, 윤리학과 얽혀 있는 몇 가지 물음을 던질 수 있다. 창조적 모방으로서의 미메시스는 현실과 어떤 관계를 맺는가? 다시 말해서 말과 사물, 표상과 지시대상의 관계는 자의적인가 아니면 어떤 유사성이나 흔적 혹은 공감의 관계를 지니는가? 미메시스를 재현으로 옮겨야 한다면, 언어적 재현과 비언어적 재현의 차이는 무엇인가? 그러한 재현은 우리의 삶과 관련하여 어떤 쓸모가 있는가? 과연 재현과 비-재현의 경계는 무엇인가?

『시간과 이야기』의 1부 「이야기와 시간성 사이의 순환」에서 리쾨르는 『시학』에 제시된 '행동하는 인간의 재현'이라는 미메시스 개념을 확장시켜 뮈토스, 즉 그대로 옮겨놓는 것이 아니라 일어난 일들 가운데 취사선택하여 배치하는 줄거리 구성이라는 허구적 작업과 연결시킴으로써 미메시스에 대한 논의의 새로운 전기를 마련한다. 무엇보다 미메시스가 무엇을 만들고poièsis 재현하고mimèsis 조직화한다sustasis는 사행적 특성을 지니고 있다는 점에서 작품의 구조를 넘어 실천적 영역에까지 확장된다는 점에 주목한다. 서사학 또는 기호학이 폐쇄적인 구조로서의 텍스트를 대상으로 하는 반면, 리쾨르의 해석학은 줄거리 구성의 역동성, 즉 "실천적 영역의 전-형상화와 작품의 수용에 의한 재-형상화 사이를 매개하는, 텍스트의 형상화 작업의 구체적 진행 과정"(『시간1』, p. 127)을 대상으로 한다. 미메시스 해석과 관련하여 리쾨르의 독창성이 가장 돋보이는 발상이라 할 수 있는 전형상화-형상화-재형상화로 이어지는 '삼중의 미메시스' 개념은 그처럼 줄거리 구성의 역동성을 부각시키기 위해 만들어진 개념이다.

실제로『시간과 이야기』전체는 리쾨르의 이야기 해석학의 토대를 이루는 이러한 3단계의 재현 활동을 중심으로 구성되어 있다. 여기서 미메시스-재현은 "허구적 공간을 여는 단절"뿐 아니라 현실과 은유적으로 연결하는 기능, 즉 "뮈토스에 의한 실천적 영역의 '은유적' 전환"(『시간1』, p. 112)이라는 기능을 통해 현실을 '마치 ~처럼' 그려봄으로써 현실을 재생산하고 그 의미를 새롭게 만든다. 그 과정에서 독자는 독서 행위를 통해 미메시스의 여정을 최종적으로 마무리하는 실천적 주체로 나타난다. 이야기의 재현적 기능이 은유적 대상지시의 문제와 대응하면서 재현을 시간 차원에서 인간의 행동 영역 전반으로 확장시키는 것이다. "은유적 재묘사가, 세계를 '살 만한' 세계로 만드는 감각적, 감동적, 미학적, 그리고 도덕 가치론적 가치 영역을 지배하는 것이라면, 이야기의 재현적 기능은 특히 행동과 그 '시간적' 가치의 영역에서 수행된다고 할 수 있다"(『시간1』, p. 10).

1) 미메시스, 모방이냐 재현이냐

미메시스 개념을 둘러싼 모든 논쟁은 플라톤과 아리스토텔레스로부터 흘러나온다. 플라톤은『국가』3권에서 예술의 기본 원칙을 미메시스-모방이라고 보고, 모방은 환영을 만들어내며 그래서 인간의 영혼을 이데아-진리로부터 멀어지게 한다고 말한다. 손가락으로 이데아의 하늘을 가리키며 현실은 이데아의 복제이고 미메시스는 또 그런 현실의 복제이기에 단순한 현실의 '모상simulacre'에 불과하다고, 그래서 재현을 통해 이데아에 이른다는 것은 불가능한 꿈이라고 보는 것이다. 시인들에 대한 플라톤의 반감이 여기서 비롯되었는데, 10권에 이르면 본질적인 이데아의 타락되고 변질된 이미지나 환상만을 제공하는 시인들을 국가에서 추방해야 한다는 유명한 시인 추방론이 나온다. 예컨대 구두장이는 구두라는 이데아를 모방하여 실제 구두를 만들지만, 화가가 그린 그림 속의 구두장이는 실제 구두장이를 색채와 형태로 모방한 것에 지나지 않기 때문에 구두를 만들 수 없다. 따라서 호메로스 이래 모든 시인들은 그들의 시 창작에 영감을 주는 모조품을 모방하는 사람들일 뿐이다. 모방하는 사람은 실제로 존재하는 것에 관해서는 아무것도 이해하지 못하고 겉모습에 속하는 것만을 안다는 이러한 생각에는 감각적인 세계에 대한 불신이 들어 있다. 따라서 예술이 감정의 정화를 실현한다는 아리스토텔레스적인 윤리적 덕목이 들어설 자리가 없다.

플라톤은 그렇게 해서 모방의 양태를 구분하고 서열을 매김으로써 문학 장르의 원초적 유형론을 제시한다. 등장인물의 대사로만 이루어진 연극에서처럼 엄밀한 의미의 모방(미메시스)과 화자가 이야기의 주체로 등장하는 서사시에서처럼 간접적인 모방(디에게시스diègèsis)이라는 구분이 그것이다. 언어학적으로 말하자면 미메시스는 배우를 매개로 등장인물이 마치 자기가 실제 인물인 것처럼 말하는 발화 행위 형태이며, 디에게시스는 화자가 등장인물 뒤에 자신을 숨긴 채 이야기되는 사건을 마치 자기가 본 듯이 말하는 발화 행위 형태이다. 플라톤은 미메시스와 디에게시스가 혼합된 중간 유형을 제시하는데, 등장인물의 대사와 화자의 이야기가 뒤섞여 있는 호메로스의 경우가 이에 해당된다.

아리스토텔레스는 플라톤과 마찬가지로 미메시스를 예술의 기준으로 삼는다. 하지만 플라톤과는 반대로 손가락으로 땅을 가리키며 존재론적 형이상학을 거부하고 미메시스를 시 짓는 기술, 즉 시학의 차원에 자리 잡게 한다. 재현을 통해 무엇을 보고 배운다는 측면에서 예술을 옹호하는 것이다. 『시학』 4장에서 아리스토텔레스는 사람은 재현의 성향을 타고나며, 재현을 통해 즐거움을 얻는다고 말한다.

사람은 어릴 때부터 재현하려는 성향과 ─사람은 유난히 무언가를 재현하려는 성향이 있으며, 재현을 통해 배움을 시작한다는 점에서 다른 동물과 다르다─재현된 것들에서 쾌감을 느끼는 성향을 동시에 타고난다. 그 증거를 실제 경험에서 찾을 수 있다. 예를 들어 더할 나위 없이 추한 짐승이나 시체의 형체는 실물로는 보기만 해도 고통스럽지만 그것을 아주 잘 다듬어 그린 그림을 볼 때는 쾌감을 느낀다. 무언가를 배운다는 것은 철학자들뿐 아니라 다른 사람들에게도 쾌감을 주기 때문이다 (하지만 이 문제에 있어 철학자와 다른 사람들 사이의 공통점은 지극히 미약하다). 기실 사람들이 그림을 바라보는 것을 좋아하는 이유는 그것을 바라보면서 알아보는 법을 배우기 때문이다. 이를테면 '이 사람이 바로 그 사람이구나'라고 말할 때처럼 개개의 사물이 무엇무엇이라는 생각에 이르게 되는 것이다. 그것이 이전에 본 적이 없는 모습이라면, 재현이 쾌락을 주는 것이 아니다. 솜씨, 색채 또는 그와 비슷한 다른 원인에서 쾌감이 오는 것이다. (4장 48b6-19)

여기서 재현의 즐거움은 두 가지 형태로 나타난다. 하나는 능동적인 것으로서 무언가를 재현한 형태를 만들어내는 것이며, 다른 하나는 수용과 관련된 것으로서 재현한 작품 앞에서 느끼게 되는 독특한 쾌감이다. 사람은 재현을 하거나 재현한 것을 보면서 배우고 즐거움을 느낀다. 이는 재현 활동 자체가 고유의 형태를 추상화하는 작업으로 이루어지기 때문이다. 그러한 추상화를 통해 이미 알고 있는 자연의 대상을 재현된 대상과 연관시킴으로써 놀라움thaumazein과 동시에 배우는 manthanein 쾌감, 즉 무엇을 '발견'하는 지적 쾌감을 느끼게 된다. 이는 재현 활동 자체가 대상의 정확한 복제가 아니라는 주장을 뒷받침하는 강력한 논거가 될 수 있다.

　문제는 『시학』 그 어느 곳에서도 미메시스에 대한 명확한 개념 정의를 찾아볼 수 없다는 점이다. 다만 몇 가지 용법을 바탕으로 추론하자면, 미메시스와 관련된 말들은 어원으로 볼 때 연극에서 말하는 재현 형태에 뿌리를 내리고 있다.[46] 직접화법을 기준으로 미메시스와 디에게시스를 구분했던 플라톤과 거리를 두면서, 아리스토텔레스는 더 이상 미메시스의 정도에 따라 서사시와 연극을 구분하지 않고 미메시스 내부에서의 재현 양식의 대립으로 봄으로써 미메시스 개념의 위상을 근본적으로 바꾼다. 즉 플라톤은 서사시 양식을 단순 이야기haplè diègèsis라 부르면서 재현적dia mimèseôs이라는 수식어가 붙은 연극 양식과 대립시킨 반면, 아리스토텔레스는 그 두 가지 양식을 다 미메시스라는 항목으로 분류한 것이다. 게다가 두 양식을 나누는 기준도 조금 다르며, 인물이 아니라 인물의 행동prattein에 초점을 두면서 그 의미도 바뀌게 된다.

　아리스토텔레스는 재현하는 방식을 기준으로 미메시스를 구분하면서 이렇게 말한다. "실제로 같은 수단을 사용하여 같은 대상을 재현하

---

46) 우선 행동을 나타내는 명사인 미메시스는 같은 어근에 속하는 다른 낱말들, 즉 동사 'mimeisthai,' 동작주를 나타내는 명사 'mimètès,' 형용사 'mimètikos' 등과 결부되어 사용되고 있다. 또한 1장(47b10)에서는 "소프로노스과 크세나르코스의 소극笑劇"을 가리키는 실사 'mimos'와 연관되어 사용되고 있다. R. Dupont-Roc & J. Lallot, "Introduction," *La Poétique*, p. 24.

더라도, 때로는 화자로서 이야기할 수 있고—자신이 아닌 다른 무엇이 되어 이야기할 수도 있고(호메로스의 경우가 그렇다) 그러한 변모 없이 여전히 자신으로 머물러 있으면서 이야기할 수도 있다—, 혹은 모든 사람들은, 그들이 실제로 행동하는 한에서 재현의 저자가 될 수 있다"(3장 48a19-23). 이러한 변화가 내포하는 의미는 미메시스가 연극 텍스트, 즉 전적으로 대화로 이루어진 작품이라는 영역을 벗어나 플라톤이 디에게시스라고 불렀던 텍스트를 포함하여 서사성을 지닌 모든 텍스트에 적용될 수 있게 되었다는 것이다.[47] 미메시스 개념을 그처럼 이야기에 대한 일반 이론으로 확대 적용할 수 있다는 사실은 미메시스를 모방이 아니라 창조적 재현으로 보아야 한다는 주장에 대한 강력한 논거가 될 수 있다. 뒤퐁-록과 랄로는 이를 세 가지로 정리한다.

 i) 아리스토텔레스는 등장인물보다 행동을 우위에 둠으로써 행동의 재현이라는 미메시스의 위상을 정립한다. 『시학』 6장은 미메시스가 그 수단(춤, 회화, 시)과 관계없이 언제나 사람, 특히 행동의 주체나 보조자로서의 사람을 대상으로 한다고 말한다. "비극은 사람을 재현하는 것이 아니라 행동과 삶과 행복(불행 역시 행동 속에 들어 있다)을 재현하며, 비극이 겨냥하는 목표는 행동이지 성품이 아니다. 인간의 이런저런

---

47) 엄밀한 서사학적 입장에서이긴 하지만, 주네트 또한 플라톤의 미메시스가 디에게시스, 즉 이야기와 불가분의 관계에 있으며 단순한 복제-미메시스 개념과 단절을 이룬다고 본다는 점에서는 리쾨르의 논의와 만난다. 주네트는 논증을 통해 다음과 같은 결론을 이끌어낸다. "재현으로서의 문학이 가질 수 있는 유일한 양태는 이야기, 비언어적이고 또한 언어적인 사건의 언어적 등가물로서의 이야기이다. [……] 문학적 재현, 고대인들의 미메시스는 그러므로 이야기에 말을 더한 것이 아니다. 즉 그것은 이야기이며, 오로지 이야기일 뿐이다. 플라톤은 미메시스와 디에게시스를 마치 완전한 모방과 불완전한 모방처럼 대립시켰다. 하지만 (플라톤 자신이 『크라틸로스』에서 보여주듯) 완전한 모방은 더 이상 모방이 아니라, 사물 그 자체이다. 그리고 최종적으로 유일한 모방은 불완전한 모방이다. 미메시스는 디에게시스다"(G. Genette, "Frontières du récit," *Figures II*, Seuil, 1969, pp. 55~56 참조).

성품은 성격에 따라 결정되지만, 행복한가 아닌가는 그들의 행동에 따라 결정된다. 따라서 그들은 성격을 재현하기 위해서 행동하는 것이 아니라, 행동을 통해서 그들의 성격이 드러나는 것이다. 그러므로 사건과 줄거리가 바로 비극이 겨냥하는 목표이며, 언제나 목표가 가장 중요하다"(6장, 50a15-22). 미메시스의 대상은 당연히 성격의 윤리적 자질이 아니라 행동 또는 행동의 구성이며, 인물들이 지니는 성격ēthos은 행동 praxis에 종속되는 것이다.

ii) 미메시스는 창조적이라는 점에서 단순한 모방과 다르다. 그렇다고 무無에서 창조하는 것은 아니고 기본 재료가 주어져 있는데, 그 재료란 행동을 통해 성격을 부여받은 사람들이다. 재현하는 자mimètes로서의 시인은, 행동하는 인물이라는 재료를 그대로 모방하는 것이 아니라 개연성과 필연성의 질서에 따라 조직되는 줄거리muthos를 만들어냄으로써 재현한다. 다시 말해서 현실에서 실제로 행동하는 사람을 모델로 삼아 허구적으로 재현하는 것이다. 미메시스란 이처럼 순수한 창조가 아니라 앞서 존재하는 대상들로부터 시적 인공물에 이르는 움직임이며, 아리스토텔레스가 말하는 시학은 바로 그러한 이행의 기술이다. 중요한 것은 'mimeisthai'라는 동사가 '모델-재현된 대상'과 '모상-재현한 대상'을 동시에 가리킴으로써 기본적으로 양가성을 띤다는 점인데, 모방하다라는 전통적인 뜻으로 해석하게 되면 목적격을 무조건 모델의 목적격으로 보아야 하기 때문에 후자의 의미는 배제된다.

iii) 아리스토텔레스가 말하는 미메시스는 극에 기원을 두고 있기는 하지만 서사시도 포괄하는 허구적 작업이다. 시인이 '전해져 내려오는 줄거리들'을 모델로 삼아 필연성과 개연성의 규칙에 따라 줄거리를 만들어내는 것, 그것이 본래의 뜻에 가장 가까운 의미에서의 포이에시스

poièsis-'시 짓기'이다. 이른바 재현적 거리가 모델이 되는 대상과 재현된 대상 사이에 존재하며, 시인은 마치 화가가 모델로부터 거리를 두고 형상을 그릴 때처럼 줄거리의 형상을 빚어내는 것이다.[48]

이러한 일반적 관찰로부터 뒤퐁-록과 랄로는 시적 미메시스, 즉 사람의 행동을 언어로 재현하는 활동은 이중의 생산 작업, 이중의 만들기 poiein로 이루어진다는 결론에 이른다. 첫번째는 사건들을 조직화하여 줄거리를 구성하는 것이고 두번째는 그에 종속된 것으로서 언어로 표현lexis하는 작업, 즉 줄거리를 말과 운율로 표현함으로써 텍스트를 생산하는 작업이다. 이 두 가지 작업의 관계에 관해서 뒤퐁-록과 랄로는 아리스토텔레스가 직접 언급을 하지 않았기에 원문에 대한 확대해석일 수밖에 없다는 전제하에, 시적 생산의 최종적 통일성은 결국 '은유적으로' 바꾸는 움직임이라고 말한다. 바로 그것이 줄거리를 통한 행동의 재현과 낱말을 통한 의미의 현시hermèneia에 공통된 특성이라는 것이다.[49] 다시 말해서 은유적 지각에 토대를 둔 미메시스의 움직임이 허구 활동 전반의 패러다임 자체를 구성하는 것이다.

---

48) 시가 허구적 작업의 산물이라는 개념은 『시학』에서 서정시를 전혀 다루지 않는 이유를 설명해준다. 즉 재현에 의한 거리만이 정화된 줄거리를 구성할 수 있는데 특이한 순간에 포착된 시인의 자아에 초점을 맞추는 서정성은 그러한 거리를 배제하기 때문에 『시학』의 전망 속에 들어올 수 없었다는 것이다. R. Dupont-Roc & J. Lallot, "Introduction," *La Poétique*, p. 30.

49) 미메시스의 의미론적 혁신과 관련하여 뒤퐁-록과 랄로는 리쾨르의 『살아 있는 은유』의 한 대목을 인용한다. "하나의 전체로 간주되는 시에서 이루어지는 비극 고유의 의미 고양과, 낱말 차원에서 수행되는 은유 특유의 의미 이동 사이에서 볼 수 있는 보다 긴밀한 조화 관계를 미메시스의 두번째 특징('위를 향한 이동')에 결부시킬 수는 없을까? [……] 그렇게 생각할 수 있다면, 은유는 일상언어와 관련하여 단지 일탈이 아니라 그러한 일탈을 이용하여 의미를 위로 끌어올리는, 그렇게 해서 미메시스를 만드는 특별한 도구가 될 것이다"(*MV*, p. 57).

2) 미메시스 개념의 확장을 위하여

아리스토텔레스는 비극을 이렇게 정의한다. "비극은 끝까지 완결되어 있고 일정한 크기를 갖는 고귀한 행동의 재현으로서, 작품을 구성하는 부분에 따라 각기 다양한 종류의 양념으로 맛을 낸 언어를 수단으로 삼는다. 그리고 비극의 재현은 이야기가 아닌 극의 등장인물에 의해 이루어지며 연민과 두려움을 재현함으로써 그러한 종류의 감정에 대한 카타르시스를 실현한다"(6장 49b24-27). 완결되어 있고 일정한 크기를 갖는 고귀한 행동의 재현이라는 정의는 미메시스 해석에 관한 여러 논의를 불러일으켰다. 앞에서 말한 것처럼 뒤퐁-록과 랄로는 『시학』에 대한 주해를 통해 '시적 미메시스,' 즉 사람의 행동을 언어로 재현하는 활동은 줄거리를 구성하는 것인 동시에 줄거리를 언어적인 텍스트로 생산하는 작업이라고 규정한다.

이와 관련하여 리쾨르는 원칙적으로는 뒤퐁-록과 랄로가 해설한 아리스토텔레스의 미메시스 개념을 받아들이면서도 때로 수정, 보완함으로써 미메시스의 가능성을 확장시키려고 노력한다. 예를 들어 뒤퐁-록과 랄로가 '스토리histoire'로 옮기고 있는 뮈토스를 '사건들의 조직'이라는 의미를 강조하기 위해 영어의 '플롯plot'에 해당하는 '줄거리intrigue' 또는 '줄거리 구성mise en intrigue'으로 옮김으로써 재현 행위라는 능동적 과정과 연결시킨다. 여기서 리쾨르는 행동의 모방이나 재현으로서의 미메시스와 사상事象들의 배열로서의 뮈토스라는 두 가지 표현이 거의 동일시되고 있다는 사실에 주목한다. "비극은 행동의 재현"(6장 49b36), "줄거리는 바로 행동의 재현"(6장 50a1), "그러므로 비극의 제1원칙이며 비극의 영혼이라고 할 수 있는 것은 바로 줄거리"(6장 50a38) 등은 그러한 논거의 출발점이 된다.

이처럼 미메시스와 뮈토스 사이에 등가 관계를 설정함으로써 생기는 일차적인 결과는 아리스토텔레스의 미메시스를 복제나 모방, 즉 동일한 것의 반복으로 해석할 수 없게 된다는 점이다. 플라톤의 미메시스가 예술작품을 그 관념적 모델에서 두 단계나 멀어지게 하는 '모방의 모방'이라면, 아리스토텔레스의 미메시스는 줄거리를 구성하는 기법이라는 의미만을 갖기 때문이다. 여기서 미메시스는 플라톤이 말하는 형이상학적 용법(이데아)이나 기술적 용법(디에게시스/미메시스)에서 결정적으로 벗어나 행동을 재현하는 행위, 보다 정확히 말해서 사건들의 조직(뮈토스)을 만들어내는 행위(포이에시스)와 결부된다. 아리스토텔레스가 말하는 '시 짓기'(포이에시스)는 "어떤 '행위faire'이며, 어떤 '행위'에 대한 '행위'다. 단지 그것은 실제적이고 윤리적인 행위가 아니라, 정확히 말해서 꾸며진 시적 행위인 것이다"(『시간1』, p. 100).

리쾨르가 뒤퐁-록과 랄로의 견해를 따라 미메시스를 모방이 아닌 재현으로 옮겨야 하며, 모방으로 옮긴다 하더라도 어떤 중복이나 복사가 아니라 현실을 '마치 ~처럼' 바라보고 그려냄으로써 허구적 공간을 여는 '창조적 모방'이라는 의미로 이해해야 한다고 말하는 것도 그 때문이다. 미메시스와 뮈토스의 등가성은 재현의 대상('무엇')과 관련된 등가성이므로 극/서사시의 양태 구분에는 영향을 주지 않는다는 이러한 해석은 『시학』을 서사적 구성과 극적 구성을 포괄하는 이야기 일반에 관한 이론으로 읽을 가능성을 열어준다. "우리는 이야기를 '양태,' 다시 말해서 저자의 태도에 의해서가 아니라 '대상'에 의해 특징짓고자 하는데, 그 이유는 바로 아리스토텔레스가 뮈토스, 즉 사상들의 배열이라고 부르는 것을 우리는 이야기라고 부르기 때문이다. 따라서 이야기가 자리 잡고 있는 차원, 즉 '양태'의 차원에 대해 우리의 입장은 아리스토 텔레스와 다를 바가 없다"(『시간1』, p. 92).

비극에 대한 『시학』 6장의 정의에서 비극이 불러일으키는 두려움과 연민의 카타르시스 또한 미메시스와 밀접한 관련이 있다. 사실 카타르 시스는 『시학』에서 명백하게 밝혀지지 않은 채로 남아 그 해석을 둘러 싼 논란의 대상이 된 개념이다. 아리스토텔레스는 『수사학』 II편 5장에 서 두려움이란 "무엇이 되었건 우리 눈에 보이는 것이 우리를 죽일 수 있는 큰 힘을 가지고 있거나 우리에게 큰 고통을 가져다줄 수 있는 방식 으로 해를 끼칠 수 있을 때 그 대상에 의해서" 유발된다고 말한다. 또 8 장에서 "연민이란 타인들이 억울하게 당하고 또 우리 자신이 당할 가능 성도 있는 어떤 파괴력과 고통을 수반하는 악을 목격했을 때 발생되는 고통의 느낌"이라고 말한다. 즉 부당한 불행을 겪는 타인의 고통은 우 리의 연민을 자아내며, 우리에게도 그런 일이 닥쳐올지 모르기에 두려 움을 불러일으킨다. 따라서 두려움은 자신의 입장에서, 연민은 타자의 입장에서 고통을 느끼는 것이다. 비극은 바로 이러한 감정을 관객이 공 감할 수 있도록 사건을 재현하고 줄거리를 구성하는 것이다. 여기서 역 설적인 사실은 고통이 쾌감으로 바뀐다는 것이다. 비극의 카타르시스 효과는 관객이 느끼는 격정을 정화하는 것이며, 고통을 쾌감으로 대체 함으로써 고통을 순화하는 것이다. 문제는 그 과정이 어떻게 이루어지 는가인데, 아리스토텔레스는 연민과 두려움의 감정을 자아내는 사건들 의 재현을 통하여 그렇게 된다고 말한다. 비극이 관객의 감정을 정화하 고 고통이 아니라 쾌감을 준다면, 이는 비극이 재현 행위를 통해 그 자 체로 정화된 대상을 보여주기 때문이라는 것이다.

시인은 일어난 사건들을 있는 그대로 재현하는 것이 아니라 개연성과 필연성의 원리에 따라 사건들을 선택하여 재현함으로써, 다시 말해서 군더더기는 빼고 이야기의 진행에 기여하는 의미 있는 행동들만을 골라 체계적으로 배열함으로써 이야기되는 대상을 정화한다. 나아가 두려움과 연민을 불러일으키는 뜻하지 않은 사건들, 즉 주인공의 운명이 행복 또는 불행으로 변화하는 계기가 되는 '반전' 또한 '발견'과 결합시킴으로써 불협화음마저도 화음의 질서에 따르게 한다.[50] 줄거리를 구성하는 행위 자체가 일종의 정화 작업인 셈이다. 그리고 관객은 이런 정화된 줄거리를 통해 사건들의 관계를 지배하는 원리를 깨닫고 무언가를 배우고 발견하게 된다. "줄거리는 바로 불협화음을 이루는 이러한 사건들을 필연적이고 사실임 직하게 만들고자 하는 것이다. 바로 그렇게 해서 줄거리는 그것들을 정화, 혹은 순화한다. 줄거리는 바로 화음 안에 불협화음을 포함시킴으로써 감정적인 것을 이해 가능한 것 속에 포함시킨다"(『시간1』, p. 109). 다시 말해서 기대와 반전 그리고 발견이라는 집중과 분산의 과정을 거치면서 이런 일들이 어떻게 일어났는가를 알게 됨으로써 관객은 즐거움을 얻으며, 그로 말미암아 사건 자체에 대한 연민과 두려움은 쾌감으로 바뀐다는 것이다. 이처럼 관객은 육체의 눈

---

50) 아리스토텔레스는 비극 모델에서 스토리를 구성하는 반전의 양태를 크게 '반전péripétéia' 과 '발견anagnôrisis'으로 나누고 여기에 '격정적인 효과pathos'를 덧붙인다. "이처럼 급전과 발견은 줄거리를 구성하는 두 부분이다. 세번째 부분은 격정적 효과이다. [……] 격정적 효과란 예컨대 무대 위에서 이루어지는 살인, 심한 고통, 부상, 기타 그와 비슷한 종류의 파괴나 고통을 야기하는 행동을 말한다"(11장 52b9). 여기서 반전의 한 유형으로서의 급전은 황당무계한 돌발적인 행동이 아니라, 줄거리 구성의 논리적 필연성이나 개연성을 벗어나지 않으면서, "전혀 예기치 않게"(9장 52a4) 주인공의 운명을 행복에서 불행으로 뒤바꾸는 행동이다. "급전은 행동의 효과가 완전히 뒤집히는 반전을 의미하는데, 우리의 공식에 따르면 그것은 개연적이거나 필연적으로 이루어져야 한다"(11장 52a22). 공포와 연민의 감정은 바로 이처럼 예기치 않았던 놀라운 사건들의 인과적 연쇄를 통해 가장 극적으로 드러나게 된다. 『시간1』, pp. 104~11 참조.

이 아니라 지성의 눈으로 현실을 봄으로써 학습의 즐거움을 동반한 미적 쾌감을 느낀다는 점에서 카타르시스는 "인식과 상상력 그리고 감정을 이어주는 은유화 과정을 통합"(『시간1』, p. 122)하면서 이야기의 안과 밖을 잇는 변증법의 정점에 위치한다.

2. 삼중의 미메시스

앞에서 본 것처럼 리쾨르는 미메시스 개념의 확장을 통해 아리스토텔레스의 시학 이론을 비극과 서사시라는 장르에 대한 이론이 아니라 이야기에 대한 일반 이론으로 받아들인다. 그렇다면 미메시스와 뮈토스를 동등한 것으로 간주함으로써 비극을 특징짓는 일련의 패러다임들이 서사 영역 전반에 적용될 수 있을 만큼 확장되었는가? 이에 대해 리쾨르는 그렇다 하더라도 '행동의 재현'이라는 미메시스의 의미가 완전히 충족되지는 않는다고 본다. 행동이라는 용어는 시학이 담당하는 상상력의 영역만이 아니라 현실 영역에 동시에 속하기 때문에, 미메시스는 뮈토스와의 등가성을 넘어 프락시스 영역에까지 확장되는 것이다. 다시 말해서 미메시스는 실천적 영역에서의 인간의 행동을 재현하는 것이며, 그러한 재현 행위를 통해 관객은 카타르시스라는 '고유의 즐거움'을 느낀다. 따라서 텍스트의 내적 구조(폐쇄성)에만 머물 수는 없다. 미메시스가 작품의 구조를 넘어 그처럼 실천적 영역에까지 확장된다는 점을 밝히기 위해 리쾨르는 『시학』이 시의 정태적인 구조가 아니라 '구조화'에 관해 말하고 있다는 점을 논거로 든다. 즉 『시학』에 나오는 거의 모든 개념은 정태적인 구조나 비시간적인 패러다임이 아니라 역동적인 '행위'의 성격을 지니고 있다는 점에 주목하는 것이다. 현상학적 관점에서 보자면 그러한 행위들은 "관객이나 독자를 통해서만 완수되는, 어떤 지향된 행위"(『시간1』, p. 117)이다.

재현 행위의 역동성을 부각시키기 위해 리쾨르는 미메시스I-전형상화préfiguration, 미메시스II-형상화configuration, 미메시스III-재형상화refiguration로 이어지는 '삼중의 미메시스' 개념을 바탕으로 하는 순환 과정을 제안한다. 그 축은 미메시스II로서, 그것은 줄거리를 만들어내는 서사적 구성(디에게시스)을 가리킨다. 미메시스II는 그 단절 기능을 통해 시적 구성의 세계를 열며 문학작품의 문학성을 형성하지만, 형상화 작업 자체는 그 상류와 하류를 포괄함으로써만 온전한 의미를 획득한다. 상류인 미메시스I은 행동의 뜻을 체험된 시간의 층위에서 풀어본다. 기억 속에서 사라져가고, 아직 다가오지 않았으며, 지금 하고 있는 행동의 뜻을 이해하려는 것은, 균열과 무의미를 극복하고 의미를 찾으려는 의지이다. 결국 이야기를 미리 그려본다는 것은 이야기되기를 기다리는, 이야기되기 이전 행동의 뜻을 이해하려는 행위이자 의지이다. 미메시스I과 미메시스II는 행동 의미론이라는 관점에서 행동의 전이해와 서사적 이해의 관계에 의해 연결된다. 이어서 미메시스II는 미메시스I에서 이해된 행동의 뜻을 줄거리로 꾸며 이야기로 옮기는 과정이며, 이 단계에서 형상화와 줄거리 구성은 일치한다. 그것은 현실을 '마치 ~ 처럼' 봄으로써 현실로부터 거리를 두면서 재현하는 것이다. 물론 이야기된 현실은 실제 현실과는 거리가 있으므로 불협화음은 남아 있지만, 줄거리 구성이라는 작업 자체가 이질적인 행동들을 종합하여 어떤 일관된 형상을 부여하는 것이기에 화음이 우세할 수밖에 없다. 리쾨르가 구조주의의 성과를 받아들이는 것이 바로 이 지점이다. 이야기의 시학적 구성의 마지막 단계는 미메시스III-재형상화로서, 그것은 텍스트 세계와 독자 세계의 교차지점으로 이해된다. 즉 독자가 이야기의 뜻을 풀어 자기가 속한 현실에 적용시키는 단계이다. 미메시스II와 미메시스III은 독서 행위라는 관점에서 형상화 행위의 도식화와 전통성을 통해 연결된다. 이야기를 읽는 것은 잠재적 현실의 세계, 질서를 갖춘 세계를 경험하는 것이다. 그러나 그것은 단순히 언어적 경험으로 끝나지 않고, 우리의 경험과 상호작용을 일으키면서 허구적 경험을 실제 경험으로 변형시킨다. 다시 말해서 이야기의 서사적 기능은 단지 역사적이거나 상상적인 현실을 이야기의 틀(서사 코드)에 따라 재현하는 데 그치는 것이 아니라, 다시금 독자가 속한 현실 세계와 관계를 맺게 하는 데 있다는 것이다. 리쾨르가 해석학적 순환이 아니라 아치 개념을 말하는 것은 이처럼 형상화 차원을 넘어 재형상화 차원에서, 즉 인식론적이고 존재론적인 차원에서 이야기의 창조적 기능, 즉 의미론적 혁신이 이루어지기 때문이다.

1) 전형상화, 이야기되기 이전의 이야기

줄거리 구성을 통한 행동의 재현은 행동의 세계에 대한 전이해, 즉 행동의 의미를 이해하는 능력을 전제로 한다. "행동을 모방하거나 재현하는 것, 그것은 우선 인간의 행동, 즉 그 의미론과 상징성 그리고 시간성이 어떠한 것인지를 미리 이해하는 것이다. 줄거리 구성, 그리고 그와 더불어 텍스트와 문학의 재현성은 작가와 독자에 공통된 바로 이러한 전이해를 바탕으로 세워진다"(『시간1』, pp. 146~47). 그러한 전이해가 없다면 이야기로 재현된 행동의 의미가 무엇인지 이해할 수 없을 것이다. 예컨대 'A가 손을 들었고 택시가 섰다'라는 행동에서 우리는 손을 드는 동작을 택시를 부르는 방식으로 '이미' 이해하고 있고, 그런 이해를 바탕으로 이야기된 행동을 이해한다. 모든 이야기는 이처럼 행동에 대한 실천적 이해를 전제로 하고 있으며, 이를 바탕으로 행동을 이야기로 형상화한다. 따라서 어떤 스토리를 이해한다는 것은 곧 행동의 언어를 이해하는 것이다. 리쾨르는 이러한 행동의 전이해 단계를 미메시스I이라고 부르고 이를 행동의 구조와 상징성, 시간성이라는 세 가지 측면에서 분석한다.

i) 행동의 구조는 공시성과 통시성, 계열체적 측면과 통합체적 측면에서 접근할 수 있다. 한편으로 우리가 단순히 물리적 운동과 행동을 구별할 수 있는 것은 행동의 무엇, 왜, 누가, 어떻게, 누구와 함께라는 물음으로 행동을 이해할 수 있기 때문이며, 그러한 물음들이 행동의 개념망, 즉 계열체적 질서를 형성한다. 그러한 질서에 따라 우리는 행동을 목적이나 의도, 동기, 행동 주체, 상황, 상호작용 등의 공시적 측면에서 이해한다. 다른 한편으로 행동의 의미가 무엇인지 이해한다는 것은 그 통합체적 질서를 지배하는 규칙들을 숙지한다는 것이다. 즉 행동을 재현한다는 것은 개연성과 필연성에 따라 사건들을 통시적으로 조직화(뮈토스)하는 것이며, 그 의미를 이해한다는 것은 그러한 규칙들을 이해하고 있다는 뜻이다. 'A가 손을 들었고 택시가 섰다'라는 예에서 손을 드는 행위를 택시를 타겠다는 의도로 해석하는 것은, 택시를 세우기 위해서는 손을 들어야 한다는 규칙을 이해하고 있다는 것이다. 이처럼 행동의 의미론을 말하면서 행동의 세계에 대한 실천적인 전이해를 논하는 것은 텍스트의 폐쇄성과 비시간적 모델에 토대를 둔 서사학적 구조 분석도 실천적 영역에서는 암묵적으로 행동의 현상학에 빚질 수밖에

없으며 시간적 질서를 벗어날 수 없음을 말하기 위해서일 것이다.

ii) 행동의 상징성이란 어떤 상징적 관례에 따라서 행동을 이러저러한 의미로 이해하는 것이다. 여기서 리쾨르는 클리퍼드 기어츠, 에른스트 카시러 등의 인류학적 연구를 빌려 상징을 설명한다. 그에 따르면 상징이란 텍스트로 형상화되기에 앞서 이미 어떤 짜임새(관례)를 가지고 있으며, 그러한 내재적이고 암묵적인 상징성이 행동에 일차적인 해석 가능성을 부여한다. "해석을 거치기에 앞서, 상징은 행동에 내재하는 해석체interprétant인 것이다"(『시간1』, p. 135). 예컨대 손을 드는 동일한 동작이 상황에 따라서는 인사를 하거나 표결하는 방식으로 이해될 수도 있다. 이 점에서 행동은 어떤 규칙에 따라 조직되어 있고 어떤 규범에 따라 그 의미와 가치를 판단하고 평가해야 할 텍스트와 같다고 말할 수 있다. 상징적 매개로서의 행동은 그렇게 해서 윤리적 의미를 획득하게 되는데, 리쾨르는 이를 『시학』에서 말하는 성격의 윤리적 자질[51]과 연관시킴으로써 서사적 이해력이 실천적 이해력에 빚지고 있음을 밝히려 한다. 즉 아무리 사소한 행동일지라도 칭찬이나 비난 같은 윤리적 판단을 불러일으키지 않을 수 없다는 점에서 행동은 결코 윤리적으로 중립적일 수 없으며, 중립성을 의도한다는 것 자체가 (미메시스I 단계에서) 근원적으로 윤리적일 수밖에 없는 행동의 자질을 전제한다는 것이다.

iii) 행동의 개념망과 그 상징적 매개에 이어 행동의 전이해를 구성하

---

51) "재현하는 사람들은 행동하는 인물들을 재현하기에, 또 그들은 고상하거나 저속하거나 둘 중 하나이기에(사람들의 성격은 거의 언제나 이 두 부류에 속한다. 성격은 고상하거나 저속한 정도에 따라 달라지기 때문이다), 다시 말하면 우리보다 더 낫거나 못하거나 또는 우리와 비슷하기에 […⋯] 앞서 말한 여러 재현 유형들은 각기 이런 차이를 보일 것이고, 조금 전에 말한 관계 속에서 서로 다른 대상들을 재현할 것이므로 그 유형들도 서로 구분될 것이 분명하다"(2장 48a1-10).

는 세번째 특성은 시간성이다. 모든 행동은 실천적 영역에서 아우구스티누스가 말한 세 겹의 현재, 즉 과거의 현재, 미래의 현재, 현재의 현재라는 원초적 시간 구조 속에서 이해된다. 여기서 리쾨르는 행동의 현상학을 넘어 하이데거의 실존적 분석으로 나아간다. 앞에서도 보았듯이 하이데거는 시간의 본래 구조를 마음 씀의 구조에 결부시키고, 이를 바탕으로 시간의 층위를 시간성, 역사성, 시간 내부성으로 계층화한다. 행동의 서사적 전이해와 실천적 전이해 사이의 관계라는 논제와 관련이 있는 것은 바로 이 세번째 시간화 층위, 즉 시계의 시간과 동일시되는 시간 내부성이다. 'A가 손을 들었고 택시가 섰다'에서 손을 드는 행동과 택시가 서는 행동을 우리는 시간적인 전후 관계로 이해하며, 이야기에서 행동은 그러한 선조적이고 통속적인 시간적 질서에 따라 서사적으로 형상화된다. 하지만 하이데거의 분석이 보여주듯 일상적인 시간 속에는 본래적인 시간, 근원적인 시간이 감추어져 있다. 결국 서사적으로 형상화된 행동의 시간성도 시간의 실존적 차원과 단절될 수는 없다. 여기서도 우리는 서사학에서의 시간 분석과 실천적 영역에서의 시간을 잇고자 하는 리쾨르의 노력을 읽을 수 있다.

2) 형상화, 이야기를 그리기

미메시스II 단계는 미메시스I에서 이해된 행동의 의미를 실제로 줄거리로 꾸며 이야기로 옮기는 단계이다. 이 단계에서 줄거리 구성과 서사적 형상화configuration narrative는 일치한다. 이야기의 구조 분석, 혹은 서사학이라고 부르는 분석 방법은 구조 차원에서 이야기의 코드 또는 문법을 밝히는 것이며, 서사적 형상화는 그러한 코드나 문법을 토대로 이야기를 내적으로 조직화하는 것이다.[52] 그렇게 '마치 ~처럼'의 세계, 현실로부터 거리를 두면서 행동을 재현하는 허구의 세계가 열린다. 이야기의 본질은 아리스토텔레스가 정의한 대로 행동의 재현이며, 줄거리를 꾸미는 것은 행동이 만들어낸 사건을 체계적으로 배치하는 것이다. 이를 통해 이야기는 시작과 중간, 끝을 갖는 완결되고 전체적인 스토리가 된다. 다시 말해, 형식적인 측면에서 줄거리 구성이란 "다양하고 잡다한 사건들을 전체적이고 완전한 하나의 이야기 속에 포괄하고 통합함으로써, 하나의 전체로 간주되는 이야기에 결부되는 이해 가능한 의미작용을 도식화"(『시간1』, p. 8)하는 작업으로 규정된다. 예컨대 사건 B의 원인이 될 수 있는 잠재성들 가운데 어떻게 사건 A를 설정하고, A의 결과로 빚어질 수 있는 잠재성들 가운데 어떻게 사건 B를 선택하느냐에 따라, 즉 사건들의 연쇄 관계를 어떻게 설정하느냐에 따라 이야기의 전체적인 윤곽이 달라지는 것이다.

줄거리를 구성한다는 것은 또한 여러 행동들 가운데 이야기 진행에 기여하는 행동들만을 취사선택하여 스토리에 형상을 부여한다는 점에서 이야기 전체를 고려하고 판단하는 행위이다. 다시 말해서 이야기한다는 것은 이야기된 사건들로부터 거리를 두고 어떤 존재론적이고 가치론적인 전망과 질서에 따라 판단하고 반성하는 것으로서 이야기 자체를 넘어서는 행위이다.[53] 그러므로 이야기를 이해한다는 것은 그처럼 이

---

52) 리쾨르는 뮈토스와 동등하다고 간주되는 허구라는 용어가, 형상화 차원에서 줄거리를 꾸민다는 뜻과 재형상화(대상지시) 차원에서 역사 이야기와 반대되는 지어낸 이야기라는, 서로 다른 뜻을 가짐으로써 혼동을 자아낼 수 있는 경우에는 허구 대신 '서사적 형상화'라는 구조주의 용어를 사용한다.

53) 리쾨르는 '전체를 고려'한다는 형상화 행위의 특성을 칸트의 반성적 판단과 연결시켜 설명한다. 칸트가 말하는 판단의 선험적 의미는 "주어와 술어를 연결시키는 것이라기보다는 다

질적이고 불협화음을 내포한 사건들의 연쇄를 줄거리라는 화음과 질서를 통해 이해하는 것이다. 여기서 줄거리를 이해한다는 것은 스토리를 따라갈 수 있다는 것이며 그것은 이해의 특수한 방식으로 볼 수 있다. 즉 우리는 이야기를 어떤 초시간적 코드, 서사학에서 말하는 기호학적 합리성이 아니라 기억과 기대 그리고 직관이라는 시간적 질서에 따라 이해하는 것이다. 리쾨르는 이를 "줄거리 구성이 가진 변화 능력에 의해 이야기를 이해하는 능력, 즉 서사적 이해력intelligence narrative"(『시간2』, p. 19)이라고 부른다. 리쾨르가 그처럼 기호학적 합리성보다 서사적 이해력이 앞선다고 강조하는 이유는 서사학이 구조 분석에만 치중함으로써 미적 경험이나 허구의 진리 같은 대상지시 차원에서 제기되는 문제를 배제한다고 보기 때문이다. 어쨌든 미메시스II 단계는 허구의 첫번째 의미, 즉 형상화와 줄거리 구성이라는 의미와 일치하고, 대상지시와 진리 문제는 재형상화 차원으로 넘어간다.

앞에서도 말했듯이 리쾨르의 주된 관심은 미메시스의 상류와 하류를 연결하는 데 있으므로 당연히 형상화로 인한 현실과의 단절 기능보다는 그 매개 기능이 강조된다. 미메시스II 단계에서 줄거리보다는 줄거리 구성, 구조보다는 구조화 같은 사행적 특성을 지닌 용어를 선호하는 것도 바로 형상화 작업의 역동성과 매개 기능을 부각시키기 위한 것

양한 양상의 직관을 어떤 개념의 규칙 아래 위치"시키는 데에 있으며, 그 하위 범주로 규정적 판단과 반성적 판단을 구별한다. 규정적 판단은 논리적 판단으로서 선험적으로 존재하는 보편적 범주를 특수한 직관 내용에 적용할 수 있는 지성의 능력을 가리킨다. 반면 어떤 특수가 주어지고 그에 적합한 보편이 발견되어야 할 경우에는 반성적 판단력이 기능한다. 반성적 판단은 취향에 대한 미적 판단과 유기적인 전체에 적용된 목적론적 판단 속에서 움직이는 사유 활동에 관해 반성하는 것이다. 그런데 이야기는 사건들의 인과 관계의 사슬에 따라 만들어지는 미적이며 유기적인 형식이라는 점에서 이야기하는 행위 자체는 목적론적 성격을 띤 반성적 판단에 속한다. 『시간2』, pp. 128~29 참조.

이다. 다시 말해서 미메시스II는 실천적 영역의 전-형상화(미메시스I)와 작품의 수용에 의한 재-형상화(미메시스III) 사이를 매개하면서 이야기를 텍스트로 형상화하는 작업의 구체적인 진행 과정이다. 여기서 독자의 역할은 독서를 통해 미메시스I에서 미메시스II를 거쳐 미메시스III에 이르는 여정에 최종적으로 통일성을 부여하는 것이다. 리쾨르는 미메시스II 단계에서 줄거리가 행하는 매개 기능을 세 가지 측면으로 제시한다.

i) 줄거리는 사건과 이야기 사이를 매개한다. 이야기의 본질은 줄거리 구성, 즉 행동을 재현하는 것이며 이는 행동이 만들어낸 사건을 조직적으로 배열하는 것이다. 사건들을 조직화하는 줄거리를 통해 사건들은 이야기로 변형된다. 이야기 진행에 기여하지 못하는 것은, 그것이 아무리 특이한 '사실'이라 해도 이야기의 '사건'이 될 수 없으며, 단순히 사건들을 나열하기만 해서도 이야기가 될 수 없다. 사건은 이야기를 구성하는 핵심 요소이며, 줄거리 구성은 이야기의 주제가 무엇인지 드러날 수 있도록 이해 가능한 전체성 속에 사건들을 조직화해야 한다. 줄거리 구성은 "단순한 연속으로부터 모종의 형상화를 이끌어내는 작업"(『시간 1』, p. 149)이다.

ii) 줄거리 구성은 행동 주체, 목적, 수단, 상호작용, 상황, 예기치 않았던 결과 등 이질적인 요인들을 하나의 전체로 고려하여 구성하는 것이다. 비극에서 급전과 발견, 격정적인 효과처럼 불협화음을 내는 요소들이 줄거리의 화음 속에 포함되듯이, 줄거리는 이야기와 그러한 이질적 요소들 사이를 매개함으로써 어떤 통합체적 질서를 형성한다.

iii) 줄거리는 시간적 차원에서 연대기적 시간과 비연대기적 시간을 매개한다. 전자는 이야기된 사건들의 시간이며, 후자는 사건들을 이야기하는 시간으로서 스토리를 이야기로 변형시키는 형상화의 시간이다. 스토리를 구성한다는 것은 시간적 관점에서 보자면 일련의 연속에서 어떤 형상을 이끌어내는 것이며 그렇기 때문에 스토리를 따라갈 수 있다는 것인데, 스토리를 따라갈 수 있는 그러한 능력에서 리쾨르는 집중과 분산이라는 시간의 아포리아에 대한 시적 해결책을 발견한다. "스토리를 따라간다는 것, 그것은 '결말'에서 실현되는 어떤 기다림의 안내를 받아 우연적이고 돌발적인 사건들 한가운데로 나아가는 것이다"(『시간1』, p. 152).

이리하여 이야기의 시간은 '시간의 화살'이라는 잘 알려진 은유에서 보여주듯이 과거에서 미래로 흘러가는 선조적 시간과는 다른 여러 특징들을 보여준다. 즉 연대기적 시간에 따른 사건들의 불협화음은 시작과 끝을 갖는 줄거리 구성의 화음 속에서 해소되고, 줄거리의 형상화는 연속되는 사건들에 대해 "시작 속에서 결말을, 그리고 결말 속에서 시작을"(『시간1』, p. 154) 읽게 함으로써 시간을 거꾸로 읽는 법을 배우게 한다. 여기서 우리는 시간과 이야기의 관계가 보여주는 중요한 특성을 알아차릴 수 있다. 시간은 지나가고 흘러가는 것이기도 하지만 지속되고 머물러 있기도 하다는 것이다. 그 점에서 줄거리를 구성하는 시적 행위란 "이행으로서의 시간과 지속으로서의 시간 사이의 매개를 창조"하는 행위이며, 어떤 스토리의 시간적 정체성이란 "지나가고 흘러가는 것을 통해 지속되고 남아 있는 어떤 것"으로 규정할 수 있다.[54]

---

54) P. Ricoeur, "La vie: Un récit en quête de narrteur," *Ecrits et conférences 1: Autour de la psychanalyse*, Seuil, 2008, p. 260.

3) 재형상화, 다시 그려본 이야기

리쾨르가 미메시스III이라고 부르는 재형상화 단계는 미메시스의 하류, 즉 텍스트 세계와 독자 세계가 교차하는 단계로, 가다머가 '적용'이라 부른 것에 상응한다. 독자와 독서 행위는 미메시스II와 미메시스III을 연결하는 매개가 되며, 그렇게 해서 미메시스의 여정은 완성된다. 작품이 형상화되기 위해서는 이야기의 문법에 따라야 하며, 이야기를 따라간다는 것은 형상화 행위를 다시 실현하는 것이기에 줄거리를 구성하는 작업은 결국 텍스트와 독자 공동의 작업이 된다. 아리스토텔레스 또한 카타르시스 개념으로 미메시스의 여정이 관객이나 독자를 통해서 완성된다는 점을 암시하기는 했지만, 작품과 관객의 소통보다는 미메시스-시적 창조를 주로 다루고 있는 『시학』에서 미메시스를 작품의 수용 측면과 연결시킨 리쾨르의 시도는 매우 중요한 진전이라고 말할 수 있다. 그에 따르면 최종적으로 작품을 완성하는 것은 독서 행위이며, 독자는 해석을 통해 작품의 미결정된 영역을 탐사하고 해석의 가능성을 현실화하며 새롭게 재해석될 수 있는 작품의 역량을 펼친다. 독서 행위는 이미 그 자체로 작품이라는 허구 세계 속에서 사는 방식이기 때문이다. 그 점에서 형상화, 즉 줄거리 구성의 역동성은 작품 고유의 재형상화의 역동성을 위한 예비 단계일 뿐이다. 텍스트 세계와 독자 세계, 즉 "시를 통해 형상화된 세계와 실제 행동이 그 안에서 펼쳐지고 그 독특한 시간성을 펼치는 세계"(『시간1』, pp. 159~60)의 교차에서 제기되는 문제들은 다음과 같이 정리할 수 있다.

미메시스의 해석학적 순환

실천적 차원(시간)과 서사적 차원(이야기)의 매개를 설정한다는 명제 아래, 미메시스I에서 미메시스II를 거쳐 미메시스III으로 넘어가는 과정은 이야기의 화음을 시간의 불협화음에 강요하는 해석의 '폭력'이나 해석의 '중복'을 바탕으로 하는 악순환이 아닌가? 이러한 의혹에 대해 리쾨르는 일단 언어가 시간적 경험을 형상화하고 재형상화한다는 점에서 그 과정이 순환적이라는 점은 인정한다. 하지만 그것은 같은 문제점을 여러 번, 그러나 다른 고도에서 사색하게끔 하는 순환이기에 악순환은 아니라는 점을 강조한다. 우선 해석의 폭력 문제와 관련하여 시간성의 경험은 단순한 불협화음으로 축소되지 않으며, 줄거리 구성 자체는 불협화음을 내포한 화음으로서 집중과 분산을 조직화하기 때문에 변증법적 관계를 유지한다. 이야기의 불협화음만 있고 화음이 없다면 이해할 수 없는 이야기가 되고 만다. 따라서 시간성의 불협화음을 극단적으로 강조하는 이야기들 역시 이야기의 화음이 지닌 한계를 성찰하게 한다는 점에서 변증법적 관계를 여전히 유지한다고 볼 수 있으며, 그 점에서 해석의 폭력이라는 악순환에 갇히지 않는다.

이어 해석의 중복과 관련해서는 미메시스I이 미메시스III의 의미 효과, 즉 중복에 의한 악순환은 아니라는 점을 밝히려 한다. 이를 위해 리쾨르는 인간은 스토리들로 뒤얽힌 존재이며, 그 점에서 인간의 삶은 형상화되기 이전의 스토리, 즉 아직 이야기되지 않은 스토리, 잠재적인 스토리라는 개념을 도입한다. "궁극적으로 인간의 삶은 이야기될 필요가 있고 그럴 만한 가치가 있기 때문에 우리는 이야기를 한다"(『시간1』, p. 167). 그 어느 경우에나 스토리를 이야기하고 따라가고 이해한다는 것은 이야기되지 않은 스토리들을 이어가는 것이다. 형상화 차원에서 이야기는 줄거리 구성이라는 허구적 작업을 통해 현실로부터 거리를 두고 물러서지만, 재형상화 차원에서는 독자의 기대를 뒤흔들고 반박하며 다시 조정하면서 현실을 다시 그려보게 한다는 점에서 재현적이다. 여기서 재현이란 실재를 재생산하는 것이 아니라 독자 세계를 텍스트 세계와 대면시킴으로써 독자 세계를 다시 구조화하는 것을 말한다. 이야기의 재현적 기능이란 이처럼 대상과의 일치가 아니라 이야기되기 이전에는 존재하지 않았던 경험의 여러 차원들을 발견하게 하는 것이며, 일상적인 경험 세계를 꿰뚫어 내부에서 이를 뒤흔듦으로써 새로운 경험을 만들어내는 것이다. 실천적 경험에 내재한 형태를 통해 이야기 구조를 해석하고 이야기 구조를 통해 다시 경험의 형태를 해석한다는 점에서 미메시스의 순환성은 동어반복이 아니라 일종의 "무한한 나선 구조"(『시간1』, p. 161)로 생각을 불러일으키는 건전한 순환이 될 수 있다고 보는 것이다.

재형상화와 독서 행위

독서 행위가 형상화 행위 특유의 역동성과 어떻게 연결되며 또한 어떻게 그것을 연장하여 끝까지 이끌어가는가를 입증하기 위해 리쾨르는 줄거리의 도식화와 전통성, 서사적 전통에 따른 패러다임, 그리고 독서 행위 이론을 끌어들인다.[55] 볼프강 이저에 따르면 글로 쓰인 작품은 독서를 위한 스케치이며 작품을 완성하는 것은 최종적으로 독자이다. 그 과정에서 독자는 줄거리 구성을 도식화하는 패러다임들의 혁신과 침전

---

55) 독서 이론에 관해서는 3부 1장 「해석학과 문학, 이론과 쟁점들」에서 다시 심화해 다룰 것이다.

의 '놀이'를 함께하며 텍스트의 즐거움을 느낀다. 감각이란 느껴지는 것과 느끼는 사람의 공동작용이라는 아리스토텔레스의 말을 바꾸어보자면 텍스트는 텍스트와 수용자 사이의 상호작용을 통해서만 작품이 된다. 이처럼 미메시스I과 미메시스II가 행동 의미론이라는 관점에서 행동의 전이해와 서사적 이해의 관계에 의해 연결될 수 있다면, 미메시스II와 미메시스III은 독서 행위라는 관점에서 형상화 행위의 도식화와 전통성을 통해 연결된다. 형상화 행위는 도식에 따라 오성과 직관을 연결함으로써 어떤 종합의 기능을 갖는 칸트의 생산적 상상력의 작업과 유사하다. 이러한 도식성은 혁신의 살아 있는 전승이라는 의미에서의 전통과 결부되며, 이 전통은 장르, 유형, 형태 등 여러 측면에서 혁신과 침전의 유희에 따라 형성된다. 침전은 다양한 서사적 전통에 따른 줄거리의 패러다임(그리스 비극, 묵시록 등)을 만들어내며 혁신은 전통적인 패러다임에서 벗어나는 새로운 작품을 만들어낸다. 하지만 혁신 또한 규칙을 벗어날 수는 없으며 상상력은 무無에서 태어나는 것이 아니라는 점에서 규제된 변형이라고 말할 수 있다.

텍스트 세계와 독자 세계

독서 이론은 텍스트와 독자의 대화를 마련하기는 하지만 텍스트의 '무엇'이 독자와 만나는지는 말하지 않는다. 따라서 대상지시 문제를 끌어들이지 않고 텍스트와 독자의 진정한 만남을 말할 수는 없다. 여기서 리쾨르는 가다머의 '지평 융합'과 유사한 개념인 '텍스트 세계와 독자 세계의 교차' 개념을 제시한다. 독자는 독서를 통해 이야기된 삶을 재형상화하면서 자신의 경험을 다시 그려보는 것이다. 텍스트는 닫힌 체계가 아니며, 우리가 살고 있는 세계와는 다른 방식으로 존재하는 어떤 허구적 세계를 투사한다. 독서를 통해 텍스트의 '것'이라 할 수 있는 허구 세계를 자기 것으로 삼는다는 것은 작중인물과 그들의 행동, 이야기된 사건들을 둘러싼 세계를 허구적으로 경험하는 것이며, 그러한 허구적 경험은 문학작품이 자기 스스로를 넘어서는 힘에 의해 투사하는 방식이고, 이 세계를 사는 잠재적 방식이다.[56] 그것은 경험이지만 허구적인 경험이라는 점에서 텍스트 세계를 완전히 벗어나지는 않는다. 독자가 텍스트를 받아들이면 이러한 허구적 경험과 독자의 살아 있는 경험이 서로 만나게 되며, 텍스트에 의해 투사된 세계와 독자의 삶의 세계가 교차하는 바로 그 지점에서 비로소 문학작품은 온전한 의미를 획득한다. 텍스트가 펼치는 기대 지평과 독자의 경험 지평은 독서를 통해 끊임없이 대립하고 융합한다. "최종적으로 전달되는 것, 그것은 작품이 그 의미를 넘어서 투사하고 그 지평을 구성하는 세계이다. 이런 의미에서 청중이나 독자는, 그 또한 제한된 동시에 세계 지평을 향해 열린 상황에 의해 정의되는 자신의 고유한 수용 능력에 따라 그 세계를 받아들인다"(『시간1』, p. 171).

---

56) 이러한 텍스트 세계 개념은 하이데거와 가다머의 영향에 힘입은 바 크다. 하이데거는 『예술작품의 근원』에서 작품 세계에 대해 이렇게 말한다. "작품 존재는 하나의 세계를 건립함을 뜻한다. 그러나 하나의 세계, 그것은 무엇인가? [……] 세계란, 셀 수 있거나 셀 수 없는 것 혹은 친숙하거나 친숙하지 않은 눈앞에 현존하는 모든 사물들의 단순한 집합이 아니다. 또한 세계는 눈앞에 현존하는 것 전체를 담아내는 표상적 틀로서 상상되는 것도 아니다. '세계는 세계화한다.' [……] 세계는 우리 앞에 놓여 있어 관망될 수 있는 어떤 대상이 결코 아니다. 탄생과 죽음, 축복과 저주의 궤도가 우리를 존재(의 열린 장) 속으로 밀어놓고 있는 한, 세계는 언제나 비대상적인 것이며, 그 안에 우리는 예속되어 있다"(마르틴 하이데거, 「예술작품의 근원」, 신상희 옮김, 『숲길』, 나남, 2008, pp. 59~60). 가다머가 말하는 '텍스트의 것' 또한 텍스트가 펼치는 세계에 다름 아니다. "하나의 이야기에서 이해되어야 할 것은 무엇보다도 그 텍스트 뒤에서 말하고 있는 사람이 아니라, 무엇인가에 대해 말해지고 있는 것, 즉 '텍스트의 것'이다. 다시 말해서 그것은 작품이 텍스트 앞에서 펼치는 것과 같은 그런 세계이다"(TA, p. 168).

여기서 세계라는 개념을 가능하게 하는 세 가지 전제는 다음과 같다. 우선 존재론적 측면에서의 전제는 텍스트를 뱅베니스트가 말하는 의미의 '담론,' 즉 "누가 누구에게 무엇에 관해 무엇을 말한다"는 담론으로 간주하는 것이다. 담론으로서의 텍스트는 독서 이론에서 보는 바와 같이 독자와의 만남과 대화만을 기다리는 것이 아니라 어떤 경험을 언어로 옮기고 그것을 타인과 함께 나누기를 갈망한다. 그리고 이 경험은 다시 세계를 지평으로 갖는데, 대상지시가 형식이라면 지평은 내용이 된다.[57] 인간의 경험은 세계 속에서, 그리고 시간 속에서 이루어진다는 점에서 언어 바깥의 존재론적 경험이지만, 언어 자체는 언어 바깥을 향하고 있다는 점에서 반성적 성격을 갖는다. "언어는 존재 '안에서' 스스로를 알게 되며, 그럼으로써 존재'에' 영향을 미치는 것이다"(『시간1』, p. 172). 언어의 존재론적 증명에 기초한 이러한 전제는 독서 이론과 수용미학, 즉 의사소통과 대상지시를 동시에 상정한다. "모든 대상지시는 공지시co-référence, 즉 대화논리적dialogique이고 대화적dialogale인 대상지시이다. 그러므로 수용미학과 예술작품의 존재론 사이에서 양자택일해야 하는 것은 아니다. 독자가 수용하는 것은 단지 작품의 의미만이 아

---

57) 리쾨르의 텍스트 해석학을 이해하는 데 결정적인 키워드인 '세계'와 '지평'이라는 개념의 윤곽은 다음 인용문에서 뚜렷하게 드러난다. "모든 경험은 그것을 드러내고 구별하는 윤곽을 지니는 동시에, 그 내부와 외부의 지평을 구성하는 잠재성의 지평을 배경으로 해서 부각된다. 변함없는 윤곽의 내부에서 관찰된 사물을 언제나 자세히 설명하고 밝힐 수 있다는 의미에서 내부적이며, 목표로 삼고 있는 사물이 결코 담론의 대상으로 나타나지 않는 어떤 총체적 세계의 지평하에 다른 모든 사물과 잠재적 관계를 유지한다는 의미에서 외부적이다. 상황과 지평이라는 개념은 바로 지평이란 말이 갖는 이러한 두 가지 의미를 통해 서로 상관관계를 맺게 된다. 매우 일반적인 이 전제가 내포하는 바는 언어란 그 자체로서 세계를 구성하는 것이 아니라는 점이다. 그것은 전혀 세계라고 할 수도 없다. 우리는 세계 안에 있고 상황에 영향을 받기 때문에, 이해하면서 그리로 나아가려고 하며, 무언가 할 이야기, 즉 언어로 옮기고 타인과 공유해야 할 어떤 경험을 갖는다"(『시간1』, p. 172).

니라 그 의미를 가로질러 작품의 대상지시, 다시 말해서 언어로 옮겨진 경험이며, 궁극적으로는 작품이 그 앞에 펼쳐놓는 세계와 그 시간성인 것이다"(『시간1』, p. 173).

그다음 두번째 전제는 시적 언어의 기능 작용, 즉 은유적 대상지시와 관련된 것으로 존재론적 전제와도 얽혀 있다. 그에 따르면 은유적 대상지시는 일차적인 기술적 대상지시의 소멸을 통해 이차적 대상지시를 끌어들임으로써 직접적으로는 말해질 수 없는 우리의 세계-내-존재 양상이라는 좀더 근본적인 대상지시를 가능하게 한다. 이처럼 은유적 의미('~처럼 보다')와 은유적 대상지시('~처럼 이다')를 연결함으로써 지평과 세계라는 개념은 기술적 대상지시를 넘어 시적 대상지시를 갖게 된다. 텍스트 세계라는 개념은 대상지시적 환상의 부속물, 의미효과, 현실효과에 지나지 않는다고 주장하는 구조시학이나 실증주의의 편견에 맞서 리쾨르는 은유적 대상지시의 실천적 힘을 옹호한다. 이처럼 하이데거 이후의 해석학에서는 텍스트 배후에 있는 작가의 의도가 아니라, 텍스트가 그 앞에 어떤 세계를 펼치게끔 하는 움직임을 밝히는 것을 과제로 삼는다. 리쾨르도 이런 입장에서 이야기는 뮈토스를 통해 세계를 다시 기술하며, "텍스트에서 해석되는 것은 내가 거주할 수 있고 나의 가장 고유한 힘을 그 속으로 투사할 수 있는 세계에 대한 어떤 제안"(『시간1』, p. 177)이라고 말한다.

마지막 세번째 전제는 역사 이야기와 허구 이야기가 교차하는 대상지시에 토대를 두고 있다. 전자의 경우에는 과거에 실제로 일어났던 일을 이야기하며, 후자는 마치 그런 일이 일어났던 것처럼 이야기한다는 점에서 흔적을 통한 대상지시와 은유적 대상지시는 시간성의 차원에서 교차한다는 것이다. 모든 이야기는, 그것이 허구적이든 역사적이든, 인간의 시간적 경험을 재형상화하고 있으며 시간은 이야기되지 않고는 인식될 수 없다는 전제 아래 리쾨르는 역사와 허구의 교차를 이야기하며 이야기된 시간의 허구적 시간 경험이야말로 인간적 시간이라고 말한다. 이처럼 줄거리 구성을 통해 재형상화되는 것은 다른 무엇보다 행동의 시간이라는 점에서 서사성과 시간성의 해석학적 순환은 미메시스의 순환을 넘어 보편적인 것으로 확장될 가능성을 얻게 된다.

3. 재현의 패러다임: 침전과 혁신의 변증법적 유희

삼중의 미메시스 개념은 이야기를 해석하기 위한 큰 틀이며, 우리는 그 틀에 따라 이야기를 생산하고 이해하며 받아들인다. 다른 한편 우리는 장르의 역사가 지닌 질서에 따라 이야기를 이해한다. 전통의 침전과 혁신의 변증법 속에서 작동하는 이야기 패러다임은 과거의 전통으로부터 단절과 연속의 관계를 이루면서 변모하는데, 그럼에도 변하지 않는 것이 있다면 서사적 형상화의 원칙, 즉 '불협화음을 내포한 화음'이라는 줄거리 구성 원칙이라 할 수 있다. 그렇다면 "장르들의 한계 자체를 희미하게 하며 줄거리 개념의 근원인 '질서'라는 원칙 자체를 부인하도록 하는 것처럼"(『시간2』, pp. 23~24) 보이는 현대소설의 모험에 대해서도 서사적 형상화의 원칙을 적용할 수 있는가? 다시 말해서 현실과 허구의 경계를 무너뜨리는 것처럼 보이는 포스트모던 시대의 서사 장르에도 이러한 재현의 패러다임을 적용할 수 있는가?

리쾨르는 『시간과 이야기』 2권(「허구 이야기에서의 형상화」)에서 이 문제를 다루면서 어떤 경우에도 뮈토스를 행동의 모방으로 규정하는 아리스토텔레스의 정의에서 벗어날 수 없다고 단언한다. 줄거리 구성의 영역이 확대되면 그와 더불어 행동의 영역도 비극의 뮈토스를 넘어서 의식 내면의 변화에까지 확대된다는 것이 그 근거이다. 그에 따라 단순히 상황의 가시적 변화나 운명의 급변 등을 유발하는 인물들의 행동만이 아니라 "가장 덜 계획적이고 가장 덜 의식적인 수준에서 내적 성찰을 통해 도달할 수 있는 감각과 감정들의 시간적 흐름에 영향을 미치는 순전히 내적인 변화들"(『시간2』, pp. 29~30)도 행동의 영역에 포함된다. 실제로 근대소설의 변모를 따라가다 보면 성격(인물)이 행동과 동등한 지위를 갖거나 더 우위에 서기도 한다. 나아가 의식의 흐름을 재현하는 소설들에 이르면 그러한 인물마저 사라지는 경우도 있다.

그처럼 줄거리 개념이 약화되거나 축소된 것은 무엇보다 19세기 사실주의의 진실임 직함에 대한 요구가 비극이나 서사시 같은 전통 장르들의 관례를 대체했기 때문이라고 할 수 있다. 문학과 예술은 일상생활의 경험과 진실을 충실하게 표현하려는 의도로 말미암아 구성 기술이 아닌 삶의 문제가 되었고, 일기, 회고록, 자서전, 서한소설 등의 새로운 형식이 그렇게 진실임 직함의 요구를 충족시킬 수 있는 장르로 등장한다. 여기에는 언어의 의미는 순수한 대상지시로 환원될 수 있다는 확신, 기억은 사실을 왜곡하지 않는다는 경험주의적인 확신이 들어 있다. 사실주의적 재현의 안정성이 역설적으로 소설 구성의 불안정성을 은폐하게 된 것이다. 그래서 사실주의 소설의 재현적 야심, 인위적인 것을 현실과 삶에 대한 진실한 증언으로 만들려는 야심은 결국 막다른 골목에 이르게 되었고, "허구의 기술은 환상을 만들어내는 기술"(『시간2』, p. 36)로 격하된다. 전통적인 모든 패러다임의 포기를 통해 그러한 역설의 반전을 꾀하는 현대소설의 경우도 마찬가지다. 그것은 현실의 혼란을 허구의 혼란을 통해 되풀이함으로써 오히려 미메시스-복제의 위험 속으로 더 빠져 들어갈 위험을 안게 된 것이다. "처음에는 재현적 목적이 관례를 만들어냈다. 마지막에 가서는 환상을 의식하게 된 것이 바로 관례를 뒤집고 모든 패러다임에서 벗어나려는 노력의 원인이 되었다"(『시간2』, p. 37).

그렇다면 이야기의 패러다임, 재현의 패러다임은 정말 소멸의 위기에 처했는가? 그렇지 않다면 재현의 패러다임의 시각에서 그러한 서사 양식의 변모를 어떻게 받아들여야 할 것인가? 리쾨르는 재현의 패러다임의 심층에 초역사적인 어떤 본질이 있다는 전제를 세우고, 역사를 벗어난 유희 규칙에 의거해서 서사 기능의 영속성을 확립하려는 서사학을 넘어서기 위해, 전통의 침전과 혁신의 유희라는 변증법에 따라 재현의 패러다임이 갖는 영속성을 내세운다.[58] 노스럽 프라이의 『비평의 해부』와 프랭크 커모드의 『종말의 의미』를 끌어들이는 것은 그 때문이다. 잘 알려져 있듯이 프라이는 『비평의 해부』에서 비극과 희극이라는 두 부류의 양태에 주인공의 행동 능력이라는 기준을 적용하여 다섯 가지

---

58) 리쾨르가 말하는 전통의 침전과 혁신 개념은 가다머에게서 많은 영향을 받은 것으로 보인다. 가다머는 『진리와 방법』에서 시대적 변화에도 불구하고 어떻게 '고전'의 가치가 살아남을 수 있는가라는 물음을 제기하면서 역사주의와 고전의 규범 사이의 대립에 대한 해결책을 모색한다. 그에 따르면 전통을 거쳐 이어져 오는 고전의 힘과 권위는 그 모든 역사적 성찰에 앞서며, 역사적 성찰 속에서 유지된다. 고전은 역사주의에 저항할 뿐만 아니라 역사주의를 통해 고전의 가치는 증명된다. 따라서 고전이란 '역사적인 동시에 초역사적인' 것이다. "고전적인 것은 시대의 부침이나 취향의 다양성에서 벗어나 있다. 고전적인 것은 직접적인 방식으로 다가갈 수 있다. […] 우리가 어떤 작품을 '고전'이라고 규정할 때, 그것은 그 어떤 시간적 정황에도 의존함이 없이, 현재 자체와 동시대적인 일종의 비시간적 현재 속에서, 그 작품의 영속성과 불멸의 의미를 의식하는 것이다"(H.-G. Gadamer, *Verité et méthode*, p. 309). 그렇다면 부정성을 강조하는 현대의 전위적인 작품들도 시간이 지나면 전통의 침전과 혁신에 따라 역사적인 가치를 획득하고 고전의 반열에 오를 수도 있을 것이다.

허구적 양태(신화, 로망스, 숭고한 재현, 저급한 재현, 아이러니)로 구분하고, 이를 통해 귀납적 패러다임, 즉 서사적 이해력의 초역사적 도식을 구축한다. 작품의 개별성이 보여주는 단절과 연속 또한 그러한 초역사적인 패러다임들의 질서 안에 위치하는데, 그러한 질서가 없다면 일탈과 소멸도 없다는 것이다. 그에 따르면 서양에서 허구의 역사는 한편으로는 '하강의 법칙'을 따라 현실에서 뒤로 물러나는 아이러니 방식으로 진행되며, 다른 한편으로 아이러니는 어떤 식으로든 신화로 되돌아간다. 따라서 현대소설의 일탈은 패러다임의 소멸이 아니라 아이러니로의 하향이며 신화로 되돌아간다는 점에서 재현의 패러다임은 여전히 유효하다고 말할 수 있다. 그것이 가능한 것은 프라이의 귀납적 패러다임이 궁극적으로는 문학을 상징언어로 보기 때문이다. "문학적 상징은 무엇보다도 '가설적 언어 구조'다. 달리 말해서 하나의 가정이지 단언은 아니다"(『시간2』, p. 43).

이 점에서 아이러니로의 하향은 상징 해석이 밟아가는 일련의 단계에 상응한다. 첫번째 문자적littéral 단계는 문자 그대로의 의미를 찾는 것으로 작품이 구성하는 전체를 주어진 대로 이해하는 것이다. 두번째 형식적formel 단계는 성서 해석학에서의 우의적 의미와 일치하는데, 이 단계에서 예술은 자연의 모방, 자연을 달리 봄으로써 어떤 가설적 구조를 갖게 된다. 세번째 원형archétype으로서의 상징 단계에서는 반복과 상호텍스트성, 전통의 침전작용에서 생겨난 도식성을 발견함으로써 우리의 문학 경험을 단일화하고 통합한다. 마지막 단자monade로서의 상징 단계는 성서 해석학에서 말하는 비의적anagogique 의미, 즉 형식적, 원형적 해석을 넘어 작품의 감추어진 질서를 찾는 것이다. "우리의 모든 문학적 경험은 바로 지적 탐구의 이름으로 이러한 '언어 표현의 총체적인 질서'와 관련을 맺는 것이다"(『시간2』, p. 46).

프라이의 모델은 이처럼 이야기를 이해하는 능력에 관한 초역사적 도식을 제공한다는 점에서 삼중의 미메시스 패러다임을 강화하고 심화시키는 데 기여한다. 결국 이야기의 논리, 패러다임의 질서에 대한 연구가 가능한 이유는 모든 이야기 양식이 뮈토스 차원에서 서로 닮아가기 때문이다. 그러한 반복에 상상력이 더해져 관례, 도식성이 생긴다. 그러한 질서는 전통성의 차원을 포함하기 때문에 줄거리를 이해하는 능력이 기호학적 합리성보다 앞선다고 말하는 것이다. 그럼에도 불구하고 누보로망 같은 경우에서 볼 수 있듯이 전통의 침전과 혁신을 통해 형성된 패러다임이 때로 패러다임 자체를 위협하는 변이를 발생시키기도 한다. 완결성과 전체성이라는 기준을 포기하는 것, 그러니까 작품을 종결짓지 않으려는 고의적인 의도는 줄거리 구성이라는 패러다임의 종말을 알리는 징후로 간주될 수 있지 않을까? "서구 전통에서 구성의 패러다임은 동시에 종말의 패러다임이기도 하기 때문에, 패러다임의 종말이 있다면 그것은 작품을 종결짓는 것이 어려워졌기 때문으로 생각할 수 있다"(『시간2』, pp. 48~49).

리쾨르는 이를 프랭크 커모드가 말하는 세계의 창조와 종말이라는 묵시록의 이미지와 연결시킴으로써 그러한 물음들에 대한 답을 찾는다. 프랭크 커모드의 『종말의 의미』는 종결의 위기라는 문학적 현상을 종말론적 시간이라는 특이한 시간적 차원과 연결시킴으로써 그러한 징후에 대한 포괄적인 해석을 지향함과 아울러 세계를 이해하는 어떤 근본적인 방식을 탐구한다는 점에서 패러다임의 위기를 설명하는 강력한 모델이 될 수 있다는 것이다. 리쾨르는 프라이가 남겨놓은 부분, 즉 비의적 단계에서 묵시록적 주제를 커모드가 이어서 설명하고 있다고 본다. "원형적이며 비의적 관점에서 볼 때 모든 문학적 심상은 이러한 묵시록적 완성의 심상에 비하면 불완전하며, 또한 동시에 그러한 완성의 심상을 탐색하고 있다"(『시간2』, p. 46). 커모드는 문학작품에 합당한 결말을 부여하려는 인간의 욕구를 규제하는 것이 바로 독자 특유의 기대라는 사실을 인정하고, 서구 전통에서 그러한 기대를 구조화하는 데 가장 큰 영향력을 발휘했던 성서의 묵시록에서 논지의 출발점을 찾는다.

성서는 「창세기」에서 시작하여 「묵시록」으로 끝남으로써 전체가 이상적으로 화음을 이루는 구조, 즉 결말이 시작과 조화를 이루고, 중간이 시작과 결말 사이에서 조화를 이루는 구조를 가지고 있다. 이러한 구조는 인간이 어떤 시작과 종말에 연결될 필요성(또는 욕망)에 부응한다. "인간은 태어날 때 사건의 한가운데로in medias res 뛰어들고 또한 사건이 진행되는 도중에in medias rebus 죽는다. 인간은 그의 짧은 삶을 이해하기 위해서 인생에 의미를 부여해주는 시작과 종말의 화음을 꾸며볼 필요가 있다. 인간이 상상하는 종말은 그가 출생과 죽음 사이에 쏟게 마련인 여러 관심사를 반영한다. 인간은 종말을 두려워하며, 우리가 알고 있는 한 항상 두려워했다. 종말은 그 자신의 죽음에 대한 비유이기 때문이다."[59] 즉 인간은 종말 너머로 자신을 투사함으로써 종말에 대한 요구를 드러냄과 동시에 자신이 처한 상황을 전체적으로 파악할 수 있게 된다는 것이다. 이처럼 종말론의 신화와 아리스토텔레스의 뮈토스는 시작과 종말을 연결하고, 칸트가 이야기하는 생산적 상상력의 도식을 통해 불협화음에 대한 화음의 승리를 가져온다는 점에서 서로 화답한다.

---

59) F. Kermode, *The Sense of an Ending*, Oxford University Press, 1966, p. 7.

커모드는 묵시록적 패턴을 문학의 플롯과 연결시킨다. 즉 묵시록의 종말론적 허구는 역사적 시간의 다양한 패러다임을 만들어내고, 묵시록의 패턴이 변화하면서 이제는 세계의 종말이 아니라 개인의 죽음이나 위기의 시대를 문제 삼게 된다는 것이다. 그때부터 묵시록적 패러다임은 무한히 확장된 극적 반전, 즉 커모드가 '현대의 묵시록' '위기의 신화'라고 부르는 패턴으로의 질적 변화를 겪게 된다. 현재를 위기로 보는 것은 자신의 시대가 미래와 특별한 관계가 있다고 여기기 때문이며, 여기서 과거, 현재, 미래에 대해 우리가 빚어내는 종말의 이미지가 허구에 투영된다. 그렇다면 허구의 시간이란 결국 묵시록의 시간이 탈신화화된 시간이라고 볼 수 있다. 커모드는 이를 시계의 '똑-딱tick-tock' 소리를 예로 들어 설명한다. 똑-딱이라는 시계 소리는 시계 자체의 소리가 아니라 시계로 하여금 인간의 언어를 말하게 함으로써 그 소리에 허구적 차이를 부여한 것이다. 시계 소리가 '똑-딱'으로 들리는 것은 어떤 특별한 종류의 중간, 체계화되고 범위를 갖는 중간, 의미 있는 지속이 있기 때문이다. 우리는 시간 구조에 체계와 형태를 부여할 수 있도록 허구를 사용하는 것이다. 이리하여 '똑-딱'은 일종의 플롯, 즉 시간에 형식을 부여함으로써 시간을 인간화시킨 구성물의 한 모델이 된다. "'똑'은 겸손한 탄생이며, '딱'은 가냘픈 묵시록적 종말이다. 그리고 '똑-딱'은 어쨌든 미약하나마 하나의 줄거리이다."[60] 이를 소설에 적용하자면 소설의 똑-딱, 즉 시작과 끝 사이에 위치하는 사건들은 단순한 연속, 공허한 시간이 아니라 결말을 통해 의미를 부여받는 시간 속에 놓이게 된다.

이렇게 해서 커모드는 단순히 연속적으로 흘러가는 물리적 시간인

---

60) 같은 책, p. 45.

크로노스와, 시작과 종말 사이에 위치함으로써 의미를 부여받는 시간인 카이로스를 구별하는데, 후자는 리쾨르의 용어를 빌리면 미메시스 I-전형상화의 시간, 즉 종말을 필요로 하는 인간의 의식 체험이 갖는 서사적 자질의 시간이라고 할 수 있다. 카이로스는 과거를 변화시키고 종말뿐만 아니라 기원과의 화음을 만들어냄으로써 시간을 형상화한다. 이리하여 혼돈의 한가운데 던져진 인간은 물리적 시간성과 조화롭고 충만한 시간 사이의 차이를 발견하고, 종말을 향한 자신의 존재를 깨닫게 된다. 허구의 형식이란 모두가 서로 관련된 부분들의 상호연관으로서, "종말에 비추어 각 시점들을 체계화하고 똑과 딱 사이의 간격에 의미를 제공해주는 하나의 지속"[61]이다. 그 점에서 카이로스의 시간은 마치 시작과 종말이 있는 것처럼 시간을 형상화하는 허구이며, 그런 허구는 사실 여부를 떠나 독자에게 새로운 지평을 열어줌으로써 변화된 시각으로 다시 현실에 돌아갈 수 있게 한다는 점에서 발견적 기능을 갖는다. 왜냐하면 우리는 탄생의 '똑'과 죽음의 '딱' 사이를 잇는 그 간격이 막연하고 덧없는 간격이 되는 것을 바라지 않기 때문이다.

그런데 한편으로 똑과 딱 사이의 간격을 채우는 방식은 더욱 어렵고 자기반성적이 될 수밖에 없으며, 다른 한편으로 시작과 종말의 화음에 대한 욕구를 버릴 수 없기에 우리는 점점 더 다양해지는 허구들을 사용하여 그 욕구를 충족시킨다. 그 허구들은 현실 세계가 변화함에 따라 변하며, 변하는 이유는 우리가 명확한 '똑'과 '딱'의 세계에 살고 있지 않기 때문이다. 문학적 허구는 이처럼 세계의 시작과 종말에 대한 신화적인 설명이 권위를 상실하면서 다양한 양태로 전개된다. 우리는 허구

---

61) 같은 책, pp. 57~58.

를 통해서만 우리를 둘러싼 혼돈과 맞설 수 있다. 변화하지 않는 허구는 생명력을 얻을 사이도 없이 신화로 전락한다.[62] 현대의 다양하고 섬세한 허구는 종말 및 기원에 대한 의혹에서 비롯되며, 시작도 종말도 없는 세계에 질서를 부여하기 위한 필요성은 신화적 설명을 새롭게 보완하는 허구를 요청한다.[63] 이처럼 커모드는 묵시록의 패러다임을 예술의 본질적인 요소, 영속적인 위기의 문학이 지닌 본질적인 일면으로 간주함으로써 허구라는 형식, 특히 현대소설의 형식에 대한 이해의 지평을 확장한다. 여기서 우리는 허구가 그 형상화 원리를 통해 독자에게 질서와 통일이라는 환상을 심어주고, 이성을 흐리게 하는 마약 같은 작용을 한다는 해체론자의 주장에 맞서 질서와 형식에 토대를 둔 허구의 패러다임을 옹호하는 커모드의 입장을 읽을 수 있다. 즉 해체론자의 주장처럼 현실 자체가 허구의 영역이라 하더라도, 소설은 그 현실과 허구를 합치시킴으로써 형식에 위안을 받는 것일 수 있다는 것이다. 그 형식은 우주의 플롯, 곧 시작과 중간 그리고 종말의 매혹적인 질서와 화음을 불완전하게나마 반영하고 있기 때문이다.

---

62) 커모드는 신화와 허구를 구별하면서, 허구는 그것이 지어낸 것임이 의식되지 못할 때는 항상 신화로 전락할 수 있다고 말한다. 그런 신화의 예로 반유대주의를 들고 있는데, 그것은 죽음에 대해 아무것도 가르쳐주지 않고 죽음에 대한 두려움을 타인에게 투사하는 도피적 허구라는 점에서 타락한 허구이자 신화라는 것이다. "허구는 사물의 진상을 이해하기 위한 것이며, 그러므로 이해에 대한 필요가 변화함에 따라 허구 역시 변화한다. 신화는 안정의 중개자이며 허구는 변화의 중개자이다. 신화는 무조건의, 허구는 조건부의 동의를 요구한다. 신화는 상실된 시간의 차원, 곧 엘리아데가 '그때illud tempus'라고 부른 바에 의거하여 의미를 이루며, 허구는 여기, 곧 '이때hoc tempus'로부터 의미를 이룬다"(F. Kermode, *The Sense of an Ending*, p. 39).

63) 예컨대 커모드는 무한히 확장된 '극적 반전'으로 변모한 '위기'가 임박한 종말을 대체하는 전조前兆의 예로 엘리자베스 시대의 셰익스피어 비극을 들고 있는데, 여기서 위기는 종말을 대체하는 것으로 받아들여진다. 커모드가 말하는 '아에붐Aevum'(영속성)은 바로 시간과 영원 사이에서 끝없이 지속되는 위기, 영원한 불행의 시간이다. 『시간2』, p. 56 참조.

이야기의 패러다임은 종말의 패러다임이며, '허구의 종말'과 '종말의 허구의 붕괴'의 결합은 현대소설의 특징이라는 커모드의 주장은 삼중의 미메시스 패러다임에 대한 강력한 반론인 동시에 다른 한편으로는 그것을 강화하고 심화할 수 있는 계기를 제공한다. 여기서 리쾨르는 커모드의 묵시록의 패러다임을 삼중의 미메시스 패러다임과 접근시키는 한편 이를 문학에서의 화음과 질서에 대한 욕구로 바꾸어 설명함으로써 종교를 분리하는 전략을 취한다. 그에 따르면 반종결과 종결 불능이라는 현상에 대한 커모드의 해석은 재현의 패러다임을 강화한다. 즉 커모드가 독자의 기대를 중시하고 있는 것처럼 리쾨르 또한 작품이 형상화 차원에서는 닫힌 공간일 수 있지만 재형상화 차원에서 열린 공간일 수 있다고 본다는 점에서 뮈토스가 반드시 완결성, 전체성의 기준을 충족시킬 필요는 없을 것이다. 오히려 확실한 결말, 완결된 짜임새가 상징의 힘을 약화시킬 수도 있다. 완성의 느낌은 작품의 구조보다는 독자의 기대 지평과 관련된다. 카프카나 프루스트 등의 작품에서 보듯이 빈약한 결말이라도 작품의 구조에 따라 오히려 적합할 수도 있다.

좋은 결말이란 형상화 차원에서 완결성과 전체성을 지니는 결말이 아니라 "작품의 역동성에 의해 만들어진 기대감을 충족"(『시간2』, p. 53)시키는 결말이다. 작가는 일부러 결론을 내리지 않음으로써 자신이 해결할 수 없다고 판단하는 문제를 의도적으로 부각시킬 수도 있기 때문이다. 하지만 그 또한 계획된 결말임에는 변함이 없고, 결국 아무리 해체주의적인 작품이라도 화음에의 욕구라는 독자의 기대를 넘어설 수는 없다. "내가 작품을 해체하면 당신은 그 작품을 최선을 다해 재구성한다"(『시간2』, p. 59)는 암묵적 계약은 무시할 수 없으며, 그러한 계약이 속임수가 되지 않도록 관례와 기교를 동원할 수밖에 없다. 하지만 어굿난 기대로 인해 작품이 어려워지고 복잡해진다 하더라도 독자가 작품을 재구성하지 못할 정도가 되어서는 안 된다는 점에서 삼중의 미메시스 패러다임에서 완전히 벗어날 수는 없다. 다만 '규제된 변형의 유희'를 통해 다양한 변이들을 생산하는 것이다. 그리고 그러한 유희 덕분에 혁신은 끊임없이 침전에 대응하며 새로운 작품을 만들어낸다. "어떤 식으로든 패러다임에 의거한 기대를 벗어나는 절대적인 도약이란 불가능하다"(『시간2』, p. 59).

리쾨르는 허구적 질서에 대한 욕구를 묵시록적 패러다임으로 간주하는 커모드의 견해에는 동조하지만, 거기에는 "허구를 다소간 속임수로 만드는 니체식의 죽음에 대한 위안의 욕구"(『시간2』, p. 62)가 자리 잡고 있지 않은가라는 커모드의 의혹에 대해서는 비판적이다. 커모드는 신화(묵시록)가 우주론적 목표를 가지고 있었다면 현대소설은 화음에의 욕구를 투영함으로써 죽음 앞에 선 실존의 불안을 위로해준다고 말한다. 그렇다면 허구가 위안을 준다는 점에서는 속임수일 수도 있으나, 화음에의 욕구에 응답한다는 점에서는 진실이라고 할 수 있는가? 허구는 과연 진실인가, 거짓인가? 리쾨르가 보기에 커모드는 허구가 위안을 준다는 점에서는 거짓이고 속임수일 수 있다는 의혹과, 혼돈에 질서, 무의미에 의미를 부여하려는 우리의 욕구가 독단적인 것은 아니라는 확신 사이에서 끊임없이 동요한다. 커모드가 이러한 곤경에 처하게 된 것은 형상화 문제와 재형상화 문제를 분리시키지 않고, 독자의 기대를 무시한 채 작품의 형식만을 고려하기 때문이다. 화음에의 욕구를 심리적이거나 생물학적으로 정당화할 수는 없으며, 허구를 파기된 신화로 간주함으로써 혼돈의 무정형에 대한 두려움에서 벗어나려는 위안-거짓만을 강조하는 것은 다소 독단적이라는 것이다.

리쾨르는 "현실과 허구 사이에는 삶의 거짓으로 축소된 위안과는 다른 가능한 관계들"(『시간2』, pp. 64~65)이 있다고 말한다. 즉 무정형에 대한 두려움도 있겠지만, 화음에 대한 욕구, 삶의 의미와 질서를 찾으려는 존재론적 노력도 있다는 것이다. 리쾨르가 이야기 패러다임의 소멸, 이야기의 종말의 위기에도 불구하고 이야기 패러다임에 대한 희망을 잃지 않는 것은 그 때문이다. "그렇지만…… 그렇지만. 어쩌면 '그 모든 것에도 불구하고,' 오늘날 독자의 기대를 여전히 구조화하는 화음의 요청을 신뢰하고, 아직은 이름 붙일 수 없는 새로운 서사 형태들, 즉 서사 기능은 변모할 수 있지만 사라질 수는 없다는 증거가 될 그런 형태들이 이미 탄생하는 중이라고 믿어야만 할 것 같다. 왜냐하면 우리는 '이야기하는 것'이 무엇을 뜻하는지를 더 이상 알 수 없는 문화가 어떤 것인지를 도저히 상상할 수 없기 때문이다"(『시간2』, p. 67).

5장
이야기와 자기 해석학

> 사랑과 증오, 윤리적 감정들, 그리고 일반적으로
> 자기라고 부르는 모든 것, 만일 그것이 언어로 옮겨지
> 지 않고 문학을 통해 유기적으로 연결되지 않는다면
> 우리가 어떻게 이해할 수 있겠는가? (*TA*, p. 116)

1. 이야기와 자기 이해

앞에서 본 것처럼 미메시스는 현실의 모방이나 복제가 아니라 행동의
재현, 즉 현실의 은유적 전환이며, 실천적 영역과 서사적 영역이 그렇
게 단절과 연속을 이루면서 현실은 새로운 의미를 갖게 된다. 폴 리쾨르
가 제시하는 삼중의 미메시스 개념 또한 이야기가 현실과 맺고 있는 해
석학적 순환 과정을 체계화함으로써 이야기 해석의 틀을 제시하기 위
한 것이라 할 수 있다. 그런데 이야기가 행동의 재현이라면 행동-프락시
스의 주체가 있을 것이며, 그렇다면 성격-에토스와 관련하여 인물의 정
체성에 대한 물음(그는 누구인가?)을 제기할 수 있을 것이다. 이처럼 행
동이 행동 주체로 넘어가면 이야기는 인물의 삶에 어떤 전체적이고 일
관된 형상, 즉 "출생에서 죽음에 이르기까지 늘어나 있는 삶 전체에 걸
쳐 동일한 사람이라고 간주할 수 있는 근거"(『시간3』, p. 471)를 부여하

며, 이는 인물의 이야기 정체성에 대한 물음으로 이어진다. 나아가 등장
인물의 행동은 독자의 공감 또는 반감을 불러일으키고 어떤 판단을 내
리게 함으로써 이야기를 읽는 독자의 행동에도 영향을 미친다. 등장인
물의 행동에 영향받은 행동들이 우리의 삶을 이끌어가며, 그러한 삶의
이야기를 통해 우리는 우리 자신이 누구인지를 알게 되는 것이다. 우리
의 삶은 우리가 우리 자신이나 남에 대해 이야기하는 스토리들로 둘러
싸여 있으며, 우리는 그러한 이야기들을 다시 그려보며 자신의 삶을 돌
이켜보고 만들어간다. "삶의 스토리는 주체가 자기 자신에 대해 이야기
하는 진실하거나 꾸며낸 모든 스토리들로 끊임없이 다시 형상화된다.
그처럼 다시 형상화함으로써 삶은 이야기된 스토리들로 짜여진 직물
이 된다"(『시간3』, p. 472). 리쾨르가 말하는 이야기 정체성은 이처럼 줄
거리 구성을 통해 형상화된 정체성, 다시 말해서 불협화음을 내포한 화
음의 형태로 주어지는 정체성이라 할 수 있다.[64]

이야기 정체성에 따른 행동의 주체는 관념적이고 사변적인 주체가 아
니라 "능동적이거나 수동적인 행동"(*SM*, p. 29)의 주체로서 자신의 몸
을 가지고 세계에 행동 주체로 개입하는 실존과 분리할 수 없다. 이처럼
"이야기는 삶을 통해서만 완결되고 삶은 우리가 그에 대해 이야기하는
스토리를 통해서만 이해된다면, 삶을 돌이켜보는 것은 결국 삶을 이야
기하는 것"[65]이라고 말할 수 있다. 선하다거나 정의롭다거나 하는 도덕

---

64) 리처드 커니의 지적에 따르면, '인격적 정체성의 서사 구조'에 토대를 둔 이야기 정체
성 개념은 리쾨르가 창안한 독창적인 개념은 아니며 찰스 테일러, 알래스데어 매킨타이
어, 세일라 벤하비브 등 현대 사상가들의 연구에 기대어 발전시킨 개념이다. R. Kearney,
"L'imagination narrative entre l'éthique et la poétique," *L'herméneutique à l'école de
la phénoménologie*, J. Greisch(ed.), Beauchesne, 1995, p. 296.

65) P. Ricoeur, "La vie: Un récit en quête de narrteur," *Ecrits et conférences 1*, p. 272.

적인 판단의 대상이 되는 것도 이야기를 통해 드러나는 바로 이러한 자기성으로서의 정체성을 말한다. 나는 독서를 통해 일상의 '나'와 다른 '자기,' 내가 알고 있던 세계와는 다른 어떤 세계를 발견한다. 이야기를 이해한다는 것은 바로 그런 자기의 발견이고 그런 세계와의 만남이다. "자기 자신soi-même은 이처럼 서사적으로 형상화된 것들을 반성적으로 적용함으로써 다시 형상화된다고 말할 수 있다"(『시간3』, p. 472). 리쾨르의 사유 체계 내에서 그러한 순환 과정은 삼중의 미메시스로 구성되는 이야기의 해석학적 순환과 일치한다. 이야기되기 이전의, 이야기되지 않은 삶이 있고(전형상화), 이야기는 삶을 이야기하는 것이며(형상화), 이야기된 삶을 통해 삶을 다시 그려본다(재형상화). 이야기의 해석을 통해 자기 이야기를 이어간다는 점에서 이야기를 이해한다는 것은 결국 이야기를 통해 자기를 이해하는 것이 된다.

리쾨르는 '자기 해석학'이라는 이름으로 이러한 철학적 기획을 펼쳐나가는데, 이는 하이데거의 현사실성의 해석학과 일맥상통한다. 더 이상 상징이나 텍스트 해석이 아니라 실존으로서의 자기에 대한 해석과 관련되기 때문이다. 리쾨르의 자기 해석학은 전통철학에서 탐구하는 실체로서의 자아가 아니라 행동, 가능성, 가능태 등에 무게를 두는 근본 존재론의 형태를 띠고, 따라서 하이데거의 존재론적 격정에 대한 비판은 완화된다. 다른 점은 하이데거에게 존재론은 출발점이지만 리쾨르에게는 도착점이 된다는 것이다. "해석학적 철학은 이 긴 에움길의 모든 요구를 감당하면서 총체적인 매개라는 꿈을 포기하는 철학이다. 그 끝에 이르러 어떤 절대적 주체는 자기에게 투명하게 나타나고 반성은 다시금 지석 직관과 어깨를 나란히 할 것이다"(TA, p. 32). 리쾨르의 칠학적 여정은 이처럼 '할 수 있는 인간'의 해석학적 존재론에서 완결되면서 해석학을 거쳐 반성철학으로 되돌아온다. 인간은 가다머가 말한 것처럼 과거에 의해 영향받는 존재만이 아니라 기억, 인정, 용서를 통해 자기의 세계와 과거를 다시 그려볼 수 있는 존재이다. 또한 의혹의 해석학을 통해 자기에 대한 환상에서 벗어나야 하지만, 역사 작업의 가혹한 운명 앞에서 숙명적으로 체념해서도 안 된다. 리쾨르가 텍스트 해석학을 거쳐 자기 해석학으로 돌아오면서 '할 수 있는 자기soi capable'를 강조하는 것은 자기를 둘러싼 악과 현실적인 불의 앞에서 맞서 싸울 능력, 자기 이해를 통한 자기 전환의 윤리적 능력에서 희망을 찾을 수 있다고 보기 때문이다. 인간은 역사적 존재로서 더 나은 사회를 꿈꾸는 희망에의 약속을 물려받았고, 자기 해석학은 바로 이를 기억하는 것이다.

1) 동일성, 자기성, 그리고 이야기 정체성

리쾨르는 정체성에 관한 물음이라는 포괄적 주제를 다루는 『남처럼 자기 자신』의 서문에서 "남처럼 자기 자신soi-même comme un autre" 이라는 제목이 세 가지 철학적 의도를 수렴하고 있다고 밝힌다. 첫번째로 '나는 생각한다' '나는 존재한다'처럼 주체를 직접적으로 나라는 1인칭 주어로 세우기보다는 '자기'라는 반성적 매개를 에둘러 거침으로써 더 잘 이해할 수 있게 된다. 프랑스어에서 '자기'를 뜻하는 'soi'는 모든 인칭대명사들과 '각자' '누구나' '사람들' 같은 대명사들의 재귀적인 측면을 가리킨다는 점에서, 즉 자기 스스로를 지칭한다는 점에서 행동 주체의 반성적 성격을 드러내기에 적합하기 때문이다. 두번째로 정체성identité이라는 용어는 라틴어에서 '동일한idem'의 뜻과 '자기ipse'의 뜻을 갖는다는 점에서, '자기 자신soi-même'이라는 용어가 정체성을 구성하는 그 두 가지 뜻을 드러내는 데 적합하다. 물론 자기 자신이라는 말에서는 '자기'가 강조되고 있지만, 형용사로서 '동일하다'라는 뜻과 부사로서 '자신' 또는 '자체'를 뜻하는 'même'로 인해 '동일한'의 뜻은 여전히 이어져 있다. 세번째로, 자기의 정체성은 자기와 자기 아닌 남un autre의 변증법을 끌어들임으로써 주체와 타자의 관계 문제를 제기한다. 'comme'는 '~와 비슷한semblable à'이라는 비교의 뜻뿐 아니라 '~로서en tant que'라는 자격 또는 고유성의 뜻도 지니기에 타자와의 비교를 통한 정체성과 타자와의 관계를 통해 형성되는 정체성을 동시에 문제 삼게 되는 것이다.

리쾨르는 이처럼 문법상의 암시들에 의거해서 철학적 문제들을 제기한 뒤, '자기 해석학herméneutique du soi'이 주체 문제와 어떻게 접목되는지 그 배경을 설명한다. 근원적 토대로서의 자아로 출발한 근대적 주체, 즉 데카르트의 코기토는 스피노자의 비판과 칸트, 피히테, 후설을 거치면서 선험적 형식으로서의 자아로 축소됨으로써 다른 진리들의 토대가 되는 근본적인 진리라는 영예를 상실한다. 그리고 니체, 마르크스, 프로이트 같은 '의혹의 거장들'을 거치면서 주체는 그러한 선험적 자아로서의 자격마저 잃고 상처받고 기죽은 자아, 부서진 코기토가 된다. 주체의 위기가 찾아온 것이다. 여기서 리쾨르는 데카르트의 자신만만한 주체로부터 거리를 두면서도, 의혹으로 인해 상처받은 주체를 되살리기 위해 하이데거의 '윤리학 없는 존재론'과 레비나스의 '존재론 없는 윤리학' 사이에서 나베르의 존재론적 윤리학을 받아들인다.

리쾨르는 우선 정체성을 구성하는 두 측면, 즉 동일성과 자기성의 구분과 관련하여 언어적 측면에서 정체성identité이라는 용어가 라틴어에서 '동일한idem'이라는 뜻과 '자기ipse'라는 뜻을 모두 갖는다는 점에 주목한다. 한편으로 유일성과 시간 속의 영속성을 조건으로 하는 수치상의 동일성, 다른 한편으로 닮음을 뜻하는 질적인 동일성이 있다. 정체성을 동일한 물리적 실체로 환원시키는 접근법은 타자와 구별되는 동일성을 전제로 하지만, 살아가면서 나 자신도 끊임없이 변하고 타자와의 관계도 변하는데 나의 정체성이 어떻게 나의 물리적 존재와 같다고 말할 수 있겠는가? 그렇다면 정체성의 또 다른 측면, 즉 시간의 위협에도 불구하고 변하지 않는 정체성도 있을 것이다.[66]

이렇게 동일 정체성identité-idem과 자기 정체성identité-ipse이 구분된다. 동일 정체성이 시간이 흘러도 변하지 않는 양적인 동일성이라면, 자기 정체성은 겪을 수 있는 모든 물리적 변화에도 불구하고 자기 자신을 유지하는 항상성이다. 이러한 자기성은 '자기 유지maintien du soi,' 즉 "내 욕구가 변하고 내 의견이나 취향이 바뀔지라도 내가 한 약속에 대해 끝까지 책임지고 실행할 것이라는 의지의 표명"(SM, p. 148)으로 규정된다. 일반적으로 거의 변하지 않고 변한다 하더라도 사물의 차원에서 변하는 것으로서의 성격이 자기와 자신이 일치하는 동일 정체성을 규정한다면, 약속은 그것을 지키거나 어기는 것이 동일성에서 벗어나서 자기를 유지하는 자기 성실성이 되고 자기성의 고유한 양태를 드러낸다는 점에

---

66) 여기서 리쾨르는 자기성이 심리적 기준(기억)과 가깝고, 동일성이 신체적 기준(지각)과 가깝다는 성급한 환원주의적 판단을 경계한다. 심리에 속하는 성격은 정체성을 동일성으로 이끌고 가며, 반대로 신체적 기준에 속하는 몸 또한 자기성과 무관하지 않기 때문이다. "내 몸이 나 자신에게 속한다는 사실은 자기성을 동일성으로 환원할 수 없다는 사실에 가장 유리하고 묵직한 증언을 구성한다"(SM, p. 155). 렘브란트의 「자화상」에서 보듯이 비록 모습이 아무리 유사하다 할지라도 "자기성을 구성하는 것은 동일성이 아니라 그 자신을 자신의 육체를 지닌 사람으로 지칭할 수 있는 누군가에게 자신이 속해 있다는 사실이다"(SM, p. 155). 리쾨르의 이러한 생각은 『의지적인 것과 비의지적인 것』에서 개진된 자기 몸에 관한 존재론적 사유, 즉 자기 몸을 자연법칙에 따르는 물리적 사물인 동시에 자기의 자유의지에 따라 행동을 수행하는 기관, '남처럼 자기 자신'으로 생각하게끔 하는 존재론과 연결된다.

서 자기 정체성을 규정한다. 또한 전자가 '나는 무엇quoi인가?'라는 사물화된 주체에 대한 물음이라면, 후자는 '나는 누구qui인가?'라는 행동 주체에 대한 물음이다. 그처럼 동일 정체성이 타자와의 비교를 통한 정체성이라면, 자기 정체성은 타자와의 관계를 통해 형성되는 정체성이라고 말할 수 있다.

리쾨르는 이처럼 동일성을 넘어서서 자기성으로 이해된 정체성을 규명함으로써 주체 문제에 나름대로의 해결책을 찾으려 한다. 이를 위해 그는 말하는 주체, 행동하는 주체, 책임지는 주체에 각기 상응하는 언어 행위 이론, 행동 의미론, 그리고 도덕적 책임에 관한 이론들을 빌려온다. 우선 말하는 주체에 대해, 동일화하는 대상지시의 의미론은 직업이나 외모, 성격, 고유명사 등을 통한 지칭이다. 말이나 행동은 고려하지 않고, 시간 속의 항구성 속에서 사물을 가리키는 방식으로 사람을 지칭하는 것이다. 그런데 스스로를 나라고 지칭하는 발화 주체와 고유의 이름과 신분을 갖는 실제 인물이 동일함을 입증하기는 어렵다. 바로 이 문제에 오스틴과 설의 언어 행위 이론과 분석철학에서 말하는 행동 의미론이 기여한다. 오스틴과 설에 따르면 말하는 행위는 발언 행위acte locutionnaire, 발언수반 행위acte illocutionnaire, 발언효과 행위acte perlocutionnaire라는 세 차원에 분포하는 종속적 행위들의 위계로 구성된다. 발언 행위는 말을 거는 행위 자체로서 통사론적 의미를 내포하며, 발언수반 행위는 말하는 행위가 갖는 힘으로서 발화자의 의도에 따라 다양한 의미를 내포한다. 마지막으로 사람들이 발언을 할 때는 일반적으로 어떤 특정의 발언효과 행위를 수행하게 된다. 즉 말하는 행위는 말하는 사람을 가리키며, 발언의 자기지시성을 통해 행위 주체로서의 자기의 단일성(자기성)이 드러날 수 있다.

이어 행동 의미론은 행동을 기술하는 문장에 대한 논리적 분석으로서, 예를 들어 앤스컴은 의도-동기(이유)로, 데이비슨은 사건, 원인-결과로 설명할 수 있다고 본다. 하지만 리쾨르는 이러한 분석철학적 행동이론은 행동의 '왜'와 '무엇'에 대한 물음에 치중한 나머지 '누구'라는 물음에 대답하지 못한다는 점에서, 다시 말해 행동 주체가 없는 행동의미론이라는 점에서 한계가 있다고 본다. '나'라고 말하는 주체는 단순히 말하는 행위의 주체를 넘어서서 자신의 말에 책임을 지고 결정을 내리는 윤리적이고 법률적인 행동의 주체로 생각되어야 함에도, 분석철학의 객관적인 행동 주체 기술은 드러난 사태만으로 행동을 기술하는 익명의 사건 존재론에 머물기 때문이다. 따라서 행동 주체를 윤리적이고 존재론적인 입장에서 파악하는 결정과 선택의 개념, 즉 "세계의 흐름 속에서 동작주의 개입, 세계 속에 실제로 변화를 일으키는 개입"(*SM*, p. 133)이라고 정의할 수 있는 '주도권 혹은 결단'의 개념을 끌어들일 필요가 있다. 주체는 단순히 동일하고 영속적인 실체가 아니라, 자기 행동에 주도권을 가질 수 있으며, 따라서 그 행동에 대한 책임을 물을 수 있고 책임을 질 수 있는 존재라고 보는 것이다.[67]

---

67) 리쾨르가 이처럼 동일성과 자기성을 구분하는 이면에는 심리학적, 정신분석적, 사회학적 결정론에 대한 비판이 있다는 데 주목해야 한다. 주어져 있고 조작할 수 있는 사물로서의 익명적 존재, 무의식적 욕망에 사로잡힌 프로이트의 '자아moi,' 비인칭적인 행동이나 사건에 귀속된 동작주로서의 주체는 사물로 환원된 동일성으로서의 정체성에 지나지 않기 때문에 진정한 의미의 정체성이 될 수 없다. 하지만 '자기soi'는 삶의 변화 가능성을 삶의 일관성 속에 포함할 수 있는 개념이라는 점에서 동일자와 타자의 딜레마를 벗어날 수 있다. 그처럼 동일성 대신 자기 자신이라는 뜻으로 정체성을 이해하게 되면, '실체적 주관성'과 '환영적 주관성' 사이의 딜레마, "데카르트가 찬양한 코기토와 니체가 실추되었다고 선언한 코기토"(*SM*, p. 35) 사이의 딜레마는 해소될 수 있을 것이다. 나아가 이를 통해 하이데거의 '현존재는 누구인가'라는 존재론적 정체성, 한나 아렌트가 제기한 '누가 이 행동의 주체인가'라는 윤리적 정체성의 물음에 대한 답을 찾을 수 있을 것이다.

그렇다면 과연 자기성은 어떻게 드러나며 그것은 동일성과 구체적으로 어떤 관계를 맺으면서 인물의 정체성을 구성하는가? 여기서 우리는 시간을 직접적이고 총체적으로 이해할 수 없는 것과 마찬가지로 한 인물의 정체성 또한 직접적으로는 알 수 없으며, 이야기라는 매개를 통해서만 은유적으로 드러난다고 말할 수 있다. 즉 인간 주체의 위상과 관련하여 '누구'라는 질문에 답한다는 것은 자기와 항상 동일한 어떤 본질로 인간을 정의하는 것이 아니다. 그것은 한 생애의 역사를 이야기하는 것이며, 이야기를 통해 고유의 자기 정체성의 윤곽을 드러내는 것이다. 우리는 이야기된 스토리를 통해 행동 주체가 '누구'인지를 알 수 있으며, 선하다거나 정의롭다거나 하는 도덕적인 판단의 대상이 되는 것 또한 이야기를 통해 드러나는 자기성으로서의 정체성이다. "동일성과 자기성의 차이는 바로 실체적 혹은 형식적인 정체성과 이야기 정체성의 차이이다. 자기성은, 서사 텍스트의 시학적 구성에서 나오는 역동적인 정체성 모델에 부합하는 시간 구조에 토대를 둔 정체성이라는 점에서, 동일자와 타자의 딜레마를 벗어날 수 있다"(『시간3』, pp. 471~72). 이야기되기 이전의 주체는 욕망의 의미론과 결부된 주체이지만, 이야기를 통해 형상화된 주체를 끊임없이 수정하고 해석함으로써 생겨나는 주체는 반성적 주체라는 점에서 이야기 정체성은 결국 자기 자신에 대한 반성의 결실이라 할 수 있다. 이야기라는 매개를 통해 자기를 이해한다는 것은 데카르트나 피히테, 후설이 말하는 '투명한 자기의식'을 통해 자기를 이해하는 것이 아니라, 이야기라는 매개를 통해 자기와는 다른 조건을 받아들임으로써 해석이라는 에움길을 거쳐 자신의 본래적인 존재 가능성을 찾아내고 자기의 지평을 넓혀가면서 자기를 이해하는 것이다.

2) 이야기 정체성과 허구적 경험

이야기 정체성 개념의 핵심은, '나(그)는 누구인가'라는 물음에 대해 나 자신(또는 그)을 이야기의 등장인물처럼 줄거리를 구성해서 이야기할 때 더 잘 인식하고 이해할 수 있다는 것이다. 이야기는 자기 해석을 위한 특별한 매개이며 "그 매개는 한 삶의 이야기를 허구적 역사 혹은 역사적 허구로 만들면서, 그리고 전기의 역사 기술 양식을 상상적 자서전의 소설적 요소와 교차시키면서 허구에서와 마찬가지로 역사에서도 빌려온다"(SM, p. 138). 우리는 실존하는 인물이나 허구적인 인물의 이야기 정체성을 받아들이고 해석하면서 자기를 반성하고 이해한다. 이야기 정체성과 관련하여 형상화 차원에서는 줄거리를 구성하는 원칙, 즉 '불협화음을 내포한 화음'이라는 원칙을 적용하여 동일성과 자기성의 변증법을 구성하는 문제가, 재형상화 차원에서는 역사와 허구의 교차로 인해 태어나는 이야기 정체성의 문제, 즉 이야기된 정체성과 그것을 독자가 받아들여 자신의 정체성을 다시 그려보는 문제가 제기될 수 있다.

우선 한 인간이 태어나면서부터 죽을 때까지 삶에서 일어난 일들을 모두 이야기한다는 것은 불가능하다. 더구나 실제 삶의 경우, 유년기의 역사는 기억 너머 안개 속에 가려져 있기에 알 수 없고, 자신이 겪게 될 죽음 또한 자신이 직접 이야기할 수는 없다. 따라서 살면서 겪게 되는 일들을 현재의 관점에서 취사선택하여 줄거리로 엮어 이야기할 수밖에 없는데, 이를 통해 어떤 인물을 다른 타자와 구분하게 해주는 독특한 시간적 총체성이 드러난다. 탄생과 죽음 사이에서 볼 수 있는 삶의 통일성이 화음을 이룬다면 삶 속에서 단절을 이루는 사건들, 즉 예기치 못한 사건들, 우연이나 운명의 역전 같은 사건들은 화음을 위협하는 불협화음을 이루지만, 줄거리를 꾸밈으로써 인물의 균열과 불협화음은 극복되고 역동적인 통일성을 갖게 된다. 그리고 그것은 등장인물 고유의 이야기 정체성이라 부를 수 있는 정체성의 본질을 드러내면서 자기성과 동일성의 진정한 변증법을 낳는다. "그리하여 우연은 운명으로 변모된다. 그리고 줄거리 구성이라고 부를 수 있는 등장인물의 동일성은 오로지 이러한 변증법의 조명 아래서만 이해될 수 있다"(*SM*, p. 175). 이렇게 해서 이야기 정체성의 문제는 시간적 차원, 즉 '시간 속에서의 항구성'에 따른 불변항(동일 정체성)과 가변항(자기 정체성)을 함수로 하는 일종의 방정식으로 나타나며, 여기서 이야기의 기능은 동일성과 자기성을 매개하는 것으로 간주된다. 한편에는 성격의 동일성이 있고 다른 한편에는 자기 유지의 자기성이 있다. 이야기를 통해 드러나는 자기성은 "시간에 대한 도전"이며, "변화의 부정"이다(*SM*, p. 149). 그리고 이야기 정체성은 두 극단인 자기성과 동일성이 겹쳐짐으로써 시간이 흘러도 변하지 않는 항구성이라는 극과, 동일성의 도움 없이 정체성을 유지하는 자기성이라는 극 사이에 놓이게 된다.[68]

그렇다면 우리는 동일 정체성과 자기 정체성이 완전하게 일치하는 상황과 완전히 분리되는 상황 사이에 가능한 모든 경우의 조합을 생각해

---

68) 이야기 정체성은 개인뿐만 아니라 민족과 같은 집단에도 적용된다. 예컨대 유대민족의 정체성은 고유의 문화에 의해 전승된 역사적이거나 허구적인 이야기(성경)를 점진적이고 순환적인 방식으로 끊임없이 수용하고 수정함으로써 형성되어왔다고 볼 수 있다. 리쾨르가 유대민족의 이야기 정체성에 보이는 각별한 관심에 대해 리처드 커니는 유대민족만큼 성경-이야기의 해석과 재해석을 통해 역사적 공동체를 만들어가는 경우를 찾아보기 힘들기 때문이라고 설명한다. R. Kearney, "L'imagination narrative entre l'éthique et la poétique," *L'herméneutique à l'école de la phénoménologie*, pp. 297~98.

볼 수 있을 것이다. 여기서 허구 이야기는 상상의 변주를 통해 "감정적이며 실천적인 일상 경험의 시간적 양상들을 훨씬 넘어서는 불협화음을 내는 화음의 다양한 형상들"(『시간2』, p. 209)을 펼쳐 보이면서 그 모든 상황을 만들어낸다. 정체성 물음에 대한 일종의 '실험실'을 제공하는 것이다. 예컨대 민담이나 동화는 인물들이 줄거리의 급변이나 반전에도 불구하고 항구성을 유지함으로써 동일성과 자기성이 일치하는 경우에 해당된다. 반면에 전통적인 줄거리 구성을 파괴함으로써 정체성의 문제를 소거하는 것처럼 보이는 누보로망 유형의 소설에서는 정체성의 위기가 줄거리의 위기에 상응한다. 정체성의 상실이 줄거리와 결부되면 이야기는 불협화음을 내포한 화음이라는 형상화 원칙을 벗어나게 되는데, 특히 결말의 상실이 그에 조응한다. 정체성의 상실에 조응하는 줄거리의 해체는 이야기의 경계를 넘어서고, 문학작품을 에세이에 접근하게 한다. 레리스류의 자서전이 줄거리 구성을 고려할 필요가 거의 없는 장르인 에세이에 접근하는 것은 바로 그 때문이다.

실제로 장르의 해체라는 이른바 포스트모더니즘의 경향은 정체성을 확인할 수 있는 전통 소설에서의 주인공과 불협화음을 내포한 화음이라는 줄거리 구성의 전통에 비추어 볼 때 이단적인 현상이라 할 수 있다. 이에 대해 리쾨르는 이야기의 죽음이 아니라 이야기의 새로운 변모라고 진단한다. 줄거리 구성의 패러다임이 변할 수는 있지만 그렇다고 이야기하는 행위가 사라질 수는 없기 때문이다. 마찬가지로 인물의 정체성 상실이 인물의 이야기 정체성에 대한 물음 자체를 소거시키는 것은 아니며, '누구'의 문제에 대한 대답을 회피하는 것은 오히려 그 문제를 더 심각하게 만든다는 점도 지적해야 한다. 그러한 유형의 소설은, '누구'라는 질문과 '무엇'이라는 질문을 분리시킴으로써, 즉 자기성과 동일성을 따로 떼어냄으로써 그 차이 및 결합 관계를 상상의 변주를 통해 보여주는 방정식으로 풀어낼 수 있을 것이다. 예컨대 '나는 누구인가'라는 물음에 극단적으로 '아무것도 아니다'라고 대답하는 것 또한 가능하며, 그것은 "동일성이라는 버팀목을 상실한 자기성이 적나라하게 드러나는"(*SM*, p. 178) 경우로 해석할 수 있다.

재형상화 단계에서 작품을 이해하면서 이루어지는 구체적이고 일상적인 자기 이해는 바로 독자의 이야기 정체성이다. 이미 말한 대로 자기 이해의 자기란 불변의 실체로서의 자아가 아니라 시간 속에서 변화하며 타자와의 관계를 통해 만들어지는 자기를 가리킨다. 따라서 "인간 주체가 서사적 기능의 매개를 통해 이르게 되는 정체성 부류"[69]로 정의되는 이야기 정체성 또한 안정되고 균열 없는 정체성이 아니라, '나는 누구인가'라는 물음 앞에서 끊임없이 만들어지고 해체되는, 원칙적으로 불안정한 정체성이라 할 수 있다. 여기서 자기를 이해한다는 것은 나는 누구인가, 나는 무엇을 할 수 있는가, 나는 무엇을 해야 하는가라는 물음에 답할 수 있는 능력에 상응한다. 독자는 역사적이거나 허구적인 인물과의 동일시 또는 전이를 통해 인물의 이야기 정체성을 자기 것으로 삼게 된다. 특히 허구적 인물의 정체성을 자기 것으로 만든다는 것은 자기 자신을 상상의 변주에 내맡기는 것이며, 이를 통해 역사적 시공간의 제약에서 벗어나 자기를 해석하고 이해하는 것이다. "독자가 허구 인물의 정체성을 자기 것으로 만드는 것은 자기 해석 형식들 중의 하나이다."[70] 이

---

69) P. Ricoeur, "L'identité narrative," *Cinq études herméneutiques*, Labor et Fides, 2013, p. 75. 이 논문은 1986년 뇌샤텔 대학에서 행한 연설문 원고로서 1988년 『에스프리』에 수록된 동명의 논문과는 다른 글이다.

70) P. Ricoeur, "L'identité narrative," *Esprit*, juillet-août 1988, p. 304.

와 관련하여 리쾨르는 문학적 허구가 제공하는 상상의 변주가 독자의 자기 이해에 기여하는 바를 크게 세 가지로 나누어 설명한다.[71]

i) 문학적 허구, 특히 소설에 의한 매개는 남 이해를 거쳐 자기 이해에 이르게 된다는 텍스트 해석학의 명제를 가장 잘 증명한다. 독자는 소설 속의 등장인물에 대한 공감 또는 반감을 통해 남을 이해할 뿐만 아니라, 거꾸로 그런 이해를 거쳐 독서 이전에는 경험하지 못했던 자기 자신을 발견한다. 리쾨르는 소설의 허구적 경험이 자기 인식과 관련하여 가져오는 결과를 3인칭이라는 독특한 매개를 통한 자기 이해라는 개념으로 설명한다. 자기는 직접적으로 인식할 수 없으며, 자기를 인식한다는 것은 자기를 대상으로서, 즉 마치 소설 속의 등장인물처럼 3인칭으로 인식한다는 것이다. "그렇기 때문에 나는 데카르트의 코기토나 후설의 코기토에 맞서서 직접적인 자기 인식이란 없다는 생각에 더 빠져들게 된다. 자기 인식은 간접적이고, 이 매개물이 바로 3인칭 자기 자신이다. 나는 무엇보다도 3인칭 자기 자신에서 나를 인식한다."[72] '나는 누구인가'라는 물음은 나를 '마치 남처럼' 3인칭으로 생각하는 것이며, 이 점에서 소설은 고백이나 자서전 같은 1인칭 유형의 이야기보다 자기 인식에 더 유리하다는 것이다. 물론, 카프카나 프루스트의 소설에서 보듯이 허구적 1인칭은 허구적 3인칭으로 바꾸어도 별다른 문제가 없을 정도로 허구적이라는 점에서 1인칭 유형의 이야기에 포함되지 않는다.

ii) 문학적 허구는 '몸'과 관련하여 자기성과 동일성의 변증법을 통해 인격적 정체성에 대한 상상의 변주를 보여준다. 나는 나 자신의 몸을

---

71) P. Ricoeur, "L'identité narrative," *Cinq Etudes herméneutiques*, pp. 86~87.
72) "De la volonté à l'acte," Ch. Bouchindhomme & R. Rochlitz(eds.), *"Temps et récit" de Paul Ricoeur en débat*, pp. 29~30.

매개로 세계와의 관계를 유지하며, 나의 몸이 갖는 이러한 자기성은 내가 몸담고 있는 세계의 자기성으로 확장된다. 그 세계는 단순히 물리적인 세계가 아니라 나의 몸을 매개로 나의 지평을 형성하는 실존적 세계이다. 문학적 허구는 바로 그런 세계를 재현함으로써 자기의 다양한 양태를 보여준다. 이 점에서 문학적 허구는 기술에 의해 인간 존재를 조작 가능하다고 상정함으로써 인격을 동일성의 측면에서만 접근하고 있는 공상과학적 허구와는 다르다.[73] 조작 가능한 복제인간은 책임을 전가할 수 있는 인격의 정체성을 훼손함과 동시에 자기 고유의 육체라는 세계-내-존재로서의 실존론적 조건을 침해하는 것이다. 이리하여 이야기 정체성은 자기 행위에 책임을 지는 주체(인격)라는 윤리적 정체성의 문제로 넘어가게 된다.

iii) 마지막으로 문학적 허구는 줄거리와 인물 구성을 통해 인물이 느끼는 다양한 감정이나 욕망을 구체적인 언어로 재현함으로써 독자 자신이 느끼는 심리적 상태가 어떤 것인지 가르쳐준다. 독자는 책을 읽으면서 스스로를 읽는 법을 배우게 되는 것이다. 실제로 현실을 재현하는 예술 장르들 가운데 소설만큼 생각과 느낌, 감정을 재현하는 데 뛰어난 장르는 없으며, 소설은 그 구성 방식의 다양성과 유연성을 통해 인간의

---

73) 이 점에서 공상과학 소설에 나오는 복제인간의 정체성에 관해 파핏에 반론을 제기하는 리쾨르의 논의(*SM*, p. 300)는 흥미롭다. 복제인간이란 인간을 조작 가능한 사물로 다룸으로써 동일 정체성의 측면만 복제할 수 있을 따름이다. 즉 인간의 두뇌를 복제한다고 모든 것이 똑같이 복제되지는 않는다는 생각은 인간의 존엄성에 대한 윤리적 판단으로 이어질 것이다. 파핏의 복제 이론이 갖는 기술만능 이데올로기는 인격을 사물로 대치시킨다는 점에서 위험하다. 그것은 또한 인간 대 인간의 대타 관계가 아니라 실험자-피실험자의 관계로 인간을 전락시킨다. 리쾨르/파핏 논쟁에 관해서는 H. J. Adrienne, "La mienneté et le moment de la dépossession de soi: Le débat de Ricoeur avec Derek Parfit," *L'herméneutique à l'école de la phénoménologie*, pp. 3~19 참조.

심리현상을 연구하는 데 가장 탁월한 실험실이 된다.[74]

그런데 이처럼 허구적 인물의 이야기 정체성을 자기 것으로 만듦으로써 자기를 발견하고 만들어간다는 허구적 유희는 한편으로는 모호하고 다른 한편으로는 위험한 일일 수도 있다. 우선 이야기라는 매개를 통한 자기 이해는 의혹의 해석학에서 비판하듯 자기를 잘못 이해하는 것이며 환상일 수도 있기 때문이다. "재현된 삶을 산다는 것은 자신을 은폐하는 거짓된 이미지 속에 스스로를 투사하는 것"[75]일 수 있다. 이 경우 허구적 인물과 자신을 동일시하는 것은 헛된 희망을 품거나 현실로부터 도피하는 수단에 지나지 않는다. 돈키호테나 엠마 보바리가 그렇고, 라캉이 말하는 상상계에서 거울 속의 이미지를 자기로 착각하는 경우도 그렇다. 그런 '의혹'에서는 어떻게 벗어날 수 있는가? 물론 자기에 대한 환상을 부수기 위해서는 의혹의 해석학이 제기하는 길을 거쳐야 한다. 하지만 이처럼 타자 이해를 거친 자기 이해, 허구의 경우에는 상상의 변주를 통해 자기를 다시 그려봄으로써 자기를 새롭게 만들어간다는 방식 자체가 '진정한' 것이기에 의혹에서 벗어날 수 있다는 것이 리쾨르의 주장이다. 독자는 그런 재형상화 과정을 거쳐 독서 이전에는 경험하지 못했던 자기 자신을 발견하며, 그렇게 발견된 자기는 리쾨르의 표현을 빌리자면 "독서의 산물이자 텍스트의 선물"(*TA*, p. 31)이다.

---

74) 실제 인물보다는 허구적 인물의 심리를 재현하는 3인칭 소설이 오히려 인간 정신의 내면을 이해하는 데 더 큰 기여를 한다는 주장과 관련하여 리쾨르는 이미 『시간과 이야기』 2권에서 캐테 함부르거와 도리트 콘 등의 연구를 인용한 바 있다. 특히 '내면의 투명성'을 표현하기 위해 허구가 사용하는 서사기법에 대한 도리트 콘의 연구는 리쾨르가 각별히 주목하는 부분이다. 이에 관해서는 3부 2장(「구조주의와 해석학」)에서 시점과 서사적 목소리라는 개념으로 다시 설명하겠다.

75) P. Ricoeur, "L'identité narrative," *Cinq Etudes herméneutiques*, p. 92.

다른 한편 허구적 유희는 정체성을 둘러싸고 서로 경쟁하는 수많은 상상의 변주들로 인해 독자로 하여금 길을 잃고 헤매게 할 수도 있다. 서사적 상상력을 통해 끊임없이 만들어지고 해체되는 이야기 정체성 개념은 정체성이라는 물음 자체를 문제 삼을 수 있기 때문이다. 정체성을 찾으려다 결국 정체성의 상실이라는 극단에까지 이르게 되는 로베르트 무질의 소설 『특성 없는 남자』의 주인공이 그렇다. 특성 없는 남자, 다시 말해서 정체성이 없는 남자와 자신을 동일시함으로써 스스로가 무無라는 가설과 마주치게 되는 것이다. 이에 대해 리쾨르는 비-주체라는 가설, 즉 '나는 아무것도 아니다'라는 가설 자체가 아무 할 말도 없는 주체는 아님을 강조함으로써 위험에서 벗어날 수 있다고 말한다. 비-주체는 주체의 범주와 관련하여 아무것도 아닌 것이 아니다. '나는 아무것도 아니다'라고 말할 때의 '나'는 여전히 주체이지만 동일성이라는 버팀목을 상실한 '헐벗은 자기'라는 점에서 정체성의 문제를 동일성으로 환원할 수 없다는 명제를 역설적으로 입증한다. 무질의 소설은 그처럼 동일성과 자기성의 변증법을 통한 정체성 실험의 극단적인 경우로서, 정체성을 찾아가는 여정은 그런 시련을 겪지 않을 수 없음을 보여준다는 점에서 "인격적 정체성의 어둠에 관한 증언"[76]으로 읽을 수 있다.

이야기 정체성에 따른 행동의 주체와 관련하여 리쾨르는 텍스트 세계가 펼치는 '허구적 경험' 개념을 제시한다. 허구적 경험이란 "일상적인 행동 경험과 만날 수 있도록 작품이 밖으로 투사하는 것"(『시간2』, p. 209), 즉 텍스트가 자기 스스로를 넘어서는 힘에 의해 투사하는, 이 세계를 사는 잠재적 방식이다. 허구적 경험 개념은 이야기가 구조라는 측

---

76) 같은 책, p. 94.

면에서는 그 자체로 닫혀 있으면서도 어떤 세계를 '향해' 열려 있을 수 있음을 잘 보여준다. 그것은 경험이지만 허구적이라는 점에서 텍스트 세계를 완전히 벗어나지는 않는다. 그런데 독자가 텍스트를 받아들이면 이러한 허구적 경험과 독자의 살아 있는 경험은 서로 만나게 되며, 텍스트에 의해 투사된 세계와 독자의 삶의 세계가 교차하는 바로 그 지점에서 비로소 이야기는 온전한 의미를 획득하게 된다. "자기를 이해한다는 것은 곧 텍스트 앞에서 자기를 이해한다는 것이고, 이는 독서를 하면서 찾아오는 나와는 다른 자기의 조건들을 그 텍스트로부터 받아들이는 것이다"(TA, p. 31). 이제 이야기를 이해한다는 것은 단순히 그 뜻을 지금 여기서 자기의 것으로 만든다는 주관적 행위를 넘어 이야기가 열어주는 방향에 따라 자기 스스로를 위치시키는 것이 된다. 그것은 이야기가 비추는 "서광을 향해 길을 떠나는 것"(TA, p. 156)이다. 이런 뜻에서 윤리와 도덕은 허구 이야기 속에 이미 내재적 초월성의 양태로 내포되어 있다고 말할 수 있다. 선한 삶이라는 주제가 윤리-도덕적 건축물의 초석이라면, 문학적 허구는 바로 그러한 주제를 둘러싼 상상의 변주로 간주될 수 있다는 것이다.

물론 이야기 정체성이라는 시적인 해결책에는 윤리적 차원에서 실천적 주체의 자기성에 대한 물음을 완전히 규명하지는 못한다는 한계도 있다. 독서가 "다른 식으로 존재하고 행동하도록 부추기는 행위"(『시간 3』, p. 476)이기는 하지만, 독자의 실천은 의지보다는 상상력에 많이 기댈 수밖에 없기 때문에 실천적 차원에서의 결정과 일치한다고 보기는 어렵기 때문이다. 독서에 의해 전달되는, 윤리적으로 올바른 여러 명제들 가운데서 선택을 하는 것은 바로 독자, 다시금 행동 주체로서 주도권을 쥐게 된 독자의 몫이라는 사실에는 변함이 없다. 바로 이 지점에서 이야기 정체성 개념은 그 한계에 서게 되며, 이를 넘어서기 위해서는 행동 주체를 구성하는 비서사적인 요소들과 결합시켜야 한다. "윤리적 책임감을 자기성을 구성하는 최고의 요인으로 삼는, 결정을 내리는 그러한 순간의 명목하에서만, 이야기 정체성은 진정한 자기성과 동등한 가치를 갖는다"(『시간3』, p. 476). 상상의 세계는 검열을 모르는 세계이지만 실제 우리가 몸담고 있는 세계에서는 자신의 행동에 대한 책임을 벗어날 수 없으며 벗어나서도 안 된다. 텍스트에서 행동으로 나아가는 이 지점에서 정체성의 문제는 이야기의 시학을 넘어서서 윤리학으로 나아간다. 이야기는 윤리적 행동의 문턱에까지 우리를 이끌 수는 있지만 그 문턱을 뛰어넘는 것은 결국 우리 자신의 선택에 달려 있다는 점에서 이야기의 시학은 윤리학의 필요조건은 될 수 있으나 충분조건은 될 수 없다. 이야기를 통해 삶을 바라보는 시각이 바뀔 수는 있지만 궁극적으로 삶 자체를 바꾸는 것은 텍스트를 넘어선 행동의 영역, 실천적 차원에서의 '의지'의 영역에 속하기 때문이다.[77]

---

77) 이 점에서 윤리보다 시학에 우선권을 두는 바타유, 푸코, 리오타르, 데리다 같은 포스터모던 계열의 철학자들과 리쾨르의 입장은 분명하게 갈라진다고 말할 수 있다. 커니에 따르면 이들이 말하는 '신중한 무책임성'의 미학(푸코), 또는 미결정의 '무관심'(데리다)은 검열을 모르는 상상력의 무제한적인 자유에 근거를 두고 있으며 그로 말미암아 윤리적 판단과 관련하여 심각한 오류를 범할 수 있다는 것이다. R. Kearney, "L'imagination narrative entre l'éthique et la poétique," *L'herméneutique à l'école de la phénoménologie*, pp. 303~304.

2. 이야기의 시학에서 이야기의 윤리학으로

이야기 정체성은 미리 정해져 있거나 영구불변한 것이 아니라 해석을 통해 끊임없이 만들어지고 해체되는 정체성이다. 이야기의 의미를 해석한다는 것은 이야기된 행동들에 대한 평가와 설득, 문제의 해결책을 담고 있기 때문에 윤리적이고 정치적인 사유의 방향으로 자기 해석학을 밀고 나간다는 사실을 내포한다. 여기서 "윤리적으로 중립적인 이야기는 없다"(*SM*, p. 139)는 명제가 나온다. 이때의 윤리적 차원은 이야기 내용의 좋고 나쁨, 다시 말해서 권선징악적인 이야기는 좋고 외설적인 이야기는 나쁘다는 식의 판단이 아니라, 이야기라는 담론 형식이 어떻게 한 인간의 삶에 대한 윤리적 판단의 준거가 될 수 있으며 더 '좋은 삶'을 사는 데 기여할 수 있는지를 검토하는 것이다. 리쾨르가 매킨타이어를 빌려 '한 생애의 서사적 통일성'이라는 통합 층위에서 윤리적 목표에 대한 물음을 제기하는 것도 그처럼 이야기가 행동이라는 실천적 영역을 대상으로 행동의 의미와 가치를 판단하는 것이기 때문이다.

매킨타이어는, 물론 리쾨르의 지적대로 정체성과 관련하여 이야기의 기능에 대해서는 깊이 있게 탐구하지 못했지만, 모든 인간의 삶은 이야기로 재현될 수 있으며 이야기를 통해 제기하는 물음에 대한 답은 명시적이든 암시적이든 무엇이 미덕이고 악덕인가에 대한 가치판단을 내포한다고 말한다. 그에 따르면 어떤 사람의 삶에 있어서 덕의 통일성은 "하나의 통일적 삶, 즉 하나의 전체로서 파악되고 평가될 수 있는 삶의 특성"[78]으로서만 이해될 수 있다. 다시 말해서 한 사람의 삶은 이야기

---

78) 알래스데어 매킨타이어, 『덕의 상실』, 이진우 옮김, 문예출판사, 1997, p. 302.

라는 방식으로 사유하고 재현할 수 있으며, 그런 이야기는 인간 행동의 좋고 나쁨을 규정하기 위한 토대이자 본질적 형태로 간주된다. 여기서 "인간은 그가 만들어내는 허구들 속에서뿐만 아니라 자신의 행위와 실천에 있어서도 본질적으로 하나의 이야기를 말하는 동물이다"라는 매킨타이어의 핵심 명제가 나온다. "그는 본질적으로 진리를 추구하는 이야기들의 화자는 아니지만, 자신의 이야기를 통해 그와 같은 화자가 된다. 〔……〕'나는 무엇을 해야 하는가?'라는 물음에 대해 나는 이에 선행하는 물음, 즉 '나는 어떤 이야기 또는 이야기들의 부분인가?'라는 물음에 답할 수 있을 때에만 대답할 수 있다."[79]

하나의 행위는 항상 이해 가능한 어떤 이야기의 한 부분이다. 중요한 것은 일시적인 행동의 윤리만이 아니라 개인적인 또는 공동체의 삶 자체의 통일성이라는 측면에서 실현되는 '진정한 삶'이라는 이념이다. 아리스토텔레스가 『윤리학』 1권에서 말한 대로, "한 마리의 제비가 날아온다고 하루아침에 봄이 오는 것이 아니듯이, 인간이 행복해지는 것도 짧은 기간에 이루어지는 것은 아니다." 순간적인 행동만이 아니라 삶 전체를 통일적으로 파악하여 선한 삶에 관해서 말해야 하므로 한 인물의 탄생에서 죽음에 이르는 이야기가 필요한 것이다. "이야기의 시작과 중반과 종말과 같이 탄생과 삶과 죽음을 결합시키는 이야기의 통일성 속에 자신의 통일성의 기반을 두고 있는 자아의 개념"[80]을 내세우는 것도 그 때문이다. 이야기의 통일성은 성격의 통일성을 요청하며, 성격의 통일성은 인격적 정체성을 전제한다. 또한 나는 다른 사람에게 책임을 묻

---

79) 같은 책, p. 318.
80) 같은 책, p. 302.

고 물음을 제기할 수 있는 존재이다. 그들이 내 이야기의 한 부분인 것처럼, 나도 그들 이야기의 한 부분이기 때문이다. 자신의 이야기에 책임을 물을 수 있는 가능성이 없다면 이야기-삶은 연속성과 통일성을 결여함으로써 이해할 수 없는 것이 되고 만다. 이리하여 이야기, 이해 가능성, 책임 가능성 개념은 정체성 개념과 불가분의 관계를 맺게 된다. "(개인의 삶의 통일성은) 하나의 유일무이한 삶 속에 구현된 이야기의 통일성 속에 있다. [……] '나를 위한 선(개인선)은 무엇인가?'라고 묻는 것은 내가 어떻게 하면 이와 같은 통일성을 최선의 방식으로 살아낼 수 있으며 또 완성시킬 수 있는가를 묻는 것이다."[81]

　이야기는 또한 어떤 결말(목적)을 전제한다. 최종적인 어떤 목적(텔로스)에 관한 표상이 없다면 이야기는 두서없는 것이 되며, 마찬가지로 삶의 이야기 또한 무의미의 심연 속에 빠질 것이다. 그러한 목적을 향해 가는 이야기를 통해 드러나는 자기성으로서의 정체성은 선하다거나 정의롭다거나 하는 도덕적인 판단의 대상이 된다. 여기서 좋은 삶에 관한 텔로스는 개인에 따라, 역사와 문화에 따라 달라질 수 있으나, 중요한 것은 우리 개인의 정체성이 어떤 사회적 공동체의 정체성과 불가분의 관계를 맺고 있다는 사실이다. 공동체의 공동선과 개인의 좋은 삶을 떼어놓고 생각할 수는 없다.

　이와 관련하여 리쾨르는 이야기의 패러다임은 바뀔 수 있지만 "경험을 나누는 기술"(SM, p. 193)로서의 이야기는 결코 소멸될 수 없다고 말한다. 그가 말하는 경험은 과학적 관찰이 아니라 "실천적 지혜의 민중적 실현"(SM, p. 193)이다. 여기서 우리는 다시금 아리스토텔레스의 실

---

81) 같은 책, p. 322.

천적 지혜와 만나게 된다. 미메시스 차원에서 이야기된 행동의 윤리적 의미는 실천적 차원에서의 전-서사적 구조를 전제하고 있으며, 이를 행동 주체와 관련하여 삶 전체로 확장하면 재형상화 차원에서의 윤리적 판단, 즉 실천적 지혜로 이어질 수 있다. 실천적 지혜는 구체적인 행동과 관련되며, 보편적 상황보다는 개별적 상황에서 무엇이 좋고 나쁜지를 숙고하는 능력이다.[82] 그러한 지혜는 동의나 거부, 찬양이나 비난을 전제함으로써 목적론적이고 의무론적인 범주에 속하는 판단이나 평가를 포함하지 않을 수 없다. 이야기는 형상화 작업을 통해 실천적 차원에서의 행동과 도덕적인 판단들을 일시적으로 유예함과 동시에 이를 통해 그러한 행동과 판단을 실험하는 장소가 된다. 정체성이라는 윤리적 물음과 관련된 딜레마는 이처럼 이야기라는 실천적 지혜의 민중적 실현을 통해 어떤 시적 해결책, "도덕적 판단의 최초의 실험실"(SM, p. 167)이라는 해결책을 발견하는 것이다.

1) '작은 윤리학'을 위하여

리쾨르는 윤리적 목표를 "정의로운 제도 속에서 남들과 같이하는 그리고 남들을 위한 '선한 삶'"(L1, p. 257)으로 정의한다. 선하고 좋은 삶

---

82) "철학적 지혜란 본성상 가장 고귀한 것들을 이성적으로 파악하는 학문적 인식이다. [……] 이와 반대로 실천적 지혜는 인간적인 좋음에 관계하며, 숙고가 가능한 것에 관계한다. 왜냐하면 무엇보다도 잘 숙고한다는 것이 실천적 지혜가 있는 사람의 특징인데, 아무도, '다른 방식으로는 있을 수 없는 것'들에 대해서 생각하지 않고, 또 행동에 의해 실현 가능한 선이 아닌 목적들에 대해서 생각하지 않기 때문이다. [……] 실천적 지혜는 행동에 관계하는 것이다. 그러므로 그것은 보편적인 방면과 개별적인 방면을 다 포함해야 하지만, 개별적인 방면에 더 치중해야 한다"(아리스토텔레스, 「니코마코스 윤리학」 제6권 7장, 『니코마코스 윤리학/정치학/시학』, 손명현 옮김, 동서문화사, 2007, p. 140).

이란 윤리적 목표의 대상이며, 행동의 궁극적 목적이다. 하지만 진정한 삶이란 그 자체로 이루어야 할 목표나 의무로 주어지는 것은 아니며, 어쩌면 이룰 수 없을 이상과 꿈과의 괴리를 인정하면서도 이를 모델로 삼아 실천적 차원에서 선택해야만 하는 행동들과 일치시키려는 노력이라고 할 수 있다. 그러한 노력이 실천적 영역에서 구체적 행동의 윤리적 선택으로 나타나는 것이다. 윤리학에 대한 리쾨르의 입장은『남처럼 자기 자신』을 비롯하여『독서 1』에 수록된 논문「윤리와 도덕」 등에서 찾아볼 수 있는데,[83] 이를 정리하면 다음과 같다. 우선 리쾨르는 윤리éthique 와 도덕morale을 구분하여 선하다고 평가되는 행동의 특징 아래 이루어진 삶의 목표를 윤리라 부르고, 보편적인 요구나 구속효과에 의해 특징지어지는 규범, 의무, 금지사항들을 도덕이라 부른다.[84]

좋은 삶이라는 목표와 규범에 대한 복종은 두 가지 전통 사이의 대립을 드러낸다. 하나는 목적론적 관점에 토대를 둔 아리스토텔레스 전통이며, 다른 하나는 의무론적 관점에 토대를 둔 칸트의 전통이다. 아리스토텔레스에 따르면 좋은 삶이란 폴리스라는 공동체가 요구하는 선에 부합하는 시민으로서의 미덕이다. 이때 폴리스의 목적은 사람들이 각자 고유의 능력과 미덕을 발휘할 수 있게 만드는 것, 즉 공동선을 고민하고 판단력을 기르고 시민자치에 참여하고 공동체 전체의 운명을 걱

---

83) "Avant la loi morale: l'éthique," *Encyclopédie Universalis*, Symposium, 1985, pp. 42~45; "La raison pratique"(1979), *TA*, pp. 237~59 참조.

84) 키케로는 그리스어 '에티케ethike'(습관, 습속을 뜻하는 에토스ethos에서 온 말)를 '필로소피아 모랄리스philosophia moralis'(도덕철학. 여기서 'moralis'는 습속, 습관을 뜻하는 'mos'의 형용사형이다)로 옮겼고 그러한 어원 때문에 실제로 '윤리'와 '도덕'은 거의 같은 것으로 여겨졌다. 하지만 리쾨르는 어떤 부분을 강조하느냐에 따라 구분이 가능하다고 본다. *L1*, pp. 256~69 참조.

정하게 하는 것이다. 반면, 칸트에 따르면 인간은 자율적으로 행동하는 능력 덕분에 동물이나 사물과 구분되는 인간으로서의 존엄성을 지닌다. 그로부터 인간을 행복의 도구로 취급하는 것이 아니라 목적으로 본다는 공리주의적 도덕 원칙이 나온다. 행동의 도덕적 가치는 그 결과가 아니라 동기에 있다. 그리고 어떤 행동에 도덕적 가치를 부여하는 동기는 올바르게 행동해야 한다는 의무이다. 물론 칸트는 그 의무의 내용에 대해서는 말하지 않는다. 내용이 아니라 형식이 중요하기 때문이다. 그래서 극단적으로 말하자면 순전히 의무감에서 타인을 돕는 행위야말로 진정한 도덕적 가치를 지닌다는 역설도 나오게 된다.

여기서 리쾨르는 이러한 목적론과 의무론 사이의 전통적인 갈등과 대립을 종합하려 하는데, 그 핵심 논제는 다음과 같다. 첫째, 윤리는 도덕에 우선한다. 둘째, 하지만 윤리적 목표는 도덕적 규범의 체를 거칠 필요가 있다. 셋째, 규범이 윤리와 갈등을 낳는 상황에서 유일한 해결책은 실천적 지혜에 호소하여 윤리적 목표라는 관점에서 상황의 특수성에 관심을 기울이는 것이다. 이 경우 규범은 윤리적 목표에 호소해야 한다. 이렇게 해서 리쾨르는 스스로 "작은 윤리학"(*RF*, p. 81)이라고 부르는 추론을 통해 "의무론적 계기와 밀접하게 연결된 형식주의가 야기하는 갈등이 어떤 방식으로 도덕을 윤리학으로, 하지만 규범이라는 통로를 거쳐 풍요로워지고 상황 속의 도덕적 판단에 투입된 윤리학으로 데려가는지"(*SM*, p. 237) 보여주고자 한다.[85]

---

85) 리쾨르가 말하는 '작은 윤리학'은 아리스토텔레스의 『니코마코스 윤리학』이나 칸트의 『실천이성비판』과 같은 거대한 체계를 갖춘 윤리학이 아니라 구체적인 상황에서 좋은 삶과 올바른 삶을 향한 도덕적 판단의 기준을 제시하려는 일종의 시론으로 이해할 수 있다. 이 점에서 총체성을 지향하는 헤겔의 변증법에 맞서, 보편자와 개별자의 상호작용에 초점을 맞추고 개인의 구체적 경험을 강조함으로써 거대한 윤리학이 불가능해진 시대에 가능한 윤리학을

윤리적 목표

앞에서 말했듯이 리쾨르가 말하는 윤리적 목표는 첫째, 선한 삶이라는 목표, 둘째, 남들과 더불어 그리고 남들을 위하여, 셋째, 정의로운 제도 속에서라는 세 가지 구성요소로 정의된다. "이 세 항목은 자기에 대한 긍정적 평가라는 근원적 역량 속에서 파악된 자기를, 그 얼굴로 드러나는 가까운 이웃 그리고 법적이고 사회적이며 정치적인 차원에서 권리를 지닌 제삼자와 이어준다"(*RF*, p. 80). 첫번째로 '선한 삶'이란 아리스토텔레스 전통에 따른 표현으로 그것은 명령이 아닌 소망의 양태로 나타난다. 선하게 잘 살기를 바라고, 이를 위해 자기와 남과 제도에 마음을 쓰는 것이다. 그런데 남이 아니라 자기에게 마음을 쓰는 것을 선한 삶의 첫번째 구성요소로 보는 것이 정당한가? 리쾨르는 자기에 대한 긍지라는 목적론적 관점이 근본윤리의 측면에서 남을 존중해야 한다는 의무론적 차원과 배치되지 않음을 강조한다. 그에 따르면 윤리 차원에서의 '자긍심 또는 자기에 대한 긍지estime de soi'는 도덕 차원에서 '자기 존중respect de soi'으로 나타난다. 무의식적 욕망과 자기보존 욕구로 뒤엉킨 '나'가 언제라도 뒤흔들리는 허약한 존재라면, '자기'는 시간 속에서의 모든 물리적 변화에도 불구하고 자기 자신을 유지하려는 존재, 타자와의 관계를 통해 형성되는 존재이다. 그 점에서 자기에 대한 긍지는 나를 사랑하는 자기애와 다르다. "자기애는 악의 성향에 의해 타락한 자기 존중이며, 존중이란 보편적이며 제약을 가하는 규범의 체로 걸러낸 자기 평가, 즉 법체제 아래서의 자기 존중이다"(*SM*, p. 251). 그것

모색하는 아도르노의 『미니마 모랄리아』와 비슷한 맥락에 있다고 말할 수 있다.

은 보다 선한 삶을 위해 지향적으로 행동할 수 있는 능력과 내가 행동함으로써 세계 속의 어떤 것을 바꿀 수 있다는 주도권이라는 두 가지 능력을 존중한다. 이 점에서 자기 존중은 프락시스의 반성적 계기, 즉 실천적 차원에서 자기 자신을 반성하는 계기가 된다.

'남들과 더불어 그리고 남들을 위하여'라는, 윤리적 목표의 두번째 구성요소를 리쾨르는 '배려'라 표현하고 이를 어떻게 자기에 대한 긍지와 연결시킬 수 있는지를 규명한다. 일견 자기 존중은 그 반성적 성격으로 말미암아 선한 삶이라는 목표를 자기에 묶어두는 폐쇄적 방향으로 나아갈 수 있기 때문이다. 여기서 '자기' 개념이 내포한 타자성 문제가 제기된다. "자기라고 말하는 것은 나라고 말하는 것이 아니다. 자기는 나와는 다른 남을 내포한다. 그래서 어떤 사람에 대해 그가 자기 자신을 남처럼 존중한다고 말할 수 있는 것이다"(*L1*, p. 258). 자기를 존중한다는 것은 나를 존중하는 것이 아니라 자기라고 말할 수 있는 상대방 또한 존중하는 것이다. 너 또한 상호성의 요구에 따라 행동의 주도권과 선택을 가지고, 행동에 대해 책임을 지는 존재이다. "거기서 자기의 자율성은 가까운 이웃에 대한 배려와 각각의 인간에 대한 정의와 밀접하게 연관된 것으로 나타난다"(*RF*, p. 80). 서로의 인격을 대체할 수 없기 때문에 서로 존중하고 배려해야 하며, 그것이 바로 자기 자신과 남을 이어주는 상호성의 바탕이 되는 것이다.

이러한 상호성은 우정에서 가장 잘 드러난다. 우정이란 남을 자기와 마찬가지로 배려하는 것이지만 사제지간처럼 불평등한 우정 관계도 있을 수 있다. 그러한 불평등은 우월성의 인정에 의해 보상될 수 있고, 그렇게 상호성이 회복된다. 역으로 불평등이 타자의 약함, 고통에서 비롯될 수도 있다. 이때 상호성을 회복시켜주는 것은 동정이다. 동정을 베푸는 사람은 감사나 인정을 받음으로써 자신이 주는 것 이상을 받게 되고, 그렇게 상호성의 균형이 유지된다. 우정의 상호성은 또한 서로 배려하는 것을 전제한다는 점에서 정의라는 원칙에도 다가간다. 하지만 우정이 정의는 아니다. 우정은 개인 간의 관계를, 정의는 제도를 지배하기 때문이다. 우정의 상호성에 따른 자기와 타자의 관계는 가역성, 대체 불가능성, 유사성이라는 특징을 띤다. "내가 다른 사람에게 '너'라고 말할 때, 그는 자기 자신을 '나'로 이해한다. 그가 2인칭으로 나에게 말을 걸 때, 나는 1인칭으로 관련되어 있다고 느낀다"(*SM*, p. 225). 이러한 가역성에도 불구하고 나와 너는 궁극적으로 대체 불가능하며, 그래서 사랑하는 타자의 상실과 애도가 가능하다. "그래서 남을 자기 자신처럼 존중하고 자기 자신을 남처럼 존중하는 것은 근본적으로 동등한 가치를 갖는다"(*SM*, p. 226).

'정의로운 제도 속에서'라는 윤리적 목표의 세번째 구성요소는 우선 선한 삶이 정의감을 내포하고 있음을 시사한다. 남은 2인칭의 너와는 다른 남이다. 정의는 이처럼 쌍방의 관계를 넘어 어떤 제도 속에서의 삶을 포괄한다. 또한 평등에 대한 요구와 관련하여 배려에 포함되지 않은 윤리적 특징을 보여주는데, 분배적 정의가 그 핵심으로 등장한다. 분배적 정의란 모든 종류의 이득과 부담을 올바르게 분배하는 것을 말한다. 제도란 바로 이러한 분배 체계의 다른 이름이다. 제도 속에서의 윤리적 목표는 따라서 개인들 사이의 문제도 아니고 익명의 타자의 문제도 아닌, 분배 체계의 당사자인 각자의 문제에 해당된다. 정의란 각자에게 자기 몫을 돌려주는 문제인 것이다. 그렇다면 정의는 윤리적 차원에서 어떻게 선한 삶과 배려의 문제와 결부되는가? 우선 정의란 법과 제도 이전에 불의라는 감정과 밀접한 관련이 있음을 지적할 수 있다. 우리는 무엇보다 어떤 것이 옳지 않다고 불평함으로써 무엇이 옳은가를 생각한다. 아리스토텔레스가『윤리학』에서 설명하는 정의가 그렇다. 윤리적 차원에서 볼 때 사회에는 어떤 식으로든 불평등이 존재하며 이로 말미암아 어떤 비례적 평등이라는 관념이 생기는 것이다. 아리스토텔레스에 따르면 비례적 평등에 따른 분배적 정의는 "각자 자기가 기여한 바와 덕성에 비례해서"(*L1*, p. 260)라는 공식으로 표명된다. 이러한 정의의 관념은 때로 형식주의로 이어져 도덕 차원에서의 의무로 귀결되기도 한다. 하지만 이 단계에서 아직 정의는 법과 제도 이전의 선한 삶이라는 윤리적 목표에 따른 덕목이다.

도덕적 규범

두번째 명제는 윤리적 목표가 도덕적 규범의 시련을 거치게 해야 한다는 것이다. 여기서 리쾨르는 칸트가 말하는 의무론이 어떻게 도덕에서 윤리로 향할 수 있는지를 보여주려 한다. 우선 윤리적 목표, 즉 선한 삶에 대한 소망은 도덕 측면에서는 보편성의 요구와 상응한다. 규범을 거친다는 것은 그런 소망을 칸트가 말하는 실천이성이라는 합리성 요구와 연결시킴으로써 보편성을 부여하는 것이다. 보편적 준칙이란 결과와 관계없이 누구에게든 어떤 상황에서든 유효한 준칙이다. 칸트의 형식주의에서 욕망이나 쾌락, 행복 같은 것은 그 자체가 나쁜 것이 아니라 단지 보편성의 초월적 기준을 충족시키지 못하는 경험적이고 우발적인 기준이라는 이유로 제외된다. 이러한 형식주의 전략은 궁극적으로 자율성이라는 관념에 이르게 된다. 선한 삶을 살기 위해서는 지금 여기서 내가 무엇을 해야 하는가가 아니라 "네 의지의 준칙이 동시에 보편적 법칙 수립의 원리로서 타당할 수 있도록 행동하라, 그렇게 행위하라"는 정언명령에 따라 행동하는 것이 중요하다. 문제는 이러한 규칙이 내용으로는 비어 있다는 것이다.

칸트는 이러한 공백을 채우기 위해 두번째 정언명령을 도입하는데, 이는 윤리적 차원에서의 배려에 상응한다. "너 고유의 인격과 다른 사람의 인격에서 사람을 단지 수단으로서만이 아니라 그 자체 목적으로 대하는 방식으로 행동하라." 여기서 그 자체 목적으로서의 인격이라는 관념은 첫번째 정언명령의 형식주의에 균형을 잡아주며, 그렇게 해서 윤리에서 도덕으로 나아가는 길이 열린다. 리쾨르는 윤리에서 도덕으로 나아가야 하는 이유가 폭력 때문이라고 말한다. "윤리에서 명령과 금지를 갖는 도덕으로의 이행과 관련하여, 좋은 삶에 대한 바람이 그 모든 형태의 폭력과 만나게 되면서 윤리학 그 자체가 요청된다"(*RF*, p. 80). 칸트가 사람을 수단이 아니라 목적으로 대하라고 말하는 것은, 인간 대 인간의 관계가 원초적으로는 대립과 투쟁, 억압과 착취라는 폭력적 관계에 있다고 보기 때문이다. 권력관계에서 어느 한쪽은 항상 피해자가 될 수밖에 없다. 나의 의지와 타자의 의지는 서로 충돌하며 이를 관철시키는 과정에서 권력과 폭력이 발생하기 때문이다. 도덕은 다양한 유형의 폭력에 맞서 금지를 통해 자신을 표현한다. "도덕은 이 점에서 폭력과 폭력의 위협에 맞선 배려가 띠는 형상이다"(*L1*, p. 262). 폭력의 악이 있는 곳에 도덕적 금지가 있다. 금지는 단지 부정적인 것이 아니라 폭력에서 구하려고 하는 긍정적인 이유도 가지고 있다. 이 점에서 칸트의 두번째 정언명령은 황금률, 즉 "네가 당하고 싶지 않은 일을 남에게 하지 마라"로 돌아가며, 칸트는 인간성humanité이라는 개념을 도입함으로써 그것을 공식화한다.

실천적 지혜

윤리적 목표와 도덕적 규범은 실천적 차원에서 자주 갈등을 빚는다. 구체적인 상황에서 어떤 선택을 할 것인가? 그리스 비극의 경우, 특히 가족과 같은 혈연 공동체와 도시국가와 같은 사회 공동체가 요구하는 덕은 때로 양립할 수 없는 갈등과 선택의 문제를 제기한다. "가치들의 전쟁 또는 광신적 참여의 전쟁에서 그 결과는 언제나 같다. 즉 의무의 갈등이라는 바닥에서 행동의 비극성이 태어나는 것이다"(*L1*, p. 265). 소포클레스의 비극 『안티고네』를 예로 들자면 안티고네에게는 오빠의 시신을 매장하는 일이 폴리스의 법에 따라 애국자와 반역자로 구분하는 것보다 훨씬 중요하다. 하지만 크레온에게 혈연관계는 폴리스에 대한 봉사에 종속된다. 이런 비극적 갈등 상황, 즉 "좋은 것과 나쁜 것 사이의 선택이 아니라 나쁜 것과 최악의 것 사이의 선택이라는 곤혹스런 상황"(*RF*, p. 81)에서는 실천적 지혜가 필요하다. 실천적 지혜에서는 규칙보다 신념이 중요하다. 하지만 이 신념은 규범의 체를 거친 윤리에 호소한다는 점에서 자의적인 것은 아니다. "실천적 지혜란 가능한 한 규칙을 덜 위반하면서 관심을 요구하는 예외를 가장 잘 충족시키는 행위를 만들어내는 데 있다"(*SM*, p. 312).

실천적 지혜는 또한 정의 문제와 관련된다. 롤스의 절차적 정의론에서 문제되는 것은 분배해야 할 재화의 이질성을 고려하지 않는다는 점이다.[86] 다양한 재화의 이질성은 상황에 따라 분배적 정의가 실현되어

---

86) 롤스의 형식주의적 정의론은 아리스토텔레스의 정의 개념, 루소의 사회계약론과 칸트의 의무론을 결합하면서 정의가 윤리에서 도덕 차원으로 옮겨 가는 것을 보여준다. 롤스가 말하는 '공정성'은 무지의 베일 아래서의 평등을 말한다. 리쾨르는 근대의 자유주의 정의론이 반-목적론적 또는 공리주의라는 특수한 목적론만을 가지고 있다고 비판하며, 롤스의 정의론이 적어도 논증 초기 단계에서는 '최대 다수의 최대 행복'과 같은 그 어떤 전제도 갖지 않

야 할 영역들 사이의 갈등을 일으킨다. 그것들 사이에서 어느 것에 우선순위를 두는가는 실천적 지혜가 해결해야 할 과제가 된다. 그런데 그처럼 다양한 요구 사이의 갈등을 해결할 수 있는 영원불변의 법칙은 없으며, 오로지 상황에 따라 공적인 토론의 과정을 거쳐 우선순위를 정할 수 있을 따름이다. "그러한 실천지는 더 이상 개인적인 문제가 아니다. 그것은 이를테면 토론 그 자체처럼 여럿의 프로네시스, 공적인 프로네시스이다"(*L1*, p. 268). 추상적인 정의보다 공정성이 우월하다는 것은 아리스토텔레스도 『니코마코스 윤리학』에서 이미 말한 바 있다.[87]

리쾨르는 자기 존중, 배려, 정의감이라는 세 가지 윤리 구성요소 각각을 실천적 지혜와 관련하여 설명한다. 우선 자기 존중이라는 윤리적 목표에 도덕적 주체의 자율성이라는 형식적 보편화 규칙을 적용시키는 경우 흔히 인권의 보편성과 문화적 다양성 사이의 갈등, 보편성과 역사성 사이의 갈등이 나타난다. 리쾨르는 이를 "상황 속에서의 보편성 또

는다는 점에서 긍정적으로 본다. 롤스의 평등의 원칙과 차등의 원칙에서 문제가 되는 것은 후자인데, 예컨대 'maximin' 원칙은 "가장 혜택받은 사람들의 이익의 증대는 가장 덜 혜택받은 사람들의 불이익의 감소를 통해 보상받아야 그 불평등이 정당화된다"는 것이다. 여기서 문제는 롤스의 정의론이 윤리적 감정이 아니라 어떤 신념에 호소하고 있다는 점이다. 그런데 명백한 불의의 경우(인종차별, 종교 억압 등)에는 그런 신념이 통하지만, 재화나 권력의 분배 문제는 애매한 때가 많고 그때 롤스의 논증은 칸트의 그것처럼 신념의 형식주의적 합리화로 떨어지고 만다. 그 신념이란 오랜 황금률, 즉 "네가 당하고 싶지 않은 일을 남에게 하지 마라"는 것이다. 이런 정언명령에서 리쾨르는 자기 존중에서 정의의 윤리 감정으로 넘어가는 과도기적 단계로서의 '배려'에 주목한다. *L1*, p. 264 참조.

87) "그런데 여기서 문제가 되는 것은, 공평한 것이 옳은 것이기는 하지만, 그것이 법적으로 옳은 것이 아니고 법적 정의를 바로잡는 점에서 옳다는 것이다. 이것은 모든 법이 보편적인 것인데 한편 어떤 일에 대해서는 정확하게 보편적 규정을 지을 수가 없기 때문에 그럴 때 적용되는 것이다. [······] 그리고 이처럼 법의 그 보편성으로 말미암아 생기는 부족한 점을 바로잡는다는 것이 곧 공평한 것의 본성이다. 사실 여기에 모든 일이 법으로만 결정될 수 없는 까닭이 있다"(아리스토텔레스, 『니코마코스 윤리학』 5권 10장 「근원적 공정성」, pp. 128~29).

는 잠재적이거나 행동의 시작을 나타내는 보편성 개념"(*L1*, p. 266)으로 표현한다. 보편성과 역사성 사이의 균형은 항상 구체적인 맥락과 역사적 상황에서 이루어져야 한다는 것이다. 예컨대 자살이라는 행위는 자신을 사물로 취급하면서 그 자체를 목적으로 존중하지 않기에 타살과 마찬가지로 비도덕적이지만, 상황에 따라서는 자기를 존중하는 행위가 될 수도 있다. 이어 윤리적 차원에서의 배려와 도덕적 차원에서의 존중 사이의 갈등은 예를 들어 안락사 문제에서 볼 수 있다. 이 경우 도덕적 의무는 개인적인 고통이라는 특정 상황에 무관심하며, 이때 혼자 결정을 내리기보다는 우정과 상호 존중 속에서 다양한 관점들을 비교하여 균형을 이루는 것이 중요하다. 리쾨르는 조언을 얻을 수 있는 이러한 공간을 "상담실cellule de conseil"(*L1*, p. 266)이라 부른다. 중요한 것은 어떤 규칙이 더 옳은가가 아니라 어떤 행동을 선택하는 것이 더 좋은지를 결정하는 실천적 지혜이다.

2) 이야기, 윤리의 실험실

윤리학이 미덕과 행복 추구 사이의 관계를 논리적이고 추상적으로 설명한다면, 이야기는 구체적인 사례를 통해 생각을 불러일으킴으로써 인간 행동의 윤리적 측면, 즉 행동의 좋음과 나쁨을 행복(행운)과 불행(불운)에 연관지어 이해하게 한다. 리쾨르는 『시간과 이야기』 1권에서 두려움과 연민이라는 심미적 감정은 행동과 성격의 윤리적 자질에 대한 공감과 반감에서 비롯되고 이는 근원적으로 윤리적인 차원에 위치하며, 그래서 윤리적으로 중립적인 이야기는 있을 수도 없고 바람직하지도 않다는 입장을 밝히고 있다. 그에 따라 예술이란 "허구의 양태로 가치들에 대한 실험을 밀고 나가는 어떤 실험실을 구성한다"(『시간1』, p. 138)는 명제가 나온다. 이야기는 세계를 '마치 ~처럼' 구체적으로 형상화하면서 일종의 판단을 보여주며, 독자는 이에 대해 반응하고 평가함으로써 자신의 행동에 대한 가치 기준, 즉 윤리적 세계를 구성한다. 특히 허구 이야기는 현실에 대한 상상의 변주를 통해 우리가 실제로 몸담고 있는 세계에서 뒤로 물러선 상태에서 "실존의 근본적 가능성들"(CC, p. 29)을 탐구하고 새로운 관념이나 가치, 또는 새로운 세계 내 존재 방식들을 시도해볼 수 있는 실험실 역할을 한다. "허구와 시는 주어진-존재의 양상이 아니라 할 수 있는-존재라는 양상으로 존재를 지향한다. 바로 이 점에서 문학이 현실에 수행하는 상상의 변주라고 부를 수 있는 것의 도움으로 일상의 실재는 변형되는 것이다"(TA, p. 115).[88]

『남처럼 자기 자신』의 9장에서 철학이 아닌 문학을 통해 윤리와 도덕 문제가 불러일으키는 갈등 상황을 검토하면서 리쾨르는 소포클레스의 비극『안티고네』를 행동의 윤리와 도덕, 그리고 실천적 지혜의 문제가 얽힌 실험실로 간주한다. 비극이 인물들의 갈등을 화해 불가능한 극

---

88) 이 점에서 우리는 상상력과 감정의 합리성에 대해서도 말할 수 있으며, 마사 누스바움이 『시적 정의』(박용준 옮김, 궁리, 2013)에서 말하는 문학적 상상력의 합리성, 즉 '시적 정의' 역시 유효한 개념으로 받아들일 수 있을 것이다. 그에 따르면 소설은 각 개인의 삶에 대한 이야기를 통해 개인의 소중함을 보여주며, 삶의 가치에 대한 성찰을 통해 공동체가 지향해야 할 윤리적 목표를 설정하는 데 기여할 수 있다. 누스바움은 그러한 논거를 바탕으로 디킨스의 『어려운 시절』을 분석하면서 문학적 상상력이 어떻게 공적 합리성, 공적 추론과 상호 보완적인 관계를 맺을 수 있는지를 논증하는데, 그 기본 전제는 상상은 "우리와 동떨어진 삶을 살아가는 타인의 좋음에 관심을 갖도록 요청하는 윤리적 태도의 필수적인 요소"라는 것이다. 소설은 평범한 개인들의 삶을 구체적으로 이야기하면서 "타인의 삶을 산다는 것이 어떤 것인지를 상상"(p. 32)할 수 있게 한다. 즉 실제로 존재하지 않는 허구 세계를 통해 삶에서 일어나는 사건들을 바깥이 아니라 삶 내부에서 벌어지는 사건들로 바라보게끔 함으로써 삶의 도덕적 의미에 대한 물음을 제기하는 것이다.

한의 지점까지 밀어붙여 파국에 이르도록 이야기를 전개한다면, 독자는 그 윤리적이고 도덕적인 갈등 상황에서 과연 어떤 행동이 옳은가를 숙고하게 된다. 실제로 『안티고네』에 대한 다양한 해석들은 결국 안티고네와 크레온이라는 두 인물이 각기 어떤 가치를 대변하는지, 누가 옳은지, 안티고네를 죽음에 이르게 하는 것은 무엇인지 등의 물음들을 중심으로 이루어져왔다. 대표적으로 헤겔은 이 작품을 크레온으로 상징되는 국가의 도덕 원리와 안티고네로 상징되는 친족의 도덕 원리 사이의 갈등이라고 보고 이 비극을 정치적이고 법철학적인 영역에서의 윤리적 딜레마로 다루었다.[89] 그러다 현대로 들어서면서 『안티고네』에 대한 해석은 그러한 전통적인 해석에 반기를 드는 양상으로 전개되었다. 예컨대 라캉은 정신분석학적 관점에서 안티고네를 '죽음에의 욕망'에 이끌려 죽을 줄 알면서도 죽음으로 걸어 들어가는 숭고미의 상징으로, 고통스러운 쾌락인 '주이상스'를 향해 가는 존재로 해석했다. 그런 한편, 밀스와 이리가레, 버틀러 등 페미니즘 학자들은 헤겔이 『안티고네』를 통해 남성적인 자기의식의 승리를 찬양하고 안티고네를 그 승리의 희생물로 설정하고 있다고 비판하면서 의식적 주체, 모성적 주체, 전복적 주체로서의 여성의 상징으로 안티고네를 해석하기도 했다.[90]

이러한 다양한 해석들 또는 해석들의 갈등을 어떻게 받아들여야 할 것인가? 앞에서 말했듯이, 리쾨르는 그리스 비극을 행동의 윤리와 도

---

89) 게오르크 헤겔, 『정신현상학 2』, 임석진 옮김, 한길사, 2005.

90) J. Lacan, "L'essence de la tragédie. Un commentaire de l'Antigone de Sophocle," *Le Séminaire VII, L'éthique de la psychanalyse*, Seuil, 1986; P. Mills, "Hegel's Antigone," *Feminist interpretations of G.W.F. Hegel*, Pensylvennia State University Press, 1996; L. Irigaray, *Le Temps de la différence*, Librairie générale Française, 1989; J. Butler, *Antigone's Claim*, Columbia University Press, 2000.

덕, 그리고 실천적 지혜의 문제가 얽혀 있는 실험실로 제시하면서, 윤리
적이고 도덕적인 갈등 상황에서 과연 어떤 행동이 옳은가를 다양한 관
점에서 가설의 양태로 실험해보고 서로 토론하는 상담실 역할이 바로
고전으로서의 그리스 비극이 갖는 힘이라고 본다. 그에 따르면 그리스
비극이 인물들을 통해 형상화하는 것은 적대적인 두 신화적 힘 사이의
갈등이다. 안티고네 이야기는 운명과 의지, 상황 등 이질적인 것을 뒤섞
음으로써 왜 비극적 결말에 이르렀는지 책임을 묻기 어렵게 한다. 또 철
학적인 논증보다는 줄거리 구성과 볼거리를 통해서 두려움과 연민의 감
정을 정화하는 효과를 낳기도 한다. 그럼에도 불구하고 그리스 비극은
우리가 겪을 수 있는 도덕적 갈등 상황에 대한 '비극적 지혜'를 가져다
주는데, 이는 비극이 우리에게 인간의 보편적인(또는 신화적인) 심층의
갈등을 보여주기 때문이다. 리쾨르는 이를 "인간의 시련이 갖는 투쟁적
밑바탕"(*SM*, p. 283)이라고 부른다. 이 투쟁은 "여자와 남자, 노년과 젊
음, 사회와 개인, 산 자와 죽은 자, 인간과 신"(*SM*, p. 283) 사이의 투쟁
이며, 자기 인식(또는 자기 발견)은 구체적인 상황에서의 이러한 갈등과
투쟁을 거쳐 얻어지는 결실이다.

　이런 관점에서 리쾨르는 『안티고네』가 주는 가르침은 인물들의 협
소한 시각에서 비극적 갈등과 파국이 초래된다는 사실이라고 말한다.
크레온은 폴리스에 대한 의무에만 사로잡혀 국가의 다양성과 이질성
은 고려하지 않는다. 그에게는 국가의 통치에 도움이 되는 것은 정의이
고 선이며, 해가 되는 것은 불의이자 악이다. 연민이나 동정 같은 미덕
들은 시민들의 사적인 관계로 축소되며, 조국을 위해 목숨을 바친 자들
만이 시민들의 공적인 추앙을 받을 권리를 누릴 수 있다. 이처럼 자신의
폴리스에 대한 지나치게 협소하고 단순화된 시각으로 말미암아 크레온

은 파멸하고, 그의 뒤늦은 깨달음과 자기 인식에도 불구하고 파국은 돌이킬 수 없게 된다. 안티고네의 세계관 또한 크레온 못지않게 협소하다. 그녀가 친구와 적을 구분하는 기준은 오로지 가족적 유대 관계, 특히 죽은 아버지(오이디푸스)와의 관계를 중심으로 성립된다. 크레온과 안티고네는 정의에 대한 서로 다른 세계관을 가지고 정의의 여신 디케에 대항하는 것이다.

『안티고네』는 우리가 받아들이기 힘든 두 개의 윤리, 하나는 국가의 안녕과 질서를 위해 살인을 받아들이는 윤리이며, 다른 하나는 가족의 유대 관계를 위해 국가에 대한 배반을 허용하는 윤리 사이에서 선택할 수밖에 없는 상황을 제시한다. 가족이나 시민사회보다 국가를 보편성의 영역에 둔 헤겔은 이런 갈등 상황에서 안티고네보다는 크레온을 옹호한다. 그럼에도 불구하고 우리는 왜 안티고네에게 더 많은 연민과 공감을 느끼는가? 리쾨르는 여기서 『안티고네』가 정치적인 것의 한계를 드러냄으로써 모든 제도의 인간적인, 너무나 인간적인 특성을 드러내기 때문이라고 말한다. 예컨대 폴뤼네이케스의 매장 금지 명령은 이미 죽은 사람을 두 번 죽이는 것과 다름없다는 점에서 크레온은 자신에게 위임된 정치권력의 한계를 넘어서고 있으며, 그 때문에 비극이 발생한다. "비극적인 것에 의한 윤리의 가르침은 그러한 한계의 발견에서 비롯된다"(*SM*, p. 285). 바로 이런 상황에서 실천적 지혜가 필요하다. 공동체 속에서 남과 더불어 살아가면서 어떤 상황에서 무엇이 가장 적절한 것인지 선택하는 능력으로 정의할 수 있는 실천적 지혜에서는 규칙보다 신념이 중요하다. 하지만 이 신념은 규범의 체를 거친 윤리에 호소한다는 점에서 자의적이지는 않다. 중요한 것은 사적 관계에서의 상담실에 상응하는 공적 차원에서의 시민들의 토론을 통한 소통과 공론장이다.

그리스 비극『안티고네』에서 코러스가 주는 조언의 역할이 그것이다.[91]

그렇다면 이야기의 윤리적 차원을 넘어 어떻게 확신이라는 실천적 지혜로 갈 수 있는가? 헤겔의 생각과는 달리 안티고네와 크레온의 갈등은 변증법적 종합을 이루지 못한다. 그렇다고 헤겔을 '포기'해야만 하는가? 여기서 리쾨르는 판단하는 의식과 행동하는 인간의 갈등은 서로가 인정하고 용서하는 단계에 이르러 화해할 수 있다는 도덕적 확신에의 희망을 버리지 않는다. 비극의 희생자들은 자기 지평에 갇힘으로써 그런 화해와 확신을 누리지 못하지만 관객이나 독자는 이를 알아차림으로써 지평을 확장하고 실천적 지혜로 넘어갈 수 있다는 것이다.[92] 리쾨르는 무엇이 윤리적 갈등을 불가피하게 만드는가, 그리고 행동은 이 갈등에 어떤 해법을 가져다줄 수 있는가라는 중요한 물음을 제기한다. 첫번째 물음에 대해서 그는 성격의 편협성만이 아니라 삶의 복합성에 맞선 도덕 원칙들의 편협성이 갈등의 근원이라고 답하며, 두번째 물음에 대해서는 도덕을 부각시키는 윤리적 근본에 호소하는 것만이 상황 속에서의 판단의 지혜를 불러올 수 있다고 답한다. 이러한 맥락에서 문학, 즉 허구 이야기는 공허한 철학적 분석이나 해결 불가능하다고 체념하는 태도 사이에서 실천적 지혜라는 길로, "정의로운 제도 속에서 남들과

---

91) "지혜야말로 으뜸가는 행복이라네/그리고 신들에 대한 경의는/침범되어서는 안 되는 법./오만한 자들의 큰소리는/그 벌로 큰 타격들을 받게 되어,/늙어서 지혜를 가르쳐준다네"(1348~53행). 소포클레스, 「안티고네」, 천병희 옮김, 『오이디푸스왕 안티고네 외』, 문예출판사, 2006, p. 407.

92) 그런 실천적 지혜의 진리 주장, 확신을 어떻게 정당화할 것인가의 문제와 관련하여 리쾨르는 하버마스와 만난다. 즉 칸트적 의미에서의 한계-개념으로서 의사소통, 즉 "비역사적이고 초월적인 주체의 자기 정립"에 토대를 둔 의사소통을 통해 역사적 구체성을 넘어선 비역사적인 진리를 주장할 수 있다는 것이다. Th. de Boer, "Identité narrative et identité éthique," *L'herméneutique à l'école de la phénoménologie*, p. 49.

같이하는 그리고 남들을 위한 선한 삶"이라는 윤리적 목표를 향한 길로 우리를 이끄는 윤리의 실험실로서 새롭게 모습을 드러낸다. "비극적 지혜에서 실천적 지혜로, 그것이 바로 도덕적 확신으로 하여금 편협성이나 자의성으로 인한 파괴적인 양자택일에서 벗어날 수 있게 해주는 준칙이 될 것이다"(SM, p. 290).

이야기를 윤리의 측면에서 살펴볼 수 있다는 것은 이처럼 이야기가 삶의 뜻에 관한 물음을 담고 있기 때문이다. 물음이 없다면 답도 없다. 어떻게 하면 의미 있는 삶, 행복한 삶을 살 수 있을까라는 물음은 어떤 이야기가 좋은 이야기인가, 어떻게 하면 좋은 이야기를 만들 수 있는가라는 물음으로 바꾸어볼 수 있다. 삶이란 궁극적으로 윤리적 주체로서의 나는 누구인가라는 물음에 답하고자 하는 이야기일 수 있기 때문이다. 이미 보았듯이 아리스토텔레스는 좋은 이야기는 어떤 것을 가르쳐준다고 보았고, 그 점에서 일회적인 극적 사건들의 기술에 치우친 역사보다 시가 "더 철학적이고 더 고귀하다"(9장 51a36 이하)라고 말한 바 있다. 물론 문학이 제공하는 이런 보편성은 이론적 이성의 보편성에 비하면 열등하다 할 수 있지만, 아리스토텔레스가 '프로네시스'라고 부른 지성, 즉 실천적 이해력을 제공한다는 점에서는 윤리적으로 좋은 삶에 기여한다고 말할 수 있을 것이다. 리쾨르의 말대로 "문학은 평가와 가치판단, 동의나 비난과 같은 판단들을 시험하는 거대한 실험실이며, 이를 통해 서사성은 윤리학의 예비 과정 역할을 한다"(SM, p. 139).

그런 측면에서 보자면 좋은 이야기란 우선 진부한 이야기가 아니라 삶과 현실을 다르게 보는 법을 알려줌으로써 의미론적 혁신을 가져오는 이야기, 독자의 자유를 존중함으로써 다양한 해석과 실험실의 가능성을 열어주는 이야기, 감동과 공감을 통해 자기와 세계를 이해하고 좋은 삶에 대해 생각하게 하는 이야기, 그리고 그러한 반성과 실천적 지혜를 통해 실존적 상황에서 행동의 선택에 도움을 주는 이야기, 그렇게 해서 더 나은 삶을 위한 자신의 존재 가능성을 펼칠 수 있게 하는 이야기가 될 것이다. "내용과 관련해서 보자면 '좋은 삶'이란 각자에게 완성이라는 이상과 꿈들로 이루어진 성운이며, 삶은 그와 비교해서 다소 완성되었거나 미완성인 것으로 간주된다. 그것은 잃어버린 시간과 되찾은 시간의 차원이다"(*SM*, p. 210). 하지만 지나친 목적론은 때로 종교나 전체주의의 폭력을 부를 수 있다. 프로네시스란 그처럼 폭력에 호소하지 않고 갈등과 모순을 감내하면서도 정의의 원칙, 인간의 선함과 공동체에 대한 희망을 버리지 않고 최선의 행동을 이끌어내는 지혜이다. 리쾨르의 이야기 해석학이 우리에게 가르쳐주는 것은 이처럼 시학적 차원에서의 좋은 이야기를 넘어 이야기에 귀 기울이며 이야기의 의미를 풀어가는 좋은 방식, 그리고 이야기 해석의 기술이 아니라 이야기 해석을 통한 삶의 기술이 중요하다는 깨달음이다. 우리는 이야기를 통해 자기를 이해하고 세계를 이해하면서 존재의 지평이 넓어질 때의 기쁨, 자유로운 자기실현의 기쁨을 누린다. 그리고 이를 통해 우리는 코나투스, 즉 "모든 개체의 통일성과 마찬가지로 인간의 통일성을 만들어주는, 존재 속에서 지속하려는 노력"(*SM*, pp. 365~66)을 능동적인 실천적 행위로 바꾸면서 우리의 존재 의무를 완수할 수 있을 것이다.

Paul Ricoeur

3부

해석학과
문학 연구

1장
해석학과 문학, 이론과 쟁점들

> 그러나 거기서 나 자신으로 되돌아오기 위해 나는 내 책에 내해 보나 검허하게 생각하곤 했다. 그것을 읽게 될 사람들, 내 독자들을 생각하면서라고 말한다는 것은 당치도 않을 것이다. 왜냐하면 내 책은 콩브레의 안경사가 손님에게 내미는 것과 같은 일종의 돋보기 안경알에 지나지 않기에, 내가 보기에 그들은 나의 독자가 아니라 스스로 그들 자신의 독자이기 때문이다. 내 책 덕분에 나는 그들에게 그들 스스로를 읽는 방법을 제공하게 될 것이다. (마르셀 프루스트, 『되찾은 시간』)[1]

지금까지 우리는 "텍스트 해석과 관련된 이해 작업에 대한 이론"(TA, p. 75)으로 정의되는 리쾨르의 해석학이 구체적으로 상징과 은유, 이야기라는 문학작품 고유의 언어에 어떻게 다가가며 또 그 결실은 무엇인지 살펴보았다. 겹뜻의 상징에서 출발하여 은유의 부적절한 주술 관계, 이야기의 이질적인 것의 종합을 통한 의미론적 혁신, 역사와 허구의 교차와 이야기 정체성 개념, 그리고 이야기 해석에 관한 일반 이론이라 할 수 있는 삼중의 미메시스와 이야기의 윤리에 이르기까지, 리쾨르는 문학을 인간의 언어 활동이라는 넓은 틀에서 사유하며 문학의 가능성을

---

1) M. Proust, *A la recherche du temps perdu III*, Gallimard(Pléiade), 1954, p. 1033.

다양한 차원에서 탐색한다. 방법론적인 큰 틀은 해석학적 순환에 근거한 설명과 이해의 변증법이라 할 수 있을 텐데, 구조주의와 정신분석 등에 기반을 둔 문학 이론들에 대해 텍스트 설명 차원의 유효성을 받아들임과 아울러 이해 차원에서 텍스트를 독자 세계와 연결시키면서 궁극적으로 자기 이해에 이르게 하는, 일종의 '메타-비평'이다. 우리가 리쾨르의 해석학을 문학 이론의 장으로 끌어들이는 것도 바로 그런 이유 때문이다.

실제 리쾨르는 『시간과 이야기』에서 시간에 관한 세 소설을 분석하면서 자신의 해석학적 방법이 구체적으로 어떻게 문학 텍스트 해석에 적용될 수 있는지 보여준다. 하지만 그것을 제외하면 리쾨르가 자신의 문학 이론을 체계적으로 밝힌 글은 거의 없는데, 이는 아마도 철학으로서의 해석학이라는 리쾨르의 학문적 지향과 무관하지 않을 것이다. 문학이란 무엇인가? 다시 말해서 문학 담론을 다른 유형의 담론과 구별하게끔 하는 특징은 무엇인가? 문학은 현실과 어떤 관계를 맺으며 어떤 역할을 할 수 있는가? 문학 전통의 침전과 혁신을 가로질러 문학 고유의 특성이라고 부를 수 있는 것이 존재하는가? 문학 이론들이 제기하는 이런 물음들에 대해 해석학은 어떻게 응답하고 있는가? 이런 물음들을 통해 우리는 문학 이론의 한 갈래로서 리쾨르의 해석학이 차지하는 위치를 가늠할 수 있을 것이며, 아울러 문학을 바라보는 해석학적 관점을 좀더 뚜렷하게 이해할 수 있을 것이다.

1. 문학, 이론의 위기

문학과 문학 연구, 다시 말해 문학 담론과 문학에 대한 담론은 구분된다. 전자는 창조적인 예술 활동인 반면, 후자는 문학에 대한 일종의 지식 또는 이론이다. 예컨대 문학을 미메시스-재현으로 보는 것은 문학에 대한 하나의 정의이며, 이를 토대로 문학의 미적 체험과 허구적 진리 등의 문제를 다루는 것은 문학에 대한 이론적 접근이다. 문제는 예술, 특히 문학예술에 어떻게 이론적으로 접근할 수 있는가, 과학적 방법론을 과연 문학예술에 적용할 수 있는가이다. 이와 관련하여 일찍이 딜타이는 자연과학과 역사학의 방법론적 차이를 설명과 이해로 규정한 바 있는데, 그에 따르면 자연과학자는 사건을 인과적인 선례들에 입각해서 설명하는 반면 역사학자는 그 의미를 이해하려 노력한다. 자연과학의 설명은 객관성과 비개인성, 확실성 등을 추구하는 반면 역사학의 이해는 주관적이며 개인적이고 심지어 불확실한 경우도 많다. 하지만 보편성이 없고 오로지 특수성만이 있다면 이론적인 접근은 불가능할 것이다. 문학작품 또한 인간 존재와 마찬가지로 보편적인 동시에 구체적이며, 개별적인 동시에 일반적이다. 그래서 이론적인 접근이 가능하며, 문학 또는 문학비평에 대한 정의를 시도하는 것은 문학 텍스트를 다른 텍스트와 구별하게끔 하는 어떤 보편적인 속성이 있음을 전제한다. 예컨대 텍스트의 '문학성littérarité'을 말하는 것은 어떤 특별한 언어적 요소나 독특한 구성 또는 저자나 작가와 같은 텍스트의 어떤 특별한 기원이 있다고 보는 것이다.

문제는 인문과학의 다른 영역들과 마찬가지로 다양한 문학 이론들을 하나로 설명할 수 있는 이론, 즉 문학의 메타-이론을 정립할 수 없다는 점이다. 다양한 문학 이론들을 역사적인 시기와 배경에 따라 배치할 수는 있지만 그러한 작업을 문학 이론에 대한 메타-담론이라고 말할 수는 없다. 예컨대 통시적 측면에서 문학 이론의 역사를 아리스토텔레스에서 시작하여 고전주의와 낭만주의, 사실주의를 거쳐 현대문학에 이르는 문학사로 설명하는 것은 문학을 그 자체가 아닌 역사로 환원하는 것이다.[2] 바르트가 문학사를 배격하고 문학의 과학을 주장한 것도 그러한 맥락에서 받아들일 수 있다. "우리는 문학의 역사는 가지고 있지만 문학의 과학은 갖고 있지 못하다. 그것은 어쩌면 우리가 아직까지도 글로 쓰인 대상인 문학적 대상의 본성을 충분히 알아보지 못했기 때문이다. 작품이라는 것은 쓰여진 글로 만들어졌다는 것을 인정하는(그리고 그로부터 결과들을 이끌어내는) 순간부터, 일정한 문학의 학문이 가능해진다."[3]

다른 한편 야콥슨은 문학 연구와 문학비평을 구분하면서 문학 연구의 대상은 문학이 아니라 "문학성, 다시 말해서 주어진 어떤 작품을 문학작품이게끔 하는 것"[4]이라고 주장한다. 그에 따르면 "유감스럽게도 문학 연구라는 술어와 비평이라는 술어를 혼동하기 때문에 문학 연구자들은 문학작품의 내재적 가치에 관한 기술 대신에 주관적이며 지나치게 비판적인 판정을 하곤 한다. 문학을 연구하는 학자에게 문학비평

---

2) 예컨대 랑송은 문학사와 비평을 다음과 같이 구분한다. "여기 주관적 비평과 문학사 사이에 있는 모든 차이는, 내가 비평이라는 말로 작품과 자아 사이의 관계를 드러내고, 역사라는 말로는 작품과 작가, 그리고 대중과의 관계를 드러내서 얻은 것이다." G. Lanson, "L'histoire littéraire et la sociologie," *Essais de méthode, de critique et d'histoire littéraire*, Hachette, 1965, p. 63.

3) R. Barthes, *Critique et Vérité*, Seuil, 1966, pp. 56~57.

4) R. Jakobson, *Questions de poétique*, Seuil, 1973, p. 15.

가라는 호칭을 적용하는 것은 언어학자에게 문법비평가, 혹은 어휘비평가라는 명칭을 사용하는 것과 같이 잘못된 일이다."[5] 하지만 이처럼 문학성이라는 기준으로 문학을 정의하려는 경우에도 문학 외적인 문맥이나 형식과 내용의 대립 같은 선입견 또는 가치판단을 도입하지 않을 수 없다는 비판을 피해가기는 힘들다. 마찬가지로 실증주의, 러시아 형식주의, 프라그학파의 구조주의, 미국의 뉴크리티시즘, 독일의 수용미학, 프랑스의 구조주의와 후기구조주의, 현상학, 해석학, 정신분석, 마르크스주의, 페미니즘 등 학문적 접근 방식에 따라 비평 방법론을 나눌 수는 있겠지만 그러한 역사적이고 분류학적인 계보는 문학 외적인 이론들에 종속되어 있기에 오히려 문학의 본질을 왜곡할 수 있다. 요컨대 이러한 구분에 따르면 문학은 언어나 이데올로기 또는 무의식과 같은 비-문학으로 환원될 수밖에 없으며, 각기 다른 패러다임에 따른 문학비평의 다양한 방법론들은 정치적이거나 미학적인 또는 실존적인 선택의 문제로 귀결될 수밖에 없다. 프랑스의 경우, 19세기 문헌학적이고 실증주의적인 모델은 역사적 방법의 한계를 지적하며 작품과의 동화또는 공감을 내세우는 직관적 모델(인상주의)에 자리를 내주었다. 이후 마르크스주의나 정신분석 같은 외재적 설명 모델에 기댄 비평들이 나타났다. 그리고 이에 대한 반발은 다시금 문학작품의 문학성을 구조에서 찾는 내재적 접근 방식으로 이어졌다.[6] 그런데 이처럼 다양한 시도 속에서 문학 연구의 지배적인 패러다임은 사라지고 그 영역이 활짝 열

---

5) R. Jakobson, *Essais de linguistique générale*, Minuit, 1963, p. 211.
6) 비평을 역사주의에 근거한 외재적 비평과 형식주의에 근거한 내재적 비평으로 구분한 르네 웰렉과 오스틴 워렌 또한 비슷한 맥락에 위치한다. 르네 웰렉·오스틴 워렌, 『문학의 이론』, 이경수 옮김, 문예출판사, 1987.

려 있는 듯한 상황은 오히려 문학 이론의 위기로 이어지는 것처럼 보이기도 한다.

문학 이론의 위기는 또한 작품 해석의 위기라고 말할 수 있다. 해석학의 역사와 관련하여 간략하게 살펴보자면, 우선 고전문헌학은 작품의 역사적 문맥에 준해 텍스트의 의미를 재구성할 수 있다고 간주한다. 현상학은 전이해에서 설명에 이르는 과정을 해석자가 반대 방향에서 따라감으로써 의미를 찾을 수 있다고 보며, 슐라이어마허와 딜타이의 해석학은 현재에서 과거로, 작품에서 저자의 의식으로 옮겨 가는 해석학적 순환을 통해 작품의 의미를 이해할 수 있다고 본다. 그런데 하이데거와 더불어 해석자에게는 자신의 전이해 지평에 갇혀 빠져나올 희망이 주어지지 않음으로써 해석학적 순환은 악순환이 되어버린다. 다시 말해서 서로 다른 역사적 지평 사이에서 의사소통은 불가능해지고, 해석학적 순환은 각각의 역사적 실존이 타자를 만날 가능성을 상실한 채 자기 자신으로 환원되는 비의적인 감옥으로 변해버린다.

해석의 비결정성을 강조하는 이런 관점은 니체에게서 많은 영향을 받았다. 니체는 "모든 것은 해석이다"라는 명제 아래 언어를 수사학으로, 진리를 비유들의 놀이로 환원시켰다. 프랑스 후기구조주의는 니체를 이런 관점에서 받아들이면서 언어와 실재, 기호와 대상지시 사이의 관계를 부정하고 "텍스트 바깥에는 아무것도 없다"(데리다)는 명제를 내건다. 세계 자체가 하나의 텍스트로 간주되는 것이다. 그리고 비평의 초점은 이제 텍스트의 생산이 아니라 독자의 수용 쪽으로 이동한다. 텍스트의 의미는 비결정적이며, 단 하나의 진정하고 유일한 의미도 없기에 텍스트 자체가 지니고 있지 않은 의미를 독자가 자유롭게 부여할 수 있다는 것이다. 후기구조주의의 비결정론과 하이데거 이후의 해석학은 영미의 몇몇 비평가들이 보여주듯 비평의 허무주의에서 만난다. 그들에게서 모든 해석은 그릇된 해석이거나 오해에 불과하다. 극단적으로 비평과 문학 사이의 경계마저 사라지며, "모든 비평은 문학이다"라는 주장까지 나오게 된다. 이처럼 해석의 주관성과 객관성 문제는 문학의 가치와 관련하여 내용과 형식, 전통과 혁신, 규범과 일탈 등의 여러 가지 해석학적 문제를 제기함과 아울러 다양한 이론적 접근법들을 대조하는 계기를 마련한다는 점에는 이론의 여지가 없어 보인다. 하지만 "주관성은 감옥이 아니며 객관성은 이 감옥으로부터의 해방이 아니다"(『시간 1』, pp. 202~203)라는 리쾨르의 주장을 받아들인다면, 해석의 주관성과 객관성을 극단적으로 대립시키는 것 자체가 양자택일을 강요하는 비생산적인 논의에 그칠 위험이 있다.

앙투안 콩파뇽은 『이론의 마귀: 문학과 상식』에서 프랑스 문학비평의 현 상황, 더 정확히 말하면 신비평 이후 프랑스 문학 이론이 맞이한 위기를 진단한다.[7] 그에 따르면 1949년에 나온 웰렉과 워렌의 『문학의 이론』이 1971년에야 번역 출간된 데서 보듯이 프랑스에서 문학비평은 상대적으로 고립되어 세계 조류에서 뒤처지고 있었다. 그 이유는 크게 세 가지로 설명할 수 있다. 첫째, 자국의 문학적, 지적 전통에 대한 자부심과 향수, 둘째, 19세기 과학적 실증주의의 영향권 아래 놓여 있던 문학 연구, 셋째, 텍스트 설명을 우선시하는 문학 교육 체계이다. 콩파뇽은 영미권과 독일어권 대학을 중심으로 전개되었던 구조주의 언어학

---

7) A. Compagnon, *Le démon de la théorie*, Seuil, 1998. "이론의 마귀: 문학과 상식"이라는 제목은 설명이 필요하다. 콩파뇽은 문학작품을 읽으면서 당연히 생각하게 되는 문제들(저자, 세계, 독자 등)에 대한 일반적인 의견, 즉 '상식'에 대한 이론들의 도전을 검토한다. 이러한 상식들은 '마귀'처럼 끈질기게 이론에 저항하면서 그 근거를 무너뜨리지만, 상식은 이런 도전을 통해 더욱 깊어진다고 본다.

과 언어철학(프레게, 러셀, 비트겐슈타인, 카르나프), 그리고 후설과 하이데거의 현상학과 해석학이 60년대 이전에는 프랑스에 전혀 영향을 미치지 못했다는 점을 지적한다. 그러다 60년대 이후에 프랑스에서 시학, 구조주의, 기호학 등 문학 이론이 바르트, 토도로프, 주네트, 크리스테바 등을 중심으로 폭발적 전성기를 맞이하게 되고, 제도적으로 문학 교육에 정착되면서 문학 연구방법론으로서의 틀을 갖추게 된다. 하지만 기존 전통에 대한 저항으로 출발한 이론도 전통 속에 편입되면 또 다른 방법론으로 변형되고 제도화될 수밖에 없는 것이 이론의 역설적인 숙명이기도 하다. 토도로프와 주네트 같은 이론가들 또한 만년에는 윤리학이나 미학 쪽으로 나아감으로써 신비평은 이후 새로운 이론들로 이어지지 못한 채 거의 맥이 끊어지고, 마르크스주의, 사회학, 정신분석을 문학에 접목하여 소개함으로써 열렬한 반응을 불러일으켰던 『시학 *Poétique*』 『문학*Littérature*』 등의 문학 이론지들도 점차 영향력을 상실하게 된다.

1980년 필리프 솔레르스는 재출간된 『총괄적 이론』의 서문에서 "다른 모든 것과 마찬가지로 이론은 다시 돌아올 것이며, 권태만 남을 정도로 무지가 멀리 나아갈 그날, 사람들은 이론의 문제들을 다시 발견할 것이다"[8)]라고 선언한다. 그리고 푸코, 바르트, 데리다, 크리스테바, 텔켈 그룹 등이 이에 호응하면서 이론은 전성기를 되찾는 것처럼 보이지만, 80년대 문학 이론은 주로 형식주의와 마르크스주의의 영향권 아래 놓이게 되었고 문학 연구는 개별 작품이 아닌 문학의 보편적 상수라 할 수 있는 문학성을 탐구하는 데 집중되었다. 그리고 이론의 전성기가 지

---

8) P. Sollers, "Préface," *Théorie d'ensemble*(1968), Seuil, coll. "Points," 1980.

난 지금, 우리는 다시금 문학이란 무엇인가라는 물음을 던진다. 이 작품의 의미는 무엇인가? 작가는 무엇을 말하려 하는가? 이 작품의 아름다움과 독창성은 어디에 있는가? 이 작품에서 어떤 가르침을 얻을 수 있는가? 수많은 대답이 있지만 물음은 여전히 남는다. 이론 이전에 물음들이 있는 것이다. 신비평 이후 이론들은 저자, 의도, 의미, 해석, 재현, 가치, 독창성, 역사, 영향, 문체 같은 '낡은' 용어들을 추방하려 했지만, 이제 이론이 떠나간 자리에 다시 그 용어들이 되돌아온다. 그렇다면 과연 콩파뇽의 표현대로 이런 용어들을 이론에 따라붙는, 이론이 추방해야 하는 '마귀'로 간주해야 할 것인가? 과연 문학이란 무엇이며, 이론은 무슨 소용이 있는가? 문학을 바라보는 다양한 입장들, 때로 서로 화해할 수 없을 만큼 대립각을 세우고 있는 듯한 관점들의 유효성과 한계를 짚어내면서 딜레마를 해결할 길은 없는가? 이와 관련하여 피에르 부르디외의 다음과 같은 지적은 음미할 만하다. "예술과 문학에 대한 입장은 흔히 논쟁으로 얼룩진 과거에서 물려받은 대립항들로 이루어져 있다. 넘어설 수 없는 이율배반, 전부 아니면 무라는 방식으로 절대적인 선택을 강요하는 이 대립항들은 사유를 구조화하기도 하지만 일련의 거짓된 딜레마 속에 우리를 가두기도 한다."[9]

---

9) P. Bourdieu, *Les Règles de l'art: Genèse et structure du champ littéraire*, Seuil, 1992, p. 272.

2. 문학, 이론과 상식

앙투안 콩파뇽은 『이론의 마귀』에서 문학에 관한 모든 이론은 명시적이든 암묵적이든 다음과 같은 다섯 가지 물음에서 벗어날 수 없다고 말한다. "문학이란 무엇인가? 문학과 저자의 관계는 어떤 것인가? 문학과 실재의 관계는 어떤 것인가? 문학과 독자의 관계는 어떤 것인가? 문학과 언어의 관계는 어떤 것인가?"[10] 이러한 물음들은 그 자체로 문학에 대한 어떤 관념을 드러내는데, 우선 문학이 존재하기 위해서는 저자, 책, 독자, 언어, 지시대상이라는 요소들이 필수적임을 전제로 한다. 에이브럼스 또한 『거울과 램프』에서 작품을 중심에 두고 저자, 세계, 독자를 꼭짓점으로 하는 삼각형 모델을 제시하면서 각각을 작품에 대한 객관적 접근, 저자에 대한 표현적 접근, 세계에 대한 재현적 접근, 독자에 대한 화용론적 접근으로 분류한다.[11]

여기서 우리는 '저자-텍스트(세계)-독자'로 구성된 모델을 설정하고, 그에 따라 문학 이론들을 크게 세 개의 축, 즉 저자의 의도와 텍스트의 의미, 허구의 대상지시를 중심으로 한 문학과 현실의 관계, 그리고 문학작품을 완성하는 독자와 독서 체험이라는 축으로 나누어 살펴볼 것이다. 저자-텍스트-독자로 이어지는 순환 모델은 리쾨르가 말하는 삼중의 미메시스 개념과 상당 부분 일치한다. 우리는 그러한 축을 중심으

---

10) A. Compagnon, *Le démon de la théorie*, p. 25. 콩파뇽은 문학 이론들을 여섯 개의 축으로 분류하고, 이론들이 추방하려고 하는 '마귀,' 즉 환상들을 검토한다. 저자와 의도의 환상, 현실과 대상지시의 환상, 독자와 정서적 환상, 문체와 문체론적 환상, 역사와 발생론적 환상, 가치와 미학적 환상이 그것이다.

11) M. H. Abrams, *The Mirror and the Lamp: Romantic Theory and the Critical Tradition*, New York: Oxford University Press, 1953 참조.

로 전개되는 다양한 문학 이론들과 리쾨르의 해석학 이론이 어떤 관련을 맺는지 살펴볼 것이다. 아울러 텍스트의 의미 이해를 통한 삶의 의미 이해, 나아가 텍스트의 새로운 의미 이해를 통한 삶의 의미 혁신을 지향하는 리쾨르 해석학이 문학 이론의 흐름 속에서 어떤 자리를 차지하는지도 가늠해본다.

1) 저자의 의도와 텍스트의 의미

저자의 의도와 텍스트의 의미는 어떤 관계에 있는가? 그 둘은 일치하는가? 두 가지 대립되는 입장이 있다. 고전문헌학, 낭만주의 해석학, 실증주의, 역사주의는 저자의 의도가 텍스트의 의미와 같다고 본다. 저자의 의도는 객관화되어 텍스트에 드러나 있고 이를 찾으려 노력해야 한다는 것이다. 반면 러시아 형식주의, 미국의 뉴크리티시즘, 프랑스 구조주의에서는 저자의 의도를 텍스트의 의미와는 무관하다고 본다. 1968년 발표된 바르트의 논문 「저자의 죽음」은 저자의 의도와 관련하여 구조주의 이전과 이후의 문학비평을 가르는 잣대가 된다. 여기서 바르트는 "'나'란 '나'라고 말하는 사람에 지나지 않는 것과 마찬가지로 저자 또한 글을 쓰는 사람 그 이상도 이하도 아니다"[12]라는 말로 저자의 위치를 인격적 주체에서 언어적 발화 주체로 변모시킨다. 다시 말해서 작품은 저자의 죽음으로 인해 이제 누구의 것이라는 서명이 없는 텍스트이며, 따라서 언어의 지평에서 작품을 분석해야 한다고 보는 것이다.

---

12) R. Barthes, "La mort de l'auteur"(1968), *Le Bruissement de la langue*, Seuil, 1984, p. 63.

현대 해석학 역시 착상inventio과 표현elocutio을 구별하는 수사학적 전통을 끌어들이고 저자의 의도에 대한 해석을 변형시켜 텍스트의 것, 텍스트의 의도, 텍스트 세계 등의 개념을 제시함으로써 저자의 죽음에 상응하는 길을 걷는다. 앞에서 보았듯이 슐라이어마허는 역사주의적이고 낭만주의적인 관점에서 작품의 진정한 의미는 그 기원, 즉 저자의 의도를 재구성하는 데 있다고 말하며, 공감 또는 예지를 통한 해석학적 순환을 그 방법론으로 제시한 바 있다. 여기서 말하는 순환은 부분과 전체의 변증법에 따라 해석자와 텍스트 사이에서 이루어지는 순환이다. 작품 전체는 어떤 일관성을 지니고 있으며 그에 따라 부분을 분석하고 그다음으로 전체에 대한 해석을 이끌어낸다는 것이다. 그런데 과연 텍스트가 일관성을 지니고 있다는 전제 자체에는 문제가 없는가? 부분과 전체의 변증법에 따른 해석학적 순환을 통해 과거와 현재, 텍스트와 해석자 사이의 거리를 없앨 수 있는가?

딜타이는 이런 문제들을 해결하기 위해 설명과 이해의 대립을 내세운다. 텍스트는 이해될 수 있는 것이지, 저자의 의도로 설명할 수는 없다는 것이다. 후설의 현상학은 해석자와 텍스트를 지향적 관계로 파악한다. 모든 이해는 어떤 의미를 기대하며, 텍스트를 이해하고자 하는 사람은 누구나 전이해(선판단)를 가지고 그 텍스트를 겨냥한다고 보는 것이다. 하이데거의 해석학 또한 해석학적 순환과 전이해, 지향성에 토대를 두고 있으나 마음 씀이라는 우리의 실존 구조로 인해 과거를 재구성하기란 불가능하며, 모든 이해는 존재 기획과 관련된다고 말한다. 가다머는 슐라이어마허의 물음을 이어받아 텍스트의 의미는 무엇인가, 역사적으로 거리가 있는 낯선 텍스트를 어떻게 이해할 수 있는가 등의 물음을 던지면서 영향사에 의해 전승된 의미의 이해를 해석학과 연결시킨다. 이렇게 해서 최초의 의미, 기원의 신화, 저자의 의도는 소거되고, 모든 이해는 과거와 현재의 대화, 질문과 대답의 변증법이라는 형식으로 받아들여진다. 해석자와 텍스트의 거리는 설명이나 이해를 위해 좁혀야 할 것이 아니라, 가다머가 말하는 지평 융합이 일어나기 위한 조건이 된다.

여기서 우리는 리쾨르가 말하는 입말과 글말의 차이, 텍스트의 의미론적 자율성과 텍스트의 의도 등의 개념에 다시 주목하게 된다. 그에 따르면 일반적으로 입말에서는 말하는 주체의 주관적 의도와 담론의 의미가 겹치지만, 글말에서는 글쓴이의 의도와 텍스트의 의미가 서로 분리된다. 그로 인해 텍스트의 삶은 저자의 삶에서 벗어난다. 텍스트의 의미는 저자의 주관적 의도로부터 자율적이라는 점에서, 해석학의 과제는 텍스트 뒤에서 사라져버린 의도를 되찾는 것이 아니라 텍스트가 열고 발견하는 세계를 텍스트 앞에 펼치는 것이 된다. "이제는 저자가 말하려고 했던 것보다 텍스트가 말하는 것이 더 중요하고, 모든 해석은 저자의 심리에 묶인 계류장치를 끊어버린 의미의 영역 안에서 그 절차를 펼친다"(*TA*, p. 187).

저자의 의도와 텍스트의 의미를 둘러싼 이런 논쟁은 문학비평에서 다양한 양상으로 나타난다. 일례로 저자의 의도에 근거한 작품의 의미 해석을 의도의 오류 또는 의도적 환상으로 평가절하하는 미국의 뉴크리티시즘을 들 수 있다.[13] 텍스트의 단일한 의미를 보장하는 기원으로서의 저자가 언어 뒤로 사라지고 나면 이제 텍스트는 상호텍스트성이라

---

13) "저자의 구상이나 의도는 문학예술작품의 성공 여부를 판가름하기 위한 기준으로는 쓸모 있는 것도 바람직한 것도 아니다"(W. K. Wimsatt & M. Beardsley, "The intentional fallacy," 1946: A. Compagnon, *Le démon de la théorie*, p. 92에서 재인용).

일컫는 인용들의 조직에 지나지 않게 된다. 이와 더불어 텍스트 설명 자체도 무의미해지고, 독자 또한 텍스트의 흔적을 수집하는 하나의 기능으로 환원된다. 그렇게 해체주의 이론은 남근 중심주의, 이성 중심주의를 탈신화화하는 이데올로기 비판 기능을 수행하게 된다. 푸코 또한 같은 맥락에서 저자의 기능을 역사적이고 이데올로기적인 담론의 형성과 동일시한다. 한편 프랑스 신비평은 의도와 의식을 구분하면서 텍스트로의 귀환을 주장하는데, 예를 들어 주네브학파, 특히 조르주 풀레의 동화 비평이 그렇다. 이들은 감정이입과 동일화를 통한 타자의 의식과의 만남을 작품 이해의 핵심으로 삼는다. 즉, 의도와 의식을 구분하여 작품을 매개로 내밀한 의식, 저자의 창조적 영감의 움직임을 따라가야 한다는 것이다. 사르트르 역시 '근원적 기획'이라는 이름으로 보들레르와 플로베르의 삶을 어떤 일관성 있고 방향을 지닌 실존적 기획으로 파악한다. 그 경우 역사적 문맥은 작품을 이해하는 데 중요하지 않다. 저자의 의식은 그의 전기적 삶이나 반성적 의식과는 무관하며, 작가 고유의 세계관이나 자기의식 또는 작품으로 실현된 의도의 심층 구조에 상응하기 때문이다.

여기서 물음이 제기된다. 텍스트로의 귀환을 내세우는 신비평, 의식 비평 또는 동화 비평의 주장은 결국 다른 양상의 저자를 상정한다는 점에서 또 다른 저자의 귀환으로 볼 수 있지 않은가? 나아가 저자의 죽음이라는 명제는 전기적이고 사회학적인 의미에서의 저자와 텍스트의 발화 주체로서의 저자, 즉 해석의 한 범주로서의 의도성을 지닌 주체로서의 저자를 혼동하는 것은 아닌가? 저자의 죽음과 텍스트의 열림, 해석의 극단적인 상대주의와 다양성을 주장하는 입장 또한 작품의 일관된 의미 해석을 위해 작품 이전의 구상이나 의도, 구조 또는 체계를 전제하고 있다는 점에서는 결국 저자의 의도라는 '마귀'에서 완전히 벗어나지는 못한 것이 아닌가?

저자의 의도와 관련하여 콩파뇽은 한편으로 텍스트에서 저자가 말하려고 한 것, 그 의도를 찾아내는 것이 해석의 유효성의 기준이라는 입장과 다른 한편으로 텍스트에서 작가가 말하려고 한 것을 찾기란 불가능하므로 해석의 유효성을 결정할 기준은 없다는 두 입장이 서로 배타적인 것이 아니라 상보적이라고 말한다. 저자의 의도라는 개념은 쉽게 벗어던질 수도 그대로 받아들일 수도 없기에 의도주의와 반의도주의를 대립시키기보다는 의도의 개념을 확장시키고 작품의 의미와 의도 사이의 긴장을 유지해야 한다는 것이다. 이를 위해서는 우리가 이미 보았듯이 의미와 의미작용, 프레게가 말하는 의미sinn와 대상지시Bedeutung를 구분할 필요가 있다. 예술작품이 저자의 의도와 최초의 문맥을 뛰어넘어 끊임없이 새로운 의미를 만들어낼 수 있는 것도 바로 그러한 구분이 가능하기 때문이다.

허쉬 또한 『해석의 목표』에서 텍스트의 수용 과정에서 제기된 질문들을 거치면서도 변함없이 안정된 것으로 남아 있는 '의미meaning'와 수용에 따라 변하는 '의미 생산성significance'을 구분한다. 의미는 단수적이지만 의미 생산성은 다양하고 복수적이며 열려 있다. 따라서 텍스트의 의미와 의미 생산성을 혼동하지 않기 위해서는, 저자의 의도를 지나치게 단순화시켜 저자의 의식적인 기획이나 구상으로 환원시키기보다는 의도된 의미로 확장시켜 받아들일 필요가 있다. 또한 반의도주의 역시 텍스트의 일관성을 기준으로 해석의 적합성을 따진다는 점에서는 텍스트를 우발적인 사건이 아니라 의도의 산물로 간주한다고 말할 수 있다. 저자의 의도를 전제하지 않고는 결국 해석의 일관성이라는 기준 자체가 성립될 수 없기 때문이다. 원래의 문맥에서 작품을 떼어낸다는 것은 다른 의도, 즉 또 다른 저자인 독자의 의도를 부여하는 것이며 결과적으로는 다른 작품을 만들어내는 것이다. 하지만 반의도주의 입장은 텍스트의 의미를 역사적이고 전기적인 문맥에 지나치게 축소·환원시키는 위험을 경계하는 순기능도 지닌다. 문제는 저자냐 텍스트냐의 양자택일이 아니라 그 둘 사이의 긴장을 유지하는 것이다.

요약하자면, 한편으로 텍스트에서 저자가 말하려고 했던 것, 즉 저자의 명징한 의도를 찾아내는 것을 해석의 유효성의 기준으로 삼는 입장이 있고, 그 반대편에는 텍스트에서 저자의 의도를 찾을 수 없으므로 해석의 유효성의 기준은 없다고 보는 입장이 있다. 그런데 저자의 의도를 모르더라도 텍스트의 의미, 즉 텍스트가 말하는 것을 찾을 수는 있다는 점에서 해석의 유효성 기준이 없다고는 할 수 없을 것이다. 앞서 보았듯이 리쾨르가 저자의 의도 대신 텍스트의 의도를 말하면서 텍스트 세계를 내세우는 것은 이런 맥락이다. 그런데 이 텍스트 세계 개념에 대해 콩파뇽은 현상학적 의미에서 의도란 의식인데 텍스트는 의식이 있을 수 없으므로 오히려 혼동을 자아내며, 결국에는 저자의 의도를 은연중 다시 끌어들여 해석의 일관성을 추구하는 것처럼 보일 수 있다고 리쾨르의 이론을 비판한다.[14] 하지만 리쾨르는 텍스트의 의미론적 자율성 개념을 통해 저자의 의도와 텍스트의 의도를 분리시키고 있으며, 궁극적으로는 그러한 자율성에 따른 해석학적 거리가 독자의 자기 이해를 가능하게 한다고 주장한다는 점을 고려한다면 그러한 비판에 다시 반론을 제기할 수 있을 것이다. 다시 말해서 텍스트 세계를 인정한다고 해

---

14) A. Compagnon, *Le démon de la théorie*, p. 96.

서 저자 없는 텍스트를 생각할 수 있다는 것은 아니며, 저자와 텍스트 사이의 관계는 폐기되는 것이 아니라 좀더 느슨해지고 복잡해지는 것이다. "의미작용과 의도의 분리는 담론을 말하는 주체로 돌려보내는 모험으로 남아 있다. 하지만 텍스트의 여정은 저자가 체험한 유한한 지평을 벗어난다. 이제는 저자가 말하려고 했던 것보다 텍스트가 말하는 것이 더 중요하다"(TA, p. 187).

2) 대상지시, 텍스트와 세계

문학은 무엇에 관해 말하는가? 문학이 가리키는 대상지시와 우리가 몸담고 있는 현실의 관계에 대해서도 상반된 입장이 있다. 우선 전통적인 입장은 문학을 현실 모방으로서의 미메시스로 간주한다. 미메시스 개념을 중심으로 호메로스에서 현대에 이르는 서구 문학의 전통을 훑어나간 아우어바흐의 『미메시스』가 그렇다. 그에 맞서 현대의 문학 이론은 현실, 대상지시, 세계 등과 관련하여 문학의 자율성이라는 이름으로 미메시스보다는 '세미오시스semiosis'(기호, 시니피앙 그리고 시니피에 사이의 관계)를 강조한다. 저자의 의도와 마찬가지로 문학 텍스트의 대상지시 또한 환상에 불과하며 문학작품을 이해하는 데 오히려 장애가 된다고 보는 것이다. 소쉬르의 구조주의 언어학에 토대를 두고, 문학 텍스트의 의미론적 자율성을 주장하는 이런 입장은 텍스트의 의미가 현실과는 무관하게 체계 내에서 기호들의 차이에 따라 결정된다고 본다. 퍼스는 기호와 사물의 원래 관계는 사라져버렸으며 무제한적인 세미오시스 속에서 일련의 해석체들이 기호에서 기호로 이어질 뿐이라고 말한다. 기원 없는 표상들이 시작도 끝도 없이 이어지는 이 세미오시스 속에서 대상지시의 신화는 사라진다. 야콥슨이 말하는 여섯 가지 의사소통 기능 가운데 메시지의 시적 기능 또한 문학의 자기지시적 특성을 강조한다. 바르트 역시 문학 텍스트의 대상지시는 존재하는 어떤 현실을 가리키는 것이 아니라 세미오시스의 산물이며, 문제되는 것은 하나의 기호와 다른 기호의 관계, 하나의 텍스트와 다른 텍스트의 관계(상호텍스트성)라고 본다.[15] "대상지시(현실) 관점에서 보자면 이야기 속에서 일어나는 것은 아무것도 없다. 일어나는 것은 오로지 언어 행위, 언어의 모험이며, 언어의 다가옴만을 끊임없이 맞이할 뿐이다."[16] 문학과 현실의 관계는 그처럼 대상지시적 환상, 또는 바르트가 현실효과라고 부르는 것으로 환원된다.

소쉬르의 언어학에 토대를 둔 현대문학 이론, 특히 구조주의 시학이 미메시스 개념에 맞서 이처럼 대상지시적 환상 또는 현실효과를 내세우는 것은 바로 아리스토텔레스의 『시학』에서 미메시스 개념이 갖는 중의성에서 비롯된다는 점에 주목할 필요가 있다. 구조주의 시학은 미메

---

15) 이처럼 대상지시가 약호로 간주되고, 약호는 일련의 인용들로 귀결되면서 대상지시의 문제는 상호텍스트성의 문제로 옮겨 간다. 특히 크리스테바는 바흐친의 상호텍스트성 개념을 받아들여 문학 텍스트를 정태적인 구조가 아닌 생산이라는 역동적인 관점에서 접근한다. 바흐친이 말하는 상호텍스트성은 넓은 의미에서 텍스트들 사이의 대화 또는 하나의 텍스트로 간주되는 사회적 전체를 가리킨다. 다시 말해서 바흐친의 대화성 개념은 세계를 향해 열린 텍스트 개념을 전제하고 있다는 점에서 현실을 배제하지 않는다. 텍스트에 현실과 역사 그리고 사회를 다시 끌어들임으로써 문학 텍스트를 다양한 목소리들의 복합 구조, 이질적인 언어와 문체의 역동적 갈등으로 간주하는 것이다. 하지만 문학 텍스트의 문학성을 탐구하는 구조주의 시학은 상호텍스트성 개념을 텍스트 안에 가둔다. 근원이나 기원, 영향 같은 용어는 사라지고 인용, 표절, 암시 등이 상호텍스트성의 일상적 표현이 된다. 애초에 바흐친의 대화성 개념이 담고 있던 현실과의 관계는 사라지고 텍스트들 사이의 형식적 관계라는 제한된 의미만이 남게 된 것이다. '대상지시적 환상과 상호텍스트성'에 관해서는 같은 책, pp. 1126~31 참조.
16) R. Barthes, "Eléments de sémiologie"(1964), *L'Aventure sémiologique*, Seuil, 1985, p. 206.

시스를 현실의 재현이 아니라 언어적 행위로서의 이야기를 만들어내는 기술, 즉 대상지시적 환상을 만들어내는 기술로 간주한다. 미메시스를 현실의 회화적 재현에서 언어적 재현으로, 재현된 것에서 재현하는 것으로 이동시킴으로써 미메시스-현실의 재현이라는 개념 자체를 전복시키는 것이다. 미메시스의 문제는 이제 저자와 독자가 공유하는 관례나 약호로서의 진실임 직함의 문제로 귀결된다. "대상지시는 실재를 갖지 않는다. 우리가 현실이라 부르는 것은 약호에 지나지 않는다. 미메시스의 목적은 현실 세계의 환상이 아니라 담론이라는 환상을 만들어내는 것이다."[17]

여기서 주목할 만한 것은 이러한 해석을 통해 미메시스 개념이 자연(현실)을 벗어나 리얼리즘의 이데올로기와 연결된다는 점이다. 아리스토텔레스에 따르면 문학-예술이 재현하는 것은 있는 그대로의 자연, 필연성에 따르는 자연이 아니라 진실임 직하거나 가능한 것, 다시 말해서 인간적으로 받아들일 수 있는 것이다. 그래서 "가능하지만 설득력 없는 것보다는 불가능하지만 개연성 있는 것을 택해야 한다"(24장 60a26). 우리가 가능하다고 믿는 것은 설득력이 있는 것이며, 그래서 '진실임 직함'은 '설득력 있는 것'과 연결되는 것이다. 가능한 것, 따라서 설득력이 있는 것은 개연성을 넘어서서 "개연성에 반해"(18장 56a25) 일어난 것까지도 받아들인다. 결국 진실임 직한 것의 반대말은 '진실임 직하지 않은 것'이 아니라 '설득력 없는 것'이 된다. 진실임 직한 것은 일어날 수도 있는 것이 아니라 공론doxa에 비추어 받아들일 수 있는 것, 역설적인 paradoxal 것이 아니라 정설적인endoxal 것, 사회적 여론의 기준과 약호에

---

17) R. Barthes, *S/Z*, Seuil, 1970, p. 129.

부응하는 것이 되는 것이다. 이처럼 『시학』에서 말하는 개연성이 자연이나 본성이 아니라 공론과 같은 뜻으로, 달리 말해서 인류학적이고 사회학적인 관례와 기대 체계로 해석되고 또 정상과 비정상을 가르는 이데올로기로 해석됨으로써, 미메시스는 현실과의 관계에서 멀어져 약호나 관례가 되어버린다.

이리하여 현대문학 이론에서 미메시스의 재해석은 이데올로기 비판과 불가분의 관계에 놓이게 된다. 여기서 이데올로기란 바르트의 기호학적 연구들이 말하고 있는, 문화적이지만 자연적인 듯 보이는 것과 연결된다. 예컨대 부르주아 이데올로기와 밀접한 관련을 맺는 리얼리즘 문학은 언어가 현실을 '거울' 또는 세계를 향해 열린 '창'처럼 충실하게 재현할 수 있다는 확신에 근거한다. 그에 대한 비판적 입장에서 보자면 문학 텍스트에서 텍스트 바깥을 가리키는 듯 보이는 모든 것은 실제로는 치밀하고도 자의적인 관례들의 지배를 받고 있으며, 텍스트 바깥은 환상작용에 따른 착시효과에 지나지 않는다. 다시 말해서, 리얼리즘은 이야기를 벗어나는 요소들을 이야기 곳곳에 뿌림으로써 스스로를 자연스럽게 보이도록 하는 의미작용 코드이며, 대상지시적 환상은 사실주의적 관례와 약호의 자의성을 은폐함으로써 생겨나는 것이다.

그렇다면 문학과 현실의 관계와 관련하여 서로 대립하는 두 입장 사이에서 양자택일해야만 하는가? 그러한 대립이 생산성 있는 논쟁으로 이어지기 위한 접점은 무엇인가? 어쩌면 문학에서의 대상지시를 언어학의 그것과 혼동하거나 확대해석함으로써 이분법에 갇힌 것은 아닐까? 그렇다면 어떻게 문학에 현실을 다시 끌어들여 대상지시를 둘러싼 이분법에서 벗어날 수 있을 것인가? 여러 번 강조했듯이, 리쾨르는 재현하는 기술에 초점을 두고 미메시스 개념에서 현실을 배제한 구조주의 이론에 맞서 미메시스가 정태적인 구조가 아니라 구조화하는 활동으로서 현실의 은유적 전환임을 강조한다. 그리고 그럼으로써 미메시스와 현실의 관계를 복원시키려 한다. 그에 따르면 미메시스는 이미 존재하는 현실을 그대로 베끼는 것이 아니라 허구의 공간을 여는 단절을 통해 "문학작품의 문학성을 정립하는 이탈의 표상"(『시간1』, p. 112), 즉 창조적 모방이다. 그렇다면 이야기를 통해 재현된 세계는 현실과 무관한 세계가 아니라, 세계 속에서 세계를 살아가는 우리의 방식이며, 세계에 대한 우리의 실천적 앎을 재현하고 우리가 몸담을 수 있는 어떤 세계를 제안하는 것으로 볼 수 있다.[18] 여기서 리쾨르가 말하는 텍스트 세계는 우리가 몸담고 있는 현실 세계는 아니지만 현실을 닮은 세계, 진실임 직하고 가능한 세계이다.

현실효과와 관련하여 바르트의 인용으로 유명해진 "후작부인은 다섯 시에 나갔다"라는 문장은 전통적으로 대상지시 환상으로 간주되었지만, 리쾨르식으로 말하자면 이 문장은 텍스트 속에 존재하고, 실제

---

18) 콩파뇽은 프라이와 리쾨르를 20세기 후반 프랑스 문학 이론의 회의주의에서 벗어날 출구를 찾는 시도로 받아들이고, 이를 실존적이고 윤리적인 '주체의 귀환'이라는 역사적 맥락에 위치시킨다. 그러면서 프라이의 비평 이론을 '절충주의'로, 리쾨르의 미메시스 이론을 '종교적 세계성'으로 명명한다. 줄거리 속에서의 발견을 줄거리 밖의 발견과 동일시함으로써 시학과 윤리학의 느슨한 종합을 추구했다는 것이다. 이와 관련하여 콩파뇽은 케이브의 저서 『인식』에 주목한다. 케이브는 '사냥'이라는 개념을 통해 미메시스의 발견적 기능을 놓치지 않으면서도 텍스트의 안과 밖을 혼동하지 않는다는 것이다. 그에 따르면 독자는 사냥꾼이나 형사처럼 흔적이나 징조 또는 서명 등의 기호를 통해 인물의 정체를 확인하고 사건을 재구성함으로써 스토리에 의미를 부여하게 된다. 하지만 리쾨르 또한 '흔적'에 근거한 허구적 상상력과 독자의 역할을 강조하고 있다는 점에서 콩파뇽의 이런 비판에는 논란의 여지가 있다. 어쨌든 현대문학 이론이 뮈토스에만 주목함으로써 사상과 발견을 놓쳤던 반면, 이들은 새로운 미메시스 해석을 통해 미메시스를 인간과 세계 이해에 대한 독특한 형태의 앎으로 부각시키는 데 기여한다는 점에 주목할 필요가 있다. A. Compagnon, *Le démon de la théorie*, pp. 154~56 참조.

로 그러한 일은 있을 수 있으며, 작품 속의 허구적 인물들은 그러한 사실에 대한 믿음을 토대로 관계를 맺고 있으므로 허구적으로 존재한다고 할 수 있다. 다시 말해서 존재론 차원에서 허구가 가리키는 세계는 실제로 존재하는 세계 그 자체가 아니라 현실 세계와는 다른 방식으로 존재하는 세계, 현실 세계와 공존할 수 있는 가능한 세계인 것이다. 물론 그 세계가 논리적으로 불가능하거나 모순된 것이어서는 안 된다. 그렇다면 그것은 진실임 직한 것도, 가능한 것도 아니기 때문이다. "허구는 대상지시와 관련하여 이중의 결합가를 가진다. 즉 한편으로 허구는 다른 곳을, 게다가 아무 데도 없는 곳을 향해 간다. 하지만 허구는 그 모든 실재와 관련하여 면소판결을 받기 때문에 간접적으로 그 실재를 겨냥할 수 있다"(*TA*, p. 221). 리쾨르는 이것을 '대상지시 효과'라고 부른다. 새로운 대상지시 효과는 현실을 다시 기술하는 허구의 힘이다. 허구에 의해 다시 그려지는 현실은 의미효과에 의해 만들어지는 환상이 아니라, 은유적 전환을 통해 새로운 의미를 갖게 된 현실, 텍스트의 에움길을 거쳐 새롭게 발견한 현실이다.

3) 독서, 텍스트의 제약과 독자의 자유 사이

독자는 누구인가? 텍스트 속에서 독자의 위치는 어떻게 되는가? 독자의 독서 행위는 어떤 것인가? 미국의 뉴크리티시즘은 독자를 배제하고 텍스트의 자율적 가치, 즉 객관적이고 기술적이며 역설과 모호성에 주의를 기울이는 독서 개념을 제시한다. 그에 따르면 독자의 체험과 반응은 작품과 그 결과를 혼동한 데서 빚어진 것으로, 저자의 의도의 오류와 마찬가지로 정서적 환상을 일으키는 정동적 오류일 뿐이다. 비슷한 맥락에서 구조주의 문학 이론 또한 실제 독자를 텍스트에 대한 오해와 왜곡, 소음과 혼선을 불러일으키는 침입자로 간주한다. 독자를 텍스트의 한 기능으로 환원시키거나 텍스트에 내재한 해석학적 코드를 따라가는 수동적 존재로 축소시키는 것이다. 하지만 독서와 독자 없이 텍스트가 존재할 수 있는가? 독자야말로 의미를 향한 텍스트의 여정을 최종적으로 완성하는 존재가 아닌가? 작가나 독자의 의식이라는 매개를 거치지 않고 작품의 의미에 이르는 것이 과연 가능한가? 프루스트가 생각하는 독자는 정반대 위치에 있다. 그에게 책은 "콩브레의 안경사가 손님에게 내미는 것과 같은 일종의 돋보기 안경알"이며, 독자는 그 돋보기 안경알을 통해 작품의 의미를 이해함으로써 자신을 더 잘 이해하게 된다. 현상학적 해석학의 관점에서 가다머와 리쾨르가 말하는 텍스트 세계와 독자 세계의 만남 역시 이와 비슷한 맥락에 위치한다. 이제 문제의 핵심은 텍스트의 제약과 독자의 자유 사이의 관계이다. 즉 현상학적 입장에서 독서를 텍스트와 독자의 변증법적 상호작용으로 본다면 텍스트가 부과하는 제약과 독자가 얻는 자유의 몫은 어떻게 되는가? 독서는 어느 정도 텍스트가 규정하는 프로그램의 제약을 받는가?

앞에서도 보았듯이, 리쾨르가 말하는 재형상화란 현실을 가리키고 재현한다는 단순한 대상지시를 넘어서서 현실을 드러내고 변형시킨다는 점에서 가다머가 말한 적용, 그리고 전유 개념과 유사하다. 드러내고 변형시킨다는 것은 칸트가 말한 생산적 상상력의 활동에 상응하는 것으로, 단지 재현한다거나 다시 그려보는 것을 넘어서서 독자가 무언가를 새로 발견하고 만들어내는 것이다. 이 단계에서 리쾨르가 대상지시 개념 대신에 재형상화라는 용어를 선택한 것도 그 때문이다. 그에 따르면 문학 텍스트는 일종의 잠재태로 존재하며 독서 행위를 통해 현실태가 된다는 점에서 이중적이고 이질적인 존재 양태를 갖는다. 그리고 독자는 재형상화를 통해 작품의 미결정된 영역을 탐사하고 해석의 가능성을 현실화하며 새롭게 재해석될 수 있는 작품의 역량을 펼친다는 점에서 최종적으로 작품을 완성하는 것은 독자의 독서 행위이다. 텍스트 세계의 "존재론적 위상은 어정쩡한 상태이다. 즉 구조와 관련해서는 넘치며, 독서를 기다리고 있는 것이다. 형상화의 역동성이 그 여정을 끝마치는 것은 오직 독서를 '통해서'다. 그리고 텍스트의 형상화가 재형상화로 변모하는 것은 독서를 '넘어서,' 받아들인 작품으로 인해 알게 된 실제적인 행동을 통해서다"(『시간3』, p. 306). 하지만 텍스트에서 행동으로 넘어가는 과정은 단순하지 않으며, 텍스트의 구조에 따른 제약과 독자의 해석의 자유는 서로 상관관계를 맺으면서 다양한 양상을 보인다. 그러한 과정을 보다 체계적으로 전개하기 위하여 리쾨르는 '독서의 시학' 혹은 '허구의 수사학'(웨인 부스)에서 출발하여, '독서의 수사학'(미셸 샤를)을 거쳐 '독서현상학'(로만 잉가르덴, 볼프강 이저), 이어 '수용미학'(한스 로베르트 야우스)으로 나아간다.[19] 그처럼 저자의 설득 전략으로서의 수사학에서 독서 행위 쪽으로 옮겨 가면서 독자의 해석의 자유는 텍스트의 제약에 반비례하여 점점 더 커져간다.

　i) 부스의 『허구의 수사학』은 독자를 향한 저자의 전략이라는 관점에서 출발한다. 작품의 구성 또는 구조가 독서를 규제한다는 점에서 독서 이론은 시학에 속한다고 할 수 있으나 독자를 과녁으로 삼아 저자

---

19) 콩파뇽 또한 이와 비슷하게 "독서 행위에서 의식의 역할에 대한 인식으로서의 현상학"에서 출발하여 텍스트와 독자와의 상호작용을 다루는 독서 이론과 수용미학을 검토하면서, 이를 개인적 독서 행위에 대한 현상학적 분석(잉가르덴과 이저)과 텍스트에 대한 공적 반응의 해석학(가다머와 야우스)으로 나눈다. 같은 책, p. 174 참조.

가 펼치는 설득 전략으로 본다면 수사학의 영역에 들어간다. 여기서 기억해야 할 것은, 부스가 말하는 저자는 작품을 창조한 심리적 주체로서의 저자가 아니라 작품의 의미가 전달될 수 있도록 어떤 기법을 구사하는, 작품 '속'에서의 저자라는 점이다. 부스는 작품의 의미론적 자율성과 연관된 이런 저자를 실제 저자와 구별하기 위해서 '내포된 저자'라고 부른다. 이 개념을 통해 텍스트는 비인칭적 구조가 아니라 신빙성이 있거나 없는 화자의 담론이 된다.

리쾨르는 신빙성 있는 화자를 옹호하는 부스와 달리 현대소설에서 볼 수 있는 모호한 화자, 아이러니컬한 화자에 더 무게를 둔다. 신빙성 있는 화자는 이야기된 스토리나 등장인물들에 대해 독자가 잘못된 희망이나 쓸데없는 두려움을 느끼며 독서를 하지 않아도 된다고 안심시킨다. 반면, 신빙성 없는 화자는 독자가 이제 막 어디에 이르려 하는지를 알게 되는 바로 그 순간에 독자를 미로 속에 버려둠으로써 기대를 흐트러뜨린다. "따라서 화자가 의심스러워지고 저자가 지워질수록 ― 이 두 가지 은폐의 수사학적 수단은 서로를 강화한다 ―, 현대소설은 관습적 도덕을 비판하고 경우에 따라서는 선동하고 모욕하는 기능을 더욱 잘 발휘한다"(『시간3』, pp. 315~16). 달리 말해, 전적으로 신빙성 있는 화자는 작품에 대한 정서적 거리 두기를 허용하지 않기에 독자가 반성하고 생각할 수 있는 여지도 앗아간다. 방향을 잃고 길을 헤맬 때 더 많은 생각을 하는 법이다. 여기서 저자 혹은 내포된 저자에 초점을 맞춘 허구의 수사학이 갖는 한계가 드러난다. 위험해진 현대문학이 그 유독성有毒性에 어울리는 새로운 유형의 독자를 요구할 때, 그렇게 모호한 가면을 쓴 저자를 이길 만한 독자, 내포된 저자의 목소리에 응답함으로써 텍스트의 모호한 안개를 걷어낼 수 있는 독자가 나타나지 않는다면 저자와 독자 모두가 패할 수밖에 없다는 것이 그 싸움의 역설이다.

ii) 미셸 샤를의 『독서의 수사학』은 내포된 저자가 구사하는 허구의 수사학이 아니라 텍스트와 독자 사이를 오가는 독서의 수사학으로 나아간다. 독자와 독서 행위는 텍스트의 일부를 이루고 있으며, 그 안에 포함되어 있기 때문이다. "그것은 전략을 이루는 요소들이 텍스트 속에 포함되어 있고 독자 스스로가 어떻게 보면 텍스트 속에, 그리고 텍스트에 의해 구성된다는 점에서, 여전히 수사학이다"(『시간3』, p. 318). 샤를은 텍스트에 담긴 독서 규정들을 분석하면서 텍스트의 미완결성을 드러내는 것이 바로 독서의 몫이라고 주장한다. 여기서 가장 취약한 텍스트가 가장 효력적인 텍스트라는 역설이 생긴다. "극단적으로 구조는 독서의 영향에 지나지 않는다. 결국 구조 분석 자체가 독서 활동에서 비롯된 것이 아닌가?"(『시간3』, p. 321). 그렇다면 독서는 더 이상 텍스트에 의해 규정되는 것이 아니며, 해석을 통해 구조를 확실하게 드러내는 것이 된다. 독서의 제약과 자유, 즉 텍스트의 운명을 따라가면서 두려움에 떠는 독자의 이미지와 무한한 해석의 자유를 누리는 독자라는 이미지 사이의 역설로 말미암아 이제 독서 이론은 독서현상학과 미학 쪽으로 옮겨 가게 된다.

iii) 잉가르덴이 『문학예술작품』에서 펼치는 독서현상학은 문학 텍스트의 완결되지 않은 양상에서 출발하며, 텍스트를 읽는 능동성과 텍스트를 받아들이는 수동성을 결합한 독서 행위 자체의 특성에 주의를 기울인다. 그는 텍스트가 두 가지 측면에서 완결되지 않았다고 하는데, 한편으로 텍스트는 독자 스스로 구체화해야 하는 어떤 '도식적 관점'을 제공한다는 점에서, 다른 한편으로 독자는 일련의 문장들을 통해 텍스트가 제안하는 세계를 하나의 전체로 재구성해야 한다는 점에서 그렇다. 텍스트는 진술된 인물들과 사건들을 이미지로 그려보는 독자의 구체화 활동을 요구하고, 그러한 작업과 관련해서 빈틈과 확정되지 않은 영역을 드러낸다. 그리고 독자는 바로 그러한 텍스트의 빈틈을 메우는 창조적인 역할을 담당함으로써 작품을 완성시킨다. 여기서 말하는 빈틈이란 작품 자체의 미숙함이나 미완결성이 아니라 독서 행위를 통해서만 완결되는 작품 자체의 특성이다. 텍스트가 아무리 유기적으로 구성되어 있다 하더라도 그것은 매번 다르게 연주할 수 있는 악보와도 같다.

iv) 이저는 잉가르덴을 거쳐 받아들인 후설의 현상학적 관점들을 다듬어 독서 행위의 현상학을 발전시킨다. 이저의 『독서 행위』에서 가장 독창적인 것은 '옮겨 다니는 시점' 개념이다. "텍스트의 모든 것이 동시에 지각될 수는 없으며, 문학 텍스트의 내부에 자리 잡고 있는 우리 자신은 독서가 진행됨에 따라 텍스트와 함께 옮겨 다니는"(『시간3』, p. 327) 것이다. 이는 과거 지향과 미래 지향의 유희에 대한 후설의 설명과 일치한다. 독서 과정 전체를 통해 "수정된 기대와 변형된 기억들을 바꾸는 놀이"(『시간3』, p. 327), 즉 저자가 말을 가져오고 독자는 의미작용을 가져오는 놀이가 이어지는 것이다. 이저는 독서를 살아 있는 경험이 되게 하는 독서 행위의 세 가지 변증법을 말한다. 첫번째는 확정성의 결핍/과잉이다. 지나치게 교훈적이거나 창조적 활동의 여지를 남겨두지 않는 작품은 권태롭다. 반대로 지나치게 어려운 작품은 독자를 짓누를 위험이 있다. 두번째는 불협화음/화음의 변증법이다. 지나치게 확정적이고 화음만이 있는 작품은 의미의 빈곤을 가져오며, 불확정적이고 불협화음이 심한 작품은 의미의 과잉을 불러온다. 세번째는 일관성의 탐색이라는 지평 위에서 발생하는 친숙함/낯섦의 변증법이다. 의미 탐색에 성공하면 친숙하지 않은 것은 친숙해지지만, 작품과 독자 사이의 거리를 지우는 지나친 친숙함은 독자를 작품 속에 빠뜨릴 위험이 있다. 반대로 탐색이 실패하면 낯선 것은 낯선 채로 남아 있고, 독자는 작품의 문턱을 넘지 못하게 된다.

따라서 좋은 독서란 어느 정도의 환상을 허용하는 동시에 그 환상에 대한 반증도 받아들이는 독서이며, 작품에 대한 좋은 거리란 환상을 계속 거부할 수도 없고 그렇다고 그대로 견딜 수도 없게 만드는 거리이다. 마찬가지로 독자를 가장 존중하는 저자란 가장 손쉽게 독자의 요구를 충족시키는 저자가 아니라, 친숙한 주제를 독자와 공유하되 그 규범과 관련하여 낯설게 하는 전략을 실천함으로써 독자에게 충격을 주는 저자이다. 내포된 저자와 대칭을 이루는 내포된 독자라는 개념이 그렇게 등장한다. 물론 내포된 저자, 즉 작품에 내재한 화자의 서사적 목소리가 되면서 실제 저자의 목소리가 사라지는 것과 달리, 실제 독자는 화자의 설득 전략이 겨냥하는 내포된 독자의 구체화라는 점에서 엄밀한 의미에서 대칭이라고 할 수는 없다. 허구의 수사학은 작품의 의미작용 생성이라는 측면에서 내포된 저자를 문제 삼는 반면, 독서 행위의 현상학은 실제 독자에 초점을 맞춘다.

v) 미학적인 영향-반응 이론에 토대를 두고 개인적 행위의 현상학이라는 관점으로 독서에 접근하는 이저와 달리, 야우스는 독서 이론을 작품의 공적 수용에 대한 해석학으로 받아들인다. 『수용미학을 위하여』에서 야우스는 작품이란 어떤 질문에 대한 대답이라는 명제를 통해 이미 존재하는 기대 지평에 따른 작품의 수용과 새로운 작품 사이의 미학적 괴리라는 문제에 나름의 해결책을 제시하려 한다. "대답으로서의 작품의 수용은 과거와 현재, 혹은 과거의 기대 지평과 현재의 기대 지평 사이에서 어느 정도 '중개 역할'을 수행한다. 문학사의 주제는 바로

그러한 '역사적 중개 역할'에 있다"(『시간3』, p. 335). 문학사는 공시적이고 통시적인 면에서 강력한 통합력을 갖는 위대한 작품들 덕분에 가능하며, 그러한 작품들은 수용자의 기대 지평과의 괴리를 통해 창조적 기능을 수행한다. "문학이 가장 높은 생산성에 도달하는 순간은 아마도 독자가 답을 받아들여야만 하는 상황에, 그러니까 작품이 제기하는 미학적이고 도덕적인 문제를 구성하는 물음들을 독자 나름대로 찾아야만 하게끔 만드는 답을 받아들이는 상황에 처하는 때일 것이다"(『시간3』, p. 339).

이처럼 독자의 존재가 문학 이론의 전면에 등장했지만, 그 대가로 독자는 저자의 의도와 텍스트의 자율성에 맞선 자유라는 아포리아와 마주치게 된다. 개념적이고 현상학적인 내포된 독자와 경험적이고 역사적인 실제 독자가 어떻게 만날 수 있는가? 텍스트의 내재적 초월성에 근거하여 텍스트의 객관성과 독자의 주관성을 변증법적으로 중재하려는 해석학적 입장 또한 문제의 본질을 피해가는 절충주의적인 시도일 뿐인가?[20] 결국 문제는 텍스트의 내재적 초월성에 근거한 재형상화 작업의

---

20) 이러한 질문과 관련하여 콩파뇽은 '문제를 회피하는 극단적 입장'으로 스탠리 피시의 '해석 공동체' 개념을 소개한다. 실제 독자가 내포된 독자의 모델을 따르지 않는다면 어떻게 될 것인가? 나아가 실제 독자를 이론적 대상으로 구성할 수 있는가 등의 반론을 소거하는 방법은 텍스트와 저자, 독자 모두를 한꺼번에 묶어 그 차이를 제거하는 것인데, 실제 문학비평에서 이를 적용하기는 어렵기 때문에 스탠리 피시의 '해석 공동체' 같은 개념이 나온다는 것이다. 즉, 독서 이론에 감추어진 의도주의의 잔재를 제거하고 정서적 환상이라는 문제를 해소하기 위해 피시는 형식주의와 수용미학의 이론적 전제인 독자와 저자, 그리고 텍스트의 권위를 부정하고 이 모두를 '해석 공동체'라는 개념으로 환원시켰다는 것이다. 콩파뇽에 따르면 피시는 처음에는 텍스트의 객관성을 문제 삼아 독자에게 힘을 부여하다가, 다음에는 독자의 전적인 자율성을 선언하면서 정서적 문체론이라는 원칙을 내세우고, 마지막에는 텍스트와 독자의 이분법에 근거한 상호작용 자체를 부정하는 허무주의적 입장을 취한다. 여기서 텍스트와 독자는 자신들이 속한 동시대의 발화 행위 조건들을 공유하면서 동일한 해석 전략을 수행하는 '해석 공동체의 죄수들'이 된다. 같은 책, pp. 187~92 참조.

변증법적 구조와 긴장이라 할 수 있는데, 리쾨르는 이를 세 가지 측면에서 구분한다. 우선 예술가의 입장에서 볼 때 창조의 고뇌와 고통은 죽은 자들에 대한 역사가의 빚에 상응한다. 예술가의 자유는 바로 창조의 가혹한 법칙이라는 빚을 갚은 대가로 얻어진 것이다. 굴레가 있기에 해방이 있고, 제약이 있기에 자유가 있다. 하지만 그러한 자유 또한 무엇을 위한 자유일 수밖에 없다는 점에서 또 다른 제약을 갖는다. "예술가는 '~로부터' 자유롭지만 '~을 위해서도' 자유로워야 한다. 그렇지 않다면 [……] 예술적 창조의 고뇌와 고통을 어떻게 설명할 것인가?"(『시간3』, p. 347). 내포된 저자가 독자에게 설득하려고 하는 것은 자신의 세계관을 지탱하는 확신이라는 점에서 자유는 제약을 가질 수밖에 없으며, 반면에 그러한 제약을 토대로 상상의 변주는 자유를 누린다. "해명하고 정화하는 계기를 통해서 독자는 자기 뜻과 상관없이 자유로워진다. 텍스트 세계와 독자 세계의 대면을 '싸움,' 텍스트의 기대 지평과 독자의 기대 지평의 융합이 단지 일시적인 평화만을 가져올 따름인 싸움이 되게 하는 것은 바로 이러한 역설이다"(『시간3』, p. 347).

두번째 변증법적 긴장은 독서 활동 자체의 구조, 즉 독자를 텍스트속에 끌어들이려는 움직임과 독자가 텍스트에서 거리를 두고 텍스트의 기대 지평과 자기 고유의 기대 지평 사이의 괴리를 유지하려는 움직임 사이의 긴장이다. 여기서 이상적인 독서, 즉 가다머와 야우스가 말하는 지평들의 융합은 동일자와 타자 사이의 유비적 관계를 설정함으로써 역사적 과거의 대변 관계와 비슷한 양상을 지니게 된다. 그리고 독서를 통해 최종적으로 전달되는 것은 텍스트가 제안하는 세계, 즉 작품의 의미를 넘어 작품이 투사하고 그 지평을 구성하는 세계이다. 세번째 변증법적 긴장은 텍스트의 상상 세계와 독자의 실제 세계라는 독서의 이중적 위상과 관련된다. 가장 이상적인 유형의 독서는 자신을 잊을 정도로 텍스트 속에 빠져들었다가 다시 현실 세계로 걸어나오는 것이다. 그러한 과정을 리쾨르는 이렇게 설명한다.

독자가 자신의 기대를 텍스트가 전개하는 기대에 따르게 하는 한, 그 것은 자신이 이주하는 허구 세계의 비-실재성에 맞추어 자기 자신을 비-실재화하는 것이다. 독서는 그때 반성이 잠시 휴식을 취하는 그 자체 비-실재적인 장소가 된다. 반면에 독자가 독서에서 배운 것을 자신의 세계관에 집어넣음으로써 ─ 의식적이든 무의식적이든 그것은 중요하지 않다 ─ 그 먼저의 가독성을 높이려고 하는 한, 그에게 독서는 자신이 멈추는 '장소lieu'와는 다른 것이 된다. 그것은 자신이 거쳐 가는 '가운데milieu'인 것이다." (『시간3』, p. 350)

앞에서도 여러 차례 이야기한 것처럼, 독자는 그런 재형상화 과정을 거쳐 독서 이전에는 경험하지 못했던 자기 자신, 리쾨르의 표현을 빌리자면 "독서의 산물이자 텍스트의 선물"(TA, p. 31)로서의 자기 자신을 발견하게 된다.

3. 수사학, 시학, 해석학

지금까지 우리는 다양한 문학 이론들을 저자의 의도와 텍스트의 의미, 허구의 대상지시라는 문학과 현실의 관계, 그리고 문학작품을 완성하는 독자와 독서 체험이라는 세 가지 축을 중심으로 살펴보았다. 이와 관련하여 문학 연구의 기본적인 세 분야에 대해 설명하고 있는 리쾨르의 논문 「수사학, 시학, 해석학」[21]은 저자-텍스트(세계)-독자 모델에 어느 정도 상응한다는 점에서 앞선 논의를 보완할 수 있을 것으로 보인다. 청중에게 한 의견이 그와 경합하는 다른 의견보다 낫다는 것을 설득하기 위해 논증하는 기술로서의 '수사학,' 개인적이고 집단적인 상상 세계를 펼치기 위해 줄거리를 구성하는 기술로서의 '시학,' 저자와 애초의 수용자가 처했던 상황과는 다른 상황에서 텍스트를 해석하는 기술로서의 '해석학'이라는 세 분야는 각기 독자적인 영역을 확보하면서도 상호 보완적 관계를 맺을 수 있다는 것이 그 핵심적인 내용이다.

i) 수사학은 담론 차원에서 언어의 용법을 다루는 가장 오래된 분야이다.[22] 아리스토텔레스에 의하면 수사학의 목적은 웅변을 생산함으로써 청중을 설득하는 것이며, 설득은 크게 진·선·미와 관계된 세 가지 유형의 담론(판단, 예증, 사고)을 통해 이루어진다. 그리고 설득의 기술은 무엇을, 어떤 표현으로, 어떤 순서로, 어떻게 기억해서, 어떤 동작과 함께 말할 것인가 하는 틀에 따라 착상inventio, 표현élocutio, 배열dispositio, 기억memoria, 발표actio라는 다섯 부분으로 구성된다. 고대 수사학을 집대성한 쿠인틸리아누스는 수사학을 잘 말하는 것에 대한 학문으로 정의함으로써 하나의 유용한 덕목으로 규정한다. 비유나 전의 등은 논증을 위한 단순한 장식물이라기보다는 청중을 즐겁게 하면서 설득하는 일종의 기술로 간주된 것이다. 그러한 전통은 중세 수사학에

---

21) P. Ricoeur, "Rhétorique, poétique, herméneutique"(1990), *Lectures II*, Seuil, 1992, pp. 479~94 참조.
22) 수사학의 역사와 일반적 이론에 관해서는 G. Molinié, *Dictionnaire de rhétorique*, L.G.F., 1992 참조.

도 이어져서, 시 짓기는 말을 잘하고 글을 잘 쓰는 기술로 '제2의 수사학'이라고까지 불린다. 그렇게 시학과 수사학의 혼동(또는 융합)이 일어난다. 프랑스 고전주의 수사학은 뒤마르세, 퐁타니에 등이 보여주듯 '비유의 기술'을 지향하면서 비유에 대한 완벽한 분류를 추구한다. 즉, 담론의 내용과 통사론적 구조를 강조하는 설득의 기술과는 멀어지고 어휘와 문체의 문제에만 치중하게 된다. 이러한 변천 과정은 주네트의 표현대로 수사학이 '줄어든' 원인이기도 하다.[23)]

그러다가 수사학은 구조주의 언어학의 등장과 더불어 새로운 전기를 맞게 된다. 은유와 환유에 관한 야콥슨의 연구, 일반수사학의 근본원리를 규명하고자 하는 그룹 리에주$_\mu$의 연구, 수사학과 문학의 관계에 대한 키베디 바르가의 연구 등이 그것이다. 문학작품에 대한 다양한 수사학적 접근 방법의 목적은 결국 문학을 통한 설득이다. 수사학은 이제 단지 표현술에 국한된 문체론적 관점에서 벗어나 작가가 독자를 과녁으로 삼아 진실임 직하고 받아들일 수 있는 세계관을 제시하기 위해 전개하는 모든 설득의 전략이라는 포괄적인 관점으로 영역이 확장된다. 가장 보편적인 의미에서 아리스토텔레스가 말한 설득의 기술로서의 수사학 외에, 철학적 입장에서 텍스트의 가치나 진리 주장을 판단하는 규범으로서의 수사학이 있고, 그것은 철학과 미학의 영역으로 넘어간다. 철학적 담론을 수사학적 측면에서 연구한 페렐만의 『수사학 제국』에 따르면, 무엇이 바람직한가에 대한 논증은 도덕과 법, 정치 등 실천이성의 모든 영역에 영향을 미치게 되고, 수사학은 철학을 병합하려는 '제국'의

---

23) G. Genette, "La rhétorique restreinte," *Figures III*, Seuil, 1972, pp. 21~40.

야망을 갖게 된다.[24)]

이처럼 철학의 영역을 정복하려는 제국적 야망과 단순한 장식이나 표현술로 줄어드는 몰락의 위협, 바로 그 사이에서 수사학의 고뇌가 드러난다. 수사학은 합리적인 추론보다는 정념에 호소하고 청중의 동의에서 출발하여 설득하기보다는 선입견을 이용하여 청중을 현혹하는 경향이 있다. 그래서 논증 자체가 취약해지고 담론의 폭력을 은폐하는 기술로 전락할 위험이 있다. 정치 담론은 변질될 위험이 가장 많은데, 이 점에서 우리가 이데올로기라고 부르는 것 역시 수사학의 한 형태라 할 수 있다. 긍정적인 의미에서의 이데올로기는, 예컨대 기원 신화로서의 성경과 유대민족의 정체성에서 볼 수 있듯이, "상징이나 믿음, 표현 들의 총체로서 어떤 집단의 정체성을 일반적으로 승인된 관념의 형태로 보장한다"(*L2*, p. 482). 그러나 집단을 성립하게 한 초석이 되는 사건들에 대

---

24) 페렐만은 수사학의 특징을 다음과 같이 제시한다. i) 담론의 어떤 전형적 상황들이 수사학을 규정한다. 아리스토텔레스에 따르면 그것은 정치적인 토론, 법적인 재판, 칭찬이나 비난 같은 공개적 표명이라는 세 가지 유형-전형적인 상황으로 구분된다. 여기에 의사당, 법정, 공회당이라는 세 개의 장소가 대응하고, 각각의 수사학적 기술에는 특정 부류의 청중이 수신자로 선택된다. 이 모든 경우에 어떤 판단이 다른 판단보다 더 낫다고 설득하는 것이 그 목적이며, 논쟁을 통해 결정을 내리게 된다. ii) 논증의 역할과 관계되는 특징으로, 필연성에 따른 제약과 우발성에 따른 자의성 사이에서 추론해야 한다. 자명한 증거와 불확실한 궤변 사이를 매개하는 그럴듯한 추론이 수사학의 영역이 되는 것이다. 중요한 것은 확실한 증거에 의거한 담론과 청중을 언어로 현혹하는 폭력적 담론 사이에 위치하고 있는 진실임 직한 담론을 앞서 말한 세 가지 전형적 상황에서 추출하는 것이다. 바로 여기서 수사학은 철학을 병합하려는 '제국'의 야망을 갖게 된다. iii) 논증의 목적은 결국 청중을 향하고 있다는 점에서 수사학은 청중을 설득하는 담론의 기술로 정의된다. 수사학적 기술은 행동을 이끌어내는 담론의 기술이다. 웅변가는 청중의 동의를 얻고자 하며, 원하는 방향으로 청중을 움직이도록 선동하고자 한다. iv) 설득의 기술과 관련하여 웅변가는 청중과 공유하고 있는 기존의 주제에서 출발하여 청중을 자신의 담론으로 끌어들인다. 물론 설득을 통해 신념을 갖게 만들 수도 있지만 이미 청중의 동의를 얻은 전제를 중간 단계를 거쳐 결론에서 확인한다는 점에서 수사학적 논증 자체가 창조적인 기능을 가지고 있다고 말할 수는 없다. Ch. Perelman, *L'Empire rhétorique*, Librairie Philosophique Vrin, 2000(*L2*, pp. 480~84에서 재인용).

한 최초의 증언이라는 의의를 상실하고 기존 권력이나 질서를 정당화하는 기능으로 축소 또는 왜곡될 수도 있다. 그 경우 수사학적 기술은 실재를 은폐하거나 실재에 대한 환상을 불어넣음으로써 이데올로기 담론의 가장 부정적인 기능을 실현하게 된다. 리쾨르는 페렐만의 이런 논의 자체를 반박하거나 부정하지 않지만, 수사학이 앞서 말한 전형적 상황과 특정 수신자를 넘어서서 보편적 상황에서 인류 전체를 설득 대상으로 삼는 철학 담론과 직접 맞서기는 힘들다고 본다. "철학적 논의가 겨냥하는 것은 설득하고 즐겁게 하는 기술을 가장 정직한 형태로 넘어서는 것"(L2, p. 484)이기 때문이다. 수사학이 담론을 만들어내고 받아들이는 기술, 즉 시학과 해석학을 필요로 하는 것도 바로 이러한 한계 때문이다.

ii) 시학은 여러 장르의 시를 만드는 데 관계되는 실천적 규칙의 기술(아리스토텔레스의 시학, 브왈로의 시학 등), 어떤 특정한 시인이나 유파 또는 문학사적으로 각 시대에 고유한 시 개념(발레리의 시학, 말라르메의 시학, 고전주의 시학, 상징주의 시학 등), 그리고 구조시학의 경우처럼 어떤 작품이나 장르 또는 철학을 시로 만드는 원리들의 총체 등 여러 의미로 쓰인다. 가장 고전적이고 일반적이며 여전히 유효한 시학의 정의는 아리스토텔레스가 말한 '시를 짓는 기술'이다. 시학과 수사학은 그 영역과 목적은 서로 다르지만 담론을 만들어내는 기술이라는 공통점을 갖는다. 이미 보았듯이 아리스토텔레스가 말하는 시학, 즉 시 짓는 기술은 시작법이 아니라 줄거리를 만들어내는 기술이다. 시인은 "전해져 내려오는 줄거리들"(9장 51b24)을 모델로 삼아 필연성과 개연성의 규칙에 따라 줄거리를 만들어낸다. 여기서 시적 행위와 수사학적 행위의 차이를 볼 수 있다. "시적 행위는 줄거리를 만들어내며, 수사학적 행위는 논증을 만들어낸다"(*L2*, p. 484).[25] 각기 논증과 줄거리 구성이라는 수단을 사용한다는 점이 수사학과 시학의 가장 근본적인 차이이며, 그로부터 다른 차이들이 비롯된다.

앞서 말한 수사학의 전형적 상황 및 수신자와 관련하여, 비극이나 서사시의 수신자는 법정이나 의사당의 청중이 아니라 극장에서 공연을 보며 카타르시스를 느끼는 관객이다. 따라서 목적이라는 측면에서 수사학의 설득에 대립되는 것은 카타르시스라 할 수 있다. 수사학은 논증을 통해 청중을 설득하려 하지만 시학은 상상적인 재구성(줄거리)을 통해 두려움과 연민을 불러일으킴으로써 카타르시스를 실현하려 한다. 또한 시학적 상상력을 통해 새로운 것을 발견하고 이해하는 즐거움은 수사학적 논증이 갖는 설득력의 한계를 넘어서게 한다는 점에서 그 둘은 서로 보완적인 관계에 있다. 예컨대 정치 영역에서 이데올로기는 수사학의 영역에 속하지만 유토피아는 가능한 세계, 삶을 바꿀 수 있는 새로운 세계의 줄거리를 만들어보는 것이라는 점에서 시학의 영역에 속한다. 시학은 기존 관념으로 굳어버린 세계에 상상력의 메스를 들이대며 해방과 전복을 꿈꾼다. 시학의 한계는 바로 이 지점, 즉 개념과 겨루고자 하는 상상력의 한계이다.

---

25) 물론 수사학 속에도 시학이 있을 수 있으며 그 역도 마찬가지다. 논증을 위해 때로 이야기를 집어넣기도 하는데, 이야기는 전달이나 설득을 목적으로 하는 어떤 생각과 사상을 담고 있기 때문이다. 하지만 추론을 할 수 있는 작중인물과 달리 시인은 이야기를 통해 보여줄 뿐 스스로 논증하지는 않는다. 마찬가지로 수사학자는 자신의 논증에 이야기를 집어넣을 수는 있지만 줄거리를 만들어내지는 않는다. "추론은 근본적으로 가능성의 논리, 다시 말해서 (플라톤이나 헤겔이 아니라) 아리스토텔레스의 의미에서의 변증법 그리고 전형적인 상황에 알맞은 기존 관념의 도식이라 할 수 있는 화제topoi 이론에 종속되어 있다. 다른 한편으로 줄거리는 근본적으로 인간 행동의 장場의 상상적 재구성, 아리스토텔레스가 창조적 모방의 뜻으로 미메시스라는 용어를 붙였던 상상력 또는 재구성으로 남아 있다"(*L2*, p. 486).

iii) 해석학은 텍스트를 해석하는 기술이다. 그것은 주어진 여건에 따라 해석이 달라질 수 있으며 따라서 여러 가지 의미로 텍스트를 읽을 수 있다는 것을 전제한다. 그러한 가능성을 해석학의 근본 조건으로 받아들인다면 해석학은 "다양한 의미에 대한 이론"(L2, p. 487)으로 정의될 수 있다. 의사소통의 왜곡을 직접 교정할 수 있는 대화와 달리, 글로 쓰인 텍스트를 대상으로 하는 해석의 경우에는 발화자로부터 분리된 담론의 의미가 발화자의 의도와 일치하지 않는다는, 텍스트의 의미론적 자율성에 따른 어려움이 야기된다. "고아라고 할 수 있을 텍스트는 아버지라는 보호자를 잃고, 오로지 홀로 수용과 독서의 모험에 맞서야 한다"(L2, p. 488). 작가의 의도와 텍스트의 의미는 각기 다른 운명을 밟게 되는 것이다. 그렇다면 해석학은 어떤 유형의 텍스트-담론을 해석 대상으로 삼는가? 수사학이나 시학과는 구별되는 해석학 고유의 수단이나 목적은 무엇인가?

우선 유대-기독교 문화에서 해석의 대상인 성서 텍스트가 첫번째 유형으로, 그로부터 해석학을 성서 주석과 동일시하는 전통이 발생한다. 그러나 주석 작업의 목적이 주어진 텍스트를 이해하는 데 있는 반면, 해석학은 이해의 규칙과 관련된 이차적 담론이라는 점에서 서로 구별된다. 현대의 성서 해석학은 고대의 주석학에 고전문헌학을 접목시킴으로써 태동하는데, 여기서 해석학은 성서 해석이라는 특수한 영역을 벗어나 해석학의 보편적인 과제, 즉 어떻게 과거의 전혀 다른 문화적 상황에서 만들어졌고 받아들여졌던 텍스트의 핵심 의미를 현대 상황에 맞게 옮겨 올 수 있는가라는 과제에 직면하게 된다. "해석한다는 것은 이제부터 어떤 문화적 맥락에 따른 의미작용을, 동등한 의미를 갖는다고 추정되는 규칙에 따라 다른 의미작용으로 번역하는 것이다"(L2, p.

489). 이처럼 해석을 번역 작업과 같은 맥락에 위치시키면서 해석학은 성서 텍스트를 벗어나 다른 두 가지 유형의 텍스트 해석과 만나게 된다.

우선 르네상스를 거쳐 18세기에 이르면 두번째 유형, 즉 그리스 로마의 고전 텍스트를 이해하고 해석하는 문헌학적 작업이 성서 해석과는 별도의 독자적인 영역을 형성하게 된다. 여기서도 마찬가지로 텍스트의 의미를 복원한다는 것은 역사적이고 문화적인 거리에도 불구하고 등가의 의미로 번역한다는 것을 뜻한다. 텍스트가 최초의 맥락에 따른 의미론적 정체성을 보존하면서도 그 자율성으로 말미암아 새로운 상황에 맞게끔 의미작용의 변화를 일으킬 수 있다는 전제는 해석학의 과제를 수사학이나 시학의 과제와 구별하게 하는 가장 큰 특징이다. 이제 해석학의 과제는 "(최초) 의미의 탈문맥화와 재문맥화라는 가능성만을 가지고 추정된 의미론적 정체성에 접근"(L2, p. 489)하는 것이 된다. 해석학이 대상으로 삼는 세번째 유형은 사법 영역에서의 법률 텍스트이다. 실제로 입법권을 가진 주체가 예견하지 못했던 새로운 상황은 언제라도 발생할 수 있다. 그래서 사법적 판단은 언제나 법전과 판례에 근거한 새로운 해석을 필요로 한다. 텍스트의 의미 해석과 관련하여 전통을 중시하는 법리 해석은 이처럼 역사적이고 문화적인 거리가 항상 넘어야 할 장애만은 아니라 거쳐야 할 매개가 될 수도 있음을 보여준다. "모든 해석은 살아 있는 전통을 구성하는 재해석이다. 전통, 즉 해석의 공동체가 없다면 의미의 전이도 번역도 없다"(L2, p. 490).

이처럼 수사학, 시학, 해석학은 각기 다른 영역에서 다른 목적을 가지고 있지만 때로는 맞물리고 때로는 겹쳐지면서 문학 연구의 큰 틀을 형성해왔다. 서로 경합하는 해석과 전통 사이에서 결정을 내려야 한다는 점에서 해석학 역시 수사학의 추론과 논증을 필요로 한다. 그러나 해석학에서 추론의 진정한 목적은 우열을 판단해서 단일한 의미를 추출하는 것이 아니라, 오히려 다양한 의미 공간을 열어주는 데 있다. 해석학의 과제는 어떤 한 해석의 우월성을 인정하는 것이 아니라, 칸트가 『판단력 비판』에서 말한 것처럼 더 많이 의미함으로써 더 많이 생각하도록, 다시 말해서 텍스트가 최대한의 의미를 갖도록 길을 열어주는 것이다. 이처럼 설득하기보다는 상상력을 열어주려 한다는 점에서 해석학은 수사학보다는 시학에 더 가깝다. 의미를 넘쳐나게 하기 위해서는 합리적 사고보다는 창조적 상상력이 필요한 것이다.

나아가 해석은 단지 텍스트의 다양한 의미를 이해하는 것, 더 많은 의미 이해를 통해 더 많이 생각하는 것에 그치는 게 아니라, 텍스트 세계를 펼치는 것이다. "전통 속에서 의미가 형성되고 번역을 요구하는 곳이면 어디서든 해석은 작동하고 있다. 해석이 작동하고 있는 곳이면 어디서든 의미론적 혁신의 문제가 제기된다. 그리고 우리가 더 많이 생각하기 시작하는 곳이면 어디서든 새로운 세계가 드러나는 동시에 만들어진다"(*L2*, p. 493). 텍스트 세계는 세계를 다시 기술함으로써 현실 세계의 또 다른 양상을 보여주고, 이를 통해 어떤 새로운 세계를 제안함으로써 현실과 대결한다는 점에서, 그리고 그러한 대결은 현실의 부정이나 파괴에서부터 현실을 변모시키는 데까지 나아간다는 점에서 텍스트 세계는 그 자체로 머물 수도 없으며, 더군다나 텍스트의 기능 또는 텍스트의 의미효과로 환원되거나 축소될 수 없다.

4. 문학, 미적 경험과 예술적 진리

　작가의 스타일은 화가의 색과 마찬가지로 기술의 문제가 아니라 사물을 바라보는 예술가의 시각에 의해 좌우된다. 오로지 예술에 의해서만 우리는 우리가 속한 세계를 벗어나고, 같은 세계인데도 이를 바라보는 이의 시선에 따라 어떻게 다른 세계가 될 수 있는지 발견하게 된다. 다른 시선을 가진 이들이 없었다면 이들이 표현한 세계는 달나라만큼이나 우리에게는 미지의 것으로 남아 있었을 것이다. 예술이 존재하므로 오로지 하나의 세상, 즉 우리가 알고 있는 세상만을 보는 대신에 우리는 우리의 세계가 곱절이 되는 것을 볼 수 있다. 독창적인 예술가가 새롭게 나타날 때마다 우리의 세계는 무한대로 늘어난다. 수 세기 전에 없어진 어느 별에서 발산한 빛이 현재의 지구까지 도달해 우리가 볼 수 있는 것처럼 렘브란트 혹은 페르메이르라는 이름의 별에서 나온 빛은 그 근원이 사라진 후에도 여전히 우리들을 감싸고 있다.[26]

　세계라는 말을 "나를 둘러싸고 나를 사로잡을 수 있는 어떤 것, 어쨌든 내가 만들지는 않았지만 내가 있는 곳"(*CC*, p. 263)으로 정의할 수 있다면, 예술작품이 보여주는 세계는 허구 세계이지만 그 또한 하나의 세계이다. 프루스트의 말대로 예술작품의 세계는 우리로 하여금 다른 시선으로 바라보게 함으로써 세계를 새롭고 풍성하게 발견하도록 해준다. 리쾨르가 말하는 텍스트 세계, "우리가 살 수 있고 우리에게 가장 적합한 잠재 능력을 펼칠 수 있는 세계"(『시간3』, p. 199) 또한 그러한 세

---

26) M. Proust, *A la recherche du temps perdu III*, pp. 895~96.

계에 속한다. 예술작품이 펼쳐 보이는 세계가 하나의 세계가 될 수 있는 것은 우리가 몸담고 있는 이 세계, 후설이 '생활세계'라 부르고 하이데거가 '세계를-향한-존재'라 부르는 일상적 경험의 세계를 다시 그리게 해주는 힘을 가지고 있기 때문이다. 작품을 읽는다는 것은 작품의 초대를 받아 작품이 펼쳐 보이는 지평 속으로 들어간다는 것이며, 그것은 작품과 마주 서서 "그러한 마주 섬에 의해 창조된 세계 속에 자리 잡는 것이다"(*CC*, p. 263). 작품의 출현과 더불어 작품 고유의 세계에 속하는 근본적인 감정들, 그 세계에서 살아가는 가장 순수하고 본질적인 양태라고 할 수 있는 감정들이 드러난다. 그러한 감정들은 독자에게 미적 경험이라는 형태로 영향을 미치고, 독자가 몸담고 있는 세계에 새로운 의미를 부여한다.

여기서 우리는 리쾨르가 미메시스II를 설명하면서 줄거리 구성을 통한 형상화라는 허구적 작업의 창조적 기능을 부각시키기 위해 사용한 "마치 ~처럼의 왕국"이라는 표현에 주목할 필요가 있다. 리쾨르의 철학에서 허구적인 문학 담론의 인식론, 존재론과 관련하여 '처럼comme' 이 갖는 중요성에 대해서는 이미 앞에서 강조한 바 있다. 부적절한 주술 관계를 통한 은유의 의미론적 혁신에서 '~처럼 보다voir-comme'는 '~처럼 이다être-comme'로 이어지며, 이질적인 것의 종합을 통한 이야기의 의미론적 혁신에서 '마치 ~처럼comme si' 그려본 세계는 현실과의 역동적 관계 속에서 가능한 세계를 연다. 파이힝거 또한 허구 세계의 진리와 관련된 물음에 나름의 답을 제시한다. 그에 따르면 허구는 검증을 통해 진위를 가릴 수 있는 가설과는 달리, 그 자체로는 있음 직하지 않거나 심지어 불가능하다고 생각되더라도 우리의 사유와 행동의 다양한 영역에서 나름대로 기능을 갖는 '가정'으로서 '마치 ~처럼'이라는 형태로 진술된다.[27] 예컨대 수학에서의 무한소 개념, 역사학에서의 진보 개념, 윤리학에서 의지의 자유 같은 개념 등은 논리적으로는 그 진위를 가릴 수 없지만 인간의 실천적 행동과 관련하여 유효하며 기초가 되는 개념들이다. 그렇다면 우리는 어떻게 의식적으로 꾸며낸 이야기, 비록 진실임 직할지라도 그 진위를 검증할 수 없는 이야기를 통해 진리에 이를 수 있는가?

이와 관련하여 파이힝거는 사유란 합목적적으로 작용하는 유기적 기능이라는, 다윈의 진화론에서 영향을 받은 듯한 개념을 끌어들인다. 그에 따르면 인간의 모든 사유는 자기보존과 진화를 위한 것이며 거기에는 논리적으로 진위를 검증할 수 있는 사유도 있지만 자연선택에 합목적적 역할을 하는 기술을 가리키는 사유도 있다. '마치 ~처럼'의 사유, 즉 의제擬制 또는 허구는 그런 방법 가운데 가장 중요하다. 파이힝거의 이러한 실용주의적 입장은 허구의 진리 개념을 설명하는 데 유용하기는 하지만, 목적론적 기능만을 강조한다는 문제가 있다. 리쾨르가 다고네의 '도상적 증가augmentation iconographique'[28] 개념에 상응하는 '늘어남surcroît'이라는 개념을 끌어들이면서 예술의 발견적 기능에 주목하는 것은 그 때문이다.

이런 이유로 나는 이미 구상예술에서도 한 작품의 아름다움, 초상화의 성공은 그 재현의 질이나 그 모델과 닮았는가의 여부 또는 보편적이라고 주장하는 규칙들에 부합하는가의 여부가 아니라 모든 재현과 모든

---

27) H. Vaihinger, *The Philosophy of as If: A System of the Theoretical, Pratical, and Religious Fictions of Mankind*, Routledge, 2000 참조.

28) F. Dagognet, *Ecriture et iconographie*, Vrin, 1973, p. 56 참조.

규칙과 관련하여 어떤 '늘어남'에 달려 있다고 생각한다. 〔……〕 작품이 오늘날 우리의 '상상의 박물관'에 자리할 가치가 있다면, 이는 그 작품이 늘어남에 의해 그 진정한 대상에 완벽하게 들어맞기 때문이다. 그 대상은 과일 그릇이나 터번을 두른 처녀의 얼굴이 아니라, 세잔이나 페르메이르가 자신들에게 제기된 독특한 물음을 독특하게 붙잡은 것이었다. (*CC*, pp. 270~71)

다고네가 말하는 '도상적 증가' 개념에 따르면 과학자와 예술가는 진리 물음과 관련하여 모형 또는 축약 전략을 취함으로써 세계를 재생산하고 그 본질을 형상화한다는 점에서 서로 접근한다. 예술은 같은 세계를 다르게 그려보는 방식, 즉 단순한 스타일의 문제가 아니라 같은 세계의 다른 측면을 보여주는 인식론적이고 존재론적인 지평을 함축한다. "예술은 세계의 깊숙한 곳을 번역할 뿐만 아니라 그 너머를, 그 풍요로움을, 세계를 확장시키고 또 세계가 터져 나올 수 있게끔 하는 수많은 지평을 발견한다."[29] 다시 말해서 미메시스-허구는 플라톤이 말하는 모상eikôn, 즉 현실의 그림자를 만들어내는 것이 아니라 무한한 풍경을 향해 열린 창에 비길 수 있는 '형상Bild'을 통해 현실을 다시 그림으로써 본질적인 그 무엇을 늘어나게 하는 힘을 갖는다. 리쾨르가 말하는 텍스트 세계 또한 현실 세계와는 구별되는 허구적인 세계이지만, 현실 세계가 지닌 다양한 양상들 가운데 어느 독특한 양상, 세계의 본질이라고 말할 수 있는 어떤 것을 두드러지게 드러냄으로써 세계를 늘어나게 한

---

29) 같은 책, p. 48.

다.[30] "모든 작품은 언제나 읽는 이에게 무엇인가를 행한다는 점에서 전에 없었던 무엇인가를 세계에 추가한다"(『시간2』, p. 49). 리쾨르가 허구를 "무수히 많은 사유 경험들의 실험실"(『시간3』, p. 517)이라고 부르는 까닭이 바로 거기에 있다. 이렇게 해서 사태와 인식의 일치라는 종래의 진리 개념과는 다른 발견으로서의 진리 개념이 나온다.[31] 실재와의 합치라는 전통적 진리 개념이 전복되고, 예술작품이 지닌 힘에 따라 현실을 새롭게 발견하고 또 다른 길을 열어주는 진리 개념으로 나아가는 것이다.

미적 경험과 예술적 진리에 대한 이러한 논의는 전통적으로 미학 또는 예술철학의 영역에서 예술작품의 미학적 가치와 진리라는 주제로 다루어져왔다. 고대부터 정립된 가장 일반적인 이론에 따르면 "미는 여러 부분들의 비례와 배열, 더욱 정확히 말하자면 부분들의 크기, 질, 수 및 그것들 간의 상호 관계 속에 존재한다."[32] 미를 사물들의 객관적 속성으로 간주하는 이러한 이론은 미적 취향이 변화하면서 쇠퇴하기 시작한다. 흄은 처음으로 개인이나 시대 또는 지역에 따른 미적 판단의 다

---

30) "역사는 우발적인 것과 결부되어 있다는 점에서 본질을 결여하고 있는 반면, 시는 실제 일어난 사건의 노예가 아니기에 직접 보편적인 것으로 나아갈 수 있다. 다시 말해서 어떤 유형의 인물이 개연적이거나 필연적으로 말하거나 행동할 수 있는 것을 향해 나아갈 수 있는 것이다. [······] 역사는 우리를 다른 것에 열어줌으로써 가능한 것으로 이끄는 반면, 허구는 실재하지 않는 것에 열어줌으로써 우리를 본질적인 것으로 데리고 간다"(P. Ricoeur, "La fonction narrative," *La Narrativité*, CNRS, 1980, pp. 66~67).

31) 은유가 '상상적 합리성'을 내포하고 있다는 레이코프와 존슨의 논의는 인지과학적 입장이라는 점에서 학문적 영역이 다르긴 하지만 리쾨르가 말하는 의미론적 혁신 현상을 설명하는 데 도움을 준다. "이성은 최소한의 범주화와 함의, 추론을 포함한다. 상상력은 자신의 다양한 측면 중의 하나로서 어떤 사물을 다른 사물의 관점에서 보는 것을 포함한다. 그래서 은유는 '상상적 합리성'이다"(G. 레이코프·M. 존슨, 『삶으로서의 은유』, 노양진·나익주 옮김, 도서출판 박이정, 2006, p. 315).

32) W. 타타르키비츠, 『미학의 기본개념사』, 손효주 옮김, 미술문화, 1999, p. 160.

양성에 주목하면서, 그러한 미적 상대성에 따른 난관은 올바른 판단을 통해 극복할 수 있다고 주장한다. 이에 대해 칸트는 미에 대한 모든 판단은 취향에 따른 개별 판단이라고 주장함으로써 미에 대한 객관적인 명제를 거부한다. 그에 따르면 미적 판단은 인식 판단과는 달리 주관적인 쾌/불쾌의 느낌에 달려 있으며, 이는 좋거나 싫음이 주는 감각적 쾌/불쾌와 마찬가지로 객관적 증거에 따라 입증할 수 없다. 미적 판단이 사물의 객관적 속성이나 어떤 실천 원칙에 따르는 시식(순수이성) 혹은 실천적 판단(실천이성)과 다른 점도 바로 그것이다.

주관성에 따른 미의 상대주의라는 난관을 해결하기 위해 칸트는 미적 판단의 보편성이라는 명제를 내세운다. 감각 영역에서의 좋고 싫음이라는 취향이 개별적이고 특수한 것인 반면, 미적 판단은 모두가 동의하는 판단이라는 것이다. 미적 판단은 개인적인 이해관계를 떠난 것이기에 마치 그것이 사물의 속성인 양 판단하는 것이며 그래서 보편적이다. 목적 없는 합목적성이라는 동기가 그러한 객관적이고 보편적인 판단을 가능하게 하며 이는 어떤 감성 공동체의 공통 감각을 통해 확인된다. 칸트와 더불어 미학은 이제 사물의 객관적 속성으로서의 미가 아니라 감상자의 주관, 즉 미적 감상에 대한 과학이 된다. 그리고 헤겔과 함께 아름다운 것은 관념적인 것이며, 미는 관념의 현시, 즉 '감각적 외관을 쓴 절대정신의 현현'이 된다. 이제 고대의 비례는 형식이라는 용어로 대체된다. 미에 대한 관념이 변하면서 이제 그것을 객관적으로 정의한다는 것이 사실상 무의미해졌다고 말할 수도 있겠지만, 예술작품의 미적 객관성을 구출하기 위한 노력은 이어져왔다. 특히 상호주관성 측면에서 미적 경험에 대한 논의가 상대적으로 활발해진 것은 그와 연관이 있어 보인다.

여기서 우리의 관심을 끄는 것은 하이데거에서 가다머를 거쳐 리쾨르에 이르는 해석학 전통에서 말하는 미적 경험이다. 우선 하이데거에 따르면 예술작품에서는 눈앞에 현존하는 개별적 존재자가 아니라 사물의 보편적 본질을 재현하는 것이 중요하다. 작품은 세계를 열어 세우고 대지를 불러 내세움으로써 개방성과 폐쇄성의 대립과 투쟁을 이끌고 진리를 일어나게 한다. 여기서 진리란 인식과 사실의 일치라는 전통적 개념이 아니라 '알레테이아,' 즉 존재자의 비은폐성, 드러남을 말한다. 존재자를 둘러싸고 있는 어떤 빛 덕분에 인간과 다른 모든 존재자를 이어주는 통로가 보이는 것이다. 그처럼 진리가 일어나는 드문 방식들 중의 하나가 바로 작품의 작품 존재라는 것이 하이데거의 예술철학이다. 작품은 숨어 있지 않음, 즉 비은폐성을 통해 진리가 일어나게 함으로써 존재자의 존재를 밝히고, 그렇게 빛나는 것이 곧 아름다움이다. "그런 식으로 존재하는 빛이 자신의 빛남을 작품 속으로 퍼트려놓는다. 작품 속으로 퍼져 있는 그 빛남Scheinen이 아름다운 것이다. 아름다움Schönheit은 진리가 비은폐성으로 현성하는 하나의 방식이다."[33] 작품을 밝히는 빛이 존재자를 드러내고 거기서 느끼는 쾌감이 하이데거가 말하는 미적 체험이라는 점에서 미의 문제는 진리 물음과 분리할 수 없다. 가다머 또한 예술 경험을 존재 경험이자 진리 경험, 즉 미적 존재가 그때그때 끊임없이 일어나는 생기生起로 규정한다. "예술언어와의 모든 만남은 끊임없이 일어나는 어떤 '생기'와의 만남이다. 그리고 거기서 만남 그 자체는 이러한 '생기'의 한 부분이다."[34] 이 말은 예술 경험에서 획득한 진리를

---

33) 같은 책, p. 78.
34) H.-G. Gadamer, *Vérité et méthode*, p. 117.

완결된 인식에서는 결코 포착할 수 없으며, 예술작품 속에 담겨 있는 것을 남김없이 퍼내는 일도 가능하지 않다는 뜻이다. 이리하여 예술작품의 인식론은 존재론으로 전환되는 동시에 예술작품의 진리에 관한 물음은 해석학적 영역에 들어간다.

리쾨르는 하이데거와 가다머의 예술철학을 이어받아 미적 경험과 진리를 연결시키려 한다. 사실 리쾨르는 지적 자서전이라 할 수 있는 『비판과 확신』에서 「미적 경험」이라는 짧은 글로 자신의 예술론을 간접적으로 피력하고 있을 뿐, 예술론 혹은 미학에 대해서는 상당히 조심스러워 보인다. 자신이 미학에 관심을 갖게 된 것은 이야기를 통해서이며, 담론으로서의 이야기 덕분에 일상언어나 인공언어로는 해결할 수 없는 문제, 즉 기호의 양면성 문제를 해결할 수 있었다고 밝히기도 한다. 그에 따르면 한편으로 기호는 사물이 아니기에, 사물로부터 한 발 물러남으로써 기호 체계에 따른 새로운 질서를 만들어내고, 다른 한편으로 어떤 것을 가리킴으로써 사물과의 거리, 즉 '기호의 유배'에 따른 거리를 대상지시 차원에서 극복한다. 앞에서 보았듯이 뱅베니스트가 말하는 '기호를 세계로 옮겨 싣기'란 언어가 기호 차원에서는 사물에서 물러나지만 문장 차원에서는 다시 세계와 관계 맺는다는 것을 뜻한다. 이것이 기호의 이중적인 기능이다. 이를 이야기에 적용하자면 형상화 차원에서 이야기는 줄거리 구성이라는 형상화 원칙에 따름으로써 세계에서 한 발 물러서지만 재형상화 차원에서 "독자의 기대를 뒤흔들고 반박하고 재조정함으로써"(CC, p. 260) 독자 세계를 다시 구조화하면서 세계로 들어온다. 그 점에서 이야기의 재형상화 기능은 재현적이다. 여기서 재현이란 실재를 재생산하는 것이 아니라 현실의 은유적 전환을 통해 독자 세계를 허구적인 작품 세계와 대면시킴으로써 전자를 다시 구조화하는 것이다. 그것은 일상적인 경험 세계를 꿰뚫고 내부에서 뒤흔듦으로써 새로운 경험과 느낌을 만들어낸다.

이미 사라졌으나 작품 속에 보존되어 있는 정서적 느낌, 즉 세계에 대한 예술가의 독특한 감성적 관계를 보여주는 느낌, 그 어떤 의미나 외부의 지시대상도 갖지 않고 만들어지는 '영혼의 색조'를 리쾨르는 '무드 mood'라고 부른다. 무드는 "자기를 벗어난 어떤 관계, 여기 그리고 지금한 세계에 깃드는 어떤 방식과 같은 것이다. 만약 어떤 작품이 성공적이라면 그 작품은 세계와 알맞은 관계를 맺을 것이며, 그 작품 속에서 그려지거나 음악으로 옮겨지거나 이야기될 수 있는 것은 바로 이 무드이다"(CC, p. 268). 예술가는 반성 이전 단계, 형상화되기 이전 단계에서 독특한 세계에 대한 독특한 경험인 '무드'를 독특한 방식으로 형상화함으로써 세계의 도상을 늘리고, 이를 통해 예술적 진리의 보편성을 입증한다.

여기서 재현의 경계 문제가 제기된다. 리쾨르는 고전예술은 형상적 figuratif이며 현대예술은 다형상적polyfiguratif이라고 규정한다. 르네상스 회화의 원근법과 구상회화는 현실의 모방이라는 재현에 대한 오해를 만들어냈고, 20세기 회화는 전통적인 재현 개념을 전복시킴으로써 오히려 재현 개념에 현실의 은유적 전환이라는 그 온전한 의미를 부여하게 된다. 여기서 재현 기능은 "대상을 알아보는 데 도움을 주는 것이 아니라 작품 이전에는 존재하지 않았던 경험의 여러 차원들을 발견하게 하는 것"(CC, p. 260)으로 정의된다. 이런 관점에서 보자면 구상예술과 비구상예술의 거리는 생각만큼 그리 멀지 않다. 왜냐하면 비구상예술은 구상예술 고유의 재현 규칙을 벗어나기는 하지만 세계에 대한 예술가의 독특한 감성적 관계, 즉 무드를 형상화함으로써 작품의 의미 차원을 확장시킨 것이라 볼 수 있기 때문이다. 이처럼 여러 의미작용 층위가 하나의 동일한 표현 속에서 지탱된다는 점에서 예술은 문학언어의 은유와 만난다. 예술작품 또한 은유와 마찬가지로 작품 속에 간직되어 있는 의미 층위들을 통합함으로써 언어의 일상적 의미, 의사소통이라는 도구적 기능으로는 포착할 수 없는 세계의 양상들을 발견하게 하는 것이다. "예술작품은 다른 방식으로라면 보이지 않거나 붙잡을 수 없을 언어의 속성들을 적나라하게 드러낸다"(*CC*, p. 259).

이 점에서 경험의 새로운 차원의 발견을 통한 의미론적 혁신, 넘치는 의미, 도상적 증가를 가져오지 못하는 작품은 아무리 전위적이라 하더라도 훌륭한 작품이라고 할 수 없다. 오늘날 발자크나 졸라처럼 소설을 쓸 수도 없고 그렇게 쓴다 하더라도 의미가 없는 것은 그 때문이다. 현실을 반영하고 기록한다는 의미에서 소설의 묘사 기능은 더 이상 힘이 없으며, 이제 소설은 언어의 상징 기능을 통해 현실에 충격을 줌으로써 의미 혁신을 가져와야 한다. 리쾨르가 고전주의 예술에는 유보적인 반응을 보이면서 음악에서는 쇤베르크, 베르크, 베베른 같은 작곡가를, 미술에서는 샤갈, 몬드리안, 칸딘스키, 클레, 미로, 폴록, 베이컨 같은 화가들을 높이 평가하는 것은 바로 예술언어가 지닌 의미론적 혁신 기능을 중시하기 때문이다. 좋은 예술작품은 사건이나 형상의 단순한 재현을 넘어서서 대상의 다양한 양상들을 작품 속에 응축시키고 더 강화시키는 힘을 지닌다. 그리고 각자의 다양한 관점에 따라 다른 언어로 해석할 수 있는 가능성을 열어주면서 우리의 일상 경험에서는 알려지지 않았던 양상들을 발견하게 한다. 비구상회화나 현대음악의 경우처럼 재현 기능이 희미해질수록, 즉 현실 묘사 기능이 약화될수록 현실과의 틈은 더 벌어지지만 우리가 경험하는 세계에 미치는 힘은 더 커진다는 역설도 가능해진다. "더 멀리 물러날수록, 더 먼 곳에서 오는 것처럼 더 강렬하게 현실로 되돌아온다"(*CC*, p. 264).

물론 전통적 재현과의 완전한 단절을 추구하는 작품은 예술의 경계에 대한 물음을 제기하기도 한다. 과연 뒤샹의 「샘」에서 보듯이 일상의 용도를 벗어나는 '오브제'가 되는 것만으로 예술작품이라 할 수 있을 것인가? 예술작품이라는 배경(틀)이 없다면 작품을 세계와 분리시키는 경계도 없을 것이며 그렇다면 작품 세계라는 것도 있을 수 없다. 한편, 시각적인 형상의 영향권에서 완전히 벗어날 수 없는 회화와 달리 음악은 재현의 경계를 넘어서는 쪽으로 훨씬 더 나아갈 수 있다. 각각의 음악작품은 독특한 분위기(무드)를 지니고 있으며, 현실의 그 어떤 것도 재현하지 않으면서 우리 내부에서 그에 상응하는 무드나 음색을 만들어낸다. 음악은 이름 붙일 수 없는 느낌들을 우리 안에서 창조한다. 즉, 그 음악을 듣기 전에는 존재하지 않았던 감정들을 불러일으키고 각각의 작품은 영혼의 다양한 색조이자 목소리로서 우리 영혼에 독특한 울림을 만들어낸다. 리쾨르는 현대철학이 이러한 느낌의 문제에 별 관심을 기울이지 않았다고 지적하면서, 음악의 기능이란 "느낌의 영역에서 독특한 본질을 지닌 세계"(*CC*, p. 262)를 구성하는 것이 아닌가라는 물음을 던진다.

그렇다면 이처럼 한 개인의 독특한 경험이 만들어낸 독특한 작품이 어떻게 익명의 수용자에게 소통 가능한 보편적 의미를 갖게 되는가? 예술가는 자신의 독특한 경험을 전달하기 위해 독특한 물음이라는 형식에 자신의 경험을 합치시킨다. 날것의 경험을 있는 그대로 전달할 수는 없으며, 이야기의 줄거리 구성이나 회화의 미적 기준 같은 형상화 원칙에 따라야만 의사소통이 가능한 것이다. 미적 경험이란 그처럼 감성적 경험(아이스타시스)과 형식적인 것이 합치할 때 생겨나는 경험이며, 벤야민이 말하는 아우라(분위기)도 거기서 나온다. 다시 말해서 형식적 보편성을 통해 소통되는 것은 그 내용이라기보다 예술작품 특유의 체험이다. 독특한 것은 일상적인 진부함을 벗어나 넘치는 의미로 인해 눈길을 끌고, 그러한 넘치는 의미가 현실의 도상을 늘리고 생각을 불러일으킨다.[35] "작품은 말로 다할 수 없고, 소통될 수 없고, 그 자체로 닫혀 있는 체험을 도상으로 늘어나게 한다. 이러한 도상의 늘어남이야말로, 늘어남으로서 소통될 수 있는 것이다"(*CC*, p. 269). 예를 들어 프루스트의 마들렌 일화는 그냥 단순한 마들렌 과자에 관한 것이 아니라 어느 순간 작가가 경험했던 독특한 현실, 말할 수 없고 보이지 않는 시간을 가로질러 가게 했던 체험을 이야기로 형상화한 것이다. "그 자체에서 나와서, 나에게 이르고 나를 넘어서 사람들의 보편성에 이르는 화염"(*CC*, p. 270)과도 같은 작품을 만나는 것이 바로 미적 경험이다. 리쾨르가 예술작품의 무드라고 부르는 미적 경험은 작품이라는 매개를 거친 자기 이해와 불가분의 관계에 놓여 있으며, 어떻게 보면 그런 이해를 불러일

---

35) 여기서 리쾨르는 나치 수용소 경험에 바탕을 둔 호르헤 셈프룬의 『글이냐 삶이냐』, 프리모 레비의 『이것이 인간인가』 등의 작품을 예로 든다. 이런 작품들은 나치 수용소라는 극단적인 상황에서의 체험, 말로 표현할 수 없는 헐벗은 체험을 헐벗은 언어라는 독특한 방식으로 형상화함으로써 절대적 악의 재현 불가능성이라는 그 체험의 의미를 형상화하는 데 성공했다. 리쾨르에 따르면 작품을 창조한 작가의 정서는 작품을 매개로 독자에게 그와 비슷한 울림을 만들어내고 독자 속에 잠재하던 울림의 가능성을 열어준다. 중요한 것은 이야기의 내용이 아니라 울림을 만들어내는 그 어조이다. 앎과는 다른, 작품의 그러한 독특한 울림을 맛보지 못한다면 작품은 이해되지 않는 것으로 남고 만다. 그 점에서 성공한 예술작품이란 독특한 상황 속에서 이루어진 경험을 나름의 독특한 양식으로 형상화하는 작품이라고 말할 수 있다. 예술에 대한 이런 관점은 그랑제의 미학 이론에서 많은 영향을 받았다고 리쾨르 자신이 『비판과 확신』에서 직접 밝히고 있다. G.-G. Granger, *Essai d'une philosophie du style*, Odile Jacob/Seuil, 1988 참조.

으키는 촉매 역할을 한다고도 말할 수 있을 것이다.[36]

나아가 텍스트의 매개를 통한 자기 이해라는 해석학의 과제와 관련하여 리쾨르가 말하는 미적 경험은 예술의 진리만이 아니라 윤리 차원에까지 확장된다. 여기서 리쾨르는 예술작품은 사물이 아니며, 레비나스가 말하는 하나의 독자적인 '얼굴'을 가진다고 봄으로써 미학적인 측면에서 윤리 물음에 접근하는 독특한 방식을 보여준다. 그에 따르면 얼굴의 다양한 특징들이 모여 개인의 독특한 형상을 이루는 것처럼, 예술작품은 독특한 상황에 대한 독특한 문제 해결 방식을 보여줌으로써 다른 것과 대체할 수 없는 예술작품으로 존재한다. 그러한 독특한 미적 경험이 보편적으로 전달 가능하다는 예술작품의 역설적인 특징은 도덕 영역에서 '증언'과 '본보기'라는 개념으로 옮길 수 있다. 특정한 상황에서 남들이 하지 못하는, 하지만 해야만 하는 행동을 볼 때 인간은 아름다움과 동시에 어떻게 사는 것이 좋은 삶인가를 느끼고 본받아야 할 것 같은 영혼의 위대함을 느끼듯이, 위대한 예술작품은 위대한 영혼을 본보기로 증언한다는 것이다. 그 점에서 훌륭한 삶은 걸작과도 같다. 걸

---

36) 여기서 재현의 경계가 다시 문제시된다. 가장 독특한 작품이 가장 보편적일 수 있다는 역설이 나올 수도 있기 때문이다. 실제로 『시간과 이야기』에서 리쾨르는 줄거리 구성의 패러다임은 비시간적인 논리 구조에 따라 구성되는 것이 아니라 누적되고 침전된 역사 속에서 형성되는 서사적 이해력의 도식성에 따른 것이기 때문에, 때로 패러다임 자체를 위협하는 변이들을 발생시킬 수도 있다는 우려를 제기한다. "그렇기 때문에 전통이 이처럼 스스로를 형상화함으로써 침전시킨 패러다임들은 양식의 동일성의 소멸을 예고할 정도로 위협적인 여러 변이들을 발생시켰고 또 계속해서 발생시킨다는 생각이 가능해진다"(『시간2』, p. 48). 진실임 직함이라는 관례에 대한 맹목적인 추종과 갈수록 복잡해진 기교로 말미암아 줄거리 구성은 재현의 패러다임이 갖는 역동성을 상실하고 오히려 현실로부터 더 동떨어진 것이 되어버리는 경우도 생긴다. 그렇게 해서 독자가 작품을 재구성하지 못할 정도로 어려워지고 복잡해진 작품들도 등장하게 된다. 이 점에서 아무리 독특하고 전위적이라 할지라도 패러다임 자체를 거부하는 예술 양식, 의미론적 혁신을 가져오지 못하는 작품들마저 예술적 성공을 거둔 작품이라고 말하기는 힘들 것이다.

작이란 독특한 문제에 대한 독특한 해결 방식을 통해 본보기를 보여줄 뿐만 아니라, 그 상황에 가장 적합한 것이 무엇인가를 직접적으로 깨닫게 함으로써 아름다움과 감동을 준다. "물음의 독특함에 딱 들어맞는 해결책의 독특함"(CC, p. 273)을 실현하는 것이다. 그처럼 걸작이 의미론적 혁신을 가져오는 것과 마찬가지로 윤리적으로 고귀한 행동은 보편적인 도덕 규범을 따르는 것이 아니라 본보기가 되어 새로운 규범을 만들어낸다. 칸트가 말하는 반성적 판단 또한 규범의 적용에 근거하는 것이 아니라 어떤 특수한 상황에 대한 특수한 대답이 불러일으키는 이끌림과 공감에 토대를 둠으로써 전달 가능한 것이 된다. "도덕적 행위와 상황 사이의 적합성 관계를 포착함으로써 일종의 연동 효과가 생기는데, 이는 예술작품의 소통 가능성에 상응한다"(CC, p. 274).

물론 예술작품 특유의 소통 가능성이 갖는 윤리적 측면을 다른 영역에도 적용할 수 있는지의 문제는 별도의 논의를 필요로 하며, 근본적으로 윤리 물음을 미학적 관점에서 접근하는 것이 적절한가에 대한 반론도 제기할 수 있을 것이다. 하지만 리쾨르가 말하는 선하고 진정한 삶이란 그 자체로 이루어야 할 목표나 의무로 주어지는 것이 아니라, 어쩌면 이룰 수 없을지도 모를 이상과 꿈과의 괴리를 인정하면서도 이를 모델로 삼아 실천적 차원에서 선택해야만 하는 행동들과 일치시키고자 하는 노력이라고 말할 때, 우리는 미적 경험과 연결시킬 수도 있을 것이다. 이처럼 미적 경험의 의미론적 혁신을 예술의 진리 및 윤리 차원에까지 확장하려는 리쾨르의 시도는 해석학의 영역을 인문학만이 아니라 예술 전반에까지 확장하는 것이라고 볼 수 있다.

2장
구조주의와 해석학

> 오! 그렇구나! '시간'이 다시 나타났구나. 시간은
> 이제 절대군주로 군림한다. 그리고 이 흉측한 늙은
> 이와 더불어, 그를 수행하는 추억, 회한, 경련, 공포,
> 고뇌, 악몽, 분노 그리고 신경증, 그 악귀 같은 행렬이
> 고스란히 되돌아왔다. 〔……〕 그렇다! '시간'이 군림
> 한다. 놈이 그 포학한 전제권력을 다시 탈환했다. 그
> 러고는 두 개의 바늘로, 내가 마치 황소라도 되는 양,
> 나를 몰아댄다 ─'이랴 낄낄! 이 짐승아! 땀 흘려라
> 그래, 이 노예야! 살아라 그래, 영벌 받은 놈아! (샤
> 를 보들레르, 「이중의 방」)[37]

1. 구조와 역사: 리쾨르와 레비-스트로스의 논쟁

1960년대 인문학의 정체성을 둘러싼 논쟁의 중심에는 구조주의가 있
었다.[38] 특히 『구조인류학』(1958)과 『야생의 사고』(1962)를 통해 제시된

---

37) 샤를 피에르 보들레르, 『파리의 우울』, 황현산 옮김, 문학동네, 2015, p. 18.
38) 1959년에 개최된 두 차례의 콜로키움은 구조주의가 학계 전반에 미치게 될 파장을 예고한
다. 1월에 로제 바스티드가 주관한 콜로키움에서는 생물학, 언어학, 인류학, 심리학, 사회
학 등 여러 분야에서 사용되는 구조 개념에 대한 광범위한 논의가 이루어졌다. 7월과 8월
에 모리스 드 강디야크, 뤼시앵 골드만, 장 피아제의 주도로 열린 스리지의 콜로키움에서 핵
심 논제는 '구조 대 역사'였다. 구조주의의 성립과 전개에 관해서는 F. Dosse, *Histoire du
structuralisme*, t. 1, La Découverte, 1991, pp. 217~33 참조.

레비-스트로스의 사상은 커다란 반향과 비판을 동시에 불러왔고,[39] 두 번의 중요한 논쟁을 낳았다. 하나는 사르트르와의 논쟁이다. 사르트르는 개인의 자유에 대한 자신의 존재론을 사회적 분석 차원으로 발전시키기 위해 1960년에『변증법적 이성비판』을 발표한다. 마르크스주의와 실존주의를 결합해 계급투쟁의 정당성을 역설하면서도 개인의 주체적 실천을 존중할 수 있는 길을 모색하며 변증법적 이성과 역사성 개념을 제시한 것이다. 그런데 이에 대해 레비-스트로스가『야생의 사고』마지막 장「역사와 변증법」에서 격렬하게 비판한다. 이 유명한 논쟁의 핵심은 서구의 이성과 합리주의 대 비역사적이고 비과학적인 이른바 '야생의 사고'의 대결에 있었다.[40]

다른 하나는 레비-스트로스와 리쾨르의 논쟁인데, 여기서는 구조주의 방법론과 해석학적 사유가 주제로 대두된다. 리쾨르가 이끌던『에스프리』지의 철학 그룹은『야생의 사고』가 출판되고 나서 1년여의 독회를 거친 후, 레비-스트로스를 초청해 대담을 갖는다. 그 결과물이 1963년『에스프리』11월호에 "『야생의 사고』와 구조주의"라는 제목으로 출간되고, 여기에 리쾨르의「구조와 해석학」, 그리고 에스프리 철학 그룹과 레비-스트로스의 대담이 함께 실린다. 이 논쟁은 의미 있는 결실

---

39) 로제 카유아는 서구의 몰락을 예견케 하는『구조인류학』이 예전에는 고려의 대상조차 되지 않던 사람들에게 과분한 미덕을 부여했다고 비난하면서 인종과 역사에 대한 상대주의적 관점을 전반적으로 비판한다. 도스는『슬픈 열대』에 과학적 엄정성과 문학적 요소, 잃어버린 기원에 대한 향수, 죄의식과 구원이 뒤섞여 있다는 사회심리학적 분석을 제시한다. 클로드 루아는 레비-스트로스의 탐구를 악몽이 되어버린 역사 앞에서 느끼는 환멸 때문에 현실로부터 달아나고 싶은 욕망의 표현이라고 공격하고, 조르주 무냉은 레비-스트로스가 언어학에서 빌려온 것이 혼란스럽고 어설프며 수정 흔적으로 얼룩져 있다고 비판한다. 같은 책, pp. 166~68, 224~26.

40) 같은 책, pp. 290~91. 레비-스트로스와 사르트르의 논쟁을 참조할 것.

을 맺지 못하고 몽쟁의 표현에 따르면 "유산된 대화"[41]로 끝난다. 그 대화의 쟁점을 살펴보면 구조주의에 대한 해석학자로서의 리쾨르의 입장, 나아가 구조주의와 해석학의 관계를 생각해볼 수 있다. 중요한 것은 리쾨르가 인류학적 구조주의에 적대적인 반응을 보인 것이 아니라 오히려 이를 주체-인격 개념에 인류학적 토대를 마련할 기회로 생각했다는 점이다.[42] 그리고 리쾨르는 구조주의 방법론이 거둔 성과를 받아들이면서 '기호의 에움길'을 통해 해석학의 영역을 확장시키는 계기를 마련하게 된다.

레비-스트로스는 『야생의 사고』에서 논리적이며 과학적인 문명의 사고와는 다른, 주술적이며 비논리적이고 비과학적인 미개의 사고가 존재한다는 환상을 해체하기 위해 이른바 미개인들의 사고가 갖는 내재적 논리를 탐색한다. 그에 따르면 야생의 사고란 문명인의 사고와 대립하는 것이 아니라 오히려 그 원형을 간직한 일부이며, 미개인의 언어는 추상화된 개념은 갖지 못하지만 사물을 범주화시키는 방법이 다를 뿐 그들의 사고가 비논리적인 것은 아니다. 무질서에서 질서를, 무의미에서 의미를 찾는 것이 바로 사유 활동이고 과학이라면, 그것은 야생의 사고와 문명의 사고에 공통된다는 것이다. 범주화 측면에서 말한다면 문명의 사고는 추상의 과학이고 야생의 사고는 구체의 과학으로서 신

---

41) O. Mongin, *Paul Ricoeur*, p. 55.
42) 이에 관해 리쾨르와 함께 『야생의 사고』 독회에 참여한 『에스프리』 철학 그룹의 장 코닐은 다음과 같이 증언한다. "그래서 우리들은 1년 동안 『야생의 사고』를 같이 읽었다. 우리는 자주 모여서 레비-스트로스의 작품을 조목조목 한 장씩 연구했다. 리쾨르가 아니었다면 그 누구도 구조주의를 그 자체로 받아들여야 한다고, 그리고 대부분의 관념론적 철학자들이 그렇듯이 구조주의를 거부하기보다는 그로써 우리를 더 풍요롭게 해야 한다고 감히 말할 수 없었을 것이다"(F. Dosse, *Paul Ricoeur: Les sens d'une vie*, p. 349).

화적인 사고이다. 여기서 신화적인 사고란 개념 대신 표상으로 표현되는 것을 말하지만, 레비-스트로스는 그것이 과학적 사유처럼 구조화되어 있기 때문에 추론과 일반화가 가능하다고 주장한다. 그는 과학적 사유를 '기술art'로, 신화적 사고를 '조립bricolage'으로 정의한다. 전자가 근대의 산업기술에서 보듯이 구조를 만들어내는 작업이라면, 후자는 사건/구조, 통시태/공시태 등 이미 존재하는 체계 안에 대상을 끼워 맞춰 재구성하는 작업이다. "신화적 사고의 특성은 그 구성이 잡다하여 광범위하고 그러면서도 한정된 재료로 스스로를 표현한다는 것이다. 무슨 과제가 주어지든 신화적 사고는 주어진 재료를 활용해야 한다. 왜냐하면 달리 이용할 수 있는 것이 아무것도 없기 때문이다."[43]

레비-스트로스는 토테미즘을 신화적 사고의 특징적인 예로 제시한다. 토테미즘은 미개인들의 종교 현상이나 사회 현상이 아니라 인간 사고의 보편적 특징을 드러내는 것으로, 구조주의 특유의 이항대립 관계에 따른 분류 체계를 특징으로 한다.[44] 토테미즘에는 시간적 측면에서 공시태와 통시태가 동시에 내재한다. 윤리적 측면에서는 음식물 금기와 족외혼제 등을 통해 문화를 형성하고, 사회적 측면에서는 여성이나 음식물의 교환을 통해 집단의 안정을 도모한다. 토테미즘은 그처럼 종을

---

43) 클로드 레비-스트로스, 『야생의 사고』, 안정남 옮김, 한길사, 1996, p. 70.
44) 레비-스트로스는 미개인의 지식 체계가 그러한 분류 체계를 통해 성립한다는 것을 증명하기 위해 히다차족의 매 사냥 의례를 예로 든다. "만약 앞서 이야기한 전제적 해석이 옳다면 히다차족에게 매 사냥이 의례상 중요한 것은 어느 정도 함정을 이용하는 데 있다고 볼 수 있다. 즉 공간적으로 가장 높은 위치를(매는 높이 난다) 차지할 뿐 아니라 신화적 관점에서도 마찬가지인(매는 신화에 나오는 새들의 위계질서에서 가장 높은 자리를 차지한다) 매를 잡기 위해 사냥꾼이 유난히 낮은 위치(표면적으로나 비유적으로나)를 차지한다는 데 그 중요성이 있다는 말이다. 매 사냥의 의례를 분석해보면, 천상의 노획물과 지하의 사냥꾼이라는, 가설이지만 이원적 체계가 세밀한 부분까지 일치한다는 것을 알 수 있다. 이 이원 체계는 또한 사냥의 공간적 영역에 있어 상하 관계의 가장 강한 대립을 나타낸다"(같은 책, p. 113).

분류하고 통합하는 하나의 논리 체계로서 보편화와 특수화의 두 방향으로 작용한다. 중요한 것은 토템이 어떤 실체가 아니라 부호가 되고 개념 체계가 된다는 점이다. 그리고 인류학은 사실을 기호로 변환시킴으로써, 즉 이항대립 체계를 통한 분류학을 세움으로써 문화 체계를 구축한다. 레비-스트로스는 기존의 신화 연구, 특히 융이나 엘리아데 류의 종교적 신화 연구를 무의미한 심리적 유희나 철학적 사변으로 평가절하하면서 그에 대한 실증적 해석을 시도한다. 다시 말하면, 언어로 표현된 신화적 사고, 즉 신화는 비합리적인 것이 아니라 나름대로 로고스를 가지고 사회적 관계 일반을 반영하며 인간 정신을 형성한다는 것이다. 신화의 의미는 개개의 요소가 아니라 그 요소들이 결부되어 있는 방식, 신화의 랑그에 바탕을 둔다. 신화는 언어 차원에서 다의성을 갖는다는 점에서 상징적이며, 시간적 차원에서는 여러 형태로 되풀이된다는 점에서 무시간적이고 탈공간적인 보편성을 갖는다. 그처럼 공시태적 구조가 우선하는 신화에서 역사적 사건은 구조를 뒤흔드는 무질서로 기능한다. 따라서 사건에 대한 구조의 투쟁이라고 말할 수 있는 신화적 역사에서 제의祭儀의 기능은 시간을 초월한 과거, 즉 신화적 과거를 삶과 계절의 리듬, 그리고 세대의 연속에 연결시키는 것이다. 신화 분석을 통해 레비-스트로스가 다다른 결론은 어떤 사회와 문화의 우열을 가르는 절대적 기준은 있을 수 없으며, 주어진 체계 안에서는 모든 문화가 나름대로 균형을 이루고 있다는 사실이다.

『야생의 사고』의 마지막 9장 「역사와 변증법」에서 레비-스트로스는 사르트르의 『변증법적 이성비판』에 대한 비판을 제기한다. 레비-스트로스는 사르트르가 제시한 구분, 즉 도식화를 통해 정의하고 구별하며 분류하고 대립시키는 분석적 이성과 그와 달리 관계의 지각을 통해 보편적이고 필연적인 원리를 구성하는 변증법적 이성의 구분을 문제 삼는 다. 핵심은 사르트르의 역사 개념에 있다. 레비-스트로스에 의하면 사르트르의 구분에서 역사는 정확히 미개인의 신화와 같은 역할을 한다. 사르트르를 비롯한 철학자들이 역사에 우위를 두는 것은 결국 시간적인 연속성에 매료되었기 때문인데, 이러한 연속성은 결국 환상이며 신화적이라는 것이다. 역사적 총체성, 즉 통시적 전체성이란 존재하지 않으며, 역사는 국지적이고 부분적인 것으로 머문다. 그에 반해 무시간적인 것으로서의 야생의 사고는 공시적이고 통시적인 측면에서 전체성을 회복한다. 레비-스트로스는 야생의 사고에 대해 이렇게 말한다.

야생의 사고의 특성은 그 무시간성에 있다. 그것은 세계를 공시적이면 서 통시적인 전체로 동시에 파악하려고 한다. 야생의 사고의 세계 인식 은 마주 보는 벽면에 고정되어 엄밀하게 평행하지는 않으나 서로가 서로 를 비추는(그리고 사이에 있는 공간에 놓인 물체도 비춘다) 몇 장의 거울이 달린 방이 제공하는 인식과 흡사하다. 거기에서는 다수의 상이 동시에 형성되지만 그 상은 어느 하나와도 확실하게 같지는 않다. 그러므로 상 하나하나는 장식 아닌 가구의 부분적 인식에 지나지 않으나 그것이 모 인 전체는 몇 개의 불변의 속성을 갖게 되며 진리를 표현한다. 야생의 사 고는 세계도를 써서 자기의 지식을 깊게 한다. 이와 같은 사고가 정신적 구조물을 만들고 그것이 세계를 닮으면 닮을수록 세계에 대한 이해는 쉬 워진다. 이러한 의미에서 야생의 사고를 유추적 사고라 정의할 수 있다.[45]

---

45) 같은 책, p. 375.

레비-스트로스에 따르면 인류학과 역사학은 서로 대립하지 않는다. 인류학은 공간 차원에서, 역사학은 시간 차원에서 다양한 인간사회를 기술하는 상호보완적인 관계이다. 야생의 사고는 불연속적이고 유추적인 인식인 반면, 역사 인식은 '길들여진 사고'로서 연속성에 관심을 두고 간격을 메우고 통합하는 인식을 시간 차원으로 표현할 뿐이다. 이러한 관점에서 레비-스트로스는 역사와 민족학을 연구 자료의 성격, 즉 문자문화 사회에 대한 연구인가, 문자 없는 사회에 대한 연구인가에 따라 규정하던 구별은 부차적이라고 본다. 본질적인 차이는 연구 대상이 아니라 연구의 과학성에 있으며, 민족학만이 과학성과 모델화를 통하여 특수한 것을 일반화할 수 있다는 것이다. 한마디로 레비-스트로스는 자연과학을 인식론적 모델로 삼아 역사 진보라는 서구적 근대성 개념에 이의를 제기한 것이다. 이처럼 그가 역사학자들에게 던진 도전은 역사학의 근본을 뒤흔드는 급진적인 것이었다. 또한 구조인류학이 과학적 방법을 통해 정신의 실체와 그 내적 구조를 밝혀낼 수 있다는 주장은 인간의 반성적 의식에 기초하여 존재를 이해하고자 하는 철학의 영역을 넘본다. 요컨대 국가와 인종, 자연과 문화 사이의 경계를 뛰어넘어 인류 전체에 대한 보편적 성찰을 꾀하는 구조인류학은 역사와 철학에 대한 이중의 도전인 것이다.[46]

『에스프리』에 실린 「구조와 해석학」에서 리쾨르는 우선 언어학 모델에서 빌려온 과학적 방법론으로서의 구조주의가 다른 이해 방식들, 즉

---

46) 사르트르는 이러한 레비-스트로스의 비판에 즉각 대꾸하지는 않으나, 자신이 이끌고 있는 『현대』지에 베르스트라텐의 「레비-스트로스 또는 허무에의 유혹」이라는 논문을 기고함으로써 간접적으로 대응한다. P. Verstraeten, "Claude Lévi-Strauss ou la tentation du néant," *Les Temps moderne*, no. 206, juillet 1963; F. Dosse, *Histoire du structuralisme*, p. 291 참조.

반성철학 또는 사변철학을 통해 의미를 재구성하려는 이해 방식들과 어떻게 어울릴 수 있는지 묻는다.[47] 레비-스트로스에 따르면 구조주의적 방법론은 문화적 다원성과 무관하게 보편적으로 적용할 수 있는 해석 방법인데, 그렇다면 그 방법이 레비-스트로스가 연구한 아메리카 원주민 문화가 아닌 다른 문화 영역에도 그대로 적용될 수 있는가에 대해 의문을 제기하는 것이다. 이러한 물음에는 정태적인 사회를 배경으로 구성된 레비-스트로스의 방법론을 역사적으로 끊임없이 변모를 거듭해온 서구 문화에 그대로 적용하는 데 대한 비판이 담겨 있다. 예컨대 기독교 신화의 경우 구조주의 방법론을 그대로 적용하기 힘들고, 적용한다 하더라도 구조로 환원될 수 없는 잉여물이 남는다. 리쾨르에 따르면 의미를 이해하여 자기 것으로 만들고자 하는 해석학자의 작업은 문화의 다원성을 과학적으로 설명하려는 인류학자의 작업과 결코 배치되지 않으며, 다만 인류학자는 자신의 한계를 넘어 모든 것을 일반화하거나 체계화하는 것을 경계해야 한다.

그러한 입장에서 리쾨르는 분석의 두 층위를 구분할 것을 제안한다. 첫번째는 음운론의 이원적 대립과 친족 체계의 이원적 대립의 상동성에 기초한 분석 층위이다. 리쾨르는 이 층위에서 구조주의적 방법론의 유효성을 인정하는데, "어떤 방법의 유효성에 대한 인식은 그 한계에 대한 인식과 결코 분리될 수 없다"(*L2*, p. 352)라는 명제 아래 구조주의적 방법론이 그 한계에 대한 인식을 간직하는 한 유효하다는 단서를 단다. 그리고 의미 문제를 다루는 두번째 층위에서는 구조주의가 철학적 반성

---

47) P. Ricoeur, "Structure et herméneutique," *Esprit*, novembre 1963. 이 논문은 *CI*, pp. 31~63와 *L2*, pp. 351~84에 재수록된다.

을 받아들임으로써 그 한계를 극복해야 한다고 주장한다. 구조주의 철학은 언어학 모델을 절대화한 것이기에 방법론 자체가 스스로에 대해 반성할 수 없는 사유이기 때문이다. 이러한 층위 구분에 따라 리쾨르는 우선 언어학 모델을 검토하고, 이어서 그것이 구조인류학으로 치환되는 과정을 분석한 다음, 그에 대한 철학적 반성을 시도한다.

구조주의 언어학에 따르면 언어는 기호들의 체계이며, 시니피앙/시니피에의 상호 결정 관계가 언어의 기호 체계를 규정한다. 기호들의 차이의 체계는 연속의 축과 구분되는 동시성(공존)의 축에서 나타나며, 여기서 역사는 부수적인 것이자 체계의 변질로 간주된다. 통시태는 시간적 연속의 차원에 위치한 체계들의 상태를 비교한다는 점에서 공시태에 의존하며, 오로지 공시태와의 관계를 통해서만 의미를 갖는다. 또한 언어학의 법칙은 정신의 반성적, 역사적 층위가 아닌 무의식적 층위를 가리키는데, 그것은 프로이트의 무의식이 아니라 칸트의 범주적 무의식에 가깝다. 여기서 언어학적 일반화 과정을 통해 체계와 역사의 관계는 역전되고, 체계가 역사보다 우위에 서게 된다. 이러한 언어학 모델은 트루베츠코이가 이룩한 음운론의 혁신적 방법론[48]에 힘입어 구조인류학, 나아가 사회학 일반에 적용된다. 이에 따르면 이항대립과 변별적 요소로 구성되는 의미 체계로서의 친족 체계는 통시태가 아니라 공시태의 차원에서만 이해할 수 있는 것이며, 친족 체계 자체가 의사소통 체계이기 때문에 언어학 모델을 적용할 수 있게 된다. 친족 체계와 언어 체

---

48) 그 특징은 네 가지로 요약된다. 첫째, 음운론은 의식적인 언어 현상의 연구에서 그 무의식적 하부 구조 연구로 나아간다. 둘째, 용어들은 서로 무관한 실체로 다루어지는 것이 아니라 용어들 사이의 관계가 분석의 기초가 된다. 셋째, 체계 개념을 도입한다. 넷째, 연역적 또는 귀납적 방식으로 일반적 법칙을 발견한다. 이에 관해서는 *L2*, p. 356 참조.

계의 상동성이라는 레비-스트로스의 방법론적 전제는 거기서 비롯된다.[49] 결혼 규칙은 "모두 사회조직 내부에서 여자들의 교환을 보장하는 수많은 방식, 즉 생물학적 기원에 속하는 근친 관계를 유대의 사회적 관계로 대체하는 방식"을 나타낸다. 파롤을 교환하는 행위가 언어 활동이듯이 근친혼, 약탈혼, 일부다처 등의 결혼 제도는 여자들을 교환하는 방식이다. 따라서 이러한 제도(규칙)들은 친족성을 일종의 "언어 행위, 즉 어떤 유형의 의사소통을 보장하는 목적을 지닌 활동의 총체"로 간주한다. 여기서 메시지 — 어떤 사회의 결혼 풍습, 친족 체계와 언어 체계 — 는 집단, 가계, 가족 사이에서 '순환되는 여자들'에 의해 구성된다.

이에 대해 리쾨르는 교환되는 요소가 담론의 구성요소가 아닐 때는 이러한 유추 관계가 별 문제 없이 성립하지만(대화에서 말을 교환하듯이 여자를 교환한다), 문학 텍스트나 종교 텍스트처럼 일상언어를 토대로 한 이차 담론 또는 담론의 특수한 형태인 상징언어에서는 보다 복잡해질 수밖에 없다고 말한다. 언어가 문화의 토대인 것은 맞지만, 그 둘은 인간 정신의 서로 다른 양태이며, 따라서 언어에 적용되는 대립과 상관관계의 논리, 차이들의 체계를 문화 현상에 그대로 적용할 수는 없기 때문이다. 관계들에 대한 일반 이론으로서의 구조주의는 유효하지만, 의미의 일반 이론을 반드시 그에 의거해서 구축해야 한다는 주장, 다시 말해서 관계를 이해하면 의미를 이해할 수 있다는 명제 아래 통사론적 분석에 우위를 두는 사유에는 문제가 있다는 것이다.

야생의 사고가 무의식적인 것의 체계라는 점에서는 구조주의 방법론

---

49) C. Lévi-Strauss, *Anthropologie structurale*, Plon, 1958, pp. 68~69 참조.

에 적합한 대상이 될 수 있으나, 이집트나 바빌론, 특히 히브리 신화 등 셈어족의 사유라 부를 수 있는 다른 문화권의 신화적 사유에서는 공시적 차원이 아니라 통시적 차원, 즉 역사성이라는 개념이 분석 도구로서 더 유효하다는 것이 리쾨르의 주장이다. 예컨대 이스라엘 민족의 신화적 사유는 야생의 사고와 달리 통시태가 공시태보다 우세하며, 따라서 분류나 관계들의 체계가 아니라 초석이 되는 사건들, 다시 말해서 신앙으로 받아들일 수 있는 선언이나 선포를 뜻하는 케리그마kérygma가 중요하다. 레비-스트로스에게서 사건-역사가 구조-체계를 뒤흔드는 무질서로 기능하는 것과 달리, 케리그마에서는 사건-역사가 우위를 점한다. 이스라엘 민족은 역사적인 사건에 대한 재해석을 통해 과거를 현재화하고, 전통의 침전과 혁신에 의한 변증법적 전개를 통해 자신들의 민족적 정체성을 획득해왔기 때문이다. 사건들이 역사를 만들고 이 역사의 해석을 통해 전통이 형성되고 그 전통을 이해함으로써 역사를 이해한다. 이 과정은 세 가지 역사성과 연결된다. 초석이 되는 사건들의 역사성은 '감추어진 시간'의 역사성이며 이는 전통을 형성하는 살아 있는 '해석'의 역사성을 거쳐 '이해'의 역사성에 이르게 된다. 바로 그러한 역사성 때문에 성서의 상징은 '조립'으로 표현되는 구조주의적 해석으로는 의미를 규명하기 힘든 '넘쳐나는 의미'를 갖는다.

요약하자면, 구조주의적 해석은 구체적 반성을 가능케 하는 추상적 반성으로서의 유효성은 있지만 타자 이해, 존재와 자기 이해의 문제에 이르러서는 한계에 부딪힌다. "야생의 사고는 질서에 대한 사고이지만 생각하지 않는 사고"(L2, p. 363)이기 때문이다. 언어는 '말하는 존재'를 추상화한 것이며, 우리는 담론의 규칙이 아니라 파롤의 의미를 통해 그리고 삶의 구체적 실천을 통해서만 자신을 이해할 수 있다. 그 점에서 구조주의에서 말하는 규칙이란 의미를 이해하기 위한 도구에 불과하다. 이처럼 구조주의는 데카르트 이후 근대의 오만한 주체-코기토를 제한한다는 점에서는 유효하나 그 추상성으로 인해 삶의 역사적-실존적 의미를 소거한다는 한계를 갖는다. 구조주의 철학은 끼워 맞추는 '조립'의 예에서 보듯이 "선험적 주체 없는 칸트주의, 나아가서 자연과 문화 사이의 상관관계 자체를 정초하려는 절대적 형식주의"(*L2*, p. 375)라는 것이 리쾨르의 결론이다.

이러한 비판에 대해 레비-스트로스는 구조주의 방법론을 다른 신화적 사유에 획일적으로 적용할 수 없다는 점은 인정하지만, 리쾨르가 말한 히브리 신화의 해석에 대해서는 이의를 제기한다.[50] 그에 따르면, 구약성서의 집필자들은 그 속에 나타나는 신화적 사유의 원형을 자신들의 목적에 맞게 지적으로 변형시켰기 때문에 그 역사적 원형을 회복하려는 해석학적 작업은 해석적 악순환에 빠질 수밖에 없다. 아울러 유대 민족에 대한 민족지적 문맥은 현재 남아 있지 않고 성서만이 가능한 유추 수단이기 때문에 직접적으로 구조주의 방법론을 적용하기 어렵다. 여기서 레비-스트로스는 물리학자의 예를 들어 결정체가 사물의 유일한 상태는 아니지만 그 구조를 가장 간단명료하게 드러낼 수 있다고 말한다. 그리고 오스트레일리아 토템 신화를 예로 들며 구조주의 방법론에 따른 신화 분석은 '차가운' 사회만이 아니라 '뜨거운' 사회에도 적용될 수 있으며[51] 이른바 기독교 문화권의 신화적 사유를 특징짓는 케리

---

50) Entretien du groupe philosophique d'Esprit avec Claude Lévi-Strauss, "Autour de la *Pensée sauvage*: Réponses à quelques questions," *Esprit*, novembre 1963, pp. 628~53.

51) 레비-스트로스의 용어로서 차가운 사회(미개사회)는 예를 들어 괘종시계처럼 출발점에서 만든 에너지를 그대로 무한히 사용하는 기계장치와 같다. 뜨거운 사회(문명사회)는 온도 차

그마 또한 야생의 사고 특유의 토템과 질적으로 다르지 않다고 주장한다.

여기서 논의는 다시 설명과 이해라는 인식론적 문제로 되돌아간다. 레비-스트로스에 따르면 『야생의 사고』는 다른 문화 체계의 코드를 언어학 모델을 이용하여 설명함으로써 타자를 자기의 입장에서 그리고 자기를 타자의 입장에서 해석하려는 시도이며, 자기와 타자를 더 잘 이해하려는 노력이다. 리쾨르는 구조 없이는 해석학이 있을 수 없다고 보며, 따라서 구조주의 방법 자체를 거부하지는 않지만 그것이 언어학적 모델이 아닌 반성철학과 의미 이해의 과학, 즉 해석학이라는 다른 이해 방식과 연결될 수 있어야 한다고 주장한다. 리쾨르의 관점에서 보자면 밖에서 생각하는 것과 안에서 생각하는 것, 이해의 주체와 대상, 설명과 이해를 분리하는 것은 불가능하며, 해석한다는 행위는 그 자체의 움직임으로 인해 주체와 대상 사이의 인위적 거리 두기 자체를 무력화시키는 것이다. 그 결과 모든 의미 이해는 자기 이해의 일부이자 존재 이해이며, 신화는 삶과 죽음의 매개를 수행하는 논리적 도구가 아니라 인간의 기원과 종말의 의미에 대한 물음이자 답으로 간주된다. 구조 분석이 "괄호 안에 넣어 묶으려고 하는 것은 바로 기원의 이야기로서의 신화의 기능 자체"(TA, p. 155)이다. 현상학적 환원을 통해 괄호를 제거하면 신화는 극단적 상황, 시작과 종말, 죽음과 고통, 성에 관한 담론이 된다. 구조 분석은 이와 같이 표층 구조의 의미론을 넘어 심층 구조의 의미론

이로 작동하는 증기기관 같은 열역학기구와 유사한 것으로서, 더 많은 활동을 만들어내지만 에너지를 더 많이 쓰기 때문에 에너지는 점진적으로 고갈된다. 따라서 전자는 시간적 연속에 거의 영향을 받지 않는 반면 후자는 절대적인 영향을 받는다. F. Dosse, *Histoire du structuralisme*, p. 223.

으로 넘어가야만 신화의 살아 있는 의미를 드러낼 수 있다는 것이다. 이런 관점에서 볼 때 레비-스트로스가 말하는 신화적 사유는 실존의 아포리아에 관한 의식의 각성이다. 그것은 신화의 의도(지향성)이며, 이를 무시하고 표층 구조의 분석에 머무는 것은 메마른 지적 유희에 불과하다.

이에 대해 레비-스트로스는 사물을 안과 밖에서 동시에 이해할 수는 없으며, 구조주의적 입장은 과학자 특유의 냉정하고 객관적인 태도를 유지하는 것이라고 응수한다. 그리고 리쾨르가 의미의 의미, 혹은 의미 뒤의 어떤 의미를 찾고 있는 것은 아닌지 의혹을 제기하며, 자신의 관점에서 의미는 결코 일차적 현상이 아니고, 언제나 환원 가능하다고 주장한다. 레비-스트로스에 의하면 모든 의미의 배후에는 무의미가 있으며, 의미란 결국 정돈된 사물에 대해 의식이 느끼는 특정한 '맛'에 불과하다. 그리고 마치 화학자가 실험을 통해 법칙을 발견하듯, 인류학자로서 야생의 사고의 질서를 밝히는 것이 자신의 목적이라는 것이다. 그렇다고 의미의 문제를 거부하는 것은 아니며, 의미란 구조적 작업 뒤에 확인되고 재구성되는 것, 음미할 수 있는 부차적인 것이라고 주장한다. 다시 말하면 레비-스트로스는 리쾨르를 인상주의적 주관성의 옹호자로, 구조인류학을 객관적 과학으로 상정함으로써 논의의 쟁점을 대립 구도 안에 위치시키려 한다. 그러나 리쾨르는 주관성 대 객관성이라는 이분법 자체를 거부하고, 의미는 의식에 의해 의식을 위해 존재하는 것이 아니라 의식을 가르치는 것이라고 주장한다. 구조와 대립되는 것은 주관성이 아니라 폐쇄된 기호 체계를 넘어선 담론 차원에서의 의미론이라는 것이다.

이들의 논쟁은 결국 기호와 의미의 문제, 그리고 설명과 이해라는 논제로 되돌아간다. 이 논쟁을 가름하는 또 다른 중요한 논제는 구조주의 방법론에 내재한 철학이다. 구조주의적 관점에 의하면 통시태는 모델을 교란시키는 역할을 한다. 그래서 공시태에 우위를 부여하고, 역사성 개념이 누려온 지위를 박탈하고자 하는 것이다. 리쾨르는 구조주의 과학이 전제하는 구조주의 철학을 근대적 불가지론의 극단적 형태로 규정하고, 이를 극복할 수 있는 대안으로 구조주의의 형식적 해독 작업을 받아들이면서 의미에 대한 해석 단계를 거쳐 타자 이해를 자기 이해와 연결시키는 해석학적 방법론을 제시한다. 그러나 레비-스트로스는 '선험적 주체 없는 칸트주의'라는 리쾨르의 비판에 맞서 이를 다시 인식론 차원에서 주관성과 객관성, 의미의 문제로 끌고 감으로써 논쟁은 평행선을 달리게 된다.

리쾨르와 레비-스트로스의 '유산된 대화'에서 우리가 주목할 것은 구조주의 방법론이 거둔 성과를 부인할 수 없다는 사실, 그리고 구조주의 방법론을 설명과 이해의 변증법으로 끌어들이려는 리쾨르의 노력이다. 그 노력은 구조를 위해 역사를 떠나는 구조주의 방법론에 맞서 구조를 아우르는 역사를 생각할 수는 없는가라는 물음으로 요약된다. 리쾨르는 기호와 의미를 대립시키는 대신 의미를 기호론적 의미와 의미론적 의미로 구분하고 그 변증법적 관계를 통해 의미의 딜레마를 해결하고자 한다. 기호론적 의미는 내적인 관계-구조의 유희를 가리키며 텍스트에 대한 설명적 태도를 규제하는 반면, 의미론적 의미는 대상지시의 측면에서, 다시 말해서 언어 바깥으로 의미를 끌어냄으로써 텍스트에 대한 해석적 태도를 규제한다. 텍스트를 해석한다는 것은 숨어 있는 어떤 의도를 찾는 것이 아니라 대상지시를 향한 의미의 움직임, 다시 말해서 텍스트 앞에 열려 있는 어떤 세계, 즉 세계-내-존재를 향한 의미의 움직임을 따라가는 것이다. 그러므로 해석한다는 것은 인간과 세계 사이에서 담론이 설정하는 새로운 매개항을 전개하는 것이다. 이런 관점에서 볼 때 기호론적 의미와 의미론적 의미, 구조주의(또는 구조인류학)와 해석학은 서로 배타적인 관계가 아니라 상보적인 관계에 있다고 하겠다. 어떤 해석, 즉 텍스트의 보호 아래 사물을 새로이 보는 방법을 제공하지 않는 설명은 가치가 없고, 거꾸로 엄밀한 구조적 설명을 통해서 걸러진 의미론을 거치지 않은 해석은 공허하기 때문이다.

2. 서사학과 해석학

구조주의는 문학 연구에도 큰 영향을 미쳤다. 특히 프랑스를 중심으로 전개된 구조시학은 구조주의 언어학과 레비-스트로스의 구조인류학에서 이념과 방법론을 빌려와 문학의 자율성을 주장하며 이론의 전성기를 이끌었다. 프랑스에서의 구조주의적 문학 연구를 몇 가지 영역으로 나누어보면,[52] 가장 대표적인 것은 서사기법에 대한 분석, 즉 바르트의 「이야기의 구조 분석 입문」과 주네트의 서사 이론 같은 엄밀한 의미에서 '서사학'이라 부르는 영역이다. 이어 '주제 분석'이라고 부를 수 있는 영역으로, 이야기의 형식적 구조보다는 이야기된 스토리의 구조 분석에 관심을 기울인다. 프로프의 러시아 민담 연구에서 영감을 얻은 주제 분석은 브르몽의 『이야기의 논리』, 토도로프의 『산문의 시학』,

---

52) T. Todorov & O. Ducrot, "Poétique," *Dictionnaire encyclopédique des sciences du langage*, Seuil, 1972, pp. 106~12 참조.

그레마스의 『구조 의미론』 등을 거치면서 서사 행위에 관한 일반 이론으로 발전한다. 또한 수사학과 문체론의 영역이 있는데, 야콥슨의 은유와 환유에 관한 이론을 비롯하여 수사학의 근본원리를 규명하고자 한 이론들이 현대 수사학의 르네상스를 가져온다. 그 외에도 시와 운율법의 영역이 있다. 여기서는 시적 언어의 구조에 관한 장 코앵의 분석, 야콥슨과 레비-스트로스의 보들레르 시 「고양이」 분석 등을 꼽을 수 있다.

그렇다면 과연 구조주의에 기반을 둔 이러한 이론들에 대해 리쾨르는 어떤 입장을 취하는가? 그리고 구조주의를 받아들인 해석학은 어떤 모습을 띠고 있으며, 실제로 작품 분석에서 어떻게 적용될 수 있는가? 앞에서 말했듯이 구조주의의 유효성을 받아들이고 그 한계를 밝히고자 한 리쾨르는 『시간과 이야기』 2권에서 프라이와 커모드, 프로프와 브르몽, 그레마스, 뱅베니스트와 바인리히, 밀러와 주네트, 도리트 콘과 슈탄젤, 우스펜스키, 바흐친에 이르기까지 수많은 이론가들과 힘겨운, 그러나 풍요로운 대화를 이어간다. 그러한 시도는 이야기의 기호론과 의미론 사이의 갈등을 중재하고 화해시키려는 노력이라 할 수 있는데, 리쾨르의 관점을 일관되게 떠받치는 것은 뮈토스-줄거리 구성 개념이다. 즉 미메시스II라는 이름으로 설정된 서사학적 모델을 허구 이야기에 적용시킴으로써 발생되는 문제들을 중심으로 구조주의 문학 이론이 문학 텍스트의 이해를 위해 어떠한 기여를 할 수 있는지 밝히는 것, 다시 말해 구조주의적 분석과 해석학을 설명과 이해의 변증법이라는 틀로 연결 가능한지 탐색하는 것이다.

1) 서사학, 서사기호학

문학 이론으로서의 서사학narratologie은 문학에 관한 내적인 이론을 다루는 시학의 하위 부류에 속하며, 서사 텍스트의 서사성에 관한 이론을 정립하려는 과학이다. 서사학은 이야기를 "언어, 특히 글로 쓰인 언어를 매개로 하여 실제적이거나 허구적인 일련의 사건들을 재현"[53]하는 것으로 정의하면서 이야기의 일반 모델을 구성하고자 한다. 그 전제는, 모든 이야기의 심층 구조에는 어떤 불변의 논리가 있으며 그것을 토대로 보편적인 이야기 모델을 구성할 수 있다는 가설이다. 여기서 중요한 것은 서사학의 모델 구성 자체가 텍스트의 체계적 층위 구분과 밀접하게 연관된다는 점이다. 다양한 층위 구분이나 구조 분석들은 이야기를 파롤이 아니라 랑그, 즉 하나의 체계로 간주함으로써 가능하며, 그 토대는 분절과 통합, 형식과 의미, 발화와 발화 행위의 구분이라는 구조언어학적 관점에 자리 잡고 있다.

러시아 형식주의의 수제sjuzet/파불라fabula 개념을 통해 처음 도식화된 텍스트의 층위 구분은 뱅베니스트의 발화énoncé/발화 행위 énonciation 구분과 그에 따른 담론의 유형학을 거치면서 좀더 정교해진다. 뱅베니스트에 따르면 발화는 제한되고 완결된 생산물이며, 발화 행위는 의사소통 행위, 즉 누군가가 주어진 어떤 시공간 속에서 확고한 의도를 가지고 다른 누군가를 위해서 발화를 생산하는 행위로 정의된다. 아울러 뱅베니스트는 발화 행위가 일어나는 상황에 따라 이야기 histoire/담론discours을 구분하는데, 이야기가 발화자의 개입 없이 일정

---

53) G. Genette, "Frontières du récit," *Figures II*, p. 49.

한 시점에 일어난 일을 제시하는 발화 행위 유형이라면, 담론은 "발화자와 수화자, 그리고 어떤 식으로든 후자에게 영향을 미치고자 하는 전자의 의도성을 전제하는 유형"[54]이다. 서사학은 이러한 발화/발화 행위, 혹은 이야기/담론의 구분을 이야기 자체에 적용함으로써 보편적이고 논리적인 모델 구성을 시도한다. 이야기는 발화 행위의 측면에서는 이야기하는 행위의 주체와 객체, 즉 화자와 독자의 존재를, 발화의 측면에서는 이야기되는 내용, 즉 스토리를 상정한다. 문제는 문학 텍스트의 경우 다양한 서사기법에 따른 특수한 의사소통 상황으로 인해 층위 구분의 문제가 더욱 복잡해진다는 것이다.

바르트는 「이야기의 구조 분석 입문」에서 기능/행동/서사 행위라는 세 층위를 제안하고, 주네트도 『이야기의 담론』에서 스토리/이야기/서사 행위의 세 층위를 구분한다. 하지만 미케 발은 이러한 층위 구분을 비판한다.[55] 우선 바르트의 기능은 프로프가 말하는 기능과 동일하고 행동은 그레마스의 행위소에 해당되는데, 두 층위 모두 스토리에 속한다는 점에서 바르트의 층위 구분은 사실상 세 층위가 아닌 두 층위로 이루어진 다분히 자의적인 구분이라는 것이다. 주네트의 경우 이야기라는 용어를 서사 담론, 서사 텍스트와 같은 뜻으로 사용하거나, 텍스트를 때로는 사건들을 배열하는 행위의 결과로, 때로는 서사 행위의 결과로 정의함으로써 결국 러시아 형식주의의 파불라/수제의 이분법을 계승한다.[56] 요컨대, 흔히 파불라/수제, 스토리/이야기라는 이분법 전

---

54) E. Benveniste, *Problèmes de linguistique générale II*, p. 242.

55) M. Bal, *Narratologie*, Klincksieck, 1977, p. 4.

56) 클로드 브르몽 또한 이야기/스토리라는 두 가지 층위로 구분하면서 이야기를 '전체의 전달 내용으로부터 분리될 수 있는 의미층'이라고 규정한다. "그러므로 어떠한 서사적 전달 내용이든 그 표현수단과는 무관하게 동일한 방식 속에서 동일한 수준을 나타낸다. 그것은 그것

통에 따라 이야기는 텍스트와 동일한 것으로 간주되어왔으나, 그 둘은 명확하게 구분되어야 하며 이야기는 서사 텍스트와 스토리의 중간 층위에 위치한다는 것이다. 미케 발에 따르면 서사학에서 말하는 텍스트는 좁은 의미에서는 언어학적 체계를 가리키며, 넓은 의미에서는 기호학적 체계를 가리킨다. 이야기라는 담론 형태가 텍스트와 관련해서는 언어학적이지만 스토리와 관련해서는 비언어학적이기 때문이다.

서사 텍스트를 기호로 간주하면 그 발신자는 저자이며, 수신자는 독자이다. 또한 그 기호 내부에는 발화 행위의 주체, 즉 발화자/수화자가 있다. 화자는 스토리를 직접 전달하는 것이 아니라 기호-이야기를 통해서 기호-스토리를 전달하고, 독자는 이를 재구성하면서 이야기를 이해한다. 요컨대 같은 스토리라도 다양한 서사기법(시간, 시점, 이야기의 목소리 등)을 구사할 수 있고, 또 다양한 매체를 사용하여 이야기를 전달할 수 있는 것이다. 다시 말해서 이야기와 텍스트의 구분은 이야기를 전달하는 매체의 차이에 따르고, 스토리와 이야기의 구분은 사건들이 제시되는 방식의 차이에 따른다. 이러한 입장을 바탕으로 미케 발은 서사학을 "서사 텍스트, 이야기, 스토리 사이의 관계에 대한 이론을 정립하려는 과학"[57]이라고 정의하면서 스토리/이야기/서사 텍스트의 층위

을 운반하는 기법들과는 독립적으로 존재하며, 그 본질을 유지한 채 하나의 매체로부터 다른 매체로 옮아갈 수 있다. 예컨대 이야기의 주제는 발레를 위한 줄거리로 쓰일 수 있으며, 소설의 주제는 무대나 영화로 옮겨질 수 있다. 또한 우리는 영화를 보지 않은 사람에게 그 영화에 대해 말해줄 수도 있다. 우리가 읽는 것은 말이며, 우리가 보는 것은 영상이고, 우리가 해독하는 것은 몸짓이다. 그러나 우리가 그러한 것들을 통해 따라가는 것은 이야기이다. 이야기되는 것은 자체의 고유한 의미가 있는 요소들, 즉 이야기 요소들을 가지고 있다. 그것들은 말이나 영상, 몸짓이 아니라 말과 영상, 몸짓 들에 의해 암시되는 사건들, 상황들, 행위들이다"(C. Bremond, "Le message narratif," *Communications*, no. 4, 1964, p. 4).

57) 이러한 정의를 바탕으로 미케 발은 서사학의 공리를 네 가지로 정리한다. i) 하나의 텍스트는 언어적 기호들의 유한하고 구조화된 총체이다. ii) 이야기는 서사 텍스트의 기의이다. iii)

구분을 제시한다. 우선 스토리는 어떤 특정 시공간에서 일어나는 일련의 사건들을 개연성 또는 필연성의 논리에 따라 연대순으로 나열한 것이다. 그리고 이는 배열 작업을 거침으로써, 즉 시간, 인물, 공간, 시점(양태)의 측면에서 구조화됨으로써 이야기가 된다. 스토리가 체계적으로 배치된 것이 이야기이고, 이야기가 언어적이거나 비언어적인 기호를 통해 구체적으로 형상화된 것이 바로 독자가 접하는 서사 텍스트이다. 스토리는 줄거리 구성을 통해 이야기가 되며, 기호로 표현됨으로써 텍스트가 되는 것이다.[58]

리쾨르에 따르면 서사학이 상정하는 모델의 특징들은 서사학이 지향하는 기호학적 합리성의 이상을 잘 드러낸다. 첫번째 특징은 그것이 연역적 모델이라는 점이다. 모두 열거할 수 없을 만큼 다양한 이야기 부류에 귀납적으로 접근하여 모델을 구성하기란 불가능하다. 따라서 우선 가설적으로 구성된 모델들을 토대로 연역적 절차에 최대한 가까이 접근할 수밖에 없으며, 그러한 합리적 모델 구성에는 언어학이 언어 행위를 대상으로 하는 분야 중에서 가장 적합하다. 두번째 특징은 언어학 영역에서 구성된 모델이라는 점이다. 다만 그 대상은 문장이 아니라 문장보다 긴 단위인 담론-텍스트이다. 언어학의 방법론적 원칙에 따르면,

---

스토리는 행위자들이 일으키거나 겪은 일련의 사건들이 논리적으로 연결된 것이다. iv) 어떤 텍스트의 서사성이란 그 텍스트가 서사적인 것으로 해독되는 방식이다. 따라서 서사성이란 서사 텍스트, 이야기, 스토리 사이의 관계에 의해 결정된다고 말할 수 있다. M. Bal, *Narratologie*, pp. 4~5 참조.

58) 한편 장-미셸 아당은 이야기를 구성하는 필요충분조건으로 여섯 개의 '서술명제'를 설정한다. 방향 설정orientation, 분규complication, 행동action, 해결résolution, 최종 상황situation finale, 모랄morale이 그것인데, 리쾨르의 이야기 해석학을 서사학과 접목시키려는 이러한 모델은 이야기의 발화와 발화 행위 차원을 포괄하고 있다는 점에서 보다 열린 서사학을 지향한다고 말할 수 있다. J.-M. Adam, *Le Récit*, PUF, 1984 참조.

주어진 언어 행위에서 메시지의 코드를 끌어내거나, 랑그를 파롤에서 분리시킬 수 있다. 체계적인 것은 파롤이 아니라 랑그이다. 랑그가 체계적이라고 말하는 것은 랑그의 공시성이 통시성, 즉 연속적이고 역사적인 양상에서 분리될 수 있음을 전제한다. 체계의 조직은 제한된 수의 변별적 기본 단위, 즉 체계를 이루는 기호들로 환원할 수 있으며, 또 기호들 사이의 모든 내적 관계를 만들어내는 총체적인 결합 규칙에 따라 이루어진다. 이러한 조건 아래 구조란 "유한한 단위들 간의 내적 관계들로 이루어진 폐쇄된 총체"(『시간2』, p. 70)로 정의된다. 관계들의 내재성, 다시 말해서 언어 외적인 현실에 대한 체계의 무관심은 구조의 특징을 이루는 폐쇄 규칙에서 필연적으로 도출될 수밖에 없는 결과다. 이야기의 구조 분석은 막연한 유추가 아니라 문장의 언어적 구조와 텍스트 사이에는 엄격한 상동 관계가 존재한다는 가정에 따라 언어학적 모델을 문장을 넘어 담론의 층위로 확장하는 것이다. "어떤 사실을 진술하는 문장이 어떤 점에서는 짧은 이야기의 시작인 것과 마찬가지로, 이야기는 하나의 거대한 문장이다."[59] 세번째 특징은 언어 체계의 구조적 속성들 중에서 유기적 특성이 가장 중요하다는 점이다. 그것은 전체가 부분보다 더 중요함을 의미하며, 그로 말미암아 층위들에 위계가 생겨난다.

리쾨르는 이처럼 서사학이 상정하는 모델의 일반적 특징들을 검토한 다음, 이야기를 탈시간화하고 재논리화하는 서사기호학의 방법론적 유효성과 한계를 가늠하기 위해 프로프와 브르몽, 그레마스를 통해 줄거리 개념을 '심화'시키고자 한다. 여기서 심화란 줄거리 구성을 핵으로 하

---

59) R. Barthes, "Introduction à l'analyse structurale des récits," *Poétique du récit*, Seuil, 1977, p. 12.

는 서사적 형상화라는 표층 구조에서 이야기 분석이 말하는 심층 구조로 내려간다는 뜻이다. 중요한 것은 심층 구조와 표층 구조와의 관계이다. 우선 프로프가 말하는 기능이란 인물의 행동을 말하며 여기서 인물의 행동은 줄거리 전개에서 인물이 갖는 의미작용을 가리킨다. 프로프는 『민담 형태론』에서 논리적으로 구분되는 31가지 기능의 목록을 작성하고, 그 기능들에 따라 일곱 가지 행동 영역(공격자, 증여자, 마법적 조력자, 공주와 그녀의 아버지, 위임자, 주인공, 가짜 주인공)을 구분한다. 러시아 민담에 국한되긴 했지만 이처럼 인물을 성격이나 정체성 같은 내용이 아니라 줄거리 전개에서 담당하는 기능에 따라 분석함으로써 프로프는 이야기의 통사론 구축에 선구적인 기여를 하게 된다.

이에 대해 리쾨르는 등장인물에 대한 기능의 우위를 특징으로 하는 프로프의 민담 형태론이 연쇄적인 기능들을 분류하는 린네의 기계론적 구조 개념뿐 아니라 질서에 초점을 둔 목적론적, 유기적 구조 개념을 동시에 끌어들인다는 점에서 형식주의로 완전히 환원할 수는 없다고 본다. 프로프가 재구성한 민담은 그 상태로는 이야기로 전달되지 않기에 문화적 대상으로서의 민담 그 자체가 아니라 분석적 합리성을 통해 과학적 대상으로 변형된 민담이다. 중요한 것은 우리가 그러한 합리성에 따라 민담을 생산하고 수용하는 것이 아니라 전통적인 서사적 이해력에 따라 민담을 이해한다는 사실이다. 다시 말해서 합리적인 분석을 행하려면 우선 이야기를 이해하는 능력, 줄거리 구성에 대한 서사적 이해력이 앞서야 하는 것이다. 그리하여 리쾨르는 프로프에게서 "서사학적 합리성의 기초가 되는 인식론적 단절에도 불구하고 이 합리성과 서사적 이해력 사이의 간접적인 관련성"(『시간2』, p. 87)을 찾아낸다.

서사적 역할들의 목록을 작성하고자 한 브르몽의 연구 『이야기의 논리』는 이야기의 통사론을 구성하려는 프로프의 시도를 이어받고 있지만, 행동의 능동적 주체와 수동적 주체를 구분하면서 그 모델을 수정한다. 예컨대 공격이라는 기능은 공격하는 주체와 공격받는 주체를 상정하며 이는 두 가지 방향에서 행동의 의미를 규정할 수 있음을 뜻한다. 즉 공격은 성공하는 경우와 실패하는 경우의 두 가지 가능성을 가지며, 이야기의 논리는 그 가운데 하나를 선택하고 다른 하나는 버리는 것이다. 따라서 이야기를 구성하는 모든 시퀀스는 개선/개악, 균형/불균형의 범주에 따른 선택으로 간주될 수 있다. 여기서 선택된 것이 선택되지 않은 것을 함축하고 있다는 점에서 일종의 힘의 벡터를 이룬다는 사실이 중요하다. 이처럼 브르몽은 프로프와 달리 행동보다는 인물에서 출발하면서, 그리고 이 인물들이 이야기 속에서 맡을 수 있는 역할을 적절하게 공리화함으로써 가능한 서사적 역할들, 다시 말해서 어느 이야기에서나 인물들이 맡을 수 있는 지위들의 목록을 체계적으로 작성하고자 한다. 즉 프로프가 러시아 민담이라는 하나의 줄거리-유형을 도식화하는 데 머문 반면, 역사 기술을 포함하여 모든 종류의 서사적 메시지에 적용 가능한 브르몽의 연구는 이야기의 재논리화와 탈시간화에서 좀더 진전된 입장을 보인다고 하겠다.

　마지막으로 리쾨르는 그레마스의 『구조 의미론』에 제시된 서사기호학을 분석하면서 구조주의적 문학 연구방법론과 가장 풍요로운 대화를 펼친다. 그레마스의 행위소 모델modèle actantiel과 기호사각형carré sémiotique은 프로프의 기능들을 의미론적 관점에서 다시 분류함으로써 이야기의 심층 문법을 규명하려는 작업이다. 이야기의 구조는 주체가 대상을 추구하는 과정으로 정의된다. 즉 주체와 대상이 있고 주체를 돕는 조력자와 가로막는 방해자가 있으며, 주체에게 임무를 부여하는 발신자와 임무를 수령하는 수신자가 있다. 그레마스의 행위소 모델은 프로프의 모델이 갖는 한계를 극복하기 위해서 기능들을 다시 분류한 것이다. 의미는 차이에서 발생한다는 전제에 따라 이들 행위소는 심층 차원에서 기호사각형을 구성하는 각각의 축을 따라 움직인다. 예컨대 A의 의미는 A와는 모순되거나 반대되는 것과의 관계에 따라 정의되며 이런 논리적인 네 개의 극이 어휘를 구성하고, 그 극을 따라 이야기의 통사가 결정되는 것이다.

리쾨르는 그레마스의 행위소 모델과 기호사각형이 엄밀한 비시간적 모델을 구성하려는 의욕에도 불구하고 줄거리 구성에 내재한 시간성에 기댐으로써 혼합적 성격을 띤다고 지적한다. 행위소 모델은 통사론에 의해 규제되는 연역적 접근과 경험적으로 주어진 다양한 자료에서 추출해낸 역할 목록에서 비롯된 귀납적 접근을 상호 조정함으로써 얻어진다는 것이다. 따라서 행위소 모델 자체는 "체계적 구성과 실천적 영역에 속하는 '수정 사항'들이 뒤섞인 혼합성"을 띠게 된다(『시간2』, p. 100). 기호사각형에 대한 지적도 같은 맥락이다. 리쾨르에 따르면 그레마스의 분석은 사실상 기호사각형을 구성하는 첫 단계에서부터 이미 그 마지막 단계, 즉 "가치의 창조 과정으로서의 서사 행위의 단계"(『시간2』, p. 119)를 예상하면서 그 목적에 끌려가고, 그 마지막 단계는 바로 서사 전통 안에서 우리가 줄거리라고 이해하는 바로 그것이다. 다시 말하면, 이야기와 줄거리에 대해 갖고 있는 우리의 이해력에서 비롯된 통합적인 질서를 적절히 덧붙이지 않는다면 그레마스의 모델은 논리적 제약을 충족시키지 못한다는 것이다.

그렇다 해도, 리쾨르가 그레마스 모델의 혼합적 성격을 문제 삼는 것은 이론 자체를 반박하거나 거부하려는 것이 아니며, 오히려 그 모델이 지닌 이해 가능성의 조건들을 명백히 밝히려는 것임을 강조할 필요가 있다. 요컨대 서사기호학의 방법론적 혁신은 텍스트의 기능과 의미를 보다 객관적으로 설명하는 데에는 유효하지만, 중요한 것은 기호학적 합리성 자체가 근본적으로 서사적 이해력에 바탕을 두고 있다는 사실이다. 리쾨르는 이처럼 전통성에 근거한 서사적 이해력과 서사기호학이 주장하는 합리성을 대치시키고 겹쳐놓는 작업을 통해 다음과 같은 결론에 이른다. 줄거리 구성 양식은 역사적으로 끊임없이 변화하면서 혁신되기도 하고 쇠퇴하기도 하지만, 이야기가 존재하는 한 어떤 영속성을 지닌다. 그러나 이 영속성은 역사에 따라 변화하기에 불안정한 영속성이다. 결국 기호학적 연구의 동기란 바로 "역사를 벗어난 유희 규칙에 의거해서 서사 기능의 영속성을 확립하려는 야심"(『시간2』, p. 68)이자 "구조를 위해 역사를 버리는"(『시간2』, p. 72) 것이다.

2) 시제와 시간

리쾨르는 미메시스II라는 이름으로 설정된 형상화 원칙을 역사 이야기와 허구 이야기의 영역에서 검증하면서 시간성의 개념을 심화한다. 특히 시간과 관련하여 리쾨르가 관심을 기울이는 부분은 어떻게 허구적인 상상 세계를 통해 시간의 다양한 형상들을 그려볼 수 있는 풍요로운 길이 열리는가 하는 것이다. 이를 위해 그는 발화 행위의 시간(형상화 행위, 서사 행위의 시간)과 발화의 시간(이야기의 시간), 그리고 이야기된 내용의 시간(스토리의 시간) 사이에서 벌어질 수 있는 유희의 규칙을 체계적으로 검토한다. 리쾨르는 제일 먼저 동사의 시제 체계가 발화 행위에 어떤 가능성을 제공하는지 검토한다. 동사의 시제 체계는 시간의 현상학적 경험, 즉 일상에서 경험하는 시간으로부터 얼마나 자유로울 수 있는가? 리쾨르는 이러한 질문에 답하기 위해 뱅베니스트가 도입한 이야기와 담론의 구별에서 시작해서 캐테 함부르거와 하랄트 바인리히의 이론들까지 비판적으로 검토하면서 동사의 시제 문제를 시간 경험과 연결시킨다.

앞서 살펴본 것처럼, 뱅베니스트의 발화 행위 구분에 따르면 이야기에는 화자가 연루되지 않지만, 담론은 화자와 청자를 전제로 한다. 이 두 가지 양태의 발화 행위는 각기 나름의 시제 체계를 갖는다. 이야기는 단순과거, 반과거, 대과거를 가지지만 현재시제와 미래시제, 그리고 과거에서의 현재인 완료시제를 가질 수 없다. 반대로 담론은 단순과거를 배제하고, 현재와 미래 그리고 완료시제를 포함한다. 리쾨르는 뱅베니스트가 언술 행위의 유형으로 제시한 이야기와 담론의 구별을 받아들이면서도 동사의 시제 체계와 체험된 시간의 관계를 드러내기 위해 이를 수정한다. 즉 화자의 개입을 배제하는 이야기의 시제 체계라 할지라도 화자가 이야기 속에 개입하지 않고 과거의 사실을 제시할 수는 없다는 점에서 동사의 시제는 체험된 시간과의 관계를 완전히 끊을 수 없다는 것이다. 그렇다면 이야기 내에서 발화 행위와 발화를 구별함으로써, 한편으로는 발화 행위의 시간과 발화의 시간의 관계, 다른 한편으로는 그 두 가지 시간과 삶이나 행동의 시간과의 관계에 대한 문제를 제기해야 할 것이다.

이와 관련하여 함부르거는 『문학의 논리』에서 허구의 단순과거는 과거 지칭이라는 문법적 기능을 상실하며 엄밀히 말해서 이야기된 행동은 일어나지 않는다는 점에서 궁극적으로 허구적 시간성은 존재하지 않는다고 주장한다. 즉 허구 이야기의 기본 시제인 단순과거는 일상 대화의 시제와는 완전히 단절되어 있다는 것이다. 이에 대해 리쾨르는 허구 시제의 자율성에 관한 부분은 수용하지만, 과거라는 의미가 없어진 다는 것이 허구에서 동사의 시제 체계를 특징짓는 데 충분하다는 생각에는 이의를 제기한다. 과거의 의미가 소멸되었는데도 왜 과거시제라는 문법적 형식은 보존되는가? 리쾨르는 허구 속에는 두 가지 담론, 즉 화자의 담론과 인물의 담론이 있다는 사실에서 해답의 열쇠를 찾는다. 화자의 담론은 시제와 무관하게 자율적일 수 있으나, 인물의 담론은 일상 대화의 시제와 구별되지 않는다. 그런데 함부르거는 일상언어 체계와의 연결을 끊기 위해 주관성의 한 가지 중심만을, 즉 3인칭 이야기에 사용된 허구적 3인칭만을 인정했다는 것이다.

이어서 리쾨르는 바인리히의 시제 이론을 통해 동사의 시제가 과거, 현재, 미래라는 체험된 시간 범주와 어떻게 분리되는지 살펴본다. 바인리히는 뱅베니스트의 이론을 발전시켜 자연언어의 시제를 의사소통의 세 가지 축에 따라 분류하는데, 발화 상황과 발화 관점 그리고 강조하기가 그것이다. 우선 발화 상황에 따라 '이야기된 세계'와 '해설된 세계'로 구분된다. 전자는 이완 또는 초연함으로, 후자는 긴장 또는 참여로 특징지어진다. 두번째로 발화 관점의 축에서 '행위의 시간'과 '텍스트의 시간'이 구분되고 이 두 시간의 관계에 따라 예상, 일치, 회상의 시제가 분류된다. 마지막으로 강조하기의 축에서는, 프랑스어의 단순과거와 반과거의 차이에서 볼 수 있듯이 전경과 후경을 구분함으로써 행동의 시상이나 법 같은 문법적 범주에서 벗어나 의사소통의 측면에서 시제를 분석한다.[60] 리쾨르는 시제 체계가 서사적 형상화 활동에 적용된 시간

---

60) H. Weinrich, *Le Temps*, Seuil, 1973, pp. 140~57.

을 구조화하는 언어적 장치로 간주될 수 있다는 바인리히의 주장을 받아들인다. 하지만 동사 시제가 시간과 전혀 관련이 없다는 주장에 대해서는 이의를 제기한다. 즉 동사의 시제 체계가 아무리 자율적이라 하더라도 시제가 모든 점에서 시간 경험과 단절되지는 않는다는 것이다. "시제 체계는 시간 경험에서 나오며, 시간 경험으로 돌아간다. 그리고 시제 체계가 이렇게 어디서 나와 어디로 가는지를 나타내는 기호들은 계열적 또는 선조적인 배분에서도 사라지지 않는다"(『시간2』, p. 152).

한편 바인리히가 말하는 발화 상황에 따른 시제의 구분과 관련하여 리쾨르는 '이야기된 세계'와 '해설된 세계'도 어떤 세계이며, 실천적 세계와의 관계는 미메시스II의 법칙에 따라 유예되었을 뿐 완전히 단절된 것은 아니라고 말한다. 또한 발화 관점의 축에서 회상과 예상은 살아 있는 현재의 과거 지향과 미래 지향이라는 가장 원초적인 구조를 나타낸다는 점에서 동사의 시제 체계는 체험된 시간을 암묵적으로 가리킨다. 마찬가지로 의사소통의 세번째 축, 즉 강조하기의 축과 관련하여, 허구 이야기에서 반과거와 단순과거의 구별이 갖는 일차적 의미는 시간 자체 속에서 영속적인 양상과 우발적인 양상을 분간하는 능력과 관련 있다는 점에서 시간 경험과 완전히 분리될 수 없다고 리쾨르는 주장한다.

3) 이야기하는 시간, 이야기되는 시간

허구 이야기의 시간 구조는 시간의 허구적 경험과 어떠한 관계를 맺는가? 이러한 물음에 답하기 위해 리쾨르는 귄터 밀러에 이어 제라르 주네트가 발전시킨 '이야기하는 시간'과 '이야기되는 시간'의 구분에서 출발한다. 이제 허구 이야기의 시간을 해석하는 열쇠를 동사의 시제 체계를 통해 드러나는 내적 차별화 원칙이 아니라 발화 행위와 발화 사이의 관계에서 찾는 것이다. 형태론적 시학의 배경 아래 뮐러가 처음 도입한 '이야기하는 시간'과 '이야기되는 시간'의 구분은 이야기의 템포와 리듬을 규정한다는 점에서 중요한 의미를 갖는다. 뮐러에 따르면 이야기한다는 것은 그 자체로는 이야기가 아닌 그 무엇, 즉 삶에서 경험하는 무엇을 이야기하는 것이며, 이는 또한 선택하고 배제하는 행위라는 점에서 이야기하는 시간과 이야기되는 시간을 구분하고 비교할 수 있다. 예컨대 한 작품 전체에서 이야기하는 시간과 이야기되는 시간의 상대적 길이의 다양성은 양적인 면에서 이야기의 템포와 리듬을 규정할 뿐만 아니라 질적인 긴장과 이완도 내포한다. 이에 대해 리쾨르는 삶과 예술에 관한 괴테의 성찰을 끌어들여 뮐러의 구분을 수정하고 발전시킨다. 그에 따르면 이야기하는 시간과 이야기되는 시간의 관계에서 비롯된 이야기의 템포와 리듬 그리고 긴장과 이완 등의 시간 구조는 시적 형태론에 그치는 것이 아니라 허구적 시간 체험을 낳고, 그러한 시간 체험은 독자의 시간 경험 그 자체에 영향을 미친다. 따라서 허구 이야기의 시간 구조는 이야기하는 행위의 시간, 이야기되는 시간, 삶의 시간이라는 세 가지 층위에 자리 잡는다. "어느 경우에든 '의미를 지닌 구성'의 지평에는 언제나 실질적인 시간적 창조, '시적 시간'이 있다. 시간을 구조화하는 목적은 바로 시간을 창조하는 것이며, 그것은 이야기하는 시간과 이야기되는 시간 사이에 놓여 있는 것이다"(『시간2』, p. 167).

주네트의 이론은 모든 범주를 텍스트 자체에 포함된 특징에서 끌어내려는 구조주의 서사학에 더 충실하다. 즉, 뮐러가 담론 내부에 포함되지 않은 삶의 시간을 허구 이야기의 시간 구조에 포함시킨 것과 달리, 주네트는 오로지 텍스트 내부에서만 발화 행위의 시간과 발화의 시간을 구별한다.[61] 잘 알고 있듯이 주네트 또한 세 가지 층위를 구분하며, 중간에 위치한 서사적 발화의 층위는 이중의 관계를 갖는다. 하나는 이야기의 대상, 즉 허구적이건 역사적이건 이야기된 사건과 관련하여 이야기된 스토리, 즉 디에게시스의 세계라고 부르는 것이다. 다른 하나는 이야기하는 행위 그 자체, 즉 서사적 발화 행위와 관련을 맺는다. "서사체로서의 이야기는 이야기되는 스토리와의 관계로, 담론으로서의 이야기는 이야기하는 서사 행위와의 관계로 존재한다."[62] 그렇지만 주네트의 용어 체계에서 디에게시스의 세계와 발화 행위는 텍스트 외적인 것과는 전혀 관련이 없다. 즉 시간 체험은 논의에서 제외되며 발화 행위, 발화, 스토리 사이의 텍스트 내적인 관계만이 남는다. 프루스트의 『잃어버린 시간을 찾아서』에 대한 주네트의 분석도 바로 그러한 텍스트 내적 관계를 다루고 있으며, 리쾨르의 비판도 이 부분에 집중된다. 즉 주네트의 분석이 서사적 목소리라는 개념을 사용하기는 하지만 그에게는 텍스트 세계와 같은 개념이 없기 때문에 화자-주인공의 허구적 시간 경험을 배제한다는 것이다.

리쾨르에 따르면 허구는 현실 세계의 흔적을 간직하기만 하는 게 아니라는 점에서 재형상화 단계에서 독자로 하여금 시간을 재발견하게 한다. "허구는 스스로 '지어낸,' 다시 말해서 발견함과 동시에 창조한 경험의 특징을 향해 다시 시선을 돌리게 한다. 이 점에서 동사의 시제는

---

61) 주네트는 「이야기의 담론」에서 동사와 관련된 문법의 범주로 시간(시제)temps, 법mode, 태voix라는 세 가지를 제시한다. 그리고 특히 시간의 범주와 관련하여 순서ordre, 지속durée(혹은 속도vitesse), 빈도fréquence라는 세 가지 하위 범주를 기준으로 이야기하는 시간과 이야기된 시간과의 관계 양상을 분석한다. G. Genette, "Discours du récit," Figures III.

62) G. Genette, Figures III, p. 74.

체험된 시간―텍스트 언어학에서 이 체험된 시간은 곧 잃어버린 시간이다―의 명칭들과 관계를 끊지만, 곧 엄청나게 다양해진 문법적 표현 수단들을 가지고 그 시간을 재발견하는 것이다"(『시간2』, p. 156). 리쾨르가 이야기의 허구적 인물이 경험하는 것과 같은 허구적 시간 경험이라는 새로운 개념을 끌어들이는 것은 그래서이다. 그런데 주네트의 프루스트 분석을 따라가다 보면 화자-주인공의 허구적 시간 경험은 이야기의 내적 의미작용에 결부되지 못하고, 프루스트가 사용한 서사기법은 문체로 환원되며, 그 결과 주네트의 분석은 시간을 변질된 것으로 나타나게 하는 서사기법에 대한 형식적 연구에 그치게 된다는 것이다. 시간 체험은 시간과의 단순한 유희라는 서사기법으로 환원될 수 없으며, 텍스트 세계가 투사하는 허구적 시간 경험을 향하게끔 하는 목표에 서사기법을 종속시켜야 한다는 것이 리쾨르의 주장이다. 그렇게 해서 프루스트의 서사기법은 잃어버리고 되찾은 시간 경험에 대한 좀더 예리한 이해력을 회복하기 위한 긴 에움길의 의미를 갖게 될 것이며, 나아가 모든 문학적 경험은 바로 지적 탐구의 이름으로 '언어 표현의 총체적인 질서'와 관련을 맺게 될 것이다.[63]

4) 시점과 서사적 목소리

'시간과의 유희'에 대한 리쾨르의 연구 마지막에 시점과 서사적 목소

---

63) 주네트는 어떤 대담에서 『시간과 이야기』에 관해 질문을 받고 다음과 같이 대답한 적이 있는데, 이는 엄밀한 의미에서의 서사학과 리쾨르의 해석학적 입장의 차이를 극명하게 보여준다. "우리는 서로 엇갈려 만난다. 그는 나의 기술적 분석들을 사용하지만, 나는 내가 그의 철학에서 무엇을 가져올 수 있는지 모른다." *Temps et récit de Paul Ricoeur en débat*, p. 183 참조.

리 개념이 나온다. 시점은 이야기됨으로써 드러나는 것을 어디에서 지각하는가, 즉 어디에서 말하는가 하는 질문에 답하는 것이며, 목소리는 누가 여기서 말하는가 하는 질문에 답하는 것이다. 리쾨르는 시점과 서사적 목소리 개념이 어떻게 형상화 과정에 통합되는지, 특히 서사적 목소리 개념이 어떻게 형상화와 재형상화 과정의 중간에서 텍스트 세계를 바깥으로 투사하는지에 초점을 맞춘다. 우선 시점과 서사적 목소리 개념은 화자와 작중인물의 범주에 연결됨으로써 서사 구성의 영역에 들어온다. 이야기된 세계는 작중인물의 세계인 동시에 화자에 의해 이야기되는 세계이다. 그런데 이야기가 행동을 재현하기 위해서는 행동하는 주체를 재현해야 하므로 행동의 미메시스 개념을 인물 쪽으로, 그리고 인물의 미메시스 개념을 인물의 담론 쪽으로 이동시킬 수 있다. 이렇게 인물의 담론을 디에게시스에 통합하게 되면 발화 행위는 화자의 담론이고, 발화는 인물의 담론이라고 할 수 있게 된다. 따라서 이야기는 어떤 특별한 서사 방식에 의해 작중인물의 담론을 이야기하는 화자의 담론이 된다. 리쾨르는 도리트 콘, 슈탄젤, 우스펜스키, 바흐친의 이론을 따라가면서 시점과 서사적 목소리가 미메시스II 과정에 통합되는 것을 보여준다.

우선 도리트 콘은 화자의 담론이 인물의 담론에 비해 우세한 정도에 따라 서사 행위를 구분한다. 그에 따르면 허구적 주체의 말과 생각을 재현하는 방식은 세 가지 유형으로 나눌 수 있다. 가장 고전적인 방식은 화자가 직접 서술하는 것이고, 두번째는 허구적 등장인물의 내적 독백을 인용하거나 작중인물이 독백을 하면서 자기 자신을 인용하는 '인용된 독백'이다. 그리고 세번째는 독백을 인용하는 것이 아니라 독백을 이야기하는 '서술된 독백'으로서 자유간접화법이다. 말의 내용은 인물의 것이지만 화자에 의해 3인칭 과거시제로 이야기됨으로써 타인의 말과 생각이 이야기 속에 가장 완벽하게 통합되는 것이다. 허구 이야기에서 생각이나 느낌 또는 말을 재현하는 이러한 기법에 대한 연구는, 인물의 삶을 마치 제삼자의 삶처럼 이야기하는 유형(3인칭 이야기)과 인물에게 화자의 문법적 인칭을 부과하는 유형(1인칭 이야기)의 구분을 끌어들이고, 이어서 인물의 담론에 비해 화자의 담론이 우세한 정도에 따라 서술 상황을 유형화할 수 있다는 점에서 시점과 목소리 개념에 연결된다.

나아가 화자의 담론과 인물의 담론 사이의 우열만이 아니라 그 사이의 다양한 거리에 따른 유형론도 가능하다. 프란츠 슈탄젤은 생각과 느낌과 말을 전달한다는 소설적 허구의 보편적 특징에 따라, 가능한 모든 서술 상황을 포괄하는 유형론을 제시하고자 한다. 그에 따르면 모든 서술 상황은 다음 세 가지 가운데 하나에 속한다. 높은 데서 자기 관점을 강요할 수 있는 특권을 부여받은 화자가 자신의 생각이나 느낌을 전달하는 작가 중심 서술 상황, 작중인물을 통해 전달함으로써 독자가 그 인물의 시선을 통해 다른 인물들을 보게 되는 인물 중심 서술 상황, 화자가 1인칭으로 말하는 인물과 일체가 되어 다른 인물들과 동일한 세계에서 사는 1인칭 서술 상황이 그것이다. 리쾨르는 슈탄젤의 이론을 검토하면서 두 가지 비판을 제기한다. 지나치게 추상적이어서 변별력이 떨어진다는 것, 그리고 모든 서술 상황을 다루기에는 유기적 구성이 너무 미흡하다는 것이다. 그보다는 시점과 서사적 목소리를 "분류 체계에서의 위치로 규정되는 범주가 아니라 다른 수많은 특성들로부터 추출되고 문학작품 구성에서의 역할을 통해 규정되는 변별적 특성"(『시간2』, p. 192)으로 간주하는 쪽이 좀더 생산적일 것이라고 리쾨르는 생각한다.

이 점에서 시점 개념을 줄거리 구성의 시학에 통합하여 텍스트의 시공간만이 아니라 이데올로기, 어법, 심리 등 서사적 형상화 영역의 다양한 차원에 위치시키는 우스펜스키의 유형론은 좀더 긍정적으로 평가된다. 여기서 말하는 시점이란 3인칭이나 1인칭 이야기에서 작중인물을 향한 화자의 시선과 인물들 상호 간의 시선의 방향을 가리킨다. 따라서 시점이 제공하는 다양한 구성 수단들에 대한 연구는 서사적 형상화의 영역에 통합된다. "예술작품은 여러 층위에서 읽혀질 수 있고 또 읽혀져야 한다는 점에서, 시점은 유형학의 대상으로 적합하다"(『시간2』, pp. 194~95). 우스펜스키의 유형론은 시점이 표현될 수 있는 장소, 시점들 간의 구성이 이루어질 수 있는 다양한 공간-층위에 대한 연구이며, 이런 의미에서 시점 개념은 발화 행위와 발화로 중첩되는 이야기의 특성에 초점을 맞춘 연구의 핵심이라 할 수 있다.

시점 개념과 마찬가지로 서사적 목소리 개념 또한 화자와 분리될 수 없다는 점에서 형상화, 즉 미메시스II 영역에서 배제할 수 없다. 화자의 목소리와 분리된 것처럼 보이는 다성적 목소리를 토대로 구성된 소설은 그 극단적인 경우를 보여준다. 다성적 목소리란 "서로 다른 목소리들이 각기 다른 목소리와의 관계 속에서 주어지는 것"(『시간2』, p. 199)을 말한다. 미하일 바흐친은 이를 '다성적 소설'이라 부르고 도스토옙스키를 그 창시자로 꼽는다. 그런데 바흐친이 말하는 다성적 소설에서는 화자의 담론과 인물의 담론 사이의 관계가 완전히 허물어짐으로써 줄거리 구성 개념 자체도 파열되는 게 아닌가 하는 의혹이 제기될 수 있다. 이에 대해 리쾨르는 아무리 다성적인 소설, 극단적인 경우로 버지니아 울프의 『파도』처럼 순전히 다양한 목소리만을 내는 소설이라 할지라도 오랜 전통에서 물려받은 줄거리 구성 원리를 완전히 벗어나지는 않는다고 주장한다. 다성적 소설은 줄거리 구성을 대화라는 다른 구조화 원리로 대체하는 것이 아니라 오히려 확장하도록 이끈다는 것이다.

서사적 목소리 개념이 중요한 것은 시간적 의미를 내포하고 있기 때문인데, 리쾨르는 이와 관련하여 서사적 목소리에 귀속되는 서사 행위의 현재, 화자의 '허구적 현재'라는 개념을 제시한다. 발화 행위와 발화의 이중화로 인해 빚어지는 시간과의 유희는 이렇게 해서 이야기하는 시간과 이야기되는 시간 사이의 유희일 뿐만 아니라, 화자의 담론과 인물의 담론의 이중화로 이어진다는 점에서 화자의 시제와 인물의 시제가 벌이는 시간과의 유희이기도 하다. 아울러 허구적 현재라는 개념을 통해 리쾨르는 앞서 보류해두었던 문제, 즉 서사 행위의 기본 시제로서 단순과거의 위상에 관한 문제를 해결하고자 한다. 즉 독자는 서사 행위의 현재를 이야기된 스토리보다 '뒤에 오는 것'으로 이해하기 때문에, 그러니까 이야기된 스토리가 서사적 목소리의 과거이기 때문에, 단순과거는 그 문법적 형태와 특권을 유지한다는 것이다.

어떠한 스토리도 그 스토리를 이야기하는 목소리의 입장에서는 지나간 과거가 되기 때문에 과거시제는 과거라는 시간적 의미작용을 갖는다. 중요한 것은 시점이 서사적 형상화 차원에 머물러 있다면, 목소리는 독자에게 건네진다는 점에서 이미 의사소통 영역에 속한다는 점이다. "독서가 텍스트 세계와 독자 세계의 만남을 가리킨다는 점에서 목소리는 이처럼 형상화와 재형상화 사이의 전환점에 위치하는 것이다"(『시간 2』, p. 205). 그렇게 해서 텍스트 이해라는 관점에서 시점과 목소리의 기능은 시각과 청각처럼 서로 상보적인 관계에 놓이게 된다. "어떠한 시점이건 그것은 독자의 시선을 작가나 인물과 같은 방향으로 돌리게 하기 위해 독자에게 보낸 초대장이며, 반면 서사적 목소리는 독자에게 텍스트 세계를 제시하는 무언의 말이다"(『시간 2』, p. 205).

3. 허구 이야기와 시간에 관한 상상의 변주: 시간에 관한 세 소설

발화 행위와 발화의 구분에 병행하는 두 겹의 시간, 즉 이야기하는 시간과 이야기되는 시간의 중첩을 통해 이루어지는 '시간과의 유희'는 시간 경험을 유기적으로 구성하는 것을 궁극적인 목적으로 한다. 시간의 허구적 경험은 경험이지만 허구적이라는 점에서 텍스트 세계를 완전히 벗어나지 않는다. 그것은 텍스트가 펼쳐 보이는, 세계-내-존재의 잠재적 경험이 갖는 시간적 양상으로 일상적인 경험과 만날 수 있도록 작품이 바깥으로 투사하는 '것'이라는 점에서 텍스트에 '내재하는 초월성'이라고 말할 수 있다. "점점 멀어져가는 풍경의 전망을 뚜렷한 윤곽으로 드러내는 '창문'과 같이, 하나의 작품은 그 구조로 말하자면 그 자체로 닫혀 있으면서도 또한 어떤 세계를 향해 열려 있을 수 있는 것이다"(『시간2』, p. 208). 독자가 텍스트의 초대를 받아들이면 그러한 허구적 경험과 독자의 살아 있는 경험이 만나고, 텍스트에 의해 투사된 세계와 독자의 삶의 세계가 교차하는 바로 그 지점에서 문학작품은 온전한 의미를 획득한다.

이야기의 형상화에서 재형상화에 이르는 이러한 과정을 보다 구체적으로 보여주기 위해 리쾨르는 『시간과 이야기』에서 세 편의 소설—버지니아 울프의 『댈러웨이 부인』, 토마스 만의 『마의 산』, 마르셀 프루스트의 『잃어버린 시간을 찾아서』—에 나타난 서사기법을 분석하고 그러한 서사적 형상화를 통해 바깥으로 투사되는 시간 경험을 다룬다. 리쾨르가 이 작품들을 선택한 이유는 다음과 같다. 이 소설들에서는 시간 경험 자체가 구조적 변형의 목적이라는 점에서 '시간에 관한 이야기'

로 볼 수 있고, 각기 나름대로 이야기 구성뿐 아니라 인물들의 경험에 영향을 미치는 허구적 시간 경험의 새로운 양태들을 탐구하고 있다. 또한 일상 경험의 시간적 양상을 훨씬 넘어서는 '불협화음을 내포한 화음'의 다양한 양상들은 역사적 시간에 관한 '상상의 변주'로 간주될 수 있으며, 허구적 시간 경험이 한계에 이르는 지점에서 시간과 영원의 관계를 탐구하게 된다.

1) 시간의 서사적 형상화와 허구적 경험

서사적 형상화 측면에서 볼 때 『댈러웨이 부인』의 서사기법은 주목할 만하다. 가장 특징적인 것은 사건들을 점진적으로 축적함으로써 하루가 흘러가게 하는 기법이다. 시간을 환기시키는 빅벤의 종소리가 갖는 진정한 역할은 형상화 차원을 넘어서서 다양한 등장인물들의 허구적 시간 경험을 독자에게 열어 보이는 것이다. 또한 짧게 이어지는 행동들 사이에 무언의 생각 속에서 과거로 여행을 떠나는 긴 시퀀스를 삽입해 이야기를 지연시키는 기법도 있다. 생각 속의 사건이 일어나는 순간을 안에서 깊이 파고들어 감으로써 이야기된 시간의 순간들은 내부로부터 확대된다. 이야기되는 시간이 상대적으로 짧은데도 매우 긴 시간이 풍부하게 함축되어 있어 보이는 것은 바로 그 때문이다. 그렇게 "행동의 세계와 내적 성찰의 세계를 함께 꾸미고, 일상성의 의미와 내재성의 의미를 뒤섞는"(『시간2』, pp. 214~15) 것이다. 또한 좀더 미묘한 기법으로, 화자의 특권으로 한 의식의 흐름에서 다른 흐름으로 이행하기도 한다. 즉 서로 관계가 없는 작중인물들을 같은 장소나 같은 시간에 머물게 함으로써 무관한 시간성들을 잇는 가교를 만드는 것이다.

요컨대『댈러웨이 부인』이 보여주는 허구적 시간 경험은 '기념비적 시간'과 '숙명적 시간'의 불협화음 구조이다. 작품에서 등장인물들의 구체적이고 생생한 경험이 갖는 다원성은 숙명적 시간성(내적인 시간성)의 층위에 자리 잡는다. 이야기는 그러한 숙명적 시간과 빅벤의 종소리로 상징되는 기념비적 시간, 즉 권위의 형상으로 나타나는 공식적 역사의 시간과 다양한 긴장을 이루면서 전개된다. 숙명적 시간은 기념비적 시간의 파괴적이고 냉혹한 힘을 감내해야 한다. 그 결과 현실에 맞서 우주적 통일성에 이르려는 셉티머스의 욕망은 자살로 끝난다. 마지막 연회 장면에서 클라리사의 시간 경험은 우주적 시간과 숙명적 시간의 대립 속에서 기념비적 시간을 받아들일 수밖에 없다는 고통스러운 인식으로 나타난다. 형상화 차원에서 리쾨르는『댈러웨이 부인』을 특징짓는 시간 경험을, 다양한 인물들의 시간 경험을 상징하는 '동굴들'이 그물처럼 이어진 지하통로의 은유로 제시한다. 인물들의 고독한 경험이 다른 인물의 고독한 경험 속에 울려 퍼지고, 그러한 허구적 시간 경험은 이야기를 통해 독자에게 전달된다.

　『마의 산』의 시간 구조는 연대기적 시간의 소멸이라는 시간 밖의 삶에 익숙해진 '위쪽 사람들'(알프스 산중의 요양원 사람들)과, 달력과 시계의 리듬에 몰두하여 살아가는 '아래쪽 사람들'(평지 사람들)의 대립적인 양상으로 나타난다. 공간적 대립은 시간적 대립과 겹치며 그것을 강화한다. 서사기법의 측면에서 가장 뚜렷한 특징은 이야기하는 시간과 이야기되는 시간 사이의 유희다. 한편으로 이야기하는 시간은 이야기되는 시간에 비해 계속 짧아진다. 다른 한편으로 이야기의 축약과 반비례하여 이야기하는 시간의 길이가 늘어남으로써, 시간 감각의 상실과 싸우는 주인공의 내적 갈등이라는 경험을 전달하는 데 필요한 투시 효과를 만들어낸다. 주제의 측면에서『마의 산』은 시간의 소설인 동시에 질병의 소설이며 문화의 소설이다. 이러한 세 가지 주제는 일종의 교양소설 방식으로 한스 카스토르프라는 주인공의 경험 속에 통합된다. 문제는 주인공의 정신적 수련이 갖는 성격이다. 여기서 리쾨르는 서사적 목소리와 이야기 사이의 거리 두기 관계에서 비롯되는 아이러니에 주목한다. 즉 주인공이 시간과 겨루면서 맺는 관계는 아이러니에 의한 거리 두기의 관계가 아닌가 하는 가설을 제기하는 것이다.

그렇게 해서『마의 산』은 단순한 연대기적 시간의 소멸을 그리는 허구가 아니라 그 소멸을 통해 불변의 영원성과 변화의 생성 사이의 대조를 펼치는 소설로 드러난다. 주인공의 내적인 시간 경험은 연대기적 시간의 소멸로 인해 그 굴레로부터 해방되는 동시에 아우구스티누스적인 불협화음과 균열 속에서 해체된다. 해체되고 증폭된 내면의 시간은 시간의 우주적 양상—죽음의 반복적 영원성, 별이 빛나는 하늘의 영속성—들과 화해를 이루지 못하고, 주인공은 '시간의 타자'인 거대한 영원성, 죽음의 영원성에 정복당하지 않기 위해 아이러니한 무관심 속으로 도피한다. 그러나 이러한 도피는 행동으로 실천할 수 없는 것이기에 스토아학파의 아타락시아에 가까운 불안정한 승리로 남는다. 리쾨르는『마의 산』이 시간의 아포리아에 대한 사변적인 해결책을 제시하지는 않지만, 그 아포리아를 한 단계 높였다고 평가한다. 시간의 불협화음이 화음을 누르고 있지만, 불협화음의 의식은 한 단계 높아졌다는 것이다.

『잃어버린 시간을 찾아서』는 앞의 두 작품과는 달리 불협화음의 시련을 통해 새로운 화음의 가능성을 발견하고자 한다. 잃어버린 시간이 불협화음이고 균열이라면 되찾은 시간은 화음이고 통합이다. 그렇다면 잃어버린 시간과 되찾은 시간이란 무엇이며, 잃어버린 시간을 어떻게 되

찾을 수 있는가? 리쾨르는『잃어버린 시간을 찾아서』에 관한 다른 해석
들을 검토하면서 그것이 '시간에 관한 이야기'라는 자신의 해석을 위한
독서 가설들을 제시한다. 첫번째 가설은 서사적 형상화와 관련하여, 주
인공-화자인 마르셀은 이야기를 지탱하는 '허구적 실체'라는 것이다. 실
제 작가인 마르셀 프루스트와 동일인물인가의 여부와는 관계없이 잃어
버린 시간과 되찾은 시간은 둘 다 허구적 세계에서 펼쳐지는 허구적 시
간 경험의 특성들로 이해되어야 한다는 것이다. 두번째 가설은 질 들뢰
즈의 해석, 즉『잃어버린 시간을 찾아서』의 주된 쟁점은 시간이 아니라
기호의 체득을 통한 진리라는 주장을 비판적으로 수용함으로써 얻어
진다. 그에 따르면『잃어버린 시간을 찾아서』의 의미를 전체적으로 이
해하기 위해서는 작품 자체를 '탐구'와 '영감의 도래'라는 두 개의 초점
을 갖는 타원형으로 생각해야 한다는 것이다. 세번째 가설은 이야기 외
적인 철학적 지식이 삽화처럼 소설 형식 안에 투사되어 있다고 봄으로
써『잃어버린 시간을 찾아서』의 서사적 탁월성 자체에 이의를 제기하
는 안 앙리에 대한 반론에서 나온다. 즉 이 작품에는 하나의 목소리가
아니라 나-주인공의 목소리와 나-화자의 목소리라는, 적어도 두 개의
서사적 목소리가 들어 있다는 것이다.

리쾨르는 이러한 논의들을 종합해서 작품의 서사적 구성을, 잃어버
린 시간과 되찾은 시간이라는 두 개의 초점을 갖는 타원형으로 설명하
고, 두 초점들 사이에 설정되는 관계를 규명함으로써 작품을 이해하고
자 한다. 그에 따르면 우선 첫번째 초점인 콩브레의 잃어버린 시간이란
'추억들의 덩어리' '잃어버린 낙원'이며, 주인공-화자는 망각을 낳으면
서 커져가는 괴리와 희망 없는 투쟁을 벌이면서 세계와 사랑 그리고 감
각적인 인상의 기호를 체득하게 된다. 두번째 초점을 이루는 되찾은 시

간이란 우연과 비의지적인 기억에 의해 주어진 초시간적인 행복의 순간들과 결부되는 동시에, 사라지기 쉬운 그 행복한 순간을 항구적인 작품 속에 고정시킴으로써 잃어버린 시간을 되찾는 행위라는 이중의 의미를 갖는다. 글을 쓰겠다는 결정은 이처럼 예술의 근원에 대한 사색에서 비롯된 초시간적인 것을, 잃어버린 시간이 되살아나는 시간성으로 옮김으로써 그 이중적 의미를 통합한다. "『잃어버린 시간을 찾아서』는 되찾은 시간이 갖는 한 가지 의미작용에서 다른 의미작용으로의 이행을 이야기한다"(『시간2』, p. 301).

그렇다면 잃어버린 시간을 되찾는다는 것은 무엇인가? 되찾은 시간은 어떤 것인가? 되찾은 시간의 첫번째 의미는 은유에 의해 영원성을 얻게 된 잃어버린 시간이다. 여기서 은유란 마들렌 일화에서 보듯이 서로 구별되는 두 대상이, 그 차이에도 불구하고 본질에 가닿음으로써 시간의 우연성에서 벗어나는 모든 관계를 가리킨다. 두번째 의미는 되찾은 시간의 허구적 경험을 소명의 계시로 알아차리는, 즉 식별하는 것이다. 그러나 타원의 두 초점을 이루는 이 두 가지 의미는 서로의 차이를 없애지 않으면서도 그 인상들을 본질의 차원으로 상승시킨다는 공통점을 갖는다는 점에서 서로 만난다. 타원의 두 초점은 이제 문체론적 측면에서의 은유와 광학적 측면에서의 식별이라는 동일한 의미론적 층위에서 영역만을 달리한다. 그렇다면 문제는 문체와 시각의 관계가 될 것이다.

이 지점에서 리쾨르는 작품 전체를 지배하는 문제, 즉 문학과 삶의 관계에 접근하면서 되찾은 시간의 세번째 의미를 제시한다. 그것은 바로 글쓰기를 통해 되찾은 인상이다. 문학이란 "참된 삶, 마침내 발견되고 밝혀지는 삶, 따라서 정말로 살아온 유일한 삶," 글쓰기를 통해 "되찾은 현실의 환희"인 것이다.[64] "되찾은 시간, 그것은 말하자면 '유려한 어떤 문체의 필연적 고리 속에' 차이점들을 가두는 '은유'이다. 나아가서 그것은 입체적 전망을 완성하는 '식별'이다. 끝으로 그것은 삶과 문학을 화해시키는 '되찾은 인상'이다. 실제로, 삶이 잃어버린 시간의 쪽을, 그리고 문학이 초시간적인 것의 쪽을 나타내는 한, 되찾은 인상이 예술작품을 통해 되찾은 삶의 인상을 표현하듯이 되찾은 시간은 초시간적인 것을 통해 잃어버린 시간의 복원을 표현한다고 말할 수 있다"(『시간2』, p. 313). 그러나 잃어버린 시간을 완전히 되찾을 수 있을까? 되찾은 시간 또한 죽음에 의해 파괴되는 시간이 아닌가? 화음이 완성되려는 순간에 들려오는 바로 이러한 불협화음의 여운이야말로 허구 이야기의 형상화가 시간의 수수께끼에 대해 제시할 수 있는 해결책을 암시하는 것처럼 보인다. 그리고 그 해결책은 재형상화 단계로 넘어가야만 구체적인 윤곽을 얻게 될 것이다.

2) 이야기된 시간, 역사적 시간의 상상의 변주

리쾨르는 서사성의 시학이 시간성의 아포리아에 답한다는 가설 아래 세 소설이 체험된 시간과 우주적 시간 사이의 균열과 불협화음을 받아들이고 극복하는 방식을 보여준다고 말한다. "현상학적 시간을 우주적 시간 속에 다시 집어넣는 현상은 불변항이며, 시간에 관한 이야기들은 그에 대한 상상의 변주인 것이다"(『시간3』, p. 245). 우선 허구적 시간 경험이 체험된 시간과 우주적 시간을 연결한다는 증거는 허구 이야기 또

---

64) M. Proust, *A la recherche du temps perdu III*, pp. 895, 879.

한 역사적 시간을 빌려온다는 점에서 찾을 수 있다. 『댈러웨이 부인』의 줄거리는 1차 대전 직후, 정확히 말해서 1923년 대영제국의 수도였던 런던을 배경으로 전개된다. 『마의 산』에서 한스 카스토르프의 모험은 1차 대전이 일어나기 전에 시작해서 1914년 1차 대전에 이른다. 『잃어버린 시간을 찾아서』의 에피소드들은 1차 대전 이전과 이후로 나뉜다. 드레퓌스 사건의 전개와 전쟁 중의 파리 묘사는 날짜를 추정할 수 있는 연대기적 지표를 제공한다.

하지만 그처럼 역사적 시간을 빌려온다고 해서 허구의 시간이 역사적 시간의 중력 공간 안으로 이끌려 들어가는 것은 아니다. 그와는 반대로 화자와 그 주인공들이 허구적이라는 사실만으로도, 언급된 역사적 사건들은 역사적 과거를 재현한다는 기능을 상실하고 다른 사건들의 비현실적 위상에 보조를 맞추게 된다. 좀더 정확히 말하자면 과거에 대한 대상지시와 재현 기능 그 자체가 소멸되었다고는 말할 수 없으나, 후설이 상상적인 것의 특징으로 규정했던 중립화된 양상으로 보존되는 것이다. 그래서 세 소설 속에서 이야기된 사건들의 지표로 쓰이는 1차 대전은 실제로 일어난 역사적 사건을 공통으로 가리키는 것이 아니라, 서로 다른 시간 구조를 갖는 각각의 작품에서 서로 다른 방식으로 형상화되고 있다고 말해야 한다. 동일하게 인용되고 있는 역사적 사건이 이질적인 시간 영역들 속으로 끌려 들어가는 것이다. 따라서 문제는 1차 대전을 중심으로 한 일련의 사건들이 어떤 방식으로 허구적 인물들의 시간 경험에 합쳐지는가인데, 허구는 현상학의 주요한 아포리아에 대응하는 상상의 변주들을 폭넓게 펼치면서 그러한 물음에 답한다.

『댈러웨이 부인』의 역동성은 앞에서 말한 숙명적 시간과 기념비적 시간이라고 불렀던 것 사이의 대립에서 생겨난다. 그러나 『댈러웨이 부인』은 단순한 사변적 대립에 대한 진술을 훨씬 넘어서는 풍요함을 갖는다. 화자가 소설 속에 등장하는 다양한 개인적 경험들을 두 가지 한계 경험 사이에서 독특한 방식으로 배분하고 있기 때문이다. 한계 경험들 가운데 하나인 셉티머스의 경험은 빅벤의 기념비적 시간과 불운한 주인공의 숙명적 시간이 서로 절대 화해할 수 없음을 보여준다. 그 점에서 셉티머스의 자살은 실존론적인 죽음을 향한 존재가 개인적인 어떤 실존적 경험 속에 구현되고 있음을 상징적으로 나타낸다. 그러한 경험은, 예컨대 하이데거가 죽음을 향한 존재의 근원적 특성에 근거하여 가장 본래적인 증언으로 여긴 '결단을 내려 앞질러 가봄'보다는 가브리엘 마르셀이 세계의 풍경 속에서 느낄 수밖에 없다고 본 절망에의 초대에 가까운 경험이다. 우주적 시간의 경우도 마찬가지다. 소설에서 그것은 단지 기념비적 성격을 띤 장중한 것들로 꾸며져 있고, 기존 질서의 공범인 권위, 균형 그리고 아집의 형상들 속에서 구체화될 뿐이다. 그 결과 빅벤에서 울려 퍼지는 종소리 자체는 결코 중립적 시간을 말해주는 것이 아니라, 등장인물들 각자에게 매번 다른 의미작용을 띠게 된다. 그들의 경험은 소설에 의해 열린 공간의 경계를 긋는 두 가지 극한 사이에서 찢겨져 있으며, 공동의 기념비적 시간은 이들의 경험을 통합하는 것이 아니라 분리시킨다. 두 극단 사이에 놓인 클라리사의 특별한 경험 또한 셉티머스의 분신이라는 자신의 은밀한 역할과 완벽한 여주인이라는 공적 역할 사이에서 찢긴 모습으로 나타난다. 클라리사를 다시 야회夜會로 이끄는 도전의 몸짓은 죽음에 맞선 결단의 독특한 실존적 양태, 즉 숙명적 시간과 기념비적 시간 사이의 깨지기 쉬운, 그리고 아마도 진정하지 못한 타협이라는 양태를 표현한다.

『마의 산』은 『댈러웨이 부인』과는 전혀 다른 용어들을 사용하여 체험된 시간과 우주적 시간의 대결 문제를 제기한다. 우선 '높은 곳'과 '낮은 곳'이라는 두 개의 축 주위를 선회하는 수많은 등장인물들은 같은 부류의 사람들이 아니다. '낮은 곳'에 있는 사람들은 그 어떤 기념비적 특혜도 누리지 못하는 평범한 사람들이며, 통속적 시간의 대변자일 뿐이다. '높은 곳'에 있는 사람들 또한 『댈러웨이 부인』의 내면적 지속시간의 주인공과는 근본적으로 다르다. 그들의 시간은 전반적으로 병적이고 퇴폐적인 시간, 관능성마저도 부패의 흉터로 얼룩져 나타나는 시간이다. 베르크호프에서는 시계의 시간의 엄격함을 견디지 못하고 자살하는 셉티머스 같은 인물이 없는 것은 그 때문이다. 그곳은 시간의 척도를 상실했기에 천천히 죽어가는 이들이 있을 뿐이다. 이 점에서 페페르코른 씨의 자살은 셉티머스의 자살과 근본적으로 다르다. 그것은 '낮은 곳'에 있는 사람들을 향한 도전이 아니라 그를 '높은 곳'에 있는 사람들과 하나가 되게 하는 타협이다. 반면에 한스 카스토르프는 그 극단들 가운데 하나를 소멸시킴으로써 대립을 해소하려고 한다. 그는 연대기적 시간을 완전히 지우고 시간의 척도를 소멸시키는 데까지 나아간다. 이는 시간의 현상학과 시간에 관한 이야기들 사이의 상관관계가 갖는 또 다른 측면을 보여준다. 즉 『마의 산』은 체험된 시간을 우주적 시간 속에 다시 집어넣는 것에 대해서 극히 왜곡된 상상의 변주를 제안한다.

『잃어버린 시간을 찾아서』는 의식의 시간과 세계의 시간 사이의 양극성에 대해 특이한 상상의 변주를 들려준다. 잃어버린 것은 우선 사물들의 전체적 퇴락에 휩싸인 흘러가 버린 시간이다. 이 점에서 『잃어버린 시간을 찾아서』는 흔적의 소멸, 망각에 대한 힘겨운 투쟁이다. 잃어버린 것은 또한 아직 기호로 식별되지 않은 기호들, 돌이켜보는 위대한 작업 속에 다시 합쳐지기로 되어 있는 기호들 사이로 사라진 시간이다. 끝으로, 잃어버린 것은 공간 속의 장소가 그렇듯이, 메제글리즈와 게르망트 두 '쪽'이 상징하는 흩어진 시간이다. 사실상 잃어버린 시간이란 되찾지 않고서는 허공에 떠 있을 수밖에 없다. 탐색과 계시, 체득, 영감의 도래가 결합되는 지점에 이르기 전까지는, 『잃어버린 시간을 찾아서』가 어디로 갈지 알 수 없다. 그리고 예술작품을 만든다는 위대한 계획이 소설을 끌어당기기 전까지는 그러한 방향상실과 환멸 속에서 시간을 잃어버린 것으로 규정하지 않을 수 없다.

3) 시간과 영원

역사 이야기가 시간의 아포리아에 대해 시계의 시간이나 달력과 같은 역사적 시간이라는 비교적 손쉬운 해결책을 가져다주는 반면, 허구 이야기는 세계의 시간과 체험된 시간 사이의 불협화음에 대해 상상의 변주라는 시학적 해결책을 제시함으로써 아포리아를 더 예리하게 만들고 생산적인 것이 되게 한다. 그것은 또한 역사적 시간에 의해 은폐되는 "현상학적 시간의 비선조적인 특징들"(『시간3』, p. 254)을 탐사하는 것이기도 하다. 후설의 '겹침'과 관련하여 시간적 흐름의 수평적 구성과 연결된 불협화음을 내포한 화음의 양상들, 이어서 하이데거의 '반복'과 관련하여 시간화 층위들의 계층화와 연결된 불협화음을 내포한 화음의 변주들은 그러한 현상학적 시간의 비선조성을 보여준다. "시간에 관한 이야기들은 숙명성의 의미, 공적으로 노출시키게 하는 사회적 역할의 유지, 그리고 모든 것들을 감싸는 이러한 무한한 시간의 감춰진 존재 사이에서 찢긴 실존의 흔들림에 그러한 변주를 적용한다"(『시간3』, pp. 267~68).

그래서『댈러웨이 부인』은 클라리사가 주최하는 야회에 대한 기다림으로 앞으로 끌려가는 동시에 각각의 등장인물들의 과거 속으로 산책하며 뒤로 되돌아가고, 분출되는 기억은 돌발적인 행동 속에 끊임없이 새겨지게 된다. 여기서 버지니아 울프는 현재, 곧 다가오고 이제 막 지나간 그 시간대를 회상된 과거와 얽히게 함으로써, 시간을 늦추면서 나아가게 한다. 더불어 주요 등장인물들 각자의 시간의식은 곧 다가오는 미래 쪽으로 기울어진 생생한 현재와 각자의 독특한 기억을 감추고 있는 과거의 현재 사이에서 끊임없이 양극화된다. 피터 월시가 그렇고, 클라리사의 경우 부어톤에서의 행복했던 시절에 좌절된 사랑, 거부당한 결혼이 그렇다. 셉티머스는 정신착란으로 인해 끊임없이 출몰하는 죽은 전우의 유령 때문에 현재를 살기 힘들 정도로 과거에 묶여 있다. 레지아의 경우 밀라노에서 평범한 모자 디자이너로 지내던 과거는 결혼생활이 표류하면서 결국 후회의 뿌리가 된다. 이처럼 각각의 인물은 지나가 버린 과거에 속하는 준-현재에서 비롯된 미래 지향들과 생생한 현재의 과거 지향들을 서로 겹치게 함으로써 자기 고유의 지속을 만들어내야 하는 과제를 떠안고 있다. 또한 한 인물의 미래 지향은 다른 인물의 과거 지향으로 선회하면서 하나의 의식 흐름에서 다른 의식 흐름으로 이어진다. 각자는 타인의 과거를 곱씹으면서 자신의 미래에 마음을 쓰는 것이다.

　시간의 '겹침'이라는 후설의 주제와 관련하여『마의 산』에서도 두 가지 특징을 들 수 있다. 우선 2장에서 구사된 회상기법은 현재의 경험에 깊이를 잴 수 없는 과거의 두터움을 부여한다. 조부의 죽음 그리고 특히 프리비실라프에게서 빌렸다가 돌려주는 연필 일화와 같은 몇몇 상징적 추억들은 두터운 과거를 뚫고 기억 속에 살아남는다. 체온계의 눈금이 지워지듯이 척도가 단계적으로 지워지는 시간 아래 엄청난 밀도를 지닌 시간, 거의 움직이지 않지만 분출되는 생기가 의학적 시간의 표면을 꿰뚫는 시간이 끈질기게 지속된다. 그렇게 해서 생생한 현재 속에 침입하는 회상은 클라브디아 소샤라는 등장인물에게 불안스런 이질감을 부여한다. 처음에는 「꿈꾸는 듯한 간주곡」의 비몽사몽에서, 이어서 특히 「발푸르기스의 밤」 일화에서 그것을 볼 수 있다. 클라브디아가 빌려주고 돌려받는 것은 바로 프리비실라프의 연필이며, 따라서 클라브디아는 프리비실라프다. 불협화음을 내포한 화음은 동일화에 이를 정도로 겹침으로써 극복된다. 그것이 순간에 부여하는 영원성은 결국 꿈속의 영원성, 사육제적 영원성에 지나지 않는다는 사실에 마술적인 불투명함이 있다. 『잃어버린 시간을 찾아서』의 경우는 후설의 겹침보다 하이데거의 반복을 보여준다. 화자는 기호의 체득으로 구성된 탐색과 행복한 순간들 속에 그려진 영감의 도래를 관련지음으로써 본래적인 반복을 수행한다. 프루스트에게서 반복의 공식은 바로 잃어버린 시간을 되찾는 것이다. 앞에서 말했듯이, 은유의 형상으로서의 문체론적 요소, 식별의 모습으로서의 광학적 요소, 되찾은 인상으로서의 정신적 요소가 그것이다. 반복은 그때 '가로질러 간 거리'라는 표현으로 나타난다. 덧없는 기적은 예술에 대한 사색을 통해 지속적인 작품 속에 고정된다. 잃어버린 시간은 되찾은 시간과 나란히 어깨를 겨룬다.

이처럼 후설적인 겹침의 문제에서 하이데거적인 반복의 문제로 넘어가면서, 허구는 영원성이라는 철학적 영역 속으로 현상학을 끌어들인다. 영원성에 관한 사색이라는 측면에서 시간에 관한 세 가지 이야기가 기여하는 바는 영원성이 다양한 방식으로 말해진다는 것이다. 『댈러웨이 부인』에서 셉티머스의 자살은, 우리가 우주적 통일성에 대한 완벽한 전망을 얻는 데 있어서 시간이 절대적인 장애물이라는 사실을 깨닫게 해준다. 시간이 숙명적인 것이 아니라, 영원이 죽음을 가져오는 것이다. 셉티머스에게는 예언과 광기가 뒤섞여 있긴 하지만 한편으로 그의 자살은 클라리사에게는 거의 속죄에 가까운 것으로 작용하여 삶의 갈등에 맞설 용기를 준다는 점에서 작품의 메시지는 애매성을 띤다.『마의 산』은 영원과 죽음이라는 주제에 대한 변주가 가장 풍성한 허구이다. 이 소설에서 작품의 메시지를 해독하기 어렵게 만드는 것은『댈러웨이 부인』에서와 같은 애매성이 아니라, 바로 주인공의 정신적 경험에 울려 퍼지는 화자의 아이러니이다. 게다가「영원의 수프」에 나오는 동일성의 영원과 꿈속의 영원,「발푸르기스의 밤」의 사육제적 영원은 모두 다르고, 천체 운행의 부동의 영원은 또 다르며,「눈」의 일화에 나오는 환희에 찬 영원도 다르다. '마의 산'의 불길한 매력에서 이렇게 영원의 다양한 변이들이 나오는 것이다. 이 경우 영원은 긴장되고 응집된 시간성을 둘러싸고 있는 것이 아니라, 가장 이완되고 해체되어 있는 시간성의 찌꺼기 위에 세워지게 될 것이며, 결국 언젠가는 깨어날 수밖에 없는 환상에 지나지 않을 것이다. 베르크호프의 닫힌 세계 속에 불쑥 침입하는 역사적 사건이 청천벽력처럼 보이는 것도 그 때문이다.

한편『잃어버린 시간을 찾아서』에 나타난 영원의 변주는『마의 산』의 그것과는 다르다. 즉 예술작품의 창조를 통해 잃어버린 시간을 다시 정복하지 않는다면『마의 산』의「눈」일화에서 한스 카스토르프의 황홀경과 마찬가지로, 되찾은 시간 경험 또한 환멸과 환상에 지나지 않을 것이다. 하지만 작가의 소명을 확인함으로써 영원은 마법에서 선물로 바뀐다. 영원은 '옛날을 되찾는' 힘을 선사한다. 그렇다고 영원과 죽음의 관계가 사라지는 것은 아니다. 숭고한 계시에 뒤이은 만찬에서 게르망트 공작의 식탁을 둘러싼 빈사상태의 사람들의 광경이 말해주는 죽음의 기억은, 글을 쓰겠다는 결정의 바로 한가운데에 그 음산한 메아리를 울려 퍼지게 한다. 또 다른 단절이 영원의 경험을 위협하는 것이다. 침입하는 것은 『마의 산』에서처럼 역사적 사건이 아니라 작가의 죽음이다. 그처럼 영원과 죽음의 전투는 다른 방식으로 계속된다. 예술의 은총에 의해 되찾은 시간은 그저 일시적인 휴전일 뿐이다.

요컨대 허구 이야기는 시간과 영원의 경계를 따라 늘어선 한계 경험들을 탐사한다. 『댈러웨이 부인』에서 셉티머스의 비극적 선택, 『마의 산』에서 세 가지의 영원 형상들(「영원의 수프」「발푸르기스의 밤」「눈」의 에피소드), 『되찾은 시간』의 이중의 영원(잃어버린 시간에서 이끌어낸 영원과 시간을 되찾으려는 작품을 낳는 영원)이 그것이다. 나아가서 허구는 또 다른 경계, 즉 이야기와 신화를 가르는 경계를 탐사하는 힘을 가진다. 세 소설은 결국 시간에 관한 오랜 신화, 즉 창조적 시간과 파괴적 시간의 대립을 되풀이한다. 『댈러웨이 부인』에서 빅벤의 종소리는 물리적이고 심리적이며 사회적인 것을 넘어서는 울림을 갖는다. 그것은 거의 신비적인 메아리이다. 화자의 목소리는 "납으로 된 시계추 소리의 여운이 대기 속에 녹아내렸다"고 여러 번 되풀이해서 말한다. 마찬가지로 셰익스피어의 『심벨린』의 후렴──"더 이상 두려워 말라, 태양의 열기를/ 또한 광포한 겨울의 분노도"── 은 셉티머스와 클라리사의 운명을 은밀하게 하나로 이어준다. 『마의 산』에는 아이러니의 어조에도 불구하고 어느 정도 신화화된 시간이 있다. 이 점에서 가장 의미심장한 순간은 아마도, 연대기적 제약에서 벗어난 내적 시간이 영원에 도취된 우주적 시간과 충돌하는 순간일 것이다. 척도가 사라짐으로써, 측정할 수 없는 시간은 공통의 척도를 가지고 있지 않은 어떤 시간과 경계를 사이에 두고 접하게 되며, 그러면서 작품 전체는 은밀하게 신비적인 차원을 전개하는 것이다.『잃어버린 시간을 찾아서』는 시간을 재신화화하는 움직임을 가장 멀리까지 끌고 간다. "파괴적인 시간이 있는가 하면 '예술가, 시간'도 있다. 두 시간 모두 작용을 하는데, 하나는 서둘러 움직이고, 다른 하나는 '매우 느리게 일한다'"(『시간3』, p. 263). 그러나 그 두 가지 시간이 눈에 보이는 것이 되려면 매번 어떤 몸을 빌려 나타날 수밖에 없다. 파괴적 시간에서 그것은 죽음의 만찬에 둘러앉은 '인형들'이다. 반면 '예술가, 시간'에서 그것은 질베르트와 로베르 생-루의 딸이며, 그녀를 통해 메제글리즈 쪽과 게르망트 쪽은 화해하게 된다. 허구 이야기는 시간에 몸을 부여함으로써 보이지 않는 시간을 볼 수 있는 시간으로 만든다.

시간에 관한 이야기들에 의해 펼쳐지는 상상의 변주는 이처럼 다양한 실존적 양상들, 영원과 죽음에 대한 사색과 취기를 보여준다. "오직 허구만이, 허구가 아무리 경험을 투사하고 묘사한다 할지라도 여전히 허구이기에, 약간의 취기醉氣를 가질 수 있는 것이다"(『시간3』, p. 262). 그렇게 해서 허구의 도취는 현상학의 절제와 마주한다. 현상학은 시원성에서 멀어져가려 하고 신비성에 다가가지 않으려 하는 반면, 허구 이야기는 상상의 변주를 통해 그러한 시원성과 신비성을 형상화함으로써 시간의 본질을 드러낸다. 셉티머스는 삶의 소음 너머로 들리는 시간에 부치는 불후의 송가에 귀를 기울일 줄 안다. 그리고 그 송가를 죽음 속으로 가져간다.『마의 산』이 환기시키는 것은 순서가 뒤바뀐 이중의 마법이다. 한쪽에는 지표와 척도를 잃음으로써 측량할 길이 없게 된 시간이 마법을 걸고 있으며, 다른 쪽에는 질병과 죽음의 시련에 직면한 평범한 주인공의 상승, 때때로 명백한 신비 단계를 거쳐가며 전체적으로는 유대교의 신비철학적 여운을 띠는 통과의례의 특징들을 보여주는 상승이 있다. 오직 아이러니만이 허구, 그리고 신화의 순진한 되풀이 사이를 가로막는다. 『잃어버린 시간을 찾아서』는 독일 관념론에서 비롯된, 잃어버린 정체성의 형이상학적 경험을 이야기하고 있다. 작품을 향한 창조의 충동과 작품 속에 구현될 미美에 대한 초시간적 경험 또한 마찬가지로 통과의례적인 과정이라고 부를 수 있다. 『잃어버린 시간을 찾아서』가 "시간 속에서"라는 말로 끝남으로써 시간이 다시 신화화되는 듯 보이는 것도 우연이 아니다. 여기서 '속에서'라는 말은 거대한 그릇 속에 위치하고 있다는 통속적 의미가 아니라, 시간은 모든 것——시간을 정돈하려고 하는 이야기도 포함해서——을 감싸고 있다는, 시원성과 신비성에 동시에 다가가는 뜻으로 쓰이고 있다.

올라서 있는 죽마竹馬가 벌써 너무 높아서 나는 겁이 났고, 이미 바닥 멀리에 있는 저 과거가 오랫동안 나에게 붙어 있도록 잡고 있을 만한 힘이 없을 것 같았다. 적어도 내 작품을 완성할 동안만이라도 힘이 버텨준다면, 나는 기필코 공간 속에서는 아주 좁은 자리를 차지하지만 반대로 **시간 속에서** 아주 넓은 자리를 차지하는——오랜 세월 동안 키가 늘어난 거인들처럼, 멀리 떨어진, 그 사이에 수많은 날들이 자리 잡은 시기들에 동시에 가닿기 때문이다——그런 사람들을 (그러노라면 괴물 같은 모습이 되겠지만) 그려낼 것이다.[65]

---

65) 같은 책, p. 1048. 프랑스어 텍스트는 "시간 속에서dans le Temps"라는 말로 끝나지만, 우리말로는 어순을 그렇게 옮길 수가 없어 굵은 글씨체로 강조하는 것에 그쳤다.

3장
정신분석과 해석학

> 태어나지 않는 것이 더할 나위 없이/좋은 일이지
> 만, 일단 태어났으면/되도록 빨리 왔던 곳으로 가는
> 것이/그다음으로 가장 좋은 일이라오./경박하고 어
> 리석은 청춘이 지나고 나면/누가 고생으로부터 자유
> 로우며,/누가 노고에서 벗어날 수 있단 말이오?/시
> 기, 파쟁, 불화, 전투와 살인./그리고 마지막으로 비
> 난받는 노년이 그의 몫으로 덧붙여지지요./힘없고,
> 비사교적이고, 친구 없고, 불행 중의/불행들이 빠짐
> 없이 모두 동거하는 노년이. (소포클레스, 『콜로노스
> 의 오이디푸스』)[66]

『의지의 철학 1』 이후 리쾨르는 악의 본질적 문제에 다가가기 위해
서는 직관에 근거한 현상학적이고 심리학적인 분석만으로는 미흡하다
는 결론에 이른다. 그는 악을 형상화한 상징과 신화의 해석이라는 에움
길, "간접적인 반성"(RF, p. 34)을 거쳐야 하며 비의지적인 것에 상응하
는 무의식에 대한 고찰이 현상학, 나아가서는 의식철학 일반이 안고 있
는 한계에 대한 해결책을 줄 수 있다는 생각에 이르게 된다. 그리고 리
쾨르는 『의지의 철학 II』와 함께 해석학을 현상학에 접목시키는 해석학
적 전회를 거치면서 기호와 상징, 텍스트의 매개를 거친 자기 이해의 해

---

66) 소포클레스, 『소포클레스 비극 전집』, 천병희 옮김, 도서출판 숲, 2008, pp. 206~207.

석학으로 나아간다. 『해석에 대하여』는 그 본격적인 시도를 알린 연구
이다. 리쾨르는 의식이 의미의 절대적 근원이 아니라는 프로이트의 발
견은 오만한 에고의 기를 꺾고 겸손함을 가르쳐줌으로써 코페르니쿠스
와 다윈을 잇는 혁명적인 변화라고 보며, 나아가 무의식의 발견은 코기
토가 보다 나은 자기 이해를 위해 거쳐가지 않을 수 없는 길이라고 강조
한다. 의식철학이 투명한 주체를 전제하는 데 반해 프로이트의 정신분
석은 인간의 어두운 본성을 다루기 때문에 현상학과는 다른 방향에서
악의 문제에 접근하는 방식이 될 수 있다고 본 것이다.

리쾨르의 이러한 생각은 철학 진영으로부터 프로이트의 정신분석에
지나친 철학적 의의를 부여했다는 비난을 받았고, 정신분석학자들로
부터는 정신분석과 관계없는 주제를 뒤섞을 뿐 아니라 낡은 기독교적인
관점에서 바라봄으로써 프로이트의 혁명적 성격을 왜곡하고 있다는 공
격을 받았다. 또한 프로이트를 부르주아 도덕의 옹호자와 성 혁명의 대
변인 사이의 양자택일 속에 가두는 것은 정신분석의 비판적 성격을 잘
못 이해한 것이라는 리쾨르의 주장은, 리비도의 해방이 신경증으로부
터의 해방, 억압된 문화의 해방을 가져올 수 있다고 본 진보 진영과 오이
디푸스 단계를 거쳐 성숙한 인격으로 발달함으로써, 즉 충동을 희생하
고 현실 원칙을 따름으로써 문명을 이룰 수 있다고 받아들인 보수 진영
모두에게 동시에 공격을 받았다.[67]

앞에서 보았듯이 『해석에 대하여』가 출간되었을 때 특히 라캉 진영
에서 격렬한 반발이 나왔는데, 그 요지는 리쾨르가 라캉의 세미나에 참
석하면서 라캉의 생각을 훔쳐 프로이트에 관한 책을 썼다는 것이었다.

---

67) J. Grondin, *Paul Ricoeur*, p. 77 참조.

발라브레가는 『비평』지에 발표한 『해석에 대하여』의 서평(제목이 「프로이트 이후에 어떻게 살아남을 것인가?」이다)에서 라캉이 프로이트를 재해석하지 않았다면 리쾨르는 프로이트를 읽지 않았을 것이며, 리쾨르가 자신의 프로이트 해석의 핵심에 언어 이론을 위치시키면서도 라캉을 언급하지 않음으로써 결과적으로 라캉의 생각을 훔치고 있다고 공격한다. 이러한 표절 의혹에 대해 리쾨르가 『비평』 편집자에게 보낸 반박 서신이 다음 호에 게재된다.[68] 4쪽 분량의 글에서 리쾨르는 프로이트 해석에 있어서 자신과 라캉의 차이를 강조하면서 발라브레가의 비난이나 표절 의혹이 전혀 근거 없는 것임을 세세하게 해명한다. 리쾨르는 라캉의 세미나에 참석하기 이전인 1960년 5월 본발 강연에서 이미 프로이트 해석에 대한 자신의 견해를 밝혔으며, 그 자리에 참석했던 라캉도 자신과의 차이를 인정한 바 있다는 것이다. 또한 자신은 「악의 상징」에서 이미 상징 의미론과 관련하여 언어 문제를 다룬 바 있고 무의식이 언어처럼 구조화되어 있다는 라캉의 명제에 대한 견해를 『해석에 대하여』에서 구체적으로 언급했음에도 불구하고, 발라브레가가 의도적으로 무시했다고 주장한다.[69]

　실제로 라캉이 정신분석에 대한 행동주의적 재구성을 통해 언어가 억압을 가져온다는 언어 환원주의적인 입장을 취한 것과 달리, 리쾨르는 정신분석 담론을 힘의 언어와 의미 언어가 혼합된 담론이며 무의식은 언어 아래 있는 것과 언어 위에 있는 것의 합선合線으로 인한 비틀림을 초래한다고 본다는 점에서 결정적인 차이가 있다. 또한 언어학적 입

---

68) P. Ricoeur, "Une lettre de Paul Ricoeur," *Critique*, no. 225, février 1966, pp. 183~86.
69) 『해석에 대하여』의 뒷부분에 라캉에 대한 언급이 나온다. *DI*, p. 358, n. 37 참조.

장에서는 라캉이 소쉬르, 옐름슬레우로 이어지는 구조주의 전통에 속한다면, 리쾨르는 구조주의 방법론을 받아들이면서도 야콥슨, 뱅베니스트, 촘스키 등 담론언어학을 통해 구조주의의 한계를 넘어서려 한다. 그 결과 주체 형성과 관련하여 라캉은 상상계에서 상징계의 억압을 거쳐 주체가 형성된다고 보면서 주체를 언어의 산물 또는 효과로 간주하는 반면, 리쾨르는 인간의 체험을 담고 있는 상징언어에 대한 반성을 거쳐 주체가 형성된다고 본다. 다시 말해 라캉은 언어 덕분에 주체화가 가능하지만 또한 그 때문에 상징계는 실재에 다가가는 것을 가로막는 억압이라고 본다면, 그와 달리 리쾨르는 언어를 주체와 세계를 잇는 매개로 보는 것이다.

『해석에 대하여』 이후 리쾨르는 1986년까지 정신분석에 관한 글을 더 쓰지 않았다. 프로이트의 정신분석이 리쾨르의 철학에서 갖는 중요성에 비추어 볼 때 관련된 연구가 상대적으로 적은 이유는 지적 성실성을 문제 삼은 라캉 진영의 비난에 상처를 받은 이러한 우여곡절과 무관하지 않을 것이다. 리쾨르의 해석학에서 프로이트의 정신분석을 다룬 연구로『해석에 대하여』외에 참조할 수 있는 것으로는『해석에 대하여』의 내용을 다시 요약 정리한『해석의 갈등』2장「해석학과 정신분석학」, 그리고 리쾨르 사후에 리쾨르 재단에서 정신분석과 관련된 강연이나 논문 들을 모아 출간한『글과 강연 1』이 전부이다. 하지만 리쾨르의 지적 여정을 따라가다 보면『의지의 철학』에서 시작하여『시간과 이야기』3부작을 통해 제시된 이야기 정체성 개념과『남처럼 자기 자신』에 제시된 자기 개념에 이르기까지, 프로이트와의 대화가 중요한 동반자 역할을 하고 있음을 알 수 있다. 예컨대 70~80년대에 리쾨르는 상징 해석학에서 이야기 해석학, 텍스트 해석학으로 옮겨 가면서 프로이트 이론을 구성하는 두 가지 인식론적 괴리, 즉 에너지론과 해석학 중에서 해석학 쪽에 관심을 더 기울이게 된다. 그러한 관심은 주체 물음과 관련하여 이야기 정체성 등의 중요한 개념들에 영향을 미치게 된다. 아울러 후기로 갈수록 프로이트의 메타심리학 이론에서 분석 경험에 초점을 둔 실천 쪽으로 옮겨 가게 된다. 리쾨르가 『기억, 역사, 망각』에서 기억 작업과 애도 작업 등 프로이트를 떠올리게 하는 개념들을 중심으로 대화를 이어가면서, 하이데거의 죽음에 맞선 결단이나 프로이트의 죽음 충동이 담고 있는 비관적인 관점을 넘어 죽음에 맞선 존재로서, 욕망을 가진 살아 있는 존재가 죽음 앞에서 펼칠 수 있는 또 다른 가능성을 모색하는 것 또한 그런 맥락에서 이해할 수 있을 것이다.

1. 욕망의 의미론과 상징해석학

『해석에 대하여』의 서문에서 리쾨르는 책의 목적을 세 가지 물음으로 제시한다. 우선 인식론적 관점에서 프로이트 담론의 일관성에 관한 문제로서 정신분석에서 해석이란 무엇인지, 기호에 대한 해석이 욕망의 뿌리에 이르기를 요구하는 경제학적 설명과 어떤 관계를 맺는지를 규명하는 것이다. 두번째는 반성철학의 관점에서 정신분석적 해석에서 도출되는 자기에 대한 새로운 이해는 무엇이며, 그러한 자기는 어떻게 자기 이해에 이르는가를 밝히는 것이다. 세번째는 변증법적 관점에서 프로이트의 문화 해석은 다른 모든 것을 배제하는지, 그렇지 않다면 다른 해석들과 조화를 이룰 수 있는 사유의 규칙은 무엇인지 생각해보는 것이다. 리쾨르는 이 세 가지 물음이 「악의 상징」의 말미에 유보해둔 문제,

즉 상징의 해석학과 구체적인 반성철학의 관계라는 문제에 대한 새로운 해법을 모색하는 에움길이라고 말한다.

세 가지 물음은 다음과 같은 가설로 이어진다. 첫째, 프로이트의 담론은 "의미(꿈, 증후, 문화 등의 의미)의 문제와 힘(투자, 경제학적 대차 대조표, 갈등, 억압 등)의 문제를 유기적으로 연결하는 혼합된 담론이다"(CI, p. 160). 이는 해석학에 속하는 의미들의 관계가 에너지론에 속하는 힘들의 갈등과 얽혀 있음을 뜻하고, 충동이나 무의식 등은 의미 효과 속에서 해독된 시니피에로 볼 수 있다. 둘째, 주체의 고고학이라는 개념으로 프로이트를 이해할 수 있다. 정신분석은 주체의 위기를 말하지만 진짜 코기토를 향해 가는 반성이라는 점에서 고고학적 모험이다. "진정한 코기토는 이를 은폐하는 모든 가짜 코기토를 정복해야만 얻을 수 있다. 그래서 프로이트를 읽는 것은 반성의 모험이 된다"(CI, p. 161). 셋째, 목적론 없는 고고학은 없다. "텔로스를 가진 주체만이 아르케를 가진다"(CI, p. 161)는 것이 반성철학의 입장이기 때문이다. 고고학과 목적론의 변증법으로 재해석된 문화와 관련된 프로이트의 개념들(승화, 동일시 등)을 토대로 "욕망의 의미론"(CI, p. 165)이라는 관점에서 예술과 종교, 도덕의 해석학을 하나로 묶을 수 있다.

프로이트의 정신분석은 행동의 의미를 인간의 욕망이라는 관점에서 설명한다. 그에 따르면 욕망은 말을 하고, 욕망의 언어는 타자에게 말을 건넨다는 점에서 담론으로 간주될 수 있다. "욕망이 이름 붙일 수 없는 것이라 하더라도 그것은 근원적으로 언어를 향해 있다. 욕망은 말해지기를 원하며 말의 지배를 받는다. 욕망이 말해지지 않은 것임과 동시에 말하고자 한다는 것, 이름 붙일 수 없음과 동시에 말할 힘이 있다는 것, 유기체적인 것과 심리적인 것의 경계에서 욕망을 한계 개념으로 만드는 것은 바로 그 점이다"(*DI*, pp. 441~42). 인간 욕망의 기원은 헤겔이 말한 대로 타자의 욕망의 욕망이며 인정받고자 하는 욕망이다. 욕망을 긴장이나 해소와 같은 물리적인 에너지 차원에서만 고려한다면 욕망이 갖는 언어성과 타자성을 설명할 수 없을 것이다. 리쾨르는 정신분석의 언어적 측면에 주목한다. 우선, 무의식은 말한다. 즉 정신분석은 인간의 충동과 언어 사이에 밀접한 관계가 있다는 사실에서 출발한다. 인식론적 관점에서 보자면 동역학적인 것과 해석학적인 것의 결합이다. 또한 충동은 누구에게 말을 건넨다. 오이디푸스 콤플렉스에서 보듯이 충동은 아버지나 어머니에게 말을 건네는 것이며, 이는 타자와의 관계가 정신분석을 구성하는 핵심 요소임을 보여준다. 마지막으로, 분석적 경험은 서사적 구성요소를 지닌다. 분석가는 왜곡되고 변형된 환자의 이야기를 이해할 수 있고 받아들일 수 있는 이야기로 재구성함으로써 환자를 치료하고, 여기서 전이와 조작 같은 중요한 개념들이 등장한다.

　리쾨르가 욕망에 관해 의미론이라는 언어학적 용어를 도입하는 것도 바로 정신분석 담론의 언어적 특성에 주목하기 때문이다. 욕망의 의미론을 구성한다는 것은 "해석 작업을 욕망의 영역 안에 위치시키는 것"(*DI*, p. 366)이다. 피분석자의 경험은 언어로, 그것도 의미 해독을 요구하는 상징언어로 진술된다. "환자의 '역사'가 표현되는 것은 바로 말의 영역이다. 그러므로 정신분석학 고유의 대상은 증후, 망상, 꿈, 환상과 같은 의미효과인데, 경험 심리학은 이런 의미효과들을 단편적인 행동으로 고려할 수 있을 뿐이다"(*DI*, p. 360). 여기서 욕망은 어떻게 말로 성취되는가, 욕망은 어떻게 해서 실패한 말을 만들어내며, 결국은 말로 다할 수 없는 것으로 남게 되는가 등의 물음이 제기된다. 정신분석은 이처럼 말로 드러난 욕망의 의미를 분석하면서 말의 욕망에 다가가고 이를 통해 자기를 이해하고 반성한다는 점에서 철학이자 해석학이다.

　욕망의 의미론에 다가가기 위해 리쾨르는 우선 프로이트의 주저 『꿈의 해석』에서 출발한다. 정신분석은 꿈을 무의식적 충동의 증후로 간주한다. 중요한 것은 프로이트가 충동 그 자체보다는 충동의 표상을 강조한다는 점이다. 프로이트에 따르면 충동 그 자체는 결코 의식의 대상이 될 수 없으며, 심지어 무의식에서조차 표상에 의하지 않고는 드러날 수 없다.[70] 리쾨르는 이러한 특징에 주목함으로써 에너지 담론과 의미 담론의 혼합 문제를 충동과 표상의 문제로 풀어나갈 수 있는 해결책을 찾는다. 충동은 에너지이지만, 표상은 상징으로서 의미 차원에 속하는 기호이기에 해석의 영역으로 끌어들일 수 있기 때문이다. 무의식은 하나의 실체이지만, 해석과 관계없이 절대적으로 존재하는 것이 아니라 해석을 통해 드러나는 그 무엇이다. 리쾨르가 프로이트의 실재론을 경험적 실재론이라고 보는 것도 그 때문이다. "무의식은 생각하지 않는다. [……] 무의식은 이드이며 이드 말고 다른 것이 아니다. 프로이트의 실재론은 무의식적 의미를 내세우는 소박한 실재론이 아니라 이드를 대변하는 표상들을 통해 드러나는 이드의 실재론이다"(CI, p. 109).

　여기서 힘의 언어는 의미의 언어에 의해 극복될 수 있는 것이 아니며, 욕망은 소멸될 수 없는 불멸의 것, 즉 언어나 문화에 선행하는 어떤 것이다. 하지만 욕망의 표상인 꿈은 무의식적 충동만이 아니라 미래를 향한 우리의 의지와 기대, 갈등과 두려움도 담고 있기에 그 뜻이 모호한, 따라서 해석되어야 할 상징이 된다. "직접적인 의미 속에 또 '다른' 의미가 주어져 있는 동시에 숨겨져 있는 복합적인 의미작용들의 장소로 나

---

70) 지그문트 프로이트, 『정신분석학의 근본 개념』, 윤희기 옮김, 열린책들, 1997, p. 176.

타나는 언어 영역"(*DI*, pp. 16~17), 즉 상징의 영역에 자리 잡고 있는 것이다. 상징이 있기에 해석이 필요하고, 해석을 요구하는 곳에 상징이 있다. 그런데 상징은 이해를 가로막는 것이 아니라 오히려 이해를 불러일으키는 일종의 수수께끼라는 점에서 그 이중의미는 긍정적인 것이다. "수수께끼는 이해를 가로막는 것이 아니라 오히려 이해를 부추긴다. 상징에는 벗기고 풀어헤쳐야 할 어떤 것이 있다. 이해를 불러일으키는 것은 엄밀하게 말해서 일차 의미 속에서, 그리고 일차 의미에 의해 이차 의미를 의도적으로 지향하는 이중의미다"(*DI*, p. 27). 여기서 상징과 해석이라는 두 개념은 서로가 서로를 정의한다. "상징은 해석을 요구하는 이중의미를 지닌 언어적 표현이다. 해석은 상징을 해독하는 것을 목표로 하는 이해 작업이다"(*DI*, p. 18).

그렇다면 꿈이나 문학 담론 같은 상징적 표현을 어떻게 해석할 것인가? 여기서 해석학의 방법이 동원된다. 즉 상징은 이중의미의 표현으로서 해석의 대상이 되며, 해석은 상징을 해독하려는 의도를 갖는 이해의 기술이고, 해석학은 해석에 대한 규칙을 제시한다. 리쾨르는 해석들에 관한 해석학, 즉 메타해석학의 가능성을 모색하면서 모든 종류의 해석 방법들을 다루는 것이 아니라 가장 극단적인 두 가지 유형의 해석을 대립시키고 각각의 한계와 유효성을 검토하는 방식을 취한다. "한쪽에는 메시지나 선언, 때로는 이른바 케리그마의 형태로 나에게 말을 건네는 의미의 드러남이나 복원으로 받아들이는 해석학이 있으며, 다른 한쪽에는 탈신비화로 받아들이고 환상으로 환원시키는 해석학이 있다"(*DI*, pp. 35~36). 정신분석은 일단 후자의 입장이라고 말할 수 있으나, 정신분석의 의식 비판이 의식 자체를 해명하고 치유하는 것을 목적으로 한다는 점에서는 전자의 입장과도 무관하지 않다. 물론 정신분석의 방법론이 충동의 에너지 영역에 대한 진단을 통해 의식을 해명하고 치유할 수 있다는 주장을 그대로 받아들이기는 쉽지 않다. 하지만 정신분석 혁명 이후 의식철학과 반성철학은 좋든 싫든 무의식 차원을 고려하지 않을 수 없으며, 따라서 정신분석에서 말하는 치유는 에고가 자기의식(반성)을 통해 자신을 더 잘 이해하는 것이라고 바꿔 말할 수 있다. 반성철학의 과제가 자기를 알고 이해하는 것이라면, 그리고 그것이 직관이나 내성內省 또는 에고의 자기정립이라는 가까운 길로는 불가능하다면, 남은 길은 먼 길, 즉 우리의 존재 노력을 증언하는 상징이나 텍스트의 해석을 통해 에둘러 가는 길일 수밖에 없다. 반성은 따라서 해석 속에서 움직인다. "반성은 우리의 존재 노력과 존재 욕망을 증언하는 작품들을 통해 그런 노력과 욕망을 우리 것으로 만든다"(*DI*, p. 54).

2. 꿈 이야기와 문학 이야기

정신분석은 욕망의 이야기에 대한 해석이다. 정신분석에서 다루는 수많은 증례 이야기는 바로 욕망이 담론 차원에서 만들어내는 상징이자 이야기이다. 이 이야기를 통해 욕망은 스스로를 감추면서 드러내고, 그 이야기의 해석을 통해 이야기되지 않은 이야기에, 욕망의 뿌리에 다가갈 수 있다. 실제로 내담자는 자신의 경험과 고통을 이야기함으로써, 즉 직접적으로 주어진 경험을 이야기라는 매개를 통해 재현함으로써 보이지 않는 자신의 욕망에 형상을 부여한다. 그리고 분석가와의 대화를 통해 그 이야기 속에 감추어진 의미, 자기도 몰랐던 의미를 이해함으로써 과거의 경험에서 비롯된 억압과 고통에서 벗어난다. "정신분석에서 자기에 대해 말하는 것은 이해할 수 없는 이야기에서 이해할 수 있는 이야기로 넘어가는 것이다."[71] 분석가는 해석을 통해 이해할 수 없는 이야기를 이해할 수 있는 이야기로 재구성하며, 그것이 바로 치료 과정이다. 정신분석에서 이야기란 그처럼 어떤 상징이나 흔적 또는 증후의 가치를 가지며, 해석이란 그러한 흔적, 이야기된 이야기에서 이야기되지 않은 이야기를 찾아내는 일종의 고고학적 작업이라 할 수 있다. 리쾨르가 『해석의 갈등』에서 "정신분석에서는 '사실'도 없고, '사실'에 대한 관찰도 없으며, 단지 '이야기'에 대한 해석만이 있을 뿐이다"(*CI*, p. 186)라고 단언하는 것도 그처럼 이야기의 해석이 갖는 중요성에 주목했기 때문이다.

하지만 정신분석에서 이야기라는 담론 양식이 차지하고 있는 이러한 중요성에 비추어 실제로 꿈 이야기를 통해 어떻게 분석과 치료가 이루어지는지에 대한 연구는 상당히 미흡해 보인다. 분석가는 수많은 왜곡과 변형을 거쳐 형상화된 이야기로부터 이해할 수 있는 이야기를 재구성하고 내담자는 그 이야기의 의미를 이해함으로써 신경증에서 벗어난다는 일련의 과정은 겉보기와는 달리 억압과 승화 등 매우 복잡한 기제들로 이루어져 있다. 따라서 이야기된 현실과 이야기의 관계는 현실과 환상 그리고 상상의 구분에 따른 복잡한 문제를 제기하기에 이를 이론적으로 체계화하기는 쉽지 않다.

꿈이 압축이나 전위 등의 작업을 거쳐 억압된 욕망을 감추면서 드러내듯이 문학도 상징이나 은유, 이야기를 통해 현실을 재현한다는 점에서 일종의 꿈과 같다고 말할 수도 있다. 하지만 작가는 신경증 환자가

---

71) P. Ricoeur, "Image et langage en psychanalyse," *Ecrits et conférences 1*, p. 110.

아니며 문학은 꿈과 달리 의식적인 놀이라는 점에서 억압에 따른 왜곡과 변형이 심한 신경증 환자의 꿈 이야기를 현실 재현으로서의 이야기에 포함시킬 수 있는지, 정신분석에서의 증례 이야기는 문학적 허구 이야기와 자전적 역사 이야기 사이에서 어느 지점에 위치하는지, 문학이 주는 쾌락을 프로이트가 말하는 쾌락 원칙과 동일시할 수 있는지 등의 물음은 여전히 남는다. 그럼에도 불구하고 정신분석이 이야기라는 담론 양식으로 표현되는 욕망의 언어를 해석함으로써 환자의 심층심리에 다가가고, 그 역동성을 밝혀냄으로써 환자가 스스로를 이해하고 치료에 이르게 한다는 과정을 리쾨르가 말하는 이야기의 해석학적 순환으로 풀어낸다는 것은 나름대로 설득력 있는 가정이라 말할 수 있다. 우리는 이러한 가정에서 출발해서 정신분석을 이야기 해석학의 영역으로 끌어들여 증례 이야기를 어떻게 해석할지, 그것은 또한 문학 이야기와 어떻게 다른지, 예술적 창조와 관련하여 프로이트의 승화 개념이 갖는 유효성과 한계는 무엇인지, 나아가 이야기의 해석학적 순환이 궁극적으로 지향하는 자기 이해를 과연 정신분석의 윤리적 차원에 접목시킬 수 있는지 등의 물음을 제기하려 한다. 그리고 이러한 물음들을 통해 정신분석의 원리에 대한 철학적이고 해석학적인 접근을 시도할 것이다.

1) 「늑대 인간」: 꿈 작업과 원초적 장면

꿈에 나는 침대에 누워 있었는데, 그때는 밤이었다. [……] 갑자기 창문이 저절로 열렸다. 그리고 나는 창문 앞에 있는 큰 호두나무에 하얀 늑대들이 앉아 있는 것을 보고 무서웠다. 늑대는 예닐곱 마리가 있었다. 그 늑대들은 아주 하얬다. 그리고 늑대가 아니라 여우나 양치기 개처럼 보였다. 왜냐하면 그들은 여우같이 큰 꼬리가 있었고, 개들이 어디에 주의를 집중할 때처럼 귀를 바짝 세우고 있었기 때문이었다. 나는 매우 무서웠다. 분명히 늑대들에게 먹힐까 봐 그랬을 것이다. 나는 소리를 지르고 깨어났다. 유모가 나에게 무슨 일이 벌어졌는지 보려고 내 침대로 달려왔다. 그것이 단지 꿈이었다고 확신하는 데는 꽤 시간이 걸렸다. 나에게는 창문이 열리고 늑대들이 나무에 앉아 있는 모습이 아주 선명하고 생생하게 느껴졌다. 마침내 나는 조용해지고 무슨 위험에서 벗어난 것처럼 느꼈다. 그리고 다시 잠들었다. 꿈에서 움직인 것은 창문이 열린 것뿐이었다. 늑대들은 나뭇가지에서 조금도 움직이지 않고 아주 가만히 앉아 있었다. 그들은 나무줄기의 왼쪽과 오른쪽에 앉아서 나를 쳐다보고 있었다. 그들은 모든 주의를 나에게 고정하고 있는 것처럼 보였다. 나는 이 것이 나의 첫번째 꿈-불안이라고 생각한다. 그때 나는 서너 살, 기껏해야 다섯 살이었다. 그때부터 열한 살이나 열두 살이 될 때까지 나는 꿈에서 무서운 것을 볼까 봐 두려웠다.[72]

인용문은 프로이트가 제자인 루트 마크 브룬스비크와 함께 분석했던 신경증 환자의 꿈 이야기로, 「늑대 인간」이라는 제목으로 잘 알려진 증례 이야기이다. 「늑대 인간」은 오이디푸스 콤플렉스와 거세 콤플렉스, '원초적 장면' 등 정신분석학에서 가장 핵심적인 개념들을 담고 있다. 뿐만 아니라 우리로 하여금 원초적 환상이 어떻게 신경증을 유발하는지, 그러한 환상은 어떤 검열을 거쳐 꿈으로 변형되어 나타나는지, 또한 꿈의 해석을 통해 어떻게 신경증을 치료할 수 있는지, 나아가 꿈과

---

72) 지그문트 프로이트, 『늑대 인간』, 김명희 옮김, 열린책들, 1996, pp. 226~27.

꿈 이야기 사이에는 어떤 관계가 있는지 등 여러 물음들을 제기하게 한다는 점에서 중요한 증례 이야기로 간주된다. 환자는 열여덟 살 때 임질을 앓은 뒤 조울증 진단을 받고 프로이트에게서 정신분석 치료를 받게 된다.[73] 환자의 어린 시절 이야기에는 부모 및 누나 그리고 유모와 영국인 가정교사 등 여러 인물이 등장하는데, 특징적인 것은 그가 동화책에 나오는 늑대 그림을 무척 무서워했고, 그의 누나가 늑대 그림을 펴 보이면서 그를 놀리곤 했다는 기억이다. 환자는 자신이 기억하는 최초의 불안-꿈을 위의 텍스트와 같은 이야기로 진술했고, 프로이트는 여러 해에 걸쳐 그 꿈에 대한 분석을 진행한다.

프로이트는 꿈속의 늑대를 아버지를 대리하는 상징으로 해석하면서 그 의미를 이해하게 된다. 그것은 프로이트가 '원초적 장면'이라고 부르는 것으로서, 그 장면이 실제 체험한 것인지 그냥 환각에 불과한 것인지는 의심스럽지만, 어쨌든 프로이트는 그러한 원초적 장면이 신경증을 유발한다는 결론에 이른다.[74] 즉 이야기된 사건은 어렸을 때 실제로 겪은 어떤 일, 특히 성적인 것과 관련된 무엇인가(유아기에 최초로 목격한 부모의 성교 장면)와 연관이 있으며, 그로 인한 거세 불안과 트라우마로 신경증이 발생했다는 것이다. 프로이트의 분석에 따르면 환자의 꿈

---

73) 환자는 첫번째 치료를 받고 난 뒤 병세가 호전되어 러시아로 돌아갔으나, 볼셰비키 혁명으로 재산을 잃고 다시 비엔나로 온다. 이후 히스테리성 변비 및 편집성 정신병이 재발했으나 다시 프로이트의 치료를 받고 회복된다. 같은 책, pp. 339~41 참조. 또한 마르트 로베르, 『정신분석 혁명』, 이재형 옮김, 문예출판사, 2000, pp. 357~62 참조.

74) '원(초적) 장면'은 시나리오나 장면으로 조직된, 외상을 일으키는 어린 시절의 경험을 의미하는 정신분석 개념으로, 「늑대 인간」에서 처음으로 사용된다. 프로이트가 늑대 인간의 사례에서 발견한 바에 따르면 "첫째, 성교는 어린아이에게 가학-피학증적 관계에서 아버지의 공격으로 이해된다. 둘째, 그것은 어린아이에게 성적 흥분을 일으킴과 동시에, 거세 불안에 근거를 제공한다. 셋째, 그것은 유아 성 이론의 틀에서 항문성교로 해석된다"(J. Laplanche & J.-B. Pontalis, *Vocabulaire de la psychanalyse*, p. 291).

은 할아버지가 들려준 늑대 이야기[75]와 동화 「늑대와 일곱 마리 아기 염소」를 빌려오면서 예닐곱 마리의 늑대가 나무 위에 앉아 정면을 바라보고 있는 위의 장면으로 변형된 것이다. 늑대 인간 이야기에서 '꿈 내용'과 잠재적 '꿈 사고' 사이의 관계는 다음과 같이 설명된다.[76]

"꿈에 나는 침대에 누워 있었는데, 그때는 밤이었다.": '밤이었다'는 '나는 자고 있었다'를 변형시킨 것으로서, 실제로는 환자의 나이가 한 살 반가량이던 어느 여름날, 병에 걸려서 부모의 침실 안에서 자고 있었던 것으로 추측된다.

"갑자기 창문이 저절로 열렸다.": 이 문장은 '나는 저절로 잠에서 깨었다'라고 번역해야 하며 이는 아이가 최초로 목격한 부모의 성교 장면과 연관된다. 그가 깨었을 때 그의 부모는 반쯤 옷을 벗고 후배위로 성교하고 있었는데, 그래서 아버지의 성기와 어머니의 성기를 동시에 볼 수 있었고 그 과정과 의미도 막연하게나마 이해할 수 있었다. 창문으로 뛰어 들어온 늑대의 꼬리를 양복장이가 잣대로 잘랐다는, 할아버지가 들려준 이야기는 직설적인 표현을 왜곡된 표현으로 변형시켰다고 해석

---

75) "한 양복장이가 방에 앉아서 일을 하고 있었는데, 창문이 열리고 늑대 한 마리가 뛰어들었다. 그 양복장이는 그의 자로 늑대를 치며 쫓아갔다. [……] 그는 늑대의 꼬리를 잡아 뺐다. 늑대는 겁에 질려서 달아났다. 얼마 후에 그 양복장이가 숲속으로 갔는데, 갑자기 늑대 한 떼가 그를 향해서 달려왔다. 그는 그들을 피해서 나무 위로 올라갔다. 처음에는 늑대들이 당황했다. 그런데 그중에 섞여 있던 상처 입은 늑대가 그에게 원수를 갚고 싶어 했다. 그 늑대는 양복장이에게 닿을 때까지 하나씩 등 위로 올라가자고 했다. 그 늑대는 늙었지만 활기찬 모습이었는데, 자기가 피라미드의 제일 아래가 되겠다고 말했다. 늑대들은 그의 말대로 했다. 그러나 양복장이는 자기 방에 들어와서 벌을 받았던 그 늑대를 알아보았다. 그리고 갑자기 그가 전에 했듯이 '저 회색 놈의 꼬리를 잡아라!' 하고 소리 질렀다. 꼬리가 없는 늑대는 꼬리가 잘렸을 때의 기억이 나서 겁을 먹고 달아났다. 그러자 다른 늑대들도 모두 무너져 내렸다"(지그문트 프로이트, 『늑대 인간』, pp. 228~29).

76) 같은 책, pp. 226~49.

할 수 있다. 창문을 등장시킨 것은 크리스마스 선물이라는 꿈 소재와도 관련되며, 크리스마스 전날 밤 문이 갑자기 열리고 눈앞에는 선물이 나타나는 것은 크리스마스에 대한 기대 속에 성적 만족의 소망이 들어 있는 것이라고 해석된다.

"큰 호두나무에 하얀 늑대들이 앉아 있는 것을 보고 무서웠다.": 호두나무는 크리스마스트리를 대신하는 것이자 양복장이가 늑대를 피해서 올라갔던 나무이기도 하다. 늑대들은 크리스마스트리에 걸려 있는 선물을 뜻한다. 할아버지가 들려준 양복장이 이야기에서 나무 아래 있던 늑대들이 나무 위로 옮겨 간 것은 그들이 위에서 보고 있음을 나타내기 위해서다. 프로이트의 분석에 따르면 나무에 높이 앉아 바라보는 것은 자기 밑에 있는 것을 관찰하며 만족을 느끼는 관음증의 상징이다. 환자는 성교 중인 부모의 성기를 다 볼 수 있었으며, 그 장면은 어린 시절 그를 겁먹게 만들 때 누나가 보여주던 동화책 속의 늑대 그림과 흡사하고, 잣대로 꼬리를 잘린 늑대 이야기와 결합되어 늑대 공포증으로 발전되었다는 것이다.

"늑대는 예닐곱 마리가 있었다.": 예닐곱 마리라는 숫자는 동화 「늑대와 일곱 마리 아기 염소」의 영향인데 그 동화에서는 여섯 마리가 잡아먹혔다. 최초의 성교 장면은 부모 두 사람인데, 그것이 일곱이라는 더 큰 숫자로 바뀐 것은 저항에 의해 왜곡된 것이다.

"그 늑대들은 아주 하얬다. 그리고 늑대가 아니라 여우나 양치기 개처럼 보였다.": 하얀색은 부모의 성교 장면에서 침대보와 속옷의 하얀색인 동시에 어릴 때 아버지와 함께 보러 갔던 양떼의 흰색과 양치기 개의 흰색, 「늑대와 일곱 마리 아기 염소」에서 하얀 손으로 엄마를 알아보는 내용이 합쳐진 것이다.

"그들은 여우같이 큰 꼬리가 있었고, 개들이 어디에 주의를 집중할 때처럼 귀를 바짝 세우고 있었기 때문이었다. 나는 매우 무서웠다. 분명히 늑대들에게 먹힐까 봐 그랬을 것이다. 나는 소리를 지르고 깨어났다.": 잣대로 꼬리를 잘린 늑대, 즉 거세된 늑대와는 반대로 꿈속의 늑대에게는 큰 꼬리가 있다. 그러한 거세 공포로 인해 잠이 깬 것이다. 늑대들이 여우나 개처럼 보였고 전혀 위험스럽게 보이지 않았던 것은 꿈 작업이 두려운 내용을 두렵지 않은 것으로 만들려고 노력하기 때문이다. 하지만 그런 작업은 실패하면서 두려움이 터져 나오고, 그것은 동화를 빌려 표현된다. 즉 염소-아이들이 늑대-아버지에게 먹히는 것으로 전치되어 나타난다. 이처럼 크리스마스 선물에 대한 기대라는 표면적인 소망 밑에는 아버지로부터 성적 만족을 얻고자 하는 깊은 소망이 있으며, 이는 부모의 최초 성교 장면이라는 매혹적이었던 장면을 다시 보고 싶은 소망으로 바뀌면서 이 소망을 억압하고 부정하는 방향으로 옮겨 간 것이다.

앞에서도 말했듯이 주목해야 할 것은 정신분석 치료에서 내담자는 꿈이라는 어떤 경험을 이야기로 진술하고 분석가는 그 이야기의 의미를 해석하여 내담자에게 이해시킴으로써 치료에 이른다는, 임상으로서의 정신분석 경험이 갖는 서사적 특성이다. 물론 프로이트가 정신분석 경험의 서사적 특성에 대해서 체계적으로 설명한 적은 없으나 히스테리 연구에서 기억과 관련하여 간접적으로는 언급하고 있다. 그에 따르면 히스테리 환자는 무의식적 기억으로 인해 고통을 받고, 그런 기억은 실제의 기억이라기보다는 대부분 환상이거나 스크린-추억[77]이다. 신경질

---

77) 프로이트는 자신의 유년기의 추억을 분석하면서 내용으로 보자면 중요한 기억들보다는 오

환은 고통스런 과거의 경험을 서투르게 망각하거나 억압하려는 기억상실의 일종이며, 기억 억압의 원인은 유아기의 성생활과 관련이 있다. 그점에서 정신분석의 과제는 잊힌 인생의 시기를 기억 속으로 다시 환원시키는 작업이다. 정신분석 치료란 망각과 재-기억 사이에서 저항하고 반복되는 이러한 기억들을 이끌어내는 것이며, 저항에 맞선 투쟁을 통해 기억으로 향한 길을 다시 열어줌으로써 무지에서 앎으로 가는 것이다. 그런데 기억한다는 것은 단순히 고립된 장면을 떠올리는 것이 아니라 어떤 시작과 끝을 갖는 질서 속에, 다시 말해서 이야기 속에 그 장면을 위치시킴으로써 이해 가능한 것으로 만드는 것이다. 따라서 이야기한다는 것은 허구적 상상력에 의한 사후의 작업이다. 트라우마를 일으킨 사건들은 그 당시에는 어떤 의미를 갖지 못하지만 그다음에 일어나는 새로운 사건들과 연관되면서 어떤 맥락을 구성하고 의미를 갖는 이야기가 되는 것이다. 하지만 기억이란 실제 일어난 과거를 그대로 재현하는 것이 아니라 그 이후에 일어난 사건들과 관련하여 현재의 관점에서 검열을 거쳐 어떤 이야기로 생산되는 것이기에 근본적으로 항상 왜곡될 위험을 안고 있다.[78] 따라서 분석가는 내담자의 무의식적 기억으로 거슬러 올라가 이야기의 의미를 찾는 해석을 통해 억압의 근원을 밝

히려 의미 없는 기억들이 매우 선명하고 집요하게 떠오르는 것을 발견하면서 이것이 억압된 성적 욕망이나 환상과 관계가 있음을 밝혀낸다. 즉 억압된 요소들과 자기방어 본능 사이에 형성된 타협으로 인해 의미 없는 추억이 중요하게 부각되는데, 프로이트는 그 추억들에 '스크린(차단막)-추억souvenir-écran'이라는 명칭을 붙였다. J. Laplanche & J.-B. Pontalis, *Vocabulaire de la psychanalyse*, pp. 450~51.

78) "꿈-왜곡은 꿈-검열의 결과이며, 이는 무의식적 사고 안에서 강도의 전위, 의미의 압축, 모순되는 사실의 병존" 등을 통해 일어난다. 프로이트에 따르면 이런 특징들은 꿈만이 아니라 예술, 종교 등 정신과 관련된 모든 영역에서 일어난다. 지그문트 프로이트, 『꿈의 해석』, 김인순 옮김, 열린책들, 1997, p. 753 참조.

히고, 내담자는 이를 인식함으로써 억압으로 인한 상처에서 벗어나는 것이다.

　　의미는 분석을 통해 만들어지고 심지어 창조된다. 그러니까 의미는 의미를 세우는 과정들 전체와 관련된다. 그러나 반대로 말할 수도 있다는 조건에서만 그렇다. 방법이 타당한지는 발견된 의미의 일관성으로 결정된다. 나아가 발견된 의미가 겉으로 드러난 의식의 무질서보다 더 지적으로 이해시킬 수 있을 뿐만 아니라 꿈꾸는 사람이나 환자를 자유롭게 할 수 있을 때, 발견된 의미를 환자가 인정하고 받아들였을 때, 다시 말해 의미를 품고 있던 것이 의식적으로 그 의미가 되었을 때, 그러한 방법은 정당화된다. (*CI*, p. 150)

이처럼 잊혔던 어떤 육체적, 정신적 충격(트라우마)의 결과로 히스테리가 발생하며, 그 육체적 충격을 떠올리게 함으로써 치료가 가능하다는 가설은 프로이트의 정신분석 이론의 토대를 이룬다. 프로이트는 『꿈의 해석』에서 환자나 치료자가 의식하지 못하는 어떤 힘(무의식)이 있고, 그 힘은 의식화되기를 거부(저항)하고 있으며, 그러한 저항을 효과적으로 극복함으로써 치료할 수 있다고 말한다.[79] 무의식의 저항을 극복하고 의식화를 통해 트라우마를 치료한다는 가설을 지탱하는 이론적 토대는 다음과 같다. 첫째, 정신의 무의식적 내용들은 주로 원초적인 육체적 본능에서 에너지를 끌어온다. 무의식의 활동을 욕망 또는 소망이라고 하며, 무의식은 즉각적인 만족을 얻는 것 이외에는 아무것도

---

79) 같은 책, pp. 725~26 참조.

고려하지 않는다. 즉 성적이거나 파괴적인 경향을 띠는 원초적 성향(쾌락 원칙)은 현실에 적응하고 외부의 위험을 피하는 것과 관련된 의식적인 요소들(현실 원칙)과는 동떨어져 있다. 프로이트는 이러한 과정을 추적함으로써 유아의 성욕과 오이디푸스 콤플렉스의 비밀을 알아낸다. 둘째, 정신의 무의식적 활동은 꿈을 통해 상징적으로 잘 드러난다. 꿈은 신경증 증상과 마찬가지로 원초적인 무의식적 충동과 이차적인 의식적 충동 사이에서 생겨나는 갈등과 타협의 산물이며, 거의 모든 사람들이 꾸는 것이기 때문에 꿈 해석은 정신분석 이론의 보편타당성을 입증하는 유력한 근거가 된다. 셋째, 의식에서와는 달리 무의식에서는 서로 대립하는 모든 충동이 모순과 갈등 없이 병존한다. 한편 프로이트는 경제학적 관점으로 돌아선 후기에는 쾌락 원칙이 지배하는 본능적 경향은 '이드'로, 현실 원칙에 따라 조직된 부분은 '자아'로, 비판적이고 도덕적인 기능은 '초자아'로 부르고, 이러한 정신의 지형도를 예술과 문명 등 신경증을 벗어난 다른 분야에도 적용한다.

리쾨르는 이처럼 인간의 정신을 과학적으로 탐구할 수 있다는 믿음, 즉 결정론적 법칙의 보편타당성에 대한 믿음을 토대로 정립된 프로이트의 정신분석을, 카스텔리의 표현을 빌려 신화를 탈신화화하는 '밤의 기술'이자 '내면의 우상파괴'로 규정한다. 정신분석은 『꿈의 해석』에서 보듯이 해석하는 기술이나 반성 이론을 포함하는 프락시스이며, 이는 정신분석이 하나의 작업임을 뜻한다. 메타심리학, 정신분석의 지형학과 경제학은 그러한 작업의 기능을 "에너지와 관련된 은유"(CI, p. 178)를 매개로 고찰하는 작업이다. 리쾨르는 이를 분석 작업, 의식화 작업, 꿈 작업으로 나누어 설명한다. 우선 분석은 저항과의 싸움이라는 점에서 작업이다. 분석의 목표는 충동을 되살리는 것이 아니라 저항을 드러내

그것을 없애는 데 있다. 해석을 어설프게 전달했다가는 더 큰 저항이 생길 수 있다. "분석은 무지를 앎으로 대체하는 것이 아니라, 저항에 대한 작업을 매개로 의식 작업을 불러일으키는 것이다"(CI, p. 180). 정신분석에서의 의식화는 힘의 경제와 관계된 문제라는 점에서 현상학에서 말하는 의식화와는 전혀 다르다. 여기서 '전이' 문제가 핵심으로 등장한다.[80] 마지막으로 꿈 작업에서는 압축[81]과 전위[82]라는 무의식의 왜곡과 변형이 생기는데, 이를 통해 욕망은 자신을 충족시키지만 스스로는 그것을 모른다. 여기서 자신을 위장하고 오해를 만들어냄으로써 잃어버린 근원적 대상을 찾으려는 방어 심리가 발동한다. 환자가 고통에서 벗어나려는 힘은 약하기에 전이가 생기고 그 전이를 강화함으로써 저항과 싸우는 작업에 도움을 주려는 것이 정신분석이다.[83]

---

80) '전이'는 치료받는 사람이 치료하는 사람에게 특정한 감정, 즉 신경증 증상의 원인과 결부된 감정을 옮기는 것을 말하며, 그것이 오래된 감정의 반복임을 깨닫게 하는 것이 치료의 관건이 된다. 반면에 자기애적인 신경증의 경우 환자가 의사에 대해 무관심하기 때문에 전이를 통한 치료가 불가능하다. 지그문트 프로이트, 『정신분석 강의』, 임홍빈·홍혜경 옮김, 열린책들, 2004, p. 600 참조.

81) '압축'은 꿈의 시니피앙과 시니피에 사이의 양적 불일치를 해결하는 방식인데, 다시 말해서 꿈-사고 가운데 "최소한의 것만이 꿈속에서 표상 요소를 통해 표현된다는 점을 고려하면, 압축이 '생략'을 통해 일어난다"고 추론할 수 있다. 지그문트 프로이트, 『꿈의 해석』, p. 339 참조.

82) '전위'는 사소한 표상들이 에너지를 받아들여 강력한 표상이 되는 경우를 말한다. 예를 들어 "외로운 독신 여성이 동물에 애정을 쏟고 독신 남성이 정열적인 수집관이 될 때, 군인이 물들인 깃발을 목숨 바쳐 수호할 때, 사랑에 빠진 남녀가 1초라도 더 손을 잡고 있으면 행복하거나 아니면 『오셀로』에서 잃어버린 손수건이 분노를 폭발시킬 때, 이 모두는 논박할 수 없는 심리적 전위의 실례들이다." 같은 책, p. 224.

83) 저항이란 분석에 의해 외상적 체험이 드러나서 증상이 제거되는 것을 방해함으로써 자신을 방어하는 심리기제이며, 강박신경증의 경우에는 전형적으로 '의심'의 형태로 나타난다. '전이' 또한 저항의 한 방식이다. 남자 환자의 경우에는 의사를 무력화시키려 하며, 여자 환자는 애정을 품는 방식 등으로 전이하는데, 저항을 극복하는 것이 정신분석의 본질적 과제가 된다. 지그문트 프로이트, 『정신분석 강의』, p. 395 참조.

정신분석은 이처럼 진실을 드러내는 기술이다. 그런데 그 진실은 말의 영역에서 전개되고, 그 욕망의 이야기는 낯선 언어로 말해진다. 라캉이 말한 것처럼, "일상언어와는 분리된 또 다른 언어, 그 의미효과를 가로질러 해독되기를 기다리는 언어"(*CI*, p. 187)가 분석을 통해 모습을 드러내는 것이다. 정신분석이란 그런 낯선 언어로 인한 왜곡과 변형을 가려내는 작업이다. 그것은 분석과 해석을 통해 진실에 저항하는 자기애의 환상을 벗기고 참뜻을 찾음으로써 자기를 이해하려는 작업이라는 점에서 현실을 개조해서 지배하려는 행동심리학과는 다르다. "그것은 자기와 자연과 다른 사람들을 마음대로 하려는 기획에 속하는 것이 아니라, 욕망의 에움길을 거치면서 자기를 더 잘 인식하려는 것이다. 그런 탈신화화라면 필요하고 좋은 것이라고 말할 수 있을 것이다. 그런 탈신화화는 미신으로서의 종교의 죽음과 관련된다. 그러면서 진정한 신앙을 보완할 수도 있고 또 그렇지 않을 수도 있다"(*CI*, p. 189).

　정신분석이 내면의 우상파괴로서 인간에 대한 환상을 벗기는 힘만이 아니라 억압에서 벗어날 힘을 지닐 수 있는 것도 바로 그러한 반성적 차원에서의 자기 이해와 관련을 맺기 때문이다. 정신분석은 자유의지에 대한 의혹을 제기함으로써 주체를 무의식에 맡겨진 노예 같은 무력한 존재로 드러내지만, 중요한 것은 허구와 환상이 벗겨진 자리에서 새로운 자유와 해방의 가능성이 열린다는 사실이다. 이 점에서 정신분석은 비밀을 폭로하는 것이 아니라 수수께끼를 푸는 작업이다. 비밀은 거짓의식의 산물이고 수수께끼는 해석을 필요로 한다. 그렇다면 정신분석이 줄 수 있는 힘은 욕망의 방향을 새롭게 설정하는 것이라고 할 수 있다. 즉, 금지와 리비도에 의해 파괴된 '사랑하고 즐기는 힘'을 되찾는 것, 자신의 죽음을 인정함으로써 현존재의 어려움을 견디고 욕망의 방향을 다른 데로 돌릴 수 있다는 것을 깨닫게 하는 것이다.

2) 『오이디푸스 왕』: 자기의식의 비극

이오카스테: 인간은 우연의 지배를 받으며 아무것도 분명하게 내다볼
　　　　　수 없거늘
　　　　　그러한 인간이 두려워한다고 해서 무슨 소용이 있겠습니까?
　　　　　그저 되는대로 그날그날을 살아가는 것이 상책입니다.
　　　　　그러니 그대는 어머니와의 결혼을 두려워하지 마셔요.
　　　　　이미 많은 사람들이 꿈속에서 어머니와 동침했으니까요.
　　　　　하나 이런 일들을 아무렇지도 않게 여기는 자라야 인생을 가장
　　　　　편안하게 살아가는 법이지요.[84]

테이레시아스: 내 그대에게 말씀드리노니, 그대가 위험한 말로
　　　　　라이오스의 살해를 규명하겠다고 공인하며 오래전부터
　　　　　찾고 있던 그 사람, 그 사람은 바로 여기 있습니다.
　　　　　그는 이곳으로 이주해온 외국인으로 통하고 있지만 머지않아
　　　　　토박이 테바이인임이 밝혀질 것입니다. 하나 그러한 행운을
　　　　　그는 달가워하지는 않을 것입니다. 보는 대신 눈이 멀고
　　　　　부자 대신 거지가 되어 지팡이로 앞을 더듬으며
　　　　　낯선 땅으로 길을 떠나게 될 테니 말입니다.[85]

---

84) 소포클레스, 『오이디푸스 왕』, 천병희 옮김, 문예출판사, 1983, pp. 272~73.
85) 같은 책, p. 235.

『해석에 대하여』에서 리쾨르는 소포클레스의 『오이디푸스 왕』을 예로 들어 정신분석과 해석학이 접목되어 어떻게 변증법적인 방식으로 상징을 해석할 수 있는지 보여준다. 이는 소포클레스의 비극이 오이디푸스 콤플렉스라는 정신분석의 핵심 개념의 기원인 동시에, 문학작품의 경우 다양한 해석 가능성 덕분에 꿈이나 종교적 상징 영역보다 덜 환원적인 해석이 이루어지기 때문일 것이다. 전통적인 해석에 따르면 『오이디푸스 왕』은 신탁으로 인한 불행을 피하기 위한 처절한 의지와 노력에도 불구하고 허망하게 부서지는 인간의 삶을 그린 의지의 비극 또는 운명의 비극이다. 인용문에서 예언자 테이레시아스가 말하듯, 자신의 힘으로 진실을 끝까지 규명하려는 의지로 인해 오이디푸스는 보는 눈에서 보지 못하는 눈이 되고, 보지 못하게 된 눈으로 진실을 보게 된다.

비극의 줄거리는 오이디푸스가 부친 라이오스의 살해범이며 살해된 라이오스와 이오카스테의 아들이라는 사실이 폭로되는 과정으로 이루어지는데, 그 과정은 결말을 향해 한 발씩 나아가는 동시에 정교하게 지연되면서 서서히 드러난다. 그러한 과정은 정신분석 작업과 연결될 수 있다. 진실을 밝힘으로써 신경증을 치료하는 것이 정신분석의 목표라면, 오이디푸스가 신탁에서 벗어나기 위해 몸부림치는 과정은 오이디푸스 충동에서 벗어나려는 일종의 강박신경증이다. 또한 신탁이 결국은 이루어졌음을 알게 되는 결말, 즉 자기의 감추어진 소망이 실현되었음을 알게 되는 결말은 진리의 드러남이며 역설적으로 이를 통해 오이디푸스는 신탁의 신경증에서 벗어나 자유로워진다. 문학작품에 대한 정신분석적 해석은 이처럼 욕망의 지형학 및 경제학을 토대로 텍스트의 언어 속에 감추어진 무의식적 욕망이 점차 의식의 수면 위로 떠오르고 어느 순간 불쑥 모습을 드러내는 과정을 기술한다.

프로이트는 『꿈의 해석』에서 전능한 신과 유한한 인간, 운명과 자유의지 사이에서 빚어지는 오이디푸스의 갈등이 현대의 관객들에게는 더 이상 해당되지 않음에도 이 작품이 아직도 충격을 주는 이유는 바로 우리가 모른다고 여기는 욕망 때문이라고 말한다. 프로이트에 따르면, 아이는 자신이 존재하기 위해 누려야 할 어머니에 대한 특권을 아버지가 뺏으려 한다는 환상을 갖는다. 어머니를 향한 자신의 욕망 때문에 남근을 잃을지도 모른다는 환상은 거세 콤플렉스를 낳고 거기서 부친 살해 욕망이 나온다. 그리고 살해당한 아버지에 대한 죄의식을 덜기 위해 내면화된 아버지 형태와 화해하고 속죄하는 제의적 행위가 이루어진다. 죄의식은 결국 환상-과대망상에서 비롯된다는 것이다.[86] 이런 관점에서 프로이트는 『오이디푸스 왕』의 관객은 근친상간과 존속살인에 대한 처

---

86) 프로이트는 『정신분석 강의』에서 신경증 환자가 지닌 죄의식의 가장 중요한 원인을 오이디푸스 콤플렉스로 추정한다. 오이디푸스 콤플렉스는 상호인정을 통해 아버지와 자신을 동일시함으로써 해소되기도 하고, 아버지의 죽음 같은 사건을 통해 진짜 부성을 발견함으로써 화해가 이루어지기도 한다. 다른 형제들이 태어나면 오이디푸스 콤플렉스는 '가족 콤플렉스'로 발전한다. "가족 콤플렉스는 이제 다시 형제들 사이의 이기주의적인 이해들이 서로 침해당하는 사태와 맞물려서, 서로를 반목하게 하고 아무 생각 없이 상대방을 제거하고 싶다는 생각마저 들게 한다"(p. 451). 근친상간의 경우, 사내아이는 누이동생을 불성실한 어머니를 대신하는 사랑의 대상으로 택하기도 하고, 여자아이는 권위적인 아버지를 대신해서 오빠를 택하기도 한다. 근친상간의 금기는 원시부족에서도 볼 수 있다. "환생을 뜻하는 미개인들의 성인식이 사내아이의 어머니에 대한 근친상간적인 집착을 끊고, 아버지와 화해한다는 의미"(p. 453)가 있다는 사실도 밝혀졌다. "신경증 환자들뿐만 아니라, 모든 사람들이 도착과 근친상간, 살인 등을 소재로 꿈을 꾸는 한, 정상적인 사람들도 성적 도착과 오이디푸스 콤플렉스의 대상 리비도 집중이라는 발달 과정을 거쳐서 현재와 같은 상태에 도달했다는 결론을 내릴 수 있다. 그리고 이런 과정은 정상적인 발달 과정이다"(p. 457). 나아가 프로이트는 "인류 전체가 종교와 도덕의 궁극적인 원천인 죄의식을 역사의 시발점에서 오이디푸스 콤플렉스를 통해 습득"(pp. 448~49)하지 않았을까 하는 가설을 제기한다. 따라서 종교는 인류의 보편적인 강박신경증이라는 것이다.

벌이라는 도덕과 비극적 운명에 주의를 기울이는 것이 아니라 어머니에 대한 사랑과 아버지에 대한 질투라는 원초적 욕망의 비밀스러운 의미와 내용에 반응한다고 말한다.

그에 따르면 소포클레스의 비극은 유년 시절의 시원적 소망을 성취한 인물의 비극을 통해 우리 자신 안에 있는 그런 소망을 알아차리게끔 하며, 오이디푸스의 과오를 드러냄으로써 우리 안에 있는 억압된 충동을 인정하도록 요구한다. 그런데 꿈에서 검열이 욕망을 왜곡하는 것처럼 그런 소망에 대한 처벌을 통해 두려움과 연민을 느끼게 만들고 그래서 비극의 내용은 받아들일 만한 것이 된다는 것이다. "성인들은 이런 꿈에 거부감을 느끼기 때문에, 공포와 자기 징벌의 내용이 전설에 포함된 것이다."[87] 다시 말해서 비극은 한편으로는 이드를 만족시키는 타협을 허구로 실현하고, 다른 한편으로는 초자아를 만족시키는 형벌을 본보기로 실현함으로써 우리의 어린 시절을 지배했던 오이디푸스 콤플렉스를 되살린다. 그리고 관객들은 마치 아버지를 제거하고 그 대신에 어머니를 자기 여자로 삼고 싶어 하는 욕망을 기억해내고, 이런 자신의 모습에 대해 놀라움이라는 반응을 보인다는 것이다. 여기서 아리스토텔레스가 말하는 비극 고유의 두려움은 "우리의 충동을 드러내는 장면들 앞에서 우리 자신의 억압이 행사하는 폭력"(*CI*, p. 116)일 따름이다.

프로이트에 따르면 "자신의 유년기의 먹이가 된 유일한 존재"(*DI*, p. 452)인 인간은 그처럼 말에 앞서 욕망이고 충동이다. 그렇다면 과연 에고는 이드와 초자아, 그리고 현실 또는 필연성이라는 세 주인에게 매여 있는 가련한 꼭두각시에 지나지 않는가? 인간은 욕망하는 존재인 동시

---

87) 지그문트 프로이트, 『꿈의 해석』, p. 321.

에 살아가기 위해 노력하는 존재, 무의식적 욕망에 시달리지만 또한 자기를 이해함으로써 의미 있는 삶을 살기 위해 노력하는 존재가 아닌가? 이런 물음을 통해 리쾨르는 프로이트가 말하는 의식과 무의식의 대립을 의지적인 의식과 비의지적인 무의식의 변증법적 갈등으로 해석하자고 제안한다. 그에 따르면 무의식이란 의식에 통합될 수 없는 자기의식의 맹점으로서 희미한 의식이 아니라 의식의 타자이며, 의식으로 통제할 수 없는 "절대적으로 비의지적인 것"(CC, p. 51)이다. 우리의 성격과 무의식 그리고 삶 자체는 바로 그런 비의지적인 것이 드러나는 장소이다. 그렇다면 프로이트의 정신분석이 부정하는 것은 의식 그 자체가 아니라 의식이 "처음부터 자기 자신을 스스로 알 수 있다는 주장, 그 자기애"(CI, p. 319)라고 할 수 있을 것이다. 이런 관점에서 보자면 무의식의 욕망은 인간의 체념만을 기다리는 숙명(아난케)이 아니며 이를 깨달음으로써 오히려 인간은 진정으로 사랑하며 살아갈 힘을 얻을 수도 있다. 리쾨르가 아난케를 "단지 심리적 기능 원칙의 상징만이 아니라 어떤 세계관의 상징" "삶의 가혹함과 맞서는 지혜" "실존의 짐을 견뎌내는 기술"(DI, p. 321)로 해석하는 것은 바로 의식의 그러한 능력을 신뢰하기 때문이다.

이러한 관점에서 리쾨르는 정신분석이 의식의 환상을 제거한다는 점에서는 유효하지만 의식과 욕망 사이의 긴장을 충동의 에너지론으로 환원시켰다는 점에서는 한계가 있으며, 따라서 의식의 해석학과 무의식의 해석학, "낮의 해석학과 밤의 해석학"(CI, p. 119)을 변증법적으로 종합할 필요가 있다고 말한다. 정신분석 담론과 현상학적이고 반성철학적인 담론의 대립에 대해 리쾨르는 "유아기와 원초적인 것을 향해 뒤로 물러나는 움직임과 완결성이라는 의미심장한 목적을 향해 앞으로 나아

가는 움직임 사이의 대립과 같은 두 가지 담론의 대립"(*RF*, p. 36)이라
고 본다. 그리고 의식의 고고학과 의미의 목적론 사이의 변증법이라는
측면에서 접근함으로써 두 담론의 갈등을 중재할 수 있다고 주장한다.

그와 같은 변증법적 해석에 따르면 『오이디푸스 왕』은 근친상간과 부
친 살해라는 최초의 드라마를 넘어서서 진리의 드라마로 읽을 수 있다.
소포클레스의 비극은 오이디푸스 콤플렉스와 관련된 드라마 위에 그
반정립으로 "자기의식의 비극, 자기 자신의 인식에 대한 비극"(*DI*, p.
496)이라는 드라마를 세우고 있다는 것이다. 최초의 드라마는 출생에
대한 어린아이들의 호기심을 수수께끼로 나타내는 스핑크스에, 두번째
드라마는 진리의 힘을 상징하는 '견자' 티레시아스에 대응한다. 여기서
스핑크스는 무의식의 측면을, 예언자는 의식의 측면을 대변한다. 근친
상간과 부친 살해에 이은 오이디푸스의 두번째 허물은 오만함과 분노라
는 어른의 허물이다. 테베를 덮친 페스트가 살인자 때문이라는 예언에
도 불구하고 오이디푸스는 그것이 자기 자신일 수 있다는 가능성은 철
저히 배제한 채 끝없는 호기심으로 진실을 찾아간다.

비극 전체는 오이디푸스의 오만이 무너지고 진실이 드러나는 과정으
로 이루어진다. 오이디푸스가 고통을 겪는 것은 유년기의 소원 성취로
인한 죄책감 때문이 아니라 바로 성인으로서 무너진 왕의 자존심 때문
이다. 코러스는 이렇게 노래한다. "보라, 저기 오이디푸스를, 그는 그 유
명한 수수께끼를 풀고 최고의 권세를 누렸도다. 모든 백성들이 그의 행
복을 부러워하지 않았던가, 그런데 이제 그는 끔찍한 불행의 파도 속으
로 달음질치고 있으니." 오이디푸스는 이처럼 우리의 자만심, 어른이 되
어 현명해졌다는 오만 때문에 상처를 입고 불행에 빠진다. 크레온은 이
렇게 말한다. "이제 주인이 되는 것을 그만두시오. 당신이 평생 지켜왔

던 주인 자리가 이제는 더 이상 당신을 구해줄 수 없소이다." 자기가 자기 자신의 주인이라는 오만함이 비극을 불러왔으며, 자신이 무지했다는 사실에 대한 분노와 반성 그리고 자신의 행위에 대한 책임감은 그로 하여금 스스로를 처벌하게 만든다. 그의 과오는 이제 근친상간과 부친 살해라는 리비도 영역이 아니라 자기의식의 영역에 속한다. 오이디푸스는 오이디푸스 콤플렉스에서 벗어나기 위해 저항했으며 티레시아스를 향한 분노 또한 자신의 과오를 인정하지 않으려는 저항에서 비롯된 것이다. "그처럼 오이디푸스는 윤리적 의미에서는 사실상 자신에게 죄가 없는 범죄에 대해 결백함을 밝히려고 하는 자만 때문에 죄를 짓게 된다"(*DI*, p. 496).

이처럼 『오이디푸스 왕』을 유년기의 소망을 재현하는 상징을 넘어, 자신의 무죄를 주장하며 진실을 밝히고자 하는 자만으로 인한 '진리의 비극'이라고 읽을 때 프로이트의 해석을 넘어설 길이 열린다. 출생의 비극은 진리의 비극과 엮임으로써 욕망과 정신의 변증법을 보여준다. 여기서 오이디푸스는 단지 욕망의 존재가 아니라 호기심, 저항, 자만심, 비탄, 지혜에 이르는 정신적 과정을 거치며 성숙해가는 존재로 나타난다. 진리의 비극은 감추어진 욕망의 비극에 속하며 그 속에 감추어진 진실을 드러낸다. 아버지에 대한 물음과 진리에 대한 물음은 상징의 과잉결정 속에서 은밀하게 연결되어 있다. 결말은 이 점에서 매우 상징적이다. 오이디푸스의 범죄는 자기처벌에서 절정에 이르고 자신이 무지했다는 사실에 대한 분노는 자기 눈을 거세함으로써 완성된다. "성性의 비극에서 처벌은 감각의 어둠에 이르는 길이며 그것은 진리의 비극을 완성한다"(*DI*, p. 499). 자기 자신의 과오를 인정할 수밖에 없다는 진리의 식별과 그에 따른 분노는 이런 이중화된 자기의식 속에서 일어난다. "오이디푸스의 분노와 진리의 힘 사이의 이런 보이지 않는 끈이 비극의 진정한 핵심이다"(*DI*, p. 497). 문제는 성이 아니라 '빛'이다. 테이레시아스는 육신의 눈은 멀었지만 정신의 눈으로 진실을 본다. 반대로 오이디푸스는 뜬 눈으로 진실을 보지 못했고, 그래서 스스로 눈을 찌르는 피학적 처벌을 통해 오성과 감각의 어둠 속으로 들어간다. 하지만 이처럼 형벌을 내면화함으로써 어둠과 죽음을 넘어서서 진리를 깨닫게 된다.

프로이트는 『오이디푸스 왕』이라는 허구 이야기에 감추어진 욕망을 보았고, 리쾨르는 비의지적인 것의 힘에도 불구하고 자기를 찾아가려는 의지의 모험, 자기의식과 진리의 비극을 본다. 정신분석에서는 욕망이 만들어낸 이야기 속에 자아가 감추어져 있다고 보는 데 반해, 해석학에서는 이야기를 만들고 그 이야기를 다시 그려보면서 주체가 형성된다고 보는 것이다. 인간의 삶은 과거의 상처나 미래의 결단, 어느 한쪽에 의해서만 결정되는 것이 아니며, 미래를 향한 기대 지평은 과거로부터 받아들인 전망이 뒷받침되어야만 열리기 때문이다. 이처럼 의식과 무의식이라는 상징의 두 가지 길, 역사와 종말이라는 앞으로 열린 길과 운명과 기원이라는 뒤를 향한 길을 변증법적으로 묶는다는 것은 의식의 한계를 인정하고 겸허한 주체를 세운다는 뜻이며, 그것이 바로 리쾨르가 말하는 해석학의 '과제'이다.[88] 정신은 앞으로 나아가고 무의식은 뒷걸음질 하지만 이 둘을 같이 생각해야만 주체를 온전히 세울 수 있다. 그

---

88) '과제'는 고고학과 목적론의 변증법과 관련하여 리쾨르 해석학에서 특별한 위치를 차지하고 있는 용어이다. 예컨대 카인과 아벨 신화에서 주목할 것은 형제 사이의 갈등이 근원적이라는 사실보다는 형제애 자체가 단순히 자연으로부터 주어진 것이 아니라 인류가 윤리적으로 도달해야 할 과제라는 것이다. 마찬가지로 오이디푸스 신화는 근친상간과 부친 살해의 원초적 욕망에 대한 설명이 아니라 그것을 극복하고 진정한 사랑의 과제로 인식되어야 한다는 것이다. *ST*, pp. 34~35 참조.

래서 프로이트 또한 "'이드'가 있었던 곳에서 '내가' 되어야 한다"(*CI*, p. 121)라고 말하는 것이다. 여기서 욕망은 단순한 존재의 결핍이 아니라 반성을 통해 욕망 속에서 자아를 파악하려는 노력, 스피노자적인 의미에서 존재를 지속시키고자 하는 노력이라는 긍정적인 의미를 획득한다. "반성은 존재하려는 우리의 노력과 존재 욕망을 보여주는 산물들을 통해 그러한 노력과 욕망을 우리 것으로 삼으려는 것이다"(*DI*, p. 54).

의혹의 해석학으로서의 정신분석은 이처럼 현상학이 인식론 차원에서 자신의 한계를 발견하고 극복하는 데 도움을 준다. 정신분석의 지형학 및 경제학 모델은 자연과학의 관점에서는 한계가 있지만 의식의 사물화 현상을 밝히고 의식이 작동하는 기제를 설명할 수 있다는 점에서 자기 이해의 심층 해석학으로 가는 길을 열어줄 수 있다. 정신분석이 설명하려고 하는 심리적 실재는 이데올로기 비판의 용어를 빌리면 호명된 주체, 자기 자신에 대한 자기소외 상태에 있는 주체, 정치적 무의식에 의해 조종되는 사물화된 주체이다. 반면에 해석학은 의식을 힘-사물로 간주하는 억압, 투자 등의 경제학적 은유에서 드러나는 욕망의 의미론 차원을 해명하게 해준다. 리쾨르가 말하는 심층 해석학의 과제는 그처럼 인과적 설명의 계기와 의미 이해의 계기를 복합적인 해석 모델에 통합하는 것이다. "이데올로기 이론에서 보듯이, 출발점은 개인이 자기 자신에 대해 갖는 그릇된 이해에 있으며 도착점은 보다 명철하고 뚜렷한 이해에 있다는 점에서 그 모델은 여전히 해석학적이다. 처음에는 잘못 알고 있었지만 설명을 통해 알게 되었고 이제 이해하게 됨으로써 충실해진 의식이 되돌아오는 것이다."[89] 그 결과 자기 이해는 자기의식이

---

89) P. Ricoeur, "Psychanlyse et herméneutique," *Ecrits et conférences 1*, p. 101.

갖는 온갖 환상에 대한 다양한 비판들을 모두 수용한 뒤에야 어떤 한계 개념으로 나타난다.

리쾨르는 의혹의 해석학이 반성철학에 가져오는 결과를 다음 세 가지 명제로 요약한다.[90] 첫째, 반성을 상징적으로 매개하는 기호와 담론 그리고 텍스트를 거치지 않고는 자기 자신을 이해할 수 없다. 데카르트의 직관적 코기토로는 자기 자신을 알 수 없으며, 끊임없는 자기 해석을 통해서만 자기 이해에 이를 수 있다. 둘째, 매개를 통한 이런 간접적인 자기 이해는 그릇된 자기 이해에서 출발한다. 그것이 모든 해석학의 규칙이며, 의혹의 해석학은 바로 그런 잘못된 이해를 파고들며, 신뢰의 해석학은 이를 받아들여야 한다. 셋째, 무엇보다 중요한 것은 자기 고유의 의미를 자기 것으로 만들기 위해서는 자기를 놓아버리는 과정, 의미를 지배하려는 욕망을 포기하는 과정을 거쳐야 한다. 리쾨르의 해석학은 이처럼 의혹의 해석학이 제기하는 공격을 거친 다음에 충실해진 자기 이해와 반성을 지향하는 해석학이다.

3. 꿈과 예술, 욕망의 승화

꿈 이야기와 문학 이야기는 어떻게 다른가? 「늑대 인간」 같은 꿈 이야기의 해석을 통해 이야기되지 않은 이야기를 찾아냄으로써 억압에서 벗어나는 것과 『오이디푸스 왕』 같은 문학 이야기의 해석을 통해 자기를 반성하고 이해하는 것은 어떻게 다른가? 예술은 깨어 있는 꿈이고

---

90) 같은 책, pp. 102~103.

꿈은 예술의 옷을 걸치지 않은 환상이라고 말해야 하는가? 이러한 물음에 답하기 위해서는 우선 꿈과 예술의 관계에 대한 프로이트의 설명으로 돌아갈 필요가 있다. 프로이트는 꿈이나 신경증이 예술작품과 밀접한 관계가 있다는 암묵적 전제 아래, 예술이 꿈을 그대로 옮기는 것은 아니지만 꿈과 증후, 민담과 신화 등과 예술작품 사이에는 근원적이고 보편적인 어떤 구조적 상동성이 있다고 말한다.[91] 예술과 꿈은 똑같이 드러내고 감추는 구조를 가지고 있지만, 예술은 더 드러내고 꿈은 더 감춘다는 점에서 차이가 있다는 것이다. 실제로 「늑대 인간」은 개인적인 비밀스런 체험과 관련되어 있기에 원초적 장면과의 연관성을 찾는 게 쉽지 않지만, 『오이디푸스 왕』에서는 비교적 쉽게 오이디푸스 콤플렉스라는 보편적인 현상을 발견할 수 있다.

꿈은 소원 성취라는 공식 아래 압축, 전위 등의 작업을 통해 욕망을 다양한 방식으로 표상한다. 꿈을 해석한다는 것은 그런 표상들의 드러난 의미에서 감추어진 의미를 찾아가는 과정이다. 예술작품의 해석도 마찬가지다. 하지만 예술작품은 욕망의 보편적 구조를 포착하여 이를 줄거리 구성이라는 문학적 허구로 재현한다는 점에서 상황에 따라 개인적으로 특수하고 다양한 양상을 띠는 꿈과 다르다. 오이디푸스는 소포클레스가 창조한 작품의 주인공에 지나지 않고 스토리 또한 있음 직하

---

91) 『예술과 정신분석』 등을 보면 프로이트가 의외로 예술에 대해서는 정신분석의 한계를 암시하는 것처럼 보인다. 정신분석의 목적은 위대한 예술가의 창조적 동인을 설명하는 것이 아니라 예술가의 성생활과 창조 활동 사이의 관계, 즉 승화가 이루어지는 과정을 설명한다는 것이다. 다시 말하면 정신분석은 다빈치가 왜 예술가가 되었는지를 밝히는 것이 아니라 그의 예술적 표현이 무엇을 뜻하는지를 설명할 뿐이라는 것이다. 이러한 유보적 태도에 대해 리쾨르는 정신분석에 익숙하지 않은 독자들을 위한 프로이트의 전술적 배려라고 말하며 몇 가지 논거를 제시한다. P. Ricoeur, "Psychanalyse et art," *Ecrits et conférences 1*, pp. 221~56.

지 않지만, 아버지에 대한 적개심과 어머니에 대한 욕망, 즉 오이디푸스 콤플렉스라는 심리적 현상은 보편적 구조를 갖는다. 개인적인 독특한 경험에 형상을 부여하고 이를 보편적인 차원으로 승격시키는 것이 바로 예술이다. 다시 말하면, 환상 공간의 한 극점에 신경증과 꿈이, 반대편 에는 문학적 창조가 있고, 그 사이에 어린아이들의 놀이와 어른들의 백 일몽, 민담, 심리소설 등이 놓인다. 여기서 꿈과 문학의 차이는 그 재료 에 있는 것이 아니라 작가가 구사하는 기법에 의해 독자에게 발생하는 효과에 있다. 꿈꾸는 사람은 다른 사람에게 자신의 성적 환상을 감추 려 하는 반면, 예술가는 자신의 작품을 내보임으로써 쾌락과 즐거움을 준다. 문제는 꿈 이야기와 문학 이야기가 형상화 차원에서는 근본적으 로 차이가 없다는 점이다. 여기서 우리는 삶에서 이야기로 넘어가기 이 전의 전형상화 단계에서 예술적 창조의 비밀이라는 문제에 다가가게 되 는데, 프로이트에게 그것은 예술적 승화라는 개념으로 제시된다.

예술적 창조의 비밀과 관련하여 특히 주목을 끄는 것은 「레오나르도 다빈치의 유년기의 기억」이다. 거기서 프로이트는 다빈치가 꾼 독수리 의 꿈과 모나리자의 미소를 연관시켜 설명한다. "아주 어렸을 때의 기억 인 것 같은데, 아직 요람에 누워 있을 때 독수리 한 마리가 내게로 내려 와 꽁지로 내 입을 열고는 여러 번에 걸쳐 그 꽁지로 내 입술을 쳤던 일 이 있었다."[92] 프로이트에 따르면 다빈치는 서자로 태어나 아버지의 사 랑은 받지 못했으나 대신 어머니의 사랑으로 가득한 유년기를 보냈고, 그런 구강기의 흔적이 고착되어 강하게 남아 있는 것이 독수리의 꿈이 다. 이후 성 충동은 지적 충동으로 승화되고, 거친 성행위에는 등을 돌

---

92) 지그문트 프로이트, 『예술과 정신분석』, 정장진 옮김, 열린책들, 1997, p. 35.

리게 된다. 어머니에 대한 사랑을 금지하는 억압으로 리비도는 동성애 쪽으로 밀려가고 소년들에 대한 이상적인 사랑의 형태로 표현된다. 이렇게 해서 성적 자극이 다빈치의 정신적 삶에 끼친 영향들은 억압, 고착, 승화 등 다양한 형태로 나타난다. 여기서 예술가의 창조 작업은 성욕을 에둘러 충족시키는 길로 간주된다. 하지만 다빈치를 예술가로 만든 사춘기의 자아 성숙은 점차 퇴행하면서 그는 성적 호기심 많은 유년기의 승화, 즉 지적 호기심에 불타는 탐구자로 바뀐다. 예술가에서 과학자로의 변모는 그렇게 설명된다.

그러다가 50대 초반에 그는 다시 변화를 맞이한다. 어머니의 행복하고 관능적인 미소에 대한 추억이 새로운 퇴행을 가져오는데, 「조콘다」 「두 성녀와 아기 예수」가 그에 해당된다. 가장 오랜 성적 욕망의 도움으로 한 번 더 예술로의 승화가 이루어지는 것이다. 그러한 분석을 통해 프로이트는 "한편으로는 성적 금지 및 도착과 관련해서, 다른 한편으로는 리비도가 호기심이나 과학적 투자로 승화되는 것과 관련해서 미적 창조 일반의 메커니즘"(*DI*, p. 171)을 설명하려 한다. 여기서 승화는 억압으로 인한 신경증적인 금지나 성적 허영에 따른 이상화와는 다른 제3의 유형으로서 최초의 성적 대상을 다른 것으로 바꿀 수 있는 능력이다. "승화는 대상 리비도와 관련된 과정이며, 충동이 성적 만족이라는 목표가 아닌 그로부터 멀리 떨어진 어떤 다른 목표로 방향을 잡아가는 과정이다. 이 과정에서 중요한 것은 성욕에서의 이탈, 즉 성욕에서 벗어나는 일이다."[93] 예술을 통해 욕망을 거절하고 극복하는 것이 충동의 승화가 내포한 비밀이며, 그 점에서 환상과 예술은 다르다. 예술적 창조는

---

93) 지그문트 프로이트, 『정신분석학의 근본개념』, p. 75.

그처럼 억압의 산물인 환상에서 문화의 산물인 예술로 이행하는 데 있지만, 그것으로 예술작품의 수수께끼를 다 설명할 수는 없다. 작품에서 환상을 볼 수는 있으나 환상에서 작품을 찾을 수는 없는 것이다. 프로이트의 해석에 따르면 모나리자의 미소는 독수리 환상의 등가물이 아니며, 레오나르도의 유년의 기억을 지배하고 있는 결핍의 상징, 상징화할 수 있는 부재로 존재할 따름이다. 다시 말해서 그 미소는 실제 어머니의 미소에 대한 기억이나 플로렌스의 귀부인과의 만남으로 인한 유년기로의 퇴행과 반복이 아니라 새로운 형상의 창조를 통해 미래를 향해 자신을 여는 일종의 기획투사로 보아야 한다.

프로이트는 환상에 독특한 형식을 부여함으로써 날것의 꿈이나 환상이 주지 못하는 쾌락을 제공하는 예술을 강박과 신경증이 없는 형태의 대리만족이라고 본다. 예술은 어두운 이드의 힘을 부드럽게 만드는 가장 이상적인 형태의 힘이다. "미적 창조의 매력은 억압된 것의 귀환에서 비롯되지 않는다"(CI, p. 138). 창조에 몸을 맡긴 예술가는 놀이하는 아이와 같다. 그 또한 몽상적인 세계를 창조하고 있는 것이고 그 세계를 진지하게 여기고 있다. 다시 말해 현실과 몽상을 엄연히 구분하면서도 창조 행위에 엄청난 양의 정동을 쏟아붓고 있는 것이다. 허구를 창조하는 놀이는 현실 원칙을 포기하지 않으면서도 쾌락 원칙을 충족시키는 것이며, 예술은 몽상을 재현함으로써 얻게 되는 미학적 즐거움을 통해 독자들을 유혹한다. 상상력의 왕국은 쾌락 원칙에서 현실 원칙으로 고통스럽게 옮겨 가면서 우리가 포기해야만 했던 욕망을 대신 만족시킬 수 있는 대체물을 제공한다.

예술가는 불만스런 현실을 떠나 그러한 상상 세계 속으로 물러나지만, 신경증 환자와는 달리 그로부터 빠져나와 굳건한 현실로 되돌아올 수 있는 길을 알고 있다. 그의 창조물인 예술작품은 꿈과 마찬가지로 무의식적 소망들을 환상적인 방법으로 충족시켜준다. 또한 억압에 정면으로 도전함으로써 무의식과 갈등에 빠지는 사태를 피해야 하기에 타협의 성격을 띤다는 점에서 예술작품은 꿈과 공통점을 지닌다. 그러나 현실에 등을 돌리는 자기애적 꿈의 산물들과는 달리, 예술작품은 고유의 형식적 아름다움을 통해 욕망을 충족시킴으로써 우리 영혼 속의 긴장들을 해소하는 카타르시스 효과를 낳는다.[94] 예술을 통해 우리는 껄끄러움이나 부끄러움 없이 우리 안의 욕망이 만들어낸 환상을 즐길 수 있게 된다. 이처럼 예술작품에서 얻는 쾌락은 꿈 작업을 위해 치러야 할 비용을 절감시킴으로써 정신적인 관점에서 보다 더 큰 쾌락을 제공하는데, 프로이트는 이를 '상여 유혹prime de séduction' 또는 '사전 쾌락plaisir préliminaire'이라고 부른다. 이처럼 프로이트는 "충동과 쾌락의 경제학"(*DI*, p. 169)이라는 관점에서 예술작품이 독자에게 미치는 효과를 분석함으로써 예술에 대한 정신분석적 접근이 가능하다고 보았다.

리쾨르에 따르면, 승화에 대한 프로이트의 경제학적 설명은 꿈과 예

---

94) 정신분석에서 말하는 카타르시스는 '정화,' 즉 병이 되는 감정을 동종요법으로 적절하게 해소함으로써 '해제반응abréaction'을 통해 치료 효과를 추구하는 심리치료 방법을 말한다. 브로이어에 이어 프로이트는 카타르시스라는 용어를 정신적 외상을 적절하게 의식화하여 밖으로 드러내게 함으로써 기대되는 치료 효과라는 뜻으로 사용했다. 여기서 프로이트가 주목한 것은 언어를 통해서 그러한 카타르시스 효과를 얻을 수 있다는 사실이다. "[······] 인간은 언어에서 행위의 대체물을 발견한다. 그 대체물 덕분에 정동이 거의 동일한 방식으로 해소될 수 있다. 다른 경우에는 말 자체가 불평 혹은 무거운 비밀의 표명(고백!)의 형태로 적절한 반응을 형성한다"(J. Laplanche & J.-B. Pontalis, *Vocabulaire de la psychanalyse*, p. 61에서 재인용). 이 점에서 아리스토텔레스가 말한 비극의 카타르시스는 동종요법을 통한 배설이라는 심리적 카타르시스라는 의미와는 다르나 재현 행위 일반과 연관된 즐거움(쾌감)의 비극적 변형이라는 점에서 정신분석적인 카타르시스와 전혀 무관하다고는 할 수 없다.

술의 질적 차이, 즉 상징의 힘과 예술 창작의 본질을 설명하기 힘들다. 성적 억압에서 승화에 이르는 길이 누구에게나 열려 있지는 않다는 점에서 예술적 창조의 비밀은 완전히 규명되지 못한 채로, 수수께끼는 풀리지 않은 채로 남게 된다.[95] 여기서 리쾨르는 쾌/불쾌란 리비도적인 쾌락의 문제만이 아니라 예술작품의 진리 문제, 그리고 작품 이해를 통한 자기 이해의 문제와 궁극적으로 연결된다고 본다. 꿈에는 "스스로 새로운 이해를 하도록 의식을 앞으로 나아가게 하는 힘"(CI, p. 140)이 없기 때문에 꿈 해석에서는 진리나 자기 이해의 문제를 따지지 않는다. 하지만 예술은 욕망을 재현하는 격렬함과 함께 재현을 통해 의미를 찾고 파고들며 드러내는 힘을 가진다.

리쾨르는 꿈의 불임성과 예술의 창조성을 퇴행과 진보의 변증법이라는 틀로 설명한다. 꿈과 예술은 욕망이라는 동일한 질료를 가지고 작업하지만 예술은 목적을 바꿈으로써 정신의 형상으로 승화시킨다는 점에서 질적 차이가 있다. 꿈의 표상은 개인적 욕망을 압축과 전위라는 방식으로 감추고 있기에 '번역'하기 힘들지만, 예술가는 자신의 환상을 예술이라는 보편적 형식을 매개로 독자나 관객에게 전달한다는 점에서 타인을 향해 열려 있다. 꿈은 감추기에 뒤로 물러나지만 예술작품은 드러내기에 앞으로 나아가며, 예술 텍스트는 충동이 만들어낸 표상이라는 점에서는 증후이지만, 형식의 창조를 통해 극복한다는 점에서는 일

---

95) 프로이트는 「레오나르도 다빈치의 유년기의 기억」에서 레오나르도가 충동을 승화시키는 비범한 능력을 가지고 있다고 말한다. 하지만 그러한 충동의 승화가 이루어지는 구체적인 과정은 정신분석학의 영역을 넘어선다고 지적한다. "타고난 예술적 재능과 구체적인 제작 능력은 승화 과정과 긴밀한 관련을 맺고 있기는 하지만, 우리들로서는 예술 창작의 본질 또한 정신분석적으로는 접근 불가능하다는 점을 인정하지 않을 수가 없다"(지그문트 프로이트, 『예술과 정신분석』, p. 111).

종의 치료이다. 더 나아가서 꿈은 풀리지 않는 갈등으로 인해 뒤를 보고 유아기를 향해 과거로 거슬러 올라가는 퇴행의 상징이지만, 예술작품은 예술가 자신을 향한 의지, 미래를 내다보는 진보의 상징이다.

여기서 리쾨르는 승화의 참된 의미를 찾는다. 승화는 "처음에는 시원적 형상에 투자되었던 오래된 에너지를 동원하여 새로운 의미작용을 창출"(*CI*, p. 205)하는 것, 즉 욕망의 의미를 반성함으로써 환상을 미적 현실로 창조하는 것이다. "꿈과 신경증의 증후를 확대 적용하려는 해석과 의식에서 창조성의 원동력을 찾으려고 하는 해석의 대립이 필요하기는 하지만 그러한 대립은 사실상 추상적이므로 넘어서야 한다. 나아가 대립의 차원에 이른 다음에는 그것을 성숙한 단계로 끌고 가서 구체적인 변증법에 다가가야 한다. 그래야만 잠정적이고 결국에는 눈속임에 지나지 않는, 퇴행과 진보의 양자택일이라는 틀을 넘어설 수 있다"(*CI*, p. 142).

미켈란젤로의 「모세」, 소포클레스의 『오이디푸스 왕』, 셰익스피어의 『햄릿』은 이제 단순히 예술가 개인의 내적 갈등을 투사하고 있는 증후를 넘어서서 갈등을 해결하기 위한 의지를 드러내는 텍스트로 간주된다. 물론 초현실주의 예술처럼 신경증 환자를 흉내 내어 무의식을 그대로 자동 기술하려는 경우도 있지만, 환상을 그대로 옮기려 한다면 예술과 꿈의 구별은 사라질 것이다. 중요한 것은 예술작품이 단지 우리의 억압된 욕망을 대리만족시켜주는 쾌락만이 아니라 "주인공을 통해 이루어지는 진리 작업에 참여하는 즐거움"(*DI*, p. 501)도 제공한다는 사실이다. 독자는 오이디푸스에게서 유아기적인 욕망의 드라마를 읽는 것에 그치지 않고 성숙한 삶을 개척하는 데 따른 고통의 드라마를, "자기의식의 고통에 대한 새로운 상징"(*CI*, p. 141)을 읽을 수 있다. 예술은 지혜를 대신할 수는 없다 할지라도 지혜에 이르게 할 수는 있다. "지혜에 앞서, 지혜를 기다리면서 예술작품 고유의 상징적 양상은 가혹한 삶을 견디고, 환상과 현실 사이를 떠다니면서 우리가 운명을 사랑하도록 도와준다"(*DI*, p. 328).

리쾨르는 이러한 자신의 해석이 프로이트의 해석과 충돌하는 것이 아니라 퇴행과 진보의 변증법, 고고학과 목적론의 변증법이라는 틀 안에서 서로를 지양하면서 감싼다고 본다. "인간의 심리가 이미 지나간 무의식적 형성 과정을 되살리면서 새롭게 의식적인 의미작용을 만들어가는 복합적인 과정"(*CI*, p. 141)이라는 퇴행적 진보 개념이 그렇게 나온다. "퇴행과 진보는 실제로 서로 상반된 과정이라기보다는, 구체적인 하나의 과정에서 추출한 추상적인 용어로서 순수한 퇴행과 순수한 진보라는 양극단을 가리킨다"(*CI*, p. 141). 이는 꿈이나 신경증의 경우도 마찬가지인데, 신경증은 반복이자 시원성으로의 퇴행인 동시에 자기가 자기를 인식함으로써 치료를 향해 걷는 길일 수도 있다. 위대한 예술가들은 그런 시원적 형상들로부터 재현 가능한 형상들을 의식적으로 끌어와 창조의 고통 속에서 새로운 상징을 만들어낸다. "인간은 자신의 존엄성을 이중화된 의식, 다른 자기 속에서 자기를 식별하는 과정의 도구이자 흔적이라 할 수 있는 존엄성을 바로 그러한 작품들을 통해, 그러한 기념물들을 매개로 갖게 되는 것이다"(*DI*, p. 503). 인간은 예술을 통해 욕망을 탈취하고 승화시킴으로써 자유를 되찾는다. 예술은 유년기의 꿈에 뿌리내리고 있지만 예술을 통해 인간은 유년기의 먹이가 되는 것을 피하고 "본성도 없고 본성에 반하는 리바이어던"(*DI*, p. 503)에서 벗어날 수 있게 되는 것이다.[96]

또한 욕망은 부모와 가족이라는 시원적 세계부터 좀더 복잡한 정치,

사회, 종교, 문화 영역 등을 망라한 세계와 갈등 관계에 있으며, 그 때문에 욕망의 의미론에 문화 이론을 접목할 수 있다. 문화적 상황 속의 욕망, 제도로 이행한 욕망을 말할 수 있게 되는 것이다. 한편, 프로이트에게는 정상과 병리 현상의 경계가 없기에 증후에서 곧바로 신화나 전설로 갈 수 있다. 인류의 유년기 기억이라 할 수 있는 신화나 전설은 발생론적인 측면에서 인간의 욕망의 기원, 즉 유년기의 욕망에 대한 설명을 제공한다.[97] 프로이트는 이처럼 욕망의 구조적 불변항, 즉 시대를 넘어선 동일성에 초점을 맞춘다. 그 점에서 오이디푸스 환상뿐만 아니라 벌거벗거나 신체를 노출하는 꿈, 부모나 가까운 친지들의 죽음에 대한 꿈 등은 보편적 의미를 갖는 전형적인 꿈에 속한다. 그리고 꿈을 왜곡시키는 억압을 일정 부분 제거함으로써 그 꿈의 보편적 의미를 형상화하는 것은 예술의 몫이다. 소포클레스의 『오이디푸스 왕』, 안데르센의 『벌거벗은 임금님』, 아담 신화 등은 그런 전형적인 꿈의 예술적 형상화, 즉 욕망의 불변항을 구조적으로 형상화하는 예가 된다. 물론 동일한 욕망의 불변항이라 할지라도 역사적이고 문화적인 전통에 따라 다르게 형상화될 수도 있다. 고대 그리스 시대의 작품 『오이디푸스 왕』에서는 유년기의 욕망이 꿈에서처럼 드러나고 실현되는 반면, 15세기 영국을 배경으로 한 『햄릿』의 경우 전통의 억압으로 말미암아 욕망을 과감하게 드러낼 수 없었을 것이다. 그래서 햄릿은 결코 아버지를 살해하거나 어머니와 동침하지 않고 유년기의 소망을 실현한 사람 앞에서 머뭇거림

---

96) 여기서 리쾨르는 '교육éducation'이라는 낱말의 어원에 주목한다. 교육이란 인간이 자신의 유년기 바깥으로 벗어나는 운동이며, 어원으로 보자면 '시원성을 벗어나는 것eruditio'이다. 그것은 또한 자기의식의 성장을 통해 '인간의 형상Bilder'을 세우고 나타나게 하는 '교양Bildung'이다. 이러한 교육과 교양을 통해 인간은 제2의 천성을 다듬고 갖추게 된다.

97) P. Ricoeur, "Psychanalyse et art," *Ecrits et conférences*, pp. 225~27.

으로써 오이디푸스적 욕망의 핵을 감추게 된다.

이처럼 정신분석이 욕망과 문화의 변증법에 대한 이론이라면, 대상 리비도와 자아 리비도(자기애)의 대립에 토대를 둔 충동과 승화의 문제도 에로스와 타나토스의 대립으로 새롭게 설정될 필요가 있다.[98] 그에 따르면 문명은 "에로스에 봉사하는 과정이며, 에로스의 목적은 개인을 결합시키고, 그다음에는 가족을 결합시키고, 그다음에는 종족과 민족과 국가를 결합시켜, 결국 하나의 커다란 단위—즉 인류—로 만드는 것"[99]이다. 하지만 사람에게는 에로스 충동만이 아니라 타고난 공격 본능, 만인에 대한 개인의 적개심과 개인에 대한 만인의 적개심도 있기에 에로스에 기반을 둔 문명에 불만을 느끼지 않을 수 없다. 그 결과 문명은 인류를 무대로 에로스와 죽음, 삶의 본능과 파괴 본능 사이의 투쟁이라는 형태를 띠게 된다. "이 투쟁은 모든 생명의 본질적인 요소이며, 따라서 문명 발달은 인류의 생존을 위한 투쟁이라고 요약할 수 있다. 그리고 어린아이를 돌보는 유모들이 '하늘의 자장가Eiapopeia vom Himmel'를 부르는 것은 거인들의 이 싸움을 진정시키려는 노력이다."[100] 이러한 투쟁은 기이한 투쟁이다. 한편으로 문명은 자신을 적대하는 공격성을 억제하거나 해롭지 않은 것으로 만들고 제거하기 위해 양심과 죄책감이라는 수단을 사용하기도 하지만, 다른 한편으로는 전쟁과 같은 살육 행위를 통해 그런 충동을 만족시키고 쾌락을 즐기기 때문이다. 여기서 인간은 유모들이 불러주는 '하늘의 자장가'에서 위안을 얻을 수밖에 없는

---

98) P. Ricoeur, "Psychanalyse et valeurs morales," *Ecrits et conférences 1*, pp. 167~204 참조.

99) 지그문트 프로이트, 『문명 속의 불만』, 김석희 옮김, 열린책들, 1997, p. 301.

100) 같은 책, pp. 301~302.

무력한 존재에 불과하다. 물론 이와 같은 프로이트의 문명론에서 윤리나 종교를 찾을 수는 있지만 예술은 나타나지 않는다. 하지만 리쾨르가 말하는 예술적 진리, 즉 예술을 통한 자기 이해를 프로이트의 승화 이론과 연결시킴으로써, 즉 쾌락 원칙과 현실 원칙이 예술에서 어떻게 조화될 수 있는지 살펴봄으로써 예술의 문제 또한 에로스와 타나토스 사이의 투쟁이라는 측면에서 접근할 수 있을 것이다.

주목할 것은 프로이트가 쾌락에 대해 고통의 부재라는 입장을 취하고 있다는 사실이다. 프로이트에게 있어서 "쾌락이란 이완이자 폐기이며, 궁극적으로는 열반이다. 그것은 고통과 긴장의 영도이다."[101] 따라서 쾌락 원칙과 죽음 충동은 구분될 수 없다. 쾌락에 대한 환상이 욕망을 추동하고, 그 환상은 자기애 속에서 도피처를 구한다. 그렇다면 이제 현실 원칙과 대립하는 것은 쾌락 원칙이 아니라 자기애라고 할 수 있다. 우리는 자기애로 말미암아 현실을 받아들이려 하지 않고 그에 저항하는 것이다. 그렇다면 예술은 에로스와 타나토스 사이에서 살아가야만 하는 삶의 고단함, 프로이트가 '아난케'라고 부른 현실 원칙이 우리에게 주는 시련에 맞서 삶과 죽음을 운명으로 받아들이고 합리적으로 체념하게 하는 법, 즉 일종의 실천적 지혜를 가르친다고 말할 수 있지 않을까? 예술을 통해 우리는, 현실의 갈등과 고통을 실제로 해결할 수는 없지만, 거리를 두고 상징적으로 버틸 수는 있다. 꿈과 놀이, 백일몽, 예술 등은 바로 타나토스와 맞서 벌이는 주사위 놀이다. 질 것을 알면서 벌이는 놀이 덕분에 우리는 스스로를 긍정하면서 삶의 고단함을

---

101) P. Ricoeur, "Post-scriptum: Une dernière écoute de Freud," *Ecrits et conférences 1*, p. 297.

견딜 수도 있다. 여기서 우리는 예술과 승화에 대한 리쾨르의 해석에는 프로이트의 비관적 세계관에 대한 비판이 들어 있음을 알 수 있다. 이드와 초자아, 에로스와 타나토스라는 거인들이 벌이는 투쟁 속에서 자아는 살아남기 위해 몸부림치지만 무력하다. 이드의 욕망 때문에 현실은 항상 불만족스럽고 초자아의 감시와 비난 때문에 자아는 시달린다. 그처럼 의식과 욕망, 이드와 초자아 사이의 긴장 속에서 무력한 자아가 살아가는 가혹한 삶에 맞서 리쾨르는 사랑할 수 있는 가능성, "실존의 짐을 견뎌내는 기술"과 "삶의 가혹함과 맞서는 지혜"(DI, p. 321)를 내세운다. 이드가 있었던 곳에서 자기를 찾아가게 하는 것, 그것이 바로 예술의 힘이다.

4. 욕망과 삶, 그리고 이야기

앞에서 우리는 인식론 차원에서 해석학과 정신분석은 텍스트-이야기를 매개로 한 자기 이해라는 측면에서 만난다고 말한 바 있다. 증례 이야기를 통해 이루어지는 정신분석에서 분석가는 내담자의 이야기를 듣고 그 이야기를 재구성하고 해석함으로써 내담자로 하여금 스스로를 인식하게 하고, 그렇게 해서 이드와 초자아의 억압에서 벗어날 수 있게 한다. 리쾨르 또한 텍스트를 매개로 자기와는 다른 조건을 받아들임으로써 신경증적이고 유아론적인 자아를 벗어나 자신의 본래적인 존재 가능성을 찾아내고 자기를 이해할 수 있다고 말한다. 앞에서 이야기 정체성 개념을 설명하면서 간단히 언급한 바 있지만, 주체 문제와 관련하여 프로이트의 자아와 리쾨르의 자기의 차이는 이론적이고 실천적인 차원에서 정신분석과 해석학의 관계를 밝히는 데 핵심적인 역할을 한다.

리쾨르의 자기 개념은 프로이트의 고고학과 헤겔의 목적론을 변증법적으로 종합하면서 출발한다. 우선 헤겔이 말하는 자기의식에서의 자기Selbst는 주인과 노예의 변증법을 통해 생산되며, "자기정립은 실제로 앞으로 나아가는 종합을 통한 자기의 생산과 분리될 수 없다"(*DI*, p. 449). 자기는 경제학적 관점에서의 충동의 운명이나 변모, 지형학적 관점에서의 초자아/자아/이드의 구분으로는 포착될 수 없으며, 삶의 불안정성은 욕구와 충동 때문이 아니라 이를 내면화시키지 못함으로써, 즉 자기 자신과의 불일치 때문에 발생한다. 욕망이란 다른 의식의 욕망에 대한 욕망이며, 이런 자기의식의 이중성과 분열이 불행한 의식을 만든다. 역설적인 것은 이처럼 자기의식을 욕망으로 정립함으로써 자기 자신으로 귀환할 수 있는 가능성이 열린다는 사실이다. 이제 삶은 그냥 단순히 존재하는 것이 아니라 삶의 불안정성에 맞서 타자의 인정을 얻기 위한 투쟁으로 존재한다. 이처럼 헤겔의 인정 투쟁이 제기하는 주체-타자 문제는 리쾨르의 해석학과 정신분석을 잇는 중요한 고리로 등장한다. 정신분석의 실천적 차원과 관련하여 리쾨르가 주목하는 것도 바로 타자를 매개로 한 자기 이해, 그리고 이를 통해 자기 자신의 잠재적 능력을 실현할 수 있는 가능성이다. 타자와의 관계를 통한 자기 이해에는 이르지 못하지만, 프로이트의 오이디푸스 콤플렉스 역시 아버지나 어머니에게 말을 건네는 것이라는 점에서 타자와의 관계는 정신분석에서 근본적인 조건으로 주어진다. 전이와 동일시[102] 등의 개념이 특별히

---

102) 동일시는 외부의 대상 또는 타인이 지닌 특성을 자신의 인성 속에 끌어들이는 것으로서,

중요한 것 또한 그 때문이다.

　타자의 인정과 자기 이해의 문제와 관련하여 하인츠 코헛의 자기 심리학self psychology은 프로이트의 자아 심리학ego psychology을 받아들이면서도 그 한계를 넘어서려 한다는 점에서 주목할 만하다. 그러한 자기 심리학에서 자신의 철학적 입장에 상응하는 이론을 발견한 리쾨르는 「정신분석과 현상학에서의 자기」라는 짧은 글에서 코헛이 말하는 정신분석적 자기 개념을 소개하고, 그에 근거한 치료법이 주체와 타자, 주관성과 상호주관성의 관계에 대한 철학적 반성에 어떻게 기여하는가를 탐색한다.[103] 코헛의 자기 개념은 초기 저작 『자기의 분석』(1971)에서는 프로이트의 영향이 두드러지지만, 세 가지 측면에서 비판적으로 프로이트를 받아들인 후기 저작 『정신분석은 어떻게 치료하는가?』(1984)에서는 확연히 구분된다.

　첫째, 마음은 이드와 자아, 초자아와 같은 심급으로 구분될 수 있는 심리적 기관이나 메커니즘이 아니라 자기라는 전체를 아우르는 개념으로서, 응집 욕구에 의해 지배된다. 프로이트 시대에는 금지와 처벌을 위주로 하는 도덕적 분위기 탓에 성적 억압이 병리 현상의 주된 원인일 수 있었으나 현대에는 응집 욕구가 충족되지 못하면서 발생하는 장애가 주된 병리 현상이라는 점에서 성적인 리비도 중심의 지형학보다는 전체적인 자기 개념이 더 유효하다. 둘째, 의식과 무의식을 구분하면서 해석을 통해 무의식을 의식화할 수 있다는 프로이트의 가정은 의식

　　오이디푸스 콤플렉스의 초기 단계에서 이미 나타난다. 즉 유아기의 자아형성 과정은 어머니에 대한 성적 리비도 집중과 아버지와 자신을 동일시하는 두 가지 결합 양상을 보이며, 이것이 오이디푸스 콤플렉스의 근원이다.

103) P. Ricoeur, "Le self selon la psychanalyse et selon la philosophie phénoménologique," *Ecrits et conférences 1*, pp. 139~66.

의 인식론적 기능을 과대평가하고 있으며, 보다 근원적인 것은 자아와 사랑의 대상 사이의 리비도 투자 관계가 아니라 자기와 자기-대상 사이의 공감 관계이다. 자기-대상의 응답과 지지를 얻어 형성되는 응집된 자기에 대한 욕구는 죽을 때까지 지속되며, 원초적 자기와 원초적 자기-대상 사이의 갈등은 자기의 자기-대상 교란이라는 트라우마를 일으킨다. 셋째, 분석가가 피분석자의 저항을 극복하고 억압의 기원을 밝힘으로써 신경증을 치료할 수 있다는 프로이트의 메타심리학은 계몽주의 이데올로기의 산물이다. 이에 맞서 자기 심리학은 인간들 사이의 근본적인 공감에 내재한 윤리학, 코헛이 '공명' 또는 '울림'이라 부르는 감정들의 중요성을 내세운다. 사람은 죽는 순간까지 자기 삶을 창조적으로 이끌어나갈 수 있도록 자기-대상이 자기를 지탱해주기를 원한다는 것이다.

이처럼 자기 심리학은 시원적 자기애를 성숙한 자기애로 변환시켜야 할 구조로 본다는 점에서 자기애를 다른 사랑의 대상으로 바꾸어야 한다고 보는 프로이트와 큰 차이를 보인다. 자기의 자율성이 타자성을 내포한다는 자기 심리학의 전제는 타자에 대한 성찰을 요구하며, 리쾨르가 철학적으로 관심을 갖는 부분도 바로 그 지점이다. 헤겔의 주인과 노예의 변증법이 타자와의 관계를 투쟁으로 보는 것과 달리, 코헛은 신뢰에 근거한 응답, 공감, 울림 등을 통해 자기와 자기-대상을 서로 인정하고 자기를 내적으로 변환시킴으로써 성숙한 자기에 이를 수 있다고 보는 것이다. 자기 심리학에 따르면 오이디푸스 콤플렉스는 원인이 아니라 최초의 유년기-자기가 자기-대상에서 적절한 응답을 얻지 못할 때 발생하는 병리 현상이다. 여기서 자기에 대한 확신 없이는 타자가 완전한 타자로 나타날 수 없다는 레비나스의 윤리적 주체-타자 개념에 주목해야 한다.

타자의 절대성, 정의를 강조하는 레비나스의 윤리적 입장은 타자와의 투쟁보다는 타자의 도움, 지탱, 응답에 우선권을 부여하는 자기 심리학의 입장에 상응한다.[104] 자기 심리학의 치료 과정에서 분석가가 구사하는 가장 유효한 수단은 자기 자신에 대한 환상을 무너뜨리고 최대한의 욕구 불만을 이끌어내는 것이다. 자기애로 인한 상처를 무릅쓰고 최대한 자기에 대한 불만족을 일으킴으로써 성숙한 자기에 이를 수 있다고 보는 것이다. 이는 앎을 통한 자율성이라는 데카르트적 코기토에 대한 비판이라는 점에서 철학적으로도 중요한 문제이다. 성숙한 자기의 실천적 지혜는 자기 자신에 대한 앎(코기토)과는 다르다. 성숙한 자기에 이르기 위해서는 자기 자신에 대한 환상을 깨고 타자에 대해 실망하는 고통스런 과정이 필요하다. 이처럼 자기-대상의 공명이나 울림이 자기의 응집을 가져오고, 자기의 자율성이 타율성을 매개로 한 자율성이라는 자기 심리학의 이론적 가설은 이야기를 통한 자기 이해 또한 단순히 자기 자신에 대한 앎에 그치지 않고 상처와 고통을 치유함으로써 새롭게 자기 자신의 이야기를 만들어나갈 힘을 줄 수 있다는 리쾨르의 가설에 상당 부분 부합한다고 말할 수 있다.

여기서 다시 이야기와 삶의 순환 관계에 대한 문제가 제기된다. 물론 이야기된 삶은 삶에서 일어난 사건들을 취사선택하여 줄거리로 엮은 허구이기 때문에 그 사람이 살아온 실제의 삶과 일치하지 않는다. 그래서 정신분석과 이데올로기 비판은 이야기 뒤에 숨겨진 무의식과 이데올로

---

104) P. Ricoeur, "Le self selon la psychanalyse et selon la philosophie phénoménologique," *Ecrits et conférences 1*, p. 154.

기를 밝히려 한다. 이야기는 현실의 모순에 대한 상징적 해결책이거나, 초자아의 검열을 피하기 위한 전략에 동원되는 수사학적 기법으로 간주되는 것이다. 그런데 리쾨르는 이런 비판적 입장을 받아들이면서도 이야기와 삶 사이의 긍정적 순환에 더 많은 가치를 부여한다. 물론 삶은 이야기될 수 있고 이야기됨으로써만 의미를 갖는다는 리쾨르의 논증이 악순환일 뿐이라는 반박도 가능하다. 인간의 모든 경험과 삶이 서사적 자질을 가지고 있다면 이야기되지 않은 삶, 이야기를 벗어난 삶은 이해할 수 없을 것이기 때문이다. 게다가 이야기는 시작과 끝이 있으나 실제 삶에서 우리는 삶의 시작과 종말을 이야기할 수 없다는 한계도 있다. 이러한 반론에 대해 리쾨르는 「삶: 화자를 찾아가는 이야기」라는 의미심장한 제목의 글에서 잠재적 서사성 개념을 제안한다.[105] 그에 따르면 삶이란 해석되지 않는 한 생물학적 현상일 뿐이며, 우리의 삶은 이야기되진 않았지만 이야기되기를 기다리는 경험들로 채워져 있다는 점에서 인간 경험 자체는 전-서사적 구조 또는 전-서사적 자질을 갖고 있다. 아직 이야기되지 않은 이야기에서 이야기를 만들어내는 것은 화자의 몫이다.

내 삶의 이야기에는 소리 없이 우리를 부르는 여러 목소리들이 뒤섞여 있다. 욕망을 부추기는 이드의 목소리도 있고, 그 욕망의 고삐를 죄는 초자아의 목소리도 있으며, 사랑으로 이끄는 에로스의 목소리도 있고, 미움과 증오로 빠뜨리는 타나토스의 목소리도 있다. 그런 목소리들이 나의 행동을 이끌어내고, 그런 행동들이 모여 나의 삶의 이야기를 만들어간다. 그 목소리들 가운데 주도권을 쥐고 나의 삶을 이끌어가는

---

105) P. Ricoeur, "La vie: Un récit en quête de narrteur," *Ecrits et conférences 1*, p. 268.

목소리가 있을 텐데, 그 목소리가 바로 나의 삶의 이야기를 이끌어가는 화자라 할 수 있다. 하지만 삶을 이야기할 수는 있으나 자기 마음대로 만들 수는 없다는 점에서, 나는 내 삶의 이야기의 화자는 될 수 있으나 저자는 될 수 없다. 자기를 이해한다는 것은 자기 삶의 이야기의 저자는 아닐지라도 그 화자가 되는 법을 배우는 것이다. 그렇다면 리쾨르가 말하는 자기 이해란 결국 나의 삶의 이야기의 화자를 찾아가는 것이며, 자기란 어떤 고정된 실체가 아니라 바로 그런 이야기를 통해 드러나는 주인공이자 화자로서의 자기 자신이라고 할 수 있다.

여기서 문학, 즉 허구 이야기는 내 삶의 이야기는 아니지만 인물과의 동일시 또는 전이를 통해 나를 구체적으로 더 잘 이해하게 해주는 특별한 매개가 될 수 있다. 나는 독서를 통해 인물들에게 공감 또는 반감을 느끼고 이를 통해 독서 이전에는 경험하지 못했던 자기를 발견한다. "이야기에 의한 매개는 자기 인식이 곧 자기 해석이라는 주목할 만한 특성을 부각시킨다. 독자가 허구적 인물의 정체성을 자기 것으로 만드는 것은 그러한 자기 해석 형식들 가운데 하나이다."[106] 자기 자신을 애초에 주어졌거나 변하지 않는 어떤 실체로 간주한다면 자기애적이고 이기적이며 탐욕스런 자아로 환원될 위험에 빠질 수도 있지만, 문학은 자기 자신을 남처럼 보도록 이끌어 그런 위험으로부터 벗어나게 하는 일종의 실험실 역할을 하는 것이다. 요컨대 자기 자신에게 사로잡혀 있는 자아 대신에 문화적 상징들을 통해 가르침을 얻음으로써 자기애 측면에서 잃은 것을 이야기 정체성 측면에서 되찾을 수 있다. 그렇게 기호와 상징 그리고 텍스트라는 에움길을 거쳐 이해한 자기는 이제 투명한 주

---

106) P. Ricoeur, "L'identité narrative," *Esprit*, juillet-août 1988, p. 304.

체나 삶의 주인으로서의 나가 아니라 텍스트의 가르침을 받은 '제자'로서의 자기이며, "돌이켜 살펴본 삶의 열매"로서의 자기가 된다.

자기성과 이야기 정체성의 이러한 연관은 나의 가장 오랜 확신들 가운데 하나, 즉 자기 인식의 '자기soi'란 이기적이고 나르시스적인 자아, 의혹의 해석학자들이 그 단순성과 위선, 유아적이고 신경증적인 시원성과 이념적 상부 구조적 특성을 비난했던 자아가 아니라는 생각을 확인시켜 준다. 자기 인식의 자기는, 『변론』에 나오는 소크라테스의 말을 빌리면, 돌이켜 살펴본 삶의 열매다. 그런데 돌이켜 살펴본 삶은 상당 부분, 우리 문화에 의해 전승되는 역사적이거나 허구적인 이야기들이 갖는 카타르시스 효과로 정화되고 정제된 삶이다. 이처럼 자기성이란 스스로에게 적용시키고 있는 문화의 성과들을 통해 가르침을 받은 자기의 것이다. (『시간3』, p. 472)

참고문헌

리쾨르의 저서 및 논문, 대담집

Philosophie de la volonté I: Le volontaire et l'involontaire, Aubier, 1950;
    1988. [*PV1*]

*Philosophie de la volonté II: Finitude et culpabilité (1. L'homme faillible 2).
    La symbolique du mal*, Aubier, 1960, 1988. 〔한국어판: 『악의 상징』,
    양명수 옮김, 문학과지성사, 1994〕. [*PV2*]

Histoire et Vérité, Seuil, coll. "Esprit," 1955, 1964, 1990. 〔한국어판: 『역사
    와 진리』, 박건택 옮김, 솔로몬, 2006〕. [*HV*]

De l'Interprétation: Essai sur Freud, Seuil 1965. 〔한국어판: 『해석에 대하여:
    프로이트에 관한 시론』, 김동규·박준영 옮김, 인간사랑, 2013〕. [*DI*]

Le Conflit des interprétations: Essai d'herméneutique, Seuil, 1969. 〔한국
    어판: 『해석의 갈등』, 양명수 옮김, 민음사, 2000〕. [*CI*]

La Métaphore vive, Seuil, 1975. [*MV*]

Interpretation Theory: Discourse and surplus of the meaning, Texas Christian University Press, 1976. 〔한국어판:『해석 이론』, 김윤성·조현범 옮김, 서광사, 1998〕. [*IT*]

Temps et récit I, Seuil, coll. "L'Ordre philosophique," 1983; Seuil, coll. "Points Essais," 1991. 〔한국어판:『시간과 이야기 1』, 김한식 외 옮김, 문학과지성사, 1999〕. [『시간1』]

Temps et récit II, Seuil, coll. "L'Ordre philosophique," 1984; Seuil, coll. "Points Essais," 1991. 〔한국어판:『시간과 이야기 2』, 김한식 외 옮김, 문학과지성사, 2000〕. [『시간2』]

Temps et récit III, Seuil, coll. "L'Ordre philosophique," 1985; Seuil, coll. "Points Essais," 1991. 〔한국어판:『시간과 이야기 3』, 김한식 옮김, 문학과지성사, 2004〕. [『시간3』]

Du texte à l'action: Essais d'herméneutique II, Seuil, coll. "Esprit," 1986〔한국어판:『텍스트에서 행동으로』, 박병수·남기영 편역, 아카넷, 2002〕. [*TA*]

A l'école de la phénoménologie, Vrin, 1986.

Soi-même comme un autre, Seuil, 1990. 〔한국어판:『타자로서 자기 자신』, 김웅권 옮김, 동문선, 2006〕. [*SM*]

"Mimèsis, référence et refiguration dans Temps et récit," *Etudes phénoménologiques*, vol. 6, no. 11, 1990.

"Approche de la personne," *Esprit*, mars–avril, 1990.

Lectures 1: Autour du politique, Seuil, 1991. [*L1*]

Lectures 2: La contrée des philosophes, Seuil, 1992. [*L2*]

Lectures 3: Aux frontières de la philosophie, Seuil, 1994. [*L3*]

Réflexion faite: Autobiographie intellectuelle, Esprit, 1995. [*RF*]

La critique et la conviction: Entretien avec François Azuvi et Marc de Launay, Calmann-Lévy, 1995. [한국어판: 『비판과 확신』, 변광배·전종윤 옮김, 그린비, 2013]. [*CC*]

L'Idéologie et l'utopie, Seuil, 1997. [*IU*]

Autrement: Lecture d'Autrement qu'être ou au-delà de l'essence d'Emmanuel Lévinas, PUF, 1997.

Ricoeur, Paul & J.-P. Changeux, *La nature et la règle: Ce qui nous fait penser*, Odile Jacob, 1998.

Amour et Justice, PUF, 1997; Seuil, coll. "Points," 2008.

La Mémoire, l'histoire, l'oubli, Seuil, 2000. [*MHO*]

Sur la traduction, Bayard, 2004. [한국어판: 『번역론』, 윤성우·이향 옮김, 철학과현실사, 2006]. [*ST*]

Parcours de la reconnaissance, Stock, 2004. [*PR*]

Discours et communications, L'Herne, 2005.

Vivant jusqu'à la mort suivi de Fragments, Seuil, 2007.

Ecrits et conférences 1: Autour de la psychanalyse, Seuil, 2008.

Ecrits et conférences 2: Herméneutique, Seuil, 2010.

Ecrits et conférences 3: Anthropologie philosophique, Seuil, 2013.

Cinq études herméneutiques, Textes publiés aux Editions Labor et Fides entre 1975 & 1991, Labor et Fides, 2013.

Castoriadis, Cornelius & Paul Ricoeur, *Dialogue sur l'histoire et l'imaginaire social*, éditions de EHESS, 2016.

리쾨르에 관한 연구

Abel, Olivier & Jérôme Porée, *Le vocabulaire de Paul Ricoeur*, Ellipses, 2007.

Amalric, Jean-Luc, *Ricoeur, Derrida: L'enjeu de la métaphore*, PUF, 2006.

――――, *Paul Ricoeur, l'imagination vive: Une genèse de la philosophie ricoeurienne de l'imagination*, Hermann, 2013.

Bouchindhomme, Christian & Rainer Rochlitz(eds.), *"Temps et récit" de Paul Ricoeur en débat*, Cerf, 1990.

Dosse, François, *Paul Ricoeur: Les sens d'une vie*, La Découverte, 1997.

――――, *Paul Ricoeur: Un philosophe dans son siècle*, Armand Colin, 2012.

Fiasse, Gaëlle, *Paul Ricoeur: De l'homme faillible à l'homme capable*, PUF, 2008.

Greisch, Jean, *Paul Ricoeur: L'itinérance du sens*, Millon, 2001.

―――― (ed.), *Paul Ricoeur: L'herméneutique à l'école de la phénoménologie*, Beauchesne, 1995.

Grondin, Jean, *Paul Ricoeur*, PUF, coll. "Que sais-je?," 2013.

Jervolino, Domenico, *Ricoeur: Herméneutique et traduction*, Ellipses, 2007.

Michel, Johann, *Ricoeur et ses contemporains: Bourdieu, Derrida, Deleuze, Foucault, Castoriadis*, PUF, 2013.

Mongin, Olivier, *Paul Ricoeur*, Seuil, 1994.

Revault d'Allonnes, Myriam & François Azouvi(eds.), *Ricoeur 2, Cahiers de L'Herne*, 2004.

Stevens, Bernard, *L'Apprentissage des signes: Lecture de P. Ricoeur*, Kluwer academic publishers, 1991.

Thomasset, Alain, *Paul Ricoeur: Une poétique de la morale*, Leuven University Press, 1996.

Wiercinski, Andrzej, *Between Suspicion and Sympathy: Paul Ricoeur's Unstable Equilibrium*, Toronto: The Hermeneutic Press, 2003.

Magazine littéraire, no. 390, sept. 2000(numéro spécial "Paul Ricoeur").

Les Métamorphoses de la raison herméneutique, Jean Greisch & Richard Kearney(eds.), Actes du colloque de Cerisy-la-Salle, Cerf, 1991.

Paul Ricoeur, Esprit, juillet–août 1988.

Paul Ricoeur et les sciences humaines, Christian Delacroix, François Dosse & Patrick Garcia(eds.), La Découverte, 2007.

Paul Ricoeur: Penser la mémoire, François Dosse & Catherine Goldenstein(eds.), Seuil, 2013.

La Pensée Ricoeur, Esprit, mars–avril, 2006.

Sens et existence: En hommage à Paul Ricoeur, Seuil, 1975.

일반 참고문헌

Abrams, Meyer Howard, *The Mirror and the Lamp: Romantic Theory and the Critical Tradition*, New York: Oxford University Press, 1953.

Adam, Jean-Michel, *Le Récit*, PUF, 1984.

Aristotle, *La Poétique*, texte, traduction, notes par Roselyne Dupont-Roc & Jean Lallot, Seuil, 1980. [한국어판: 아리스토텔레스, 『시학』, 김한식 옮김, 펭귄클래식코리아, 2010].

―――, *Rhétorique*, Gallimard, "Tel," 1998.

Arendt, Hannah, *La Condition de l'homme moderne*, Calmann-Lévy, 1961.

Augustin (Saint), *Confession*, Gallimard, 1993.

Austin, John Langshaw, *Quand dire, c'est faire*, Seuil, 1970.

Bal, Mieke, *Narratologie: Essais sur la signification narrative dans quatre romans modernes*, Klincksieck, 1977.

Barthes, Roland, *Critique et Vérité*, Seuil, 1966.

―――, *S/Z*, Seuil, 1970.

―――, *Poétique du récit*, Seuil, 1977.

―――, *Le Bruissement de la langue*, Seuil, 1984.

―――, *L'Aventure sémiologique*, Seuil, 1985.

Barthes, Roland(et al), *La littérature et réalité*, Seuil, 1982.

Benveniste, Emile, *Problèmes de linguistique générale I*, Gallimard, 1966.

———, *Problèmes de linguistique générale II*, Gallimard, 1974.

Berman, Antoine, *L'épreuve de l'étranger*, Gallimard, 1984.

Booth, Wayne C., *The Rhetoric of fiction*, University of Chicago Presses, 1961.

Bourdieu, Pierre, *Les Règles de l'art: Genèse et structure du champ littéraire*, Seuil, 1992.

Bremond, Claude, "Le message narratif," *Communications*, no. 4, 1964.

———, *Logique du récit*, Seuil, 1973.

Bultmann, Rudolf, "Le problème de l'herméneutique"(1950), *Foi et compréhension*, t. 1, Seuil, 1970.

Butler, Judith, *Antigone's Claim*, Columbia University Press, 2000.

Compagnon, Antoine, *Le démon de la théorie*, Seuil, 1998.

———, *La littérature, pour quoi faire?*, Fayard, 2007.

Dagognet, François, *Ecriture et iconographie*, Vrin, 1973.

Derrida, Jacques, "La Mythologie blanche: La métaphore dans le texte philosophique," *Marges de la philosophie*, Minuit, 1972.

———, "Le Retrait de la métaphore," *Psyché: Inventions de l'autre*, Galilée, 1998.

Dilthey, Wilhelm, "Origines et développements de l'herméneutique" (1900), *Le Monde de l'esprit*, Aubier, 1942.

Dosse, François, *Histoire du structuralisme*, t. 1, La Découverte, 1991.

Entretien du groupe philosophique d'Esprit avec Claude Lévi-Strauss, "Autour de la *Pensée sauvage*. Réponses à quelques questions," *Esprit*, novembre 1963, pp. 628~53.

Frye, Northrop, *The Anatomy of criticism, Four Essays*, Princeton University Press, 1957.

Gadamer, Hans-Georg, *L'Art de comprendre, Ecrits II: Herméneutique et champ de l'expérience humaine*, Aubier, 1991.

——, *Langage et vérité*, Jean-Claude Gens(trans.), Gallimard, 1995.

——, *Vérité et méthode*(1960), Seuil, 1996.

Gefen, Alexandre, *La Mimèsis*, Flammarion, 2002.

Genette, Gérard, *Figures II*, Seuil, 1969.

——, *Figures III*, Seuil, 1972.

Granger, Gilles-G., *Essai d'une philosophie du style*, Odile Jacob/Seuil, 1988.

Greimas, A. Julien, *Sémantique structurale*, PUF, 1986.

Grondin, Jean, *L'herméneutique*, PUF, coll. "Que sais-je?," 2006.

Habermas, Jürgen, *Logique des sciences sociales*, PUF, 1987.

Halbwachs, Maurice, *La mémoire collective*, A. Michel, 1997.

Hamon, Philippe, *Mimèsis et sémiosis, littérature et représentation*, Nathan, 1992.

Heidegger, Martin, *Être et temps*, François Vezin(trans.), Gallimard, 1986. [한국어판: 마르틴 하이데거, 『존재와 시간』, 이기상 옮김, 까치, 1998].

Irigaray, Luce, *Le Temps de la différence*, Librairie générale Française, 1989.

Jakobson, Roman, *Essais de linguistique générale*, Minuit, 1963.

——, *Questions de poétique*, Seuil, 1973.

Jankélévitch, Vladimir, *L'irréversible et la nostalgie*, Flammarion, 1983.

Jauss, Hans Robert, *Pour une esthétique de la réception*, Gallimard, 1978.

Kermode, Frank, *The Sense of an Ending*, Oxford University Press, 1966.

Lacan, Jacques, "L'essence de la tragédie. Un commentaire de l'Antigone de Sophocle," *Le Séminaire VII, L'éthique de la psychanalyse*, Seuil, 1986.

Lanson, Gustave, *Essais de méthode, de critique et d'histoire littéraire*, Hachette, 1965.

Laplanche, Jean & Jean-Bertrand Pontalis, *Vocabulaire de la psychanalyse*, PUF, 1967.

Levinas, Emmanuel, *Le Temps et l'Autre*, Arthaud, 1947.

Lévi-Strauss, Claude, *Anthropologie structurale*, Plon, 1958. 〔한국어판: 클로드 레비-스트로스, 『구조인류학』, 김진욱 옮김, 종로서적, 1983〕.

Meschonnic, Henri, *Poétique du traduire*, Verdier, 1999.

Mills, Patricia, "Hegel's Antigone," *Feminist interpretations of G.W.F. Hegel*, Pensylvennia State University Press, 1996.

Molinié, Georges, *Dictionnaire de rhétorique*, L.G.F., 1992.

Mounin, Georges, *Les belles infidèles*, Presses Universitaires de Lille, 1994. 〔한국어판: 조르주 무냉, 『부정한 미녀들』, 선영아 옮김, 아카넷, 2015〕.

Nabert, Jean, *Éléments pour une éthique*, PUF, 1943; Aubier, 1962.

Peirce, Charles S., *Ecrits sur le signe*, Seuil, 1978.

Perelman, Chaïm, *L'Empire rhétorique*, Librairie Philosophique Vrin,

2000.

Picard, Michel, *Lire le temps*, Minuit, 1989.

Platon, *La République*, traduit par G. Leroux, GF-Flammarion, 2002.

Propp, Vladimir, *Morphologie du conte*, Seuil, 1970.

Proust, Marcel, *A la recherche du temps perdu III*, Gallimard(Pléiade),
　　　1954.

Ricardou, Jean, *Problèmes du Nouveau Roman*, Seuil, 1967.

Schaeffer, Jean-Marie, *Pourquoi la fiction*, Seuil, 1999.

Schleiermacher, Friedrich, *Herméneutique*, Cerf, 1989.

Searle, John R., *Les Actes de langage*, Hermann, 1972.

Sollers, Philippe, *Théorie d'ensemble*, Seuil, coll. "Points," 1980.

Spinoza, Baruch de, *Ethique*, C. Appuhn(texte & trad. fr.), Vrin, 1977.

Todorov, Tzvetan, *Théorie de la littérature*, Seuil, 1965.

―――, *Qu'est-ce que le structuralisme? 2. Poétique*, Seuil, 1968.

―――, *Poétique de la prose*, Seuil, 1971.

Todorov, Tzvetan & Oswald Ducrot, *Dictionnaire encyclopédique des
　　　sciences du langage*, Seuil, 1972.

Vaihinger, Hans, *The Philosophy of as If: A System of the Theoretical,
　　　Pratical, and Religious Fictions of Mankind*, Routledge, 2000.

Weinrich, Harald, *Le Temps*, Seuil, 1973.

곰브리치, 에른스트 한스, 『예술과 환영』, 차미례 옮김, 열화당, 1992.

―――, 『서양미술사』, 백승길·이종숭 옮김, 예경, 1997.

굿맨, 넬슨, 『예술의 언어들』, 김혜숙·김혜련 옮김, 이화여자대학교출판부,

　　　2002.

기어츠, 클리퍼드, 『문화의 해석』, 문옥표 옮김, 까치, 2009.

누스바움, 마사, 『시적 정의』, 박용준 옮김, 궁리, 2013.

레비-스트로스, 클로드, 『야생의 사고』, 안정남 옮김, 한길사, 1996.

레이코프, G.·M. 존슨, 『삶으로서의 은유』, 노양진·나익주 옮김, 도서출판
　　　박이정, 2006.

로베르, 마르트, 『정신분석 혁명』, 이재형 옮김, 문예출판사, 2000.

만하임, 카를, 『이데올로기와 유토피아』, 임석진 옮김, 김영사, 2012.

매킨타이어, 알래스데어, 『덕의 상실』, 이진우 옮김, 문예출판사, 1997.

벤야민, 발터, 『발터 벤야민의 문예이론』, 반성완 편역, 민음사, 1983.

보들레르, 샤를 피에르, 『파리의 우울』, 황현산 옮김, 문학동네, 2015.

소포클레스, 『오이디푸스 왕 안티고네 외』, 천병희 옮김, 문예출판사, 2006.

─────, 『소포클레스 비극 전집』, 천병희 옮김, 도서출판 숲, 2008.

아리스토텔레스, 『니코마코스 윤리학/정치학/시학』, 손명현 옮김, 동서문화
　　　사, 2009.

웰렉, 르네·오스틴 워렌, 『문학의 이론』, 이경수 옮김, 문예출판사, 1987.

임철규, 『그리스 비극』, 한길사, 2007.

제임슨, 프레데릭, 『정치적 무의식』, 이경덕·서강목 옮김, 민음사, 2015.

커니, 리처드, 『현대 사상가들과의 대화』, 김재인 외 옮김, 한나래, 1998.

코젤렉, 라인하르트, 『지나간 미래』, 한철 옮김, 문학동네, 1996.

타타르키비츠, 블라디슬로프, 『미학의 기본개념사』, 손효주 옮김, 미술문화,
　　　1999.

프로이트, 지그문트, 『늑대 인간』, 김명희 옮김, 열린책들, 1996.

─────, 『꿈의 해석』, 김인순 옮김, 열린책들, 1997.

─────, 『정신분석학의 근본 개념』, 윤희기 옮김, 열린책들, 1997.

─────, 『문명 속의 불만』, 김석희 옮김, 열린책들, 1997.

─────, 『예술과 정신분석』, 정장진 옮김, 열린책들, 1997.

─────, 『정신분석 강의』, 임홍빈·홍혜경 옮김, 열린책들, 2004.

─────, 『끝이 있는 분석과 끝이 없는 분석』, 임진수 옮김, 열린책들, 2005.

하이데거, 마르틴, 『숲길』, 신상희 옮김, 나남, 2007.

─────, 『언어로의 도상에서』, 신상희 옮김, 나남, 2012.

헤겔, 게오르크, 『정신현상학 2』, 임석진 옮김, 한길사, 2005.

화이트, 헤이든, 『서사학과 이데올로기』, 이호 옮김, 예림기획, 2000.

찾아보기(개념)

찾아보기(인명)